二重螺旋（らせん）の悪魔

クトゥルー・ミュトス・ファイルズ
The Cthulhu Mythos Files

完全版

梅原克文

創土社

目次

またわたしが見ていると、ひとりの御使(みつかい)が、底知れぬ所のかぎと大きな鎖とを手に持って、天から降りてきた。
彼は、悪魔でありサタンである龍、すなわち、かの年を経(へ)たへびを捕らえて千年の間つなぎおき、
そして底知れぬ所に投げ込み、入り口を閉じてその上に封印し、千年の期間が終わるまで、諸国民を惑わすことがないようにしておいた。その後、しばらくの間だけ解放されることになっていた。

――「ヨハネの黙示録」第二十章 一―三節

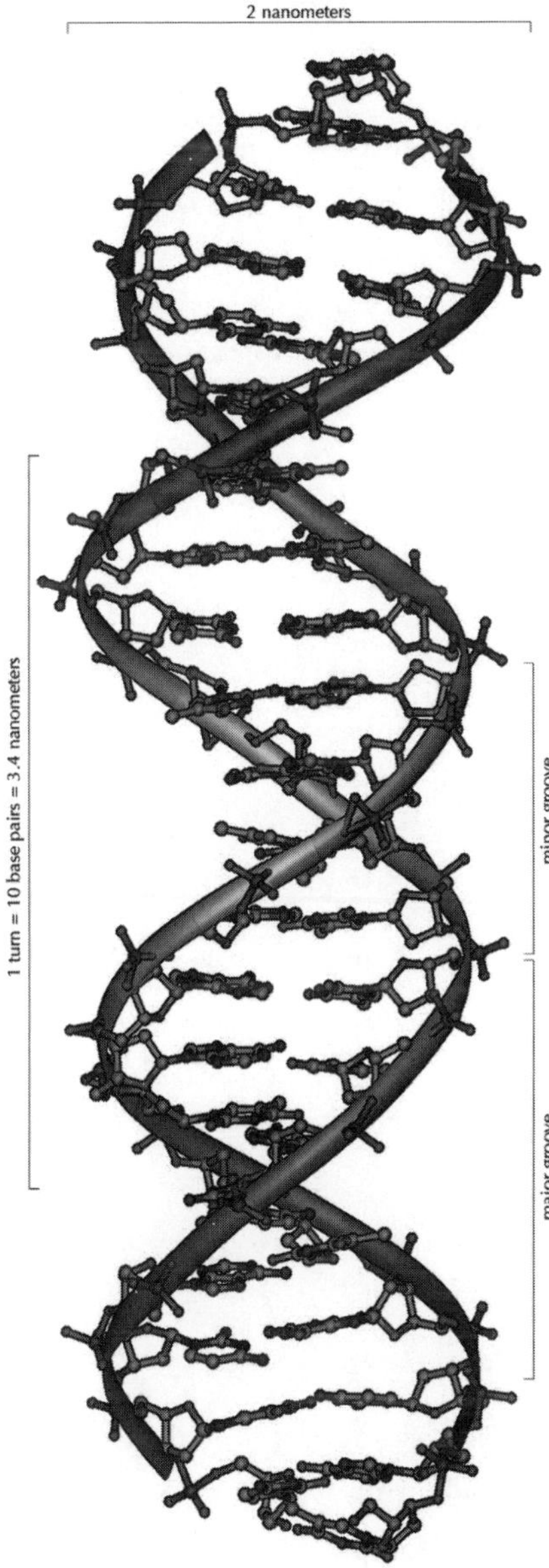
2 nanometers
1 turn = 10 base pairs = 3.4 nanometers
minor groove
major groove

第一部　封印

ニュートンは〈理性の時代〉の幕を切り落とした人物ではなかった。むしろ、彼は最後の魔術師であり、バビロニア人やシュメール人の末裔なのである……。（中略）
宇宙は創造主によって設定された暗号文だ、と彼は考えていた。

——ジョン・メイナード・ケインズ

わたしはまた御座にいますかたの右の手に、巻物があるのを見た。その内側にも外側にも字があって、七つの封印で封じてあった。
またひとりの御使が、大声で「その巻物を開き、封印をとくのにふさわしい者は、だれか」と呼ばわっているのを見た。

——「ヨハネの黙示録」第五章　一、二節

現在1　C部門調査官

おれの仕事は警察官や麻薬Gメンに似ているかもしれない。与えられている肩書も何やらものものしい。

外見も、結構ハードボイルド風に見えるらしい。たまたまそういうDNA情報を受け継いだだけなのだが。

しかし、中身はものものしくもなくハードボイルドでもない。二八歳の臆病なエゴイストが一人いるだけだ。

手早く自己紹介しておこう。おれの名刺だ。一枚、君に進呈する。

> 遺伝子操作監視委員会
> C部門　調査部
> 調査官　深尾直樹

＊

「調査官の方ですか?」と相手。

「そうです」とおれ。

世の中には、出会っただけで超電導のマイスナー効果のように反撥する人間同士もいるだろう。特に、この相手とはそうみたいだ。相手の名は椎葉雄二。民間バイオ企業ライフテック社の専務だ。

C部門のデータベースからプリントアウトされた資料によると、椎葉の年齢は四一歳。妻と、一人の子供ありとなっている。

資料の次のページには、ライフテック社長の武藤和弘は、肩書だけの株主に過ぎないことも書いてあった。つまり、おれはここの実質的な経営者と向かい合ってるわけだ。

七三分けのビジネスマン・ヘア、渋い色のスーツにブルーのタイ。実年齢より五歳は若く見えるスマートで色白な青年実業家。プロフィールには〈やや神経質な感じ〉を追加しておこう。ホテルのフロント・マネージャーにこういうタイプをよく見る気がする。

「C部門というと?」

「クリーン。清潔を意味するCLEANの頭文字のCです」

「なるほど」

そうは言ったが納得した表情じゃない。サクランボみたいに赤く充血した眼でおれを睨む。眼の下にはくまができて顔面が脂ぎっている。男性用ファンデーションの代わりにマーガリンを塗ったようだ。

「どういう御用件でしょう？」

椎葉専務は、名刺を白い合板のテーブルに置いた。おれが手にしている身分証明書と見比べている。相手の背後には、真っ赤なバラの絵と、世界地図をデザインした時計が見える。快適な応接室だ。

　このライフテック社は都内練馬区にある。社屋はクリーム色に塗装された五階建てのビジネス・ビルだ。ここ数年間に急増したベンチャーバイオ企業の中では〈大企業〉の部類に入るだろう。

「例のＰ４建設の件ですか？」と椎葉。「それともバイオリアクター？　五〇〇リットル五基と、一〇〇〇リットル三基。確かに前例のない大型のものですが、しかし申請はとっくにパスしてるし、もう稼働も始めてますが……」

「いや、そのことじゃありません。まあ、それも含むかもしれませんが」

「具体的に言っていただけませんか？」

「残念ながら、調査目的を明かすのは禁じられていますので。ですが、これは全国的に行っていることです。この会社だけ調査しているわけじゃありません」

　努めて無表情に、おれは言った。エリート官僚風の演技だ。ヘア・スタイルも整えライト・グリーンのスーツでドレス・アップした効果もあったようだ。冷酷非情な印象を与えているだろう。

　おれを見る相手の顔が徐々に緊張してきた。最初は「なんだこの若僧は」という表情がありありだったが。

「そうですか。しかし、事前にお電話いただければ、こちらも……」

「あいにく抜き打ちでやる方針でしてね。今日はぼく一人の下調べですが、二、三日中に五人ほどでまた来ます。では、まず研究施設の方から見せていただきましょう」

　椎葉は眼に見えて落ち着きをなくしていた。ラーク・マイルドをくわえて高価そうなライターで点火する。

　平静さを失った表現として、タバコを逆にくわえてフィルターの方に火を点ける、という描写をＴＶドラマで見ることがある。初めての出産を廊下で待つ若い父親がやるものと決まっている。椎葉専務はそれを実演して見せてくれた。咳き込み、慌ててタバコを大きなクリスタル灰皿に押しつけて消火した

いやな予感がおれのみぞおちの辺りで蠢いた。

「調査ですか、調査ね、なるほど」

椎葉専務の落ち着きのなさは隠しようのないものだった。手の甲で額の汗を拭う。やたらと耳たぶをつまむ。その動揺ぶりは、見ているこちらにも伝染しそうに思えるほどだ。

いや、現実に伝染していた。

気がつくと、おれの心臓の鼓動がペースを上げているところだった。心臓の筋肉を構成する分子量六〇〇〇のホスホランバン・タンパク質が、Ｆ１マシンのエンジンのごとく高速回転を始めている。右の太ももに何かが喰い込んでいる。見ると、おれ自身の右手の指ではないか。

こちらの変化は、椎葉には気づかれなかったようだ。彼も、自分の動揺を隠そうとしており、それに精いっぱいらしい。おれの表情などに注意を払ってはいなかった。

「しかし……」と椎葉。「今日はＰ１とＰ２に限らせていただきます。申し訳ありません。それ以上の調査はまた後日ということで」

「つまりＰ３施設は見せられないってことですか。なぜです？」

「先端技術に秘密はつきものですよ」

「ぼくは役人であって、ライバル企業のスパイじゃありませんよ。ここで何を見ようと企業秘密に触れるようなことなら口外しないと、お約束します」

「そういう問題じゃない」

「どういう問題だって言うんです？」

「残念ですが、これ以上はお答えしかねますね」

椎葉の眼の奥には強い拒絶の意志がある。スチールの肌触りを連想させた。おれは胸ポケットから紙片を取り出し、そこに書いてある名前を読み始めた。

「鎌田利光、徳原正則、杉本孝雄……」

チラッと見ると、椎葉は眼を円形になるまで見開いていた。さらに読み続ける。

「……南川洋子、二木英人、梶知美……」

最後の名前を読む声に、いくぶん力がこもる。

二〇人分の名前を読み上げ、紙片をテーブルに置いた。

「この人たちはライフテック社の社員で、Ｐ３施設の研究スタッフですね？」

　椎葉は質問に答えなかった。充血した眼がシャンペンの栓みたいに飛び出してきそうに見える。

「彼らは一昨日から自宅に帰ってない。この二日間、家族にも本人たちからの連絡はない。今、どこにいるんですか？」

「なんで、そんなことを知ってる!?」

「先端技術に秘密はつきものですよ」

　タネを明かせば、梶知美と同居している妹の梶綾子が、ライフテック社に姉の行方を尋ねても「多忙のため」という返事しかないため、警察に電話したのである。バイオ産業に関連した怪しげな情報は、そのまま遺伝子操作監視委員会の管轄となる。この場合、警察は電話交換機に過ぎない。

「質問に答えてください。彼らはどこです？　社員旅行じゃなさそうだが」

　椎葉は椅子に座り直した。赤く腫れ上がったような眼が、おれを睨む。その網膜に六桁の数字を並べているような印象。そして、それは当たった。

「公務員の給料だけでは何かと大変でしょう。今日、たまたま宝クジに当たったと考える気にはなれませんか？」

　不自然な愛想笑いは人間の顔をチンパンジーみたいに醜悪にするものだ。チンパンジーは異論を抱くかもしれないが。

　おれは左の前腕を撫でた。無意識に出る癖だ。

「つまり『金をやるから黙って帰れ。上司にもよけいなことは言うな』と、そう言いたいわけですか」

「そういう直接的な言い方がよければ、それでも結構です。……どうです、ここは一つ、お互いにビジネスマンとして振る舞いませんか？」

　もはや、いやな予感などという段階は通り過ぎていた。頭蓋骨が、けたたましい警報ベルの音を鳴り響かせている。企業秘密などといったレベルのものとは比較にならない危機。それが進行中なのだ。

「そうだな……あんたが持ってるこのライフテック社の株を全部。それなら手を打ってもいい」

　椎葉の顔は二段階に分けて変化した。眼を見開き、当惑の表情。次いで怒りに変わる。

「本気で言ってるのか!?」

「冗談だよ。おれが買収されるような男に見えるのか?」

いかにも公務員的な態度、振る舞いを続けていたが、もうそんな演技をしている時ではない。普段の地に戻っていた。企業秘密云々を口にして調査を断る相手は多い。しかし、最終的には役人には勝てない、といったあきらめ顔を見せるものだ。椎葉にはそうした柔軟さがない。絶対に調査させる気はないらしい。

右手でアタッシュ・ケースを掴み、立ち上がる。とてつもない異常事態の臭いがした。それは死と、犠牲者の大量の血と、底無しの虚無の臭いだった。

「もう、あんたには頼まん。勝手に見せてもらう」

現在2　ライフテック社

おれは相手の返事も待たず、さっさと応接室を出た。研究施設への方向はさっき社内図を見たからわかっている。早足で廊下を移動する。

白い廊下は〈新品〉の香りを漂わせていた。バイオ実験用の〈ヌード・マウス〉の赤ん坊みたいだ。せいぜい築一年半というところだろう。こんなビルを建てて、専務に収まっていられる男が羨ましくなった。

その羨ましい男が靴音を響かせ、おれを追ってきた。待て、待つんだ、おい、調査官だかなんだか知らんが、そんな勝手なことができると思ってるのか。椎葉の甲高い声が廊下に反響する。

眼の前に、書類ケースを持った若いＯＬが現れた。時ならぬ騒ぎにおびえたらしく、飛びすさった。

おれは構わず、Ｐ1施設に通じるドアを開けた。

薬品の臭いが鼻孔をくすぐる。白い吸湿マットで覆われた実験台が並んでいる。実験用のビーカーや培養シャーレ、試験管の森林地帯が出来上がっていた。遠心分離機がモーターの唸り声を上げている。

白衣を着た技術者たちがノマルスキー微分干渉顕微鏡を覗いたり、恒温器の中のスピナー瓶を整理したりしていた。突然、乱入してきたおれを唖然と眺めている。

いささかノスタルジックな思いでＰ1施設を見回した。現役を離れてほぼ一年。その間に研究設備は超微速度撮影のフィルムを観るように変化している。おれには用途不明の機械や器具も少なくない。

　後から駆け込んできた椎葉が怒鳴った。

「待て、おい、なんのつもりだ!?　警察を呼ぶぞ」

「勝手にどうぞ。呼べるもんなら呼べばいい」

　おれのセリフに椎葉が絶句する。かまをかけたのがどうやら当たったようだ。警察に来てほしくない事情があることを、椎葉ののっぺりした顔が説明していた。ますます異常事態を確信した。

　Ｐ1を通り抜けて廊下に出た。ま、待て、おい、待っんだ、あ、いや、気にしなくていい、君らは仕事を続けてくれ。後方から椎葉の声が聞こえる。

　おれは廊下を駆けていた。急いでも手遅れかもしれないが。また、実際はたいした事件ではなく、すべては杞憂に終わるのかもしれない。だが、この眼で確かめるまでは安心できなかった。

　Ｐ2施設のドアを開けた。

　Ｐ2も広々とした実験室だった。数十人の技術者たちが一斉におれを見る。白衣をまとった新しい生命の創造主たち。何人かが開放型の実験キャビネットを覗き込み、マイクロ・マニピュレーターを操作しているところだった。直径一〇マイクロメートル（一〇〇〇分の一〇ミリ）の標的に一億分の一ミリリットルの遺伝子溶液を注射器で注入する精密作業だ。たぶん、トランスジェニック動物を造っているところだろう。

　案の定、そばの水槽に普通の三倍の大きさのスーパーウナギが泳いでいた。知らない人には海蛇の珍種に見えるかもしれない。

　最先端技術産業の研究施設と聞いて、さぞや凄いところなんだろう、と思う人は多い。そして実物を見て失望する人もまた多い。見慣れぬ装置、機械類はゴチャゴチャあっても、規模そのものは町工場レベルだからだ。

　遺伝子産業、超電導物質の開発競争、エトセトラエトセトラ。これらハイテク産業は言葉のイメージとは裏腹に驚くほど安い資本で始められるのが特徴だ。設備投資などは、それこそ町工場一つ分ほどのコストですむ。この種の企業の成否は資本力より、技術者たちの根気とアイディアにかかっている、とよく言われる。

　それゆえ、一週間で数百万倍に増える実験用の大腸菌みたいな勢いで、ベンチャーバイオ企業は増殖した。調味料メーカーや化粧品メーカーの下請け工場、地酒専門だった酒造業者までもが参入してきたのだ。このライフテック社も国内でウジャウジャと繁殖した大腸菌の一つだ。

　待て、待たんか、クソ、こいつめ。椎葉が罵言を吐きながらＰ２に飛び込んでくる。今日の社員たちは退屈しないだろう。これで昼休みの話題に困らなくてすむ。

　椎葉はいきなり、おれの左腕を掴んだ。

「なんの真似だ、あんた！　いい歳して鬼ごっこか！　こ、この……ん？」

　椎葉の顔が怒りから不審のそれに変わった。人間の腕を掴んだつもりが柔らかいゴムだった、というような表情だ。

　おれは左腕を撫でる癖はあるが、他人に触られるのは好まない。だから、椎葉には相応の報復措置を受けてもらった。向こう脛を蹴とばしたのだ。

　椎葉は悲鳴を上げると、片脚を押さえて飛び跳ねた。古いディズニーアニメ作品で、足にカナヅチが落ちた時のドナルド・ダックが、よく演じたポーズだった。これで社員たちは二週間は話題に困らなくてすむ。

おれはその間にＰ２を脱出し、新たな廊下に出た。壁には〈Ｐ３施設→〉の表示があった。

　知らない人も多いと思うので説明しておく。Ｐ１、Ｐ２、Ｐ３というのはＮＩＨ――アメリカ国立衛生研究所が定めた、バイオ研究施設の物理的封じ込め基準だ。

　おおまかに言うと、Ｐ１は単なる実験室、Ｐ２は安全キャビネット内での実験、Ｐ３は実験室全体が外部から隔離されて、出入口は二重ドアになる。Ｐ４レベルになると出入口は四重ドアになり、その途中で全裸になり消毒液のシャワーを浴びねばならない。

　すでに二一世紀に入って二〇年経つが、日本にはＰ４施設はまだ一カ所しかない。筑波研究学園都市にある理化学研究所のそれだけだ。

　もう一つ、生物学的封じ込めの基準もある。ＨＶ１、ＨＶ２の二つで、実験室内でしか生存できない微生物を使う方法だ。通常は、Ｐ基準とＨＶ基準とを併用して、安全度を高める方法が用いられている。

　Ｐ１とＰ２を覗いたのは念のため、異常がないかどうか確認したのだ。残るはＰ３のみだ。急がなければ。どうなっているにせよ、早く確認するに越したことはない。

おれは表示に従い廊下を進んだ。角を曲がると、〈P3施設〉の表示のある二つのドアに出喰わした。ここのP3は地下施設になっていると聞いていた。二つのドアは階段出入口とエレベーターのそれだ。

数々の妨害を跳ねのけて、やっと辿り着いたわけだが、まだ最後の障害物があった。しかもかなり手ごわそうだ。

一目で警備員と分かるライト・ブルーの制服を着た二人組。そのうちの一人は異様に横幅のある大男だった。場所が場所だけに、DNA五倍体の人体実験の犠牲者みたいに見えた。

警備員たちは、不審な表情を浮かべた。おれの方は笑みを見せてやった。どう突破するべきか戦術を検討しているところへ、椎葉が追いついてきてわめく。

「おい、そいつを捕まえろ！　絶対にそこを通すな。つまみ出せ」

警備員たちは過激な命令に眼を見開いた。が、すぐにうなずき、一歩踏み出す。

「なんだか知らんが、椎葉さんがああ言ってる。おとなしく出てってもらおうか」

大男の方が言った。これだけ横幅の広い奴がゴール・キーパーになったら、シュートする奴はさぞ悩むことだろう。

おれはできるだけ胸を張った。

「公務の執行を妨害すると後で後悔するぞ」

ふん、と盛大な鼻息が返った。

「昨日から、一日三交代で見張る契約でね。つまり、おれたちの給料もボーナスもこの会社から出るんだ。見ず知らずの役人に、なんの義理もないよ。あんたが警官で令状でも持ってるんなら話は別だが」

「令状か……」

おれはアタッシュ・ケースを床に置いて開いた。ロッド・アンテナ状の黒っぽい棒を取り出す。それはワン・タッチで一メートルの長さに伸びた。グリップ部分が一五センチ、電極棒部分が八五センチという構成だ。

立ち上がって、それを構える。警備員は二人とも顔色を変えていた。

「あいにく令状はないんだが、これが何だか知ってるらしいな。手間が省けていい」

手にした棒を、軽く振って見せた。警備員二人は一歩下がった。

「おい、ちょっと待て」と大男。「おれの眼に狂いがないとすると、そいつは」

おれは親指でスイッチをＯＮにした。棒の先端に短い電極針が二つある。針の間に紫色のスパークが飛んだ。棒の側面には細長い電極板が四本埋め込んである。そこからは緑色の光のアーチが無数に出現した。デモンストレーションには、もってこいの視覚効果だ。

スイッチをＯＦＦにする。閃光は消えたが、残像が網膜に焼きついた。

警備員二人はさらに一歩下がった。

「おい、そんな物騒なもの振り回すな！」大男が言った。もう一人は何も言わない。眼を大きく見開いているだけだ。

「どういうつもりだ？　本気でここを通ろうっていうのか？　ムチャクチャだ」

表情が歪み、分厚い舌で唇を舐める。

「なあ、おい、分かってくれないか。椎葉さんの許可がない限り、おれたちはここをどくわけにはいかないんだ。契約違反で給料減らされちまう」

口調は柔らかい。が、二人とも腰の警棒の側面を撫でている。それが癖というわけじゃないだろう。要するにこの二人は何も知らされず、ただＰ３を立ち入り禁止にしろ、と言われただけのことだ。

おれは狙いを変えた。振り向きざまに椎葉に棒を突きつける。椎葉の瞳孔が広がった。

「おい、よせ！　そんなもの向けるな」

相手を壁際に追いつめた。

「こいつは朝蕗電機製のＳＶ－０４１。特注品のスタン・ロッドだ。今、見た通り、邪魔者を感電させる武器だ。

「最大出力は一二万ボルト。市販品にも、そのぐらいのものはあるが、こいつは三次増幅回路まで組み込んであって、スイッチを押し続けるとアンペア数が跳ね上がっていく。かなりヤバイ代物だ。あんたの身体で実験してもいいが、命の保証はできない」

おれは簡潔明瞭にスペックを説明し、ロッドの先端を相手の眉間に突きつける。椎葉は極端な寄り目になった。

「さあ、Ｐ３に案内してもらおうか。おれが、ここのＰ３を調査すると言ったら絶対に調査するんだ。買収も脅しも一切無駄だ。分かったか？」

椎葉は答えなかった。寄り眼のままだ。その顔がピエロじみて見える。

「それとも、まだ分からないか？　まだ不足か？」

椎葉の鼻先に稲光を出現させてやった。

現在3　地下三階へ

エレベーターのドアが閉まる。おれと椎葉は狭い密室に閉じ込められた。

このエレベーターのドアも、階段への出入口も椎葉の持っていたＩＣカードがないと作動しない仕掛けだ。ＩＣカードはおれが取り上げた。ライフテックの社名に二重螺旋のマークが描かれた赤いカードだ。

「予備のカードはないと言ったな？」

「ない」椎葉は仏頂面だった。「一昨日、全部廃棄処分にした」

「あんた以外、誰も入れなかったわけだな。その上、力ずくでドアを開けられるのを恐れて警備員のおまけもついた。……いったい何を隠してるんだ？」

椎葉は、おれを睨んでいた。やがて顔をそむける。唐突に拳でメタリック・ブルーの壁を叩いた。音が狭い箱の中に反響する。椎葉は眼を壁の一点に向けていた。これから銃殺刑に引きずり出される囚人のような表情だ。

おれの質問に対する答えは、それだけだった。

エレベーターは下降していく。悪寒が徐々に高まってきた。無機質な箱が、巨大な怪物の口腔に変わったみたいだ。おれと椎葉は、すでにその腭の中に入った獲物のような気がしてくる。

沈黙したままのおれたちを乗せて、箱は地下三階に到着した。このエレベーターの操作パネルには階数ボタンが〈1〉と〈B3〉しかない。点灯していた〈B3〉が消えた。

ドアが開く。

椎葉は身動きしなかった。

「着いたぜ、先に降りろ」

椎葉は醜悪な顔でおれを睨みつけた。しわが怒りの形で刻まれている。色白の顔が短時間で老け込んだようだ。おれに促されてノロノロと外に出た。おれは右手にスタン・ロッドを持ち、左の腋の下にアタッシュ・ケースを抱えた格好で後を追う。

クリーム色に内装された床、壁、天井で囲まれた空間に、おれたちは踏み込んだ。エレベーターから、すぐP3区画に入れるわけではない。眼の前に広がっているのは、P3に隣接（りんせつ）した作業区画の方だ。

多数の事務デスク、椅子、コンピュータ端末機、スライド式資料棚などがある。大人の肩ほどの高さのベージュ色の仕切り板が数十枚あった。それらが幾何学的に配置され、全体を一〇ほどの小区画に分割している。

おれたちの正面は、仕切り板に両側を挟まれて廊下のようになっている。突き当たりの壁には頑丈そうなスチールのドアがあり、表示が記されていた。

P3区画

ドアの脇（わき）には開閉スイッチと、非常装置の赤いボックスがあった。その上にいやでも眼を引くものがあった。

〈生物災害（バイオハザード）〉を示す四つの円を組み合わせたシンボル・マーク——それが点滅しているのだ。

椎葉を促して進んだ。おれたちの靴音が響いた。その音が徐々にヴォリュームを上げてくる。不安がおれの鼓膜の感度を集音マイクなみにしているようだ。

行方不明者の中には梶知美も含まれている。そこへおれが調査にやってきたのだ。彼女とはもう二年も会ってない。いやな予感が増幅される。二年ぶりの再会が、映画のワン・シーンみたいにロマンチックなピアノの調べに乗って果たされるようには、どうしても思えなくなってきた。

おれはいつもの癖で左腕を撫でながら、作業区画を横切った。途中で異様な雰囲気に遅ればせながら気づいた。

周囲を見回した。人の気配がまったくない。耳に鈍痛を覚えるほどの静寂だった。休業日の寂しさが漂っている。

壁の時計を見る。午後二時一〇分。

「行方不明の連中はどこなんだ？」

椎葉がゆっくり人差し指を持ち上げる。正面方向を示す。

「Ｐ３？」

椎葉がうなずく。よく見ると指は震えていた、顔も仮面みたいだ。

おれは非常装置を調べてみる。Ｐ３出入口の脇にある赤いボックスだ。

「触っても無駄だぞ」椎葉が言った。

「分かってる。素人じゃない」

おれは装置のステイタスを確認した。メイン・スイッチが〈閉〉になっている。

「あんたが非常ボタンを押したのか？」おれは訊いた。

椎葉が無言でうなずく。

「つまりＰ３内部の者は自力で外に出られないわけだ。しかも、このスイッチを入れたら、以後ドアの制御はコンピュータが行うから、これはもう役立たずだ」

一応スイッチを操作してみる。何も起きなかった。

おれの肺が爆発した。

「Ｐ３で何があった？」

気圧されたらしく、椎葉は一歩下がった。

「答えろ！　〈中〉で何があった⁉」

つい大声で怒鳴ってしまう。おれの忍耐はもう限界に達していた。これ以上冷静な振りをしているのは不可能だ。

「〈中〉の様子は見られないのか⁉」再三再四、そのセリフを繰り返した。

椎葉は、おれを睨みつけていた。しばらくその状態が続いたが、彼はやっと、おれのリクエストに応えた。

「……こっちへ……」

彼はＰ３ドアの右脇に行った。デスクと三脚の椅子がある。コンピュータ端末が二台。壁には四つのＴＶモニターが正方形に配置してある。いずれも電源ＯＦＦの状態で、画面は暗い。

「こいつでＰ３の中を見られるんだな？」おれの舌は焦りと不安で、もつれそうだった。

椎葉がうなずく。

「そうだ。これが電源、これがモニター・スイッチ、これがカメラのコントロール・スティック、こっちは端末のマウス……」

操作方法を指示してくれた。だが、電源ＯＮになりモニター画面が明るくなり出すと、椎葉は後ろへ下がった。眼の前で、肉食恐竜を入れた檻の扉が開いたような態度だ。浮き足立って、背後の仕切り区画の方へ逃げようとする。

「どこへ行く？」

椎葉は激しく首を振った。

「見たけりゃ君一人で勝手に見ろ！」

「どういうつもりだ？」

「どういうつもりも何も、見たくないと言ってるだけだ。ＩＣカードは君が押さえているんじゃないか。どうせ私はここから逃げ出せやしないんだ」

異様な眼つきでおれを睨む。彼をこの場に留めておくのは難事業のようだ。

おれの背後のモニターに何か映ったのだろう。椎葉は表情を変えて顔をそむけた。不慣れな素人が解剖中の実験動物を目のあたりにしたような反応だ。

彼の恐慌状態は、おれにも伝染し始めていた。心臓がメルトダウンを起こしそうだ。

椎葉は何を恐れているのか？　何から顔をそむけたのか？　すべては、おれの思い過ごしであってほしかった。Ｐ３の中を見たとたんに拍子抜け、というオチであってほしかった。結局、たいしたことではなく、知美は健在であってほしかった。彼女が、おれを見て苦笑し「珍しい人に会ったわね」というセリフが欲しかった。そうした希望的観測は、もう潰え去った後のようだった。

おれは覚悟を決めた、と言いたいところだが、とても決められない。心構えができないまま、崖っ淵を覗き込む気分でゆっくり振り返った。

現在４　惨劇

四面あるモニター画像は、いずれも白黒だった。

右上のモニターに一人の男が映っていた。Ｐ３用の実験衣を着ている。彼は仰向けに倒れていた。カメラは天井からのハイ・アングルで、その光景を捉えている。

昼寝でないことは一眼で分かる。実験衣も周辺の床も濃い色の液体で汚れていた。そばの壁には手形のプリントがついている。モノクロームの画像だが、それが血の跡であることは明白だ。

死体はよく見ると、右手首から先がない。胸や腹部は肉切り庖丁で切り裂かれたように、細い肋骨やちぎれた内臓が見えている。バーベキュー用に料理人が解体中といった感じなのだ。

　今までの例から、ある程度予想はしていた。

　だが、おれの喉の奥からは唸り声が漏れた。白黒のモニターで観ても、その映像の残虐さは薄まってはいなかった。二日酔いの朝でおなじみの酸っぱいものがこみ上げてきそうだ。喉から胃にかけて痙攣を感じる。

　バラバラ殺人事件が映っているモニター画面の右下隅には、

〈P3区画　出入口：カメラa〉

と位置が表示されていた。

　P3の場合、出入口はNIH基準で二重ドアと定められている。実験区画に入る前に〈前室〉があり、そこで実験衣やスリッパ、頭部を保護するキャップ、顔を覆うマスクなどを着用するのだ。

　カメラaの映像は、その〈前室〉のものではない。表示されている〈出入口〉というのは、〈前室〉を通過してP3に入った時の地点を指しているのだ。

　他の三面のモニターには死体は映っていなかった。生きている人間も映っていなかった。

　脳裡を、五体を切断された知美のイメージがよぎり、全身が震えた。叫び声が肺の中で破裂しそうだ。それをこらえた。

　自分自身に手綱をかけねばならなかった。呼吸を制御しろ、慎重に行動しろ、と己に言い聞かせる。慌てるな。心にショック・アブソーバーを付けろ。最悪の事態になっているかもしれない。知美はもう死んでいるかもしれない。だが、それも今から覚悟しておくんだ。すでに起こってしまったことは取り返せないんだ。

　各々の画面右下隅に表示されている各カメラの位置を確認する。

〈P3区画　出入口：カメラa〉

〈P3区画　中央部：カメラc〉

〈P3区画　キャビネット室：カメラd〉

〈P3区画　恒温庫室：カメラe〉

　なぜか〈カメラb〉というのが抜けていた。

　それに気づくぐらいの余裕を、おれはまだ保っているということでもある。

　OK。この調子で調査を続けるんだ。

　また知美のイメージがよぎる。今度は彼女の生首が転がっている、というものだった。過剰な想像力を、頭を振って追い払った。

カメラ群はリモコンで向きを変えたり、ズーミングもできる仕掛けだった。利用しない手はない。

おれはコントロール・スティックを操り、まずカメラａで観られる範囲を調べ始めた。ドア近くにある死体以外は、特に異常はなさそうだ。

スイッチを切り換えて、次はカメラｃを操作した。これはＰ３のほぼど真ん中に位置している、十字路の天井からの視点だ。カメラを動かすうちに、Ｐ３の出入口近くの死体を見つけた。これはカメラａで捉えた死体を別アングルから観た映像だ。他に異常は発見できなかった。

カメラｄに切り換える。〈キャビネット室〉内部の映像だ。スティック操作でカメラの向きを変える。

二人目の犠牲者を見つけた。今度は女性だった。紫外線ランプ用のゴーグルを顔につけたまま仰向けに倒れている。四肢がアクロバット的な角度にねじ曲げられている。おれはもう少しで悲鳴を上げるところだった。

だが、よく見ると知美ではなかった。大きな溜め息が出る。

〈キャビネット室〉には、他に異常はなかった。女性の死体だけでも、異常は充分過ぎるくらいだが。

カメラｅの操作に移る。〈恒温庫室〉の映像だ。

中は発泡消毒剤の泡風呂になっていた。やがて画面に、血みどろの二人の男の顔がフレーム・インした。おれの喉から、また声なき声が漏れる。その二人は泡の上に大の字になって浮かんでいた。入浴を楽しんでる顔ではない。呼吸をしていないのは明らかだった。

さらにスイッチをいじっているうちに、おれは〈カメラｂ〉も、ちゃんと存在しているのを発見した。画面の一つをそれに切り換えてみる。

モニターに
〈Ｐ３区画　前室：カメラｂ〉

の表示と、その映像が出た。Ｐ３に入るための玄関口だ。そこには死者も生者も、いなかった。ハンガーで吊るされた白衣や実験衣が並んでいるだけだ。

これで、五基のカメラで見られる範囲はすべて探した。だが、確認できた死体は四人分だけだった。

知美の死体はなかった。だが、彼女が無事だという保証は何もない。

呼吸が荒くなってくる。後頭部をバーナーの青い炎で焙られて、髪の毛がチリチリ焦げ出しているような気分だ。それをねじ伏せて、事態を理詰めで捉えようと努力した。

本当の意味で最悪の事態というのは〝C〟がすでに外部に出ているかもしれないことだ。だが、それはなさそうだった。

前回のバイオニア社とほぼ同じケースだ。だが、あの時は犠牲者は二名だけだった。早期報告されたこともあり、P3施設を閉鎖させるのに手間はかからなかった。

しかし、今回は違う。おそらく行方不明の二〇名は全員が犠牲になっただろう。

知美を助けにいきたい、せめて安否を確かめたい、という衝動に駆られた。椎葉に非常ドアを開けさせれば…。だが、軽率にそれをやった後の結果が恐ろしい。キモシンと化合した牛乳みたいに、おれは固まってしまい動けなかった。

そのままおれは発火点に達した。遣り場のないストレスをぶつける対象を見つけたのだ。

椎葉のいる仕切り区画に飛び込んだ。

彼はグレーの椅子に座り込んでいた。こっちの形相が変わっていたのだろう。椎葉の眼が大きく見開かれていた。

おれはスタン・ロッドでデスクを叩いた。灰皿が一瞬宙に浮かぶ。

「いったい何があった⁉　行方不明の連中はみんな死んだのか？　生き残りは？」

「私に訊いたって分かるもんか！」

「ここの責任者だろうが、あんたは。分からんとはなんだ！」

「責任者だろうとなんだろうと、分からんものは分からん」

椎葉はデスクにあった書類を掴み、クシャクシャに丸め始めた。それが不要な書類かどうかの確認もしないで、紙クズにしてしまう。

「私だって何もしなかったわけじゃない。最初は〈中〉に入ろうかと思った。だが、〈生物災害〉かもしれないじゃないか！」

「〈生物災害〉じゃない。まあ、〈中〉に入らなかったのは正解だが……」

椎葉は、おれの言うことなど聞いていなかった。

「おおかた、バカな技術者どもが人間を発狂させる微生物でも造ってしまったんだろう。それで皆いっせいに殺し合いでも始めたんじゃないのか？」

「で、あんたがP3を閉鎖したんだな？」

「ああ、非常ボタンを押した。クソ。まさか本当にあれを押すはめになるとは」

椎葉はデスクを拳で叩き罵言（ばげん）を吐き散らした。たぶん、この男が人前でこんな振る舞いをするのは幼児の時以来だろう。普段は青年実業家然として、ギリシャ料理専門店あたりでディナーをとっているに違いない。

「内線電話があるからP3の中へかけまくった。だが、誰も応答しないんだ。呼び出し音ばっかりで……。いや、一度誰かが電話に出たが、なんだかわけの分からん唸り声みたいな、歌みたいなものが聞こえただけで、それもすぐに切れた。……気色の悪い声だった」

椎葉は少し身震いしたようだ。

「歌だと？　なんだ、そりゃ？」

「私が、知るもんか」

「いつのことだ？　いつ事件が起きたんだ？」

「一昨日だ」

「今までなぜ監視委員会に報告しなかった？　こんな重大なことを」

「こんな時にスキャンダルなんかごめんだ」

椎葉は立ち上がり、丸めた書類をデスクに叩きつけた。紙クズは、バウンドして向こう側に落ちた。

「知ってるだろ、ウチの最新プロジェクトを。日本では民間初のP4施設だ。なのに、反対訴訟を起こされるわ、建設予定地には毎日のように反対デモの連中が押しかけてくるわ。そこへこの事故だ。今、我が社のP3でこんな事故が起きていたと外部に知られたらどうなる？　P4への投資が全部パアになりかねん。銀行からどれだけ金を借りてると思う」

「だからって、隠し通せるとでも思ってたのか？　このウジ虫野郎。おれが来たからいいようなものの」

「君が来たのが間違いだった。いや、私に言わせりゃ何もかも間違いだよ。君も含めてだ」

おれたちは睨み合い、さらに罵（のの）り合った。ほとんどガキのケンカに等しい。こんなことを続けても益はないのだが、歯止めがきかなくなってくる。

深呼吸して、区切りをつけようとする。一番気になっていることを問い質すには勇気が必要だった。

深く息を吸い込む。

「確か……確か、ここのＰ３の技術者で梶知美という女性がいたはずだ。彼女はどうなった？」

「梶？　ああ、梶君か、どうなったかわからん。事件が起きた時にはＰ３の中にいたはずだが……」

「なんだと……」

あらためて目眩がしてきた。頭に昇っていた血が一気に靴底まで沈み込む。震えが弱電流みたいに背骨を通過した。

「知り合いか？　彼女と」

「あ、ああ、昔のな」

ああ、昔の恋人さ。実を言うとまだ未練たっぷりなんだ。上から八三、六〇、八六。ロング・ヘアが緑色の風のイメージ。もの静かな美人。心の内をなかなか他人には公開しないタイプだった。

何割かは美化されているに違いない思い出を、つい反芻してしまう。だが、椎葉は最悪のやり方で、おれを現実に引き戻した。

「梶君か。美人だがあんまり人気はなかったな。不感症じゃないかって噂だったが」

「うるさい！　絞め殺されたくなかったらよけいなことを言うな。黙ってろ。だいたい不謹慎だと思わないのか？　こんな時に」

「私にどうしろと言うんだ？　まるで誘拐犯人まがいのやり方で、こんなところに連れ込んで閉じ込めて、君の許可がなけりゃ、私は喋ることも息をすることもできんのか！」

椎葉はさらに書類を掴んで丸め出した。デスクや床に叩きつける。駄々っ子と同じだが、その点では、おれも似たようなものだ。さっきから口を開くたびに平静さとか、落ち着きとか呼ばれているものが蒸発していく。そう分かっていても抑制できない。

おれはなんとか興奮を鎮めにかかった。もうひとつ、肝心のことを確認するのを忘れていたのに気づいた。

「おい、落ち着いて、おれの話を聞け」

「ああ、聞いてるとも。なんだ？」

椎葉は紙クズを大量生産しながら、おれを睨む。デスクやその周辺は、掃除婦の意欲をかき立てるに充分な眺めになっていた。

「最近、Ｐ３のスタッフで変なことに熱中してる者はいなかったか？」

「何のことだ？」

「役に立つのか立たないのか、分からんような研究さ。もっとも試行段階のテーマはたいていそうかもしれんが」

「私は技術畑じゃないぞ。言うなればマネージャーだ。私の分担は商売になるかどうかを考えることだよ」

「その頭の中はなんだ？　脳ミソか、それともクソか？　自分の部下が何をやってるかも知らずに、よくマネージャーだなんて言えるな」

「君にそんなことを言われる筋合いはない」

椎葉は顔面を紅潮させ叫んだ。おれに紙クズの弾丸を投げつける。

「なぜ、そんな侮辱を受けなけりゃならないんだ。私が何をしたって言うんだ！」

「二日前にさっさと報告してりゃよかったんだ。そうすりゃ今頃は、おれもあんたもゆっくりコーヒーでも飲んでられたんだよ」

ペットの犬同士が各々の主人の意思を無視してケンカを始める姿。時々、路上で見かける光景だが、そんなイメージが脳裡にチラついた。

椎葉も同じようなことを考えたのか、視線をそらした。ふと何か思い出したらしい表情になる。

「そう言えば……」

手の中の紙クズを伸ばしてシワを広げる。

「そう言えば二木英人が何か一人きりでやってると、鎌田君が会議で言ってたな」

「どんな？」

「イントロンの謎を解くとかなんとか。やめろってわけにもいかないさ。二木君はウチのドル箱だからな。微生物特許を一人で五つも取った……」

おれは大声で叫んだ。

「今、なんて言った⁉」

「ん？　微生物特許を一人で五つも……」

「ちがう！　その前だ、その前。一人きりで何をしてたって？」

「イントロンの謎を解くとかなんとか……」

椎葉は口ごもった。不審な顔でおれを見る。

表情の変化に気づいたようだ。

「おい、もしかしてそれが関係あるのか？　何か知ってるのか？　答えろ！」

　おれは椎葉に言ってやった。

「あいにくだが部外者には教えられない」

「部外者？　私は当事者だぞ。……おい、どこへ行く？」

　椎葉に背を向けて、再び壁際のモニターのところに行った。

「人が質問してるんだぞ！　ちゃんと答えろ！」

　椎葉がわめいていたが、おれは聞いていなかった。モニター画面に映る無残な死体を観る。

　おれの顔面は極限までひきつっていただろう。生きながら死後硬直を起こしているような気分だった。神経のハイウェイを冷たい稲妻が駆け抜けていく。

　知美の面影が、脳裡に鮮明に蘇った……。

過去a　知美

　彼女を見た時、おれの心臓は放射線を浴びたようになった。

「彼女が、今日からバイオ部門、開発一課に配属された新人だ」と課長が紹介する。

「梶知美です。よろしく、お願いします」

　お辞儀する。ロング・ヘアが揺れる。白い顔は繊細な逆三角形で、目鼻立ちのバランスも品がよい。

　ルネサンス期の画家がデザインしたみたいな顔だ。一見すると冷たい感じも受けるが、振り返って何度でも見たくなる女性だった。

　ピンクのスーツに、スカート。ピンク系の口紅、マニキュアも似合っている。

　要するに、おれは一目惚れしてしまったのだ。

　おれは一歩前に出ると他の同僚たちに先んじて、梶知美に挨拶した。

「よろしく。ぼくが社内で最も優秀で、最も働き者の技術屋だ」

　他の者は、鼻を鳴らす。内心では、あからさまにブーイングしたい奴もいるだろう。だが、誰も反論はできないはずだ。

「ここは時々、変な雑音がするんだ。気にしなくていい……あ、ぼくは深尾直樹だ」

おれは、そう自己紹介した。背後で、わざとらしくパソコンのビープ音が次々に鳴った。それでもブーイングのつもりかね、諸君？

二一世紀に入って二〇年目の初夏だった。おれ、深尾直樹は二六歳になっていた。

朝日発酵薬品、開発一課がおれの職場だった。社名からも分かる通り、この会社は元は医薬品メーカーだった。今は時流に乗って、バイオ関係なら何にでも手を伸ばしつつある会社だ。特に血液製剤の生産や、遺伝子治療の分野は急成長を遂げている。

今おれがいるこの部屋は、実験施設ではない。事務作業用の区画だ。見た感じは普通の企業のオフィスと、ほとんど違いはない。建物自体、築一五年の代物であり、最先端企業というムードは感じられない。壁や柱にシミが目立つし、薄汚れている。グレーの事務用デスクと椅子は実用性一点張りだ。

バイオ技術者といっても、ずっと実験施設に閉じこもっているわけではない。それ以外の書類仕事もあるから、こういう部屋も必要だ。

また、P1からP3までのバイオ実験施設もスペースに限界があり、全技術者が同時に実験、研究を行うのは不可能だ。そこで、あらかじめスケジュールが組まれており、一人ひとりが個々に使える時間は限定されている。自分の時間が来るまでは、この部屋で実験作業の手順を用紙に書いて確認したり、あるいは実験結果を報告書にまとめたりするわけだ。

時には「P3使用時間を譲ってくれ」と懇願し合う光景が見られる。口論に発展しそうなこともある。実を言うと、そういった口論のタネはいつも、このおれが発信源なのだが。

さて、いつまでも新人女性技術者の鑑賞ばかりもしてはいられまい。おれは、すぐに開発一課課長の木野に直談判しに行った。

木野は四〇代初め、面長で色黒、ダックスフントに似た印象を受ける男だ。おれを見るとすぐに嫌な顔をする。

「課長、例の件はまだ……」

「まあ、待ちたまえ。朝のコーヒーぐらい、ゆっくり飲ませてくれ」

時間稼ぎのつもりか、ゆっくりスプーンでコーヒーをかき回している。

そのうち木野に電話がかかってきた。

「あ、私だ。……そうか。じゃ、第二会議室が空いているから……」

木野はコーヒーカップと書類を持って立ち上がった。

「じゃ、話はまた後で……」

「だまされませんよ」

当時のおれは、怖いもの知らずの世間知らずだった。自分の実力を鼻にかける若者だった。だから、周囲の態度、反応の鈍さにいちいち突っ掛かり、苛立っていたのだ。

木野の後について廊下に出ると、進路に立ち塞がり、通せんぼをした。

「なんだと言うんだね？」

「誰が開発一課の評価を上げたんですか？」詰め寄った。

「誰が、去年の我が社の株価を上げたんです？　その原因はプロテインＡの改良型、プロテインＡ２。これからエイズ治療薬として有望視されるかもしれないんだ。この特許は、本当は誰のものですか？」

「深尾君。チームワークという言葉を忘れない方がいい」

「本当はぼくの特許だ」

「開発一課のものだ」

「皆が定時で帰った後も、一人でＰ３に残って真夜中まで実験研究を続けていたのは、どこの誰です？　そうやってプロテインＡ２を造ったのは、どこの誰です？なぜ、ぼくは他の奴に足を引っ張られなけりゃならないんです？」

「言葉を慎みたまえ」

「ぼくの望みはただ一つ、Ｐ３の中に深尾直樹専用の研究ブロックをもらうこと、それだけですよ。それさえあれば何も文句はない。さらに我が社の発展に力を尽くしますとも」

この言葉は決して嘘ではない。ちゃんと勤務先のためにも働くつもりだ。だが、おれはそれ以外に、誰にも邪魔されず自分自身の将来のために実験・研究ができる環境を完全に手に入れたかった。

「深尾君」と木野。「君が優秀で仕事熱心なのは認める。しかし、君よりも古参の先輩社員たちが大勢いるんだ。彼らを差し置いて、君一人を特別扱いするのは、チーム全体の志気に関わるだろう」

「年功序列に従え、と？　一騎当千とまでは言わないが、一人で十人分の給料に見合う仕事をやったつもりですが……」

木野は言葉を呑み込む。視線をそらし、言った。

「分かってないねえ。優秀な技術屋一人のために、会社全体が動くわけじゃないんだ。この話はもう終わりだ」

木野は逃げるように立ち去った。おれは取り残されて、仕方なく、事務作業の部屋に戻った。他の技術者たちが、わざとらしくパソコンのビープ音や、書類をめくる音で迎えてくれた。今の会話を聞いていたのだろう。だが、おれを応援してくれる者はいない。

当時のおれは、孤立した存在だった。いや、当時だけではない。それ以前も、それ以降もだ。いつもそうだったのだ。

自分の机に戻る。今日予定している実験の手順をメモしようとした。メモの一枚に、誰かの落書きがあった。

ブタにまたがっている男のマンガだ。フキダシの中には「ハイヨー、シルバー！」とセリフがある。片手にプロテインA2の特許権利書を握っている。なかなか、よく描けていた。誰かさんにそっくりだ。

おれが周囲を見回すと、なぜか皆一斉に仕事が忙しくなったらしく、書類にペンを走らせたり、コピー機のところに行ったりし始めた。今年のワールドカップで日本が決勝戦に進めるか、という話題を唐突に持ち出す奴もいた。

おれは落書きをことさらにゆっくりと両手で丸めた。ついでに隣のテーブルからライターを拝借し、灰皿の上で火葬にした。

ふと、視線に気づいた。

梶知美。今日配属されたばかりの新人だ。彼女と眼が合ってしまう。おれは視線をそらさなかった。相手もそらさなかった。

彼女にも、もう分かったはずだ。おれと、おれが所属する開発一課の雰囲気が、どういうものか。おれが、ここではどういう位置を占める存在かも。

唇を歪めて微笑して見せた。彼女はとまどったようだ。しかし、かすかに微笑を返すと、彼女も備品の整理を始めた。

＊

当時のおれの生活はP2やP3での実験、研究に明け暮れていた。決して単調な二四時間ではない。それどころかスリリングですらある。別に、危険な猛毒病原体を扱うこともあるから、という理由だけではない。

生命現象をコンピュータ・プログラムのようにコントロールできるというのは、いわく言いがたいスリルがある。しかも、まだ世界中の誰も到達していない領域を、自分が初めて探検しているのかもしれないという、一番乗りの興奮もある。

おれはコドン（アミノ酸の各種類に対応するDNAの三文字プログラム）を操り、遺伝子を切り張りする。制限酵素を混ぜ、電気泳動ゲル液上のDNAコードを読み取る。九六穴マイクロプレートを毎日、顕微鏡で覗くのが無上の喜びとなる。

その日、おれはP2区画の第九ブロックにいた。

マイクロ・マニピュレーターを慎重に操作する。

知識のない者には、これは顕微鏡とビデオカメラとパソコンとモニター画面の複雑な融合体に見える。二〇インチ・モニターには、細胞核と、それに迫る極小サイズのピンセット、注射針、レーザー光線投射機がアップで映っている。それを観ながら、TVゲーム用のジョイ・スティックに似た四本のコントローラーを操るのだ。

おれはレーザー光線で細胞膜に穴を開けたところだった。

梶知美が隣で、作業を見守っている。おれは彼女の実習教官と、自分の仕事とを同時にやっているわけだ。

細胞核にDNA溶液を注射した。

「これでベクターの出来上がり、と」

画面に顎（あご）をしゃくる。

「それじゃ、培地液に移そう。マイクロプレートを……」

「はい」

梶知美は、そばの恒温庫を開けた。

おれは彼女の横顔と、オレンジ色の実験衣に包まれた彼女の曲線に、つい見とれていた。

P3と違って、P2ではマスクで顔を覆う必要がない。従って、彼女の美貌（びぼう）を鑑賞するには好都合なのだ。

このP2の内装は、白一色だった。天井の蛍光灯も青みがかった光を放っている。できたての理科の実験室みたいだ。

彼女、梶知美の存在は、この味気ないＰ２施設をスイスのお花畑に変えてくれた。彼女の魅力を前にすると、どうもおれは落ち着かない。フォルミルメチオニル・ロイシル・フェニルアラニンのような走化性ペプチドに反応して、暴走族に変わる好中菌の気分がよく分かった。

おれは注意力散漫になっていた。セクハラにならないように彼女をデートに誘い出すプランなどを夢想していたものだから、彼女が差し出した九六穴マイクロプレートをほとんどノーチェックで実験キャビネットに入れてしまったのだ。

「じゃ、移し換えは任せた。やってくれ」

「はい」

彼女は椅子に座ると、二本のコントローラーを両手に握り、操作を始めた。

おれは怒鳴った。

「待った！　ストップ！　やめろ！」

知美は感電したような反応を示した。椅子から飛び上がる。

「なんです!?」

「それじゃない！」

マイクロプレートを引き抜いた。全身が震える。これを他人にいじらせるわけにはいかない。まして、無関係なベクターを移すなど、とんでもないことだ。

冷や汗を拭った。

「どうしたんですか？」

知美は眼を見開いていた。黒水晶のような瞳に、照明の光が映り込んでいる。

「いや、これは違うマイクロプレートなんだ」

「だって、社の規定のラベルが……」

彼女を指差す。おれは舌打ちする。日付と、ベクター試験ＣＣ－78のラベルが付いている。

「単なるミスだ。これは〈廃棄〉だ」

ボールペンで、ラベルの文字に二重線を引き、〈廃棄〉と書き直した。それを恒温庫に戻すと、別のマイクロプレートを出した。ベクター試験ＣＣ－70のラベルが付いている。

「こっちを使ってくれ」

知美は素直に、作業の続きに取り掛かった。

その間に、おれは恒温庫の中の九六穴マイクロプレートを点検した。危ないところだった。溜め息をつく。このP2区画、第九ブロックに、おれと知美の二人しかいなかったのは幸いだった。

「あの……」

肩越しに知美が言う。おれは足の筋肉が痙攣し、飛び上がりそうになるのを抑える。

「なんだい？」

「それ捨てないんですか？　その〈廃棄〉ラベルのを？」

「あ、ああ。後で捨てる。気にしなくていい」

「今すぐ、私が捨ててきます。オートクレーブの使い方なら、分かってます」

オートクレーブとは、バイオ実験施設で生じた廃棄物を高熱処理する装置だ。

「いいんだ。後で、ぼくがやる」

「いいえ。今すぐ、私が……」

「しつこいな。いいって、言ってるだろう」

ふいに空気が重くなった。彼女の眼が穏やかな非難を告げていた。直接、口で言われるよりも応える視線だ。

「変ですね」

「何が変だ？」

「だって、どうせ廃棄するものでしょう？　何をそんなに慌てているんですか？」

彼女の口調は丁寧なものだった。

「別に慌てちゃいない」

知美が、おれの言葉を信じていないのは明白だった。袋小路（ふくろこうじ）に突き当たってしまった。〈廃棄〉ラベルを付けておかなかったことを悔んだ。

「何を隠しているんですか？」

知美は大声で問い詰めたりはしなかった。静かに、ただ静かに質問してきた。

「何を隠しているんですか？」彼女の声は魅力的なアルトだ。

おれは無駄と知りつつ時間稼ぎする。

「ねえ、梶さん」

「はい」

「あなたはとっても可愛い」

「あら、ありがとうございます」

彼女は少し、顔をあからめたようだ。

「それにいい性格をしてる」

「それは、どうも」

今度は微笑が浮かんだ。

「だから、〈廃棄〉ラベルの付いたやつのことは忘れてくれ……るわけないな、やっぱり」

「はい。忘れません」

知美は真顔に戻った。おれは、学級委員の女の子に、嘘はいけない、と諭(さと)される悪童の気分だった。

「最高にいい性格してるよ、あんたは」

「ありがとうございます」

知美はあくまで生(き)まじめに答えた。

おれは板挟みになった。溜め息とともに、今までの苦労と、その代償が蒸発していく気分だ。真相がばれたら、おれは減俸を喰らい、二度と勝手な真似はできなくなるだろうし、退社も考えなくてはならないかもしれない。しかし、梶知美の疑惑をそらすことは、もう不可能だった。

ええい、どうとでもなれ！

「あれは、秘密の実験物だよ」

ついに、白旗を振った。

「〈廃棄〉ラベルを付けておけば、誰も気にしないからね。会社にも、同僚にも知られずに済む。そうやって、秘密の実験を続けているんだ」

「どんな実験を？」

「タンパク質のジスルフィド結合を変えて、バイオ素子にする。つまり、タンパク質でコンピュータ・チップを造るのさ」

「すごいわ」知美の眼に尊敬の色が表れた。「まだ誰も実現してないわ」

「おれもさ。まだアイディアだけで、実験そのものは空回りしているのが現状さ」

実をいうと秘密実験は、それだけじゃない。他にもいろいろなテーマで数種類を同時進行させているのだ。それは言わなかった。

椅子に座りこんだ。

「さて、どうする？　木野課長に言うか？　社の設備と予算を使って、独りだけ勝手な真似をしている奴がいる、と」

梶知美は返事をしなかった。無言のまま、おれを見下ろしている。

やがて、彼女は回れ右して椅子に座り、マイクロ・マニピュレーターのコントローラーを握った。二〇インチ・モニターに映る一〇マイクロメートル（一〇〇〇分の一〇ミリ）の細胞をつまみ上げては、プレートに順次移していく。

二人とも無言のままだった。

作業を終えると、知美はコンピュータ端末に記録を入力した。椅子から立ち上がり、おれの前に来る。

「終わりました」彼女はほほ笑んだ。「次は何を教えてくれるんでしょうか？」

すぐには言葉はでなかった。

「よけいなことを言うな、と教えるつもりだったんだが……」

「ええ」知美は肩をすくめて見せる。「私は作業中に〈廃棄〉のプレートと、〈使用中〉のプレートを間違えそうになりました。私が知っていることは、それで全部です」

腹筋から力が抜けた。呼吸が楽になる。

「出来のいい生徒を持つと、教官は非常に嬉しいね」

笑顔を浮かべた。知美も、表情でそのエコーを返した。共犯者同士が交わす笑みだ。彼女が笑うと八重歯（やえば）が少し覗くのを、おれは発見した。

「しかし、なぜなんだ？」

知美は答えた。

「別に会社の備品を盗んでいるわけじゃないんですし……深尾さんの実験に興味があるから……」

「実験だけじゃなく、本人にも興味を持ってもらえると嬉しいんだけど……」

現在5　生存者は？

椎葉は内線電話で秘書にあれこれ指示していた。

「警備員には待機してろ、と言っておけばいい。私は大丈夫だ。相手は別に強盗じゃない。頭のイカレた役人に過ぎん」

話しながら、額の汗を派手な柄のハンカチで拭っていた。エルメスか何かのブランドものだろう。

おれは椎葉とは一つ離れたデスクに座っていた。スーツの内ポケットからスマートフォンを取り出す。スイッチをＯＮにする。が、通話可能な状態にならなかった。ここは地下なので電波が届かないらしい。

「ダメだ！」唐突に椎葉が叫んだ。「私の許可なしに警察なんか呼ぶな。そんなことしてみろ。クビだぞ！」

椎葉は甲高い声で怒鳴り、受話器を叩きつけた。哀れな秘書嬢は今ごろ耳を押さえているだろう。

おれはスマートフォンで連絡するのは、あきらめた。ポケットにしまい、代わりに自分の名刺を取り出す。裏にＱＲコードが印刷してある。ライフテック社の電話のそばに置いた。受話器を取り上げる。

椎葉の手がバネ仕掛けみたいに飛んできて、フック・ボタンを押した。血走った椎葉の眼と対面する。

「どこへ電話するつもりだ？」

「おれの上司さ。それとも代わりにここで起きたことを報告してくれるか？」

「やめろ、と言っても無駄か？」

「その通りだ」

おれの右手には受話器と一緒にスタン・ロッドが握られている。そいつを少し振ってみせた。椎葉は機嫌の悪いブルドッグに似た唸り声を発した。肩に力が入って首の辺りが痙攣（けいれん）している。スマートなスーツもダンディ振りも台無しだ。

「私は一度、倒産したことがあるんだ」

椎葉が言った。歯が剥（む）き出しになっている。

「最初の会社は半導体の商社だった。それが大手に流通を押さえられて息の根を止められた……。だが、今度は自前で製品を造る側だし、モノがミクロ・サイズだから設備投資も安上がりだ。何もかもうまくいくはずだったんだ……。もう会社を潰（つぶ）すのは御免だ」

「その手を離してもらおう」

「まあ、聞いてくれ」

椎葉は身を乗り出す。

「我がライフテック社は、業界中から注目されるバイオ製品を次々に産み出してきた実績と信用がある。我が社には一〇〇人近い従業員がいる。彼らと彼らの家族の生活が、私の肩にかかっているんだ。

「それに今は、新製品の発表を明日に予定しているんだ。これだけは潰したくない。今、Ｐ３での事件が公になったら、新製品発表どころじゃなくなる。

「頼む。あと二日、いや三〇時間でいいんだ。三〇時間の間、ここで起きたことを伏せておいてくれれば、新製品の発表を先にやれる……」

「その手を離してもらおう」

椎葉の眉間に、ロッドの先端を突きつけてやった。

「あんたが喋ってる間に、P3の中じゃ死体が腐っちまう。それとも、あんたの言う新製品てのは死体防腐剤か？」

おれは演技ではなく本気で怒っていた。こめかみの辺りが燃え出しそうだ。

知美の死体のイメージが、また脳裡をよぎった。彼女の美貌が腐敗していく恐ろしい光景が焼きついて離れない。それが、おれの脳内で暴れ出して他の思考すべてを皆殺しにしようとする。一度は鎮めた息が、また荒くなってきた。

「い、いや、もちろん、P3の中のことは今日中になんとかするつもりだった」

椎葉の顎の先端で汗が滴になっている。それを拭うのも彼は忘れていた。

「今、P3の中は冷房を全開にして室温は摂氏一〇度ぐらいにしてある。それでいくらかは大丈夫なはずだ。社員たちの何人かに事情を話して、防護服を着てP3に入ってもらう予定だったんだ。できるだけ、犠牲者たちを見苦しくない姿にしてもらおうと……」

「ダメだ！　〝C〟にエサをくれてやるだけだ！　皆、片っ端から食われちまう……」

おれは口をつぐんだ。

「シィー？」椎葉は不審な表情を浮かべた。「なんだ、それは？」

「なんでもない。……あんたは大バカ者だ。死体を警察が調べたら、死後何時間経過したかぐらい、すぐに分かるんだ。TVドラマで、よくやってるだろうが」

「いや、それも大丈夫だ。P3での〈事故〉には誰も気がつかなかったという理由を……」

「その手を離してもらおう。おれが、こいつを振り回したくなる前にだ」

ロッドの先端を動かしてやった。

睨み合いが続いた。やがて椎葉はフック・ボタンから手を離した。あきらめたのか、とも見える。だが、彼はいきなり拳で電話機を叩いた！　そのクリーム色の機器が反動で空中に跳ね上がる。

おれはまったく身動きしなかった。視線を相手に固定し続けた。今のおれを威圧するのは不可能だ。大統領やゴッドファーザーを三ダースくらい連れてきて、雛段みたいに並べても役には立つまい。

睨み合いが続いた。おれの勝ちだ。椎葉の負けだ。彼の眼が、それを認めている。

椎葉は肩を落とし、おれに背中を向け離れていく。独り言が聞こえた。

「……クソ。これで下手すれば二つ目、いや、これがもしかしたら最後のチャンスだったんだ。また銀行のバカどもにペコペコ頭を下げなきゃならないのか」

椎葉は頭をかきむしっている。あれでは後でヘア・スタイルを整えるのに一苦労だ。

事件が公になるのは避けられない。〈真相〉はもちろん隠すにしても、二〇人の死者、もしくは行方不明には何か別の説明をつけねばならない。表向きの理由はどうあれライフテック社の葬式は目前だった。

だが、椎葉に同情はしない。彼はいずれまた別の会社を創って返り咲くチャンスがある。おれには永久にないものだ。


名刺のQRコード部分に受話器のセンサーを密着させた。読み取り音、オートダイアル音、呼び出し音。

『はい。こちらは遺伝子操作監視委員会、C部門です』

池田美枝の声が応えた。

「深尾だ。急いでる」

『すぐ課長につなぎます』

彼女はよけいな時間潰しをしない、極めて有能な女性だ。

*

遺伝子操作監視委員会。

これは七〇年代に文部省がらみで発足した遺伝子操作検討委員会が前身だった。

検討と監視の間には、保健所と警察ほどの違いがある。検討だった頃は、バイオ研究所における安全ガイドラインの確立と各研究施設への指示だけだった。何一つ強制する力はなかったと言ってもいい。

監視に変わり、C部門が開設されたのは二〇二〇年代に入ってからだ。表向きはあまり変化はない。だが、実は内閣府直属になっており、強制捜査権や逮捕権が与えられている。場合によっては超法規的措置も可とされている。もちろん、それをやった奴は後で書類の山を築かねばならない。今度もそうなるのは避けられないだろう。

C部門の実体に興味を持つジャーナリストは少なくない。だが、彼らは遅かれ早かれ沈黙することになる。報道の自由などという言葉は、ＣＭのコピーほどに信用できない代物だということを思い知らされて。

監視委員会の任務は〈事件〉を未然に防ぐことと、必要とあらば研究施設の強制閉鎖を行うことだ。楽な仕事じゃない。組織構成員は六〇〇名に満たず、仕事の対象であるバイオ企業は日本国内で五〇〇〇を超す。しかも、任務の内容が世間に漏れないよう注意せねばならない。行動は後手後手になりがちだ。

人手不足のために、おれみたいな民間バイオ企業出身者まで調査官として採用する有様だ。何せマスコミに求人広告を出すわけにもいかない。だから、〈事件〉に関わった被害者なども口封じを兼ねて調査官に仕立てている。異例の処置が行われるのは混乱した状況の現れだ。

*

ＮＴＴの回線の向こう側で、相手が出た。遺伝子操作監視委員会のC部門調査課課長だ。

名前は永海国男。四一歳。肥満体で丸顔、黒縁の眼鏡を愛用している。なんとなく、ぬいぐるみのタヌキを連想させる男だが、付き合ってみれば外見通りの性格ではないと分かる。付け加えると、将棋がアマチュア二段の実力だ。

おれが口を開く前に、永海が言った。

『さっき、そこの会社から抗議があったぞ。専務を拉致されたとかなんだとか。何があった？』

おれは手短に説明し、永海は不機嫌に唸った。

「十中八九、〈C汚染〉ですね。この間のバイオニア社で出た奴とは比べものにならない。狂暴さも手ごわさも特上級みたいだ。まだはっきりしませんが、二木英人というここの技術者が怪しい。彼がイントロンの謎解きをやってたらしい」

永海が毒づいた。

『クソ。まだ前の後始末も済んどらんのに、なんてこった。どうしてこう皆ろくでもないことばかり、やりやがるんだ！』

「ぼくに言ってるんですか？」

『その通りだよ』

「今さら誰に愚痴を言おうっていうんです？　バイオ産業は金の生る木だし、後押ししたのは政治家どもだった。バイオ・インダストリー税制なんて代物を作るから……」

　バイオ・インダストリー税制とは、バイオ・リアクターを新設した事業体に対して税金を控除する制度だ。ちなみにバイオ・リアクターとは、簡単に言えば培養タンクのことだ。

「……税金対策で、皆我も我もと投資を始めてしまった。これだけ技術者と設備が増えたら、あれに気づかない方がどうかしてるんだし……」

『分かってる、そんなことは！　……まあ、いい。Ｐ３は閉鎖してあって今は危険はないと言ったな』

「ええ、〝Ｃ〟が外に出た様子もない」

『じゃあ、そこにいてくれ。応援を回す。私も手が空きしだい行く。君はできるだけ状況を詳しく調べて欲しい。しかし、ムチャな真似はするなよ』

「しませんよ」

『どうだか？　バイオニア社の時だって』

「あれは不可抗力だ」

『ふん、どうだか？』

　永海の鼻息が回線越しに伝わった。おれの耳はその風圧を受けて、一瞬受話器から一〇センチくらい離れたくらいだ。

『おい、こんな話を聞いたことないか？』

と永海。

「ありませんね」

『黙って聞け。……罪悪感に悩んでいる人間は自滅しやすい、無意識に自分を罰しようとする傾向がある、という話だ』

　おれは、ふん、と鼻息を返してやった。

「いつから精神分析に凝り出したんです？」

『先週からさ。女房が心理学のカルチャー講座に通い始めやがった。いいか、余計な真似はするなよ』

　電話を切る。

　おれは永海の御託を頭から振り払った。

　おれの行動基準と、Ｃ部門が〈要員〉に求める行動基準とは必ずしも一致してはいない。それで永海は機嫌を悪くするのだ。

しかし、おれは履歴書を持って自分からC部門を訪ねたわけではない。面接試験で志望動機を訊かれて「国家社会のために働きたい」と述べたわけでもない。一般常識の筆記試験で、『こころ』や『明暗』の作者は誰か？の答えを空欄に記入したわけでもない。

気がついたら、他に選択の余地がなくなっていたのだ。それについては、おいおい君に説明する機会もあるだろう。

ふいにまた、脳裡を血まみれの知美のイメージがよぎった。全身に悪寒が走る。爪先から心臓の辺りまで挽き肉機に入れられてミンチにされているような感覚だ。

不吉なイメージを振り払う。今はC部門調査官としての仕事に専念して忘れるべきだ。

無理矢理それに専念すべく、振り向いた。椎葉への訊問を再開しようと思ったのだ。

おれの目的達成は非常に難しくなっていた。椎葉は、いきなりベージュ色の仕切り板を蹴飛ばしたのだ。打撃を受けたポリマー板は地震直後のように揺れていた。

「あのクソ技術者ども！　いったいなんだって、こんな時に、こんなトラブルを起こしたんだ！」

彼は自分を見失いかけていた。ベージュの仕切り板を一枚ずつ順番に蹴飛ばし始めたのだ。普段の性格が几帳面なのだろう。八つ当たりも規則正しく行わないと気がすまないらしい。

「あのクソ技術者どもが！」一緒に罵言をぶつける。

彼の背中に呼びかけた。

「椎葉さん、あんたに訊きたいことがある」

「何がドル箱だ！」

「椎葉さん、あんたに訊きた……」

「何がダイヤモンドの鉱脈だ！」

おれはうんざりした。組織のリーダーというのは自分中心に物事が動くのに慣れてしまっている。そのため、時々幼児性まる出しになる人物もいる。そういったことを、おれは経験的に知っていた。

「おい、人の話を……」

椎葉はついに仕切り板の一枚を蹴り倒した。壁のようになっていたベージュ色の並びに、穴が開いた。歯が一本抜けたような印象を受ける。

「いいかげんに人の話を……」

おれは怒鳴りかけ、その口の動きを止めた。

椎葉も八つ当たりを中止して身体を凍りつかせている。倒れた仕切り板の向こうには、例の四面から成るモニターと、カメラ・コントローラーなどがある。画面にはもちろん、減圧されているP３内部が映っている。

その内の一つ、右上のモニターの映像！

おれは感電したようなショックに立ちすくんでいた。実際に数万ボルトほどの電圧を感じた。頭髪が逆立つ気分だ。

「知美……」

おれはダッシュしていた。椎葉を体当たり同然に押しのける。モニターに飛びついていた。彼女の名前を何度も呼んだ。

モニター映像の中、知美が例の解体された技術者のそばで横座りになっていた。

〈P３区画　出入口：カメラａ〉の映像だ。

さっきまで、そこには技術者の死体があっただけだ。知美の背後に、今映っている死体がそれだ。ステージ・マジックでは、人間の出現／消失をイリュージョンと呼ぶそうだが、そのイリュージョンに似た唐突さで彼女は現れたのだ。

知美はツナギに似た例のP３用実験衣を着ていた。切れ長の眼が死んだ魚のそれみたいに虚ろだった。言葉にならない何か異様な雰囲気がある。

「知美！　おれが分かるか？　深尾直樹だ！」

彼女は反応しない。おれの声もP３内部までは伝わるわけがない。が、分かっていても叫ばずにはいられない。

「おい、梶君！　私だ！　分からんのか！」

椎葉も隣で叫び、モニターの表面を掌で連打していた。冷静になれば、二人とも無駄なことをしている、と気づいたはずだ。だが、その時はそんな余裕もなかった。

おれは大混乱に陥っていた。P３の中に〝C〟が現れたのなら、知美も無事でいられるはずがないのだ。考えられる可能性は、彼女が今までP３内のどこかに隠れていた、ということだ。そして、今、脱出すべく〈カメラａ〉の前に出てきたのかもしれない。

だが、知美の様子は、おれのそんな推測を覆すものだった。彼女は白痴同然に見えた。大きな黒い瞳に自我の輝きがない。

死人ではない。ちゃんと胸が上下している。その息遣いすら感じられた。だが、魂だけ、どこかのコイン・

ロッカーに入れたまま忘れてきたような感じだ。どう見ても、極限状況の中で知力を絞って生き延びた人物とは思えない。

　彼女の髪の毛はロング・ヘアだが、伸ばしっ放しでまったく手入れしていないようだ。おれの記憶の中の知美の髪形とは違っている。

　そうだ。彼女はいつもストレート・パーマだった。あんな、だらしないボブの出来損ないみたいな髪形じゃなかった……。

過去b　すれ違い

　目を覚ました。腕を伸ばそうとする。何か柔らかい障害物に当たった。その柔らかな生き物は甘ったるいアルトで寝言を言った。

　若い女が眠っている。知美だった。そうだ。昨夜彼女は、おれの部屋に泊まったんだっけ。小鳥のさえずりが聞こえる。アルミサッシの曇りガラス越しに見える空も、暗闇から透明なブルー・サファイアに変わっていた。枕元の時計を見る。地球の自転により、夜の半球が日本から去っていく時刻だ。

　おれはトイレに行き、冷蔵庫の電解質飲料を出して飲み、再び眠りを貪ろうとした。

　だが、一向に眠れない。睡魔は既に逃げ去っていた。

　知美の寝顔を鑑賞することにした。母猫の体温に身を寄せる子猫を連想させる。長いまつげが、白い顔にアクセントを添えていた。だが、彼女は突然、寝返りを打った。寝顔は向こう側に行ってしまった。

　天井以外に見るものがなくなってしまった。

　なぜか、アイディアはこういう時にやってくる。

　そうだ！　あのポリペプチド鎖を疎水結合に変えたら、うまくいくんじゃないか？

　起き上がった。完全に眼を覚ますために、腕立て伏せや、スクワットや、腹筋運動をやった。両親をともにガンで失ったおれは体力作りだけは欠かさない。健康な肉体を失うことにパラノイアじみた恐怖感があるのだ。おかげでスポーツ選手並みの体格とは言わないが、運動不足になりがちな技術屋にしては、いい線いってるだろう。

　おれが住んでいるのは、1LDKのアパートだ。建物も新しいし、いい物件と言えるだろう。内装は簡素そのものだ。おれにはインテリアについて語る資格もセンスもない。知美が壁紙やポスターを工夫するよう忠告してくれたし、実際、あれこれ努力もしてくれたが、最近はもうあきらめているようだ。

ダイニングの隅には机と、椅子と、パソコンが仏壇のごとく鎮座している。その前に座ると無心になれるという点で、両者は共通している。パソコンの電源を入れる。音源ボードが挨拶した。

「トラスト・ミー」

パーソナル・ユースのコンピュータにしては、かなり金のかかったシステムだが、別にパソコン・マニアだからではない。自分の目的のために必要なのだ。バイオテクノロジーの実験そのものはＰ３でないと不可能だが、コンピュータ内部のメモリー空間でのシミュレーションなら、機材やソフトさえそろえれば自宅で可能だ。

早速、〈ペプチド／タンパク質ＣＧシミュレーション・ソフト〉を起動し、過去に作ったタンパク質構造を画面に呼び出してみる。

いくつかの新しいモデルを作ってみた。たった一個のアミノ酸残基の置換だけでも、タンパク質は突然新しい機能や性質を獲得するものなのだ。

おれは作業に熱中していた。自宅でも仕事をせずにはいられないワーカホリックだ、と思う者もいるだろう。しかし、これも新しい微生物特許、新しい超タンパク質特許などを得るためだ。

出来上がった構造モデルをハード・ディスクと光磁気ディスクにセーブした。緊張が緩んで、溜め息が出た。

背後に気配を感じた。振り向くと、リビングで知美が着替えているところだった。もうランジェリーは身につけた後だ。グリーンのワンピースに取り掛かろうとしていた。おれと視線が合う。

「起きたのか。ちょうどいい、こっちも終わった。どこかで朝食でも……」

「私、帰る」知美は視線をそらした。暗い表情だった。黙々と着替えを続けている。

「え？　なんだって？」

「帰るって言ったのよ」

「今日は日曜日だぞ。何か用事でも思い出したって言うのか？」

「笑わせないでよ」

　知美の言葉遣いに、おれは驚いた。普段はこんな挑戦的なものの言い方はしない。

「日曜日なんていう曜日は、あなたには存在しないんでしょ？　ちがうの？」

　相変わらず視線をそらしたまま、彼女は言った。こんなに頑(かたく)なで、冷たい知美は見たことがなかった。ワンピースの袖(そで)を通すと、自分で背中のファスナーを上げた。もともと彼女は、ファスナーを上げてくれ、などといったことは絶対に頼まない女だ。

　知美は壁にかけた鏡に向かって、髪にブラシを通し始める。ハンドバッグを取り、ピンクの口紅で唇のラインを直す。その間、おれは何度も彼女の名前を呼んだ。だが、返事がない。ここまで無視されたのは初めてだ。

　本気で、このままおれのアパートから出ていきかねないように見えた。

「ＯＫ。今日は仕事のことは一切忘れた。これでいいだろう？」

　おれはリビングに移動した。彼女のそばに立つ。

　知美は振り向こうともしなかった。

「どうしたんだよ？　聞こえなかったのか？　今日は仕事は……」

「無駄よ。忘れてないわ。私が何を話しても、あなたは聞いてない。インターロイキンやプラスミドのことで、あなたの頭の中はいっぱいだもの」

「そんなことはないさ」

「私をちゃんと見ていてくれたのは、半年前に付き合い始めた最初のうちだけだったわ……」

「こっちを向けよ」

　知美は顔を上げた。深みのある黒い瞳が、おれを見る。

「何を怒ってる？」

「そんなことも分かってないからよ」

　誰かが言っていた。女とは論争をするな。彼女たちは脳と子宮の二つで思考する。男は脳一つだけで思考する。二対一で、男に勝ち目はない。簡単な数式だろ？

「ねえ、聞いて」

　知美は口調を改めた。

「昨日のあなたは、こうだったわ。私が『髪形変えたの』と言う。あなたは『ああ、きれいだね』で終わり。『この服、どう？』『ああ、きれいだね』『このイヤリング、どう？』『ああ、きれいだね』……こんなのは普通、会話とは言わないわ」
虚を突かれていた。舌が静止する。

「しかも、最近のあなたはいつもそうなのよ。自分でも気づいてないんでしょ！」

「いや、それはつい考えごとをしていて……それで、時には上の空に……」

「〈時には〉じゃないわ。〈いつも〉よ」

ここ一、二カ月ほどの自分の行動、言動を想起した。知美の言っていることは九割方当たっているだろう。いつの間にか、おれは彼女を自分の付属物のように見なしており、それが最初から当たり前のことであるように錯覚していた。

「……ああ。生返事ばかりしていたかもしれない。認めるよ。でも、そのぐらいで……」

「そんなのは表面的なことよ。今朝だって……」

彼女は言いかけてやめた。

「なんだい？」

「言っても無駄ね。帰るわ」

知美は玄関に直行した。

「待ってくれ」

おれは引き留めようと、彼女の細い肩を掴んだ。

「あやまるよ」

彼女は足を止めたが、おれの方を向いてはくれなかった。

「さっき、私が呼びかけても返事もしなかったくせに」

「え？　そうだったか？」

首を捻る。全然、記憶がない。おれはペプチド／タンパク質構造の遊園地の中をさまよっていたのだ。

「仕事に熱中してて、それで気がつかなかったんだろう。おい、待てよ」

彼女を引き戻した。

「聞いてくれ。おれには望みがある。ちっぽけな人間じゃ終わりたくないんだ。その手始めには、どうしても特許が要るんだ。それも元手になるロイヤリティを稼いでくれるやつが要る。でないと、人生は始まらないんだ。だから……」

「ほら」知美は、おれの手を自分の肩から外した。

「私の言ったこと、何も聞いてないじゃない。今だって、自分の都合ばかり言って、私のことは考えてない」

とっさには言葉が出なかった。彼女がこんなに強い態度で、おれを拒絶するとは、まったく思ってもみなかった。

知美は首を振った。

「あなたを見てると気味が悪くなることがあるわ。なんて言うか……目隠しをして超高層ビルの屋上を闇雲(やみくも)に走り回ってるみたい。手すりも何もない屋上で」

「そりゃ、どういう意味だ？」

「ねえ、聞いて。……みんなが、あなたを嫌う理由が分からない？　あなたは確かに優秀かもしれない。でも、その優秀さが、周囲の人に劣等感を抱かせて不安にさせるのよ。あなたはなんの配慮もしようとしていないわ。自分の優秀さを証明すること以外は頭にないのよ」

知美は付け加えた。

「私と寝ている時でさえも」

＊

おれは独りで取り残された。椅子に座り、パソコンのモニター画面を凝視していた。その平面に、おれ自身の姿が映り込んでいた。

知美の言葉が脳裡で反響していた。

『私は、ちゃんと私を見てくれて、ちゃんと私と話ができる人が欲しいわ』

彼女はそう言って、出ていった。

おれは後を追いかけようとして、やめた。彼女を引き留めるのは不可能だろうと、直感的に悟ったからだ。話し合うのは、お互いの血圧が下がってからにした方がいいだろう。

自己嫌悪の苦い液体が脳髄から滴り落ちて、喉を通過していった。何か調子が狂っていた。ＤＮＡのフレームシフト突然変異のように、最初が狂うと全部が狂ってしまう。それと似ているようだ。

だが、狂い出した最初の時点が、いつなのか、それがさっぱり分からない。あるいは分かっているのかもしれない。だが、直視したくないのだろう。

そう言えば、おれはいつも、何かに急(せ)かされているような気分だった。自転車やバイクがそうであるように、常に走り続けないと倒れそうな気がして仕方がなかった。生まれつきかも知れないが、おそらく、生い立ちのせいもあるだろう。

おれは中学の時に親父を失い、高校の時にお袋を失った。わずかな遺産はバイオ技術専門学校の学費に充てた。自分の実力以外は、何も頼れるものがない人生だった。走り続けるのが、第二の天性になってしまっていた。他人がついてこれようがこれまいが、お構いなしに走る。

おれはインスタント・コーヒーをすすり、もの思いに耽っていたが、頭を振ってすべてを忘れることにした。やらなければならないことは、いくらでもあるのだ。

もう一人のおれがまだ何か言いかけたが、その声も振り切る。大丈夫さ。時間をおけば、また知美とも仲直りできるさ。

インターネットにアクセスする。何かバイオ関係で新情報がないかをチェックするためだ。おれ宛に電子メールが入っていた。

＊阿森則之より＊

幼なじみであり、今でも親友である則之からだった。最近では会う機会も少ない。彼はジェネトリック・イノベーション社に勤務している。やはりバイオ企業だ。話を聞くと外資系企業のせいか、完全実力主義だという。おれはそういう環境を内心羨ましく思っていた。

電子メールを開いた。

＊調子はどうだ？　こっちは上々だ。おまえのおかげだ！　ありがとう。例の件、うまくいった！　電話でも電子メールでもいい。連絡してくれ＊

しばらく、その文面を繰り返し読んでいた。

ついに、エサに獲物がかかったのだ。

オータコイド（局所ホルモン）の新案について、則之に教えてやったのは、二週間ほど前の木曜日のことだった。

久しぶりの再会を祝して乾杯した。

二六歳の則之はすでに女房持ちだ。身長一八三で、おれより八センチも高い。体格は太り過ぎても痩せ過ぎてもいない。

長方形の角顔にボストン眼鏡をかけた彼は、ある人物に酷似して見える。スーパーマンの仮の姿——クラーク・ケントだ。まじめでさわやか、純朴な好青年だが頼りない、といった感じがそっくりだった。

その日は、よもやま話をして過ごした。互いに同業なのだから、自然に話も弾んでくる。そんな時に、則之がふと漏らしたのだ。「天然のオータコイドより、もっと安定したやつが造れたら、いい商売になるんだがな」

「できるさ」おれの口からは、ついその言葉が出ていた。おれは、自分の秘密研究の成果の一端を話してやった。これを他人に打ち明けたのは初めてだ。知美にも言ってない。

話を聞き終わって、則之の顔色が変わったものだ。

おれは続けて、彼に計画を打ち明けてやった。その場でとっさに思いついたアイディアだった。

「おれは今の勤務先、朝日発酵薬品にはうんざりしてるんだ。できれば、いい条件でヘッド・ハンティングされたい。例えば、ジェネトリック・イノベーション社のような完全実力主義の会社だ。則之、おまえはおれから聞いた新型オータコイドを早速試して、成果を上げろ。成功すれば、上司から質問責めに遭うだろう。そこで深尾直樹という男から教わったと、言え」

「ＯＫ」

則之はうなずいた。おれを見る眼に畏敬（いけい）の念がこもっていた。

「おまえ、本気だったんだな。いずれ会社を創って、業界トップにのし上がってやるって言うのは」

気晴らしもかねて、則之に電話しようと思った。スマートフォンを操作する。途中で苦笑した。

今は日曜日の午前八時じゃないか。こんなタイミングで起こされたら、さぞ迷惑だろう。

おれは電子メールを阿森則之宛に送った。＊今日にでも会おう＊という簡潔な文面だ。

生あくびが漏れ出した。今頃になって睡魔が来たのだ。もっと早く来てくれていたら、今頃ちょうど眼が覚めて、知美とも……。

おれはその考えを振り捨てて、ベッドに戻った。眼をつぶる。かすかに知美の残り香がしたようだ。

＊

睡眠不足を補うと、もう午後になっていた。掃除や洗濯などの雑用を片付けた。則之からも電話があった。例の件についての詳しい話は明日会ってから、ということになった。その後、おれは特に何もするわけでもなく、時間が過ぎるのを見守った。

夜になり、知美に電話した。そろそろ、頭が冷えただろう。

「もしもし、おれだよ。今朝はすまない。あやまるよ」

向こうは沈黙している。おれは溜め息をつき、さらに言った。

「埋め合わせはする。だから、機嫌を直してくれ。君が必要なんだ。今、それが分かったんだ」

やっと知美が返事をした。

「ねえ。お願いがあるんだけど」

声から察するに、唇の両端にはバーベルがぶら下がっているようだ。

「なんだい？　なんでも言ってくれ」

「しばらく電話しないで」

おれの舌の両端に二トン・トラックが、ぶら下がった。

「私に優しい言葉をかけるのはやめて……。だから、しばらく電話しないで。お願いだから……」

おれの舌の両端にM1A1エイブラムス戦車が、ぶら下がった。

「決心が鈍るから」

「決心？」おれは重い舌を動かす。「なんの話だ？」

「しばらくは電話しないで。……じゃ、切るわ」

「待て……」

NTT回線の中をディセーブル信号が飛び交い、接続が切れた。

おれは何をどうすればいいのか、さっぱり分からなくなっていた……。

現在6　救出

小さなモニターに、知美の顔が映っている。

記憶の中の彼女と、モニター上の彼女とはあまりにも落差がありすぎた。おれの理性が、受け入れ難い、と異議申し立てを行っている。何が彼女をこんなふうに変えてしまったのだろうか？　いや、そんな疑問は後回しでいい。

「おい、あそこと話はできないのか⁉」

「そこだ！　それ、その内線電話」と椎葉。「あそこのインターホンとつながるはずだ」

受話器を取り、Ｐ３区画の見取図を描いたシートと照合する。

Ｐ３区画は全体が正方形であることが分かった。スチール枠で巨大な立方体や、直方体のブロックが造られており、その一つ一つが実験室として機能するようになっている。そういうサイコロ形のブロックが約四〇個ほど並べられて、俯瞰（ふかん）すると正方形を成しているわけだ。

シートにはインターホンの位置と、その呼び出しナンバーが記されている。

「内線ボタン、そして０１０だ」椎葉が指示する。

言われるままにプッシュボタンを押し、知美のそばにあるインターホンを呼び出した。だが、相変わらずモニター画面の中の知美は無反応だった。

「知美！　どうしたんだ!?　ブザーが聞こえないのか!?」

スタン・ロッドの握りでＰ３の隔壁を叩いた。肉声はダメでもこの震動は聞こえているはずだった。

知美は悪趣味な蝋（ろう）人形館の展示物と一緒だった。未来永劫（えいごう）、同じポーズに同じ表情。見物人がいようがいまいが関係ない、といった感じだ。

どうやら、誰かが騎兵隊になって進軍ラッパを吹くしかないようだ。手が震えてくるのを感じた。何度体験しても、この恐怖に慣れることはないだろう。受話器をフックに叩きつけた。

「おい！　早くあのドアを開けろ！　彼女を助けにいく」

椎葉が眼を剥いて見返す。

「しかし……」

「これは〈生物災害（バイオハザード）〉じゃない！　空気感染なんかしないんだ。いいから開けろ！」

「根拠はあるんだろうな？」

「後でゆっくり説明してやる。早くしろ！」

椎葉は従わなかった。

おれとコンピュータ端末を見比べているだけだ。

おれは再びスタン・ロッドによる派手なデモンストレーションを見せてやった。色白の椎葉の顔が、ストロボ光に照らし出された。

「早くしないと、彼女がどうなるか分からないんだ。議論している暇なんかない。やれ！」

椎葉は不承不承（ふしょうぶしょう）といった表情で、端末を操作した。

デスク上でマウスを滑らせる。画面内の〝←〟形ポインタが、マウスの動きに同調して動いた。〈ドアの開閉〉のアイコンのところでポインタを止める。クリックする。

画面にメッセージが出た。

＊Ｐ３区画は現在、非常モードです＊

さらに注意書きが出た。

＊非常モードを解除しない場合、〈外ドア〉はこの端末からしか操作できません＊

＊非常モード解除パスワードか、非常操作用パスワードを入力してください＊

椎葉がキーボードから一連の数字を打ち込むと、

＊非常操作用パスワード＊確認＊ＯＫ＊

地震のように地下施設全体を揺るがす機械音が響く。続いて電車のドアの開閉時のような圧縮空気の漏れる音がした。

画面には、

＊Ｐ３区画は現在、〈外ドア〉も〈内ドア〉も閉じています＊

＊どちらを開きますか？＊

＊〈外ドア〉／〈内ドア〉＊

椎葉が〈外ドア〉をクリックする。画面にスイッチが表示された。

＊〈外ドア〉：開く／閉じる＊

椎葉はポインタを〈開く〉のところに動かした。

「よし、これで開くが……」と椎葉。「ドアは一枚ずつしか開かないぞ。Ｐ３の基準通り、二枚同時に開放はできないようになってる。非常モードの解除は、今はできない。そのためのパスワードは私の部屋の金庫にある」

「分かった」

おれはもう歩き出していた。〈外ドア〉の前に立つ。

「開けてくれ」椎葉がうなずき、マウスを操作しようとした。だが、操作しなかった。彼の眼はモニター画面に固定されている。

「どうした？」

「なんだ、あれは！」

椎葉が叫んだ。表情が固く強張（こわば）っている。

おれは反射的に駆け出していた。モニターを見る。

Ｐ３内部の廊下を何かが横切った。画面内の知美の後方に〈それ〉はいた。

胃袋がねじれる感覚を味わった。ほんの五秒ほど〈カメラa〉の視野に映っただけだが、そいつは確かに〈異物〉だった。流線形の身体に細い四肢が生えている。全体が濃い色の粘膜で覆われているように見えた。

大きさは子猫ほどだが、おれたちを震えさせるには充分だった。あまりの異質さ、気味悪さに背骨が氷の棒になった。

そいつはじっくり観察させる余裕を、おれたちに与えなかった。すぐにP3の一角へ消える。

次に現れた奴は胃袋へ、ヘビー級ボクサーの一撃を加えてくれた。椎葉が笛みたいな音を発する。カニの身体に大トカゲの首を接合した、としか形容のしようのない奴が横向きに走ってきたのだ。キチン質の甲羅が光っていた。

そいつはスチールの壁にぶつかるとUターンした。造化の神のイタズラとしか見えない姿を、おれたちにたっぷり見せてからP3の奥へ走り去る。

おれの身体はモーターの壊れた遠心分離機みたいに震えていた。

知美は無反応だった。形容し難い怪物がすぐ後ろに出現したというのに、気づいた様子もない。その事実の方が、おれを戦慄(せんりつ)させた。

「なんだ⁉ 今のは⁉」椎葉が叫ぶ。

おれはコントロール・スティックでカメラを操りズーミングした。もう〈異物〉の姿は見えない。P3区画内の他のカメラも使ったがダメだった。

「何なんだ？ 今のは？」

椎葉が蒼白な顔で質問を繰り返す。

おれは答えなかった。モニターの視野を知美に戻していた。

汗ばんだ手でスタン・ロッドを握りしめた。モニターを睨み深呼吸を始めた。五回ぐらい繰り返す。大丈夫だ。もっと気味の悪い奴らとも渡り合ってきたじゃないか。

膝(ひざ)を折り曲げて歩き出した。自分の足の筋肉細胞の一つ一つをマイクロ・インジェクターでつまんで動かしているような感じがした。〈外ドア〉の前に立つ。

「ドアを開けてくれ」

椎葉の言葉は返事になっていない。

「何なんだ、今のは？ あの変なものはいったい何だ？」

「その話も後だ。さっさと開けろ」

「バカな！　あいつが外へ出てきたらどうするんだ⁉」

「なんのための二重ドアだよ。二枚同時には絶対開かない仕掛けだろうが。大丈夫だ。開けろ。でないと、おれがいつまでたっても入れん」

さんざんに怒鳴りつけた。クソ石頭の低能、とまで罵った。

椎葉は激昂した。

「こんな時でなけりゃ、きさまをぶん殴ってやるところだぞ！」

「好きなだけ殴らせてやる。ただし、これが一段落してからだ。早く開けろ」

椎葉は一声唸ってから操作した。

今までよりも十倍は派手な圧縮空気音が轟いた。巨人が乗る電車のドアはきっとこんな音を立てるのだろう。

滑らかに〈外ドア〉が開いた。

〈前室〉に一歩踏み込む。後頭部に微風を感じる。P3施設は二重ドアで二段階に分けて減圧してある。空気中の微生物を逃がさないための、気圧のバリアだ。

おれが〈前室〉に入るとすぐに〈外ドア〉は閉じた。気圧差を保つために、P3のドアは二、三秒以上開放できない仕掛けになっているからだ。

〈前室〉の壁には、ハンガーにかけられた白衣やブライト・オレンジの実験衣、スリッパ、マスクなどを収めた棚があった。これらを着用しなければならない。まず実験衣をセーターのように頭からひっかぶる。ヘア・キャップやマスクなどで頭部、顔面を覆う。スタン・ロッドを握り直す。

気管が絞めつけられるような感じがした。サウナ風呂にでも入ってるみたいに呼吸が苦しい。緊張感の表れだ。

「よし」

自分自身に対してうなずいた。壁のインターホンのスイッチを押した。

「次は〈内ドア〉だ。開けてくれ」

おれは身構える。

圧縮空気が大きな溜め息を漏らし〈内ドア〉が開いた。

「知美！」

彼女は、肩と側頭部を壁にもたせかけたポーズで座っていた。肌に化粧っ気がなく、ピンク色で湯上がりの赤ん坊みたいだ。むしろ健康そうに見える。

ブライト・オレンジのP3用実験衣が二年前と変わらないプロポーションを包んでいた。だが、身体から骨格が失われたような異様さがある。

「大丈夫か⁉　知美⁉」

彼女は相変わらず無反応だった。

おれはスタン・ロッドを前方に突き出しながら、P3に入った。背後で〈内ドア〉が閉まる。

周囲を視線で走査する。機材や、アクリル窓を覆うブラインドが中を迷路に変えている。昔の遊園地にあったミラー・ハウス、鏡の迷路、あれに似ている。

P3内部は冷房を全開にしてある、というのは本当だった。マスクや実験衣越しにも、肌寒さが伝わってくる。

〈異物〉は見当たらない。内臓が剥き出しになった例の死体があるだけだ。マスクを外したら乾いた血の臭いがするだろう。空気は清浄で、微生物汚染の危険はないようだ。

本当は重機関銃を抱えて乗り込みたいところだ。だが、P3内部では猛毒病原菌を入れた容器を保管しているのだ。この中で銃弾を撃つのは、地雷だらけの紛争地帯で覚えたてのタップ・ダンスを試すようなものだ。

低い姿勢で知美に接近する。普通なら右手にスタン・ロッドを持ったまま左手で知美の身体を抱えるところだ。が、あいにくと、おれの左手は役立たずだ。中学生相手の腕相撲にすら勝てる自信はない。

賭けを試みるしかなかった。スタン・ロッドを持ったままの右手で、知美を抱き上げる。唯一の武器を捨てたも同然だ。

今にも化け物が襲いかかってくるイメージが、脳裡で躍った。実際には何もいないにもかかわらず、何度も振り返ってしまう。神経症じみた振る舞いが、どうしてもやめられなかった。自分の呼吸音が激しいBGMになって、おれを駆り立てようとする。

だが、ツイていたようだ。〈前室〉まで無事に知美を運ぶことができた。DNAが反乱を起こしたような外形の化け物どもは現れなかった。すべては平穏に進んだ。

モニターで見ていた椎葉が外から操作したのだろう。〈内ドア〉が開いた。知美と共に〈前室〉へ入る。ドアが閉じた。

詰めていた息が肺から押し出された。短時間の冒険だったが、疲労とストレスで目眩がする。

もう心配ない。おれは知美の実験衣を脱がせた。その下から、ピンクのブラウス、オレンジのタイト・スカートという衣装が現れた。おれもＰ３用装備を脱ぎ捨てる。摂氏一〇度のＰ３に比べると、〈前室〉は遥かに暖かく、人心地もついた。

天井のカメラに親指を突き出す。

〈外ドア〉が開いた。

知美を抱き上げた。〈前室〉から運び出す。背後で〈外ドア〉が閉じた。

作業区画の手近な椅子に、知美を座らせた。椎葉も駆け寄ってくる。

「もう大丈夫だぞ、知美。おい？　おれだよ、分からないか？」

肩を掴んで、軽く揺さぶってみる。

何の反応もなかった。

胃袋が凍てついた。恐ろしい疑念が湧いてくる。助け出しはしたが、まだそれは〈半分〉だけなのではないか。彼女の精神をＰ３に置き去りにしてきたのではないか。

「知美！　返事してくれ！」

彼女は無表情なままだった。その視線は、おれが透明な物体であるかのように素通りしている。

「梶君、何があったんだ？　教えてくれ」

椎葉が知美の肩を掴んで揺さぶる。

「おい、どうした？　私が分からんのか？」

おれも必死になって彼女に話しかけた。

「返事してくれ！」

ミス・バイオ技術者コンテストでもあれば、知美は文句なく上位に入るだろう。だが、その美貌も本人の意識が正常でないと五割はダウンする事実を、おれは発見した。

知美の眼には意思も知性もなかった。かつておれを魅了した輝きもない。

「知美……」

彼女は正気の世界にはいなかった。魂がラグランジュ・ポイント辺りにでも、ぶっ飛んでしまったらしい。

椎葉は一歩下がった。

「ダメだな、こりゃ。自分の名前が分かってるかどうかも怪しいもんだ」

彼の言う通りだった。

これは知美ではなかった。魂のない、抜けがらだ。おれが知っていた、強さを秘めた女性ではなかった。おれがこの腕に抱き、抱き返してくれた彼女は、そこにはいなかった。抜けがらが何も見えていない眼で、おれを見ているだけだ。

誰かが遠くで呟いていた。

「なんてこった……」

それが自分の声だ、と気づくまで時間がかかった。

過去c　別れ

知美とケンカ別れしたその翌日——月曜の朝、おれはいつも通り朝日発酵薬品に出社した。

知美は病欠だった。だからといって、今は、電話したり見舞いに行くのも気がひける。仕方がないのでいつも通りに仕事を片付け、その日の夜は、幼なじみの阿森則之と落ち合った。

場所は新宿のバー〝アスタリスク〟。特に気取った店ではない。標準的なカウンターに、九つのテーブル、全体にブルーを基調としている。

隣のテーブルからは広東語（かんとんご）らしい会話が聞こえる。日本に移住してきた香港人（ほんこん）たちだろう。他のテーブルからは北京語（ぺきんご）やタガログ語も聞こえた。

「まいったよ」

則之は興奮気味だった。

「うまくいった。皆、大喜びさ。あのオータコイドのおかげで、いろんな研究が先に進むからな」

「役に立って、嬉しいよ」

実際のところ、あのオータコイドの新案は画期的なものではあるが、巨額の利益を生むというほどのものではない。その意味では、則之に渡しても、さほど惜しくはなかった。

「で、大変なことになったんだ」

則之はボストン眼鏡を鼻の上に押し上げた。

「言わなくてもいい。分かってる」おれは微笑した。

「あのオータコイドから女の子に効果絶大なフェロモンができた。そこまではよかったが、効き過ぎて四〇歳のキャリア・ウーマンに色仕掛けで迫られてる。そうだろう？」

「バカ言え。マジな話だ」

則之の表情は、本当にまじめだった。

「……つまり、ぼくは、おまえに話をつけてこい、と言われたんだ。ヘッド・ハンターになれってね」

おれは水割りを飲み干した。酔いが心地（ここち）よく回ってくる。

「条件を聞こう」

「年収は今の一・五倍を保証するってさ。悪かないだろ？　それにこっちの勤務体制の方が、おまえには向いてる。それは間違いない。……それにいずれ本気で独立するつもりなら、その時はぼくも手伝ってやれる」

おれの顔はほころんでいただろう。何もかも狙い通りになってきた。

則之が勤務するジェネトリック・イノベーション社には、社長と専務以外の役職がない。必要に応じてグループやサブ・グループを作り、一時的に誰かが、それらのリーダーを務めるのだ。大変フレキシブルな管理体制と言える。またグループに属さずに、一人で実験、研究に打ち込んでもいいという。

おれは今まで、則之から話を聞く度に、ジェネトリック・イノベーション社に勤める彼に羨望（せんぼう）の眼差（まなざ）しを送っていた。なんとか、いい条件で転職できないかと計画を練っていたのだ。ジェネトリック・イノベーション社でなら、おれもやりやすいだろうし、一日中、自分自身のために働いていても、他の同僚や上司たちの眼もごまかしやすいはずだ。

周囲ではアジア各国の言葉が乱れ飛ぶ。おれの体内のアルコールは回る。

おれと則之はいつの間にか笑い出していた。

「改めて乾杯しようぜ」

「何に乾杯する？」

「深尾直樹と阿森則之の二人が、世界を征服する前祝い」

「その話、乗ったぞ！」

＊

翌日、火曜日の朝。おれは二日酔い気味だった。昨夜は則之と、はしご酒をやってしまった。常日頃、健康に気を遣っているおれにしては珍しいことだ。

出社したが、どうにも調子が悪い。集中力を必要とする仕事などできそうにない。だから、おれの分のＰ３使用時間はキャンセルして、他の同僚に気前よく、くれてやった。どうせ、もうすぐこことはおさらばだ。明日には退職願いを出してしまおう。

　問題は知美だった。彼女は今日も出社していないらしく、姿が見えない。竹下美紀（たけしたみき）という知美と仲のいいＯＬに訊くと、知美は用事があって支社に出掛けた、ということだった。

「聞いてなかったの？　彼女から？」と竹下女史。

「ああ」とおれは肩をすくめる。

「今日の午後か、夕方には戻るらしいわよ」

　今日はまだ会わない方がいいかもしれない。一昨日の続きをそのまま演じることになるのは気が重い。

　おれはその日はよく働いた。書類仕事をする振りをしながら、後片付けをやったのだ。

　秘密研究の成果を、自宅から持参したメモリースティックにコピーしまくった。

　さらにマシン（コンピュータ）室に行き、システム・コンソールから大型コンピュータにコマンドを与え、ハード・ディスクにプロテクトして隠してあった研究データも消した。もともと存在していないことになっているデータなのだから、なんの支障もない。

　これで残りの作業は、Ｐ３施設内に保存してあるウイルス、細菌、タンパク質などの試作品や、書類などを廃棄することだけになった。それは明日のＰ３使用時間内にできるだろう。今までの成果をオートクレーブの焦熱地獄に送るのは残念だが、データがあればまた同じものは作れる。

　マシン室を見回す。もうすぐ、見慣れたこの建物や設備とも、お別れだ。そう思うと、なんだか急に名残惜（なごりお）しくなった。この際、社内の見納めでもするか。

＊

　おれは白とブルー・グレーの二色で構成された社内の廊下を歩き、空いている部屋があると内部を覗いたりしていた。

　ハード・ディスクなどを収納してある倉庫も覗いた。今は必要最小限の照明しか点灯していないので薄暗い。

　倉庫にはスチールの棚が並んでいる。真上から見ると、棚は部屋の中でＨ字形を構成している。透明アクリルの扉の中で、数千万円に相当するかもしれない情報が、多重円盤の中に眠っていた。

倉庫の中を一回りしてから、また外に出るつもりだった。できなくなった。倉庫のドアが開いて、意外な組合せの二人が入ってきた。おれはつい反射的に棚の後ろに隠れてしまった。知美と、開発一課課長の木野だった。ドアを閉めると話を始めた。何やら密談の臭いがする。おれは耳をそば立てる。

「じゃあ、正式な辞令は明後日だ」木野が言った。「それでいいね？」

「はい」

「君が支社の技術課に配属されるのは、その一週間後になる」

驚いた。知美が転属⁉

「はい。お役に立てなくてすみません」

「まあ、仕方ないさ」

木野の声には落胆の色が滲(にじ)んでいた。

「君を開発一課に呼んだのは、君みたいな女性は人間関係のクッションになるから、という理由だった。それは察していただろう？　あの厄介な深尾君を中心にした一課の不協和音も、少しは静かになるかと思ったんだが……」

「申し訳ありません」

「君があやまることはないさ。……その、君と深尾君は仲よくなったようだが……」

「いいえ。そうじゃありません」

知美の声に迷いは感じられなかった。

「もしそうなら、自分から配置換えを希望したりはしません」

「え、そうなのか？　まあ、私が干渉することじゃないが……。とにかく、そういうことだ。それじゃ……」

二人は出ていった。

おれは棚の陰で動かなかった。知美のセリフが全身を痺れさせていた。彼女は本気で、おれから遠ざかるつもりなのだ。

＊

その日、おれは退社間際、知美にメモを渡して先に朝日発酵薬品を出た。

そこはビジネス・ビルの谷間に挟まれた公園だった。

適度に緑や灌木があり、植物の名前とラテン語の学名、説明文を記した立て札もそろっている。ステンレスで造られたミニ・サイズのナイアガラの滝が、水音を響かせていた。少し離れたところに、子供用のアスレチック設備があり、昼間は幼児が縄梯子を登ったり、ロープにぶら下がったりしている。

夕方で子供の姿もなく、大人の姿も少なかった。

知美は、いつの間にか、おれの背後に立っていた。

「話ってなんなの？」

振り返って彼女を確認した。すぐには話を切り出さず、緑の茂ったところに彼女を誘導した。そこだと枝葉がカムフラージュになって、あまり人目につかない。

そこに来て、おれは口を開いた。

「今日の午後、ハード・ディスクの倉庫に偶然居合わせたんだ。それで君と、木野課長の話を聞いてしまった」

知美の表情は変わらなかった。だが、それは顔面の筋肉が動くのを堪えた結果だろう、と思う。

「つまり、君は見張り役だったのか？」

口の中に苦汁が溜まる。

「おれが勝手な真似をしないように見張っていたわけか？　もっともあまり役に立たなかったみたいだが……。それとも、おれの研究が実ってから、会社側がその成果を取り上げてしまおうという魂胆でもあったのか？」

「違うわ！　なに言ってるのよ」

知美は一歩踏み出した。双眸が怒りに燃えている。

「私がいつ、そんなことをしたっていうのよ？」

「まだ、やってないけど、これからするつもりだったのかも……」

「じゃ、なぜ、今になって私はあなたから離れようとしてるのよ？　なぜ、自分から配置換えを希望したのよ？」

「分からん」首を振った。「なんだか、さっぱり分からないんだ。君がどういう考えでいたのか、あるいは、いるのか。全然分からなくなった……」

知美は視線を外した。彼女は言った。

「私はスパイなんかじゃないわ。木野課長が言ってたでしょ？　ただの人間関係のクッションでしかなかったし、そんな役目すら果たせなかった無能な女よ」

知美は車のテールランプを眼で追い続けて、おれに背中を向けた。

「私があなたに魅かれたのは事実よ。でも、うまくいかないと、分かったのも事実よ」

「そんなことはないさ。君は無能じゃないし、おれたちもうまく……」

知美は、おれの言葉を遮った。

「あなた、全然自分では気づいてないのね」

「何を？」

「私には、あなたが見える」

「おれだって鏡があれば見られるさ」

「そうじゃないわ。あなたの中身よ」

おれが沈黙していると、彼女が言った。

「つまり、あなたはナルシストなのよ。本当は自分自身が一番好きなんだわ。そうでしょう？」

おれは答えられなかった。そういう視点で、自分を見たことがなかったのだ。

「自分の優秀さを証明して、自己満足に浸るのが一番好きなのよ。……わたしのことは四番目か五番目。本気じゃないわ」

「いや、そんなことはないんだ」

とは言ったものの、言葉は空しい断片となって飛び散っていった。なんだか、すべて彼女の言う通りみたいな気がしてくる。根本的な部分で、もう論争に負けていた。

それだけではない。知美がこんなに強く自己主張できる女性だということにすら、おれは気づいていなかったのだ。いったい今まで彼女のどこを見ていたんだろう？プロポーションの良さか？長い髪か？気品を感じさせる顔立ちか？

「このままじゃ私、みじめだわ」

知美が振り向いた。半泣きの顔だった。

「私はただのOL。ただの女の子。バイオ技術者になったのは、景気のいい業界だから失業の心配がない、と思っただけ。

「でも、あなたは違う。あなたはきっと成功を掴むでしょうね。間違いなく。

「そして、そうなった時、私は自分が取るに足らない、つまらない人間だってことを思い知らされるんだわ。特にこれといった夢も目標も持たず、なんの努力もしてこなかった、みじめな自分と向かい合うんだわ。

「一方、成功を掴んだあなたはますますナルシズムに酔い痴れていくんだわ。そして私が何を言っても『ああ、きれいだね』としか答えないんだわ。私が『このケツの穴野郎！』と罵っても、あなたは『ああ、きれいだね』としか言わないんだわ」

おれは唖然としていた。知美がこんな品のない罵言を、それが例え話の一部だとしても、口にするとは思ってもみなかった。

「一年前の私なら、それでもよかった。だけど、今の私には耐えられないわ。プライドがズタズタよ」

知美は再び背を向けた。

二人の正面方向から、道路工事用ロボットを積んだ大型トラックが現れた。

知美は、それを視線で追っている。別に、それを見たくて見ているわけではないことは確かだ。

トラックは公園脇の道路に駐車した。水道管の夜間工事でも始めるらしい。積み荷のロボットは正確にはロボットではなく、一昔前のアニメに出てくるような、内部に人間が乗り込んで操縦するヘビーワーカーだった。移動用キャタピラと、二本の大きな手がついている。

「分かったよ」おれは答えた。「いや少しは分かったよ。おれは君がそんな気持ちだったなんて、全然考えてなかった。これからは考えるから……」

知美は返事もしない。

沈黙が重かった。おれは言わねばならない話題を思い出した。

「実は……おれも、すぐにも転職する予定なんだ」

ジェネトリック・イノベーション社からヘッド・ハンティングされた件をおおざっぱに話した。

「明日にでも、退職願いを出すつもりでいる……」

知美は、おれの方を見ようともしなかった。

「そう」と短い返事だけだ。

「明後日までには後片付けと引き継ぎをやって、辞める。だから、その後はおれたちも少し間を置くことができるだろう？　それからやり直せば……」

知美は、おれの提案など聞いていなかった。

「ちょうど、いいわ」

「え？」

「今、さよならを言いましょう」

知美はやっと工事用ヘビーワーカーから視線を外した。作業員の一人がマシンに乗り込もうとしているところだった。もちろん、彼女が凝視していたのは、おれと視線を合わせないための口実でしかない。

「今、さよならを言いましょう。……私は二、三日会社を休むから、もう会えないわ。だから、今、さよならを……」

「なぜ、休むんだ？」

「私の勝手だけど」

「待てよ」

一歩前に出た。

「なぜ『さよなら』なんだ？　おれが転職すれば、今までと違って毎日会うわけじゃないから、適当な距離を置けるはずだ。そうだろう？　それから考え直すことも、やり直すこともできる……」

ヘビーワーカーが始動する騒音が響いて、おれの言葉は遮られた。あるいは、いいタイミングだったのかもしれない。おれは、その後の言葉をちゃんと続けて言えたかどうか、分からない。

おれたちは互いに、相手に対して酵素自殺基質のような影響を与え合っていた。ハートが見る見るうちに不活性化していくのが分かった。触媒になる酵素があれば、この状態を脱せたはずだ。残念なことに、それは見つからなかった。

彼女の表情を見るうちに、おれもついに諦念（ていねん）の境地に達するしかなくなった。

「……で、どうすればいいんだ？」

「さよならって言って」

おれは無言だった。

「そう言って」

おれは足元を見ていた。

「言えないなら、私が……」

「ちくしょう！」

おれは地面を蹴った。顔が紅潮していただろう。

「さよなら！　さよならだ！……これでいいのか!?　これで満足か!?」

現在7　心神喪失（しんしんそうしつ）

……気がつくと、おれは知美を見つめていた。

知美の抜けがらは、おれの身体を通して背後にあるコンピュータ端末を見ているようだった。

会いたかったんだ、知美。だが、会えばC部門の機密を部外者にばらす結果になりかねない。今のおれが刑事まがいの仕事をしていることを説明せざるを得なくなる。それで会わないように努力していたんだ。

なのに、その結果がこれか！　理不尽過ぎる！

おれは振り向いた。

「何か、気つけ薬になるものはないか？」

椎葉が充血したままの赤い眼で、周囲を見回した。

「……救急箱が確か、この辺に……これか」

椎葉が、赤十字マーク付きのクリーム色の箱を棚から取り上げた。二人で、中身を点検する。

おれはビタミン剤を取り上げた。黄色い錠剤の入った瓶を振る。

「とりあえず、これでいい。水を汲んでくる」

ガラスの水差しを取り上げた。作業区画の隣にある台所に行った。水道、流し台、湯沸かし器、急須や、コーヒーメーカーもある。

水を汲み、きれいなコップを持って戻ると、電話の呼び出し音が鳴った。

「はい」と椎葉が出る。「え？　あっ。あんたがC部門とやらの親玉か！」

どうやら、永海がかけてきたらしい。

「いったい、どういうことなんだ!?　あんたの部下は何か知ってて隠してるみたいだが。いや、その前にあんたの部下の教育は、なってないぞ。最悪だ」

水差しをテーブルに置き、素早く椎葉の手からコードレス電話をひったくった。

「はい。最悪の部下です」

『ずいぶん、仲よくなったようだな』

「私が話してる最中だぞ！」椎葉が抗議した。

彼を無視して、おれは言った。

「P3に生存者がいました」

『なんだと!?』永海が叫んだ。

「ぼくがP3に入って救出しました」

『おい、そんな勝手な真似を……』

「緊急事態だったから、独断でやりました」

かたわらでは、椎葉がまだ文句を言っていた。

「おい、人の話ぐらいちゃんと聞け！　もし、おまえがうちの社員だったら……」

「彼女の面倒を見てくれ。そっちが先だ」

椎葉にそう言い返し、背を向けた。永海に対して、手短に経過を説明する。

『じゃあ、彼女からは何も聞き出せないのか？』

「ダメです。話しかけても揺さぶっても反応なし。人形を相手にしてるみたいだ」

『〝C〟のせいか？　そうなったのは』

「たぶん」

『どうしたんだ？　風邪(かぜ)でもひいたか？　声が変だが……』

「P3の中は冷房が効き過ぎてましてね、そのせいでしょうよ」

『君と、その梶知美という女性は確か、朝日発酵薬品で同僚だったな』

喉に舌のつけ根が詰まった。

「そこにファイルがあるでしょう。ぼくの前歴も交友関係も」

『別に覗き趣味があるわけじゃない。だが、妙な人間をC部門に入れるわけにはいかないからチェックはしている。チェックしても判断を誤ることもあるが……』

「誰に関して、判断を誤ったんです？」

『そいつは言えんな』

「どうやら、たった今P3に入った男のことを言ってるらしい」

『そう言った覚えはないが、好きなように受け取るがいいさ。……こっちは今からすぐに、金木と小泉の二人を差し向ける。残りの連中にも順次連絡を入れているし、私もそっちに行けるはずだ』

「分かりました。C部門の専用病院の手配をしといてください。今は特に危険な状態じゃないと思うけど、早めに医者に診(み)せた方がいいに決まってる」

『分かった。言うまでもないが、今後は勝手な真似はするなよ』

電話を切る。

今回、おれは仕事に私情を持ち込み過ぎている。あまり、いいことではないのかもしれない。永海が来たら、おれはすぐに、この件から外されるだろう。その前にできることは全部やってしまわねば……。

振り向くと、椎葉は糾弾するのをやめていた。彼は知美の唇にビタミン剤を押し込み、コップの水を飲ませようとしているところだった。この専務殿には看護師の素質はない。水は知美の顎を伝いピンクのブラウスを濡らした。形のいいバストの部分に染みができる。

「選手交代だ」おれは言った。

コップの水を自分の口に含み、知美の顎を持ち上げる。ルージュをひいていない唇は柔らかだった。

「私もそうすればよかったよ」椎葉の声が背後から聞こえた。

知美はどうやら水を嚥み下してくれた。唇を離すのが惜しかった。

おれは改めて知美を観察した。

手入れの行き届いていない髪形のせいもあるが、二年前とは印象が違う。かなり違和感がある。まあ、それは当然だ。二年もあれば人間はかなり変わるだろう。

彼女が朝日発酵薬品を辞めて、このライフテック社に転職していたことは知っていた。気象用語で言う風とは別の風が、噂を伝えてくれたのだ。

もの言わぬ人形のような彼女に、おれは頭の中で呼びかけていた。

いつから、おれたちのすれ違いは始まっていたんだろうか？　おれはまったく気づいていなかった。しかも、気づいた時にはもう臨界点を超えていたらしいのだ。

いや、違うんだ。あれは些細なボタンのかけ違い。すぐに折り合える程度のことだったんだ。それを必要以上に大仰に、君は捉え過ぎていたんだ。いたんだ、と思う。確信を持って言うことができないのが残念だが。

だが、言ったとしても今の君には届かない。なんてことだ。

本当は、いろんなことが言いたかった。アドレナリンと性腺刺激ホルモン放出ホルモンの量が際限なく上昇して、君以外の女性は眼に入らなくなってしまったこと。そして君と別れてから、あの〈事件〉によって、人生が以前とはまったく変わってしまったこと。おかげで、あまりにも多くのものを失ってしまったこと。そして、今また君まで失いかねないこと。

……〈奴ら〉に何もかも奪われていく……。

もっとも美しいものは常に過去形で語られるという。知美との出会いから別れまでの記憶、頼みもしないのにそれを誰かがおれの頭の中で再生することがある。今も度々それが起きている。

気がつくと、知美の手を取っていた。

白い指を見つめる。

「……知美、マニキュアしてないのか？」

無意識に呟いていた。

「そう言えばルージュもアイラインもなしか？　君がスッピンで出勤とは珍しいな」

違和感の正体に少し気づいた。知美の肌は異様に白く、陽焼けの跡がまったくない。赤ん坊の肌みたいだ。

相変わらず、その顔は痴呆(ちほう)化しており、以前のような気品がない。おれを骨抜きにしそうな魅力と輝きが、かつてはあったのに。

知美の手が動いた。おれの手を掴んだ！

おれは驚いて叫び声を上げた。マネキン人形に手を捻り上げられたようなショックだ。

「なんだ!?」

椎葉も叫んだ。こっちに来る。

知美の黒い眼に意識の光点が見えていた。若い女らしい精気も感じられる。両手で合掌するようにおれの右手を挟みつけていた。

「正気に返ったのか!?　知美」

知美の手を掴み返す。視線がおれにピントを合わせていた。さっきまでなかったことだ。唇が動く。

「な……お……き……」

「そうだ！　おれだ」

手に力を込める。声が震える。

「会いたかったんだ……」

「おい。私が分かるか？　梶君」

椎葉は彼女の肩を揺さぶった。

「いったいＰ３の中で何があったんだ？　教えてくれ」

知美の視線はまだ不安定だった。瞳孔(どうこう)の焦点も、ともすればおれや椎葉から外れそうになる。腰の定まらないＴＶカメラのような映像でおれたちを見ている。

「頼む。正気に返ってくれ。何があったのか教えてくれ」

椎葉がさらに揺さぶる。知美の首がぐらぐら揺れた。ショック・アブソーバーの壊れたある種の機械みたいだ。

「やめろ」

見かねて椎葉の手を押さえる。

「なに……あった……」

知美の唇が動き出した。

「知美！」歓喜の声を上げる。「おれの言ってることが分かるんだな？」

「わか、る」

彼女の視線は、望遠鏡を逆さまに覗いているように遠かった。だが、間違いなくこっちを向いている。

「何があったんだ⁉」椎葉が怒鳴った。「Ｐ３で何があったんだ？」

「ピイ……スリイ……」

「そうだよ。Ｐ３だよ。君がさっきまでいたＰ３」

「ピイ……スリイ……」

ふいに知美は自分の頭を両手で挟みつけた。汗が額から滲み出てくる。眼が閉じられる。頭痛に耐えているようだ。

「出して、私を外に出して」

「もう出てる、ここはＰ３の外だ」

「つかまえられてる。私。あいつ、私をつかまえてる。離してくれない」

「なんのことだ？」椎葉が言った。

おれも首を振る。

「分からん。錯乱してるようだが」

知美の眼がプラスチック玉のように空虚になった。再び、胃袋が氷の塊に変じる。

知美の両手がゆっくり下がった。スローモーション映像に似た動きで膝の上に収まる。さっきの状態に戻ったらしい。

「知美！」

おれは叫んだ。彼女の身体は吸音材みたいに、おれの声を吸い取っただけだった。

椎葉が指を広げ知美の顔の前で振った。

瞳孔が反応していない。

二度、三度と彼女の名前を呼んだ。肩を揺さぶってみた。

すべて無駄だった。彼女は氷の彫像に等しかった。

「まだ正気じゃないな」椎葉が言った。「私たちじゃ、どうにもならん」

椎葉は溜め息をつき、手近な椅子に座った。ライターを鳴らす音がした。

おれは無言だった。

眼の前にいるのは、知美の仮面をつけた見知らぬ物体Ｘだった。

……〈奴ら〉に何もかも奪われていく……。

「大丈夫だ、知美」おれは呟いていた。「すぐ医者が来る。なんなら超一流どころの医者を、おれがかき集めてもいい。きっと元通りになる……」

知美の頬に触れた。暖かい感触。だが、眼は相変わらず死んでいて、まるでドライアイスのボールのようだった。

現在8　ジミー

「……言うべきじゃなかった」

気がつくと、おれはそう呟いていた。

「さよならを言うべきじゃなかったんだ……」

「え？　なんだって？」誰かが問う。

おれは我に返る。現在に返る。また〈記憶の旅〉が始まりかけていたらしい。振り向いて言った。

「いや、別に」

「……なんだ、独り言か」

椎葉はラーク・マイルドを灰皿に押しつけた。

「それなら、もっと静かに言ってくれ」

知美を見つめ直した。黒い瞳に、おれ自身の姿が映り込んでいた。空虚な鏡と化した彼女を、これ以上見つめ続けても治療効果は期待できないだろう。医者の到着を待つしかない。

無理に顔をそむけて立ち上がった。これ以上、睨めっこをしていても仕方がない。

おれには仕事が必要だった。知美を痴呆状態にした原因を探る仕事だ。

椎葉がタバコの煙をおれに向かって吹きつけた。

「さて、調査官殿。次はどうするんだ？」

「資料を調べる」

「それで何か分かるのか？」

「調べてみなけりゃ分からん」

「で、私はどうなる？　いったい、いつまでここにいて君と睨めっこしていなきゃならんのだ？」

「あんたは責任者だろう。最後までだよ」

「冗談じゃない！　そんな暇がどこにある。すぐ処理しなきゃならん問題をトラック一台分ぐらい抱えてるっていうのに」

電話が鳴り、会話は中断された。椎葉が受話器を取る。

「はい。そうだ。私だ。え？　なんだって？」

椎葉の言葉から察するに、電話をかけてきたのは彼の秘書らしい。何か細々したことで椎葉の指示を仰ごうとしたのだ。

「そんなことまで私が知るか！　何年秘書やってるんだ」

椎葉が怒鳴り始めた。

おれは調査に取りかかった。彼の小言の類を、秘書と一緒に聞いていなければならない理由はない。

まず作業区画の図を参照して、二木英人のデスクを見つけた。引き出しの中身を全部、ぶちまける。七色のファイル・ノート、コンピュータ・プリント用紙の束、マンガ雑誌、シャープペン、ボールペン、サインペン、消しゴム、定規、名刺……。

それらをチェックした。二木英人がホルモンと微生物の利用方法について、多大な才能とアイディアを秘めていたことがわかった。しかし、イントロン研究に関する資料はなかった。

作業区画を見回してみる。

壁の一面を占領しているクリーム色のスライド式資料棚が、いやでも目についた。手前と奥の前後二段に分かれている。左右にスライドするのはいくつかの前部棚だけで、後部棚は固定されている。前部棚の正面面積は、後部棚の三分の二の割合だ。前部棚をスライドさせれば、すべての資料の収納、取り出しが可能だ。

おれは、手前の棚を計一〇回ぐらいスライドさせた。だが、収穫はなかった。二木英人の直筆のノート類、資料ファイルなどは、このスライド棚にもあったが、イントロン研究とは関係のないものばかりだ。

コンピュータ端末の方に捜査対象を変えてみる。

ワン・ボタン・マウスをデスク上に滑らせると、画面内の〝←〟形ポインタが対応して動いた。ポインタを〈ファイル〉のアイコンに合わせてクリックする。画面がファイルの一覧表表示に変わった。ポインタを一つ一つのファイル名の上に動かしては、クリックした。その度にソフトの起動メニューや、ファイル・データの中身が開かれて画面表示された。

ジーンバンクのデータベース、マイクロ・インジェクター操作ソフトなどなどが画面に展開された。ＤＮＡ解読機や、タンパク質ＣＧシミュレーションの操作も、このマウスだけでできるようになっているらしい。

　ＤＮＡシンセサイザーや、アミノ酸シーケンサーの操作記録を探してみた。もし二木英人がイントロンの解読と再構成をやったなら、これらの機器類を端末から動かしたことがあるはずだ。ＶＤＴ（ビデオ・ディスプレイ・ターミナル）の画面上にマルチ・ウインドウを数十ほど重ね合わせて開いていく。画面は大量の書類を積み上げたような眺めになった。

　だが、目当ての記録は見つからなかった。おれは首を捻る。記録が一切ない、なんてことはないはずだが。

　知美の方を振り返った。彼女は活動停止状態のままだった。この有様では、なんの助言も期待できまい。知美を見ているうちに、胸の奥にアイスピックが刺さったような痛みが生じてきた。

　……言うべきじゃなかった。

　それを呟くと、胸の奥に二本目、三本目のアイスピックが突き立った。放っておくと、一〇本くらいまで増えそうだ。

　視線をＶＤＴ画面に戻した。思考を調査の方に振り向けて、論理的に組み立ててみる。

　二木英人は自分の記録をなんらかの方法で隠したのかもしれない。だとすると、ハッカーまがいの専門家のノウハウが要るだろう。おれの分野ではない。どうしたものか……。

　とりあえず、不要なウインドウを閉じ始めた。途中、ポインタの位置を間違え関係のないファイルを開いてしまう。

　マウスを持つ右手が止まった。

　Ｐ３施設内の見取図が出ていた。非常用シャワー室で点滅しているオレンジ色。それは実験物運搬ロボット、ＴＫ―03の現在位置だった。

　マニュアル・ファイルをその上に重ねて開く。そこに出た説明文を眼で追った。

　外形は大きな直方体、ゴム車輪が六つ、上部には黄色の回転灯と警告用のスピーカー、カメラ・アイ、〈手〉となるマニピュレーター。中身は実験物を収める恒温ケース。普段はプログラム通りにＰ３内で稼働しているが、手動切り換えでリモコン操作もできる。

「分かったな？　あん？　何？　分からんだと!?」

　受話器を持った椎葉がまた怒鳴り始めた。

今まで根気よく与えてきた指示を、もう一度繰り返さねばならないことに、うんざりしたようだ。

「このバカ女！　こんなことのために給料払ってるんじゃないぞ！　もういい、後は望月(もちづき)君に任せろ」

椎葉は受話器を叩きつけた。おれは顔も知らない秘書嬢に深く同情する。だが、彼女を慰めている暇はなさそうだ。

「ちょっと、こっちに来てくれ」

おれは椎葉を呼んだ。ＶＤＴを指差す。

「このロボットでＰ３の様子を探れるんじゃないか？」

「これか……」椎葉は渋面になった。

「何か問題でも？」

「これは故障続きで、会議でもそれが問題になってたんだ。メーカー側にたっぷり文句をつけようと皆言ってたし」

「ふん。まあ、ダメでもともとだ。やってみるさ」

マニュアル・ファイルを閉じて、操作ソフトをクリックする。ラジコンのコントローラーを模した画面が現れる。

茶目っ気のある人間が、この画面をデザインしたらしい。おれもガキの頃はラジコン・カーのオーナー兼エンジニア兼レーサーだった。メカニズムに淫(いん)するのは男の子の特権だ。〈手動〉をクリックした。画面を上下二分割する。上半分をカメラ・アイのモニターにした。

ロボットを〝立ち上げ〟てみる。画面上部に横縞(よこじま)ノイズが走る。やがて、非常用シャワー室のドアと、廊下の遠近法が映った。他にケルビネーターも見える。

ロボットの〈眼〉は地上一メートルぐらいに位置していた。視点が異なるだけでも、かなり勝手が違う感じを受ける。

時々、画面に電気的誤信号(グリッチ)の砂嵐(すなあらし)が吹き荒れた。それを除けば、まあ良好だ。

画面上の操作レバーをクリックし、前進位置に動かす。一呼吸おいて、ロボットは動き始めた。シャワー室のドアがモニターのフレームから切れていった。

「いい子だ、ジミー。しっかり頼むぜ」

「ジミー？　なんのことだ？」

「ガキの頃、飼っていたブルドッグさ」

ジミーはおれが中学生になる前に、老衰で天に召された。以来、ペットを飼う気にはなれなくなった。

略図の中の点滅するオレンジ色が移動して、ジミーの現在位置を示した。P3の十字廊下の交差点に出る。左に九〇度ターン。例の出入口近くの解体された技術者の死体が画面に映った。カメラをズームアップしてみる。

椎葉がそれを見て口を手で押さえた。呻き声を上げる。

「ふ、古川君……」

それが死者の名前らしい。椎葉は呻くだけで後は言葉が出ないようだ。

モノクロ映像なので血腥（ちなまぐさ）さは薄められているが、気の弱い者は正視できないだろう。改めて見直してみると、死体はただいたずらにバラバラにされた印象がある。

切り取られた手首が死体の後頭部にあった。入口方向のカメラからは見えない角度だ。腹部からチューブ状のものが外部にかき出されて、スパゲティの大盛りみたいになっている。

「やめてくれ、もうたくさんだ！」

椎葉が叫ぶ。おれも同意し、ジミーを右に九〇度ターンさせた。前進する。略図で現在位置を確認した。そのまま直進し突き当たりを右に九〇度ターンする。これで二木英人の研究ブロックの前に出るはずだ。

だが、ジミーの視界に映ったものを見て、おれと椎葉は同時に呻き声を上げた。

ざっと見て一〇人以上の技術者の死体が放置されていた。大型の肉食獣が数匹で、喰い放題のパーティをやった後のようだ。まともな状態のものは一つもない。持ち主と切り離された腕や脚が二〇本は転がっている。頭蓋骨ごと頭部を切断されている死体もあった。そこから流れ出しているゲル状のものは脳漿（のうしょう）だろう。肉や内臓が丁寧に剥（は）ぎ取られて骨格模型のようになっている死体もあった。眼球がまだ片方、頭蓋骨にこびりついている。

床には濃い色の液体が溜まっている。たぶん、ジミーのボディにもたっぷり血が付着しただろう。

椎葉は大きな呻き声を上げ、トイレに駆け込んでいった。おれも口の中に逆流しようとする胃液を押し戻さねばならなかった。コップの水を飲んで息をつく。

振り返って、痴呆状態のままの知美を凝視した。彼女は肉眼でこれを見たのだろうか？　同僚たちが惨殺された現場に居合わせたのか？　だとしたら、ショックで自我が空白になっても不思議じゃない。

疑問はさらに湧いてくる。今頃になって気になってきたことだ。なぜ、彼女一人が無事だったのだろうか？

深呼吸で吐き気を制御しつつ、ジミーをさらに奥へ進めた。Ｐ３区画の見取図と照合しながら二木英人の研究ブロックに接近する。見つけた。ドア枠をくぐり抜ける。

ジミーの〈視線〉を周囲に振り向けてみた。

時々、画面に電気的誤信号（グリッチ）が走る。荒れ狂う横縞ノイズに悩まされながら、おれは室内を観察した。デスクにコンピュータ端末。書類が散乱している。ビーカーの破片らしいものも散らばっていた。

ここには死体はなかった。だが、床にも壁にも灰色の染みがある。たぶん、乾いた血の跡だろう。

ジミーの〈視線〉を下げてみる。

そこにあったのはハンディ・タイプのビデオカメラだった。よくある代物だ。が、この場の状況を考えると気になる。

マニピュレーターのウインドウを開いた。

モニターに映るビデオカメラにロック・オンして、ジミーの〈手〉を作動させる。金属とプラスチックで出来た彼の〈手〉は、予想より器用に動いてくれた。四本指でビデオカメラをしっかりと掴む。

後の操作はオートになっている。〈収納〉をクリックするとジミーは自分の腹の中、恒温ケースにカメラを納めた。

「いい子だ、ジミー」

ビデオカメラの回収作業はちょっともめた。

ジミーをＰ３区画出入口の〈前室〉付近まで移動させたところへ、椎葉がトイレから戻ってきた。病人みたいに蒼白な表情だった。

「何をしてる？」

おれが説明すると、椎葉は反対した。

「Ｐ３から高熱殺菌しないでモノを持ち出すわけにはいかんぞ」

「そんな心配は要らないんだ」

「そんな心配は要らない。そんな心配は要らない、か。ああ、結構なことだな。私に対しては何ひとつ説明しないで心配するな、と？　ここの責任者である私を蚊帳（かや）の外に置いて心配するなと言うのか？」

「分かったよ」おれは手を振った。「だが、今まで〈中〉で撮影したビデオはどうやって回収してたんだ？　オートクレーブで高熱処理したらメモリーカードがイカレるだろう」

「P3の中にも端末はある。それで再生して、こっちの端末にダビングするんだ」

椎葉はデスク上にあるノートパソコンを叩いた。

どうしても、この男とは仲よくやってはいけないようだ。

「だったら、それを先に言え」

「君が言わせようとしなかったんじゃないか」

絶対に、この男とは仲よくやってはいけないようだ。

「あんたの額にハエがとまってるぞ」

椎葉が存在しないハエを追い払おうとしている間に、おれは作業に取りかかった。

端末画面にウインドウを開きP3内部図を呼び出す。コンピューター端末は〈前室〉のすぐ近くだと分かった。そこまでジミーを移動させた。無残な死体に成り果てた技術者の死体のそばを通過して、目的のブロックに到着する。端末が並んでいる場所だった。

おれはジミーの器用さに感心する。カメラからメモリーカードを取り出し、端末に入れる。ジミーは作業を滑らかにこなした。

「快調じゃないか」おれは言った。「どこが調子悪いって言うんだ?」

「リモコン操作は比較的、バグはないらしい」と椎葉。「だが、複数のプログラムを走らせると暴走しやすいんだ。同じルートを永久に行ったり来たりさ。こんなバカなロボットがいちゃ邪魔でしょうがないと、皆文句を言ってた」

「廃棄処分が遅れていたようだが、この場合はその方が正解だったな」

新しいUSBメモリーをパソコンに入れ、端末から直接操作してコピーを開始する。モニターに映像を出した。

「何か録画されてるというのか?」と椎葉。

「見れば分かるさ」

おなじみの電気的誤信号(グリッチ)が駆けっこをする画面に次いで、白地に赤でタイトルが出た。

イントロン研究記録　二木英人

BGMはない。

「どうやら当たりを見つけたらしいぜ」

おれは陰鬱(いんうつ)な声で言った。

現在9　ビデオ

数秒後、実験室らしい部屋が映った。見覚えがある眺めだ。コンピュータ端末に試験管、ビーカーやシャーレなど。どうやら、カメラはデスク上に固定されているらしい。画面の左下に日付と時刻が出た。

05／15　ＰＭ02：44

「二木君の部屋だ。五月一五日？　二週間ぐらい前か」

「ますます大当たりの感触だな」

日付と時刻が消えた。

代わってヴォリュームを示す棒グラフ状のレベルメーターが出る。室内の物音に反応していた。

正面に男が現れた。最初はピンボケした映像だったが、すぐにオートフォーカス機構が働いて、その男の顔に焦点を合わせる。

眼鏡をかけたダンゴ鼻の大男。顔の面積に比べると眼が小さい。３Ｌサイズとおぼしきブライト・オレンジの作業衣を着ている。

「二木君だ」

『二木英人です』と、画面の大男も自己紹介した。その声が恐ろしく甲高い。

「なんて声だい」

「九官鳥と呼ばれてたよ、彼は」椎葉が解説した。

『……今日から日記代わりにこのビデオで記録を取ることにする』

二木英人は椅子に座って喋り出した。声に合わせてレベルメーターが伸び縮みする。

『……まず、ぼく自身、アイディアをまとめ直したいので、最初から話そう』

二木の頬や、眼のあたりに何度かしわが寄った。顔面チックらしい。

「いつの間に、こんなものを録画してたんだろう？」椎葉が言った。

「シッ。黙って講義を聴け」とおれ。「どうやら、あんたが知りたがってることを説明してくれるらしい」

二木が喋り続ける。

『……よく考えることがある。いや、この仕事をしている連中なら一度は同じことを考えるんじゃないかな？

『遺伝情報は、ＤＮＡの塩基分子文字の配列によってプログラムされている。それは誰でも知ってることだ。だが、人間のＤＮＡ遺伝情報ときたら、これはとんでもない代物だ。何しろ三〇億字でワン・セットなんだ。解読は終わったが、解析がすべて終わるのは何万年も先だと言われている。

『こんなに膨大で複雑で精密なプログラムが、偶然の積み重ねで出来上がるものなんだろうか？　確率的には、まずあり得ないことのように思える。誰かが作為的にプログラムを組んだと考える方が、ありそうな感じがする。では、どこの誰にそんなことが出来たんだろう？』

　二木はやや芝居がかった感じで天を見上げた。そして首を振る。なかなかの役者じゃないか。

『……分からない。ただそれを考えると、どうしても我々人間よりも遥か上に存在する何かを思わずにはいられない、ということだ。

『神様、造物主、創造。まあ、呼び名はいろいろあるだろうが……。

『バイオテクノロジーが神に対する挑戦だなんて一部のマスコミはまだ騒いでるけど、実情はこんなもんだ』

　おれはうなずいた。

　ああ、おれだってかつては、それを考えたことがあったさ。生命システムの精緻（せいち）さに人智（じんち）ではうかがい知れないものを感じた。ただ二木と異なり、おれはそういった形而上学（けいじじょう）的な事柄で頭を悩ませたりはしなかった。

　画面の二木英人は椅子に座り直した。

『さて、本題に入ろう』

「ああ、さっさとやってくれ」

「この話が今のＰ３の有様と、どこでどうつながるんだ？」椎葉が言った。「私にはさっぱり関連が見えんが」

「黙って見てないと肝心のところを聞き逃すぞ」

　二木が喋り続ける。

『……ＤＮＡの中には二種類の塩基文字配列が存在する。意味のあるエクソン配列と、無意味なイントロン配列の二つだ。

『エクソンはタンパク質を作るための設計図の情報だ。だが、イントロンには、そうした情報がない。それなのにイントロンはＤＮＡの九五パーセントを占めている。なぜ、これほど無駄で無意味な領域が存在するのか？　それも膨大な量でだ。これは長年の謎だった。

『二〇〇〇年以降の研究によって、イントロンの一部にはタンパク質を作るタイミングを指定する情報が含まれていることが判明した。これによりエクソン情報を複数、組み合わせて、より多くの種類のタンパク質を作る働きもあった。この機能は選択的スプライシングと名づけられた。

『つまり、イントロンは無意味なジャンク配列ではなかったわけだ。イントロンとは「通常のタンパク質に翻訳される領域ではない配列」だとも言えるだろう。こうしてイントロンの謎の一部は解明されつつある。

『しかし、今なおＤＮＡ配列の六〇パーセントは意味不明の非コード領域だ。謎の一部が解明されたことで、却って謎は深まったとも言える。これほど膨大な未知の情報は何のために存在するのか？　神様は、まだまだ我々人間に、すべての秘密を明かしてはくれないようだ』

二木の頬が時々ひきつったような動きをする。重症とまではいかないが、見苦しいチックだ。

『ぼくはこう考えてみた。……もし、誰かが、例えば神様があらゆる生物の遺伝情報のプログラムを組んだのだとしたら、当然、イントロンだって、その神様だか誰だかがプログラムの中に割り込ませたものに違いない、と。

『天のお告げというやつか？　ぼくの頭に暗号という言葉が閃(ひらめ)いた』

ピンポォン。正解。賞品は、地獄行き片道チケットです。おれは皮肉にそう考えていた。

『……つまり、イントロン配列が一見しただけでは、分からないように工夫された暗号だという可能性だ。すべての遺伝情報をプログラムした〈誰か〉が、暗号化して隠そうとした情報、それがイントロンの正体じゃないだろうか？　わざわざスプライシングでこれを捨てるメカニズムも、その〈誰か〉があらかじめ用意したものだった』

ふと気がつくと、おれはまた右手で左腕を撫でていた。自分のそんな習性に嫌悪感を覚えてしまう。

二木英人は深呼吸し椅子に座り直していた。プロレスラーじみた体格が画面いっぱいに身じろぎする。

『このビデオを再生して見てる人は、ぼくが神がかりになったと思うかもしれない。どうなんだろう？　ぼくにもよく分からない。ぼくはまるで、神様が優秀なバイオ技術者の一人であるかのような言い方をしている。イントロンの謎も神様が出題した暗号パズルだ、みたいな言い方をしているが……。

『まあ、今日はここまでにしておこう。暗号について勉強してみないと、話にならないからね』

画面は一瞬ブラックアウトし、テスト・パターンに変化した。七色の放射状の線が回転しながら明滅している。

「確かに神がかりだ」椎葉が言った。憮然とした顔で画面を睨む。

椎葉の言うことは間違いじゃない。素晴らしい発想は、いつだって神がかっているように見えるのだ。おれも、あの時は異常な高揚感に包まれていた。中世ヨーロッパの錬金術師たちの昏い情熱を共有していた。

テスト・パターンが消えて、表示が出る。

05／16　AM11：19

二木が登場した。眼鏡の位置を神経質そうに修正しながら喋る。片手に一冊のハードカバー本を持っている。表紙に〈暗号……〉の文字が見えた。

『……一応、暗号について勉強してみたが、前途が暗くなってきた。

『この本によると、暗号には換字式、転置式、分置式などがあるそうだ。現在、軍事情報などのやり取りに実際に使われているのは換字式だという。つまり一定のルールで文字を他の文字に置き換えるものだ。その中で最近、多用されているのはサイファー方式……』

本のページをパラパラめくる。

『これは一文字単位で置き換えるもので、語句や文章の単位で置き換えるコード方式よりも解読しにくい。その上サイファー方式では座標方式や無限乱数式など、さらに高度で解読しにくいものが開発されているそうだ。

『……要するにド素人にはどうしようもないってことだ』

本を閉じて、二木はデスクに頬杖をついた。

『さて、どうするかな。あちこちのサイトにアクセスして伝言を残しておくか。〈当方、優秀な暗号解読ソフトを求む、至急連絡を乞う〉とでも……』

二木が肩をすくめると画面はテスト・パターンに変わった。今度は小さい三角形が万華鏡のようにきらめいた。

椎葉はぶつぶつ二木について喋った。

「前から妙な奴だと思ってたよ。この九官鳥は三〇過ぎにもなって、昼休みには少年マンガ雑誌やTVゲーム雑誌ばかり読んでた。妙に現実離れしてた。会社の金と設備を使ってこんなことをやってたのか。そうと知ってたら……」

画面に**05**／**18**　PM**03**：**40**の表示が出る。

「待て、始まったぞ。あんたの人間観察は後で聞く」おれは言った。

二木がアップで登場する。眠たそうなセント・バーナード犬みたいだった表情が一変していた。眼がLEDのように光っている。手にしているのはUSBメモリー。

『……持つべきものは友人だ。インターネットで知り合った台湾の友人、彼はぼくと同業だそうだが、フィリピンのサイトを通じて手に入れたというハッキング用ソフトを提供してくれた。そいつをたった今、これに落とし込んだところだ』

USBメモリーを振ってみせる。

『彼に言わせるとAI型の多目的ソフトでCIA（中央情報局）やNSA（アメリカ国家安全保障局）の暗号だって解けるそうだ。性悪なウイルスもないから安心しろ、と言ってた。嬉しくてもう少しでこっちのアイディアを教えるところだった。さて、それじゃ試してみるかな』

今度のテスト・パターンは七色の小さな正方形だった。右から左へ順に色が変化しグラデーションを作り出す。

画面に**05**／**21**　AM**00**：**02**の表示が出る。

真夜中らしく、二木は眠たそうな顔で登場した。眼をこすり生あくびをする。だが、瞳の奥に輝きがある。

『……今日から夜勤にシフトした。というのも例の暗号解読ソフトのせいだ。あれを走らせるとコンピュータ内の他のジョブの処理速度が極端に落ちるんで、皆から苦情がくるんだ。どうやら自分のジョブを超最優先にする仕掛けがついてるらしい。

『しょうがないので、夜中に一人でやることにした』

二木は苦笑いを浮かべる。

『さて、経過を記録しておこう。順調だ。

『……やはり、イントロンのすべてが暗号というわけではないらしい。イントロンの多くは確かに無意味な配列らしい。これまで、行き当たりばったりにイントロンの一部をつまみ出しては、暗号解読を試してきたんだが、最初の三四回は〈意味不明〉とAIソフトは答えた。だが、三五回目に奇跡は起きた』

　画面いっぱいに、プリントアウトの紙が広がった。アルファベットと数字の行列が並んでいる。

『これが解析結果だ。サイファー無限乱数式の暗号である可能性が、なんと八〇パーセントだ！』

　プリント用紙を折り畳みながら、二木英人は笑みを浮かべた。優等生が満点の答案を受け取る時の顔。バカめが。おれは呟く。おまえは税関のゲートをくぐったんだ。後は地獄行き九九九便に乗るしかないんだ。

『予想通り、イントロンの一部は暗号だった！』

　二木が言った。

『……しかし、まだ解読までは時間がかかるだろう。クレイ・コンピュータならともかく、我が社のマシンは役所からの払い下げだもんな』

　今度のテスト・パターンは六角形のマス目で、ある種のゲーム用の画面みたいだった。

「勝手なことを吐かしやがって」椎葉が毒づいた。「新品を買わないのは社員に給料を払うためだぞ」

　死者に文句を言っても無駄だと思うが、それは口にしなかった。

　画面に**05／24**　AM**09：55**の表示が出る。

　ビデオを観ているこちらには、三日という時間が数秒で飛び去ったようだ。

　二木の肉マンみたいな頬がこけていた。不精髭がサボテンのトゲのようだ。だが、眼だけは救急車の回転灯さながらにギラついている。

『……意外に速かった。このＡＩソフトは優秀だったよ』

　手にしたＵＳＢメモリーを示す。

『キイになってる乱数表を見つけ出してしまうと後はもう速いのなんの、三時間足らずでイントロン配列をエクソンに組み直してしまった』

　椅子の上にあったそのプリントアウト済みの用紙をデスクにドサッと投げ出す。厚さ一〇センチはあった。それを手で叩く。

『まだ、これが正解かどうかは分からない。でも、可能性は高いと思う』

　再び放射状のテスト・パターンになる。

　次に二木が映った時には、やはり三日が過ぎていた。

05／27　PM**02：43**

二木が栄養不良、睡眠不足、過労などなどに蝕まれているのがすぐに分かった。まぶたは腫れ上がり、顔は腐ったコーン・スープみたいな色になっている。

だが、精神だけは高揚状態にあるらしい。きっと脳の内部はドーパミン・ホルモンの洪水だろう。

『例の解読したイントロン情報をもとにアミノ酸シーケンサーで未知のタンパク質を合成することに成功した。やっぱり正解だったんだ！　これはそのＣＧシミュレーションだ』

画面いっぱいに二木英人の手がかぶさり、ついでカメラは向きを変えた。

オートフォーカスが画面中央のコンピュータ端末を狙った。ＶＤＴ画面がアップになる。

そこには十数種類のアミノ酸が鎖状に、あるいは螺旋状に結びついた立体構造シミュレーションが映っていた。リゾチウムはレッド、糖はブルーに彩色されている。前衛芸術家が好んで造りそうな複雑な立体オブジェを連想する人もいるだろう。

二木英人の甲高い声が、画面にかぶさる。

『……タンパク質は生命活動の担い手だ。細胞の原料、酵素、血液中のヘモグロビン、免疫抗体、各種のホルモン。これらはすべてタンパク質だ』

二木英人の太い指が、ＶＤＴを指し示す。

『……だが、これはいったい何だろう？　タンパク質の一種だとは思うが、既に知られている天然のものとも超タンパク質とも、まったく異なる構造だ』

超タンパク質とは、天然には存在しない人工的に作られたタンパク質のことだ。

『……その上、これは試験管の中に造られた瞬間からもの凄いスピードで増殖して細胞を形成し始めた。驚くべきことに細胞核も造られ、その中には未知のエクソン配列もプログラムされているらしい。すべての常識をひっくり返す代物だ……』

カメラの向きが変わった。オートフォーカスが瞬きし、再び顔面チックの大男がアップで登場する。

『……中型のバイオリアクター、Ｂ―61。二〇〇リットルのやつだが、これはぼく専用になってる。濃縮した血清栄養素と食塩水でＢ―61を満たし、この未知のタンパク質から増殖した細胞とエクソン情報を育ててみることにした。

『ま、今日はこれで終わりにしよう。たまにはアパートに帰って寝ることにする』

テスト・パターンは四つあってそれを使い回すらしい。前にも見た小さな三角形による万華鏡がきらめいた。

05／28　ＰＭ01：29

画面に出た二木が大きな溜め息をついた。栄養と睡眠が足りたらしく湯上がりみたいな色艶（いろつや）になっている。

『……さて、約二四時間が経過したわけだが。なんだかドキドキするな。あのＮＩＫＩタンパク質、とりあえずそう名づけたが、いったいどうなってることか』

アーケードで新しいゲーム機を見つけた子供みたいな表情だった。

『……今、Ｐ３のこの区画にいるのはぼく一人だ。歴史的な発見をこれから見にいく。このビデオカメラが証人だな』

二木英人の姿が画面から消えた。カメラが持ち上げられたらしく画像が揺れ動く。やがて、カメラの視点が人間の眼の高さに落ち着いた。

「あの変な化け物はつまり、これだったのか？」

椎葉が表情を歪めて言った。

「人間のイントロンにあの化け物か何かが封じ込められていたわけか？　二木君はその遺伝情報を解読して生き物の形まで育てたと、こういうわけか？」

「その通りだ。まったくバカなことをしやがって」

おれの声には自嘲（じちょう）がたっぷり含まれていた。そうさ。おれも二木と同罪だ。

カメラはそのまま部屋を出てスチールの廊下を進んだ。シルバーグレーの内装や天井の照明が揺れ動き後方に流れていく。ＴＶのニュース番組などでおなじみのカメラマン自身が移動する時の映像だ。時々、床にプリントされた大きなバーコードが映った。運搬ロボットが現在位置を読み取るためのものだ。

やがてカメラはあるドアの前で止まった。ドアには小さな窓と、小さな表示プレートがあった。

　　バイオリアクター区画

ドアが開く。

カメラが、整然と並ぶ大型培養タンク群をパンしていった。銀色のバイオリアクターは円筒形で、周囲に大小のパイプ十数本が蛇のように絡みついている。

生命の大量生産を行う機械の神々。内部は常に一定の環境が保たれ、生物体内のホメオスタシスを再現している。

カメラがタンク群に対し平行移動する。そして中型タンクの一つの前で止まった。赤い文字で識別ナンバーが書いてあった。

B—61

タンク側面にあるデジタル・パネルが点滅している。内部温度などを赤い数字で表示していた。

おれは画面を見ながら地の底から響いてくる呻き声を聞いていた。地獄を描いた中世ヨーロッパの壁画、以前にTVか何かで観たそれが脳裡に浮かぶ。暗い冥府が業火を吹き上げる。

死んでいった者たちが、呪詛の声を浴びせてくる。おれは頭を抱え、両耳を手で押さえつけたくなる。許してくれ。あんなことになるとは思ってなかったんだ！

二木のキンキンした声が画面にナレーションをつける。

『……この未知の遺伝情報と細胞はすでにかなり増殖して、何らかの形をとっているはずだ。……それにしても不思議だ。ぼくにはまだ神様の意図が分からない。こうまでして隠さなければならないものとは、いったい何だったんだろう？　しかし、それも間もなく解明される。この研究成果は新しいバイブル、創世記になるだろう……』

カメラがB—61の側面に回る。金属製の梯子があった。二木の大きな手が現れ、梯子の横木を掴んでは登っていく。

おれは我知らず、身を乗り出していた。催眠術にかかったみたいに画面に魂を奪われていた。オートフォーカスがタンク上部の銀色の蓋にピントを合わせる。

二木の手が蓋を開いた。

「!?」

その瞬間、カメラの画像は大きく揺れ動いた。オートフォーカスが対応しきれず画面がボケてしまう。何がなんだか分からない。甲高い悲鳴がした。

画像は電気的誤信号の暴風雨と化した。横縞が風速五〇メートルの勢いで荒れ狂う。その状態が五、六秒は続いた。

やっと画像が安定する。天井の照明が映った。二木は梯子から転げ落ちたのだ。

だが、画像はまた揺れ動き、乱れ始めた。二木がカメラを持ったまま立ち上がって走り出したらしい。廊下の遠近法が派手に揺れていた。耳障りな悲鳴が聞こえる。画面左下のヴォリューム・レベルメーターはマキシマムに達している。

カメラは、二木英人の研究ブロックに辿り着いた。が、またも画像が揺れ、乱れる。

画像が安定した。カメラは床に落ちたらしい。犬や、猫の眼の高さから見たロー・アングルだ。実験台の裏側が天井のように見える。床に落ちたショックで故障したせいか、一秒ごとに電気的誤信号（グリッチ）が画面を走った。

二木は床に座り込んだ姿勢で後ろへ這いずっていた。眼鏡をかけていない。どこかで落としたらしい。首が小刻みに振られている。顔面が激しいチックで痙攣を繰り返している。

『ウワァア！　来るな！　あっちへ行けエェェ！』

甲高い声で大男がわめき続ける。二木の視線はカメラの上に固定されていた。その〈何か〉はカメラの後方、ドアの位置に立っているらしい。

『来るな！』

そして……聞こえてきた。人間のものとも獣のものともつかない音声。オペラのベル・カント唱法のような響きと抑揚。不思議なメロディだった。中近東辺りの音楽がこれに近いだろうか？

「これだ！　私が内線電話で聴いたのはこの歌みたいなやつだ！」椎葉が叫んだ。

『来るなァァァァァ！』

画面のレベルメーターはマキシマムのまま止まっている。二木英人の甲高い絶叫に、プラス正体不明の歌声のヴォリュームが許容範囲を超えたのだ。

唐突に、そこで録画映像は途切れた。カメラに何かの衝撃が加えられ、止まってしまったらしい。

パソコンが画面に文字を表示した。

『録画情報終了』

おれと椎葉は無言でモニターを見つめていた。

そして、おれの大脳側頭葉にあるダムが決壊し、記憶が溢（あふ）れ出した……。

過去d　運命への一歩

「どうなった？」

則之は一度自宅に帰ってから、また出勤しＰ３施設に戻ってきたところだ。

眼が、ボストン眼鏡の中で輝いている。情報に飢えた感じだ。Ｐ３の中ではマスクを着用するので、今はお互いに眼のまわりしか見えない。そのため、おれたちは眼で表情を読み合う癖がついていた。

彼の質問に、おれは肩をすくめるだけで答えなかった。

「なんだい？　どうなったんだ？　教えてくれ」

則之はボストン眼鏡の位置を修正した。

おれは黙ってバイオリアクター・Ｈ―28を指差した。

これは内容積五〇リットルの小型で、電気洗濯機程度の大きさだった。銀色の円筒形のタンクで、コンピュータが絶えず内部状態をコントロールすると共に、それをデジタル・パネルに表示している。

バイオリアクターは、生化学反応利用装置と訳されている。内部の温度、圧力、溶液濃度、成分などを調節して、酵素の触媒反応などを維持するのだ。これによって効率良くバイオ製品の生産ができる。

「覗いてみろっていうのか？」

則之は言い、タンクの蓋に手をかけた。

「何をもったいぶって……」

彼の眼が見開かれた。マスクがなければ顔色が変わるのが分かったかもしれない。

「これは……」

おれも背後から覗き込む。

＊

ジェネトリック・イノベーション社に転職して、もう半年が過ぎていた。

おれと阿森則之は、自分たち専用の研究室ブロックを確保していた。そして〈内職〉に没頭していた。特におれは失恋の痛手を、知美のことを忘れるために、研究にのめり込んでいた。

研究素材は、ＤＮＡ上のイントロンだった。免疫細胞のイントロンにオリジナル・プログラムを組み込んで、エイズウイルスを撃退しようというアイディアだった。

しかし、予想に反して、それは機能しなかった。半年間の努力は徒労となった。まるで、何かがイントロンに隠されていて、それが邪魔しているような印象を受けた。

その直後、天啓を得た。雑誌の記事で、暗号解読用コンピュータ・ソフトについて知ったのだ。その瞬間、何かが切り替わった。おれの大脳前頭葉へのドーパミン供給量が増加した。

「イントロンには何かが隠されているんだ。何かが。イントロンを利用しようとしても、その何かが邪魔するんだ。だったら、イントロンの謎そのものを解明してやろうじゃないか!」

おれはそう叫んだ。則之は「ついに狂ったな」と言った。

だが、解読は成功した。そして、それを元にアミノ酸シーケンサーで、未知のタンパク質を造り出すことにも成功したのだ。

一昔前なら、こう簡単にはいかなかったろう。しかし、二一世紀の現在では、アミノ酸シーケンサーの性能も驚異的に上がっていた。おかげで、作業は急ピッチで進んだのだ。

＊

H―28の銀色のタンクの中には、やや濁った生温かい液体がある。血清栄養素と食塩水だ。その中央には、球形の拳大（こぶしだい）のものが浮いていた。ピンクの半透明なゼラチンで出来ている。

見ていると、そのゼラチンが脈打った。

「これは!?」と則之。

「生きてる」とおれ。「三〇秒に一回脈打ってる。信じられないだろうが、このタンパク質はほんの三時間ぐらいで生物体に変化したんだ!」

実は、おれもまだ驚きから完全に覚めてはいなかった。首を振る。

「……このタンパク質は、自分で細胞組織を造り、細胞核内にDNAプログラムも造ったらしいんだ。どうやら、タンパク質自体にも遺伝情報があるらしい」

「なんだって!?」

則之の眼は見開かれたままだ。マスクの下では口も半開きかもしれない。

「そうとしか考えようがないんだ」

おれはコンピュータ端末のところに行き、マウスを操作した。画面にアミノ酸構造を表示させる。新発見の未知のタンパク質の構造がコンピュータ・グラフィクスで描かれた。子供が、でたらめにボールと棒で何かを組み立てたような代物が、画面上で回転していく。

「ご覧の通りさ。……昨日は気づかなかったが、よく見ると、このタンパク質は違うんだ。α―へリックス構造でもない。β構造でもない。不規則構造でもない。規則性はあるが、今まで誰も見たことがない構造のタンパク質だ。これがブルックヘブンに登録されてないことに、ボーナス全額を賭けてもいい」

アメリカのブルックヘブン国立研究所にはプロテイン・データバンクがある。そこには全世界から寄せられたタンパク質に関する情報があるのだ。

「何なんだ、これは?」と則之。

「超タンパク質には分類されないな。暗号化してイントロンに隠されていた天然タンパク質、という分類か」

「いや、そういう意味じゃなくて。……そもそも、これの正体は何なんだ?」

則之は片手で蓋を固定したまま、片手でゼラチン生物を指差した。

「イントロンに隠されていた生物だ。あるいは隠されていた生物か。……今はそうとしか言いようがないな」

「……なんてこった……」

則之は呟いた。壊れやすい置物を扱うように、そっと銀色のタンクの蓋を閉める。

おれは言った。

「しかも、さらに成長してるみたいなんだ。どうなるのか、その様子をビデオに撮ろう」

則之がうなずいた。こっちを振り向く。

「すごいよ。直樹」

おれの肩を叩いた。

「やったよ。これはエイズ治療より、もっとセンセーショナルな話題になる。何しろ証拠品の現物が、ここにあるんだから」

「それだけじゃない。この新種のタンパク質そのものがすごいんだ。……さっきから調べていたんだが、これはバイオ素子、バイオチップの有力候補だぞ。分かるか?世界初のタンパク質コンピュータなんだよ! 実現すれば、シリコンチップの十万倍の集積度になると言われているバイオ・コンピュータの第一号が、これで出来るかもしれないんだ！」

「うわお！　なんてこった！」

おれたちの興奮は上限のない双曲線カーブを描いた。おれたちは無尽蔵のダイヤモンド鉱脈を掘り当てた。おれたちはオッズ一万倍の超大穴を当てたのだ。

唐突に、胃袋が妙なる調べを奏した。自己保存本能のなせる業だ。

おれたちは笑い出した。

「一息入れて、何か食べてこいよ」と則之。「もうかれこれ一〇時間ぐらい、何も胃袋に入れてないんだろう。ここはぼくが見張ってる」

「産業スパイに気をつけろよ」

「分かってる」

則之は拳から親指を突き出した。おれも同じジェスチャーを返してやった。

＊

外は夕暮れ時だった。空よりも、地上の方が人工照明で明るくなる時刻だ。退社するサラリーマンやＯＬたちとすれ違う。彼らは、一日の仕事を終えて仲間同士で一杯やるか、デートに向かうか、あるいはジムやエアロビクスで汗を流すか……。まあ、そんなところだろう。

諸君、おれはトップの座への階段を上っているところだぜ。

ファミリーレストランがあったので、そこでステーキ・セットを注文した。ほどよく焼かれて万人向けに味付けされた料理が出てきた。店の調理師には悪いのだが、あいにくその時のおれはろくに味も分からない状態だった。

頭の中はバラ色の未来でいっぱいだった。

バカでかいインテリジェント・ビルディングを想像した。それが社屋だ。屋上にはヘリポート。直接、空港へ飛べるようにするためだ。

肝心（かんじん）の社名は、何にしようか？　ギガテック・フカオ？　それとも阿森則之の頭文字も取って、Ｆ＆Ａギガテック？　あるいは……。

そうだ。それに知美……。ようやく、おれは知美のことを落ち着いて思い出せる自分に気づいた。心に余裕が戻っている。なんといっても大きな収穫を上げた後だから、すべてをリラックスして眺められた。

知美とは、もう半年も会っていない。風と噂話をした結果、彼女がライフテック社に転職したことは知っていた。今頃はすでに新しい男が出来ているかもしれない。

おれは首を振る。たとえ、そうだとしても構うもんか。その時は彼女を横取りするまでだ。

今からなら、きっと彼女ともやり直せるはずだ。お互い、充分に頭は冷えたさ。それに、おれは自分の目標をもう半ば達成したんだ。今までと違って、精神的な余裕もたっぷりだ。今のおれなら知美と心を通わせることができるはずだ。

幸せいっぱいの気分だった。おれの人生はジベレリンを投与された植物さながらだ。天井知らずに伸びる一方なのだ。高揚感の中を漂っていた。

＊

おれはＰ３の出入口に入った。二重ドアに挟まれた〈前室〉で、ペール・ブルーの実験衣に着替える。キャップで頭髪を覆い、スリッパを履いた。鼻歌が出る。マスクで顔面をカバーしながら、自分のハミングするメロディがベートーベンの『歓喜の歌』であることに気づいた。

〈内ドア〉を開けて、Ｐ３に一歩踏み出す。足が止まった。鼻歌も止まった。頭の中では別の曲が鳴り響いた。ベートーベンではあるが、『運命』のイントロだ。

おれは凍てついていた。呼吸もしばらく止まっていただろう。

おれの正面には白とシルバーグレーで構成された廊下がある。廊下の両側には各研究ブロックなどが一〇ずつ、計二〇ブロック並んでいる。窓は一切ない。各ブロックには、いずれも白いドアがある。いくつかのドアは開け放しだ。

「この中の眺めは？」と訊かれたら「白と灰色の無彩色の世界だ」と、おれは答えるだろう。

今、このＰ３の眺めは大変貌を遂げていた。赤、あるいはエビ茶色の塗料を大量にぶちまけたようになっている。しかも、壁や天井が、その塗料による落書きだらけなのだ。ニューヨークの地下鉄車輛さながらだ。よく見ると、書かれているのは古代文明の絵文字のような意味不明のものばかりだった。

おれは目眩を感じた。目覚めた瞬間に自分がどこにいるのか分からなくなる、いわゆる〈見当識障害〉に陥ったみたいだった。

「な、何だ？」

その言葉をバカみたいに繰り返していた。

背後にある〈内ドア〉は、すでに自動で閉まっていた。

周囲を見回す。

無音、静寂。動くものは、壁のアナログ時計の秒針だけだった。針は午後七時半を示していた。おれが食事と休憩のために外出してから、このＰ３に戻ってくるまで、一時間半も経過していない。

その間に、地球上で最も清潔な場所であるべきＰ３施設が、大量殺人の現場に変わってしまったようだった。

背骨に震えが走った。壁や天井についているのは赤やエビ茶色の塗料などではない。哺乳動物の体液、ドラキュラ伯爵の常食物だ。

今のおれはマスクをしているので、嗅覚が鈍感になっている。マスクなしだったら、すぐ血の臭いに気づいただろう。

わけが分からないまま三、四歩進んでいた。

一番手前の左のドアが開いている。中を見た。誰もいない。いつも通りオートクレーブがあるだけだ。

廊下の奥の方に向き直った。

「おい」

呼びかけた。

「おい、誰かいないのか？　返事しろ」

返事はない。静かだった。脳死患者の脳波みたいに、あまりにも静か過ぎる。

「おい、則之。関。吉田」同僚たちの名前を呼んだ。

「どうしたんだ？　何があった？」

返事はない。

おかしい。ようやく、おれの思考が秩序立てて事態を捉え始めた。

Ｐ３で実験動物を解剖することは日常茶飯事だ。だが、このジェネトリック・イノベーション社のＰ３施設では、せいぜいマウスぐらいしか使わないのだ。これだけの血で壁を汚すには、ネズミを二〇〇匹は切り刻む必要があるだろう。

膝が震えるのを感じた。

バイオハザード！

その単語が、電光ボード式の看板みたいに脳裡で点滅した。

いまだかつて深刻な〈生物災害（バイオハザード）〉が起きた実例はない。だが、その可能性は絶対にゼロとは言えないのだ。

おれは猛毒病原体で汚染された屋内に入ってしまったのだろうか⁉　則之や同僚たちは皆、死んだのか⁉　それも大量に吐血して死んだんじゃないのか⁉　この血は、その跡じゃないか⁉　この意味不明の落書きは、細菌汚染で発狂した者が書きなぐったんじゃないか⁉

さっきから誰も返事しないのは当然だ。おれは死体置場で独り言を言っていたのだ！

パニックの津波が襲いかかってきた。飛びすさった。悲鳴を上げていたかもしれない。背中と後頭部が、Ｐ３からの出口、二重ドアの〈内ドア〉に衝突した。

呼吸が浅く速くなっていく。網膜の裏側で血流が渦巻いているだろう。眼をつぶったら、化学試料分析に使うガスクロマトグラフィの描くようなパターンが、まぶたの裏に見えるかもしれない。

逃げ出したかった。実際、普段のおれなら、そうしていただろう。とりあえず、コードレス内線電話で外部の者に〈生物災害（バイオハザード）〉を伝えてから、二重ドアに挟まれた〈前室〉に行けばいい。その後は一人用の隔離服をもらって、それを着て、山ほどの消毒剤をぶっかけられて、どこかの大病院の隔離室に入れてもらい、そこで診察と治療を受けるのだ。そうすれば命が助かる可能性はある。

だが、ある記憶が、おれを引き留めた。

イントロンから呼び出した、あのタンパク質。

あれが、この異変の原因ではないか⁉

だとしたら……。

「則之！」

おれは無駄と知りつつ叫んだ。

「返事しろ！」

返事はなかった。物音もしない。相変わらず、動くものはアナログ時計の秒針だけだ。

震える膝を押さえ込まねばならなかった。いつまでも、こうしてはいられないことに気づいたのだ。これがもしおれの責任だとしたら、当然果たさねばならない義務があるだろう。

何が起きたのか、まず自分の眼で確かめなくてはならない。そして事態を、内線電話で外部の者に知らせなくてはならない。脱出はその後だ。

「OK」

おれは覚悟を決めた。マスクの下で無理に笑った。ひきつっていただろう。

「OK、諸君。ドッキリカメラは、もう終わりだ。よってたかって、おれをハメようったって、そうはいかないぞ。どうせ、ビデオで隠し撮りしてるんだろう。則之、きさまも一味か。いつから、そういう冗談のきつい性格になりやがった……」

喋りながら一歩踏み出した。膝の関節が外れかけているような歩き方になっていた……。

現在10　再びP3へ

モニター画面に文字が表示されている。

『録画情報終了』

隣には椎葉がいた。彼の充血した眼は焦点というものを失っている。放心状態に陥っているらしい。

おれは立ち上がり、ビデオデッキを操作した。

二木英人のビデオ記録を取り出す。これには、日付と重要証拠品扱いのナンバーが振られるだろう。アタッシュ・ケースにUSBメモリーを収めた。

これで一〇〇パーセント〝C〟の仕業である、と決まったわけだ。

「……バカな……」

椎葉の呟きが聞こえた。

「……そんなバカな……これじゃまるでハリウッド製のホラー映画だ……」

椎葉はまだ呆然（ぼうぜん）としている。すでに電源が切れて真っ黒になっているモニターを見つめていた。想像力ゼロの拝金主義者のこいつにも、事態は呑み込めたようだ。

だが、どう反応すればいいか分からないらしい。ついさっきまで、彼はマーケティング・リサーチや開発商品の売り込みなど、流通市場での泳ぎ方さえ心得ていればよかったのだ。そこへ自分の設備投資がオカルティックな世界への通路を開いていた、と知らされても対応できないだろう。

おれは知美のそばに行った。彼女の肩に手を載せ顔を覗き込む。相変わらず眼には正気の光がない。

知美は元に戻るだろうか？　いや、戻るに決まっている。本当にそうか？　誰かが耳もとで囁く。もし、このままだったらどうするんだ？　このまま彼女が閉鎖病棟で年老いていくことにおまえは耐えられるか？　面会に行っても虚ろな眼に会えるだけだぞ……。

何があったんだ、知美。Ｐ３の中でいったい君の身に何が起きたんだ？　おれの問いに答えはない。知美は死人も同然だった。価値あるものすべてが、砂粒のように指の間からすり抜けていく。

どうやら一年半前のあの日、奴らの同類をイントロンから呼び出して以来、腐れ縁が生じたらしい。おれの運命と奴らの運命とは切り離せなくなったのだ。一つの細胞の中で、二つの細胞核が融合しないまま共存しているヘテロカリオンのような感じだ。奴らは、おれだけでなく、過去おれと関わった人間をも巻き込んでいる。

もちろん、常識的に考えればそんなことはあり得ない。知美は運悪く化け物が出現したその場にたまたま居合わせただけだ。

だが、死と隣合わせの毎日を送っていると、そうは思えなくなることがある。すべては因果関係の糸で結ばれているのではないか、そう考え始めてしまう。知美が生きた死人になってしまったことも、すべてはおれの運命と奴らの運命とがクロスしたことが原因であるかのように思えてきた。

思えてきたどころの騒ぎではなかった。おれはそう思ったのだ。奴らに何もかも奪われていく。その言葉が透明な青い炎のように燃え広がっていた。

いいか、よけいな真似はするなよ。上司の永海がおれの頭の中で言った。どこまでも小うるさい奴だ。

そっと知美の肩を叩き、振り向いた。

おれは椎葉の肩を揺さぶり、こっちに顔を向かせる。

「これからＰ３のバイオリアクターまで行ってみる。ちょっと調べたいことがあるんだ。もうすぐおれの仲間が来るから連中にはそう伝えといてくれ」

おれの言葉が椎葉の脳髄に染み込むまで、時間がかかった。麻酔から覚めかかった実験動物の表情に似ていた。

「……Ｐ３の中？　バイオリアクターだと？　冗談だろう」

「入るのはおれ一人だ」

「ちょっと待て！」

形相が変わっている。おれのことを心配してるのかと思ったが、やはり違っていた。

「ちょっと待て！　私はどうなるんだ？　君がＰ３へ入って、二木君の二の舞いになろうがどうなろうが知ったことじゃないがな」

「そりゃ、どうもありがとう」

「だが、Ｐ３の中に入るんならＩＣカードを渡せ！　君がＩＣカードを持ったままＰ３で死んだら、私がここから出られんじゃないか。梶君だって……」

「ＩＣカードのロックぐらい簡単に外しちまうハッカーまがいの連中も来るよ。心配いらん。そいつらが出してくれるさ。だが、おれが出る時に端末を操作する人間が必要なんだ。知美があの通りだから、あんたしかいないんだ」

「そうか、私は出られるのか。それならいいんだ」

椎葉は安堵(あんど)の笑みを浮かべた。彼をエゴイストとは呼ぶまい。誰だってまず自分の身から心配する。他人はその後だ。

「だが、何のために中へ？　死にに行くようなもんだ」

椎葉が不審な表情を見せる。

おれはスタン・ロッドで知美を指した。

「こんなケースはたぶん初めてのはずだ。あの化け物どもは、人間に出会ったら即、皆殺しにするんだ。それから逃れるには奴らを殺るしかないんだ。分かるか？　殺るか殺られるか二者択一なんだ。……だが、彼女は助かった。なぜだ？」

「私が知るわけないさ」

「今観たビデオだけじゃ不充分だ。彼女が助かった理由、そして彼女がこんなふうになってしまった理由が分からん。たぶん化け物のせいだろうが、それを調べる。もしかしたら彼女を元に戻す方法も分かるかもしれん。うまくいけばだが……」

おれはまた無意識のうちに感覚のない左腕を撫でていた。

「うまくいかなかったら？」椎葉が言った。

おれは答えなかった。Ｐ３の〈外ドア〉の前に立った。

「開けてくれ」

椎葉は操作しなかった。躊躇(ちゅうちょ)し、マウスに手を伸ばそうとしない。

「どうしたんだ？　さっさと開けろ」

「無茶だ」

椎葉は言った。血走った眼で、おれを睨み返した。

「はっきり言っとく。君は好きになれん男だ。しかし、だからといって自殺行為に手を貸せると思うか。それに、後で過失致死だの何だのといった問題になるのも御免だ」

「スタン・ロッドで脅されたと釈明すればいい」

「それで通ると思うか。君が死んだら何の証拠も残らんじゃないか」

「じゃ、ビデオカメラだ。誓約書代わりにおれを録画しろ」

電撃棒を振り回して、椎葉に準備させた。専務殿はぶつぶつ呟きながら、棚から取り出したそれにＵＳＢメモリーをセットして構えた。元気のない声で、いいぞと言う。

「深尾直樹だ」

おれは自己紹介した。日付と時刻を告げる。

「……午後二時五五分だ。今からおれは、ライフテック社のＰ３施設に入る。これはおれの責任だ。椎葉雄二は、おれに脅されて仕方なくＰ３のドアを開けるんだ。今これを撮影している彼には一切責任はない。……これでいいだろう？」

「ああ」

椎葉は不承不承うなずく。つられてカメラもお辞儀した。

おれは端末のところまで行き、自分で操作した。

機械音に、アフリカ象がくしゃみしたような圧縮空気音。〈外ドア〉が開いた。

即座にダッシュする。Ｐ３施設は気圧差のバリアを保つため、〈ドア〉は二、三秒で自動的に閉じてしまうからだ。

「おい、本気か！」と椎葉。「どうなっても私は知らんぞ」

〈外ドア〉が閉じて、椎葉の言葉は遮られた。もちろん、おれは〈前室〉に滑り込みセーフしている。

スタン・ロッドの安全装置を外しボタンに親指を当てた。試しにボタンを押す。先端の二つの電極針の間に紫色のスパークが飛ぶ。棒の側面にある細長い電極板からは緑色の無数のアーチが生じた。テスト、ＯＫ。

スーツの上着を脱いで、ハンガーからブライト・オレンジの実験衣を外し、頭から被った。ヘア・キャップ、マスク、スリッパも身につける。本当のところは、中世ヨーロッパの騎士が着ていたような甲冑が欲しい気分だった。

深呼吸した。膝の辺りに震えを感じる。臆病者の地が、おれを引き戻そうとする。だが、透明な青い炎が消えることはなかった。

おれは今まで何のために、知美に会うのを我慢していたんだ？　彼女を危険に巻き込みたくなかったからだ。だが、その結果得たものは何だ？　知美そっくりの等身大の人形でしかなかったのだ。

奴らに何もかも奪われていく。

おれは自分の野望達成のために犠牲者を出した。今また知美も失いかけている。このままでは完全に独りきりになってしまう。

だめだ。この上、知美まで失うわけにはいかない。彼女の笑顔をもう一度蘇らせなければ！　その可能性を見つけられるかもしれないんだ。精神科医に期待するより、このＰ３で彼女の魂が奪われた原因を直接探す方が手っ取り早いはずだ。

額に汗が滲むのを意識しながら、インターホンのボタンを押す。

「〈内ドア〉を開けろ」

「自殺行為だ」と椎葉。「やめるなら、今のうちだぞ。まだ気が変わらないのか？」

「変わらん。開けろ」

〈内ドア〉は閉じたままだった。

「開けないなら、後で電気ショックを試してみるか？　おれは本気だ」

インターホンから、溜め息が聞こえた。

「どうしようもないバカだ、君は」

おれは答えなかった。全身に冷や汗を感じていたせいだろう。

「何か言い残すことはあるか？」と椎葉。

「あんたにはない」

「いいか、よく聞け！」椎葉が怒鳴る。「君が開けさせたんだ。君が開けさせたんだからな。その点だけは確認しておくぞ」

「分かってる。さっさと開けろ」

だが、それでもさらに五秒待たねばならなかった。

やっと〈内ドア〉が開いた。

微風に背中を押されるような気持ちで、Ｐ３に足を踏み入れた。背後で〈内ドア〉が閉じる。摂氏一〇度の冷気が全身を包んだ。身体に震えが走ったが、寒さによるものかどうかは分からない。

スチール廊下の遠近法が正面に見える。床には血で描かれたタイヤのトレッド・パターンがある。ジミーの足跡だ。床には、ロボットが現在位置を読み取るためのバーコードも並んでいる。

廊下の奥にブライト・オレンジの作業衣を着た死体が横たわっている。死体は怖くない。死体は襲いかかってこない。怖いのは〝Ｃ〟だ。

遊園地のお化け屋敷に一人で入る幼稚園児みたいに、そうっと第一歩を踏み出した。視界に入るものは先端化学の産物の数々。サイコロ型ブロックの部屋が並び、おれの両側にパノラマ的眺めを演出する。

窓枠の一つの中に超遠心分離機が鎮座していた。超高速で試料を振り回して、六〇万Ｇという地球上ではあり得ない重力を作り出す代物だ。

次の窓枠には、実験キャビネットが並んでいる。内部で扱う微生物などが飛散しないように工夫された装置だ。

その向かいの窓枠には、薬品類を納めた加圧アルミ容器が葉巻型の姿を並べている。色分けされたそれらは、バカでかいクレヨンのセットみたいだ。

椎葉が古川と呼んだ技術者の死体に近づく。生きていた時は有能な男だったかもしれないが、今は一〇〇グラムいくらのバラ肉同然の姿だ。

死体をまたいで通る。血の臭いもグロテスクな眺めもあえて無視した。今は死者に対する無礼も見逃してもらうことにする。

おい、こんな話を聞いたことないか？　永海がおれの頭の中に電話をかけてくる。罪悪感に悩んでいる人間は自滅しやすい。無意識に自分自身に罰を与えようとする、と。

永海の言葉は正しいのかもしれない。おれは、本当は〈死〉という名の休息を欲している。だから、わざわざ人間大の毒虫どもの巣へ入っていく。精神分析的には、それで筋が通っているかもしれない。

途中、ジミーと対面した。ロボットは黄色の回転灯を点滅させながら「実験物を運んでいます」と告げた。人間の存在を感知するセンサー付きなのだ。ジミーのボディは予想通り血まみれだった。

唐突にロボットが動き始めた。どうやら、椎葉がリモコン操作で動かしているらしい。おれはついてこい、という身振りをしてやった。ジミーは年とったセントバーナード犬のような鈍重な動きで追尾を始める。

だが、ロボットはすぐに研究ブロックの戸口の一つに引っかかって、動けなくなってしまった。椎葉専務には、リモコンを操る才能はないことが分かった。面倒を見切れないので、放っておいて先に進んだ。

十字廊下の交差点に出た。天井近くにあるカメラを見上げる。唯一の視聴者である椎葉にスタン・ロッドを振って見せた。おれが進むにつれて、カメラはサーボ・モーター音を唸らせて角度を変え、こちらを追いかけてきた。

左右に注意しつつP3の奥へ歩を進めた。この交差点にいる間、おれは側面も背後もガラ空きなのだ。

交差点を左折した。床のジミーの足跡がちょうどガイドラインの代わりになる。

そのままバイオリアクター区画を目指した。化け物どもはある種の帰巣本能が働くのか、自分が復活した場所に愛着を覚えるらしい。だから、今回もそこに潜んでいる可能性が高いだろう。

おれは歩き続ける。静寂が陰鬱にのしかかってくる。歩き続ける。静寂が高層ビル一〇個分ほどの重さでのしかかってくる。歩き続ける。

強烈な血の臭いが漂ってくる。マスクをしていても、それが感じられた。喉の奥が痛くなるような刺激臭も混じっている。空気が電気泳動ゲル液みたいに粘っている感じだ。

喉の奥からこみ上げてくるものを堪えながらT字路を右折した。これで、おれは椎葉の視界からも外れた。完全に独りだ。

ジミーの眼を通して見た時は、モノクロの小さな画面だったからまだよかった。今度はオールカラーで三六〇度のパノラマだ。

おれは仏教美術の地獄絵図をうんとリアルに再現したような世界に足を踏み入れた。

床上三センチくらいまで血溜まりになっていた。かつて人間だった部分品が大量に浮いている。

惨劇の瞬間はもっと凄かっただろう。天井の蛍光灯すら血に染まり赤い光を放っている。

くどくどと描写するのは避けよう。解剖学の講義を積極的に聴きたい者はいないだろうから。途中、一度だけ我慢できずに昼食のファーストフードを吐き出したことだけ言っておく。

ドアが開きっ放しの研究ブロックまで来た。二木英人という名の、哀れな大男の部屋だ。いや、むしろ幸せかもしれない。あの後、当人が生き続けることこそ哀れだ。

廊下の突き当たりを見る。

〈バイオリアクター区画〉の表示があった。もう少しだ。もうすぐ対決することになる。

さらに進もうとした。できなかった。音がした。何かが喉を鳴らしながら、ビールでも飲んでいるような音。

やがて、音が止まる。

心臓が爆発的に脈打ち始める。冷や汗が眼に流れ込んだ。

二木英人の研究ブロックの戸口。そこから何かの一部が現れた！

地上五〇センチほどの位置に黒い頭の一部と、赤く丸い眼球。それが生物的に動き、おれに焦点を合わせている。戸口の下には、蹄(ひづめ)のような足の先端。

こいつが大量虐殺の犯人か？

スタン・ロッドをゆっくりとそいつに向けた。果実のように赤い眼玉が、それに合わせて動く。そいつの視線を改めて意識する。

おれは全身が鳥肌になっていた。そいつのほんの一部分しか見られないことが想像力を煽(あお)りたてる。戸口の向こうにあるそいつの全身は、おれの脳裡で次々におぞましい姿形のモンタージュとなる。

一歩踏み出した。

相手は唸り声を聞かせてくれた。回転ノコギリが喋ったら、きっとそんな声だ。さあ、こっちに来いよ、おれのすてきな刃を見てくれ、ピッカピカに光ってるだろう？　切れ味も最高だぜ、二秒でなんでも真っ二つさ、さあ、来いよ。

スタン・ロッドのボタンを押す。辺り一帯が明滅するストロボ光で照らされた。

相手は一瞬眼玉を引っ込めた。そして、また頭の一部を覗かせる。どうやら、知能は低そうだ。だが、脳ミソはシュークリームでも体力は北極熊並みかもしれない。

背後の死体たちが仲間に入れと、おれを呼んでいるような気がした。さあ、ここへ来いよ、人間なんて血と肉が詰まったズダ袋だ。ここへ来ればおまえの悩みもディ・エンドなんだよ。

どうやら覚悟を決めるしかなさそうだ。

おれは、そいつを睨みつけて進んだ。

相手の反応は素早かった！　バネ仕掛けの罠のように飛びかかってきたのだ！

過去ｅ　最初の対決

「ちくしょう！　則之、返事しろ！」

おれはジェネトリック・イノベーション社のＰ３施設の中で叫んでいた。マスクのせいで、声はくぐもっている。

返事はなかった。

血で描かれた、わけの分からない前衛芸術的な絵文字の落書きの中を歩いていた。足の筋肉が陶器にでも変わったような歩き方をしていただろう。

足が止まる。

左側の手前から三つ目の戸口、今そこから床に多量の血が流出し始めていた。おれのスリッパの先端が、赤い液体に触れる。

おれの位置からでは、まだ戸口が死角になるため、流血事件が起きている実験ブロックの中が見えない。

自分の呼吸音が耳障りだった。それを押さえようとするのだが、日本列島に上陸しようとする台風を止めるのと同じくらいに困難だった。

思い切って、スリッパを一歩進める。血溜まりの中に足を突っ込んでいた。

視角が変わり、実験ブロックの中が見えた。

息が止まる。

そこは各種、バイオセンサーの実験に使われているブロックだった。酵素センサー、微生物センサー、免疫センサー、オルガネラ・センサー、ＬＢ膜などなどが、試験管やシャーレ、スピナー瓶に収められている。

おれは、このブロックで実験を担当している関和彦（かずひこ）という同僚をライバル視していた。特にＬＢ膜の研究は光スイッチ素子や有機超電導体につながる将来性があり、次世代ハイテクとして有望視されているのだ。

関和彦は、もうおれのライバルではなくなっていた。床に仰向けに倒れて死んでいた。ペール・ブルーの実験衣は紅に染まっている。

予想に反して、彼は吐血していない。出血は、首や胸についた傷口からのものだったのだ。刃物による鋭利な傷ではない。誰の眼にも明らかな歯形が残っていた。獣に身体中を喰い破られたような有様だ。天井にも壁にも、血が飛び散っている。

おれは悲鳴を上げた。後ろに飛びのく。スリッパが血で滑って転びそうになった。

この状況は、どう見ても関和彦が野獣か何かに襲われたものとしか結論の下しようがない。想像していたものとまったく異なる光景に遭遇して、おれは完全に混乱していた。

「あれは……歯形？　歯形なのか？」

よく見ると、関和彦の身体に残った歯形は、かなり小さかった。大型肉食獣、例えば熊やライオンなら、もっと大きいはずだ。人間の歯形だって、こんなに小さくはない。歯形を残したモノの正体はまだ判らないが、意外と小さな生き物だ。

〈生物災害（バイオハザード）〉の可能性は、かなり減った。同僚たちは病死したのではなく、何らかの生き物に咬み殺されたらしい。

おれの大脳前頭葉が活動を開始した。

生き物？

「まさか⁉」

イントロンから呼び出した、あの謎のゼラチン生物⁉

「まさか？　あれが？」

おれは、バイオリアクターのあるＰ３の奥の方向を見た。この位置からは、廊下の両側に七つずつ、計一四の戸口が見える。そのうち、二つのドアが開いている。残りのドアはすべて閉まっていた。

おれと阿森則之が実験に使っていたブロックは、右の奥だ。やはり、ドアは閉まっている。則之もそこで喰い殺されて、無残な死に様をさらしているのか……。

辺りを見回す。関和彦の死体が横たわるブロックには内線電話があった。床に溜まった血液を踏んで、そのブロックに入った。吐き気を堪えるのに苦労した。受話器を取り上げる。内線028をダイヤルした。

「はい、管理1グループです」

若いOLの声が答えた。彼女は月坂啓子（つきさかけいこ）という太めの女の子で、かなりきついダイエットをしているのに効果がない、という噂を聞いたことがあるが、今はそんなことはどうでもいい。

口を覆うマスクを下にずらした。

異臭に顔が歪む。

「はい？　どなたですか？　もしもし？」

おれは呼吸を整えてから言った。

「P3にいる深尾だ。緊急事態だ。〈生物災害（バイオハザード）〉かもしれない」

「え？　なんて言ったんですか？」おれは同じセリフを繰り返した。電話越しでも、相手が緊張するのがわかった。

「確かですか？」

「まだ、はっきりしない。とにかく、P3は立入り禁止にしろ」

電話を切った。これで犠牲者が今よりも増えることはないだろう。

戸口から半分だけ顔を出し、則之がいるはずのブロックを見た。彼が生きている可能性は期待できそうにないだろう。

おれもここを生きて出られるかどうか……恐怖が心臓の鼓動を速めた。

今すぐ、逃げよう。なぜだか分からないが、P3内部の同僚たちを殺した奴は、さっきからまったく姿を見せていない。きっと、おれは運がいいんだ。今なら逃げられる。そしてP3を閉鎖して、それから対策を考えればいいじゃないか。

同時に、罪の意識と責任感が、おれの魂を緊縛し始めた。もし、則之がやはり咬み殺されていたら、それは誰のせいだ？　己の野望のために、イントロンの謎を力ずくで解こうとしたのは、どこの誰だ？

「いや、落ち着け。まだ、おれのせいだと決まったわけじゃない」

そう言ったが、おれの反論は弱々しかった。

いずれにせよ、何があったのか確かめなくてはならないのだ。危険を冒してでも、そうするべきだ。おまえには、その責任があるぞ。

……そうだ。武器はないか？

そばのテーブルの吸湿マットには手術用具が一式揃(そろ)っていた。解剖用メスと、注射器を掴む。麻酔薬のアンプルを見つけて、注射器に中身を注入した。

心もとない武器だが、ないよりはましだ。

おれは鮮血に染まったブロックを出た。左足を踏み出す。血に濡れたスリッパがベチャッと、いやな音を発する。

そこからの一歩一歩は、時間が無限大にまで引き延ばされているようだった。さっきまで、自分がいた世界、サラリーマンやOLたちの世界が遠ざかっていく。おれは生きながら地獄巡りの観光旅行をしているのだ。

開きっ放しのドアに差しかかった。戸口から、実験ブロックを見た。ほぼ予想通りの光景に出会った。

細胞間マトリクスを研究していた、吉田政幸(まさゆき)がいた。カラスがさんざんつつき回した残飯のごとき有様になっていた。もう、それ以上は描写したくない。

内線電話が鳴り出す。その音に、おれは飛び上がりそうになる。外部の誰かが心配して、電話してきたのだろう。だが、今は出ている暇がない。

ついにおれは、専用ブロックに辿り着いた。えらく時間がかかったようだが、実際は三〇秒も要していないのだろう。まともな時間の感覚はもうなかった。

ドア・ノブに左手をかける。

また膝が震えた。パニックが、闇雲に走って逃げろ、と叫ぶ。それを押さえ込む。ドア・ノブを回した。

もしかすると、このブロックには則之だけでなく、謎の惨殺犯人も同席しているかもしれない。そいつと鉢合わせする可能性が高いだろう。おれは手にしている解剖用メスと注射器を確かめる。内線電話が鳴り止(や)んだ。

静寂の中、おれはドアを開いた。

何も襲ってくるものはなかった。実験ブロックは、a室とb室の二部屋に分かれている。a室は廊下と直通の実験作業区画、b室はa室の奥にあるバイオリアクター区画だ。

a室とb室は、スチールの枠にはめ込まれたアクリル窓と、スチール・ドア付きの戸口で隔てられている。

則之はb室にいた。

則之は壁に背中をもたせかけて、床に座っている。頭は前に垂れ下がっていた。両腕もだらしなく、自分の太ももに置かれている。ペール・ブルーの実験衣は血で汚れている。だが、ひどいケガをしているようには見えない。

「則之！」

周囲を見回す。このブロックには我が親友一人しかいないようだ。

アクリル窓越しに見える、例のバイオリアクターに視線が留まる。

おれは不審な表情を浮かべていただろう。銀色のタンクの蓋が少し開いていた。その隙間（すきま）から薄いピンク色をしたヒモ状のものが伸びている。それは床を這（は）い、則之の方に伸びているようだ。

「則之！」

b室に飛び込み、駆け寄った。

「どうした!?　何があった!?」

則之の肩を掴み、揺さぶる。手袋越しに彼の体温が感じられた。かすかに胸が上下している。彼の呼吸音も聞こえた。

則之の顎を持ち上げ、覗き込む。

「則之！　何があった!?」

則之の眼は虚ろだった。ボストン・メガネのレンズ奥で、黒い瞳が少し動いた。口を動かす。何か言おうとしているらしい。

おれは耳を、則之の口に近づける。

「……逃げろ」彼は確かにそう言った。「ここを閉鎖しろ。今すぐ」

突如、則之は痙攣し、咳き込んだ。自分の膝や腹部に血を吐く。

「大丈夫か!?　何があったんだ!?　あのイントロンから呼び出した、あれはどうなった!?　あれのせいか!?」

ふと妙なモノに気づいた。則之の首の後ろから何かヒモ状のモノが伸びている。それはピンク色の肉質のものだった。おれは左手を伸ばした。それに触ってみる。生温かい蛇といった感触だった。

愕然（がくぜん）とした。

そのヒモの一端は、則之の首の後ろに接合している。治癒しかけた傷口のように一体化しているのだ。

それの行方を眼で辿った。その肉質のヒモは、例のバイオリアクターの中から伸びている、あのヒモではないか！

「何だ、これは!?」

則之は答えない。代わりに呻き声を発した。眼鏡レンズの奥で眼球が引っくり返り、白眼になる。ひどく苦しいらしい。

「このヒモか!?　よし、切ってやる」

注射器を床に置き、右手にメスを構えた。

則之は両足を曲げた。足の裏をおれの胸板にあてがい、勢いよく伸ばす。要するに、彼は幼なじみのおれを蹴飛ばしたのだ。おれはa室とb室の境目の戸口まで吹っ飛んだ。後頭部をスチール枠にぶつける。

「な、何を!?」

思わず、頭を手で押さえる。痛みで顔が歪んでいたはずだ。

「何しやがる！」

「逃げろ！」則之が叫んだ。「そしてここを閉鎖……」

則之は、突然、首の後ろを押さえた。例のヒモが接合しているところだ。

突然、肉ヒモが空中に跳ね上がった。それは床上一メートルの高さで一直線になったのだ。長さは三、四メートルぐらいか。

同時に則之は右方向へ引っ張られた。おれの眼前で彼は横倒しになった。

肉ヒモは捕鯨(ほげい)船のウインチさながらのパワーを持っているらしい。則之の大柄な身体をバイオリアクターまで引っ張る。床には則之の傷口から出た血で、引きずられた跡が残った。

則之は白眼を剥いた状態で引っ張られ、後頭部を金属製のタンクにぶつけた。その間、わずか一秒足らずの出来事だった。

おれは唖然としたまま、身動きできない。何が起こったのか、自分の眼で見ても信じられなかった。

「……逃げろ」則之が声を押し出すように言う。

後になって、それが彼の最期の言葉であったことに、おれは思い当たった。

おれは強引に彼を、危険な実験に引っ張り込む結果になってしまった。これについては彼に恨まれ責められても、おれには釈明のしようがない。

だが、則之はおれに「逃げろ」と言ってくれたのだ。こうなった原因を作った、おれを生き延びさせようとしてくれたのだ。

則之は突然、身体から骨格を失ったみたいに横倒しになった。すでに息をしていなかった。死人の眼が宙を睨んでいる。

おれは全身が凍てついたままだった。則之と同様、呼吸も止まっていただろう。

突然、例の肉ヒモが、則之の首から離脱した。電気掃除機の巻き取り式コードが本体に収納されるような感じで、ヒモがバイオリアクターの中に吸い込まれていく。蓋が音を立てて閉じる。

おれは動けなかった。

バイオリアクターの中には何がいるのか？　イントロンから呼び出した例のタンパク質、ピンク色のゼラチン生物が、あの中にいたはずだ。どうやら、あれがさらに成長したらしい。蓋が吹っ飛ぶような感じで開いた！

おれは飛び上がった。心臓が胸郭の中で跳ね回る。

銀色のタンクの中からは、白い煙が立ちのぼっている。タンクの縁に、あのヒモの先端が現れた。

逃げるんだ！　おれは自分に言った。早く、逃げなければ。そう思う。だが、全身のシナプスがアセチルコリンの分泌を停止したみたいだった。指一本動かすことができない。

内線電話がまた、けたたましい電子音を演奏し始めた。タンクから、〈それ〉が姿を現した。

おれは悲鳴を上げた。

蛇に似ている。それも猛毒を持つキング・コブラのようなグロテスクな三角頭だ。艶やかな鮮紅色の鱗で覆われていた。口の端から、四対の牙がはみ出している。その歯形は、関和彦ら同僚たちの遺体に残ったものと一致するはずだ。

しかし、動物図鑑に記載されている種類とは、決定的な相違点があった。五つ眼だ。茶色の目玉が上下二段に五つ並んでいる。上段に二つ、下段に三つ。口からは四本の細長い舌が出ている。

頭部に続いて現れたピンク色の胴体も、ほぼ蛇のそれに近い細長いものだった。先ほどの肉質のヒモは、こいつの胴であり、尻尾でもあったのだ。

化け物の身体からは、血清栄養素や食塩水が滴り落ちていた。悲鳴を上げるおれを観察しているようだ。下等動物の視線ではない。知性と殺気とが感じられた。悲鳴を中止すると、おれは酸素を貪った。自分が生死の境目にいることを悟ったからだ。わめいている暇などない。

　呼吸を整え、相手の動きを読もうとする。なんとかこの状況で生き延びる方法を考えようとした。武器は右手の解剖用メスだけだ。麻酔薬入りの注射器を床に置いてしまったのが悔やまれる。

　向こうもこちらの意図を読んだらしい。細い胴体の一部を床に下ろした。床をジャンピング・ボードに使おうというのだろう。彼我の距離は三メートルもない。

　おれが今いるのはb室。a室へ通じるドア近くに立っていた。

　相手の身体はおれよりずっと小さい。解剖用メスで闘おうにも、攻撃をミスする確率の方が高そうだ。逃げるべきだ。a室への戸口を利用すれば……。

　つい脳裡で作戦を立てるのに忙殺されてしまった。化け物はその隙を突いて、襲いかかってきた。

　五つ眼の化け物は、一瞬でおれの鼻先まで飛んできた。反射的に首を振り、サイド・ステップでかわす。化け物の牙が耳朶（みみたぶ）をかすめた。金属音が響く。

　おれはそのまま戸口をくぐり、a室へ逃げ込んだ。素早くドアを閉める。閉められなかった。何かが挟まったのだ。ドアと戸口の隙間を見た。ピンク色の肉質のヒモが挟まっていた。奴の尻尾だ。

　a室とb室は壁とアクリルの窓で仕切られている。その窓越しに化け物の姿が見えた。化け物は壁際にあった棚の角に咬みついていた。おれの喉を狙ったが、結果はスチールに牙を喰い込ませたわけだ。金属に楽々と穴を穿（うが）ったのを見て、おれは戦慄した。

　ドアの隙間に挟まった尻尾の先端から、さらに肉質のヒモが伸びてきた。いや、触手と呼ぶべきだろう。触手は、その本体を伸ばしてきた。植物の生長記録フィルムを早回しにした映像を観ているようだ。

　おれの反応は遅れていた。

　触手は、まるで予測済みだったように、ロー・ブローに転じた。左足首に巻きついてくる
　その不快な感触に、おれは思わず叫び声を上げた。

　おれは左手でドア・ノブを引っ張って押さえつつ、しゃがみ込む。右手のメスで、足に絡んだ化け物の触手に切りつけようとした。

　触手の方が早かった。自分自身をさらに成長させてい

る。

　植物は傷口を修復させる時などに、不定形のゲル状細胞群を作り出す。その細胞群をカルスと呼ぶが、触手は同じような仕組みで急成長を遂げるらしい。

　触手は、おれの背中に回り込んだ。首の後ろに不気味な感触！　吸血ヒルが吸い付いたような感じだ。

　パニックで思考が停止する。右手の解剖用メスで、首の後ろの触手を切ろうとした。

　遅すぎた。意識の外側と内側とがめくられて、入れ替わった。

　おれは、

（化け物は）

　ヴィジョンを、

（おれの自我の内面を）

　観た。

（観た）

　幻覚剤やＬＳＤを服用したら、こんな状態になるのだろうか。内宇宙が織り成す三次元映像の万華鏡の中に、おれは吸い込まれていく。無数の光の粒子が集合、離散を繰り返していた。おれは遥かな太古の世界へ旅立っていた。

　ヴィジョンには細部がなかった。どれほど過去へ遡(さかのぼ)ったのかは分からない。しかし、化け物の正体、過去、経歴は知ることができた。

　あまりのことに呆然としていた。イントロンに、こんな恐るべきものが隠されていたとは……。これは、ほとんどオカルトやら神秘主義思想やらの領域に近いと思った。

　この時のおれは、幽体離脱と言われるような状態にいた。決して不快ではない。むしろ、肉体という枷(かせ)から脱出した開放感を楽しんでいたほどだ。時間は意味を失った。一ナノ秒も一億年も等価だった。

　ふいに我に返る。このままでは、おれ自身の記憶を全部吸い取られてしまうのではないか？　そして自分の肉体には戻れぬまま、則之の二の舞いになるのではないか!?

　おれは現実世界に戻ろうとして、

（化け物は、おれの身体を乗っ取ろうとして）

　もがいたが、

（押さえつけたが）

すでに身体の自由が利かず、

(すでに身体の支配権を手に入れかけていて)

右手のメスを落としてしまい、

(右手のメスを落とさせて)

おれはとっさに、そばのテーブルにあった紫外線ランプ・スタンドを掴んだ。電球を覆う笠(かさ)の部分もろとも電球を叩き割った。フィラメントが露出する。

紫外線ランプの電源をONにする。思うように動かない右手をなんとか動かし、

(勝手に動く右手を押さえつけようとするが)

おれは左足首に巻きついた触手にフィラメントを押しつけようとした。これほど、もどかしい思いを味わったのは初めてだ。手足が思うように動いてくれないのだ。おれは必死に右腕を伸ばす。

火花が散る。

パチパチという音とともに煙が上がる。ついに、奴の触手に一〇〇ボルトの電流を流すことに成功したのだ。

同時に、おれは悲鳴を上げた。感電と火傷の苦痛を共有したからだ。

b室にいる化け物本体も悲鳴を上げていた。アクリル窓の向こうにいる奴は、一本の棒になったように身体を硬直させている。悲鳴は異様に甲高く、早回し音声を連想させた。

こうなれば我慢比べだ。おれはフィラメントを押しつけるのをやめなかった。白分の手足に真っ赤に焼けた鉄棒を押しつけているのと変わらない苦痛だ。ただし、実際に火傷するのは奴だけだ。

身体の中で荒れ狂っていた苦痛が消えた。オーディオのヴォリュームを絞ったみたいに、きれいさっぱりゼロになる。

化け物が触手を離したのだ。気がつくと、触手は縮んでいくところだった。フィルムの逆回転を観るような有様で、ドアの隙間に挟まった尻尾の部分に戻っていく。

アクリル窓越しにb室を見る。化け物の本体は、まだ健在だった。五つもある眼が、怒りと憎悪を露(あらわ)にしている。現実に火を噴きそうな表情だ。

「……元気かい?」

化け物は牙を剥き出した。

「そりゃ、結構」

大きく息をつく。どうやら危機は回避できたようだ。

しかし、本質的な解決にはほど遠い。奴の動きを封じるためには、このドアを押さえ続けていなければならない。化け物の尻尾は、まだドアの隙間に挟まったままだ。膠着状態だ。下手すると、お互い有効打を出せずに、このまま睨み合いだけが続きそうだ。

「もう一風呂、浴びるか？」

おれはかがんで、紫外線ランプのフィラメントを奴の尻尾に押しつけてやった。フライパンの上でソーセージがはぜるような音がした。

悔しげな叫び声が上がる。だが、尻尾をいくら傷つけても無駄らしい。苦痛ではあるが、致命傷には至らないようだ。

いつまでもこの状態のままではいられない。喉も渇くし、腹も減る。トイレにも行かねばならない。一方、相手はいつまで頑張れるか、まったく分からない。ことによると、おれよりずっとタフかもしれない。だとしたら時間が経つほどに、こっちは不利になる。

外部の救援は当てにできない。Ｐ３を立入り禁止にしたのはおれなのだ。たとえ、誰かがここに来ても事態の説明に手間取るし、さらに犠牲者が増える恐れもある。

なんとか独りで解決するほかないようだ。立ちくらみを起こしそうな自分を叱咤する。現実から逃げるな。闘うしかないんだ。だが、どうやって？

ドアの隙間から覗く、化け物の頭部を見た。あの口の中にフィラメントを突っ込んでやれば、電流は脳を直撃するはずだ。そうすれば、いくら奴でも昇天するしかないだろう。タフな化け物だが、決して不死身ではないらしい。

おれは呼吸を整えた。一か八かの賭けだが、早めにやるしかない。今なら、こちらも体力やスピードに余裕がある。

決心した。奴の眼玉の数だけ数えることにした。

一。

ドア・ノブの握りを確認する。

二。

奴のスピードと距離を計算した。

三。

恐怖で身体が痺れた。うまくいくだろうか？

四。

やるしかない。

五。

息を吸い込む。思い切ってドアを一〇センチほど開けた！

化け物は一瞬とまどったようだ。こちらの行動が理解できなかったのだろう。が、チャンスとばかりに襲ってきた！　五つの眼が再びおれの鼻先に迫る。

今だ！　おれは素早くドアを閉め直す。化け物の首は、ドアと戸口の間でサンドイッチにされた。奴が新たな苦痛にわめく。

狙い通りだ。だが、ややタイミングが遅れていた。奴の頭部はドアの隙間から二〇センチは突き出していたのだ。奴は最初、おれの鼻に喰らいつこうとした。届かない。牙が宙で空気を咬んだ。化け物は狙いを変えて、おれの左前腕に咬みついた。激痛が走った。毒か!?

フィラメントを化け物の頭に押しつけた。スパークが眼前で散った！　ホワイトアウトの残像で一瞬、何も見えなくなる。奴が牙を離していた。今度はその口の中にフィラメントを突っ込む。火花が飛んだ。のけぞった化け物の口にさらに電撃を見舞ってやる。そのままフィラメントごと、奴の頭をドアに押しつけて固定してやった。

奴は動けず、激痛に泣き叫んだ。一〇〇ボルト五〇ヘルツの交流電流が、化け物の頭部をバーベキューにし始めた。おれは歓喜の声を上げる。

化け物の五つもある目玉はどれも引っくり返り瞳孔がなくなっていた。その眼からも口からも白煙が立ち上っている。もう悲鳴も止まった。牙同士が振動し合い、ガチガチと音を立てていた。

現在11　バイオリアクター

〈奴〉はオオサンショウウオの出来損ないのような外形だった。涙滴形（るいてきけい）の身体、毛深く細長い四肢はクモのそれみたいだ。とても自重を支えられるようには見えない。

だが、〈奴〉はライフテック社、P3施設内の二木英人の研究ブロックから、信じ難い跳躍力で飛んできたのだ。ノコギリみたいな牙でこっちの喉を狙ってくる。

おれは両足をL字形のスタンスにして、腰を落としていた。右手に持った朝蕗電機製SV－041のスイッチを、親指でONにする。紫色のスパークが生じるのと、スタン・ロッド先端の二本の電極針が〈奴〉の口の中に入るのとが同時だった。

以上は純粋に反射神経の成せる業で、ゆっくり考えていたら君に対して、この話をすることもできなかったはずだ。

モーターの壊れた扇風機みたいな音がした。それが〈奴〉の悲鳴だったらしい。化け物は空中で痙攣し、全身から白煙を発した。

〈奴〉を空中で押し返す。化け物は壁に叩きつけられ、床に仰向けに転がった。しばらくは四肢が筋肉電位のテストみたいに小刻みに動いていた。

おれは速まる呼吸を鎮めつつ、化け物を凝視していた。身体が先に動いたため、恐怖と闘争心は後から追いついてきたような感じだった。スタン・ロッドの先端が少し震えている。

慎重に接近し、電撃棒でジャブを放つ。効果は目覚ましかった。

〈奴〉は跳び起き、おれの足元をすり抜けた。「感電による食欲不振」とおれは診断してやった。化け物は後ろも見ずに血で汚れた廊下を疾走する。累々と横たわる死者たちの間を駆け抜け、廊下の角を曲がって消えた。

結局、今のは単なる雑魚だったわけだ。溜め息をついた。

雑魚の隠れていた実験ブロックを覗いた。そこには二リットルのビーカーがあった。そばには洗剤のポリ容器がある。容器には刃物で切り裂かれたような跡があり、中身の洗剤はほとんど残っていない。

どうやら、あの雑魚は洗剤を水に溶かして泡立てた液体をビーカーいっぱいに作って、それを飲んでいたらしい。〈連中〉がこの手のものを好むらしいことは前例もあり、報告されている。

廊下の方も見回してみる。動くものはなく、物音もしない。実験物運搬ロボットも姿を見せないところを見ると、椎葉はあれを操作するのをあきらめたようだ。

あらためてバイオリアクターを目指し、歩き始めた。膝の辺りが震えて、後頭部が冷たく濡れているのを感じた。

いつの間にか、おれの視界は広角レンズのように歪んでいた。サスペンス映画でよく使われる手法だ。バイオリアクター区画までのたかだか一〇メートルほどが、数百メートルに見える。視界の端は、だまし絵のように伸びきり、もはや形を成していない。

二木がビデオカメラで録画した映像が、今、自分が見ている歪んだ光景にオーバーラップしてきた。ここは二木が慌てふためいて逃げようとした、白とシルバーグレーのツートン・カラーの廊下だ。

白い床に眼鏡が落ちているのを発見した。周囲に危険がないのを確認してから、拾い上げてみる。

メタルフレームの平凡なデザインのそれは、もちろんビデオで観た二木のものだ。レンズの厚みから見て、彼の裸眼視力は〇・五ぐらいだったようだ。

眼鏡を床に落とし、再び歩き出した。

広角レンズ風に歪んでいた視界がようやく平常に戻りつつあった。廊下の終点に近づいたためだろう。

そのドアの表示は明瞭だった。

バイオリアクター区画

ついに辿り着いた。

ドアの一部は窓になっており、室内の様子を覗くこともできる。銀色のタンク群の一部が見えた。動くもの、怪しげなものは見えない。

もちろん、安心はできない。窓は小さいので死角もできやすい。そこに団体で待ち伏せているかもしれない。

おれは不自由な左手でドア・ノブを掴んだ。深呼吸する。

ドア・ノブを引く。同時にスタン・ロッドをＯＮにした。稲妻のミニチュアを構えて、おれはドアを開けた。

襲いかかってくるものはなかった。

居並ぶ巨大な銀色のタンク群の背後に注意しながら、室内に一歩踏み込んだ。汗でスタン・ロッドのグリップが滑りかけている。いやな感じだが、ゆっくり汗を拭っている暇がない。

室内に二歩目、三歩目を踏み出す。異常はないようだ。おれはロッドをＯＦＦに戻した。明滅するストロボ光が消える。

タンク群の裏側を覗き込んだ。ポンプやさまざまな太さのパイプ、酵素を補充するミニ・タンク、配線ケーブル、配電盤などが見えた。

過去には、こういう装置類の裏側に、出来損ないの恐竜みたいな奴がいたこともあった。だから、気を抜けないのだ。

さらに室内に踏み込み、一〇〇〇リットル級の大物の前を通過する。例の中型、B—61を目指した。

それは出入口から、一〇番目ぐらいにあった。ありふれた、何の変哲もないバイオリアクターだった。タンクの高さは二メートル三〇センチぐらいだ。側面のデジタル・パネルの表示によれば今は温度調節も何もやっていないらしい。

金属の梯子がタンクの上部にまで延びていた。その近くにスリッパが落ちている。現場検証をするまでもない。これも二木の落とし物だろう。

タンク群の外側には異常はなかった。

問題はバイオリアクターの中身だ。実際のところ、ここにあるバイオリアクターのどれもが、化け物の子宮と化している可能性だってなくはない。

想像力が形容し難いくらいグロテスクで手ごわい怪物のイメージを描き始める。これが、もう一つの敵だった。闘わずして、自分の想像力に負けてしまうことだ。実際に出現したのが取るに足りない雑魚でも、恐怖に負けて対処できなくなるのだ。

おれは知美を思い浮かべた。痴呆状態の彼女の表情。彼女をそんなふうに変えた化け物。それを考えると、アドレナリンの分泌量が増してきた。スタン・ロッドを握る手が震えてくる。

電撃棒を口にくわえると、梯子に手をかけていた。B—61の側面を上り始める。

奴らに何もかも奪われていく。透明な青い炎が燃えている。

すでに人生も夢も親友も失ってしまった。この上、知美までも失うわけにはいかなかった。もし知美の魂を奪ったのが化け物だったら、そいつを拷問してでも治療方法を白状させてやる。そいつのタマを串刺(くしざ)しにしてくれる。

バイオリアクターへの登頂を果たすと、おれは片足を梯子の最上段にかけ、片足をタンク上部にあるパイプ群の間に突っ込んだ。これで体重を支えられる。

口にくわえていたスタン・ロッドを右手で握る。力の入らない不自由な左手をタンクの蓋にかけた。蓋は円形で直径一メートルはある代物だった。

肺が酸素を求めて激しい収縮を繰り返していた。心臓が首の後ろ辺りに移動して、脈打っているような感じがする。

筋肉が適度な緊張状態にあるかどうかを自己判断し、タイミングを計る。ＯＫだ。呼吸を整える。

息を吸い込み、止めた。

蓋を開けた！

Ｂ—61は別にビックリ箱ではなかった。何も飛び出してはこなかった。

タンクの内部は明るい。冷蔵庫などと同じで、蓋を開けると内部の照明が点灯する仕掛けになっているからだ。血清栄養素や各種の酵素などから成る液体で満杯の状態だ。

そこに〈何か〉が浮かんでいた。

最初は黒い塊にしか見えなかった。しばらくして、それが髪の毛だと気づいた。人間の頭部だった。スタン・ロッドの先端で触れてみる。何の反応もない。死人のようだ。さらにロッドを使って、頭部を仰向かせた。

おれの心臓が止まった。脳波も水平になった。

その瞬間、おれは死者の仲間入りをしていた。筋肉は力を失い、もう少しでスタン・ロッドをバイオリアクターの中に落とすところだった。その状態が二四時間は続いたような気がした。

そして、おれは絶叫した。

＊

死体を肩から担ぎ下ろした。床に横たえる。死後硬直が起きているのでやりにくかった。左手が不自由なおれは、かなり無理な体勢で、それら一連の作業を行わねばならなかった。

死体は二〇代の女性だった。

下着にスリップだけの格好だ。濡れてシースルーになっているため、きれいなボディラインが露になっている。

ロング・ヘアの髪も生ぬるい液体にまみれていた。

髪の毛をかき上げてみる。肌は異様に白く、感触は冷たかった。死体というのは心臓による循環が止まるため、血液が重力で下がってしまうのだ。今は眼を閉じているので分からないが、たぶん毛細血管の破裂で虹彩（こうさい）も濁っているだろう。

死体を見つめる。〈彼女〉を見つめる。おれは左右に首を振り続けていた。

　こんなことはあり得ない。

　絶対にあり得ないはずだ。

　太陽は西から昇った。水は低いところから高いところへ流れた。老人は若返って赤ん坊になった。エントロピーは減少していった。

　あり得ないはずだ。

　だが、事実は厳然（げんぜん）として、眼の前にあった。三〇年近く使ってきた自分の眼を、今さら疑う理由などない。認めるしかない。

　〈彼女〉のピンク色の唇に触れてみた。

　間違いない。これは本物の〈彼女〉だ。

　生命の張りを失った〈彼女〉は、一気に一〇歳も老け込んでしまったように見えた。唇や青白い頬にも弾力がない。

　だが、おれが〈彼女〉と、別人の死体とを誤認するなどということはあり得ない。絶対にあり得ないのだ。

　滑らかな逆三角形の顔の輪郭と、それにマッチした眼鼻立ちと唇は、航空機デザイナーからも最高点が出そうだ。彫りの深さばかりが強調された白人女性の美貌とは、次元の違う女神がそこにいた。

　全世界が大音響を立てて瓦解（がかい）していくようだった。何もかも道理が合わず、無意味だった。思考が四散していく。それをつなぎ止めるには、大変な労力を必要とした。デカルト式論法でなんとか、世界を再構成してみるより他はない。

　おれは誰か？　深尾直樹だ。眼の前にある死体は誰か？〈彼女〉だ。しかし、それならあの女は誰だ!?

　答えは明白だった。もう一度死体のピンク色の唇に触れてみる。明白な答え、証拠があった。やがておれはあることに気づき、飛び上がった。一瞬にして筋書きを全部読んでしまっていた。そういうことだったのか。

　まずい。このままでは最悪の事態になるかもしれない。

　バイオリアクター区画から飛び出しかけた。できなかった。足が止まった。〈彼女〉をこのままの状態にして放っておくわけにはいかない。C部門の規則には反するが、せめて遺体だけは、ここから運び出したかった。

　視界がかすみ、ボヤけてくる。〈彼女〉の変わり果てた姿をちゃんと見ていることができない。

　なんてことだ。おれには自分の気持ちを整理する時間さえ与えられないのか。

だが、今は一刻の猶予もない。おれは進退両難となり、身動きできなくなった。死体と、廊下に通じる戸口とを交互に見ていた。

全身が総毛立った。

例のオオサンショウウオの出来損ないが、いつの間にか戸口にいたのだ。気づくのがあと一秒遅かったら、完全に不意打ちを喰らって殺られていたはずだ。

〈奴〉はまたも素晴らしい跳躍力を披露してくれた。バイオリアクター区画に飛び込み、襲いかかってくる。狙いは、おれの首筋だったらしい。

とっさに左腕でブロックした。だが、自分から〈奴〉のノコギリ牙にエサをくれてやる形になってしまった。

〈奴〉は大口を開け、その牙でおれの左前腕をサンドイッチにした。

過去ｆ　永海国男

恐る恐るａ室とｂ室を隔てるドアを開いた。

ドアと戸口に挟まれていた、五つ眼の蛇が床に落ちた。化け物の頭の一部は黒く焦げている。生き返りそうな気配はない。ただの焼けたタンパク質だった。

安堵のあまり、その場にへたり込みそうになった。目の前が暗くなる。貧血らしい。吐き気もした。それを堪えて手近な椅子に座る。

左前腕の傷口を調べた。出血しているが、深手ではない。

化け物の牙に毒があった可能性もあるが、どうやら、その心配はなさそうだ。もし、毒が身体に回っていたなら、今頃は死んでいるだろう。

そばのテーブルに薬用アルコールがあった。傷口を消毒する。

気がつくと、傷の手当てをしながら、すすり泣きのような声を出していた。精神的なショック症状を起こしたのかもしれない。親友、阿森則之の突然の死。則之も含めて、計三人の同僚の死。奇怪な化け物を目の当たりにしたこと。そいつと闘った疲労とストレス。……さまざまのことが、おれを打ちのめしていた。

あまりにも多くのことが短時間で起こり過ぎた。

「なんてこった……まったく、なんてこった」

そう呟いていた。アクリル窓の向こうには、まだ則之の遺体がある。だが、それを直視することは百万年経ってもできそうにない。

イントロンの謎に取りつかれたばかりに……。

その結果がこれだった。犠牲者の遺族たちになんと言えばいいのだろうか？　何も思いつけそうになかった。

阿森則之には結婚三年目の女房がいた。やや太めだが、良妻賢母型の奥さんだ。彼女、静佳さんにどう言えばいいのだろうか？

内線電話が鳴っている。それは壁掛けタイプのもので、どうやらずっと前から呼出し音を鳴らしていたらしい。おれが気がつかなかっただけだ。

やっと受話器を取った。

『それでだね……おっ!?　誰か出たぞ』

聞き覚えのない、男の太い声が言った。

『もしもし？　あなたは誰です？　姓名を名乗ってください』

「……深尾直樹です」

声はかすれていた。まるで別人の声を聞いているみたいだ。

『ジェネトリック・イノベーション社の技術者の方ですね？』

「そうです」

『その中に生存者は何人います？』

「おれ一人だけだ……。他は皆、死んだ」

『原因はなんです？』

「……化け物」

『なんだって？』

おれは一気に喋った。

「電話が鳴ってたのは知ってた。だが、出たくても出られなかった。化け物と闘っていたんだ。やっと、感電死させた。皆、その化け物に殺されたんだ」

『なんだって!?』

自分でも支離滅裂に聞こえた。正気の人間なら相手にしないだろう。だが、喋らずにはいられなかった。

「則之も死んだ。全部で三人も死んだ。いや、殺されたんだ。殺したのは、おれじゃない。人間じゃないんだ。化け物だ。イントロンを解読したら、あんな化け物が……」

『イントロン⁉』

　相手の口調が変わった。

『そのまま、そこにいてくれ！　すぐ我々がそこへ行く。誰か他に、イントロンから出た化け物について知っている者は？』

「いや、おれと則之だけだが、則之は死んだ。今はおれだけだ」

『結構。〈生物災害（バイオハザード）〉の兆候は？』

「その心配はない。ただ、化け物に左腕を咬（か）まれた。傷口は消毒したが……」

『結構。そこで、我々が行くのを待っててくれ』

「その我々っていうのは、どこの我々なんだ？」

『遺伝子操作監視委員会、C部門だ』相手は言った。『自己紹介が遅れたが、私はC部門、調査課課長の永海だ』

＊

　おれもバイオ業界人の端くれだから、遺伝子操作監視委員会という政府機関については、知っていた。〈生物災害（バイオハザード）〉の発生、あるいはその恐れがある時は、直ちにそこに報告することになっている。だが、その政府機関の中にC部門なるセクションがあるなどという話は、聞いたことがなかった。

　C？

　なんのことだ？

　彼らC部門の連中は、中東戦争における生物化学兵器の記録フィルムに出てくるような白い防護服を着て、P3内に乗り込んできた。ヘルメット、衣服、手袋、靴が一体化されていて、宇宙服の一歩手前といった代物だ。安全が確認されるまでは〈対生物災害装備〉を脱がないで行動するらしい。

　彼らの対応には手慣れた感じがあった。殺人現場に駆けつけたベテラン刑事たちのような落ち着きがある。無残な死体にも、五つ眼の化け物にもまったく動じる気配がない。彼らは、おれの左腕に応急手当をし、包帯を巻いてくれた。おれは彼らに不審な眼を向けていた。この連中は何者だ？　なぜ、この状況を見ても驚いたり動揺したりしないんだ？

『私が永海だ』

　そう自己紹介したのは、ダルマのような体形を防護服で包んだ男だった。

ヘルメットの中にある顔は、見たところで四〇前後だ。やや頭髪が薄い。黒縁眼鏡をかけていた。目鼻立ちも顎の線も丸っこく、子供をあやすのに向いたユーモラスな顔立ちだ。しかし、若い頃はひねくれた感じの秀才、といったタイプだったのではないか。そんな印象を受けた。

『深尾君だったね？』

永海が訊いた。おれはうなずいた。彼の声は、マイクとアンプ、スピーカーで中継されてくるため電気変調されている。

『ショックを受けているだろうが、いくつか確認したいことがある。協力してもらいたい』

素直に、向こうの質問に答えた。相手の反応は冷静かつ事務的だった。

ただ一度、一人で化け物を斃（たお）した件（くだ）りで、初めて驚きの表情を見せた。永海だけでなく、そばにいた彼の部下らしい男たちも作業を中止し、振り返っておれを見ていた。

『たいしたものだ。予備知識もなしで、よく〝C〟を……』

残りの言葉を呑み込んだ。そこから先は機密だといった態度だ。

おれは一人用の移動式隔離テントに入れられた。その上、さらに黒いビニール布を被（かぶ）せられる。何も見えない状態で歩かされた。物音や歩いた距離で、P3施設を出て建物の外に出たことは分かった。ワゴン車らしい乗り物に後部ドアから乗せられる。

「おい。これはなんの真似だ？　おれをどこへ連れていくんだ？」

「今は答えられないんです」

付き添いの男は、それしか言わない奴だった。

数十分間にわたって、目隠し状態の楽しいドライブが続いた。不安が募ってくる。安物のスパイ小説じみた、この展開はどういうわけだ？　どうやらイントロンの謎は、政府機関にとっては謎でも何でもなかったらしいが。

車から降ろされると、次はエレベーターに乗せられる。そしてP3施設に放り込まれた。〈生物災害（バイオハザード）〉の疑いが晴れるまでは、ここから出られない、という話を聞かされた。

そこは十畳間ほどのスペースだった。内部は、ビジネス・ホテル風だ。だが、天井や壁にカメラがある。おれは、外部の者から観察される立場なのだ。

医者だと名乗る連中が防護服を着て現れた。おれは素っ裸にされて、あれこれ検査され、血液を採取され、尿を紙コップに入れてこい、と命ぜられた。すべて従った。汚れた実験衣も持っていかれて、代わりに清潔な白い下着とベージュのバスローブを着せられた。医者どもは作業が終わると、すぐに消えた。

やがてＴＶ電話の画面に、永海が現れた。彼は椅子に座り、デスクのコード付き受話器を手にしている。おれにもそうするよう身振りで示した。

「気分はどうだね？』

「水族館の魚になったみたいだ」

『申し訳ないが、必要な措置なのでね』

「友達が死んだばかりだから、場所がどこだろうと気分がいいわけないが……」

永海が酸味の強いワインを飲んだような表情を浮かべた。彼としては沈痛な顔のつもりなのだろう。

『……〈事故〉を未然に防げなかったのは残念だった。心からお悔やみを言わせてもらおう』

精気のない顔でうなずいたと思う。

「で、ぼくはどうなるんです？」

『〈生物災害(バイオハザード)〉の心配はないらしい。二、三日で、そこから出られるそうだ』

「会社の方はどうなってるんです？　今頃、大騒ぎのはずだが……」

『騒ぎにはならない』

永海は首を振る。

『ジェネトリック・イノベーション社のＰ３での事故はなかったことになる。すでに社長以下、役員たちは納得させてきた。今日の事件を忘れないと、すべての銀行、金融機関があの会社から手を引くことになる。

『今日のＴＶニュースではこう報道されるはずだ。ジェネトリック・イノベーション社の三人の技術者が、昼食に食べたものが原因で食あたりを起こした。そのため救急車で病院に運ばれることになった。だが、途中で救急車は大型トラックに追突。三人は運悪く死亡……』

永海は銀色の腕時計を見た。

『そろそろ、事故が起きる時間だ』

おれはＣ部門という組織の実力を垣間(かいま)見た。戦慄を覚える。

「しかし、他の社員たちは不審に思うぞ。連中がＴＶのニュースを見たら……」

永海はまた首を振る。

『これから、いろいろな方法を使うよ。薬物や催眠暗示などだ。それで不都合な事実は記憶から消す。後で本人たちは首をかしげるかもしれないが〝単なる思い違いだろう〟と自分で自分を納得させて終わりだ』

おれは身を引いた。椅子の背もたれに体重をあずける。

「つまり、おれの記憶も消すのか？」普段の口調に戻った。

『いや。君の場合は眼の前で親友が死ぬのを見ている。そういう強烈な記憶を消すのは難しいだろう』

画面に映っているのは得体の知れない国家公務員だ。おれはそいつを睨みつける。

「つまり……おれ本人を消す？」

『まさか』永海は笑った。『C部門は劇画に出てくるような暗殺機関じゃないよ』

「じゃ、なんだ!?　そもそも〝C〟って、なんのことなんだ？」

永海はしばらく無言だった。やがてうなずいた。

デスクの引出しから一冊の古びた本を取り出す。表紙は何やら不気味なイラストで飾られていた。

それは英語の原書だった。タイトルや著者名、出版社名などはすべてアルファベットで印刷してある。

『このタイトルを見て欲しい……』

永海が指差す。表紙のタイトルは、三つの英単語で構成されていた。ＴＶ電話の画面いっぱいにアップになる。

『最後の単語だ。これが今の質問に対する答えになる』

見覚えのない単語だった。少なくとも、大学入試問題に出ることはないだろう。

頭文字は〝C〟だった。ふいに、おれの左手から受話器が落ちた。

『どうした』永海の声がかすかに聞こえた。

左腕が震えていた。包帯に包まれたそれを右手で押さえる。震えはやがて痺(しび)れになり、さらに無感覚状態へと移行していった。腕の筋肉細胞が発酵して、チーズの塊にでも変わっていくようだった。

暗い予感がする。自分の人生は別のレールに切り替わってしまったのだ。もうやり直しはきかない。ただ真っ暗闇に向かって驀進（ばくしん）していくだけだ……。

現在12　運命との対決

……おれは左腕をかばいながら、歩いていた。

ライフテック社のP３施設が、いつの間にか空港一つ分ぐらいにだだっ広くなったような感じがした。歩いても歩いても永久に出口には辿り着けないのではないか。

別に、おれが半死半生の有様になっているわけではない。あくまで気分的な問題だ。

幸いにして、左腕は軽症で済んだ。肘の辺りに少し血が滲んだ程度だった。

被害に遭ったのは衣類だ。ブライト・オレンジの実験衣や既製品のYシャツ。左袖の部分がズタズタにされて、もう原形を留めていない。それで、今のおれは左前腕に包帯を巻いていた。救急セットを探して、そこから入手したものだ。

オオサンショウウオに似た化け物には、たっぷり電撃をくれてやった。もう生き返ることはないだろう。

おれは歩き続け、P３施設の中央部に当たる十字交差点の近くまで来た。天井のカメラが、おれの姿に反応して動く。ズーミングの際に聞こえるサーボ・モーター音がした。

カメラに向けて、スタン・ロッドを振ってみせた。健在だということを示そうとしたのだ。

しかし、モニターを覗き込んでいる椎葉の眼には、顔面をひきつらせている二〇代終わりの男が映っているに違いない。

他の化け物の不意打ちを警戒しながら、十字路を右折する。おれがジミーと名付けた実験物運搬ロボットが見えた。まだ戸口の一つに引っ掛かっていた。椎葉専務が、リモコンを趣味にすることは永久にないだろう。

おれはバラ肉のような姿にされている古川という技術者の死体を踏み越えていった。

ようやくP３施設の出入口に辿り着くことができた。口の中は脱水パウダーでも詰め込まれたみたいにカラカラに干上がっていた。膝が震えてくる。

本来なら生きてここまで帰れたことを喜ぶべきだ。が、事態は逆転していた。このP３が安全な楽園に思える。

弱ったことになった。P3内部には内線電話しかなく永海に直接連絡ができない。外線でC部門を呼び出すには作業区画の電話を使わねばならないのだ。おれのスーツの内ポケットにはスマートフォンがあるが、この地下からは電波が届かない。

椎葉に内線で電話することも考えた。しかし、彼は足手まといになる可能性が高い。何も知らせない方がいい。

二重ドアの一枚である〈内ドア〉が自動的に開いた。椎葉が操作したのだろう。気圧差による微風が頰を撫でる。

〈前室〉に入ると〈内ドア〉が閉まった。同時にインターホンが鳴る。

「大丈夫か？」と椎葉。

「まだ二本の足で立ってるよ」

マスクを外しながら言った。

何度も深呼吸した。摂氏一〇度のP3内部より、ずっと暖かい空気を吸ってやや落ち着いた。だが、休憩時間はない。すぐ対決しなければならない。実験衣をすべて脱ぎ捨てて、スーツに袖を通した。スタン・ロッドの握り具合を再確認する。

「開けてくれ」インターホンに言う。

椎葉の操作で〈外ドア〉が開いた。外部からの微風を浴びながら、おれは外に出た。

「お早いお帰りじゃないか」

椎葉が言った。おれを買収しようとした時の愛想笑いを除けば、彼が笑顔を見せるのは初めてのはずだ。〈外ドア〉が閉まる。椎葉が駆け寄ってきた。

「その腕は？」

「たいしたことはない」

スーツの袖をめくり、包帯に包まれた左手を露にした。

「よく、それだけで済んだな。悪運の強い男だよ、まったく」

椎葉が感心したといった態で肩を叩く。だが、おれの表情は凍てついたままだったろう。命拾いした男の顔ではないはずだ。

おれは椎葉の肩越しに〈知美〉を見ていたのだ。彼女は相変わらず、椅子に座ったまま彫像のように動かない。その白い顔も、柔らかなはずのロング・ヘアも、まるで金属から削り出したもののように見えた。

おれの内側では、地雷原での連鎖爆発に似たものが生じていた。この地下施設全体が揺れ蠢いているような錯覚すら覚える。要するに目眩を起こしかけているのだ。

「どうした？」椎葉が訊いた。

「なんでもない」

目眩を振り切り、歩き出した。アタッシュ・ケースを置いたデスクに向かった。

「バイオリアクターまでは行けなかった……。変な化け物に邪魔されて、それでこの有様だ」

おれは包帯に包まれた左腕を示す。

「そんなことだろうと思った。私だったら、あいつらの半径一〇〇メートル以内に絶対近づくもんか」

「もう調査は終わりだ。外に出るぞ」

「ほう？　お偉い調査官殿も臆病風に吹かれたか？　おい、ちょっと待て」

椎葉がおれの前に立ち塞がった。充血した眼が睨んでいる。

「調査を終わりにするのはいいが、あの化け物どもはどうしてくれるんだ？　まさかこのまま『はい、さようなら』なんて言うんじゃないだろうな？」

「ここは閉鎖する。決まってるだろうが」

「なんだと!?」

おれは舌打ちする。適当な嘘をついてごまかすべきだった。

「閉鎖とはどういうことだ？」

「心配ない。一時的な処置だ。あんたの投資は無駄にはならんさ」

「……なら、いいが」

「化け物退治は、こっちに任せろ。さあ、外に出るんだ」

おれはアタッシュ・ケースを左の脇に挟んでエレベーターに向かう。ＩＣカードを取り出しスリットの谷間を滑らせる。表示灯が赤から青になりドアが開いた。利用客のない箱が姿を見せる。

「さっさと乗れ」

「梶君はどうするんだ？」

椎葉が〈知美〉を指差した。不審な顔でおれを凝視する。

「地上に出るのはあんた一人だけだ」

「なに？」

椎葉の手にアタッシュ・ケースを押しつけた、スタン・

ロッドを彼の鼻先に突きつけて、エレベーターに追い込む。このエレベーターも今日で閉鎖だ。

「なんの真似だ!?」

「説明してる暇がないんだ。あんたは外に出て秘書でも怒鳴りつけてろ」

待て、おい、いったい……。椎葉が怒鳴ったがドアは閉じた。これで足手まといはいなくなった。

おれは心臓が一拍ごとにバス・ドラの音を響かせるのを意識する。待ってろ、知美。仇は取ってやる。

手近な電話で遺伝子操作監視委員会を呼び出した。

『はい、C部門です』永海の秘書、池田美枝が出た。

「深尾だが……」

『あ、深尾さん？　無駄な電話だったわね。御大ならもうそっちに着いてる……』

「黙って聞け。今からこの電話を録音しろ。緊急事態だ。すぐ言われた通りにしないと、とんでもないことになるぞ」

コードレス受話器を腰のベルトに挟んだ。これで一部始終が記録される。

肺の底まで深く息を吸い込んだ。スタン・ロッドを握り直す。心臓の鼓動は今では地響きのように感じられる。

おれは〈知美〉に歩み寄った。スタン・ロッドを彼女の眼前に突きつける。そのままの姿勢で待った。〈知美〉がようやく反応を示した。黒い瞳が照明を反射し、おれを凝視している。

おれは首を小刻みに振っていた、というより震えていた。

「たいしたもんだ。完璧な複製品だ。この眼で見てもまだ信じられないぐらいだ……」

〈知美〉は無言、無表情だった。その視線はおれを素通りしている。

「バイオリアクターのところまで行けなかった、というのはウソだ。おれはB―61の中を見た」

〈知美〉の表情に変化が現れた。虚ろだった瞳孔がふいに焦点を結んだ。

「……B―61の中には知美がいたんだ」

おれはバイオリアクター区画で、悪夢そのものを見た。これが悪夢なら、どんなによかったか。だが、現実だった。

「……おれは知美をタンクの中から引っ張り上げた。そして彼女を床に横たえた。間違いなく、彼女が本物の知美だった」

スタン・ロッドの先端が震えていた。

「……タンクの中にいた知美は、二年前と同じマニキュアと口紅を使ってた。ピンク系の自然な色が知美の好みだった。彼女がそれなしで出勤するはずがないんだ。

「だが、おまえはノーメイクだ。その髪形じゃ美容院に行ったこともないな……」

乾いた舌で唇を舐める。おれの声は激情のあまり少し裏返っていた。

「知美のクローンを造ったのか？　そんなことができるのか？　しかも、それに乗り移っているらしいな。誰だ、おまえは？」

〈知美〉、いや〈知美のクローン〉は表情を変えた。眼と、眉毛の線が逆八字形に逆立ったのだ。唇の線も両端が吊り上がりV字形になる。眼光のギラつき方も尋常じゃない。この地下施設全体を絶対零度で凍てつかせる笑みだった。

おれはその変容に驚愕していた。

「誰だ、おまえは？」おれは質問を繰り返す。

〈そいつ〉は突然、歌い出した。二木英人主演のビデオで聴いたのと同じオペラ風の不思議な旋律。ただし、今回は知美のソプラノで歌われている点が違う。

〈そいつ〉の人格的な迫力はケタ違いだった。樹齢数千年の巨木が、自我を得たらそんな感じだろう。

〈そいつ〉は唐突に椅子から立ち上がった。気圧されるのを感じる。一歩下がっていた。

だが、〈そいつ〉の動作は歩き方を覚えたばかりの幼児みたいだった。バランスがうまく取れず、よろめいている。普段は四つ脚で歩いている動物が、突然後ろ脚だけの二脚歩行に挑戦しているような感じだった。

「答えたくなきゃそれでもいい。今のは形式的質問ってやつだ。おまえら〝C〟のことなら、だいたい分かってる」

おれは後方へ退いた。ベルトに挟んだコードレス受話器をチラッと見る。録音してる池田美枝にも、これで事態が呑み込めただろう。慌てて永海に連絡しているかもしれない。

エレベーターまで下がった。ボタンを押し、箱を呼び戻す。

〝C〟はふいに歌うのをやめた。停電時の唐突さを思わせる。

相手の表情が変わった。眼や眉、唇の線がノーマルな状態に戻る。一瞬にして、〝C〟は消え失せ、呆然としている誰かがそこに立っていた。急に背筋が伸びて、立ち方もごく自然なものになっている。

人格がチェンジしたらしい。おれは心霊現象の類を見たことはない。だが憑依（ひょうい）というのがどんなものか、これで想像がつくようになった。

「助けて！　私よ」

クローンが一歩前へ踏み出した。彼女の眼は恐怖におののき、見開かれている。

「私よ！　梶知美！」

おれは絶句していた。

「私が分からないの!?」

クローンは両手の指先で、自分のヴォリュームのある胸の辺りを差し示した。まぎれもなくそれは知美の表情、知美の声、知美の言葉だった。

「お願い、なんとかして！」

「近寄るな！」

スタン・ロッドを振る。おれはストレスのあまり発狂しそうだった。知美の死も、眼前のクローンの存在も、おれのやわな精神はまだ受け入れきれていない。

「直樹、助けて！」

「寄るな！　寄るんじゃない！」

これはトリックだ。だまされるな。

背後でドアが開く音がした。箱が戻ってきたのだ。後はさっさと脱出するだけだ。

が、誰かがおれの肩を叩いた。驚愕して振り向く。

四一歳、色白で、やや神経質な感じ。充血した眼の壮年実業家がいた。

「バカ野郎！　なぜ戻ってきた！」

「そっちこそ、いったい何をたくらんでる！」

椎葉が怒鳴り返す。

おれはもう苛立（いらだ）ちのあまり爆発寸前だった。せっかく安全地帯に逃がしてやったというのに、このバカは。

ふいに怒鳴った椎葉の表情が変化した。知美の姿を認めたのだ。

「梶君？　どうしたんだ？　正気に返ったのか？」

「助けて！　私よ、梶知美よ！」

知美のクローンの眼から涙が一粒落ちた。

おれは、みぞおちに連打を喰らった気分だった。かつて、彼女が泣いたのを一度だけ見たことがある。彼女の高校時代の親友が、突然、交通事故死したという訃報が入った時だ。今、おれの眼前にいるのは、あの時の知美と寸分変わらぬ女性だった。

「そんなはずはない！」おれは叫んだ。「知美は死んだんだ！」

「私よ！」クローンは主張した。「覚えてるわ、別れた時のことを。あの時、私は『さよならって言って』って、そう言った。あなたはなかなか言おうとしなかった……」

おれの心臓はナイフで串刺しにされたようだった。

「バカな……」

「初めて会った時、あなたは『ぼくが最も優秀で最も働き者の技術者だ』って言ったじゃない。ちゃんと覚えてるわ。私は本物の私よ！」

おれの心臓は、大口径の弾丸でぶち抜かれたようだった。

「嘘だ。知美の記憶を盗んだだけだ。おまえはコピーだ。海賊版だ。もう分かってるんだ！」

おれは叫び返した。事態は急変、激変の連続で、頭がどうかなりそうだ。

「コピーだけど、私は私よ。コピーされたのは身体だけじゃない。私の意識も自我も再生されたのよ」

「嘘をつけ。そんなものがＤＮＡにあるわけない」

知美は激しく首を振った。突然、雄弁に喋り出す。さっきまでオペラを歌っていた〈知美〉は、やはり〈別人格〉だったことを確信させた

「あなたは知らないのよ。いいえ、誰も知らなかったのよ。ＤＮＡそのものには肉体の遺伝情報しかないけど、ＤＮＡとつながっている別の次元には、その人間の個人的な記憶や人格のプログラムが……」

知美が口ごもった。表情がそのまま凍てついてしまった。急に電源が切れた機械を思わせる。

「いったい何の話だ!? コピーってなんのことなんだ!?」

椎葉がおれの肩を揺さぶる。

「うるさい！　黙ってろ！」

おれは怒鳴り、知美をじっと凝視した。今、喋ってい

たのは本物の知美なのか？　それともトリックなのか？

その答えはすぐに分かった。

クローンの肉体に、また〈奴〉が出現していた。

〝Ｃ〟は〈知美の人格〉を着脱可能なカップみたいに、するりと脱ぎ捨てたのだ。眼や眉の線と、唇の両端が逆立ち始めた。顔つきが再び殺人鬼のそれに変化する。眼球も猫のそれのように光り出したようだ。

「梶君？」椎葉がまぬけに呼びかける。

〝Ｃ〟は、ふいにバランスを崩して一度倒れそうになった。正常な人間ならば〈人間的な運動神経プログラム〉を当然備えているはずだ。しかし、知美と違って、〈奴〉はそれを持たないのだ。多少はコツを覚えたらしく、さっきより立ち方は安定してきた。だが、それでもゾンビめいた不自然さは隠しようがなかった。

「どうしたんだ？　梶君？」と椎葉。

〝Ｃ〟は一歩前に踏み出す。あの奇怪なオペラ調のメロディを歌い出した。

「その歌は……」

椎葉が唖然と呟く。事態が理解できたらしい。

おれは肩で椎葉を箱の中に突き飛ばした。自分も同時に箱へ飛び込む。その動作でコードレス電話がベルトから外れ、エレベーターの外に落ちた。

〈閉〉ボタンを押す。すぐにドアが閉まりかけた。

次に起きたことは悪夢の中の出来事だと思いたい。

〈奴〉は手を伸ばして、おれの右手首を掴んだのだ！

そう、文字通り手を伸ばして！

〈知美のクローン〉の左手、それが本来のリーチを上回る長さで伸びてきた。ピンクのブラウスの袖に裂け目が走り、破れる。ＣＧによるモーフィングを観ているようだった。ＴＶのＣＭでもおなじみの、実写映像が滑らかに変形するあれだ。

右手首を掴まれて、おれは唖然としていた。手長猿が襲いかかってきたような奇怪な光景だった。あり得るはずのない現象に理性が吹っ飛ぶ。

椎葉が長い悲鳴を上げていた。おれの鼓膜は破れそうだった。

〈奴〉はベル・カント唱法で歌いながら箱の中に入ってきた。おれはスタン・ロッドを使おうとする。だが、〈奴〉の長く伸びた腕に妨害される。〈奴〉は今度は右手でおれの喉を掴んだ。後頭部と両肩に激痛を覚える。

箱の壁に打ちつけられたのだ。

意識がピンボケを起こしそうになる。が、エレベーターのドアが閉まりかけるのを見た。こいつが閉まったら、おれたちは密室に閉じ込められる。もう反撃のチャンスもない。

おれは必死に身体をねじりつつ左足で床を蹴った。プロレスのドロップキックみたいに身体が宙に浮き、水平になる。右足を伸ばし、エレベータードアのバンパースイッチを蹴った。

おれは背中から床に落ちた。かろうじて受け身を取る。後頭部は打たずに済んだ。

努力の甲斐（かい）あって、ドアは再び開き始めていた。だが、〈奴〉に首と右腕を掴まれたままだ。その上、仰向けに倒れてしまった。かえって不利だ。

思いがけないところで椎葉が反撃に出てくれた。動きを封じられたおれの右手からスタン・ロッドをもぎとる。そして悲鳴を上げながらスタン・ロッドの先端を〈奴〉の首に押しつけた。おれの鼻先でパープルとグリーンの稲光がダンスした！　網膜に、それが多重露光写真みたいに焼きつく。

〈奴〉は全身を硬直させた。すべての筋肉が弾力性を失ったのだろう。眼は大きく見開かれたまま固定している。が、死んではいない。

おれは〈奴〉の腕を振りほどいた。起き上がり、〈奴〉の身体を抱え込む。石造りの女性像のような感触。改めて、それが知美の肉体のコピーであることを意識する。だが、両腕の長さは異常なままだった。

箱の外に押し出す。〈奴〉はクリーム色の床に捧みたいに倒れた。長い両腕が左右に広がる。完全に失神している状態だった。後頭部が床にぶつかり、いやな音を発して何度かバウンドする。

その瞬間、胸に痛みが走った。相手は知美の顔をしているのだ。

彼女を介抱してやりたい衝動にかられる。抱きしめて、傷ついた部分をさすってやりたい衝動にかられる。奇怪な両腕が眼に入らなかったら、もう少しでそうしただろう。

エレベーターのドアが閉まった。おれの迷いにケリをつけてくれた。

長い溜め息をついた。自分に対し、必死に言い聞かせる。

　あれは知美じゃない。あれは〝C〟だった。〈知美の人格〉が出現したのは事実だ。しかし、〝C〟があの肉体の支配権を握っていた。だから、どうすることもできなかったんだ。あきらめろ……。

「あ、あの女は、ば、ば、ば……」

　口をパクパクさせている椎葉の手から、スタン・ロッドを取り返す。

「その通りだよ。半径一〇〇メートル以内どころか眼の前にいやがった。知美の姿を借りてたんだ……」

　おれは箱の壁に寄りかかった。全身が熱を持っている。上昇感がおれを包んだ。

「おかげで助かった……ありがとう」

　おれが何を言ったのか、椎葉はすぐには分からなかったらしい。やがて、日本語を話すグリーン・イグアナを見たような表情で言った。

「あん？　君でもそんな口がきけるのか」

　まだ終わってはいなかった。

　エレベーターの上昇が唐突に止まった。一瞬、身体が浮き上がる感じを味わう。

　次いで天井の照明が消えた。箱の内部が真っ暗になる。おれも椎葉もパニックになりかかった。だらしなく悲鳴を上げる。

　暗闇は短時間しか続かず、蛍光灯が点滅して光を回復した。非常用電源に切り替わったらしい。

「なんだ!?　どうなってる？」

　椎葉は箱の角に背中を押しつけていた。両手を箱の壁に突っ張り、身体を支えている。

　エレベーターは揺れていた。上下に微動している。

「箱を引っ張っているんだ」

　おれの声は震えている。メタリック・ブルーの箱の中が急に冷凍庫に変わったような気がした。天井にも壁にも、見る見るうちに霜が下りてきそうな感覚が生じた。

「引っ張ってる？　何が？」と椎葉。

「〈奴〉だよ。たぶんすぐに電撃のショックから回復したんだ。そしてドアをこじ開けてエレベーターの縦穴に入り、ワイヤーケーブルをよじ登っているんだ。間違いない」

「ば、化け物だ！」

「だから、そうだと言ってるだろうが！」

おれは箱の中を飛び跳ね周囲を見回す。ダメだ。この中にいては身動きがとれない。操作パネルの緊急ボタンを叩く。マイクに向かってわめいた。

「おい、誰か！　応答しろ！　エレベーターの故障だ！」

反応なし。どうやら回線がどこかで切れたらしい。ボタンに八つ当たりする。だが、拳を痛めただけだった。

天井を見る。曇りガラスの向こうに蛍光灯と、換気扇の影があった。エレベーターの箱には警備員用の出入口が天井にある。ということは〈奴〉も、ここから侵入できるということだ。

また箱が揺れる。椎葉が悲鳴を上げた。

判断が甘かった。おれらしくもない。〈奴ら〉とやり合う時は、常に食うか食われるか、なのだ。徹底的にとどめを刺さねばならないのだ。初めて〈奴ら〉の同類と闘い、倒したあの日に、それは学んだはずじゃないか。

もう一度、対決するしかない。

現在13　死闘

かたわらで椎葉がわめいている。

「なんとかしろ！」

また箱が揺れる。エレベーターを上昇させようとするモーターの力と、化け物が箱ごと引きずり下ろそうとしている力とが拮抗(きっこう)しているらしい。

「化け物退治は任せろ、とか言ったのはどこの誰なんだ!?」椎葉が叫ぶ。

「退治するさ」おれは言った。「まず、あんたからだ」

おれは朝蕗電機製ＳＶ－０４１を相手の顔に突きつけた。

「な、何を……」

「上着を脱げ！　そして頭に被るんだ！　助かりたかったら、言われた通りにしろ！」

おれは見本を示してやった。スーツの上着を防災頭巾(ずきん)のように頭部に被る。椎葉が真似をした。

「何をする？」と椎葉。

「いくぞ！」

スタン・ロッドで天井のプラスチックを叩き割った。破片が四散し頭上に降ってくる。

「なんのつもりだ⁉　狂ったのか⁉」

椎葉が上着で頭を押さえながら、わめいた。

ロッドを振り回し、プラスチックを割り続けた。上着を脱いで、眼で確認する。狙い通り、蛍光灯や換気扇、整備員用の出入口が剥き出しになっている。

幸運なことに折り畳みの梯子もあった。それを伸ばす。梯子の下端は、おれの腰の高さぐらいだった。

「上に出るのか⁉」

「そうだ。そして、とどめを刺す」

椎葉の顔が青ざめる。顔面付近の血管内のヘモグロビンを全部失ったみたいな表情だった。おれも同じような面をしていただろう。

また箱が揺れる。

おれはスタン・ロッドを口にくわえ、両手で梯子を掴んだ。右足を梯子にかけて左足でジャンプする。梯子を上った。

次に天井のネジ止めを外す。四角い穴が開いた。饐えたような異臭がする。穴の向こうは暗くて、よく見えない。

なんとか箱の上に出た。〈奴〉が先回りしていないかと思うと、背筋がドライアイスみたいに凍った。

縦穴の空間を見回す。緑色の小さな照明が数個、等間隔で並んでいる。両側の壁には、箱をガイドする鉄骨レール。箱からケーブルが三本、上方に伸びている。それはグリースで表面が覆われていた。

再度、箱が揺れる。だが、その直後、箱が完全に止まってしまった。化け物は、ケーブルをどこかに引っかけて固定したらしい。

下方から、あのソプラノの歌声が聞こえてきた。縦穴の中でそれが派手にエコーする。

おれは飛び上がり、振り向いた。つまずいて倒れそうになる。箱の上面はホルモンの化学式みたいに複雑な形状だった。それに足を取られたのだ。ここは立ち回りには最悪の場所だ。

鉄骨のレールをよじ登り、〈奴〉が現れた。その動きはクモや昆虫などを連想させた。人間のフリークライマー競技者のそれとは完全に異質な登り方だ。本来〈奴〉が、二脚歩行する生物形態ではなかったことの証明だろう。

知美のクローン体は、今は両腕ともノーマルな長さだった。ピンクのブラウスとオレンジのタイト・スカートが暗い縦穴の中でもよく目立っている。

縦穴空間には、喉の奥が痛くなるような刺激臭が漂い始めていた。P3の惨殺現場と同じものだった。

スタン・ロッドを構え直す。今度こそ、とどめを刺さねば。

できるのか？　誰かが囁いた。

できるとも。それなら、なぜ、さっきやらなかった？　とどめを刺す絶好のチャンスだったのに、なぜ、やらなかった？　さっきは知美の姿がブレーキをかけたからだ。じゃ、今度も同じじゃないか？　違う！　どこがだ!?　結論の出ないまま、決戦の時を迎えた。

今度はできるのか？

オペラ歌手みたいに歌いながら〈奴〉が箱の上に飛び移ってきた。両手と片膝を地につけた低い姿勢になる。カエルみたいだ。それが〈奴〉にとっては自然で楽なポーズであるらしい。睨み合う形になる。足場が悪く、こっちもうかつに動けない。

「私は知識が欲しい」

〈奴〉は突然歌うのをやめ、喋り出した。

「解読できない。おまえたちには、私の種族の知識の通路はない。しかし、おまえには知識の通路がある。解読できない」

それは大急ぎで日本語を習得した外国人の喋り方だった。文化的背景を知らずに、単語と文法だけを脳に詰め込んだ者の喋り方。知美の顔、知美の声で、そういった言葉遣いをされるのは最高に醜悪なパロディだった。彼女の端正な顔に、突然角や牙が生えたような不気味さを覚える。

今度はできるのか？

「私は知識が欲しい」化け物が繰り返す。

おれの胸の中で吐き気がのたうつ。今になって気づいた。おれは〈知美の人格〉とではなく、この化け物とキスしたのだ。

相手の動きに合わせて、こちらも向きを変えた。三本の太いエレベーター・ケーブルがおれと〈奴〉との境界線になっていた。粘りつくようなグリースの臭いも鼻をつく。

「解読できない。おまえには、私の種族の知識の通路がある。解読できない。私は知識が欲しい」

おかしな言葉遣いだが、言わんとする文脈は分かった。別に答える義務はない。だが、おれの口は勝手に言葉を紡ぎ出していた。

「……おれは二木英人と同じ研究に手をつけていた。そして封じ込められていたおまえの同類を、イントロンから呼び出してしまった……。おかげで同僚が三人死んだ。親友の則之も死んだ。そして、おれはおまえの同類に記憶を吸い取られそうになった。同時に、こっちもヴィジョンを観た。おまえたちの過去の記憶だ……」

おれが観たヴィジョン。極彩色の遥か過去の世界。人類よりも数百倍は古い〈奴ら〉の世界。人間は、化石の形でしか知らない動植物の王国。今となっては、はっきりと記憶に残ってはいないが、生きて動く恐竜の姿も観たような気もする。

「解読できない。おまえは、私を〝C〟と呼ぶ。私は知識が欲しい」

続けて、〈奴〉が疑問文を使わずに問う。

おれの口は歯止めが利かなくなっていた。緊張と恐怖を忘れるためか、勝手に舌が動きまわる。

「……こんな小説がある。超古代の地球には邪悪な化け物がいたが、神々がそいつらを別の世界に封じ込めた。だが、その化け物どもは今も封印を解いて、この世界に出てこようとしている……」

〈奴〉は小首をかしげるようなポーズを取った。おれには、その動作も知美のそれのパロディのように思えてしまう。

やめろ！　おまえは知美じゃない。

今度はできるのか!?

やがて〈奴〉は唇をV字形にする恐ろしい微笑を浮かべて言った。

「この脳の記憶にあった。クトゥルー神話。作者はH・P・ラヴクラフト……」

「そうだ。作り話だ。ただの小説だ」

おれは言った。

「だが、おまえらの経歴とよく似たストーリーだ。だからだろう。アメリカの大統領が報告を受けた時に『まるでラヴクラフトの小説みたいだ』と言ったそうだ。その一言がきっかけになって、おまえらの暗号名が決まった。

ＣＴＨＵＬＨＵの頭文字の〝Ｃ〟だ。

「……作り話の化け物と同じで、おまえらは封じ込められていた。なのに、おれみたいにバカな奴らが、次々とその二重、三重の封印を剥がしている……」

おれはふと〈奴〉の背後を見て驚愕した。

椎葉が換気口から這い上がってくる。口に大型のスパナをくわえている。エレベーターの備品を見つけたのだろう。

椎葉の眼はギラついている。彼にしては大変な勇気だ。どうやら自分の会社が受けた損害分を報復するつもりになったらしい。ありがたい伏兵だ。

おれは喋り続けた。〈奴〉の注意を引きつけておかねばならない。

「……おまえら〝Ｃ〟の化石は残っていない。死ぬと数日から数週間の短期間で、骨まで粉末状に分解してしまう。だから、おまえたちがかつて地球上に棲んでいた証拠も残らなかった。おれたち人類は、おまえらのことを知る機会がなかったわけだ。

「……だが、バイオテクノロジーの発達がその封印を破ってしまった。

「最初に〝Ｃ〟を呼び出してしまったのはアメリカの政府関係の某研究所のスタッフだったそうだ。現れた〝Ｃ〟はとんでもなく狂暴な化け物で犠牲者が四三人。しかも、こいつは極秘の細菌兵器を持ち出してバラ撒こうとした。その寸前に特殊部隊の火炎放射器でバーベキューになったが……」

椎葉がなんとか上半身を引き上げるのに成功した。日頃の運動不足のせいか動作がのろい。歯ぎしりしたくなるほどイライラさせられる。手がようやく箱の上面の出っ張りを掴む。彼の額から汗が滴り落ちるのが見えた。

おれはできる限り知らん振りして、喋り続けた。

「……その時〝Ｃ〟に取りつかれそうになった者には、相手の記憶の一部が転写されていた。ちょうどメッセンジャーＲＮＡみたいに。それでおまえたちの正体がわかり、すぐに各国で対策機関が作られた。Ｃ部門だ。

「だが、もう手遅れに近かった……。バイオ実験のガイドラインはとっくに解禁されている上に、一攫千金狙いで右を向いても左を向いてもバイオ企業だらけになってたからだ。おれや二木みたいな奴がイントロンの謎解きをするのを止めようがない……」

椎葉がついに箱の上に全身を引き上げた。巨大タンカーのサルベージ作業を見終わったような気がした。だが、大仕事はこれからだ。

おれは喋り続けた。〈奴〉もすっかり話に魅せられている。いきなりバイオリアクターで目覚めた〈奴〉は、情報に飢えていたのだ。知美のそれを借りた眼が真円になるまで開いていた。OK。この調子なら、他に注意を向ける余裕はないだろう。

「……といって大々的に取り締まりをやれば、ことが露見してパニックになるだろう。事実を知ったら、バカな奴らが好奇心から、おまえたちを呼び出したりもするだろう。たいした設備は必要ないからだ……」

椎葉は口のスパナを右手に移し変えた。喰いしばった歯が見えている。表情が緊張しきって仮面のようだ。

「……おまえたちは、おれたちより古い。生物としてはおれたちよりタフで優性と言ってもいい。そして同じ時代に共存したことがない。そこへ今おまえらが現れたらどうなると思う。優性種が劣性種を駆逐してしまうのが生物界の法則だ」

椎葉が〈奴〉の背後でスパナを振りかぶった。その手が震えている。おれもスタン・ロッドを握り直した。

「……外国産の動植物や昆虫が日本に来て野生化し、似た種類の日本の原産物を全滅させた実例を挙げたら切りがない。〈今西進化論〉が説く〈棲み分け〉が成立しなかったケースだ。同じことが……」

おれの口が止まった。

椎葉がゆっくりモーションを起こした。

だが、そこでドジを踏んだ。前にも言ったがエレベーターの箱の上面は複雑な形状になっている。椎葉はそれに足を取られたのだ。

彼がつまずいた時の音は地響きみたいだった。狭い縦穴の中で何重にもエコーする。

〈奴〉が背後を振り向いた。スパナを構えた椎葉の顔が恐怖にひきつる。

おれは絶叫し、スタン・ロッドで〈奴〉を突こうとした。できなかった。墓穴を掘った。足が箱の出っ張りに引っ掛かったのだ。バランスを失い前方へ倒れそうになる。グリースまみれのエレベーター・ケーブルに掴まり、何とか踏みとどまった。

その間に〈奴〉は、椎葉に向けて腕を伸ばした、、、、。ピンク色の長袖が肩からビリビリと破れる。どんなメカニズムで、こんなことが可能になるのだろうか。原始的な海棲(かいせい)動物のように、骨や筋肉組織が液状になっているとしか思えなかった。

　椎葉はその手に突き飛ばされた。六〇数キロはある彼の身体が、指で弾かれたコインみたいに軽々と後方へ吹っ飛んだ。鉄骨のガイドレールに後頭部をぶつける。いやな金属音。

　椎葉の手からスパナが落ちた。眼は開いてはいたが虚ろだった。意識を失ったらしい。椎葉はそのまま崩れるように倒れた。

　一瞬の遅滞もなく、今度は〈奴〉の長い手がムチみたいに跳ね返ってきた。おれの右手首を掴む。シュールレアリズム絵画みたいな光景だった。

　その手におれは横に引きずり倒された。背中を強打した。肺から息が押し出される。後頭部は打たなかった。頭の、下は深い垂直の空間。

　不運を嘆く暇もない。知美の肉体を借りた〈奴〉は、おれに馬乗りになり、おれの右手首と喉を押さえている。〈奴〉は知美の声で言った。

「私はこの時代、この社会に招かれない。おまえの知識が解読できた。しかし、二重螺旋の牢獄(ろうごく)に戻る意思はない」

　おれの喉が絞めつけられる。酸欠で肺が破裂しそうだった。

　奴は知美の声で笑った。

「おまえを使う。おまえの人格を、私のイントロンに封じ込める。そして、おまえを私の〈知識〉にする。おまえを使う」

「…バカな…」おれはつぶれた声帯で喋った。

「可能だ。おまえたちは、みィィィんな私のイントロンになる……」

〈奴〉が、おれの眼を覗き込んだ。その瞳は大渦巻きの中心部のように見えた。すべてを吸い寄せ、呑み込む貪(どん)欲(よく)な口腔(こうこう)。BGMのつもりか、〈奴〉はまた、胃の辺りがおかしくなりそうな中近東風のメロディで歌い出した。

　おれの意識が、自我が、実存がすべて単純な塩基分子文字配列に還元されようとしていた。おれの視界いっぱいに拡大した二重螺旋の立体構造がほどかれて分離し、

GATTCCTGCAGAAGCTT……
━━━──--
CTTAAGGACGTCTTCGAA……

塩基のA、T、G、Cの文字が無限乱数式で配置され、おれを封じ込めるべく準備を始めていた。

悲鳴を上げ、

＊確認＊自己保存本能配列＊

もがいた。だが、〈奴〉の逆スプライシング酵素が、おれを単なる文字配列として読み取り、おれは映画のフィルムが編集されるみたいに切り貼りされかかっていた。

　おれは異次元を観た。雪の結晶に似た正六角形や星形が無数に展開する。それら一つ一つに無限の奥行きがあり、絶えず変形を繰り返している。

　DVDやブルーレイ・ディスクなどはフーリエ変換という方式を使っている。どれほど膨大な情報でも折りたたむようなイメージで圧縮し、収録できるのだ。それと同じ原理を使って、この異次元では人間の意識や人格までも収録できるらしい。

　イントロンには、そんな超越的な領域への回線も存在していたのだ。おれの魂は、そこのアプリケーション・プログラムの一つにされかかっているらしい。

　報いが来たぜ。誰かが囁く。これはおまえがさんざんやったことだ。DNA合成機や、マイクロ・インジェクターを使って、おまえがやってきたことだ。

「……たすけ……くれ……知美」

　おれは、知美に呼びかけていた。他に援軍の当てもない。母親を求めて泣き叫ぶ幼児みたいに、知美に、コピーの知美に呼びかけた。

「たのむ……たすけ……て……」

　唐突に、意識のピントが戻った。伸びたゴムがパチンと音を立てて縮むような感じだ。

〈奴〉は歌をやめて、おれの手や喉から手を離していた。いや、〈奴〉じゃない。知美のコピーだ！

　どんな〈内乱〉が展開したかは想像もつかないが、今は〈知美の人格〉が肉体の支配権を握っているらしい。

　知美の顔は苦しげに歪んでいる。顎から滝のように汗が滴り落ちて、おれのYシャツとネクタイを濡らした。

　知美はいきなりピンクのブラウスを胸元から引き裂いた。Cカップの形のいい乳房が露になる。スタン・ロッドを掴むと、自分の心臓部に当てた。彼女の意図を悟り、呼吸が止まった。

「さあ……」

知美がしわがれた声で言った。

今度はできるのか？

おれの親指は震えて動かない……。

「早く……」

おれにはボタンを押せない。今は知美だ。〈奴〉じゃない。

「ダメだ……」

「早く！」と知美。

「いつまでも押さえておけない。早く！」

おれは左手を伸ばした。知美の頬に触れる。

「できない……」

「さよなら」と知美。「今度こそ、さよならだわ」

「ダメだ！」

「さよならって言って」

「二度と言うもんか！」

ふいに知美は空いている手を伸ばした。おれの右腕を上から掴む。

「やめろオオオォォ！」

知美は、おれの手ごとスタン・ロッドを握りしめた。

紫色のスパークが飛んだ。周囲はブルーやグリーンの閃光で満たされた。

悲鳴を上げたのは〝C〟だったのか、知美だったのか、あるいは両方の二重唱だったのか。おれの絶叫がそれに加わった。狭苦しい縦穴空間にそれがエコーした。

現在14　〝C〟の意味

ライフテック社の地下エレベーターには、縦穴空間の側面に非常用の出入口があった。

椎葉と縦穴の中の梯子を登り、外に出ることができた。出口は地下への階段の踊り場だった。錆の浮いた鉄製のドアを開ける。

いきなり眼前に、朝蕗電機製ＳＶ－０４１の電極針が三対もアップで迫ってきた。

おれの正体が判明すると、溜め息のア・カペラ・コーラスが演奏された。三本のスタン・ロッドが次々に引っ込む。

「生きてたか！」

次は黒縁眼鏡をかけたタヌキ面のアップを見せられた。永海が部下たちをかき分けて、顔を出したのだ。形相が変わっている。返答によっては、おれの喉を喰いちぎりかねない顔だ。

「〝C〟はどうした？　電話の録音は聞いた。だが、あれじゃ途中までしか状況が分からん！」

「殺りましたよ」おれは疲労の極にあったため簡潔に言った。

「本当か!?　間違いないか!?」

「エレベーターの箱の上で死んでます」

縦穴を出ると、後続の椎葉に手を貸した。引っ張り上げる。

椎葉はまだ虚ろな眼つきをしている。三日間下痢が続いた病人みたいな顔をしていた。気絶からは覚めているが、まだ正気ではないだろう。

おれも壁に寄りかかって休息を取った。

おれと椎葉を出迎えてくれたのは四人だった。C部門、調査課課長の永海。C部門要員で、同僚の金木や小泉、土田だ。


「その包帯は？」

「別に」

左腕を持ち上げてみせた。

「ただ中身が見えそうだったから、包帯を巻いただけですよ」

「また死にそこなったようだな」金木が言った。でかい手で、おれの肩をどやしつける。笑みを見せた。

「ガッカリさせやがって。皆、賭けてるんだぞ。おまえがいつ殉職するかをな」

「賭けた奴は全員、負けだ。最後はおれ一人だけ生き残って、おまえらの保険金も全部、おれがいただく」

「誰も、おまえを受取人にはしてないぞ」

「いや。おれが内緒で、おまえたち全員に掛けてある保険だよ」

「いい手だ」金木は笑った。「それを聞いた奴全員が、今度はおまえに保険をかけるぞ」

おれは肩をすくめた。自分の惨状を見渡してみる。とくに大ケガはしていない。あちこち、血が滲んでいるところはあるが、すり傷程度だ。上着はなく、顔や手、シャツ、ネクタイなどはグリースやホコリで汚れている。

階段の上方からは大勢の人間のざわめきが聞こえる。社員たちが野次馬と化して階段の出入口に群がっているのだろう。連中はしばらく話題に困らないだろう。ということは、彼らを納得させる理由を作るのも一苦労ということだ。

たぶん上では、他のC部門要員たちが騒ぎを収めようとしているのだろう。

「で、何があったんだ？　詳しく説明しろ」

永海が突き出た腹を揺すって問いかける。珍しいことだが、彼は動揺を見せていた。情報のない状態に苛立っている。

おれはざっと経過を説明した。幸い感情の波を静める時間はあったので、おれの声は平静だった。知美の一件についても国営放送のアナウンサーみたいな口調で喋ることができた。

〝C〟が今回、クローンを造ってのけた事実は全員に衝撃をもたらしていた。おれが詳細な説明をすると、皆不快と恐怖に顔から血の気が引いていた。岩盤のように揺るがぬはずの現実がグニャリと変質していく気味悪さだ。

誰かが冗談めかしてよく言うセリフがある。おれたちC部門の者は、中世の魔術の世界に生きてるようなもんだ、と。

おれは何もかも喋ったわけではない。あの時、エレベーターの箱の上で、おれは半裸の知美（のクローン）の死体を抱きしめて、あることを誓った。そのことは言わなかった。

おれはスタン・ロッドを半分の長さに縮めた。

「……以上です。大物は自滅しました」

「おい、勝手な真似はするなと、あれほど」

「すぐ、この地下施設を閉鎖してください。まだ雑魚が残ってるだろうから」

永海はおれをとっちめるよりも、そっちの方が優先順位が高いことに舌打ちした。

「チッ。……仕方ないな」溜め息をついた。

永海がスマートフォンを取り出す。C部門へ連絡しようとする。できなかった。誰かの手が素早く飛んできてスマートフォンを奪い取ったのだ。

椎葉だった。自失状態から覚めたらしい。一同が唖然としている中、椎葉はおれたちを見回した。充血した眼は、強盗の集団を見るようなそれだ。色白の頬に赤みが差している。

「ちょっと待て」

椎葉はゆっくりと、おれを含めたC部門の五人を品定めする。

「ちょっと待て。今のは何の話だ？　私に断りもなく、いったい何の相談だ？」

椎葉の視線がおれに固定する。

「閉鎖と言ったな？」

「ああ、言った」と、おれ。

「どんな権限があって、そんな真似を……」

「詳しいことは後で説明する」

永海が言い、椎葉の腕を掴んだ。だが、相手は抵抗した。

「役人てのはいつもそうだ。後で後で、と言っといて、後でろくな説明があった試しがない。今説明してもらおうじゃないか。閉鎖っていったい、いつまで？」

「永久にだ」

「何だと!?　そんなバカな！」

椎葉は充血した眼でおれを睨む。

「君はさっき一時的な処置だと言ったじゃないか！　どういうことだ!?　そんな権限がどこにある。令状を見せろ、令状を！」

椎葉がわめき出す。おれは胃の辺りからガス・バーナーの炎みたいに燃えるものを感じながら一歩前に出た。分からず屋にはショック療法に限る。昔からそう言われていないだろうか。

椎葉の胸ぐらを掴んで引き寄せた。互いの顔が一〇センチの至近距離まで近づく。

「な、何を！　離せ」

「知美は死んだ……というより、おれたちが行った時にはもう死んでいた。死人に二人とも助けられたんだ」

「な、何の話だ？」

「あの化け物、〝C〟は手当たりしだいにそこいらの生き物を殺しまくる。そして死体にのみ感染するレトロウイルスを植えつけるんだ。

「エイズウイルス、HIV―1がレトロウイルスの一種だってことぐらい、あんたも知ってるだろう。この手のウイルスは宿主のDNAに自分の遺伝情報を逆転写して、宿主の身体を冒していく。

「だが、〝C〟が使うレトロウイルスはもっと派手だ。

イントロンの解読と再構成をやって、死体から次々に奴らの同類を湧き出させるんだ。おれたちが見た化け物もそうやって出てきたんだ。

「クトゥルー神話にちなんで、おれたちはこいつを〈トラペゾヘドロン・ウイルス〉と呼んでる」

椎葉は無言だった。ただ毛細血管の浮いた眼を見開いているだけだ。

おれは続けた。

「もうここのＰ３は、核廃棄物の貯蔵庫と同じだ。安全性が確認されるまで閉鎖する以外にないんだ。Ｃ部門の〝Ｃ〟はクローズ、閉鎖を意味するＣＬＯＳＥの〝Ｃ〟でもあるんだ」

椎葉を突き放した。

「いいものを見せてやろう」

おれは左腕に巻いた包帯をほどき始めた。

「おい、やめろ！」

永海が叫んだ。他の者も呻き声を漏らす。

だが、おれは包帯を取り、左の前腕を露にした。

椎葉の眼が見開かれる。

おれの左前腕は、肘から手首までピンク色の筒形の物質で覆われている。材質は柔らかいゴム状のポリマーだ。表面に歯形がついている。例のオオサンショウウオに似た化け物に咬まれた時のものだ。

さらに今度はそのポリマーをめくって取り去る。

椎葉の眼は限界まで見開かれた。

おれの左腕、肘から手首の部分までの前腕は、骨と皮だけの代物なのだ。筋肉はほとんど落ちてしまっている。白い繊維状になった筋肉の腱や靭帯が、骨と皮の間から浮き上がっている。

赤い動脈と青い静脈が、道路地図みたいに交差してビクンビクンと脈打っているのがはっきり見えるのだ。

一年半前、おれは〝Ｃ〟を呼び出してしまった。そして、おれ自身がもう少しで殺されるところだった。なんとか、それは逃れた。だが、五つ眼の化け物は置き土産を残した。

化け物に咬まれた左腕は、短期間で肉が落ちてしまったのだ。原因も治療法も分からない。握力は前腕の太さに比例する。今のおれの左の握力がどれほどか想像してほしい。

「閉鎖しないとあんたもこうなる。いや、もっとひどい目に遭うかも」

〈前腕骨〉を椎葉の顔の前に突き出し、たっぷり披露してやった。他の者は顔をそむけている。

「不便だぜ、こうなると。パンツの上げ下ろしだってやりにくいわ、たいていの女の子はこの腕を見ると慌てて服を着て逃げていくわ、いいことなしだ」

　椎葉は言葉を失っていた。ショック症状を起こしている。たぶん骨付きのフライド・チキンを見るたびに思い出すだろう。

　おれはゴム状ポリマーをまた〈骨〉に巻きつけ、さらに包帯を元通りに巻き直した。一同が長い溜め息をついた。

　ついでに、おれは硬直している椎葉の手からスマートフォンをもぎ取り、永海に返してやった。

「じゃ、これで……。報告書や始末書の山は明日片付けます」

　階段を上り出した。重苦しい沈黙から、さっさと脱出する。今のおれにはビールとベッドの処方が必要だ。

　一階には野次馬どもが待ち構えていた。彼らは血液中のフィブリンのように、おれの周囲で凝固してしまった。あの二人組の警備員も参加していた。大男の方の警備員がおれの肩を掴まえて訊いた。おい、何があったんだ!?　事故が起きてたんだ。椎葉重役は!?　今、下で会議中だよ。そう言うあんたはいったい何をしてたんだ!?

　質問の嵐を適当に受け流して、おれはライフテック社の外に出た。

　外に出ると夕暮れだった。藍色のカーテンが静かに天空に下りて夜を招こうとしている。タクシーを拾い、乗り込んだ。

　行先を告げると、運転手は静止衛星を使ったグローバル・ポジショニング・システムで、都内の空いたルートを検索し、一人でうなずいた。車はホログラフ看板で満艦飾になり始めた都会へ滑り出す。天井のアームからぶら下がった液晶モニターが衛星放送を受信している。インド映画の新作紹介をやっていた。

　車内でそっと手帳を取り出した。開く。三重にした透明フィルムの袋が挟んである。中には、長い髪の毛が数本入っている。

　知美の毛髪だ。バイオリアクター区画で発見した、本物の知美の遺体から回収したものだ。透明フィルムは三重に密封してある上に、密封する度にフィルム自体を滅菌してある。処置は万全なはずだ。

この髪の毛は大切に保存しなければならない。おれの生命と等価のＤＮＡだ。

事故の起きた施設から勝手に物を持ち出すのは禁止されている。だが、これについて永海に相談するほどおれはバカじゃない。

おれの誓い。それは〝Ｃ〟を生け捕りにすることだ。そして〝Ｃ〟が短時間で知美のクローンを造った方法と技術を手に入れることだ。知美の記憶、自我、魂もすべて再生する方法をだ。

その時まで、おれは死ぬわけにはいかない。戦い続け、しぶとく生き延びなければならない。

さよならって言って、と知美は言った。二度と言うもんか、とおれは言った。

ここでおれが手帳のページに涙の一滴もこぼせば、話の締めくくりとしては相応しいのかもしれない。あいにくだが、おれの涙腺（るいせん）は一年半前にとっくに乾ききっている。そのはずだ。今、髪の毛が少しボヤけて見えるのは気のせいだ。そうに決まっているんだ。


手帳を閉じながら思った。Ｃ部門の〝Ｃ〟は、おれにとっては、さらにもう一つ意味があるのかもしれない、と。

コンティニューＴＶゲームの画面でおなじみ、続行を意味するＣＯＮＴＩＮＵＥの〝Ｃ〟。

第二部　超　人

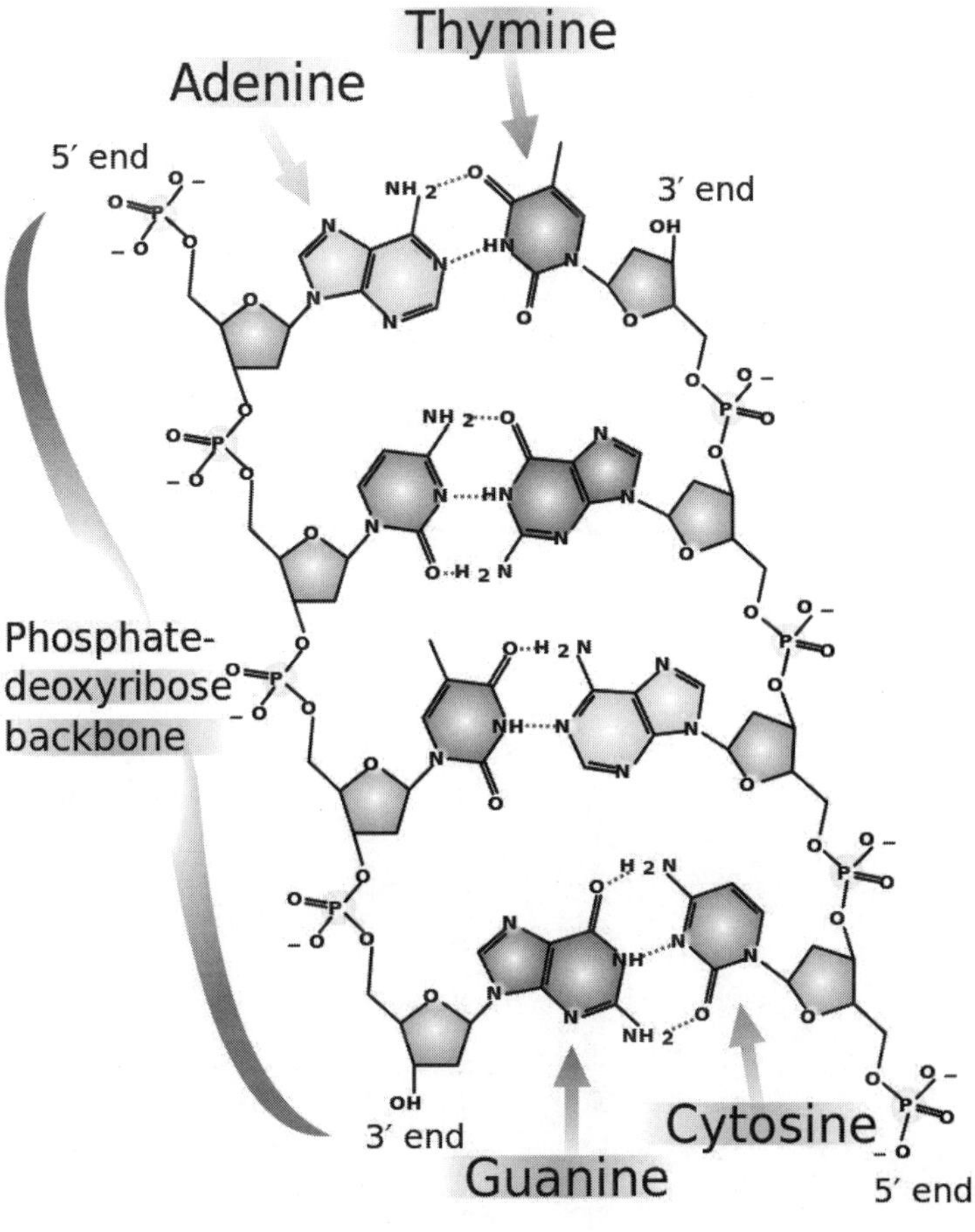
Thymine
Adenine
5′ end
3′ end
Phosphate-
deoxyribose
backbone
3′ end
Cytosine
Guanine
5′ end

財産を失っても痛手は少ない。健康を失うと痛手は大きい。勇気を失うと、それこそ取り返しがつかない。

——作者不明の言葉「カーネギー名言集」

わたしはまた、彼に明けの明星を与える。

——「ヨハネの黙示録」第二章　二八節

1　日々是闘日

おれは震えていた。

血管の中でT4細胞に追い回されている病原菌のような気分だった。

これがHIV―1、エイズウイルスなら逆転の必殺技があるが、あいにくそんなものはない。一発逆転などというものはマンガかプロレスの中だけだ。現実の世界では一度、劣勢に立たされたら挽回（ばんかい）のチャンスはほとんどない。

場所は、東京近郊にあるC部門のバイオ研究所だ。通称〈ラボ2〉。その内部に五区画あるP3施設のうちのE区画だ。

P3内部だから、例によってブライト・オレンジの実験衣や、ヘア・キャップ、マスクなどを身につけた格好だった。

たいていのバイオ実験施設がそうであるように、ここも種々雑多な実験器具が花盛りだ。スピナー瓶、吸湿マット、マイクロ・インジェクター、DNA分解酵素やDNA連結酵素の容器、セルソーター装置。

どれも武器にはなりそうもない。手元にあるものといえば、スタン・ロッドと、ネット・ガンだけ。

ネット・ガンは合金製の網を発射する武器だ。外観は回転弾倉式催涙ガス弾銃のようだ。ただし一発ずつ発射するのではなく、八本の銃身から同時に弾丸が出る。それが折り畳んである金属ネットを引っ張り出し、空中に展開して敵を包むのだ。

TVゲームの第一面に出てくるキャラクター程度の間抜けなら、これで充分だ。網の中でもがく化け物は哀れにも助けを求めたりする。そういう時だけは、つい同情したくもなる。

だが、おれたちは人類文明の防波堤だ。敵に情けをかけられない商売だ。よって、すみやかに永眠してもらうことになる。

今は助けを求めるのは、おれの方だった。ここは実験ブロックの一つで、ドアを閉じて、椅子や机を積み上げてある。こんな貧弱なバリケードがいつまで保つことか。椅子の背に、誰かが剥がし忘れたシールがあった。〈保証期間一年〉。実に羨ましい。おれの命はあと一分だって保証はない。

界面活性剤に似たねっとりとした汗が、額から幾筋も流れて頬を横断しようとしていた。腋の下も、背中も、アドレナリンとノルアドレナリンを含んだ液体で濡れている。

「さっさと応援を寄越せ！」

スマートフォンに怒鳴る。デジタル暗号式で盗聴不可能な製品だ。

「薄情者！　もう生き残りは一人だけだ！」

『何とかＰ３の出入口から〝Ｃ〟を外へ誘導できないか？』

永海がかすれた声で言う。

『短機関銃で武装した連中がここに控えている。しかし、Ｐ３の中で発砲はできない。そこにはペスト菌やブルセラ菌もあるんだ。流れ弾でも当たったら、Ｃ部門要員たちも感染する。〝Ｃ〟よりもある意味じゃ厄介なことになる』

「病原菌を出前したのはおれじゃない！」

『分かってる。誰もこんな事態を歓迎してるもんか。四人もいれば普通は片付くはずじゃないか』

舌打ちの音。

『……何てこった。〝Ｃ〟に慣れたベテランがいっぺんに三人も殉職なんて……』

「もうすぐ四人になる！」

『知恵を絞ってみよう。そっちも何か考えてくれ』

「その前に遺言しますよ。聞いてください。〈私は頭のいい上司を持って幸せでした〉」

『いいかげんにしろ！　縁起でもない』

確かに皮肉や嫌みを言っている時ではなかった。第一、そんなバカな遺言を残したら、葬式でそれを読み上げた時に涙を誘うことにならず、盛り上がらないではないか。気取った遺言の内容など考えて、どうする。生き残る方法を考えるんだ。

だが、思考がまとまらない。さっき死んだ三人の同僚の顔が脳裡に再生されていた。

みな、よき仲間だったと言える。同病相憐れむの慣用句通り、大体似たような境遇の持ち主同士ばかりのせいだろう。しかし、互いのプライベートには踏み込まない交遊でもあった。それをするには皆少々込み入った過去を持ち過ぎているようだった。

三人のうちの一人、芳賀広は、おれより五歳ほど年上の男だった。えらの張った独特のマスクの持ち主で、いつも哀しそうな微笑をたたえていた。C部門現場要員では一番年長の男で、永海の信頼度も厚かった。現場要員の中でも〈隊長格〉だった。控え目であまり喋らない男だったが、その沈黙は決して重いものではなく、むしろくつろいだ雰囲気を提供するという特技の持ち主だった。彼は、化け物に首をへし折られて永遠に沈黙した。

金木剛は、名前の通りの男だ。名前を付けた彼の両親の期待に応えた大柄な体格だった。相撲ファンの彼は、任務で千秋楽を見逃すと、愚痴をこぼしていた。会話の端々から本人も学生相撲の力士だったらしいことが推察された。彼は、化け物によって人生の土俵から寄り切られてしまった。

川部栄一は、悲観主義者だった。外見は太り気味でとてもそうは見えない男なのだが、そうだった。いろんなお守りを持っていた。しかもそれがしょっちゅう変わるのだ。非番の時は神社巡りでもしていたのだろうか？

さっきは、いよいよP3区画に入るという段になって彼が騒ぎだした。先日、手に入れたばかりの霊験あらたかなお守りを忘れたという。悪い予感がすると呟き、金木に黙れと怒鳴られていた。彼は、化け物に首を絞められながら、やはりお守りを忘れたことを悔んでいたのだろうか？

次はおれの番だ。

＊

おれたち四人は今日から待機任務に入っていた。どこかで〈事件〉が起きた時のために備えるのだ。よりによってC部門の研究所でそれは起こった。

通称〈ラボ2〉と呼ばれるその研究所では〝C〟を捕虜にして実験、研究していたというのだ。

「そんなの初耳だぞ！」

全員が驚愕した。まったくもって心臓に悪い。我が国が、実は核ミサイルを一〇万発保有していた、といった話を聞かされる方がずっとましだ。

「なぜ、現場要員のおれたちに教えなかった⁉」

こっちの質問に永海は答えた。

「実験的な措置だった。〝C〟の弱点などを解明できないかと危険を承知で行っていたんだ。

「知っての通り、〝C〟は死体が残らない。死ぬと同時に化学的な自壊作用を起こして、数日から数週間で骨まで粉末状に分解してしまう。だから、奴らの化石はなく、古生物学者も、その存在を知る機会がなかったわけだが……。〝C〟の研究のためには、どうしても生きた標本が必要だった」

そして危機は発生した。

〝C〟が研究員の一人に乗り移ったのだ。しかも、〝C〟も、その研究員も不幸なことに両者とも狂い出したらしいという。男は狂人と化して異常な怪力と凶暴性を発揮し、すでに二人を血祭りに上げた。残りの大部分の者はP3から逃げ出して無事だった。しかし、まだ逃げ損ねた者が四人いる。彼らを救出しなければならない。

だが、P3内に麻酔ガスを放出するなどの措置は避けねばならない。ガスで失神した者が倒れた拍子に、猛毒病原菌の容器を割ってしまう可能性がある。

そのため、C部門要員が直接、化け物退治に乗り込むしかないのだ。

ブリーフィングの内容は、わずかこれだけだった。そして、わずか五分でP3区画に入った四人のうち、三人が死んだ。

〝C〟は、外見は普通の人間だった。別に角が生えているわけでもないし、牙が唇からはみ出しているわけでもなかった。

だが、〈奴〉は異常な怪力とスピードの持ち主だった。こちらのネット・ガンが空中に網を広げたが、あっさりかわされた。こんな武器は〈奴〉にしてみれば、カタツムリのレースをスローモーション映像で見ているようなものだったのかもしれない。

二発分の金属ネットは無駄弾となり、すぐに金木と芳賀が殺られ、続いて川部が金属ネットを射つ間もなく、あの世へ旅立った。おれが助かったのはまったくの僥倖(ぎょうこう)だった。〈奴〉も一度に四人は殺せない。それだけの理由でしかない。

おれは逃げた。ネット・ガンは、その武器の特性ゆえに単発式だ。初弾を外したら二弾目はない。後はスタン・ロッドだけになってしまう。その上、こっちは左手が思うように動かない、というハンデを抱えている。

実験ブロックの一つに逃げ込んだ。これも幸運だった。

〈奴〉は自分が何をしているのかも分からないぐらいに知能程度もダウンしているらしい。逃げるおれをすぐには追ってこなかった。

〈奴〉には一つ奇妙な点があった。手が何かに触れるたびに火花を発するのだ。静電気にしては派手すぎるスパークだった。

やや間を置いてから〈奴〉がダッシュしてきた。

素早くドアを閉めてカンヌキをかけた。

その一瞬後、音から察するに〈奴〉はシルバーグレーのスチール・ドアと、派手なディープ・キスを演じたようだ。

〈奴〉は何度もドアに体当たりした。ドアは段ボール紙ほどの強度しかないような脆さで、ひん曲がった。おれはスタン・ロッドを構えて死を覚悟していた。脅えながらもなぜか心の片隅で、そういえば最近パスタ料理を食べてないなと、この場に相応しくないことを考えていた。

やがて〈奴〉も息を切らしたらしく小休止した。だが、猪突猛進をいつ再開するか分からない。不気味な唸り声がする。ティラノサウルスのそれだと言われたら、信じてしまうような声だった。

やはり遺言の準備をするべきかもしれない。

*

永海は今頃、重大な決断を迫られているだろう。再度、増援のC部門要員を突入させるか、麻酔ガス注入を試みるか、だ。

前者はさらに犠牲者を増やす危険がある。

後者は〝C〟に対して麻酔がどれだけ効くかまったく予想できないし、効いたとしてもその前におれが殺られる危険の度合いは減らないだろう。

事態が好転しそうな可能性はない。独力で切り抜ける以外になかった。

胸ポケットを左手で押さえた。長方形の固い感触。おれは神社巡りして、お守りを集めたことはない。この手帳があれば充分だからだ。

ブロックの中を見回す。五メートル四方の空間に試験管とシャーレ、顕微鏡などの器具が並んでいるだけだ。

他にコンピュータ端末と、実験物運搬ロボットがあるだけだ。ロボットは箱形で、ゴム車輪と、人間の手を模したマニピュレーターが一つあるだけだ。おれとしてはレオパルドII戦車の一個大隊をオーダーしたいところだ。

戦術を検討する。〈奴〉が飛び込んできた瞬間にネット・ガンで射つべきか？　いや、だめだ。さっきも見たが、〈奴〉のスピードは驚異的だった。金属ネットが発射されてから、それを見て避けるだけの反射神経を持っているらしい。

勝ち目があるとしたら、伏兵が背後から攻撃することだ。残念ながら、ここにはおれ一人だ。他の生存者とは出会えなかったのだ。

ふいにカメラのストロボに似たものが、おれの大脳前頭葉のA10神経を照らし出した。

いける！　勝ち目はある！

すぐ作戦の準備を始めた。端末のマウスをデスク上に滑らせる。実験物運搬ロボットのリモコン・ウインドウを開く。ロボットを所定の位置まで移動させて、その〈手〉を開かせた。だがネット・ガンを持たせるには少し無理がある。

大型トラック同士が高速道路で正面衝突したような轟音がした！　〈奴〉がショルダー・アタックを始めたのだ。

バリケードに積んであった椅子が崩れ落ちた。

「まだパーティの時間には早いぞ」

『おい、何があった!?』

永海の声がスマートフォンから聞こえた。

「今、忙しい！　あとでかけ直してくれ」

その辺にあった電源延長コードを拾う。ネット・ガン自体をロボットにくくり付けることにした。スチール・ドアはすでに壊れかけていた。その隙間から一瞬〈奴〉の充血した眼がルビー・レーザーのように輝いているのが見えた。

適当なデスクを横倒しにして、ロボットが死角になるようにする。コンピュータ端末デッキを、そのブロックの一番奥まで引きずっていった。

スチール・ドアが轟音を立てている。その度に徐々にひしゃげていった。

準備OK。右手でマウスを握る。手袋の内側が生ぬるい液体で濡れていた。左手でスタン・ロッドを保持する。

ドアは爆破されたみたいに吹っ飛んだ！　スチール板は、バリケードのデスクを乗り越え、安全キャビネットにぶつかり跳ね返る。

〈奴〉が姿を現した。全身からブライト・オレンジのちぎれた布地をぶら下げている。元はＰ３用実験衣だったものだろう。その下にはピンクのＹシャツ、ブルーのタイとスラックス。

〝Ｃ〟が乗っ取っている〈身体〉は、おれよりもやや大柄な体格だった。顔は陽焼けしたスポーツマンタイプの甘いマスクだ。今は唇の端からよだれが垂れて、眼はひどい充血状態。狂犬病にかかったドーベルマンを連想させた。

「行儀が悪いぜ」

〈奴〉は唸り声で答えた。もう逃げられないと見たのか、ゆっくり歩いてくる。その一歩一歩がおれには精神的拷問だ。すぐ飛びかかってくれる方がありがたいのに。

『おい、大丈夫か？』

永海の声だ。黙ってろ！

〈奴〉は不審な表情で、デスク上のスマートフォンを見た。

おれは左手で端末を叩いた。〈奴〉がそれに反応し、胃袋が氷漬けになるような声を出した。

新米のライオン使いの気分が分かった。一瞬後、〈奴〉は飛びかかってきた！　おれの反応はやや遅れた。頭の中はパニックで真っ白。指先の筋肉を動かすまで三カ月ぐらいかかったような気がした。

マウスのボタンを押す。同時にロボットが引金を引き、ネット・ガンが作動した。金属ネットが大口を開けた。突風が吹いたみたいだ。〈奴〉に真横から襲いかかる！

死角をついた上に至近距離からの攻撃だ。かわせるわけがない。おれは快哉（かいさい）を叫んだ。〈奴〉はネットにくるまったまま、コンピュータ端末にぶつかった。パチパチと音を立てて火花が散る。〈奴〉の身体から生じている例の放電現象だ。

スタン・ロッドの先端をネットの網目に突っ込む。スイッチＯＮ。紫色と緑色の稲妻が十数本、空中で躍った！　そのままネット越しに〈奴〉に高圧電流を流し続ける。放電の輝度が強すぎて網膜が痛くなった。

ようやく〈奴〉が動かなくなった。スイッチをＯＦＦにする。おれはＴ４細胞に逆襲したＨＩＶ―１、エイズウイルスだった。

おれの肺も心臓も、機能の限界まで稼働していた。呼吸のリズムが異常に早くなっていて制御できない。重たい脚を左右交互に動かしてデスクのところへ行った。スマートスマートフォンを取る。

「やったぞ、片付けた……」

『本当か!?』

「ああ。これで一九四目だ。記録更新……」

ギネス・ブックへの申請はまだ早過ぎた。

背後で物音！　体温が一気に氷点下まで下がる。

振り向くと〈奴〉がネットから這い出したところだった。おれは口を開けたまま動けなかった。まだ生きてる!?　そんなバカな!?

〈奴〉の手が、おれの足首を掴んだ！　天地がひっくり返る。おれは引きずり倒されたのだ。スタン・ロッドも電話も手から吹っ飛んだ。

『おい！　どうしたんだ？』永海が叫んでいる。

おれは悲鳴を上げながら相手の頭を残りの脚で蹴飛ばす。

〈奴〉も悲鳴を上げたようだ。その声が悲鳴ならばの話だが。

相手の動きは、かなり鈍い。やはり電撃が相当応えたようだ。リターン・マッチでも、こっちに分がある。

だが、それは片脚を掴まれていなければの話だ。

〈奴〉は、おれの右脚を掴んだまま、あり得ない角度にまでねじ曲げたのだ。右膝がいやな音を立てた。脚全体が核分裂を起こしたようだった。膝関節が破裂したらしい。

絶叫した。もうその後のことは断片的にしか覚えていない。転げ回り、その辺にあったものを掴んだ。実験動物の解剖に使うメスだったようだ。それを〈奴〉の腕に突き刺したらしい。

自由を確保して、今度はスタン・ロッドを掴んだ。その先端を〈奴〉の口に突っ込む。スイッチを押し続けた。しまいに相手はバーベキューになったようだ。スマートフォンを掴み、わめき続けたらしい。早く来い。脚が折れた。〈奴〉はもう死んだぞ……。

2　引退

おれは石造りのひどく急な階段を登っていた。

これが、もう話にならないくらいの急角度なのだ。水平に対して七〇度ほどか。段差がまた人間離れしていた。

五〇センチはあるだろう。

見上げると、この階段は巨大な崖の頂上まで一直線に延びていることが分かる。

おれは頂上目指して、ひたすら登り続けていた。だが、一段登るごとに高所恐怖症的なパニックに陥る。これだけ急角度だと梯子を登っているのと大差ない。度々、身体のバランスを失い転落しそうになって睾丸が縮み上がった。

どんな奴が何のつもりで、こんな階段を造ったのか。是非とも本人に訊きたいところだ。おれは登り続けた。下を見ると、もうかなりの高みに達したことが分かった。

登り続けた。頂上まで、あと一息だろう。おれにとって大事な何かが、そこで待っている。

登り続けようとした。できなかった。足を踏み外したのだ。

後ろ向きに転落した。

身体を支えるものは何もなかった。自由落下の状態だ。手足をバタつかせるが落下が止まるわけがない。おれは悲鳴を上げ続け……………自分の悲鳴で眼を覚ました。


眼の焦点が合うと、医者と看護師らしい白衣を着た連中が、おれを覗き込んでいた。意識の焦点が合うまではさらに数秒を要した。自分がどこの何者で、なぜここにいるのか、分からない。

唐突に、意識の深海から大量の泡が浮上してきた。

名前は深尾直樹。肩書はC部門調査官。実体は現場戦闘要員。〝C〟から完全なクローンを製造する方法を手に入れて、知美を蘇らせるまでは死ぬわけにはいかない。

「EEG正常」中年の医者が言った。「少しHFS有り。ECG正常。VPは？」

「昨日と同じ。異常なしです」看護師が言った。

意味不明の言葉をやり取りしている。

「どうやら、おれの噂をしてるらしい」

医者たちの表情が驚きに変わった。

「ほう？　意識が戻ったね」

医者の胸に〈水島誠〉の名札がある。

団子鼻と、柔和な眼の持ち主だ。四角いメタルフレームの眼鏡をかけている。年齢は四五歳ぐらい。白衣姿が板についている。陽焼けの具合から言って、ゴルフのハンデは15前後か。

彼の顔には見覚えがあった。その隣にいる看護師、〈中川〉の名札をつけた一見高校生ぐらいに見える女の子も、以前に見た記憶がある。

そうだ。以前にも短期間入院したことがある。

だが、まだ記憶や意識の一部が不鮮明だった

ここは集中治療室（ICU）らしい。脳波や脈搏（みゃくはく）、深部体温のアナライザー、超音波画像システムなどが立てるビープ音が聞こえる。背中の下には生温かい不思議な感触、ウォーターベッドに寝ているらしい。

「いや、よかった。覚えてないかね？　昨日までの君は半覚醒（かくせい）状態でね。うわ言を言うだけで意識はなかった」

首を振った。

「覚えてませんね。何をわめいていたんです？」

「いや。ほとんど唸り声で聞き取れなかった。まあ総体的に見ておとなしい患者だったよ。医者に文句は言わんし、看護師にちょっかいは出さんし、夜中に騒ぎ出したりしないし、無断で外出しないし……」

「早く退院したくなった」

「まあ、そう慌てなくても……」

「あんたの言い方を聞いてると、理想的な患者は脳死患者みたいだ」

医者は笑った。

「そこまでおとなしくなられちゃ医者の面目に関わる。安心したまえ。ここには脳死患者はいないよ。一度入院してるんだから、分かってるはずだ。あの時は脇腹（わきばら）を五針縫ったかな。C部門専用病院へようこそ」

眼鏡を外した。

「一つ忠告しとくがね、ウチの利用者は入院回数が増えるごとに前回より重傷でかつぎ込まれてくるし、精神的にもより不安定になる傾向があるようだ。君はトラブルを起こす方らしいね。永海課長から聞いたが」

「お望みなら、そうしましょうか？」

「いや、結構」

「ずいぶん元気そうね」

水島の背後から、若い女が現れた。

陽焼けの具合から言うと、彼女のゴルフのハンデは5かもしれない。カフェオレの色に似た肌だ。

医師用の白衣を着ている。新顔の女医らしい。卵形の顔に、大きな眼と肉厚の唇が印象的な美人だ。ベッコウ縁の眼鏡をかけている。年齢は二〇代半ばか。ヴォ

リュームのある胸に〈樋口理奈〉の名札が引っ掛かっている。

「かなりの重傷だと聞いたけど……」女医が言った。

「まだ麻酔が効いているせいだろう」と水島。「薬が切れてきたら、相当痛むはずだ」

　意識の深みで海底火山が噴火した。

　記憶が、一気に回復した。

「おれの脚！」

　上体を起こした。

「どうなった⁉　膝がねじれた上に逆向きに曲がっちまったんだ。いったい、どうなった⁉」

　淡緑色のギプスでガチガチに固められている我が右脚と対面した。ヒモで宙吊りになっている。実に不格好だ。

　電気的な痛みが背骨を駆け上がってきた。呻き声が漏れる。

「そう言ってる間に、もうやってきたか」と水島。「耐えられるかね？　ダメならモルヒネがあるが」

「お、お願いします」

　殊勝なセリフを吐いた。この有様では貧血を起こしたドラキュラぐらいにしか振る舞えない。汗が額に滲んでくるのを意識した。

〈中川〉の名札を付けた若い看護師が素早く注射の用意をした。注射器は、オモチャの光線銃みたいな外観をしている。グリップ部に圧縮空気ボンベ、上部に薬液タンク。銃口部から極細の注射針が飛び出す仕掛けだ。

「この脚……どうなったんです？　先生」

　丁重にうかがうことにした。何せ生殺与奪の権限を持つ相手だ。

「右膝を中心にひどい複雑骨折だ」

　医者は顎の側面を掻いた。

「だが、幸運だと思った方がいい。一生車椅子なんてことにはならないだろう。いずれは自前の脚で歩けるようになるさ。だが、もう一度手術の必要があるな。それと回復まではリハビリで痛い思いをするだろう」

　やや安堵した。看護師がギプスの隙間に銃口を差し込みトリガーを引く。注射される痛みに耐えた。膝の痛みに比べれば大したことはない。

「退院まで三カ月？　四カ月？」

「君には名医の素質があるよ。だいたい、その間だ」

「任務復帰はいつです？」

「復帰？」

「ええ、また化け物退治をしないと。C部門は慢性人手不足なんだ」

「君はもうそんな心配をしなくていいんだよ」

水島医師は眼鏡をかけ直した。

「その有様じゃ回復しても片脚を引きずりながら歩くのが、やっとだろう。ジョギング程度に走れるかどうかも怪しいもんだ。現場要員は引退だよ。まあ、C部門にはデスク・ワークの仕事も山積みになってるし、この病院だってそうだ。失業の心配はないから、ゆっくり養生して……」

耳の中で、あるセンテンスがエコー付きの状態で繰り返された。現場要員は引退だよ。引退だよ。引退だよ。

「現場復帰は無理だと？」

医者がうなずく。

緑色の風、ロング・ヘア、女性ニュース・キャスターのような気品、切れ長の眼。知美のイメージが網膜の奥で躍り、どこか遠いところへ吸い込まれていった。

「絶対に？」

医者は、知美に死刑を宣告した。

「絶対に」

崖崩れに似た大音響を聞いた気がした。それでは今までの苦労は何だったんだ!?

知美を蘇らせるためじゃなかったのか!? 〝C〟どもから完全クローン製造法を横取りし、知美の髪の毛から彼女を再生するためじゃなかったのか。彼女の肉体だけじゃなく、その記憶、自我、人格すべてを蘇らせるためじゃなかったのか。

しかもそれは、自分一人でこっそり行わねばならなかったのだ。遺伝子操作監視委員会のお偉方がこの技術を入手した場合は、極秘ファイルにしまい込むだろう。当然だ。次々に死人が蘇る、といった事態が起きかねない。この技術を知ったら、同じことを考える者が続出する。

社会に混乱を招くつもりはない。だから、C部門の同僚たちにもこれは言っていない。

知美（正確にはクローンの知美だが）は、命の恩人でもある。その借りを返すためにも彼女を蘇生させなくてはならない。

おれもずいぶんと変わった。ただ青年実業家を目指していただけの頃とは違うのだ。もう一度機会があれば知美ともやり直せるはずだ。

「Ｃ部門の医学は世間より進んでいるはずだ」おれは言った。「〝Ｃ〟どもの研究から得た成果があるはずだ。こんな膝ぐらい治せないはずはないでしょう」

「ムチャを言うな」と水島。「確かに〝Ｃ〟たちの不死身ぶりは研究対象になってる。しかし、基礎科学的な研究というのは、パソコンやタブレットの新製品を造るのとはわけが違うんだ。たとえ成果が上がったとしても、それから人間に応用するまではさらに一〇年かかるだろう。そう簡単にはいかん」

眼の前で、フットボール場ほどもある巨大な鉄扉が閉ざされた。音は地震のように頭蓋骨に響いた。

水島医師が言った。

「まあ、脚が不自由になったのは辛いことだが、むしろホッとしたんじゃないかね？　これでもう化け物どもと死闘を演じる必要もない。亡くなった芳賀君や金木君、川部君たちに比べたら、どれだけ幸運だったか……」

「一つ言いたいことがある」

「何だね？」

「病気やケガを治せない医者を、おれはヤブ医者と呼ぶことにしてる」

「ん？」

「だから、あんたは今後、ヤブ医者だ。おれがそう決めた」

「くだらんことを言ってると、入院中のメニューは子供用の流動食しか出ないぞ」

水島医師は機嫌を悪くしたらしい。看護師に指示した。この患者はＮＰＯでいいぞ、点滴だけしておけ。要するに兵糧責めということらしい。看護師がおれの額から電極の束を外した。

二人はそのまま退室した。おれは医者にも看護師にも見捨てられたのだ。

運命というやつにも見捨てられたらしい。もはや人生は無意味だった。何の目標もない。それに、おれという人間は、デスク・ワークのみという生活が一番似合わない男なのだ。最高裁判事に無期懲役を言い渡された気分だった。

空中に手を伸ばしていた。何かを掴もうとしたらしい。そこには空気しかなく、それもたやすく指の間から逃げていった。おれは人生の残りカスしか手に入れることができない男だった。

不機嫌に黙り込んだ患者を誰かが覗き込んだ。

あの樋口理奈という女医だ。

「何の用だ？」

おれの声は金属のフォーク同士をこすり合わせる音に似ていた。

彼女は沈黙している。白衣のポケットに両手を突っ込んだまま動かなかった。

モルヒネが効いてきたらしく、膝の痛みが楽になってきた。そのせいで舌が円滑に動き始めた。

「あんた、新顔か。専門は美容整形外科か？　あれはずいぶん儲かるらしいな。あんたもそうなのか？　で、バカ高い会員権を買ってゴルフ焼けか？　ハンデはいくつだ？」

「ゴルフはやったことないわ」

「ほう。じゃ、スキーか、陽焼けサロンだ。今は二月だぜ。でないと、そんな小麦色は無理だ」

樋口理奈は片手をポケットから出して、自分の頬を撫でた。

「私は混血よ。父は日本人、母はフィリピン人。この肌は生まれつき」

言葉を呑み込んだ。消毒用洗剤に似た味がした。

「そりゃ失礼。知らなかったんでね」

南国的な美貌は、そのせいだと分かった。よく見れば、確かに大和撫子とは顔の造作が異なる。唇は左右に幅が広く厚みがある。眼も切れ長で大きい。

だが、その眼が不健康に赤く充血していた。二日酔いで、その上睡眠不足といった感じだ。

「日本生まれの日本育ちよ」と樋口理奈。「だから、タガログ語は片言しか話せないわ。フィリピンにも三回しか行ったことがないの。母の里帰りに付き合っただけ。私にとってはなじみのない外国だったわ。アイデンティティの喪失という、いかにも現代的な悩みも抱えているわ。……こういう自己紹介でご満足？」

樋口理奈は、また両手とも白衣のポケットに突っ込んだ。

「満点だ」

「ありがとう」

「おれもやらなきゃいけないのか？　名前は……」

「深尾直樹ね。必要ないわ。噂は聞いてるわ」

「どんな噂だ？　待て。当ててやる。……クールな殺し屋。C部門の青き稲妻。そんなところか？」

「死に急いでいる大バカ野郎。はた迷惑な暴走屋。自己破滅型のダーティーハリー症候群の典型的実例。……まだ、いっぱいあるけど全部聞きたい？」

「誰がそんなもの聞きたがるか。ちくしょうめ」

「私が言ったんじゃないわ」

「分かってる」鼻を鳴らした。

樋口理奈は充血した眼で、この不機嫌な患者を見つめ続けていた。

「その眼はどうしたんだ？　真っ赤だ。別に酒臭くはないが」

「ちょっと徹夜しただけよ。……あなたに訊きたいことがあるの」

「なんだ？　星座か？　血液型か？」

彼女は首を振った。

「C部門の現場要員の人は、ここに入院して一生車椅子だと言われても、そんなに落胆はしないわ。それどころか〈これでやっと化け物と縁が切れた〉と喜ぶくらいよ。むしろそれが普通の反応だわ……。

「でも、あなたはそうじゃない。化け物退治ができなくなったことを本気で残念がってるように見えるわ。なぜなの？」

樋口理奈という、今日が初対面のこの女にはひどくエキセントリックなものを感じた。一見、健康美溢れる若い女性だが、おれを凝視する眼つきがあまりにも鋭すぎる。その茶褐色の瞳に、毒蛇が獲物を見つけて電光のように飛びかかるイメージが見えたような気がした……。

おれの幻覚だろうか。

「なぜ、そんなに化け物退治がしたいのかしら？」

彼女が訊く。

「教えてほしいか？」

「ええ」

おれはこの女医が気に入らなかった。

「じゃあ、言おう。実は、おれはあの化け物どもを相手にSMごっこをやるのが大好きな変態なんだ。分かったら、さっさともうこの部屋から出てってくれ！」

3　重病

おれは転んだ。

実に不様（ぶざま）だった。ベッドから車椅子に移ろうとした矢先に、それは起こった。

おれはまず車椅子に座るまでの支えとして、右腕をウォーターベッドについたのだ。が、突如、右腕全体にデルタ睡眠誘発ペプチドが回ったみたいになった。腕が力を失った。砂を詰めただけの靴下のように折れ曲がる。

頭と右肩がウォーターベッドまでバウンドした。そうなると分かっていても止められなかった。反射神経という言葉を、おれの身体は忘却したらしい。重心を崩し、グリーンの絨毯（じゅうたん）に横倒しになった。

「大丈夫!?」

中川という看護師が、助け起こしてくれた。

しかめっ面を確認すると彼女は笑みを浮かべた。

「大丈夫のようですね」笑い出した。

この娘は、実によく笑う娘だった。陽気でいいじゃないか、というのは本人を知らない者のセリフだ。陽気すぎるのにも、程度があるはずだ。というのがおれの感想だ。

C部門専用病院は全室個室で、設備も高級クリニック並みの豪華さである。ブルーレイも、衛星放送も完備している。絨毯もフカフカだ。

普通に入院していたら、六人一組の大部屋（おおべや）がせいぜいだろう。その上、治療費を取られるのだ。ここはタダだし、看護師たちも、まあまあ上等だった。

窓の外には冬の氷雨（ひさめ）が降っていたが、部屋の中は空調が効いていて小春日和（こはるびより）みたいだ。

おれはさまざまな検査を受けるため、個室を出るところだった。だが、第一歩からつまずいた。車椅子に乗り損ねて転んだのだ。

「右腕は正常なはずですよね？　いったい、どうして転んだりしたんです？」

彼女はあくまで天真爛漫（てんしんらんまん）に微笑んで言った。

あいにくと、おれの方は焦燥（しょうそう）感で息もできない有様だった。右腕を支えにして立ち上がろうとしたができなかった。神経の一本一本がミスファイアを起こしているようだ。指先にいたるまで震えが走っている。

「どうしたんですか⁉」

中川看護師は、ようやく異状に気づいた。

倒れてから最初の一息をようやく吸い込んだ。

「……痺れるんだ……右手も、左脚も……。どっちもケガはしてない方の手足なのに……」

中川看護師は、胸ポケットのPHSを取り出した。応援を呼ぶ。

ストレッチャーに乗せられ、再びICUに運び込まれる。全身に電極を付けられた。

水島医師が神妙な顔で、筋肉の具合を確かめた。

痺れは五分ほどで収まった。

だが、不安は去らない。もし、このまま無事なはずの右腕も左脚も痺れっぱなしのままだったら？　四肢がまったく動かない重度身体障害者になってしまうのか。液体窒素を呑み込んだような気分になる。

「多少SOBあり」と医者。「EMGもやや弱いが、この程度ならさほど心配はないな」

医者は彼らの呪文を口にしてから言った。

「精神的なものじゃないかな。早く回復しようと焦っているんだろう。そのせいで……」

「ちがう！」おれは叫んだ。

水島医師や、看護師たちが黙り込む。白々とした雰囲気が室内に充満した。

「……ちがう」やや間を置いて、また言った。

「左腕の筋肉が、急に落ち始めた時と似ているんですよ。あの時も、こういう痺れ方だったんだ……」

水島医師が視線を受け止めた。彼も、その可能性を考えていたようだ。やがて彼は眼をそらした。

「骨折が悪影響を与えたのか？」とおれ。「役立たずの左腕の異常が、全身に回り始めた？　そういうことなのか？」

「素人が先走って考えない方がいい。そうなのかどうかは、もっと様子を見ないと……」

様子を見ることになった。

病院内のすべての検査室に回された。超音波画像、PET（陽電子放射断層X線）、MRI（水素原子核磁気共鳴映像）、エトセトラ、エトセトラ。

全身が超音波やX線や磁気でチャーシューみたいに輪切りにされた。

はい、じっとして。動かないで。吐いて。吸って。息を止めて。初めてかい？　心配要らないよ。大丈夫だ。医者どもの言葉は皆同じだった。ＡＶ女優になりたての女の子が、撮影現場で聞かされるようなセリフばかりだ。

　まる一日が費やされて、骨格や筋肉組織断面の膨大な画像記録が取られた。脳波、心電図、筋電図、眼振図、網膜電図、エトセトラの体内電流グラフ記録。血液、尿、便が自動化学分析機にかけられて、成分表をコンピュータがプリントアウトした。おれの身体は微分積分された。

　その結果は……。

「もう少し様子を見ないと、現段階では何とも言えない」

　……失望が待っていただけだった。

「要するに、お手上げなんでしょう？　現代医学ではどうしようもない、と？」

　水島の表情が答えを物語っていた。

　おれの希望や未来は、モグラ叩きゲームのように片っ端から潰されていった。知美の蘇生をあきらめねばならないだけでも、耐え難いことだ。なのに、今度はおれ自身が通常の社会生活から締め出されかかっている。

「記録の分析を続けるよ」と水島医師。「何とか取っかかりを見つけるつもりだ」

　自分の病室に戻された。永海からの見舞品が届いていた。お定まりのバスケットに入った果物セットだ。果物ナイフに小皿、小さなフォークも付いている。永海本人は来られないらしい。役立たずの現場要員など、もうどうでもいいのか。

　ちょうど午後六時になり、夕食も運ばれてきた。ヒレ・ステーキ、サラダ、野菜スープ、ライス、フルーツなどのメニュー。

　食欲は湧かなかった。

　窓の外は暗い。すでに陽は沈み、暗い夜空と遠方の住宅街の光点とが見えるだけだ。午前中は小雨が降っていたのだが、午後以降は晴れたらしい。一日中検査責めだったので、今までそれに気づかなかった。

　この建物の窓にはカーテンがない。自動偏光ガラスなので、外から室内への光量は勝手に調節される。もちろん、リモコン操作も可能だ。また、このハイテク窓は外からだと鏡面に見える仕掛けだ。ここが病院だと世間に知られないようにするためだ。

ここの表向きの名称は〈農林水産省、バイオ農業試験場〉で、大きな看板も出ている。

敷地内には、この病院の他に二つのバイオ研究所と、ビニールハウス農場などがある。

バイオ研究所一号館、通称〈ラボ1〉は、平凡な鉄筋コンクリートの建物だ。P1区画とP2区画を擁している。

バイオ研究所二号館、通称〈ラボ2〉。こちらの建物は台形ピラミッドの二一世紀ヴァージョンといった趣の外観だ。内部にはP3施設を五区画も擁している。

この病院にかつぎ込まれた時は救急車のお世話にはならなかった。なぜなら、この病院と隣接しているバイオ研究所二号館のP3区画で闘い、傷ついたからだ。ほとんど、病院の玄関先で交通事故に遭ったようなものだ。

もし君がここを見学したければ、いつでもOKだ。ビニールハウス農場やP1区画などの施設なら一般公開されているからだ。カムフラージュは完璧である。

所在地は東京近郊だが、付近の住宅地からもかなり離れたところにある。ご来場の折はお車でどうぞ。駐車場もたっぷり空きがある。

付近の眺望もいい。病室のハイテク窓からは遠くに山々が眺望できる。葉を落とした冬の樹木群が、精密な工芸細工のように山肌を覆っている。杉林なので、春は花粉症患者への苦悩を振りまく。

今のおれは、春の花粉症患者たちに一片の同情心すら抱く余裕もなかった。己自身の問題で憂鬱になっているからだ。ここを無事に退院できる可能性は、今やDNA一本分ほどの直径に細まっている。

夕食は放っておくと冷めてしまうが、依然手をつける気は起きなかった。

TVリモコン兼電話を手に取った。

窓ガラスの中央部が、瞬時に横長のTV画面に変わった。

これは最新型だ。窓枠内の画面の位置や大きさは自由に変えられるし、同時に四画面まで映し出すこともできる。景色が邪魔なら、窓を〈不透明モード〉にすればいい。ベッドの脇にあるプレイヤーにディスクを入れれば、ブルーレイソフトも楽しめる。

ベッドに座り込んだまま、見るともなしにニュース番組を鑑賞した。

ロング・ヘアの女性ニュース・キャスターが微笑んでいる。彼女は日本とタイの混血だ。

『……ワシントン条約で、マグロ漁全面禁止が正式に決定しました。来年からは、天然のトロをお寿司屋さんで食べることはできなくなりました。

『しかし、バイオ・マグロの量産がもうすぐ軌道に乗りそうです。今日の東京証券市場ではワシントン条約の結果を受けて、ハイパー・バイオ社株に〈買い〉が集中しています。同社が開発したレプリカ・フィッシュＭＡ６００は、見た目は直径五〇センチの肉ダンゴのようですが、味も栄養価も天然マグロにそっくりということで、業界の注目を集めていました……』

この身体が治るのなら、おれは天然トロなど二度と食べられなくなっても構わない。

『……ではＣＭを挟んで次のニュースです』

画面が縦に二分割された。左枠に痩せっぽちの男が現れて〝使用前〟の字幕。右枠には誰もいない。ナレーションが被さる。

『あなたも、これを使えば……』

画面右枠にボディビル選手のような筋肉質の男が現れて〝使用後〟の字幕。

確かに〝使用前〟の男も〝使用後〟の男も、顔は同一人物だった。

画面いっぱいに〈ステロイドＶ〉の商品名が出る。威勢のいい音楽が鳴り響く。右枠の筋肉男がＶサインを出し、笑顔を見せる。左枠の痩せっぽちの男は羨ましそうに隣を見る。

『安全な筋肉増量ホルモンの新製品です。薬局または、コンビニエンス・ストアでどうぞ』

最後に注意書きが出る。

『公式スポーツ競技会での使用は認可されておりません』

多少興味を引かれた。だが、以前に似たようなホルモンを投与されたが、左腕にはほとんど効果がなく、かえって副作用で苦しんだことを思い出した。やはり、これも無駄だろう。

ＣＭが終わったところで、電子音が鳴った。ハイテク窓に赤い文字でメッセージが出た。

〝Ｃ部門の永海様より、お電話です〟

4　TV 電話

TVリモコンを手にして、〈電話〉ボタンを押した。

ハイテク窓の中央部に映っていた民放TV局の画面が、四分の一のサイズに縮みながら窓枠の上端に移動した。同時にTV放送の音声が自動的にカットされて、女性キャスターが口をパクパクさせるだけの映像になった。

替わって窓枠の中央部には、TV電話の映像が現れた。コードレス受話器を持った永海のバスト・ショットだ。彼の背後の窓枠には国会議事堂が見える。自分のオフィスから、かけているのだ。

『私だ』

「見れば、分かります」

『元気そうじゃないか』

「とんでもない」

『悪いのか？』

「全身麻痺(まひ)のおそれがでてきたところですよ」

『何だって？』

今日起きた右腕と左脚の痺れについて説明した。左腕の肉が落ち始めた時の症状と酷似していることも付け加えた。

「……医者は様子を見るしかないと言いました。要するに見捨てるしかないって言ったんですよ」

自暴自棄になった者に特有のバカ陽気な声になっていた。

「いずれ、両手両脚が麻痺して動かなくなるかもしれない。そうなったら、ここで残りの一生を過ごすことになる。介護ロボットや看護師に紙オムツを取り替えられてね。しまいには植物人間だな。ここは設備も豪華だから、きっと楽しく余生を送れるでしょうよ」

『そんな……確かなのか。結論を出すのが早すぎやしないか？』

「もうさんざん調べられました。結局のところ原因不明。……あの時と、左腕の肉がボロボロになる直前の頃とまったく同じなんですよ。そりゃ全身麻痺なんて目に遭うのはごめんだけど、事実は事実。どうにも変えようがない」

おれの笑い声は、自分でも肌寒くなるような代物(しろもの)だった。どんなに神経が豪胆な奴でも聞くに耐えなかっただろう。

　永海は黒縁眼鏡を外した。眼が少し虚ろになる。

『……何と言えばいいのか、分からんな』

　嘆息する。気を取り直してから、おれの方を見た。

『ヤケにならずに医者の言うことを守って養生に努めてくれ。今はそれしか言いようがない』

「ええ、ええ。どうも、ありがとうございます」

　おれはまだ、うすら寒い狂笑を続けていた。

　永海は聞こえない素振りで眼鏡をかけ直した。

『……見舞いに行けなくてすまない。殉職した芳賀君や金木君、川部君たちの密葬が先だったし、他にも仕事が山積みでね』

「ええ。……そう言えば、おれはまだ香典も出してない」

『まあ、それは後からでもいいさ。……今までよく働いてくれた。C部門を代表して君に礼を言おせてもらう』

　簡潔な言葉で労をねぎらってくれた。定年退職する者に言うようなセリフだった。

　やっと笑いを引っ込めた。何とか真顔に戻す。

「……どういたしまして」

　永海は咳払いして〈雰囲気を変えよう〉という意思を伝えてきた。

『……実は君が回復したら、化け物への対処法についてのマニュアル作りに参加してもらう予定だった。新米要員を訓練するヴァーチャル・リアリティ・システムの開発計画がある。それの状況設定ソフトの設計に、君の経験は役に立つはずだ』

「でも、この有様じゃ、何の役にも……」

『いや、何とかなるんじゃないか？　ほら、アイ・トラッキングがあるだろ？　視線で操作できるあれだよ。一般向けに量産されて価格も下がるそうだ。たとえ身体の方が不自由になっても、何らかの形で君の経験を生かすことはできるはずだ』

「アイ・トラッキングでプログラム作りですか。いいですね。眼玉を動かすだけでスイスイお仕事。楽でいいや」

『よしてくれ』と永海。『これはたとえばの話だ。もう治らないと決まったわけじゃあるまいし……』

「決まったも同然ですよ」

　おれはまた、液体ヘリウムのように冷たい笑い声を立て始めていた。

永海が視線をそらし、会話が途切れた。

おれの脳裡では、知美の姿が徐々に遠ざかっていくところだった。

彼女とも〈今生の別れ〉というわけだ。神様は残酷だ。本来、死人は蘇らないはずなのだ。なのに、例外を作って、おれにはそれについて知る機会を与えたのだ。苦悩のダブル役満を振り込んだ気分だ。

知らなければ、よかったのだ。知らなければ、こんなことで苦しまなくて、よかったのだ。

知らなければ……。

おれはいつの間にか狂笑をやめて黙り込んでいたようだ。

『……深尾君。おい、深尾君、聞いてるのか？　聞いてないのか？』永海が呼びかけている。

我に返る。現在に帰る。Ｃ部門専用病院に帰る。

コードレスホンを耳に押しつけた。

「あ、何です？」

『今の君には、何を言ってもそらぞらしく聞こえるんだろうな』

永海が溜め息をつく。

『だから、仕事の話をするぞ』

「無駄なことです」

『私の方は、君が回復することを前提としていつも通りやるぞ。……通達事項があるんだ。君のタブレットに送信する』

おれはタブレットを手に取った。画面に受信メールが表示される。

内容は昨日の会議の報告だった。

まず変更事項があった。

化け物の名称だ。

今まではＣＴＨＵＬＨＵの頭文字を取って〝Ｃ〟と呼んできた。だが、アルファベット一文字ではどうも紛らわしい、という苦情が以前からあった。特にコンピュータ技術者たちから、それがあった。彼らが主に仕事で使っているのは〈Ｃ言語〉というコンピュータ言語だからだ。

そうした理由から、化け物の名称を一新することになった。これは全世界共通の名詞でもある。ＧＯＯ。

「ジー・ダブル・オー」と発音する。これが化け物の新名称だった。〝Ｃ〟より迫力のある響きのネーミングだ。

これはグレート・オールド・ワンズの頭文字で、やはりクトゥルー神話からの引用だった。〈旧支配者〉という意味だ。

本来、クトゥルーというのは化け物の中の一匹の名称に過ぎない。超古代の化け物すべてを指す言葉は、グレート・オールド・ワンズである。

もちろん、ＧＯＯは「グー」とも発音できる。だが、これだと英語のスラングで「ねばつくもの、感傷」の意味になってしまう。それと区別するために「ジー・ダブル・オー」の呼称、発音が考えられたのだ。

一方、C部門の名前に変更はなかった。これは部外者にはＣＬＥＡＮの略と説明することになっているからだ。従って今まで通りC部門のままの方がいい。ＧＯＯ部門になったら、部外者に対する説明が面倒になる。

さらに新たな名詞も通達された。何と神様にも新しい名前を付けようというのだ。

ＥＧＯＤ。

「エゴッド」と発音する。

エルダー・ゴッドの略で、出典は同じくクトゥルー神話。〈旧神〉という意味だ。これは人類誕生以前に存在した、古い神のことを指す言葉だ。Ｈ・Ｐ・ラヴクラフトの著作と、それを引き継いだオーガスト・ダーレスの著作では、この〈旧神〉が化け物を封じ込めたことになっている。

もちろん、ラヴクラフトの作家的想像力の産物と、実在するＧＯＯやＥＧＯＤとは別ものだ。

クトゥルー神話そのものは完全なフィクションであり、このフィクションとＧＯＯとの類似も、偶然の一致に過ぎない。

二〇世紀前半にはＤＮＡやイントロンに関する知識はなかった。その時代に生きていた作家が、ＧＯＯやＥＧＯＤについて知る機会などあるわけがない。

要するにC部門のお偉方は、固有名詞を無から創造する労苦を避けたわけだ。ただそれだけの話だ。

閑話休題。

会議の報告書の内容は、この後はほとんど異次元世界への飛翔を始めていた。

おれも含めて化け物、ＧＯＯに取りつかれそうになって、何とか助かった者は世界各地にいる。そうした人間たちの多くは、その後ＧＯＯたちの記憶、知識の一部が大脳シナプスに〈転写〉されていたことが判明した。まるでメッセンジャーRNAのメカニズムみたいに。

　それでGOOの正体と大ざっぱな経歴が分かったのだ。互いに接触、連絡のなかった世界各地のGOO汚染被害者たちが、そろって同じ知識を得ている事実。このことからも信憑性は極めて高い。

　だが、その知識は同時にEGODの存在も示唆したのだ。

　EGOD。

　エルダー・ゴッド。

　GOOをイントロンに封じ込めたのは彼らなのだ。彼らは文字通り神業をやってのけたわけだ。クトゥルー神話のストーリーそのままに。

　彼らは何者なのか？　今も存在しているのか？　存在するとしたら、今どこにいて、何をしているのか？　彼らと接触、交渉する方法はないものか？　各国の首脳部がそれを真剣に協議する態勢に入ったという。

「悪い冗談だ」おれは嘆息した。

「政治家連中が、神様と手を組もうっていうんですか？　アメリカとロシアが共同軍事演習をやる時代になりましたけどね。それでも、これは何というか、あまりにもファンタスティックに過ぎる話だ」

　笑い出していた。今度の笑い声は幸いにもノーマルなものだった。

　永海が言った。

『現実だよ。現実の政治ってのは何でも呑み込んでしまうのさ。必要とあらば神様でもね』

「文字通りの〈苦しい時の神頼み〉かな？　神様の手を借りてGOOをやっつけようとでも？」

『それが最も早い解決方法だろうな。実現できたらの話だが』

　永海は溜め息をついた。

『私だって頭がおかしくなりそうだ。……麻薬Gメンだった頃が懐かしいよ。私は、家業を継いで薬剤師で一生を終わるよりは刺激的だと思って、麻薬取締官になっただけだった。まさか化け物退治の係が回ってくるとはね……』

　永海は太い首を二、三度振っていた。

　おれは訊いた。

「ところで……C部門は、GOOの捕虜をあと何匹隠してるんです？　二〇匹？　三〇匹？」

『そんなにいるもんか』

「一匹見つけたら三〇匹隠れてるって、言いますよ」

『それはゴキブリの話だ』

「何匹です？　ぼくには訊く権利があると思うけど」

『その件なら、もうレベル3扱いだよ』永海は苦笑を浮かべた。『……一匹だ。あと一匹だけ捕虜がいる』

「ほう。で、その捕らわれの王子様だかお姫様だかは、どこにいるんです？　まさか、この部屋の隣じゃないでしょうね」

『いい勘してるな』

心臓が跳ね回った。

「まさか！　本当ですか？」

『その部屋の隣に近い。その病院の隣だよ。君が負傷した〈ラボ2〉さ。バイオ研究所二号館。そこにもう一匹、閉じ込めてある』

聞いた瞬間、おれの顔色が変わった。息が荒くなってきた。全身の血管内で、炭酸ガスの泡が弾けているような気分だ。

「言っときますが、もしその化け物も逃げ出したとしても、ぼくはもう闘えませんよ」

ＴＶリモコン兼電話を握る手に力が入っていた。

『分かってる。前回のような不祥事は二度とないさ。高温核融合炉なみの厳重管理で、閉じ込めてあるそうだ』

「そう願いたいですね……」

少し呼吸が楽になった。もちろん、不安が完全に払拭されたわけではない。

『それと……』

永海がメモを取り上げた。

『研究班がまた催眠療法を試したいそうだ』

「ああ」うなずいた。

催眠療法で精神を過去に戻すのだ。それによって、ＧＯＯに取りつかれた時に見たヴィジョン、奴らから転写された記憶の一部を再現し、その記録をより詳しく取り直すわけだ。

しかし、今のところ、それも大した成果は上がっていない。多くのＧＯＯ汚染被害者と同様、おれの観たヴィジョンも、あいまいで細部がボケている。超古代の化け物たちのイメージといっても、それが古生代なのか中生代なのか、そんなことも区別できないのだ。

「構いませんよ」

断らなかった。どうせ、検査とリハビリ以外は暇を持て余す身だ。暇がありすぎるくらいだ。何か他のことをやって、全身麻酔の恐怖を紛らわすこともできないほど暇なのだ。

気を落とさないでがんばってくれ、お大事に、という決まり文句で永海はＴＶ電話を切った。実際こういう時は他に言うべき言葉などないだろうから、ワンパターンだと責められない。

ハイテク窓の中央部を占有していた我が上司は消え失せた。同時に民放ＴＶ局のハイビジョン画面が窓枠上端から、中央部へ移動しつつサイズを広げる。音声ヴォリュームも上がった。口パクだった混血(ハーフ)の女性キャスターが喋り出す。

『……火はあっという間に燃え広がり、Ｐ３区画を燃やし尽くしたということです』

画面に注目した。アメリカで起きたバイオ研究所の火災事故のニュースだ。

粒子の粗い映像だった。黄色の耐熱耐火服を着た消防士たち、赤い消防車、放水消火の模様、黒い煙が上がっている実験施設の建物などが映っている。〈デトロイト・シティ、ＣＮＮ提供〉のクレジットが出る。

『研究所の職員、五人が死亡しました。なお、今回の火事では〈生物災害(バイオハザード)〉の危険はないそうです。これは消防士たちもその警告を受けてＰ３区画付近には近寄らなかったこと、火が弱まったところで発泡消毒剤を大量にかけて殺菌したこと、こうした措置(そち)によるものです。これについてバイオテクノロジー評論家の……』

本当にただの火事なのか？

そう思ったが、こういうニュースに疑念を抱く自分の職業的習性に気づき、首を振った。

もうそんなことをいちいち気にすることはないのだ。化け物の名前だってＧＯＯになろうとＦＵＣＫになろうと、もうおれには関係がない。二度と現場復帰できず、それどころか重度の身体障害者になりかねない身の上なのだ。Ｃ部門にとっても無用な人間だ。これから全世界は、おれのことなど無視して通りすぎて行くだけだ……。

さすがに独りの時に、自分で自分を嘲笑する気にはなれなかった。藍色(あいいろ)の寂寥(せきりょう)としたものが、おれを包み、笑

い声を奪っていた

5　絶望

病院というところは他に話題がなくなるのだろうか？　患者同士で、自分のケガや病気や、その治療過程がいかにひどかったかについての〈自慢大会〉になる傾向があるようだ。

入院四日目に、ようやくそれを知った。

その日の不毛な検査が終わった後、おれは電動車椅子のモーター音を唸らせながら自室へ帰ろうとしていた。その途中、喫茶室のそばを通った。

喫茶室は五メートル四方ぐらいの広さで、出入口は透明アクリル・ドアだ。開放されているその戸口から、コーヒーのいい香りが漂ってくる。中を覗くと、合板の白いテーブルに、グレーの椅子が十数脚あった。

そこでタバコをくゆらせ、コーヒーを楽しんでいる連中に遭遇した。おれと同じブルーの縦縞のパジャマ姿だ。車椅子組もいれば松葉杖組もいた。顔見知りの戦友たち、負傷して入院中のC部門現場要員たち十数人だ。

それまでは検査責めの上、自分の悩みだけで手いっぱいだった。そのため、ここの社交サロンの存在もろくに知らなかった。

彼らの一人が、親指を突き出して挨拶した。それがきっかけで、おれも社交界入りを果たした。結合相手を探し合う塩基分子同士のようなものだ。

香りで期待した通り、コーヒーはインスタントではなかった。各自セルフサービスでキリマンジャロや、ブルーマウンテンを飲んでいる。おれもその芳醇な味と香りを楽しむ。多少、気分がよくなった。

ここでの話題は、やはり〈ケガ自慢〉になった。刑務所では前科が多いほど、罪が重いほど〈偉い〉と見なされるそうだ。病院では症状が重いほど、治療に苦痛を伴うケガや病気の持ち主ほど〈偉い〉ということになるらしい。

おれの前科は〈引退級の重傷〉なので一気にナンバー2に昇格した。大いに同情を集めた。

おれに対しTV電話で見舞っただけの永海課長は〈デブ・ゴキブリのクソ野郎〉と呼ばれて大いに株を下げた。

ちなみに、おれに対して一歩も引かず、ナンバー1こと〈牢名主〉の座を譲らなかったのは北原昌という男だ。化け物に左脚と左肩を喰いちぎられたという。

彼は、おれと同年齢だ。やや太めで学生時代は柔道部といったタイプだ。太い眉に、太い鼻柱の持ち主で似顔絵が描きやすい。元は自衛隊空挺団の士長だった男だ。

彼自身が語った経歴によれば、

「貧しい農家の三男坊さ。だから、大学にも行けないし、いい就職先にコネもない。で、自衛隊さ」

北原本人は、空挺レンジャー課程に進み、陸曹試験のための受験勉強をさせられていたという。エリート候補生というほどではないが、〈特別扱い〉されていたわけだ。

「だけど、検査で背骨がズレてると分かって、空挺レンジャー失格さ。他にもいろいろトラブルがあってね、嫌気が差して辞めようとした……」

その彼をスカウトしたのがC部門だった。

「自衛隊より、ずっと給料はいいって言われたよ。少なくとも、それだけは嘘じゃなかった」

以来、一三匹を退治したが、重傷を負って〈引退〉となった。おかげで、補償金が毎月死ぬまで支払われる特典を得た。今後はC部門で後進の指導に当たることにした、という。

北原はここでの入院生活が長い男で、〈新入り〉にいろいろと教えてくれた。

彼の話によると、ここは本来は、旧保守党の某有力派閥専用の秘密病院だったというのだ。ライバル派閥の政敵たちに〈入院中〉の事実を知られたくない連中が、かつてはここを利用していたというのだ。道理で高級クリニック並みに豪華なわけだ。国民の血税の無駄遣いもいいところだ。

「が、しかし……」と北原。「悪事が栄えた試しはなし、さ。おれたちの療養所として使われてこそ意義があるってもんだよ」

C部門要員を一般病院に放り込むと、うわ言で機密を喋ってしまい、それを部外者に聞かれる恐れがあるからだ。

もっとも以前の利用者たちが、まだこの高級クリニックに未練があるという話も聞くそうだ。

「その時は奴らに、この脚と肩を見せてやるさ」

北原は義足とセラミック関節を埋め込んだ肩を叩いて見せる。左腕は三角巾で吊っていた。

「こいつを返してくれるのかって訊いてやる」

全員が拍手し、賛同した。

「いくら補償金が出たって、やっぱり引き合わないよな」北原は溜め息をついた。

やがて話題は、松岡靖哲という要員の退院祝いに移っていた。丸顔の彼は、あと二週間で任務復帰だ。彼の詳しい経歴は聞きそびれた。

「おれのささやかな希望は」と松岡。「退院祝いパーティを大々的にやりたいってことさ」

「ささやかで、大々的っ？」誰かが笑う。

「そうさ。ここの看護師たち全員にＴバックでコンパニオンをやらせるのさ。お偉方に、そういう命令を出させてやるぜ。こっちはもう少しで死にかけたんだ。そのくらいの役得があってもいいだろう」

また全員が拍手した。指笛を吹く奴もいた。看護師たちがこの様子を見たら、おれたちは二度と口を利いてもらえないだろう。

「その退院祝いには是非参加させてもらおう」おれは言った。「もちろん永海は抜きで」

多少は気が紛れた。病魔が身体から離れていってくれるようだ。離れていってくれなかった。突然、右手からコーヒーカップが落ちた。茶色の液体が床で跳ね、セラミック容器が転がっていった。

「どうした!?」周囲の者が口々に叫ぶ。

顔は冷や汗にまみれて、全身が震えていた。四肢は、おれの意思を無視していた。それどころか持ち主を見捨てて逃亡を企んでいる。

「おい！　どうしたんだ!?」

「様子が変だぞ。こいつは……」

誰かがコードレスホンで看護師を呼んだ。

ストレッチャーに乗せられる。またもＩＣＵに逆戻りだ。

身動きできない状態のおれにパニックが牙を立てて咬みついていた。左腕はすでに筋肉が落ちてゾンビさながらの不気味な有様になっている。予想通り、その症状が全身にガン細胞のように急速に広がりつつあるらしい。

脳裡に、骨と皮だけの姿になった自分の姿が浮かんだ。医学書に載っている人体の動脈静脈図の精密図解、それを急激にダイエットさせたような形容しがたい不気味な姿が心に浮かび、焼き付き、離れなかった。

かつて左腕の肉が落ちるまで、約三、四週間かかったことを覚えている。だが、その前に麻痺状態の発作が一〇回ほど起きた。今回もそのくらいのペースで進むのだろうか？

現世を離れて、地獄のどん底目がけて落下する感覚を味わっていた。落下は永久に終わらないかのようだった。

幸い七分ほどで、手足の感覚や動作は回復していた。何とか口も利けるようになる。

「これで三度目の発作。一日一回。実に律義だ」

おれはベッドの上で身を起こした。

「寝ていたまえ」水島医師が言った。「無理をするからだ……」

「どうせ治らないなら、無理をしようがしまいが同じことだろう」

医者は黙った。しばらく唇を舐めながら、大脳側頭葉から言葉を検索しているようだった。それから口を開いた。

「希望を捨てちゃいかん。そういう弱腰では戦わずして病気に負けることに……」

「やめてくれ！」

思わず叫んだ。水島医師が鼻白む。看護師たちも専門用語だらけの会話をやめた。

「希望を持てとか、あきらめるなとかいったセリフが有効な患者もいるさ。雑誌の星占いのページを毎週欠かさず読む連中さ。どんな気休めでもいいから、それに飛びつく奴らさ。だが、あいにく、おれはそういう人間じゃないんだ。死刑執行日がいつなのか事実を知りたいんだ。全身麻痺が避けられないなら、その事実を知りたいんだ。ギロチンが首に落ちてくるのなら、仰向けに寝てギリギリまで、その刃先を見てなきゃダメなんだ。事実だけが、おれの気休めなんだ！」

厄介な患者だ、と水島医師が呟いた。結局、彼は明言を避けた。

だが、事実は動かしようがない。おれの前方にはブラック・ホールが大口を開けて待ち構えているだけだった。他の未来はなかった。

自分の病室に戻った。ＴＶをＯＮにする。ハイテク窓の中央部に横長画面が現れた。別に観たくて観るわけじゃない。現代人にとって点けっ放しのTVの音は、車の騒音と同じくBGMだからだ。

新体操の団体競技が放映されていた。カラフルなレオタード姿の女の子たちが、リボンを振り回して舞っている。リボンは輪になり、螺旋になり、八の字になり、空中に天使のいたずら描きを一瞬ずつ焼き付けていく。

ふとサイドテーブルを見た。ロッド・アンテナ式の指示棒と包帯があった。誰かの忘れ物だ。その他にセロテープもある。

数分後、即席の新体操用リボンが完成していた。はた目には、バカげた行為に見えただろう。だが、おれは真剣そのものだった。ちょうどいいリハビリテーションではないか。

右手にリボンを持って、振ってみる。空中に輪を作るのは、それほど難しくもなかった。

だが、今、TV画面で選手たちがやっているような、きれいな螺旋を維持するのは難しかった。すぐ、絡まってしまう。

焦りがおれの呼吸を荒くする。単に慣れていないから、できないだけだ。自分にそう言い聞かせる。しかし、どうしても不安の方が大きくなる。右腕の異常が進行しているせいじゃないのか。それで、リボンで螺旋を作るぐらいのこともできないんじゃないのか。

気がつくと、おれは汗まみれになりながら、リボンを振り回していた。

左手に持ち替えてみる。こちらはさらにひどかった。輪を一つ作ることすらできない。左前腕の筋肉が落ちているので、即席のリボンも建築用鉄骨材なみの重量に感じられる。

度々、リボンを落とした。一〇回目あたりでついに癇癪を起こし、そいつをハイテク窓に投げつけた。

横長画面上では、少女たちによるリボンの舞いが華麗に、軽快に演じ続けられていた。

その夜も、やはり眠れなかった。睡眠薬はもらわなかった。もはや眠れようが眠れまいが、そんなことは取るに足らないことだ。

暗い病室で、天井を見つめ続けていた。明け方には多少眠ったのかもしれない。気がつくと窓の外が明るくなっており、自動偏光ガラスが、室内の光量を調節してくれていた。

さわやかな朝の太陽が、暗くなったガラスの向こうに見える。だが、もはやその光線は、おれの魂には届かないのだ。

6　見舞い

五日目の午後になって、永海が見舞いにやってきた。TV電話ではなく、本人だ。グレーのスーツに、ブルーのタイ。黒の革コートを腕に抱えていた。

「……見舞いが遅れてすまなかった……いったい何の真似だ？　隠し芸大会の稽古（けいこ）か？」

永海は瞬（まばた）きして言った。

おれは手製のリボンを右手に持ち、空中にきれいな螺旋を描いているところだった。今日は午前中、ずっとこればかり練習していたのだ。

「リハビリですよ。どうです？　うまいもんでしょう？」

左手に持ち替える。

「こっちだって……」

輪を二つ作ることに成功した。だが、それだけでおれの額からは汗が噴き出してきた。

三つ目の輪を作ろうとした。できなかった。リボンが左手から落ちたのだ。

白々とした沈黙。それが重たい濃霧となって病室内に堆積（たいせき）した。

永海がリボンを拾い、サイドテーブルに置いた。

「ま、元気そうでよかった」

肥満体を来客用の椅子に押し込む。以前にこの部屋を使っていた代議士が注文したらしい上等な北欧製品だ。さすがに頑丈で、軋（きし）んだりはしなかった。これからは肥満者用の椅子と呼ぶことにしよう。

「この一週間、会議と打ち合わせの連続だったんだ。どうにも手が空かなくて……」

「いや、気にしなくていいですよ。課長に病気が治せるわけでなし……」

「悪いのか、具合は？」

「いいや、最高ですよ」

「えっ？」

怪訝（けげん）な表情を見せる永海に、おれはヘラヘラ笑って言った。

「何せ片脚が丸々ギプスだから、トイレで用を足すのも一苦労だし、風呂に入るのも看護師と一緒だし……もっとも向こうは服を着たままで、こっちだけ裸に剥かれて介助浴槽に浸けられるんだけど……」

「余裕があるじゃないか」

永海は言った。セブンスターに火を点ける。

「その調子なら大丈夫だろう」

「そういうセリフは聞き飽きましたよ。たった五日でね」

永海は革コートのポケットを探った。ブツが入荷したばかりの麻薬の売人のごとき、イタズラっぽい笑みを浮かべる。

「いい土産があるぞ。ただし、これは国家的最高機密だ。部外者が見た場合は懲役二〇年」

おれたちは、その国家的最高機密で乾杯し、懲役二〇年を喉の奥に送り込んだ。おれは満足の吐息を漏らした。

久しぶりの醗酵飲料のせいだろうか、舌も滑らかになってきた。気分も多少なごんでくる。

「ここの医者どもは気が利かなすぎますよ。首をすげ替えた方がいい」

「そう聞いているから、危険を冒して密輸してきたのさ」

永海が嘆息する。

「……正直言って、こっちも痛手だ。三人殉職、一人引退なんだから。C部門で使える人材がそもそも、どこにもいないんだ。口が堅くて、しかも生死の境ギリギリの危険な〈最前線〉を志願してくれるような人間は少ないし、それを見分けて選び出すのも難しい……」

「その点、ぼくなんかは〈C汚染〉、いや今は〈GOO汚染〉か、それの当事者だったから、ぼく自身の口封じも兼ねることができるし……」

「まあ、そういうことだ」

「最悪の就職の仕方だな。C部門は、そんなのばっかりだ。……そう言えば、北原は元自衛官だって聞いたけど……」

「ああ。自衛隊から、こっそり一人ずつ引き抜いていた。彼もその口だ」

永海が溜め息をつき、言った。

「本来なら〈防衛任務〉なんだから、自衛隊そのものが出るべきなんだろうが、それができない。おかげでややこしいよ」

　当然のことだ。自衛隊が国内のバイオ企業を調査し、化け物退治などをやっていたら、人目を引き過ぎてしまう。

「C部門という隠密部隊が陰でコソコソやるしかない」と永海。「だが、現状では、現場で確実に犠牲者が出続ける。といって、根本的に法改正などで解決しようとすれば、GOOの存在を明るみに出すことになる」

「つまり、現状維持しかない。そうなんでしょ」

「後は、いよいよ〈神頼み〉しかないのかな……」

　永海はそう言って、また溜め息だ。落ち込んでいるように見えた。精力的に管理職をこなしている、この男にしては珍しい。人前では弱音を吐きたがらないタイプなのだ。だが、再起不能の重度身障者になりつつある人間を目の前にしては、そういう仮面を被っている必要もないということか。

　おかげで、永海が抱えている苦境やトラブルの話題をいろいろと聞くことができた。時々まぜ返してもやった。また他の要員たちも忙しくて、なかなか見舞いに来られないという話も聞いた。

　一五分ほど、その調子で話をした。

「……そういえば、君はここに引っ込んで余生を送るとか言ってたな？」

　永海は国家的最高機密を一口あおった。

「そうはいかないさ。C部門じゃ事務仕事も山積みだ。事務職復帰の可能性だってあるぞ」

「例のアイ・トラッキング？　それで、ぼくも表計算やワープロの仕事ぐらいできると？」

　自分のそんな姿を思い浮かべた。手足が動かないから、代わりに車椅子にマニピュレーターを付ける、それをアイ・トラッキングにより視線操作で動かす。そんな格好で事務仕事か。視線でVDT画面のポインタを動かし、数値入力……。

　考えただけで、酸に出合った好アルカリ菌のように憂鬱になった。

「さぞ、楽しいでしょうよ……」

　声から自然な抑揚が消えつつあった。

　おれはまだ二〇代終わりの若さだ。なのに、残りの半生をピンで刺された昆虫標本同様の状態で過ごさねばならないのか。身体が震え出しそうになる。それを堪えるには、かなりの意志力を必要とした。おれも人前では弱音を吐きたがらないタイプだ。

永海には気づかれなかったようだ。あるいは気づいたのか？　彼は陽気さを装った声で言った。

「まあ、ものは考えようだぞ。……『外套』という小説を読んだことあるか？」

「いいえ」

「一九世紀ロシアの作家、ゴーゴリの作品だ。その主人公は下っ端役人で書類の清書が仕事なんだ。退屈で単調で、普通の人間なら音を上げるような仕事だ。しかし、この主人公はある特定の文字を好きになるんだ。で、その文字が書類に出てくるたびに生きがいと喜びを感じるんだ。……物語は、この主人公が新調した外套を強盗に取られて、という風に展開するんだが……。

「まあ、話を元に戻すと、人間というのは、どんなつまらない取るに足らない仕事であっても、それに生きがいと喜びを見つけようと思えば見つけられる動物らしい……」

永海は口ごもった。

「私の顔に何かついてるか？」

おれの表情は、文豪ゴーゴリの筆力をもってしても表現できないものだったに違いない。

「それで慰めてるつもりですか？」

懲役二〇年を一口あおった。

「ふむ。話題の選び方を間違えたか」

永海も渋面になった。

「やっぱりな。どうせ、病人を慰めるなんて柄じゃないのさ、私は」

彼は国家的最高機密をヤケになったようにあおりだした。おれたちは、その動作の回数を競い合うゲームをやっているようだった。

「……まあ、気を落とさずに養生してくれ。さてと、他の連中にも〈機密情報〉を伝えてこなきゃならん。また、そのうち寄るよ」

永海は革コートのポケットにしまってあるそれを確認すると、立ち上がった。今度も椅子は軋まなかった。

見舞いの礼を言うと、そばにある車椅子の肘掛けに手を伸ばした。リモコンで病室のドアを開けてやる。

帰りかける永海の背中に呼びかけた。

「いつからロシア文学に凝りだしたんです？」

「先月からさ。女房がまた新しいカルチャー・スクールに通い始めやがった」

永海は退室した。

亭主によけいな知識ばかりを吹き込む女に呪いの文句を吐くと、懲役二〇年を水みたいにあおった。


永海が帰ってから約一時間後、発作が起きた。自室に一人でいる時の発作は初めてだった。

ウォーターベッドの上で呻吟していた。飲みかけの国家的最高機密がこぼれたが、どうすることもできない。全身麻痺では、ナース・コールのボタンに手を伸ばすことすらできなかった。

ついに最期の時を迎えたのか。北極点に一人で放り出されたらこんな気分だろう。もう二度と麻痺状態から回復できないのではないか。今回がそうならないという保証はない。

おれは声にならない声で、親父やお袋を呼んだようだ。だが、死者が看護に来てくれるわけがない。

親父はおれが中学生の時に、お袋はおれが高校生の時にそれぞれガンで逝ってしまった。一八歳になる前に、おれは家族を失った。わずかな親戚も遠縁ばかりで頼れる連中ではなく、絵に描いたような天涯孤独な身の上になった。わずかな遺産はバイオ技術者専門学校で学ぶのに使って、人生のスタートを切った。

その時、おれは自分に宣言した。健康な肉体、あり余るほどの金、贅沢な一生。そいつを自分の三点セットにするのだ、と。

だが、運命は回る糸車だった。知らないうちに一回転していたらしい。ガンのために天寿をまっとうできなかった両親の運命が、我が身に回ってきたのだろうか？

晩年の親父や、お袋のやつれたイメージが脳裡に現れていた。やがて老衰で死んだ昔のペット、ブルドッグのジミーも現れた。死者たちは霊界とやらで、おれが来るのを心待ちにしているのか？

今は亡き親友、阿森則之も現れた。やつれた感じでボストン眼鏡を指でずり上げながら言った。おまえのせいだぞ。おまえの研究に付き合いさえしなけりゃ、こんなことにはならなかったのにな。

分かってる。許してくれ。その分、おれは現世で苦しんでる。当然の報いさ。だが、そろそろ限界だ。おれも早く〈そっち〉へ行くべきなのか？

ダメよ――。

知美が現れた。最後に見た時と同じ、上半身裸のままだ。きれいなバストを両腕で隠している。

――私を生き返らせてくれるんじゃなかったの？

そうしたい。そうしたいんだ。しかし、この身体が言うことをきかないんだ。

幸いにして、全身麻痺は四分ほどで回復した。ようやく起き上がると、安堵の溜め息をついた。まだ処刑日までは時間があるようだ。

おかげで、永海の密輸の証拠湮滅に苦労した。濡れたシーツや布団に、冷蔵庫から出したジュースをあらためてかけた。歯も磨いた。それから看護師を呼び布団を取り替えてもらった。

看護師が出て行った後、おれは車椅子に座ったまま自分の掌を凝視していた。

頭の中でロシアン・ルーレットが回っている。キリキリと軽快な音を立てて回転弾倉が回っている。おれは毎日自らのこめかみに銃口を当てて引金を引いているのだ。

そのたびに実包の詰まった薬室と銃口とが重なっていないことを祈るのみ……。

そしておれは、いずれやって来るその瞬間から、眼をそらすことができないのだ。

まだ夕方だというのに、夢を見始めたようだ。連日の睡眠不足がぶり返したのと、永海の密輸品のせいだろう。

夢の中で、おれは病院のリハビリ室にいた。そのための用具が眼前にそろっている。その場で上り下りするためだけの四段しかない階段、その場で漕ぐだけの自転車、その場で漕ぐだけのボート、二日酔いの人間がデザインしたようなボディビル器具の出来損ないじみた代物、エトセトラ。

夢だから、ギブスは外されている。しかし、ただ真っすぐ歩くだけのことすら、おれにはできなかった。苛立ちのあまり、その辺にある備品を叩き壊しては、自己嫌悪に陥る。これではまるっきり駄々っ子ではないか。活きがよくて希望に満ち溢れていた、かつての好青年（この表現に異論を抱く者もいるだろうが）は、どこに行ってしまったのだ？

窓の外を見る。そこには病院の外の風景はなかった。もう一人の自分がいた。希望に満ち溢れた好青年だ。過去のどこかの時点で、おれとは別の曲がり角を曲がったのだ。その好青年の幸せな人生が、映画的モンタージュ技法で展開していた。バイオ実験施設で、新たな微生物特許を得る彼。新会社を設立する彼。事業が軌道に乗る彼。化け物どもなんかとは無縁な毎日を送り、手足の痺れにおびえることもなく、休日はスキーやゴルフにいそしむ彼。

知美と甘い一時を楽しむ彼。ずるいぞ、おれと交替しろ。

窓に向かって突進した。窓ガラスを突き破る。とたんに、もう一人の自分は消えた。

気がつくと、今度は暗い洞窟の中にいた。両手に日本刀のような武器が握られている。

出口は見えない。とりあえず洞窟の中を進んでいくしかなかった。時折、GOOが姿を見せる。化け物どもは、おれに襲いかかろうとする。奴らを斬り殺した。

進むにつれて刀が重さを増してきた。だんだん戦いにくくなった。しまいには刀は重過ぎて両手でも支えるのが、やっとという状態になってしまった。化け物どもは数が減りそうな気配はなく、それどころか新手が洞窟の奥から際限なく現れた。

刀を落とした。重量が限界を超えたのだ。化け物どもがタックルしてくる。引きずり倒された。もはや絶望的だ。奴らの胃袋が、おれの終着点だ。

ふいに後方から白い光が射し込んだ。化け物たちも光を警戒して食事を中止する。背後を見た。

それは女神のようでもあり、同時に女悪魔のようでもあった。神々しさと不気味さの両面を持った双面神という奴か。

彼女は青く光る剣を持っていた。剣を振り回すと、化け物たちは一刀両断にされてしまう。

その武器の威力は圧倒的だった。おかげで、おれは命拾いする。

彼女は剣を差し出した。受け取れということらしい。おれは剣を握りしめた。

剣から不気味な触手が生え出した。何本も何本も。触手は手や腕に絡みついてくる。青く光る剣は、おれと一体化しようとしているのだ。

おれは声なき悲鳴を…………。

7　樋口理奈

眼の焦点が回復し、白い天井が見えてきた。一、二時間眠ったようだ。

妙な夢だった。が、後から考えると、あれは予知夢だったのだ。ユング派の心理学者がこれを聞いたら、興奮して記録に取るに違いない。シンクロニシティを証明する実例というわけだ。

あくびをし、伸びをした。ふとベッドのかたわらを見る。とたんに感電したように跳ね起きた！　ウォーターベッドが騒がしく揺れた。

人を驚かせたい時には、ワッとおどかすのではなく、物陰から凝視している方がずっと効果的だそうだ。視線に気づいた瞬間、心臓が止まりそうになるという。その通りだった。

凝視していたのは混血の女医だった。来客用の椅子に座り、両手を白衣のポケットに突っ込んだままのポーズで無言の行を続けていたのだ。ベッコウ縁眼鏡の奥から、おれを凝視している。

「おい、おどかすな！」

肘をついて上体を起こした。

「……驚いたの？」

「当たり前だ。そんなところで黙って座り込んでて、いったい何のつもりだ？　おれの寝顔がそんなに可愛かったたか？」

「ええ。食用ガエルぐらいには可愛かったわ。前に実験で使っていたことがあるの」

「おれはカエルじゃない。取って食うなよ。実験動物でもないからな」

そう言ったのは、眼つきが気に入らなかったからだ。充血した赤い眼をしている。相変わらず徹夜を続けているらしい。だが、そんなことはどうでもいい。

気になるのは、その瞳に人間味とか親愛の情とかいうものが感じられないことだ。彼女に見つめられると、自分が極悪非道の犯罪者か何かであるような気分に陥りそうだった。

眼の前にいる女と、知美とをつい比較してしまう。

知美も一見すると冷たい印象を受けがちな女だったが、それは初対面で損をしやすいタイプということにすぎない。中身には春の陽射（ひざ）しがあふれているのだ。少なくとも、おれはそう思っている。

この樋口理奈は、知美のような女とは根本的に違っている。心に爆弾を抱えているみたいだ。

身体のどこかに触れただけでも破裂しそうだった。それを見事な自制心で抑え込んでいるといった印象を受けた。茶褐色の瞳を覗き込んだら、導火線の火花が見えるのではないか。

樋口理奈は形のいい眉を寄せた。不機嫌そうな奇妙な表情で、おれを見すえている。

「勘がいいって人から言われたことある？」

「あるさ。しょっちゅうだ」

「じゃあ、私の用件は分かるかしら？」

「〈おいしいカエル料理のお店見つけたから一緒に行きましょう〉なんていう用件じゃないはずだ」

彼女は苦笑の一片も浮かべなかった。大脳シナプスの中で、今の言葉を〈記憶する価値なし〉と分類したようだ。

「大した勘だわ」

大した皮肉だ。

「じゃあ、おれのケガや、手足の痺れの症状を診にきたのか？　それで、自分なら治せると自信満々で乗り込んできたのか？　そういう用件だとしたら、ありがたいんだが」

大きな双眸（そうぼう）が見開かれた。褐色の肌も赤みが増したように見える。

彼女の反応を注意深く見守っていた。ジョークのつもりだったのに図星だったらしい。

樋口理奈は、おれの顔を覗き込んだ。いい香りがする。化粧はオレンジ系の口紅だけだ。ゴーギャンの絵に出てくるような南太平洋のヴィーナスを連想する。

「訊きたいことがあるの」

「趣味か？　学歴か？」

茶々を入れるのを、彼女は無視した。

「もしも、あなたが今言った通りだとしたら？」

おれはたぶん不審な表情を浮かべていただろう。

「もしも私が、あなたのケガも病気も全部治せると言ったら？　その時は私に協力してくれるかしら？」

今度はおれの眼が大きく見開かれた。

彼女の申し出は、本来なら生肉を与えられたホオジロザメみたいに飛びつきたい話だ。だが、即答は控えていた。

今、彼女は、おれに対して初めての微笑を浮かべようとしていた。だが、顔面の筋肉を引きつらせているだけのようにも見える。これが笑顔だというのなら、もうあまり笑顔というものを見たくない。せっかくの美貌が台なしだ。

脳裡では、眼の前にいる女と、夢に出てきた女神（女悪魔？）とがオーバーラップしていた。頬をつねりたくなる。まだ夢の続きなのではないか？　どうも、この女医は気味が悪い。潜在意識が警報ベルを鳴らすのだ。

「そうだな。美人の頼みは断りにくいが……」

慎重に言葉を選ぶ。

「海辺のレストランで口説かれたら、もっと断りにくいだろうな」

樋口理奈は白衣のポケットから左手を出した。

「あいにく私はもう結婚してるの」

浅黒い手肌に指輪が輝いている。

「おれは早いもの勝ちの競争では、いつも後れを取るらしいんだ」

肩をすくめてやった。

「これは色恋沙汰なんか抜きよ。業績を上げるためには協力者が必要なの。それに、あなたにとっては、現場要員に復帰できるチャンスかもしれない」

おれは生温かいウォーターベッドを揺らしながら上体を起こし、座り直した。背骨も、加熱された形状記憶合金よろしく自然に伸びてきた。

「よく分からんが、おれを食用ガエルみたいに実験か何かに使おうっていうのか？」

「実験であることは確かよ。話を聞く気はある？　それと口は堅い方？」

「この話、水島先生は？」

「知らないわ。正確に言うと、実験の内容は知ってるけど、あなたで試そうという話は言ってないわ」

「主治医に内緒で新しい治療法を試すのか？　どうも、きな臭いぜ。そういえばあんたの専門も訊いてなかった。美容整形外科じゃないのか？」

「学生時代は一般外科だったわ。でも、今はマイクロマシン外科」

「ああ。赤血球ぐらいの超ミニサイズ医療ロボットを作るっていう、あれか？」

彼女は身を引いた。椅子の背もたれに四五キロとおぼしき体重を乗せる。

「私の質問に答えるのが先だわ。これ以上詳しい話を聞きたいのなら、沈黙を誓ってもらわないと……。本当は部外者にはまだ話してはいけないことなのよ。バレたらクビものだわ」

さっきの夢が蘇る。女神だか悪魔だかが青く光る剣を差し出す……。

「どうなの？」

その剣をおれに受け取れということらしい……。

「いやなら、今のは聞かなかったことにして」

……おれは……。

「返事は？」

「剣を受け取るよ」

「え？」

「まず、話を聞こう」

8　動画

彼は日本猿だった。

灰色の毛むくじゃらの身体をあちこち掻いたりしている。とくに芸は仕込まれていないようだ。あくびしたり、自分の首に付いている鎖をいじくったりしている。人間の幼児とよく似た仕草だ。彼らが人類の親戚であることを再認識した。

「このお猿さんが、どうしたっていうんだ？」

「黙って観てて。すぐ分かるから」

樋口理奈が答える。

ハイテク液晶窓の中央部に視線を戻した。業務用ハイビジョン・カメラで撮ったらしく、映像は鮮明だった。

猿君は三メートル四方の檻の中にいた。犯罪者でもないのに幽閉の身だ。多少、同情する。

唐突に横長画面に、映画撮影で使うようなカチンコがアップで映った。

〈実験**56**　**02**　Ａ〉

他に日付が書いてある。

『用意、スタート』誰かの声。カチンコが鳴る。

画面に再び猿が登場する。誰かの手が何かを檻に入れた。それはかなり太い金属棒を組み合わせたもので、言ってみれば檻のミニチュアだった。中にバナナが入っている。

猿君は嬉しそうにキィィと一声鳴くと、ミニチュア檻に飛びついた。中身を取り出そうとする。

だが、無駄な努力だった。ミニチュア檻はあまりにも頑丈で、マウンテンゴリラでも手に余りそうな代物だった。猿君が果物にありつける可能性はない。

またカチンコが画面にアップで映った。

〈実験**56**　**02**　B〉

『用意、スタート』誰かの声。カチンコが鳴る。

画面にまた猿が登場する。だが、今回は誰かによって抱きかかえられている。カメラに猿の背面が映る。後頭部のアップになった。

猿君は、そこに奇妙なアクセサリーを付けていた。小さなソケットのようだ。そこにコードが差し込まれた。

前回とまったく同じ実験が開始された。あのミニチュア檻を与えられたのだ。だが、相変わらず我らがスターは、ごちそうにはありつけない。

カメラがパンする。猿君の後頭部から延びたコードを追っていく。その先には誰かが手にしたリモコン装置のようなものがあった。誰かの指がその装置のスイッチを押した。

カメラが素早く猿にパンし直した。オートフォーカス機構がピントを合わせる。

異様な光景が展開していた。猿が太い棒を引きちぎり始めたのだ！　金属がへし折られる異音。主演男優も奇声を上げている。その毛むくじゃらの肉体に突如(とつじょ)ヘラクレスの霊魂が宿ったようだ。

「おい！　あの猿に何をしたんだ!?」

驚愕(きょうがく)せざるを得なかった。アドレナリンが光速で全身を駆け巡った。

「何だ!?　あの後頭部のあれは？」

「後頭部に付いているのは、ただのON／OFFスイッチの中継器よ」樋口理奈が冷静に答える。「本当の主役は大脳視床下部(だいのうししょうかぶ)に取り付いているマイクロマシンなの。正式名称はNCS131型マイクロマシン」

彼女は画面内の猿を指差した。

「彼の名前は〈孫悟空(そんごくう)〉よ」

すでにスーパーモンキーはバナナを剥いて食べ始めていた。嬉声(きせい)を上げている。

次々に驚異的な映像が展開した。

二番目の実験装置は長さ六〇センチの棒が高速回転する代物で、扇風機に似ていた。その後ろの箱に数本のバナナがある。猿君がエサを取ろうとすると、いやでも回転する棒に手をぶつける仕掛けだ。

〈悟空〉は左右のジャブを連発して、すべてのバナナを取ってしまった。棒にかすりもしなかった。

「棒の回転速度は毎秒四回——つまり棒の先端がＡ点を通過してから、反対側の先端がＡ点に来るまで八分の一秒、〇・一二五秒しかないわ。その間に手を伸ばしてバナナを掴んで、また手を引っ込めないと棒にぶつかるということよ」

世界チャンピオン級のボクサーでも、こんな真似が果たしてできるかどうか……。

「あの猿のマネージャーになりたくなった……」

次の映像は、動物愛護団体からクレームがつきそうな代物だった。手術台に縛りつけた〈孫悟空〉の腕にメスでかなりの重傷を負わせたのだ。猿は泣きわめいた。大量に出血する。

だが、例のリモコン・スイッチは魔法使いだった。誰かがそれをＯＮにしたとたんに出血が止まった。その間三、四秒。傷口からピンク色の半透明なゼリーが溢れ出てきて、止血したのだ。

そのゼリーは泡立ちながら、変化していった。新たな筋肉組織、神経、血管、皮膚が、その半透明物質から増殖している！　高速度撮影で傷口は修復された。すべてが十数秒ほどの出来事だった。

〈孫悟空〉は上機嫌になり笑っていた。

「信じられん！」おれは叫んだ。「何だ、あのゼラチンみたいなのは？」

「カルスよ」と樋口理奈。

「カルス？　あれは植物のものだぞ！」

植物は傷口を修復する時、カルスと呼ばれる半透明のゲル状細胞群を作り出す。そのカルスが傷口を塞(ふさ)ぎ、新たな生体組織に変化するのだ。

「正確に言うと、あれはＵＢカルスよ」

「ユー・ビー？」

「それの説明は後回し。話の順序があるから」

彼女がリモコンを操作した。ハイビジョンの横長画面が消え、ハイテク窓が〈透明モード〉に戻った。

冬景色（ふゆげしき）がその向こうにあった。だが、いつものグレー一色の風景ではなく、夕陽によって柔らかなパステル調のピンクとオレンジに染まっていた。

「信じられん！」おれはまた言った。「トリックじゃないだろうな？　いったい、どうやってるんだ？　どういう原理なんだ？　どういう理論に基づいているんだ？　こんなの今まで見たことも聞いたこともない」

おれは興奮していた。ウォーターベッドが地震みたいに派手に揺れた。実際、この映像資料は驚きの一言だった。

「私が発見した原理、というか機能よ」

「君が？」

「正確には私と夫が……」

彼女は何か暗い表情を見せたようだ。

だが、おれは気に留めていなかった。久しく忘れていた何かが蘇る。子供の頃に新しいオモチャを見せられた時に覚えたような、純で素直な感動だ。

「種明かしは？　いったい、どうやって？……」

樋口理奈は立ち上がり、プレイヤーからディスクを取り出して、それをブリーフ・ケースにしまった。

「じらすなよ。早く教えてくれ」

またウォーターベッドを揺らしてしまった。

彼女は立ったまま充血した眼で、おれを凝視する。一度、深呼吸した。

「……人間の神経細胞には明らかな無駄があるの。その無駄については今までは定説がなく、謎でもあったのよ。知ってた？」

「いいや」

彼女は講義を始めた。

9　神経超電導

樋口理奈が語ったのは次のようなことだった。

神経細胞とは要するに〈電線〉だ。つまり脳からの指令を筋肉などに伝達する〈電線〉である。指令には脳電流によるデジタル信号が使われる。ちなみに脳は神経細胞の集合体で、一種のデジタル・コンピュータだと言える。

　そして細胞とは「タンパク質やホルモンの合成装置」だ。神経細胞もまた例外ではなく、すべての細胞がそうなのだ（ちなみにタンパク質とホルモンはどちらもアミノ酸の組み合わせで作られる兄弟のようなものだ）。

　が、しかし、神経細胞はタンパク質やホルモンを作る機能を持ちながら、その機能をまったく使わず何も製造していない、という特徴を持っている。

　なぜなのか？

　一般には神経細胞は〈電線〉の役割に徹しているからだ、と言われている。だが、それだけでは、なぜ、せっかくのホルモン製造機能を使わないのか、その無駄についての合理的、積極的な説明にはなっていない。

　仮説としては「神経細胞は未知のホルモンをごく微量、製造し放出している」といったものが今までいくつか出ていた。だが、定説はなく、この無駄については謎のままだったのだ。そして、ここからが樋口理奈のコペルニクス的転回発想となる。

　彼女はこう考えたというのだ。

　実は、その無駄の裏には何かが隠されているのではないか。その何かを隠していて普段は使わないでいる。そのために、神経細胞には一見無駄があるように見えるのではないか。その何かは未知のホルモン製造機能だが、普段は冬眠しているような状態であるため、今までその存在が知られていなかったのではないか、と。

（着眼点はいいよ、ワトソン君）

　しかも、それは着眼点だけではないことが証明された。さきほど動画で観たお猿さんが、その結果だったわけだ。推理は正解だった。

（見事だよ、ホームズ）

　樋口理奈はそれをＮＣＳ機能と名付けた。

　ニューラル・チェンジ・スーパーコンダクティヴィティの頭文字である。

　スーパーコンダクティヴィティという英単語に聞き覚えがある人もいるだろう。そう、その意味は超電導だ。

　すなわちＮＣＳ機能とは〈神経超電導化機能〉のことだ！

　神経細胞が製造放出する未知のホルモンの正体はＮＣＳＨ（ニューラル・チェンジ・スーパーコンダクティヴィ

ティ・ホルモン)、神経超電導化ホルモンだったのだ。

「それはいったい、どういうことだ?」と疑問の声が出るだろう。

だが、話の順序というものがある。このNCS機能についてはあとで詳しく説明することをお約束して、話を先の方へ進めたい。

とにかく、樋口理奈とそのスタッフはNCS機能を発見したのだ。

それは、普段はスイッチOFFの状態にある。だが、パスワードとでも言うべき、あるデジタル信号を大脳下側の視床下部に与えることで、このNCS機能を活性化できる事実を発見した。また、そのデジタル信号を止めると、この機能もOFFに戻ってしまうことも分かった。

つまり、ON/OFFのスイッチが手に入ったわけだ。

スイッチONにした結果は、すでに動画に出演した猿で見た通りである。そして、このスイッチに最も適当なのがマイクロマシンなのだ。

究極の医療機械、マイクロマシン。

これは極小サイズのロボットのようなものだと思えばいい。発想自体は八〇年代からあったし、それに近いものなら一部は実現していた。

だが、ここで言うマイクロマシンとは、人間の赤血球ぐらいか、それ以下のサイズの超ミニサイズ医療用ロボットを指している。これは人間の毛細血管内を自力で移動し、外科的内科的治療を行うものだ。

ちなみに赤血球は七マイクロメートル(一〇〇〇分の七ミリ)である。マイクロマシンがいかに小さいか想像してほしい。

この究極の医療機械についても、詳しい説明は後回しとする。いずれ機会がある時までデータの羅列はお預けにして、話の続きに移ろう。

10 アッパー・バイオニック

樋口理奈の講義は明解で分かりやすかった。喋り方にもだんだん熱が入ってくる。彼女が色白美人なら、頬が紅潮するのがもっとはっきり見えただろう。マイクロマシンに多大な時間と労力を注いできたことが想像できた。

ベッド上のおれの位置からは、窓の外に南西方向の空が見える。今は夕焼けでオレンジ色に染まっている。その燃え上がるような光景をバックに、彼女は喋り続けた。

「……マイクロマシンを含んだ溶液を首筋に注射するだけでいいのよ。後は自動的に大脳視床下部に到着するわ。そのためのプログラミングは、ヴァーチャル・リアリティ・システムを使ったわ。仮想現実空間の中で自分自身がマイクロマシンになったような形で、人体の血管ネットワーク内部で何を基準に目標を定めるべきか、どう移動するべきか、それらをプログラム設定したのよ。

「動画で観た通り、マイクロマシンがＮＣＳ機能をスイッチＯＮにすると筋力、運動神経、傷の回復力は数十倍、数百倍にパワーアップされるわ。この研究が、こんな結果を生み出すなんて私たちも予想もしなかった」

「おれも、こんな話は予想もしなかった」自分の左腕、右脚を撫でていた。

「じゃあ、治るっていうのか？　こいつが？」

「たぶん。いいえ、間違いなく」

「この役立たずの左腕も？」

「もちろん」

「右膝の複雑骨折も？」

「残酷だけど、猿で実験してあるわ。結果は良好よ。複雑骨折も治るわ。骨も短時間で完全に再生されるのよ」

彼女は、おれを指差した。

「その上、あなたはスーパーマンになるのよ」

「信じられん！」

自分のギプスに包まれた脚を叩いてしまった。痛みが走り、悲鳴を上げる。

「そんな都合のいい話ってあるもんなのか⁉」

もし車椅子の身でなかったら、立ち上がってこの上等で居心地（いごこち）のいい病室内をグルグル歩き回ったに違いない。それができない分、ウォーターベッドが揺れた。ここの空調は完璧で、ほどよい温度に調節されているのだが、おれの手や額は汗ばんでいた。

「ＮＣＳ機能？　神経超電導化？　超電導っていうのはあの電気抵抗が突然ゼロになるっていうあれだろ。あれは、かなりの超低温でないと起きない現象じゃなかったか？　人間の身体の中にそんなものが？　おれをかついでるんじゃあるまいな？」

「これが嘘だとしても、それで私に何の利益があるの？治してやるから大金を払え、とでも？　いいえ、それどころか協力してくれるなら、こちらからお金を払ってもいいわ」

おれは彼女を凝視する。

樋口理奈はふいに眼鏡を外した。今初めて素顔を見る機会に恵まれた。学者風の容貌が消えうせて、若い精気に満ちた女の顔が現れる。年齢は二六、七歳ぐらいだろうか。

彼女は視線をそらさない。極めて真摯な態度だった。睨めっこが続く。しかし、こんなことを続けていても始まらない。

「ＯＫ。……さっきの映像は本物らしいし、少なくとも君には、おれをかつごうという気はないようだ」

「もちろんよ」

彼女は眼鏡をかけ直した。

「でも、まだ不満そうね？」

「当たり前さ」

おれの身体の中には、血清栄養素で培養された純度一〇〇パーセントの猜疑心が巣喰っているのだ。

室内の光量が下がったのをセンサーが感知して、天井の照明が点灯した。第二ラウンド開始の鐘みたいだ。

おれは首を振って言った。

「いきなり、こんな話を聞かされる身になってくれよ。神経細胞の超電導化だの、そういう機能が今まで隠されていただの、そんな理屈じゃ、ちょっとね。……新型の薬を注射したらこうなるんだとか、人工筋肉と人工骨を埋め込んだからこうなるんだとか、そういった話の方がまだ信じやすいぜ。あまりにも都合がよすぎるし……」

言葉にならない違和感を、言葉にしようと努力してみた。

「第一、これは……そうだ！　進化論。進化論にも反するじゃないか？　だって自分自身でスイッチＯＮできない機能なんてナンセンスそのものだろう。機械を注入して初めて使える機能なんて進化論的に言えばあり得るわけがないし、たとえあったとしても自分では使えない機能なんだから自然消滅してしまうんじゃないか？　やっぱり何か他の理屈をつけた方がずっと信憑性があるぞ」

「ダーウィニズム――ダーウィン流進化論は絶対じゃないわ」

彼女は百戦練磨のディベートの達人のように動じなかった。落ち着いた声に、落ち着いた表情だ。

「実際、ダーウィニズムでは説明のつかない謎はいくらでもあるのよ。その一つはキリンの首のミステリー。聞いたことない？」

「いいや」

「キリンは首の長さが五、六メートルもあるのよ」

「知ってる。子供の頃、サファリ・パークで見た」

「そんなにも首が長いものだから、キリンは強力な心臓で高い血圧を作って頭に血液を送っているの。だから、水を飲む時に頭を下げると、逆に高い血圧が災いして脳が破裂する危険があるわ。それを防ぐために首の上部にはワンダーネットという器官があって、これが頭部の血圧だけを下げるという仕掛けよ」

「別にミステリーでも何でもないな。首が伸びたから、ワンダーネットが必要になった。そういうことじゃないか？」

彼女は首を振った。

「逆なのよ。キリンの先祖はオカピという首の短い動物だけど、このオカピにもワンダーネットがあるのよ。もちろんこんなものは、オカピにしてみればまったく必要のない無駄な器官よ」

おれは、ディベーターとしての資質は大したことがないという事実を露呈してしまった。思考が8の字ループになり言葉に詰まる。

「ん？　それはつまり……」

「つまり、オカピの子孫は首が長くなるように、神様によってあらかじめ定められていたとしか思えないのよ。ワンダーネットが必要になることも、すべて神様によって計算済みだったようにしか思えないのよ。これが説明不可能な進化のミステリーの一つ」

おれは沈黙してしまった。ディベート大会には永久欠場したくなった。

「ＮＣＳ機能も、この進化のミステリーの新しい項目に追加されるでしょうね」

彼女は自分で自分の言葉にうなずいていた。

永海から聞いた話を思い出す。自分のセリフも蘇る。悪い冗談だ、政治家連中が神様と手を組もうっていうんですか？

質問してみた。

「ＥＧＯＤっていう言葉を、君は知ってるか？」

「もちろん知ってるわ。私もＣ部門の一員ですもの」

「つまり、これもEGODとやらの仕業だと？　イントロンに〝C〟、いやGOOを閉じ込めただけじゃなくて、人間や猿の神経細胞に超電導機能を隠したと？」

「他にどんな結論があるの？」

「よし、百歩譲って、そうだと認めておこう。しかし、何のためだ？　人間がスーパーマン化して便利なことといえば……」

喉の奥で言葉が玉突き衝突を起こした。

「もちろん……」と彼女。

「……都合がよすぎるな……」

「人間にGOOと戦う力を与えるため…」

「そんなバカな……」

おれが絶句している間に、樋口理奈は堂々と論陣を張った。

「GOOは人間よりも遥かにタフで不死身といってもいいわ。人間にはない能力もまだまだたくさん所有しているかもしれないし……。

「……今まではGOOはまだ一匹単位でしか現れてはいない。でも、何らかの原因で彼らが突然大量に地上に現れたら？　そして人類と戦争状態に突入したらどうなるかしら？　TVで軍事ジャーナリストとかいう人がこう言ってたわ。

〈どんなに戦闘機や戦車などの兵器が発達しても、結局は歩兵が一歩一歩陣地を確保していかないと決着はつかない。戦争の要が歩兵であることに変わりはない〉って。

「GOOが相手では、普通の人間の兵隊では勝ち目は薄いわ。彼らと戦うためには、同じぐらいに強くてタフな不死身の兵隊が必要になるわ」

「……バカな。……つまり、ワンダーネットと同じでNCS機能も、こうなることを計算済みで用意してあったと？」

「そういうことでしょうね」

「そういうことって、よく平気な顔でこんな話をしてられるな」

何とか反論の糸口はないかと、別の切り口を探した。

一つ思いつく。

「じゃあ訊くが、なぜ神様はキリンの首を伸ばしたんだ？　だいたい首の長い動物なんて、何のために必要なんだ？」

「生物の姿、形、大きさなどにバラエティがあればあるほど、つまり生物の種類が多ければ多いほど、生態系が豊かになって、その惑星の自然環境は安定するそうよ。その理屈から言えば当然、首の長い動物も鼻の長い動物も必要ってことになるわね。それも神様は計算済みだったという結論かしら？」

おれの反論はもう種切れだ。自分の額を押さえる。スーパーコンピュータ並みに、脳内部に強力な水冷システムが欲しい気分だ。

「まあ、せいぜい頭を悩ませることね」

彼女は首を振った。

「考え出したら切りのない問題ばかりだもの。私はもう悩まないことに決めたの。神様だの天地創造だのは、ただのマイクロマシン外科医には手に余るもの。今、私が関心があるのはＵＢ第一号を造ることだけよ」

おれは溜め息をついた。

「さっき、あんたが言いかけた言葉だったな。２Ｂとか、ＨＢだとか……」

「鉛筆やシャープペンの話じゃないわ。ＵＢよ」

「ユー・ビー」

「そう、ＵＢ。アッパー・バイオニック。〈高度な生体機能を備えた者〉という意味よ。猿では実験済みだけど、人間はまだなの」

「ふん。昔のマンガだったらサイボーグって言うところだな」

「それも悪くないわね。でも、英和辞典に載っているＣＹＢＯＲＧ（サイボーグ）とは意味が多少違うから、新しい言葉にしたのよ」

おれは腕組みする。

「まだ説明は不充分だぞ。なぜ神経が超電導化すると、あの猿はスーパーモンキーに変身するんだ？」

彼女はもちろん、それについても説明した。だが、説明文ばかりが続くのも退屈だ。詳しい内容はさらに次の機会に譲るとしよう。説明を聞き終わった後、おれは唸った。

「……さてと、これでやっと本題に入れるわね」

樋口理奈は溜め息をついた。ふいに、赤いバラの花が微風（そよかぜ）に揺れたような色っぽさが覗いた。

「……実は今、ＵＢ志願者を募集しているのよ。公式の募集はまだ始まってないけれど、私はその前に青田刈り（あおたが）

「というわけ」

「就職協定はないのか？」

「あるけど無視したわ」

「危険なのか？　そのＵＢになるのは？」

彼女の顔がふいにプラスチックの仮面のような無表情なものになった。眼鏡レンズの奥にある充血した眼が、時空間を超越したところにあるものを見ているようだ。それはほんの一、二秒のことだったが、いやに長く感じられた。

彼女の視線が、おれを捉えた。

「はっきり言うけど……危険よ」

おれは肩の線をガックリ落とした。

「やっぱりな。世の中は必ず、そういうおまけが付いてくることになってるんだ」

おれは上体を後ろに倒し、ウォーターベッドに寝そべった。腕枕（うでまくら）をする。

「どう危険なんだ？　ＵＢになって行動が素早くなるのはいいが、もの凄い早口になって普通の人間とは話もできないとか……」

「そんな心配はないわ」


「うっかり人と握手すると相手の手を握り潰すとか……」

「全然見当外れよ。そういう種類の危険じゃないの。成功率の問題よ」

「どのくらいなんだ、成功率は？」

「動物実験では九〇パーセント。でも、人間の場合は今のところ五〇パーセントほどだと予測されてるわ」

「ふむ。で、失敗するとどうなる？」

彼女は言葉に詰まったようだ。急に眼があらぬ方を向いた。眼鏡をかけた横顔が妙に固い。二、三歩窓に向かって歩く。

空が出血多量になっているのが見えた。窓は、さながらクリムゾン・レッドの平面だった。

「どうなるんだ？」

赤い逆光を浴びた樋口理奈は、横顔を見せたまま言った。

「発狂するわ」

「え？……今何て言ったんだ？」

「発狂するわ。廃人になるわ。そう言ったのよ」

「何だって⁉」

上体を起こした。ウォーターベッドがゼラチンみたいに揺れた。

地獄の業火(ごうか)みたいな色をした空をバックに、彼女はゆっくり、おれの方を向いた。機械的な口調で説明する。

「大脳視床下部のすぐ隣には扁桃(へんとう)体があるわ。そこは人間の戦闘意欲や怒りの感情の発生源でもあるの。もちろんUB化のためには、本当は視床下部だけを刺激したいのよ。でも、一緒に扁桃体も刺激を受ける恐れがあるわ。もし、扁桃体も刺激してしまうとUB化すると同時に、その被験者は狂暴化して人殺しをせずにはいられなくなるわ」

「何だって!?」

「マイクロマシンのコンピュータ・プログラムはまだまだ完全とは言えないわ。デバッグは細心の注意を払って行われているけど……」

デバッグとは、コンピュータ・プログラムのミスを修正する作業だ。

「でも、肝心の対象物は人間の脳。まだまだ予測のつかないことが起きがちだし……」

「何だって?」

おれはアホみたいに同じセリフを繰り返していた。

「これ以上はシミュレーションじゃ無理なの。実地にまず人体実験で成功させて、そこからデータを得れば、それ以降の成功率は一気に一〇〇パーセントに……」

「何だって!? 何だって!?」

おれはウォーターベッドを叩いていた。自分の身体も揺れている。

「あんた、正気か」

樋口理奈の眼は、背景の空に負けず劣らず赤々と燃えているように見えた。ベッコウ縁眼鏡の奥で狂気を秘めているような感じだった。

「おれを何だと思ってるんだ? 人を丁半バクチに使うつもりでいるのか? 本気で、おれにそれをやれと言ってるのか?」

驚いたことに彼女はうなずいた。さすがにこれには言葉を失った。

「あなたなら引き受けると思ったわ。あなたの今の症状についても、治療の見込みがなさそうだということも、水島先生から聞いたわ……後は、あなたの決断だけよ」

おれの発語機能は失調状態のままだ。

彼女は眼鏡の位置を修正した。

「ねえ、考えて。これは現場復帰のまたとないチャンスよ」

現場復帰して化け物と闘える、またとないチャンスだ。

「しかも、今までよりずっと有利な立場で化け物と闘えるし……」

今までよりずっと有利な立場で、化け物から完全クローン製造法を手に入れることもできるし……。

「あなたなら、もう失うものは何もないはずだわ」

「今おれが言いたいことが分かるか？」

「さあ？」

「このサディスト女が！」

おれは再度ウォーターベッドを叩いた。

「もう失うものは何もないはずだと？　よくも言ってくれるぜ……。確かに、このままじゃ、おれは指一本動かせなくなるだろうよ。しかし、発狂して廃人になるなんて……。なるなんて……」

おれは大きく首を振って、

「その賭けは、おかしいだろ。おれを、こんなどんづまりに追い詰めて、自分は高見の見物かよ！」

そこで言葉を切った。

相手は平然としているのだ。おれは、この女に対して薄気味悪いのを通り越して恐怖心を抱き始めた。華麗な花弁の裏側に猛毒のトゲを見つけた気分だ。

どうもおかしい。この違和感は何だ？　彼女はおれに対して悪意か憎悪か、あるいはそれに類する感情を抱いているようなのだ。だが、会うのはこれが二回目だぞ。まるで理屈に合わない。

「……気に入ったよ。たいした女だ。いやまったく悪くない話だ。素晴らしい……」

唇と舌が途中で凍てついてしまった。

「どういう返事なのかしら？」樋口理奈は言った。「イエスかノーか、よく分からなかったけど……」

おれは一回深呼吸する。

そして……答えた。

a▼NCS

NCS機能の詳細や、なぜ神経が超電導化することで超人化するのか、その原理について説明しておこう。少々込み入った話になる。というのは、まず「神経細胞とは何か」という知識が、大前提として必要だからだ。それをまず理解してもらわないと先へ進めない。

それでは大前提を始めよう。

神経細胞は大きく二つの部分に分かれている。いわゆる細胞本体と、そこから長く伸びた神経繊維である。イメージとしては、まずコンパスで小さな円を描き、次にその外側へと伸びる長い線を描けばいい。円が細胞本体で、長い線が神経繊維だ。

神経繊維は細胞表面の細胞膜が延びたものだ。これは太さが数マイクロメートル（一〇〇〇分の数ミリ）の細長い円筒形で内部は空洞だ。長さの方は数ミリから数メートルまでさまざまだ。

脳電流のデジタル信号は、この細長い円筒形の表面に沿って流れる。円筒形内部の空洞は、ＴＲＨなどのホルモンを運ぶパイプとして使われる。

神経細胞はさらに、無髄（むずい）神経と有髄（ゆうずい）神経の二種類に分類される。

無髄神経とは、神経繊維が剥き出しのもので、いわゆる裸電線の状態だ。下等動物の神経細胞はすべてこの無髄神経である。

一方、有髄神経とは髄鞘（ずいしょう）という絶縁被覆（ひふく）を被り電気能率を大幅に上げているものだ。

そのため有髄神経の電流速度は飛躍的にスピードアップしている。無髄神経では毎秒一メートルなのに、有髄神経では二桁上がって毎秒一〇〇メートルである。

ちなみに人間の神経細胞は、脳細胞も含めた神経細胞の大部分が有髄神経である。この優秀な〈電線〉が人間の高度な精神と肉体を実現した、と言える。

大前提は、ここまでで終わりだ。

次に、小前提をおさらいしておきたい。

神経細胞には長年解明されていない「謎」があった。ホルモンなどを製造する機能を持ちながら、その機能をまったく使っていない点だ。

この「謎」、この無駄の裏に隠されていたのが、未知のホルモンを製造するＮＣＳ機能だった。この機能は大脳視床下部に、あるデジタル信号を与えることでスイッチＯＮできる。

ＮＣＳ機能がＯＮになると、どうなるか？　まずすべての有髄神経細胞が、未知のＮＣＳＨというホルモンを分泌する。これは先ほど説明したＴＲＨホルモンと同じ仕組みで、神経繊維の内部の空洞を通り、神経繊維そのものを超電導状態に変えてしまうのだ！

ここで疑問が出るだろう。

人間の体温は摂氏三六度だ。そんな温度内で超電導が起こるなどとは、とても信じられない。そう言いたくなるはずだ。おれも同じだった。

だが、聞いてほしい。

超電導とは電気抵抗が突然ゼロになる現象だが、実はこの現象そのものが、まだ完全には解明されていないのだ。

正確に言うと、ある程度は解明されている。絶対零度、○Ｋ（ケルビン）（摂氏マイナス二七三度）から、四○Ｋ（摂氏マイナス二三三度）までの超低温下で起きる超電導。これに関しては、「ＢＣＳ理論」によって原理が解明されている（ＢＣＳとは、これを発表した三人の科学者の頭文字だ。理論の詳細は、ここでは省略しておく）。

しかし、四○Ｋより高い温度で、セラミックなどの化合物が超電導化する現象に関しては、現代の科学者たちはお手上げなのだ。その原理について何も説明できていない。

しかし、一九八六年、スイスのＩＢＭ研究所で現実に四○Ｋ以上で超電導は発生した。その後はご存じの通りの記録ラッシュだ。臨界温度九○Ｋ（摂氏マイナス一八三度）以上の超電導物質も確認されたし、未公認記録も含めると、さらに高い臨界温度が報告されている。

つまり、現代の科学者、技術者たちは原理も分からないまま行き当たりばったりで、新しい化合物を造っては実験し、より高温の超電導物質を探しているに過ぎない。やっていることは、中世ヨーロッパの錬金術師たちと同じレベルだ。超電導は、いまだに魔法、魔術の領域に属しているとさえ言える。

だが、次のように言う科学者もいる。

「その原理さえ解明されれば、より高温の超電導物質を確実に造れるだろう。また、それが解明されれば〈常温超電導〉、つまり日常の温度での超電導も可能ではないか？」

その手がかりは、なんと人間の大脳内部にあったというわけだ。

前置きが長くなってしまった。

ＮＣＳ機能の効果について説明しよう。

まず、効果その一。

神経繊維が超電導状態になれば当然、神経繊維の電気抵抗はゼロになる。

その結果、電流速度がフェルミ速度（電子の群速度）と、ほとんど等しくなるため、理論上は毎秒一〇〇万メートルになる！

実際には、神経細胞の特性などのさまざまな理由から、毎秒一万メートルが限界なのだが、それでも通常の人間の一〇〇倍である。

ＵＢ、アッパー・バイオニックは運動神経や反応速度の面では、文字通りケタ違いのスピードを発揮できるのだ。

11　危機

眼が覚めた。

全世界が脈打っている。

光…闇…光…闇…光…。……すぐにそれがストロボの明滅だと気づいた。脳波をアルファ波に誘導するのによく使われる方法だ。

おれは上体を起こした。周囲を見回す。病院の治療室の一つだ。白い壁や脳波アナライザー・システムが、スロー・テンポの不自然なストロボ光によって浮かび上がったり消えたりを繰り返している。

コンピュータ端末の画面には、おれの脳波がどこかの国の平均株価チャートのように３Ｄカラーグラフで表示されていた。

離れた位置にある灰皿からタバコの吸いさしが垂直に煙を吐き出していた。ギブスに包まれた右脚をかばいながら、身体の向きを変えた。愛用の電動車椅子がかたわらに駐車してある。

部屋には、他の人間はいなかった。

やがて、なぜここにいるのか思い出した。

催眠術だ。ＧＯＯに乗り移られそうになった時の精神状態を再現しようというものだ。その時に観たヴィジョン、ＧＯＯたちの記憶の一部を、さらに詳しく記録に取る試みだ。Ｃ部門の研究班が急がせたらしく、早速行うことになったのだ。

全身麻痺の進行は止めようもないが、今はまだ小康状態といえる。食欲もあるし、体調はまあ良好ということだ。別に断る理由はないので同意した。

何があったのだろう？　壁の時計を見る。午後五時一〇分、休憩時間だろうか？　皆、モルモットをおっぽり出して、別室で肉マンでも食べているのだろうか？

電極の束を頭に付けたまま、車椅子に乗り移って、灰皿のあるテーブルまで行った。

タバコの火はすでにフィルターにまで達している。細長い円筒形の灰からみて、ほとんど人間が吸わないままその場で吸殻と化したらしい。

床にはラッキー・ストライクのパッケージと、使い捨てライターが落ちている。それを拾った。その一本いただく。おれはスモーカーではないが、単に手持ち無沙汰だったのだ。

ニコチンの影響で、端末画面に映る脳波グラフが変化した。なるほど身体に悪いわけだ。

昨日の出来事を思い出した。

樋口理奈。混血の女医が持ちかけてきた話だ。

ＵＢ、アッパー・バイオニック、サイボーグ、スーパーマン。さあ、君も今日からヒーローだ。あいにく、そんな話に大喜びして飛びつくほどお子様ではない。それに、これは多少分別のつくぐらいの四歳児でも拒絶したくなるような実験だった。

「考える時間をもらおうか」そう答えた。「まだ水島先生たちの努力に望みをかけてるんだ。いよいよ身体が動かなくなったら決心するかもしれないがね……」

「ええ、そうね。好きなだけ考えるといいわ」

意外にも彼女はあっさり引き下がった。急に緊張感が抜けたらしく、肩の線も下がっていた。退室する時は足元がよろめいていた。持ち出し厳禁であるはずのディスクを収めたブリーフ・ケースも、おれが注意しなかったら忘れそうになったほどだ。ひどく情緒不安定な状態にあるらしい。

樋口理奈の行動、言動にはどうも一本筋が通っていない。勝手に極秘の研究成果を持ち出し、部外者であるおれに見せて人体実験に協力しろと言うのだ。彼女自身、扁桃体が活火山みたいに活動と休止を繰り返しているとしか思えなかった。

その裏には何か原因なり理由なりがあるはずだ。彼女は何かを隠している。一〇〇パーセントの確信を持ってそう言える。だが、それが何なのかは今は知りようもない。

　別のことに思いを巡らせた。一度はあきらめた知美を蘇らせるチャンス、それが手に入るところかもしれないのだ。それを考えると口の中がオーブンに変わったように乾燥し、高熱を帯びてくる気分だ。

　だが、暴力衝動と破壊衝動の塊になるのはごめんだ。偶数が出るか奇数が出るか。自分をサイコロ任せの賭けに使いたくはなかった。しかし、それではこれから先、おれはどうすればいいんだ？

　タバコを揉み消すと、車椅子を運転して治療室から出ることにした。いったい、皆どこでサボってやがるんだ？

　頭部の電極はまだ付けっぱなしだったが、コードの長さには充分余裕がある。このまま廊下に出てしまおう。

　その喧噪は、いきなり接近してきた。駆け足のスタッカート音、短い叫び声の連続などだ。ただならぬ危機が発生したらしいことはすぐに察しがついた。

　ドアが吹っ飛ぶような勢いで開く。廊下の眩しい外光が眼を貫いた。水島医師や看護師たちが何事か叫びながら飛び込んでくる。おれの催眠療法を担当した鳥居という若い医師もいた。

「資料を！　ディスクも忘れるな！」

「ここは大丈夫じゃないんですか!?」

「分からん！　とにかく逃げろ！」

「もう五人殺られたって……」

「おい、何してる!?　君も逃げろ！」

　最後のセリフは、おれを対象にしていた。

「避難訓練……じゃないみたいだが？」

「隣の〈ラボ２〉だ！」と水島医師。「逃げ出したんだ！　閉じ込められていた奴が！　ＧＯＯが！」

　ＶＤＴ画面に映っているおれの脳波カラーグラフが、激しく乱れて極彩色になった。

12　スラップスティック

以下は、後から聞いた話を再構築したものだ。

既に触れた通り、このC部門専用病院の隣にあるC部門、バイオ研究所二号館、〈ラボ2〉ではGOOが一匹捕虜にされていた。

そのGOOを〈拷問〉していたのだ。もちろん、他に言い方はいくらでもあるだろう。尋問、実験、検査などだ。しかし欺瞞は排除しよう。事実は〈拷問〉だったのだ。

それについて、お偉方はこう言ったという。

「日本国憲法は化け物の人権など認めていないし、動物愛護団体も、化け物を虐待するな、とは言っていない」と。

〈拷問〉の目的は、EGODについてや、その他役立ちそうな情報を喋らせることだった。だが、目立った成果はなかった。そのGOOが強靭な精神力の持ち主だったため、ほとんど何も喋らなかったという。

また「GOO自身も、EGODについてたいした知識は持っていないのではないか？」との意見も出始めていた。何の成果もないまま、毎日の作業は退屈なルーティン・ワークと化していた。

脱走劇は、そういう時に起きた。あるいはGOOも、それを狙っていたのかもしれない。だとしたら大した根性と言うしかない。

GOOの独房は建物の地下にあった。三重のドアと、檻によって外界と隔てられ、足枷付き。逃げられるはずのない監獄だった。

しかし、GOOは刃物を入手していた。これは後になって分かったことだが、何と化け物は自分の身体から金属を分泌してナイフを造ったのだ。我々人類はまだまだGOOに関しては無知であることが証明された。

脱走の具体的展開はこうだったろうと推測されている。

まずGOOは食事（人間のそれと変わらないメニューだったという）を運んだ係の一人を人質に取ったらしい。檻の鉄格子から手を伸ばして首を掴み、ナイフを突きつけて、他の係に檻と足枷の鍵を開けさせた。GOOは礼を言う代わりに、二人を天国へ旅立たせた。続けて三人の警備員が犠牲となった。

別の警備員の一人は逃げ出して非常警報ボタンを押し、拡声器システムで全所員にGOOの脱走を告げたのだ。功労賞ものだ。そのおかげで、多くの研究員たちは建物から脱出することができたのだ。

研究員たちの大部分が脱出したところで非常隔離措置が成された。〈ラボ2〉の出入口や窓に鋼鉄のシャッターが下りたのだ。

これでGOOを完全に閉じ込められるかどうかは疑問だが、いくらかは時間稼ぎができるだろう。

だが、建物の内部には逃げ遅れた者たちもいた。〈ラボ2〉にはP3施設が五区画ある。そのうちB区画からE区画までの四区画は、事件発生時には使用されておらず閉鎖されていた。

問題はP3施設A区画だ。

そこには二〇名がいた。彼らは逃げられなかった。A区画の出入口にはGOOがいたからだ。逃げようにも退路を断たれた形だ。

彼ら二〇名は、生き残るためにはA区画に自ら閉じこもる以外になかったのだ。

＊

隣のこの病院にも、避難命令が出ていた。看護師たちと入院患者がまず脱出することになったという。

「まずい！」おれは叫んだ。「手帳を忘れた。おれの部屋だ。あれを置いていくわけには……」

「忘れろ！　命の方が大事だろうが」

水島医師が言う。顔面や頭部の電極が乱暴に剥ぎ取られ、車椅子ごと廊下に押し出された。今まで暗い室内にいたので外光が網膜を焼く。思わず顔をしかめた。

水島医師は、そのままエレベーターまでダッシュする態勢に入る。だが、突然ブレーキがかかり、医者や看護師たちは前のめりになり転んだ。

おれが電動車椅子のコントロール・スティックを操ったせいだ。

「な、何を？」

ずり落ちた眼鏡をかけ直して水島医師が問う。

「すまないが先に行ってくれ。おれは寄り道してから追いかける」

「バカもん！　駄々をこねてないで……」

おれはコントロール・スティックを両手で握りしめて離さない。こうすると車椅子はどうやっても動かなくなるのだ。

「ええい、仕方がない。椅子ごと持ち上げて……」

水島医師のドット・パターンのネクタイを引っ張った。

窒息しかけたニワトリみたいな声がした。相手の顔を引き寄せて言う。

「あんたたちが死んだら、奥さんや子供たちが悲しむ。だが、おれが死んでも、皆バンザイ三唱するだけだ。だから、先に行け。心配するな。三分遅れるだけだ」

鳥居という若い医師が、おれを羽交い締めにしようとする。看護師たちはもみ合いには参加しなかった。彼女らは一刻も早く逃げ出したくて浮足立っている。

「鎮静剤は？」と水島。

「今、持ってませんよ」と鳥居。

「おれはあくまで抵抗してやるぞ。時間を無駄にして死にたいか？」

「ええい、しょうがない。私が一緒に行く。君らは先に行け」

水島医師の命令で、鳥居や看護師たちはエレベーターに向かった。

おれと水島医師は病棟に向かった。白とブルーで構成された病棟の廊下は静寂そのものだった。おれがシータ波の半覚醒状態をさまよっている間に、患者や看護師は避難したらしい。

無人の鉄筋コンクリートのビルというのは、何とも言えない不気味な感じになる。巨大な墓石に似た雰囲気を漂わせるからだ。

水島が訊いた。

「何だって手帳なんかにこだわるんだ？　何か重要なことでも書いてあるのか？」

「プライベートなことさ」

病室に到着した。室内の自動偏光ガラス窓が黒っぽく変色していた。夕陽の赤い光線が射し込んでいる。

「どこにあるんだ？」

「サイドテーブルの引き出しだったかな？」

水島医師が探し始める。室内を見回した。ミネラルウォーターのボトルが眼に入った。ゆっくり考えている時間はない。おれは奇襲の準備をした。

準備を終えると、窓を細目に開けた。

かすかに遠雷のような響きを聞いた。ヘリコプターの爆音のようだ。ヴォリュームをしだいに上げてくる。

額に手でひさしを作った。眩しさを堪えつつ西を見た。真紅の夕陽をバックに、接近してくる機影が二つある。シルエットしか見えないがどちらも大型ヘリだ。自衛隊か？　かなりのスピードで接近してくる。

病院の玄関前を見下ろすと〈牢名主〉こと北原昌が絶叫していた。

「おい、深尾はどうしたんだ？　あいつは逃げないのか!?」

北原はマイクロバスの窓から身を乗り出している。依然、左腕を三角巾で吊った姿だ。

「先に行ってくれ」おれは手を振った。

おれの低い声などもちろん、北原たちには聞こえまい。看護師たちやバスの運転手にもだ。

「おい、どこに手帳があるんだ」と水島医師。

「ベッドだったかな？」

おれは答えて、玄関前のラッシュを見下ろした。医師たちはBMWなどのヨーロッパ車に乗り込む。患者であるC部門要員たちはマイクロバスや救急車で一括扱い。看護師たちは国産品の愛車に乗り込む。F1チームのタイヤ交換並みのタイムで、車に人間が詰め込まれていた。

いずれも電気自動車や水素自動車だ。スクランブル発進するジェット戦闘機みたいな勢いで走り去る。戦友や、ナイチンゲールたちと名残を惜しむ暇もなかった。

この〈バイオ農業試験場〉の敷地は杉やブナの林、雑草地帯に取り囲まれている。舗装道路はそれらを貫き、八〇〇メートル以上離れたところにある住宅街に通じている。その道を、戦友たちを乗せた車の列がテール・ランプを光らせて遠ざかっていった。

「手帳なんかどこにもないじゃないか！」

水島医師が怒鳴る。

「冷蔵庫に入れたかな？」

サイレンが聞こえた。救急車やマイクロバスと入れ違いに、パトカーが登場してくる。赤と青の回転灯を光らせ、夕暮れの住宅地を通り抜けて接近してきた。

対人レーダーや音響センサー、サテライト・データリンク・システムもフル稼働だろう。助手席の警官たちは、この手のハイテク装備の扱いに四苦八苦しているに違いない。

パトカーの一隊は病院の近くには来なかった。一斉にサイレンを止めると、周辺の道路封鎖を始めていた。警察庁長官経由で、何か理由を付けて非常線を張るよう手配が成されたらしい。

たぶん名目は〈不発弾の処理〉だろう。それなら交通封鎖も、自衛隊出動も当然と見なされる。近くの比較的安全な場所には、マスコミ向けのダミー不発弾も用意されていることだろう。

何台かの車やヴァンが非常線を通過してくる。その数が徐々に増えていた。招集のかかった五体満足なC部門要員たちだ。

彼らは敷地前の道路に駐車した。ル・マン・レースのスタート時のような配置だ。いつでも逃走できる態勢を取るよう指示されているらしい。

病院の東側をあらためて見る。

〈ラボ2〉は墓場の沈黙を保っていた。

台形ピラミッドに似たその外観は、野心的で未来志向の工業デザイナーが担当したのかもしれない。印象的だが深みに欠ける、というのがおれの感想だ。夕陽が壁面を鮮血の色で染めていた。

過去に自分が遭遇した事件を思い出す。だがそれらは、いずれもP3内部で起きた事件だった。今回は我が国では初めてのP3外部のケースだ。

「どこにもないぞ！」と水島。「クローゼットの中にも……」

おれはブルーの縞模様のパジャマのポケットを探った。手帳を取り出す。

「ここにありました」

相手の口が半開きになった。

おれは悪童のような微笑を浮かべていたかもしれない。

「すいませんね、水島先生。どうしてもここを離れたくなかった。最後まで何が起きるのか見届けたかったんだ」

外では大型ヘリコプターのシルエットと爆音の大きさが正比例して迫っていた。ローターの起こす風が窓の隙間からも吹き込んでくる。この付近に着陸するらしい。

「どうやら虚言症の治療も必要らしいな」

水島医師は、おれの車椅子に飛びかかってきた。プロレスのフライング・ボディ・アタックさながらだった。

「いいかげんにしろ！」

また車椅子ごと廊下に押し出された。

「いったい何を考えてるんだ⁉」

「おれにも、よく分からないんだ。先生」

首を振る。自分でも自分の行動を制御できなかった。いったい、ここに残って何をしようというんだ？

もう一人の自分が問いかけてきた。滑稽(こっけい)だぜ。分かってる。何せ車椅子を使うしかない重傷者だ。分かってるよ。周囲の足手まといになるだけだ。分かってるって。化け物に殺される羽目になるかもしれない。分かってるってば。自己破滅型のダーティーハリー症候群だとの噂は、これで確実なものになる。分かってる！　少し黙っててくれ！

車椅子と尻の間に右手を入れると、隠しておいたミネラルウォーターのボトルを掴む。

どうしても、ここに留まりたいんだ。説明できないが、おれにとって重要なターニング・ポイントがこれから数時間のうちにやってくる。そんな気がするんだ。そのためには……。

奇襲した。ボトルの中身を、背後の医者にかけたのだ。悲鳴。狙いたがわず顔に命中したらしい。

コントロール・スティックを操作する。アクセル全開で飛び出した。エレベーターに向かう。

「おい、何を？」

水島医師の対応は遅れていた。その間におれは七、八メートルの距離を稼ぎ、廊下の角を曲がる。ちょうどそこにあったストレッチャーを引っ張り、通り道に障害物を作る。

エレベーター前に到着する。ボタンを押すと、すぐにドアが開いた。

「待て！　待たんか」水島医師がわめいていた。騒音が響いた。医者が罵言を吐く。狙い通り、角を曲がったとたんにストレッチャーにぶつかったらしい。

おれは箱に入ると〈閉〉ボタンと〈一階〉ボタンを同時に押した。水島医師が走ってくる。彼の脚力は、たいしたことはなかった。

ドアが閉まる。吐息をつき、次の行動プログラムを練り始めた。が、それらはすべて無駄になった。

一階に到着し、ドアが開く。

おれはヘリコプターの爆音に驚いた。さっきまでカーチェイスに夢中で気づかなかったのだ。すでに玄関前に二機とも着陸しているではないか。

その上、ちょうど何人かのVIPが玄関ホールのドアを開けて入ってきたところだった。C部門調査課課長の永海がいた。他に自衛隊の制服を着た将校もいる。

人目を引く二枚目の中年男もいた。遺伝子操作監視委員会の委員長、防衛省副大臣の御藤浩一郎だ。C部門のゴッドファーザーまで顔をそろえているとは予想できなかった。

「深尾君？」永海の表情は見ものだった。両眼とも真円になるまで見開かれている。

「なぜ、ここに⁉ 避難しなかったのか！」

続いて、水島医師の罵声と階段を駆け下りる足音とが聞こえてきた。

唖然としていたため、反応が遅れた。慌てて〈閉〉ボタンを押そうとした。やめた。もう逃げ隠れは時間とエネルギーの無駄だ。

「おや、見つかっちゃったか」

おれはせいぜい無邪気な笑顔を装った。

「さあ、次は誰が鬼だ？」

13　特GOO科隊

おれはC部門要員たちの手でエレベーターの箱から外に引きずり出された。

「そいつは狂ってる！」水島医師が糾弾した。「手帳を取りに戻るだのとウソをついて、私に水をぶっかけて逃げたし……」息が切れていた。「……早くここから連れ出せ。私もすぐ帰らせてもらうぞ」

永海が通せんぼのポーズを取った。そんなことをしなくても、その肥満体だけで目的を達することができるのだが。

「これからケガ人が出るかもしれない。何人かの外科医と看護師には残ってもらわないと……」

「そうだったな」

水島医師は舌打ちする。おれを指差した。

「だが、もう二度とあいつの面倒は見ないぞ。絶対お断りだ」

憤然と足音高く去っていった。その辺に空き缶が落ちていたら思い切り蹴り上げただろう。

永海が車椅子のおれを見下ろした。たいていの人間なら、こういう時の彼の表情に胃が凍りつくはずだ。彼の名誉のために言っておくが、決してユーモラスなだけの中間管理職ではない。

「いったい何をやった！」

「童心に返って鬼ごっこを……」

「じゃ、鬼が捕まったんだから、これで終わりだ。すぐ避難しろ」

「おれの経験は？　アドバイザーとして役に立つのでは？」

「今回はP3内部じゃない。外部だ。こうなると局地戦だよ。アメリカでも一例あったが……。君の出る幕はない。第一、その脚で何ができる。……おい、こいつを連れてけ！」

　永海に命令されて顔見知りの要員たちが苦笑したり、溜め息をついたりした。

　皆が車椅子を取り囲み、おれを見下ろす。白川直人という要員が、車椅子を押し始めた。彼は口髭と顎髭が似合う性格俳優向きの容貌の持ち主だ。かがみ込んで、おれに囁く。

「大将、ご機嫌斜めだぜ。深尾さん、今度は何やったんだ？」

「そいつは国家的最高機密さ」

　白川は舌打ちする。

「あんたまで、そんなことを。だいたいC部門は秘密が多すぎるんだ。何でもかんでもレベル1、レベル2扱いすりゃいいってもんじゃないだろうに……」

「その通り」

「その通りって……。やっぱり何か知ってるんだな？　だったら……」

　手を振って白川を制した。車椅子にブレーキをかける。振り返って言った。

「永海課長、ちょっと聞いてほしいんですが……」

「まだいたのか！」

「ちょっとお耳を拝借……」

「私にまた胃潰瘍を起こさせる気か？」

　決断しなければならなかった。本気か？　もう一人のおれが言った。それを口にしたら最後、引き返せなくなるかもしれないんだぞ。それでもいいのか？　ああ、承知の上だ。

「いいですか、もしもですよ……」

「早く連れ出せ！」永海が叫ぶ。

　肺の容量の限界まで息を吸い込み、声を大きくして言った。

「もし、ここにUBに、アッパー・バイオニックになることを志願する者がいたとしたら？」

VIPたちのざわめきが止まった。外では二機の大型ヘリコプター、CH−47Kがまだローターを回転させている。その爆音までもが急にヴォリュームを絞ったようだった。

「……もし、そういう者がいたとしたら、皆さんはその男をどう扱うんです？　話も聞かずに追い払うわけですか？」

VIPたちの顔が、アルカリ溶液に出合ったペーハー試料みたいな色になっていた。いちばんアルカリが濃いのは永海のようだ。

「おい……」と言ったまま絶句している。

我が上司は一歩前に出ようとした。が、肩を掴まれて止められた。その男は代わりに前へ進んできた。気圧されたようにC部門要員たちが少し下がる。

その男は言った。

「深尾君だったね？」

「それに間違いない」

「場所を変えて少し話がしたいんだが」

「異存はありませんね」

男はうなずいた。

歌舞伎役者の家系に生まれたような雅やかな顔立ちが、おれを見下ろしていた。オールバックの頭髪、輝きのある眼、スポーツマンタイプの体格。年齢は四〇代後半だ。

名前は御藤浩一郎。遺伝子操作監視委員会委員長で、防衛省副大臣も兼任している。

御藤は保守党の中堅代議士だ。主婦票を確実に稼いできた男だという。確かにハンサムだ。しかし、遺伝子操作監視委員会も任されているぐらいだから顔だけを売り物に議員になったのではなく、それなりの傑物かもしれない。

彼と直接口を利いたのは今日が初めてだった。

「だが」と御藤。「今は緊急を要する状態だ。しばらく別室で待ってもらいたい」

「それなら隣の建物がよく見える部屋をリクエストしたいんですが……」

希望はかなえられた。院長室で待つように指示された。何と永海自身が車椅子を押してくれた。他の要員を自ら追い払う。

「どけどけ。ちょっと、このバカと話があるんだ。どいてくれ」

バカとは誰のことか言うまでもない。

白川だけは必死に喰い下がろうとした。車椅子の背から手を離さない。

「UBって何です？　課長。ずるいですよ。現場で命張ってるおれたちをそっちのけで内緒話ばかりなんて……」

「いずれ、時が来たら全部教えてやる。約束する。だが……」

永海は眼を剥いた。

「今は引っ込んでろ！」

白川は手を放した。溜め息をつき、肩をすくめ両掌を天に向けた。おれは彼を慰めるつもりで手を振ってやる。

永海は第四コーナーを回った競争馬の勢いで、おれの車椅子を押し廊下を突進した。今にも、いななきが聞こえそうだ。

「スピード違反ですよ！」

「うるさい！」

院長室に到着する。入るのは初めてだった。さすがに豪華だ。本棚を埋め尽くしている医学書はどれもドイツ語のタイトルで、おれには読めない。何かの賞状の類や、アマチュアゴルフ・トーナメントの優勝カップも並んでいる。黒のマホガニーデスクは無意味にだだっ広くて、おれには卓球台以外の使い途（みち）を思いつけそうにない。

永海は、おれを窓とデスクの間に押し込むと早速尋問にかかった。彼の顔色は普段の赤みの差したものに戻っていた。運動したせいで息が切れている。

「言えよ。何をどこまで知ってる？　いや、その前にどこからUB計画のことを知ったんだ？」

「第一の質問から答えるんですか？　それとも第二の質問？」

「順番はどっちでもいい」

「その前に、こっちの質問が先だ」

「何？」

「あそこの連中は何です？　自衛隊を出動させたんですか？」

窓の外の光景を指差した。すでに夜の帳（とばり）が降りている。強力なキセノン投光器が数台設置されて、この敷地内を照らし出していた。その照明も例の二機の大型ヘリコプターが運んできたものだろう。

大型ヘリの機種は、川崎重工製のCH—47Kだ。ダックスフント犬みたいな細長いボディが茶色と緑の迷彩模様に覆われている。前後に二つの大きな回転翼があり、それが一度に六三人を運ぶ揚力を生み出すのだ。

CH—47Kからは、すでに完全装備の二十数人の兵士たちが吐き出されていた。整列し武器点検などを行っている。モス・グリーン迷彩の戦闘服や戦闘用ヘルメットなどの格好がものものしい。

彼らが手にしている銃器は、TVでよく観る八九式自動小銃ではなかった。

短機関銃MP7A1だ。ドイツのヘッケラー&コッホ社の製品で、サイズは拳銃二丁を縦に並べたぐらいだ。銃口の脇にレーザー照準器が付いている。

一般的な短機関銃は九ミリ拳銃弾を使用する。だが、このMP7A1は四・六ミリ弾だ。本体も小型だが、弾丸も特別製の小型だ。屋内での取り回しがしやすく、建物に突入する任務などに向いているわけで、テロ対策を想定している武器だ。日本では陸上自衛隊の部隊〈特殊作戦群〉だけが使っている、との情報がある。


彼らが身につけているヘルメットや防毒マスク、防弾ベストなどの装備も見慣れないデザインだった。

例えばヘルメット付属のゴーグルは、一般的な〈両眼用〉ではなく、〈片眼用〉が二つ付いていた。赤外線パッシブ方式スコープと、光量増幅方式スターライト・スコープの二種類だ。片眼は肉眼で片眼は赤外線視覚、あるいは片眼は赤外線視覚で片眼は微光量視覚といった形にできるわけだ。

また彼らのうち二人だけは別の武器を持っているが、それは火炎放射器の新型のようだった。

いずれも、今年の自衛隊装備年鑑には記載されていないものばかりだろう。

二機の大型ヘリのうち、一機は移動通信司令部も兼ねているらしい。ボディ表面から細かいアンテナ類が多数突き出しているからだ。

一方、C部門要員たちの布陣ときたらバイオ研究所周辺を遠巻きにしているだけだった。彼らは包囲網を作る任務を負わされただけらしい。今回は直接、事には当たらないのだ。

この辺りの上空には、マスコミのヘリなどは飛んでいないようだ。寄せ付けないために、何か手を打ったのだろう。

「もう隠す必要もないな」永海が言った。窓枠に手をつく。「あれは特GOO科隊だ。自衛隊空挺レンジャーの中から集めた精鋭だよ。こういう事態、つまりP3外部での対GOO戦を想定して訓練されてきた連中さ。陸上総隊司令官の直属だ」

「なるほど。そう言えば以前、自衛隊員からこっそり一人ずつC部門要員をスカウトしていると言ってたけど……」

「いい人材はあっちに取られていたのさ」

永海が二重顎を掻いていた。彼を取り巻く政府部内の力関係を垣間見ることができた。

「しかし、GOOに銃弾がどれだけ効くか。確かアメリカでのデータでも、致命傷を与えるのは無理だと……」

「いや、あの短機関銃で仕留められるとは誰も期待してない。しかし、一度に大量の弾丸を喰らったら、化け物にとっても相当のダメージのはずだ。それで動きを止めたところをスタン・ロッドで感電死さ。P3内部と違って、銃弾が使える利点を生かそうというわけだ」

永海は、おれの肩を掴んだ。

「おい、さっさと吐けよ。どこでUBの話を聞いた？まったく油断ならん奴だな。まさか、C部門のコンピュータにハッカーまがいの真似をしたんじゃ……」

「まだ言うには早すぎますよ」

本当のところ、おれはまだ決断できてはいないのだ。「UB志願者」などと言ったのは、そう言えばここに留まれる、それだけの理由だ。五分五分の確率で、超人か廃人かの賭けをやるほどの理由や決意などない。

「どうしてこう厄介事ばかり増やしてくれるんだ！」

永海はおれの車椅子の背を叩いた。

「私はUB計画に反対票を投じたばかりなんだぞ。なのに、おまえが寝た子を起こすような真似をするもんだから、また風向きが変わるかもしれん……」

おれは窓の外を指差した。

「……そんなことより、突入するらしいですよ。特GOO科隊のお手並みを拝見しようじゃないですか。話はその後でいいでしょう」

永海の罵声は無視した。

国内初の局地戦を見守った。

まず地上部隊十数人が〈ラボ2〉の建物を取り囲むように散開した。彼らは一人一人がメモ用紙らしきものを持っており、それを照合しながら移動している。建物のシルバーグレーの外壁に何か小さな物体を取り付けてまわっていた。

「何してるんです?」

「音響センサーだよ。音響像探査システムと連動させると、建物の中の足音の位置もコンピュータで画像表示できる。誤差は一メートルから三メートルだそうだ」

ヘリの一機がすでに離陸していた。低空飛行で〈ラボ2〉の真上につける。台形ピラミッド型建物の屋上一〇メートルの位置でホバリングした。

長期間の訓練は報われるものだ。ヘリから数本のロープが垂れ下がり、一〇人ほどの兵士が建物の屋上に降下した。次に、屋上に別のロープを固定するとロック・クライマーが下山する要領で壁面を下りた。兵士たちは素早く、いくつかの窓に取り付いてしまう。もちろん要所要所に音響センサーを取り付けるのも忘れない。その間わずか三〇秒。行動に遅滞というものがまったくなかった。

同時に地上部隊十数人も、表玄関の周辺に取り付いていた。こちらも三〇秒で突入寸前の態勢を取っている。お見事な連携プレーだ。

よく見ると周囲には九五式地上レーダー装置もあった。建物内部での兵士たちの位置も、ガラス張りの壁さながらに素通しで〈見える〉わけだ。

やがて地上部隊の隊長格らしいのがうなずく。突入命令が出たようだ。

バイオ研究所の非常隔離システムにパスワードが入力されたらしい。玄関と、いくつかの窓の鋼鉄製シャッターがスライドして開く。

ふいに大気そのものが固体化したように、すべての動きが止まった。一瞬GOOが中から飛び出してくるような幻影を見た。どんな画家にも描けないような気色の悪い異形の姿が、おれの脳裡で踊り回った。幻影は間近に見たようにリアルだった。

それらは〇・五秒ほどのことだったようだ。実際にはシャッターが開くと、ほとんど間をおかずに兵士たちは突入していたのだ!

14　全滅

結果を先に言おう。特ＧＯＯ科隊の突入任務は失敗した。単なる失敗ではない。二六名中二三名が死亡、三名が重傷を負って脱出してきた、という全滅に近い有様だった。

失敗の原因については、いろいろと反省すべき点があるだろう。いくら訓練を重ねた精鋭たちだといっても、しょせんは平和な日本で実戦を知らずに育った若者たちだ。その彼らの手に余る任務をやらせてしまったのだ。これは上層部の判断ミスだ。

もう一つ、さらに致命的な判断ミスがあった。ターゲットを過小評価していた点だ。今までに得ていた情報では、このターゲットはさほど手ごわい化け物ではなかったという。従来通りにＣ部門要員を使うだけでも充分対処できると思われていた。

だが、特ＧＯＯ科隊に実戦経験を積ませるいい機会だと上層部は判断した。絶好の訓練対象ではないか、と。

この判断ミスを責めるべきかどうかは、おれにも分からない。

なぜなら、そのターゲットは、いつの間にか異常なほどの戦闘力を身につけていたからだ。あるＧＯＯが短期間に、これほど強力な生物体になるとは誰の予想も超えていたのだ……。

＊

御藤浩一郎の顔は蒼（あお）ざめているだろう。ここが青い光に満たされている空間なので、それが保護色になるために、はっきり分からないだけだ。シガレットパイプにマルボロを差し込む手が震えているのを、おれは見逃さなかった。

何せ特ＧＯＯ科隊投入を決めたことも、その部隊の全滅についても、委員長たる彼が責任を負うことになるのだ。今後の自分の進退を考えたら、タバコも紙の味しかしないだろう。

場所は大型ヘリコプター、ＣＨ―47Ｋの一機の中、移動通信司令部だった。

ＦＡＤＳ（野戦特科情報処理システム）が狭い空間に効率よく詰め込まれている。コンピュータ群とモニター群の組み合わせから成る代物だ。それを操作するオペレーター士官が三人いた。多数の画面には青いバックライトに赤と緑で文字と図形が表示され、それがオペレーターたちの顔にまで映り込んでいた。

壁には二〇を超えるTVモニターがある。それには、カメラ自体がダイナミックに動く映像が展開されていた。いずれも人間の眼の高さからのショットだ。

モニターの前にいる三等陸佐の肩章を付けた士官が、オペレーターに言った。

「もう少し〈早送り〉してくれ」

その三佐が特GOO科隊隊長だという。名前は本多。さっき自己紹介してくれたが、下の名前は忘れてしまった。ここの機材に注意を奪われていたからだ。

本多三佐は三五歳前後。頭は五分刈りで、今の季節には涼し過ぎるように見える。丸顔で、胸板は分厚く腕も脚も太い。アメフト・チームの監督のような印象だ。眼に常人にはない鋭い光がある。しかし、眼を閉じて瞑想に耽ったりすると、安物の仏像みたいな顔になるのではないかと思えた。

本多三佐が言う。

「これは特GOO科隊員たちのヘルメット付属カメラが捉えた映像だ」

言われなくても、見当はついていた。映像は、例の防毒マスクを装着した兵士同士を互いに映し合っているからだ。モニター右下隅に〈坂口／曹長〉、〈黒澤／一曹〉など名前と階級が表示されている。

「ここからでいい。後は普通に再生してくれ」

本多三佐はそう指示すると、モニターを険しい表情で睨みつけた。普通なら、部下たちが死んだ場面を何度もリプレイして観る気にはなれまい。だが、職務上眼をそむけるわけにもいかないだろう。

メイン大型モニターの映像の右下には〈伊庭／二尉／小隊長〉の表示がある。映像はP3施設A区画の近くらしい廊下や部屋を捉えていた。

画面内では、壁やドアに赤い光点がいくつも踊っている。DNA操作を受けた新種の蛍みたいに飛び回っていた。短機関銃に装備された、レーザー照準器が発するピンポイント・ビームによるものだ。

オートフォーカス機構が素早くピント調節を行っているので画像のボケは少ない。家庭用ビデオカメラに比べると大変クリアーだ。

兵士たちは、互いに手話に似たハンドシグナルでコミュニケーションを取っていた。一言も喋らず、物音も立てない。混乱もなく、素早く整然とＰ３施設が集中している一角へ進んでいく。プロフェッショナルな雰囲気だ。

画面上端には、棒グラフ風のオーディオ・レベルメーターがある。それが、物音がほとんどゼロの状態であることを示していた。

モニターの二つは建物の平面図だった。一つは音響像探査システム、もう一つはレーダー・システム。それぞれが兵士たちの位置をグリーンの光点として表示している。これも録画映像の再生だ。

『全員、止まれ』これは録音された本多三佐の命令だ。

モニターの映像がどれも静止する。レーダー・システムの光点も同時に止まる。

音響像探査システムだけは違った。グリーンの光点が紫色に変わっていく。その地点を最後に音が途絶えたという表示らしい。

その音響システム表示に異変が起きていた。赤の光点が一つ現れた。移動している。それは未確認音源の意味らしい。

『何か動いてる。ターゲットかもしれん』録音された本多三佐の声。

『位置は、そのＰ１施設Ｄ区画の……アッ！』

赤の光点は凄まじいスピードで画面を横切った。

悲鳴が上がった。オーディオ・レベルメーターが一気に伸びる。全滅への序奏だ。モニターの映像がどれも激しく揺れ動き始めていた。

『出た！』

『坂口が殺られた！』

グリッチ映像の一つが派手に揺れた。〈坂口／曹長〉の画面だった。電気的誤信号（グリッチ）による横縞パターンだらけになり何も見えなくなる。映像は回復しないまま突然ホワイトノイズ状態になった。カメラ自体が壊れたようだ。

続けざまに銃声が軽快なスタッカート音を奏した。だが、ほとんど乱射状態だ。モニター群の映像はどれも銃口からのマズル・フラッシュと、照準用の赤いターゲット・ドット一〇個分ぐらいとが激しく入り乱れていた。たぶん同士討ちも二、三起きただろうと思われた。オーディオ・レベルがMAXのままで震えている。

『落ち着け！　状況を報告しろ！』本多三佐だ。

肝心の化け物はほとんど映っていなかった。どれかのフレーム内の隅を一瞬黒い影がよぎる。と、思った瞬間には電気的誤信号(グリッチ)で画面が覆われてしまう。その後の映像は、天井か床が映るだけの単調なショットになって終わりなのだ。二、三の画面はホワイトノイズ状態のまま回復しなかった。いずれの場合も、その映像を撮影しているカメラの持ち主はすでに絶命しているのだろう。

「ストップ」実物の本多三佐が言った。

「はい」とオペレーター士官。

全モニターの画像、音声が止まった。

「浮田の映像をメイン・モニターに」

メイン・モニターに映ったのは、ストップ・モーションのかかった画像の一つだった。画面の隅には〈浮田／三尉〉の表示。

廊下の遠近法ラインが正面に向かって集束している。三、四メートルほど向こうは突き当たりの壁で、T字路だとわかった。

フレーム内に一人の兵士が映っている。こちらを向き、何か言おうとしたところでポーズがかかったらしい。最前線の緊迫感がうかがえた。

「ここからスローだ」と実物の本多三佐。

画像に、ゆっくりした生命が与えられた。

「廊下の角の右側だ」と本多三佐が指差す。

その角から人間の顔の一部が現れた。鋭い眼光と、尖(とが)った耳が確認できた。

さらに、その顔の下の位置から〈右手〉が出現した。一見、ごく普通の人間の手と変わらない。だが、指先が異常だった。五本の指のうち、三本は爪がないのだ。薬指と小指だけは爪があったが、それも通常の爪ではない。〈水銀色に輝く爪〉だった。

我が眼を疑う現象が起きた。その〈右手〉の薬指の〈水銀色の爪〉が伸び出したのだ。丸い先端も鋭角な形状に変化していく。一〇センチほどの長さに達した。〈爪〉が発射された。

画面フレーム内に長い〈水銀色の線〉が伸びていく。〈線〉は画面手前にいる兵士の胸に向かって飛んだ。

兵士が呻き硬直する。

その兵士の防弾ジャケットと胸板を何かが貫いた。鋭い刃物の切っ先が背中から突き出ている。鮮血を飛び散らせて若い兵士は死んだ。長期間にわたって受けた訓練も、一度の不運で水泡に帰すという場面だった。

　かたわらで、唸り声がした。本多三佐の喉から無意識のうちに漏れたものだ。彼のこめかみが痙攣（けいれん）している。

　いくら職業軍人といっても、有事のない我が国だ。本多という男も実戦を指揮したのは初めてのはずだ。部下が全滅するという事態を経験したのも初めてのはずだ。部下が戦死していく様を、何度もリプレイして観なければならないという経験も初めてのはずだ。彼はかすかに震えているようだった。

　画面の〈右手〉が今度は、残る小指の〈爪〉も伸ばしている。

　今度はカメラに向かって〈水銀色の線〉が飛んで来る！　この貴重な映像資料を撮影した浮田三尉という兵士も同じ運命を辿ったらしい。呻き声と共に映像が傾き電気的誤信号（グリッチ）だらけになる。その後は床のアップを撮り続けるだけだ。

　おれは叫んだ。

「防弾ベストが全然役に立ってないじゃないか！」

「ケブラー繊維製だ」と本多三佐。「軽くて防弾効果は抜群だし、ある程度の防刃（ぼうじん）効果もある。だが、切れ味の鋭い刃物には弱い。その欠点を突かれた形になった……」

　今や、ほとんどの映像が撮影者の動かない静止画面の状態に陥っていた。気がつくと小隊長のカメラ映像も壁をアップで映したままだ。

　三つの映像だけが例外で、それらは地上三〇センチほどの高さを移動している。どうやら三人の兵士たちが四つん這いで脱出しようとしているらしい。

　おれの髪の毛が逆立った。後頭部に高圧電流を感じた。あの〈歌〉が聞こえたのだ！

15　再会

その〈歌〉は、中近東辺りの民族音楽のようなメロディだった。やたらと倍音を含ませた独特の発声法。

　この一年間、その〈歌〉を聞いたことはなかった。だが、記憶はＤＮＡにまで刻印されていたらしい。すぐ思い出すことができた。ただ、今回はソプラノではなく艶のあるテナーだった。

モニター画面群の中で、三つの映像だけが動き続けている。カメラの持ち主たちは負傷したらしく、必死に床を這いずっている。

〈歌〉は徐々にヴォリュームを上げてきた。逃げる兵士たちを追って来ているらしい。

突然、映像の一つが派手に動いた。視点がひっくり返って天井を映したのだ。例の〈歌い手〉は、その兵士の首を押さえたようだ。

フレーム内には〈歌い手〉の姿は映らなかった。兵士は殺されかかった豚のような悲鳴を上げている。〈歌い手〉は歌うのをやめて、兵士に語りかけた。

静かな男の声だった。

『おまえたち三人は、外にいるおまえたちの種族に伝達しろ』

きれいな日本語だが、堅苦しい言い方だ。声自体にも抑揚がなく、日本語らしいイントネーションになっていない。

『私は知っている。P3施設A区画の恒温庫室にあるBD5菌のことだ。そして、その恒温庫室のタイム・ロックは午後八時に開く』

GOOの笑い声が聞こえた。

『A区画のドアもタイム・ロックで閉じている。しかし、それも恒温庫室のタイム・ロックと同じものだ。午後八時に開く。その時、A区画にいるおまえたちの仲間は死ぬし、外にいるおまえたちの仲間も死ぬ。みィィィィんな死ぬ』

笑い声は、まるでエコーがかかったような変化を見せた。どんな発声法を使っているのか見当もつかない。

化け物の声は、やがて遠ざかっていった。命拾いした兵士の激しい息遣いだけが響いている。気がつくと、おれまで息が荒くなっていた。

オペレーター士官が動画再生をストップした。すべてのモニターがブラックアウトした。

「この後、この三人は脱出した」

本多三佐が言う。青い照明の中でも、彼が丸顔に冷や汗をかいているのが分かった。

「我々は再び〈ラボ2〉の非常隔離シャッターを下ろした。現在も、音響像探査システムで内部のモニターは続けている。あれだ」

本多が指差したのは、今現在の音響システム画像だった。〈ラボ2〉の平面図内を赤の光点が移動する。時々、その光点が二重、三重の同心円になる。

「ああして、移動しては何かを壊しているような音がしている」

オペレーター士官が気を利かせて、その音をスピーカーから出した。二台の起重機が自動車を引っ張り合って、綱引きの真似をしているような音がした。

「脱出した三人は今、手術室だ。命は取り留めるだろう、ということだ……」

オペレーターの操作により、GOOが立てているリアルタイムの騒音は消えた。

おれは振り向いた。車椅子の身でなければ立ち上がっていただろう。永海課長と御藤委員長を睨みつける。

「あの歌は聞き覚えがある！　あの〈みィィィィんな〉という言葉遣いもだ！」

永海を指差す。

「ライフテック社だ！　一年前に、あそこに出た化け物だ！　あいつは死んだはずだが……」

「そうだ。だが三六時間後、検査室で生き返ったんだ……」

永海は女房に浮気がばれたような表情を浮かべていた。

「今まで嘘をついていたんだな」

「……ああ、そうだ」

「そうと知ってたら！」

言いかけて、口をつぐんだ。そうと知ってたら、そのGOOから完全クローン製造法を手に入れることができたかもしれないのに！　そう言いかけたのだ。しかし、そのセリフは胸の中に収めた。

おれの言葉を聞きとがめる者はいなかった。もっと恐ろしい事態が迫っているらしく、皆はそれに気を取られていたのだ。

「説明しよう……」

「……うかがいましょう」

永海の言葉によれば、ライフテック社で死んだGOOは、死の三六時間後に蘇生したという。さらにその後、GOOの身体はどんどん変化していった。元は梶知美のクローン体だったのだが、それとは似ても似つかない外見に変わったというのだ。

さっきの動画の声も男性のものだったから、それは予想していた。だが、確認することができて、おれはあらためて安堵する。もし知美の姿をしたGOOだったら、おれにとっては鬼門だ。

「映像を……」

永海がディスクをオペレーター士官に渡した。それがメインモニターに出る。

静止画像だった。検査室のベッド、そこに拘束されている若い全裸の男がいる。

美男子という表現が当てはまる青年だった。しかし、どこかマネキン人形めいた作り物の感じのする顔だ。そういう印象を受けたのは、〈彼〉の耳の上端や耳たぶが、ジェット戦闘機の尾翼を思わせるような鋭角な形状をしているせいだろう。

「……こいつが……？」

「GOOだ」

永海が言った。

「蘇生後、約二四時間で梶知美という女性のクローン体が、こんな姿に変わってしまった。……この姿になってからはまったく無力だった。君と椎葉雄二とが目撃したという、手足を伸ばす能力や、イントロナイズの能力は失っていたんだ……」

イントロナイズとは、一年前にライフテック社に現れた化け物が、おれにやろうとしたことだ。おれの意識、自我などを自分のイントロンに封じ込めようとしたのだ。幸い、その時は知美（のクローン）がおれを助けてくれたのだ。でなければ、今頃おれは白痴化していただろう。

次の映像は鉄格子の牢獄だった。生きたギリシャ彫刻のような青年が簡易ベッドに座っている。ブルーの縦縞（たてじま）のパジャマを着て足錠で拘束されていた。

彼の顔は完全な無表情だった。そう形容するしかない。笑う時も、この顔のまま声だけで笑うのではないかと思えた。

「このGOOは、ダゴン102（ワン・オー・ツー）と名付けられた。D102と略すこともある」

永海が解説する。

「ダゴンは、クトゥルー神話から借用した固有名詞だ。単純で発音しやすい名前なので採用された」

「102というのは？」

「捕獲された二番目のGOOという意味だ。ダゴン10

1はアメリカにいたが、もう死んでいる。だから、ダゴン102は現在、唯一捕獲されているGOOであり、かつ無力無害なサンプルとして格好の研究材料となった。……だが、言うまでもなくそれは大間違いだった。ダゴン102は一年間かけて、我々に気づかれぬうちに身体の機能をより強力な〈戦闘兵器〉に改造したらしい……」

「下っ端には何も教えないってわけか?」

おれは言った。顔面が造山活動を起こしていただろう。

「こんな重要な事実を自分らだけで握っていたのか? 官僚主義の悪癖だ。こんなことをやってても化け物相手には何の役にも立たないんだぞ。必要な情報を知らされないまま、今まで死んでいった仲間連中が哀れだよ……」

おれの声には覇気(はき)がなかった。言いようのない無力感に襲われる。もし、ここに留まっていなかったら事実を知る機会もなかったわけだ。しかし、永海を嘘つき、ペテン師と罵(ののし)る気も起きない。彼にしても〈上〉からの命令でやっていたことだ。

「深尾君」御藤浩一郎が言った。「君の批判も拝聴したいが、今は後回しにしてもらうしかない」

御藤が手にしているタバコはすでに半分以上、灰の円筒形になっている。吸うことも灰を落とすことも忘れていたらしい。彼の顔は汗まみれだ。青一色の世界で、死人のように見えた。

「命の危険にさらされているのは、P3内部の者たちだけじゃない。今や我々全員が電気椅子に縛りつけられたも同然なんだ。さっきのGOOの言葉を聞いただろう。BD5菌を奴に押さえられた形になってしまった……」

「そのBD5菌とやらは何です? たぶん微生物兵器でしょうね、条約違反の……」

「兵器としても、危険すぎて使えない代物なんだ」御藤の声は震えている。

永海が続きを説明した。やはり震えた声だ。

「要するにクラミディアの新種なんだ。オウム病の病原体だ。DNA組み換え実験中に、偶然生まれた強力な新種だよ。午後八時になれば、三グラム分のそれをばらまかれてしまう」

「何だと!?」

おれは肘掛けのコントロール・スティックを握りしめてしまった。車椅子が無意味に前後動した。

「あれは普通の奴でも、一グラムで二〇〇〇万人に感染するんだぞ！　つまり六〇〇〇万人に感染するってことだ。しかも死亡率は九五パーセント以上……。それだけの量をばらまかれたら、日本中のバイオリアクターで抗生物質テトラサイクリンを大増産したって追いつかない……」

永海が凄いほどの無表情でうなずいた。

「その通り。できる限りの非常措置を取っても、どれだけ喰い止められるか……。それにオウム病はオウム以外のハトやカラス、スズメといったありふれた鳥も、保菌鳥（キャリアー）になって広範囲に病原体をばらまいてしまう。そして人間に感染させてしまう……」

「つまり、一番やっかいで防ぎにくいルートで呼吸感染するんだ」

御藤が言った。

「……ＢＤ５菌による〈生物災害（バイオハザード）〉を想定したコンピュータ・シミュレーションでは、出来る限りの対策を講じても、二〇〇〇万人が犠牲になると予想されている。……首都圏は壊滅する……」

御藤の手元から、円筒形のままのタバコの灰が落ちた。

16　生物災害（バイオハザード）

移動通信司令部は、さながら液体窒素で満たされているようだった。鼻毛まで凍りつく感じだ。

おれは絶望的状況というやつを、永海から聞かされていた。車椅子に座ったままのポーズで、自分が氷像になったみたいな気分だった。

現在、ＧＯＯのダゴン１０２によって占拠されているバイオ研究所〈ラボ２〉。そのＰ３区画には、とんでもない人工の猛毒病原菌が実験用に保存されていたのだ。

ＢＤ５菌。ＢＤはブラック・デス、黒い死神の意味で、その第五ヴァージョンだった。

炭疽菌（たんそ）と、クラミディア菌の雑種（ハイブリッド）だった。実験中のミスにより偶然誕生した人工の新種だ。研究価値があるため、保存されて第五ヴァージョンまで改良されていたのだ。

その恐るべき威力は、すでにｉＰＳ細胞の実験で確認されていた。現代では、わざわざ人体実験を行う必要は薄らいでいるのだ。人間の細胞をコピーしたｉＰＳ細胞を使えば身代わりになってくれるからだ。

ＢＤ５菌の特徴を聞いただけで、全身の血液がコンタミネーションされて、どす黒くなるような気分を味わった。

予想潜伏期間は一～五日。高熱と頭痛により発病する。頸部（けいぶ）や背部の筋肉痛、関節痛、呼吸困難、喀血（かっけつ）などの症状を伴い、二四時間以内に急死する。死亡率はほぼ一〇〇パーセント。通常のクラミディア菌と異なり、抗生物質テトラサイクリンもあまり効果は期待できず、今のところ決定的な治療法もない。

こんな代物が、何と三グラムも保存されていたのだ！

これが外部に漏出（バッドスピル）すれば、史上最悪の〈生物災害（バイオハザード）〉だ。できる限りの対策を講じても、日本の人口の二〇パーセント近くは失われてしまう。

このＢＤ５菌は、〈ラボ２〉のＰ３施設Ａ区画の恒温庫室にある。

しかし、ＧＯＯも今のところはまだＢＤ５菌には手を出せないでいる。

〈ラボ２〉の管理体制は、すべてコンピュータシステムだ。Ｐ３区画も恒温庫室も、ドアにコンピュータ時限錠プログラムが設定されている。いずれのドアも多重構造の分厚い代物で、ＧＯＯといえどもこじ開けられるようなものではない。

だが、安心もできない。ダゴン１０２が恒温庫室の中に入れないのも、午後八時までのことにすぎないからだ。

午後八時にはタイム・ロックが解除されて、恒温庫室のドアが開いてしまう。ちょうど、その時刻に別の病原菌を恒温庫室に収める予定だったからだ。

このタイム・ロックのプログラムは、一度作動を始めたら設定時刻が来ない限り解除できないし、解除時刻の変更も不可能な代物だった。ハッカーによる被害を防ぐため、このコンピュータシステムには回線がつながっていないので、外部から回線を通じてＯＳ（コンピュータの基本システム）に〈侵入〉して解除時刻を変更することもできない。

ダゴン１０２がなぜ、これらの管理体制や、ＢＤ５菌のことを知ったのか？　これは別に不思議ではない。今までの例からGOOは何らかの方法で人間の大脳から直接知識を吸収することが分かっている。おそらく技術者の一人を殺した後、その大脳機能が完全に停止する前に、情報をダウンロードしたのだろう。

今は午後六時半。あと一時間三〇分しかなかった……。

＊

「まだか!? まだGOOは退治できないのか？」

電話の音声が拡声されて、移動通信司令部内に響いている。

「大丈夫だ。落ちついて」

本多三佐が受話器を握って受け答えしている。声だけを聞いていると平静そのものだが、顔面が時折チックのように痙攣しているのが分かる。これがTV電話なら演技だと見破られるところだ。

「大丈夫だと言うが、どう大丈夫なんだ!? あと一時間半で化け物がこの中に入ってくるんだぞ！」

電話の相手は、今〈ラボ2〉のP3施設A区画にいる。村上輝雄(むらかみてるお)という三八歳の技術主任だそうだ。

「壁越しに銃声や悲鳴がかすかに聞こえたと思ったら、その後は何の連絡もなしじゃないか！」

〈ラボ2〉のP3施設の壁は相当厚みがある。あれだけの騒ぎも、内部の者にはかすかな音でしかなかったのだ。

「外は今どうなってる!? ここにいる者全員が知りたがっているんだぞ」

「最初に投入した部隊はGOOの返り討ちに遭ったんです」と本多三佐。

「何だって!? そ、それじゃ私たちはどうなるんだ!?」

「心配しないでください。これから、大部隊を投入するところで、その準備をしています。GOOの弱点も分かりました。奴はある一定の周波数の音を聞くと、ひどい頭痛がするらしい。それをたっぷり浴びせて動きを封じてやります」

移動通信司令部にいる者全員が顔を見合わせた。一人残らず、とまどいの表情か怪訝(けげん)な表情を浮かべている。おれも同じだ。ダゴンがある周波数の音に弱いなどという話は、全員初耳であることは明らかだ。

「しかし、準備にもう少し時間がかかります。しばらく辛抱してください。ええ、安心して。こちらはこういう時のために給料をもらってる。必ず救い出します。私を信じてください。ええ、それではまた連絡します」

　本多三佐は受話器を壁のフックに戻した。深い溜め息をつく。

「どういうことです？」永海が訊いた。「ダゴンがある周波数の音に弱いとは……」

「ウソですよ」

　本多三佐が言った。顔に汚物がくっついたような表情だ。

「ウソ？」と御藤。

「はい。弱点どころか、今は何の作戦もありません。お手上げです。……しかし、それをバカ正直にＰ３の生存者たちに言って、何になります？　彼らをパニックに陥(おとし)れるだけです」

「何の作戦もない!?」御藤が叫んだ。「バカな！　それじゃＰ３内部の生存者たちを見捨てるしかないと？　助かる望みはないと？」

　本多三佐は視線を外した。沈黙する。自分の舌を切断したいような表情になっていた。やっと答える。

「残念ながら、絶望的です」

「そんな……」


　御藤は絶句したまま凍てついてしまったようだ。

　本多三佐の眼は虚ろな感じだった。部下たちと共に、彼の心の一部も死んでしまったようだ。彼の手が、コンピュータ機材の眼に見えない埃(ほこり)を払い出した。そうしながら言う。

「……すでに我々は特ＧＯＯ科隊を失いました。持ち駒(ごま)なしの状態です。残ってるのは特ＧＯＯ科隊訓練生たちです。彼らを投入しても無駄でしょう。新たな犠牲者を増やすだけです」

「そんな……」

　御藤はそれ以上の言葉が出ないらしい。自分自身が死を宣告されたような顔だった。唇が小刻みに震えている。

「では、いったい、これからどうする……」

　本多三佐の顔に電気的誤信号(グリッチ)のような痙攣が走った。口を開く。

「……自爆システムを……」

　声にならない声が、室内の空気を震わせた。

　永海が箱から取り出しかけたセブンスターを握り潰したのを、おれは眼の隅で捉えた。

「何だと!?」

「……戦略的立場から言うと、それ以外に……」

本多三佐が苦しそうに言う。

そこでオペレーター士官がヘッドホンを片手で押さえて振り返った。

「首相からの通信です！　メインモニターに出します」

画面に五〇代後半の人物が現れた。TVニュースでおなじみの顔だ。恰幅(かっぷく)はいいが、禿(は)げ頭(あたま)にシミがある。ダークグレーのスーツに、グリーンのネクタイという格好だ。さまざまな経緯を経て、保守党の党首となり、首相の椅子を得た男だった。押しの強そうなキャラクターだが、最高権力者になってからはそれを抑えているらしい。

「ご苦労様です。皆さん」

柔らかな口調で、首相が言った。それがトレードマークでもある。しかし、表情には普段、TVニュースなどでは見せたことのない峻厳(しゅんげん)さがある。

『挨拶は省きましょう。まず、こちらの状況を言います。たった今、国家安全保障会議を再度、招集しました。今回は緊急事態大臣会合です』

国家安全保障会議は日本版NSCとも呼ばれるものだ。内閣総理大臣と国務大臣たちによって構成されている。名前の通り国防の安全保障を議題とするものだ。

緊急事態大臣会合とは、この会議の特例に当たるものだ。通常の会議は総理大臣を含む四大臣によって行われる。だが、緊急事態大臣会合の場合は自衛隊の統合幕僚長も招集される。つまり、軍事作戦を直接、発動する場合に備えるわけだ。

今、首相がいる場所は首相官邸、地下一階の内閣危機管理センターだろう。彼の背後に巨大ディスプレイ画面が見える。緊急時には警察や自衛隊のヘリコプター・カメラの映像が映し出されるシステムだ。今も現場が表示されている。バイオ研究所二号館〈ラボ2〉のピラミッド風の屋根だ。

『万が一を考えて、どんな事態にでも対処する用意があります』

首相が言った。汗のせいで、禿(は)げ頭がワックスを塗ったように光っている。

『そちらの状況を簡潔に報告してください』

御藤と本多三佐が顔を見合わせた。どちらが報告を行うべきか迷ったようだ。御藤が譲った。

「軍事作戦ですから、直接指揮を執っている本多隊長に……」

本多もうなずいた。モニターに敬礼する。

「特GOO科隊隊長の本多三佐です」

本多の額からは汗が滲んでいたが、本人は拭うのも忘れていた。

「それでは、状況報告を……」

本多は大きく息を吸い込んだ。

「……特GOO科隊がほぼ全滅したことはお伝えした通りです。〈ラボ2〉の中には依然、脱出できない生存者がいます。外部へは逃げ遅れたのですが、P3区画内に閉じこもったおかげで無事だった二〇人です。現在も電話で連絡を取っています。

「しかし、彼らはGOOから逃れるために、とっさにあり合わせの時限錠プログラムを使って閉じこもってしまったのです。それが不幸にも恒温庫室のものと同じプログラムでした。

「つまり、午後八時までは生存者たちもP3区画から出られません。

「その時限錠を管理しているコンピュータ本体はP3区画にあります。しかし、一度設定したプログラムの変更は不可能な仕掛けなのです。またコンピュータ本体を生存者に破壊させたりすると、ドアが勝手に開くこともあり得ないとは言えません。ですからかえって危険でしょう。

「午後八時になればドア・ロックは解除されて、GOOはP3区画に入ることができます。無力な二〇名の生存者を殺し、恒温庫室に入り、BD5菌を外部に持ち出して、ばらまくでしょう。

「生存者たちが、すぐにP3区画を再度ロックできるといいのですが、ドアが開いてからでないと端末操作はできず、操作自体かなり時間がかかるので不可能です。恒温庫室の再度のロックは間に合うかもしれません。しかし、それでも生存者たち自身は救われません。GOOによって彼らが皆殺しにされる、その事態を避けられないことに、何ら変わりはないからです」

本多は息をついた。

御藤浩一郎は、その横で小さな呻き声を漏らしたようだ。

本多三佐は深く酸素を肺に溜めてから、口を開いた。

「……〈ラボ２〉の周辺は現在、東部方面隊の増援を呼んで非常線も張って固めています。不発弾処理の名目です。しかし、相手は通常の銃火器で攻撃されても死なない奴です。もし非常線を突破されて都心に入られたら、史上最悪の〈生物災害（バイオハザード）〉が発生します……。

「大ざっぱには以上です」

『だいたい、分かりました』

首相が言った。顔面がロウ人形じみた蒼白なものになっている。しかし、あくまでトレードマークでもある丁寧な口調で尋ねた。

『現場指揮官として、あなたは今後どうするべきだと考えますか？』

本多三佐は唇を舐めた。言葉を選んでいるようだった。

「私は多くの戦略論、戦術論を学びました……。いずれも基本思想は同じです。多数の利益を優先する、犠牲を最小限に押さえる、です。……ですから……もし、私が……それに従って……現場の一将校として……この事態を分析し……対処しなければならないとすれば……」

本多三佐はやたらと仮定形を使い始めた。直接形ではとても口にできない言葉を口にした。

「……〈ラボ２〉の自爆システムを使うしかない、という結論になるでしょう」

首相官邸も、移動通信司令部も静まり返っていた。九五式地上レーダーの複数のモニターが輝線を回転させ続けている。

『Ｐ３の生存者二〇名を見殺しにしろ、と？』

首相が訊いた。

「それが専門家の判断ですか？　何の罪もない二〇名をＧＯＯと共に、すぐ火葬にしろ、と？」

「……残念ながら……そうです」

本多三佐は丸顔を伏せた。さすがに相手の顔を正視しては答えられない質問だろう。

「……情けない話ですが、他に手の打ちようがない。これが事実です。我々はここにいても、野次馬程度にしか役に立ちません」

画面内の首相が椅子に座り直したようだ。嘆息する。

『……分かりました。……つまり、私か、桜木防衛大臣か、御藤委員長か、この三人のいずれかが自爆システムのスイッチを押さねばならない。確か、私たち三人の指紋でしか作動しない仕掛けでしたね』

首相の眼が少し虚ろになった。深呼吸してから言う。

『では、誰が？　誰が押しますか？』

「まことに申し訳が……」

言いかける本多三佐を、首相が制した。

『そういう話は後です。今は対処方法を検討することだけに話を絞りましょう』

首相はハンカチで額の汗を拭った。

「……そうですね……」

ハンカチの汚れを見つめた。肩の線が下がっていく。

やがて首相は眼を閉じた。

『……やはり私が押すしか……』

「私がやります！」

唐突に御藤が叫んだ。モニター画面ににじり寄る。

「わ、私がスイッチを押します！」

御藤は肩を上下させている。マラソンランナーのような激しい呼吸になっていた。

「私の管轄であり、私の責任だからです」

『しかし……』

首相は眼を最大限に見開いている。おれもそんな表情になっていただろう。この移動通信司令部に居合わせている者も、首相官邸のメンバーも同様のはずだ。

「私が押します」御藤は譲らなかった。

「しかし、それは……」今度は永海が発言した。

「いや、いいんだ」と御藤。

「ですが、委員長。あなたの……」と永海。

「君は黙っててくれ」

「だって、それじゃ……」

「黙れというのが分からんのか！」

御藤は、この場にいる者全員の鼓膜が破れそうな声で一喝した。

永海が沈黙する。怒鳴られた彼の眼に怒りはなかった。むしろ同情が浮かんでいるように見える。やや間を置いて答えた。

「……分かりました」

「いや……」

御藤も多少大脳の血圧が下がったようだ。力のない笑みを浮かべる。

「すみません。怒鳴るつもりじゃなかったんだが、つい……」

御藤は、唖然としている画面上の首相に向き直った。

「総理、私に時間をください。自爆システムはタイム・スイッチ付きです。ですから、今から、午後八時ちょうどを作動時刻としてセットします」

御藤は相手に有無を言わせなかった。一方的に喋りまくる。

「もちろん、自爆システムは最後の手段です」腕時計を見る。「まだ、一時間と二四分あります。その間に、ギリギリまで自爆を避ける努力をさせてください」

『しかし、どんな方法が?』と首相。『本多三佐もたった今……』

「方法ですか？」

御藤が唐突に振り向いた。おれに視線のピントを合わせる。こちらに向かって歩いてきた。彼の一歩一歩の足音が、アパトサウルスが歩く時に立てる地響きみたいに思えた。

永海が黒縁眼鏡の上から手で眼を覆ったのを、おれは眼の隅で捉えた。

「深尾君」

汗まみれの顔が言った。

「話をすべき時が来たようだ」

b▼PUH

なぜNCS機能により、筋肉の力が数十倍もパワーアップするのか、その原理を説明しておこう。

効果その二、だ。〈超電導神経〉を持つことで、その人間の反応速度と運動神経は一〇〇倍もスピードアップする。

しかし、スピードには、それに見合ったパワーが伴わなければならない。F1ドライバーをマラソンに出場させても無意味である。彼の運動神経を生かすには、最高時速三〇〇キロが可能な高出力エンジンが必要なのだ。

NCS機能には、そうしたバランスを取るため、筋肉のパワーアップ・システムも用意されていた。

また疑問が出るだろう。

「あまりにも都合が良すぎる」と君は言うだろう。「超電導神経に加えて、筋肉までターボ・チャージャー付きなんて、そんなバカな……」

それについては、おれも誰かにだまされているような気がしないでもない。しかし、これも結局〈キリンの首のミステリー〉と同じだ。進化の解けない謎なのだ。

「まるで、誰か（神？）がすべてをあらかじめ計算していたとしか思えない」というのが進化の実態なのだ。

もちろん我々が、文部省検定の教科書で学んだダーウィニズム、ダーウィン流進化論では逆の見方をしている。ダーウィニズムを単純に言うと、こうだ。

「進化は、目的も計算性もなく行き当たりばったりだ。突然変異したものが適応できれば生き残るし、適応できなければ死滅する」

現代のネオ・ダーウィニズム、総合進化説もこれの発展形だ。しかし、ダーウィニズムには、実は致命的な欠点がある。これが提唱されて百数十年も経過したのに、いまだにこれを実証する明確な証拠が一つもないことだ。

ダーウィン自身が気にした進化論の弱点も紹介しておこう。

生物の眼は、もちろんレンズである。レンズは当然、光を屈折させる。それによって網膜に像を結ぶことで物体を見ることができる。

だが、光の屈折は同時に、色の滲み、色収差を発生させる。赤から紫までのスペクトルの七色は各々（おのおの）屈折率が異なるので、白い光も結局分光されて色収差が発生するのだ。

ところが、原始的な三葉虫ですら、この色収差を取り除くレンズの組み合わせを眼として持っているのだ。

目的も計算性もなしで、どうしたら、こんな高度な眼を獲得できるのだろうか？

進化とはやはり「誰かが脚本を書き監督しているようなもの」と考えた方が納得しやすいのだ。

ＮＣＳ機能もまた、そのシナリオの一部と見るのが今は正しい態度だろう。

しかし、現段階ではこれ以上のことはいくら考えても、おれの頭脳では時間の無駄だ。

話を、ＮＣＳ機能の効果その二に戻そう。筋力のパワーアップ・システムの原理だ。

まず大前提だ。

神経と筋肉の微妙かつデリケートな関係について知ってもらわねばならない。

もしかすると君は、神経繊維は筋肉などの標的細胞と直接つながっている、というイメージを抱いているかもしれない。

だとしたら、それは大間違いだ。この際、正しい知識を仕入れた方がいい。

神経繊維と筋肉の間には一万分の一ミリの隙間がある。これがシナプスと呼ばれるもので、直接つながってはいない。

では、脳からのデジタル信号はどうやって、筋肉に伝わっているのか？

これにはホルモンが使われている。神経繊維の末端は、脳からデジタル信号を受け取ると直ちに神経ホルモンのアセチルコリンを分泌する。つまり、電流によるデジタル信号を、ホルモンという化学分子による信号に変換するというわけだ。

それでは、その分泌された神経ホルモンが標的細胞の中に直接入って作用するのだろうか？

ブザー音。

それも外れだ。

分泌されたアセチルコリンは、細胞そのものにではなく、細胞膜表面のレセプター（受容体）に作用する。するとレセプターは細胞内のＡＴＰ（アデノシン三リン酸）に加水分解反応を起こさせる。その反応エネルギーが細胞同士をスライドさせて、筋肉を収縮させる。それでやっと手足が動き、大脳からの指令を実現する、というわけだ。

つまり、脳から筋肉までの間には、神経→アセチルコリン→レセプター→ＡＴＰ→加水分解反応→細胞同士のスライド、という長い長い道程（みちのり）があるのだ。

この本のページをめくっている君の手も、そうやって動いている。

ただし、加水分解反応エネルギーが、細胞同士をスライドさせる原理、メカニズムについては、いまだに完全には解明されていない。いくつかの仮説モデルがあるだけである。

大前提は、ここで終わりだ。

さて、一九七八年から、一部の科学者たちから異説が出始めた。神経ホルモンの中には、細胞の中に直接入って作用するタイプもあるのではないか、という説だ。

これは今のところは、仮説止まりで検証されてはいない。

……というのは表向きの話だ。実はすでに検証済みである。ＮＣＳ機能によって分泌されるもう一つの未知のホルモン、ＰＵＨというホルモンこそが、そのタイプだったのだ。

ＮＣＳ機能がスイッチＯＮになると、同時に大脳からのデジタル信号にも異変が起きる。ただの信号から特別な信号、ＰＵ信号に変わるのだ。それを受けると神経繊維の末端は今までのアセチルコリンではなく、ＰＵＨを分泌する。

このＰＵＨこそ、細胞の中に直接入って作用するタイプのホルモンだ。そしてＡＴＰの加水分解反応エネルギー、プラス、未知の反応エネルギーにより、筋肉の力を数十倍にパワーアップさせる。

ＰＵＨはなんの意味かって？　もちろん、パワーアップ・ホルモンの略に決まっている。

17　真相

「樋口主任をすぐここに呼んでくれ。すぐにだ」

御藤がオペレーター士官に指示した。士官はすぐにインカム・マイクでどこかに呼びかけた。

サングラスをかけた別のオペレーター士官はモニター群を操作していた。次々に映像が切り替えられていく。首相官邸とつながっていたＴＶ電話回線も、すでにＯＦＦ状態だった。

モニター群は外の映像を映し始めていた。とっくに陽は沈み、真冬の冷気と闇が辺り一帯を押し包んでいる。台形ピラミッド型の〈ラボ２〉だけが、キセノン投光器群によって闇の中に浮かび上がっている。

それは異国の神殿を思わせるような眺めだった。現実に、その中には異教の邪神がいて人身御供を捧（ささ）げようとしているのだ。

〈ラボ２〉周辺は自衛隊の増援部隊が固めている。他にＣ部門要員も数十名いる。だが、彼らは今回はあまり役に立ってはいない。たぶん出番がないまま退却することになるだろう。先ほど永海に食い下がろうとした白川が、黒の革ジャン姿で退屈そうにたたずんでいた。

杉やブナの林の向こうには、パトカーや自衛隊車両の回転灯の明滅が見えた。無数の赤と青のＵＦＯが乱舞しているようだ。あの非常線のせいで回り道させられたドライバーたちは、不平を並べているのだろうか。

「さて、深尾君。話をしよう」

御藤浩一郎の声がした。

おれはモニター群から視線を外し、彼を見た。

「さっき君はこう言った。〈もしアッパー・バイオニックに志願するものがいたら、その人物をどう扱うのか？〉と」

御藤は殺気に似たものを漂わせていた。端正な風貌だが、それが今は崩れている。選挙ポスター用の顔ではない。どちらかというとヤクザが恫喝用に取っておく表情に近い感じだ。

「君の質問に答えよう。……まずただちに志願者にマイクロマシンを注射する。一五分ほどでＵＢ化は完了する。そうしたら〈ラボ２〉に志願者一人で入ってもらい、この八方塞がりの事態を解決してもらう」

御藤はそう言ったきり、後は黙った。おれを凝視している。

永海の方を見た。彼の表情は雄弁だった。

このバカが。何で、こんなことに首を突っ込みやがったんだ。あの時、避難していれば安楽な入院生活を送れたものを。おれはもう知らんぞ。責任持たんぞ。

本多三佐を見た。彼はＵＢについても、おれがここに連れてこられた理由も承知しているらしい。精悍な五分刈りに丸顔の彼は、複雑な表情だった。長年の間、自分が訓練し育ててきた部隊が、サメにケンカを売った金魚の群れさながらに全滅した直後なのだ。彼がＵＢなどという代物にあまり期待していないのは明らかだ。

おれは言った。

「……確かに答えは、うかがいました」

ヘビーな腹筋運動でもしているように、胃袋の辺りがこわばっている。

「しかし、ＵＢ化には大問題があるとも聞いてます。……成功率五〇パーセント、もし失敗すれば廃人だと……」

御藤は答えなかった。というより、答えられないようだ。

永海が代わって言った。

「その通りだ。こんな危険な実験に志願する奴はいない。普通ならな」

我が太り過ぎの上司はセブンスターをくわえて火を点けた。

「そこまで知ってたのか。驚いたよ。……しかし、危険だと知ってて、なぜ志願するようなことをほのめかした？　人騒がせな奴だよ、まったく」

「まだ志願するとも、しないとも言ってませんよ」

　おれは平静な声を保っていた。本当は肺が風船みたいに膨張しそうな気分だった。

「だいたい、どうやってＵＢ計画のことを知ったんだ？　入院中の君がいつ知るチャンスが？　Ｃ部門要員で他に知っている者はいないらしいが……」

「それは請け合いますよ」

「いったい、どうやって……」

　オペレーター士官が来客を告げた。

　移動通信司令部の鋼鉄(こうてつ)のドアが開く。

　現れたのはベッコウ縁眼鏡をかけた褐色の妖精(ようせい)だった。

　ＦＡＤＳ（野戦特科情報処理システム）と、男たちの汗の臭いの二つで充満しているこの空間には、まったく似つかわしくない人物だった。

「どうぞ、入ってください」

　御藤は手招きし、彼女の紹介を始めようとした。

「こちらは樋口理奈さん。外科医で、マイクロマシン開発のシステム・エンジニア……」

「知ってますよ。ＵＢのことを教えてくれたのも彼女です」

　一同が驚きの声を上げた。誰の予想も超えていたらしい。オペレーター士官たちも、仕事の手を止めて事の成り行きに注目している。

　おれ自身も、しっくり来なかったことだ。なぜ、彼女はわざわざ極秘のプロジェクトを、おれなどに打ち明けたのか？　そうするだけの価値があったとは、どうしても思えない。

　彼女は何か隠している。おれはそう確信している。だが、それが何なのかは見当もつかない。

　樋口理奈は神経質に首を動かして室内の男たちを見回している。コーヒー色の子猫がブルドッグに囲まれて、うろたえているといった図だ。

「バレちゃったよ」とおれ。「君が重要機密を漏らした件さ。お尻ペンペンぐらいで済めばいいんだが」

　何だって!?　どういうことだ!?　樋口君、なぜ!?

　そんな声が飛び交う中、彼女は移動通信司令部に入りドアを閉めた。覚悟を決めたらしく、背筋を伸ばし白衣のポケットに両手を突っ込んで答える。

「UB研究を早く完成させたかったんです。これに情熱を傾けてきたんです。それが理由です。……深尾さんはGOOとの戦いに復帰できないのを残念がっているようでした。絶好の志願者になってくれるだろうと、私の独断でUB計画を打ち明けました。それについてはお詫びします」

一礼した。小麦色の顔がこわばっている。厚みのある唇も震えていた。

「……私は責任を取らされてクビですか？」

永海と、本多三佐が何か言いかけた。だが、御藤が立ち上がり手を振って制した。

「いや、いい！　今はそんなことでもめている時じゃない！　彼女の独断や責任についても全部後回しだ。今重要なことは、深尾君がUBに志願してくれるかどうかだ……樋口さん、あなたも空いている椅子に座ってください」

樋口理奈はまた一礼し着席した。

彼女の眼は相変わらず徹夜明けの充血状態らしい。ここがモニター類の光によって青一色の空間になっているので分かりにくいだけだ。眼の下にくまができているのは隠せない。

「樋口さん……。まさか、あなた……」

永海が言いかけて口ごもった。

「何ですか？」と彼女。

ためらいつつも、永海は口を開いた。

「……樋口さん。たしかに、あなたのご主人には同情します。確かにあれはひどい有様だった。しかし、深尾君の責任じゃ、ないんだ。そうしなければ、彼が逆にご主人に殺されていた。そしてその結果、今の彼は車椅子の身だ……」

「ちょっと待て。いったい何の話だ？」

永海は振り向いた。おれの顔をまじまじと見つめる。彼の唇が動いて「しまった」と小さく呟いたのが聞き取れた。たとえ聞き逃したとしても、その表情や、唇の動き方で明白だったろう。

「いったい何の話だ、今のは？」

おれは繰り返した。周囲を見回す。皆、視線をそらした。ふいに、この場の空気が原油を満載したタンカーぐらいに重くなったようだった。

「何の話だ？　おれが、樋口さんのご主人に殺されていた？　それで車椅子？　いったい何を……」

　樋口理奈がおれを見た。仮面のような無表情だ。

「もちろん、深尾さんの責任じゃありません。私たちの準備不足が原因です」

　完全な棒読み調だった。かなり無理をしているようだ。背中を氷でこすられたような感じがした。

「何の話だ？」おれの問いは無視された。

　樋口理奈は永海に向き直った。相手を直視して言う。今度は感情がこもっていた。

「永海さん。私のことをそんなバカな女だとお思いですか？　そんな筋の通らない復讐心を抱いたと？　逆恨みで深尾さんを実験台に使おうと？　亡くなった夫と同じ目に遭わせようと？　見損なわないでください。たしかに単純な女かもしれませんが、そこまでバカじゃありません」

「どういう意味だ、そりゃ!?」

　おれは車椅子の肘掛けを拳で叩いた。

「説明しろ。さっぱり分からん」

　彼女の眼に涙が浮かんでいる。

「……透さんはきっと苦しんだかもしれない……」

　また抑揚のない声で言った。

「何だって？」

　おれの大脳前頭葉がパチンコ台のデジタル数字みたいに激しく明滅していた。

「……口の中にスタン・ロッドを入れられて感電させられて……唇も、舌も、眼も、髪の毛も黒焦げで……」

「な……」絶句した。

「でも、その時はもう正気じゃなかったはずよ。苦しんだのはただの廃人よ。その時はもう私の夫ではなかった。そのくらい承知しているわ」

「それは、どういう……」

　聞くまでもなかった。おれの左脳がある論理を組み立て始めていた。おれはGOOと戦って、この右膝を骨折したと思っていた……だが、そう思わされていただけだったのだ！

「そんなバカな……あの……あいつはGOOじゃなかった……人間だった……UB実験の失敗……それで発狂した……あの怪力も不死身もUBの力だったんだ……」

「……そういうことだ」御藤が言った。「そのことも君は知っているのかと思っていたが……」

「あれは化け物じゃなかった。人間だった……」

おれの耳の中で台風が吹き荒れていた。最大風速一〇〇メートルを超える轟音だ。パジャマの上に羽織っている茶色のローブの裾を握りしめていた。永海が何か言っているようだが……。

「正当防衛だ。そうしなければ君も殺されて、さらに犠牲者が増えていたはずだ。君のやったことは人殺しじゃない。警官が正当防衛で発砲したケースと同じだ」

おれはほとんど聞いてはいなかった。そう簡単に、こういう衝撃を受け止められるものではない。

「きさまら……」

おれは顔を上げて、永海や御藤を睨みつけた。

車椅子の身でなければ、立ち上がり誰かの胸ぐらを掴んだかもしれない。胃袋がステーキになるのを感じた。その辺のものを殴りつけたくなる。

「きさまら、おれに人殺しをやらせたのか！」

「ショックを受けたのは分かる」

御藤が言う。

「だが、気を鎮めて聞いてくれ。このままでは二〇名の人間を犠牲にしなければならん！　私が自爆のスイッチを押さねばならないんだ！」

18　志願者

〈ラボ2〉に仕掛けられている自爆システム。

これは正確には、自殺&自火災システムと呼ぶべきものだ。

作動は、あらかじめ登録されている指紋の持ち主が指紋キーを押すことで行われる。押した瞬間に作動する〈直接キー〉と、一定時刻に作動するようセットできる〈タイマー・キー〉の二種類がある。

作動装置の一つは、この大型ヘリコプターCH―47K内にある移動通信司令部にある。もう一つは首相官邸の地下一階だ。専用回線がつながっており、それを通じて作動ONの指令が飛ぶわけだ。

〈ラボ2〉の自爆システムが作動すると、まず第一段階として建物内部に神経剤GXが放出される。これは米軍が開発した化学兵器だ。わずか三六ミリグラム吸入するだけで一〇〇〇分の一秒で死亡する。犠牲者は苦痛のない死を与えられるわけだ。

神経剤GXは、GOOに対しても仮死状態にする程度の効果は期待できる。しかし、仮死状態だけでは安心できない。

そこで第二段階として作動三〇秒後に床、壁などに仕掛けてあるゼリー状ナパームが放出されて点火される。建物内部は摂氏二〇〇〇度の火炎で充満する。どんな生物も生きられない焦熱地獄となるわけだ。

これは文字通り「最後の手段」だった。それゆえ〈ラボ2〉で働いている所員たちにも知らされてはいなかった。だから、所員たちの大脳から情報をロードしたダゴン102も、これについては知らないわけだ。だが、ダゴン102にこの情報を伝えて投降するよう説得しても無意味だ。

これを知ったら、奴は直ちに〈ラボ2〉を脱出し、包囲網を突破して人間社会の中に紛れ込もうとするだろう。万が一逃げられたら、奴はまた別のP3施設を襲って猛毒病原体を持ち出し、ばらまくだろう。さらに奴は、トラペゾヘドロン・ウイルスによって、仲間を際限なく呼び出すだろう。

結果はさらに危険なものになる。交渉が成立する余地はないのだ。

*

おれは手指の屈伸を繰り返していた。指先にひっかかった茶色のローブやパジャマの膝の部分にしわが寄る。呼吸を鎮めようとした。

その通りだ。御藤の言う通りだ。当面の問題の方が重要だ。過去は変えられない。が、未来はまだ選択の余地がある。

だが、未来は未来で何と酷な選択であることか。一生全身麻痺か、超人か、廃人になって殺されるか。どれにしようかな、神様の言う通り。イーニー・ミーニー・マイニー・モー。子供の遊び文句が頭蓋骨に反響する。

御藤が言った。

「いいかね、深尾君。君は自分からUBに志願する可能性を口にしたんだ。だから、今その話をしてるところだぞ」

おれは顔を上げた。御藤の役者じみたハンサムな顔を見る。

「唯一の問題は、君に志願する気があるのかどうかだ。もちろん強制はできないが……」

御藤もそれ以上の言葉は出ないようだ。

永海は口をへの字に結んでいる。ダルマに似た顔になっていた。こんな時でなければ笑えたかもしれない。

本多三佐は半分眼を閉じている。思った通り、安物の仏像のような顔になっていた。その状態で沈黙している。皆、おれの返事を待っているのだ。しかし、おれの舌は化石も同然で動かなかった。

断ったところで、おれを臆病者呼ばわりする者はいないだろう。誰だってこんな選択は御免だからだ。二分の一の確率に命を賭ける行為を、普通は勇気とは言わない。暴挙と言うのだ。

「成功率五〇パーセントというのは……」

ふいに樋口理奈が日を開いた。

全員が一斉に注目した。

彼女はベッコウ縁眼鏡を外した。普段は半分隠れている美貌が露になった。レンズペーパーを取り出し、ガラス表面の汚れを除去しにかかった。

「現段階の成功率五〇パーセントというのは、夫の死体とマイク・マシンとを調べたウチのスタッフが、弾き出した確率です。どういう根拠に基づいた数字なのか、それについて詳しく説明するのは面倒だから、やめておきます。

「動物実験では安全だったけれど、人間の場合はこんなに危険だったとは……。それを事前に予想できなかったのは、私たちのミスです」

声は乱れることがなかった。いやに平静だった。それがかえって気味が悪い。

「でも、私個人は成功率はもう少し高いと思っています。五五パーセントはある、と」

この美しく気の強そうな未亡人を見ていて思った。彼女の精神は、本当はガラス細工のように脆（もろ）いのではないか、と。

UB化実験の失敗により夫が廃人と化したこと、電撃で黒焦げになったこと。これら一連の事件を、彼女の小さく柔らかいハートは受け止め損ねたのではないか。

それ以来、理性と感情のバランスが狂いだし、彼女の行動、言動からは一貫性が失われたのではないか。もしかしたら、おれにUB化実験の話を持ちかけてきた時も、本人は半分夢遊病のような状態だったのではないか。

たぶん、彼女のIQは天才クラスなのだろう。そして古人の言った通り、「何とかと何とかは紙一重」であり、樋口理奈は境界線上を漂流していたのではないか。

彼女は拭き終わった眼鏡をかけ直した。

「やはり、私が自分で試します……」

幽鬼のような表情で立ち上がった。白衣のポケットに両手を突っ込む。

「どうせ、他に志願者がいるわけないんです。失敗したって、殺されて夫のいるところへ行くだけのことですし……」

氷の上を滑るような動きでターンし、出ていこうとする。静かな態度だけによけいに異常さが目立った。思い詰めた眼であり、思い詰めた表情だった。

「いかん!」と御藤。

「止めろ!」と永海。

本多三佐が素早く行動を起こした。その武骨な手で彼女の細い肩を掴む。まだUBになってない彼女には抵抗するだけの力はなかった。前へ進もうとするが動かない。

振り向いた樋口理奈の眼は、冷たい怒りを放っていた。もともと負けず嫌いの性格らしい。本多三佐の手を自分の肩から引き離そうとする。

「離して」と彼女。

「落ち着いてください!」と本多。

「落ち着いてるわ」

静かな声で彼女は答えた。実際、激情に駆られているような表情ではない。ノーマルにすら見える。それがかえって内面の複雑さを感じさせた。

「意地を張らないでくれ!」

御藤も詰め寄り、細い肩を押さえた。

「貴重な人材を、こんなところで犠牲にしたくないんだ」

その言葉は、おれに対する皮肉に聞こえた。おれは別に貴重な人材ではない。ただの下っ端。その他大勢の一人だ。放っておいても全身麻痺に陥るだけの使い捨てだ。

三人の静かな揉み合いは長くは続かなかった。

彼女は身体から力を抜くと、近くの椅子に座り込んだ。そのまま俯いてしまう。指先で眼を拭っていた。涙ぐんでいるようだ。

御藤も本多三佐も、溜め息をついた。彼女の様子にとりあえずは安堵したらしく、手を離した。

御藤がオペレーター士官に言った。

「水島先生を呼べ。念のため鎮静剤も持ってくるように言ってくれ」

感情のビッグ・ウェイブが収まったらしく、樋口理奈は完全におとなしくなっていた。ブツブツと何ごとか呟いている。おれが殺してしまったご亭主の名前のようだ。

おれは眼をそらした。必然的にメインモニターを見ることになった。

闇の中でライト・アップされている台形ピラミッド。二〇人の死刑囚が、あの中で処刑執行時刻を待っている。

午後八時。その時が来たら、すべてが灰燼に帰すのだ。

壁の時計を見る。アナログの文字盤と針が午後六時四九分を示していた。

あと一時間一一分……。

おれの舌は動かなかった。

19　さらなる真相

水島医師が青い手術衣を着たままの姿で駆けつけてきた。特GOO科隊の生き残り三人を手術していたらしい。

彼は鎮静剤を射つ必要なしと判断し、樋口理奈を空いてる病室で休ませようと言った。ただし、見張り付きで。未亡人は水島医師に肘を掴まれて引っ張られながら、まだ亡夫の名を呟いているようだった。

メインモニターに、新たな大型ヘリコプターが飛来するのが映っていた。密閉されたこの空間内にも、その爆音が伝わってくる。ローターの起こした風が、周囲の草木をなぎ倒し波打たせていた。

三番目の大型ヘリ、CH―47Kが着陸する。迷彩模様の細長いボディからは、補充部隊らしい連中が十数人ほど降りて、装備点検を始めていた。だが、彼らは新米ばかりの訓練生のようだ。特GOO科隊のようなプロフェッショナルな機敏さに欠けていた。

一方、C部門要員たちには撤退準備命令が出された。具体的には、永海が無線のマイクを握り「敷地の外へ出ろ」と指示したのだ。全員が安堵の表情を隠していなかった。白川などは顎髭の辺りを掻きながら真っ先に撤退準備にかかった。無理もない。完全武装の特殊部隊が全滅した事実は、彼らにも伝わっている。

今〈ラボ2〉にいるダゴン102に比べたら、過去に闘ってきた化け物などヒヨコに思えるだろう。

モニターの一つが切り替わる。NHKの午後七時のニュースが始まった。いつものアナウンサーが無表情に今日一日の出来事を読み上げる。そのニュース原稿の中には〈ラボ2〉のことも、特GOO科隊の全滅のことも、自爆しなければならないP3内の生存者二〇名のことも含まれてはいなかった。

明日になればダミーのニュースをアナウンサーが読み上げるだろう。〝不発弾処理に失敗！　自衛隊員らを含む四三名が死亡！〟といった内容だ。

「自爆システムを出してくれ」

御藤浩一郎が言った。その顔に不退転の決意がうかがえた。

「これ以上遅らせる理由はない」

移動通信司令部内が静かになる。

おれは掌（てのひら）が汗ばむのを感じた。間違えてガラスのかけらを呑み込んでしまったような気分だ。

「しかし……」と本多三佐。

「出してくれ」と御藤。「もちろん〈タイマー〉を押すんだ。午後八時に自動的に作動するように。……どうせ押さねばならないんだ。今押しても、後で押しても変わりはない。……そうだろう」

御藤が司令部内を見回す。誰も反論する者はいなかった。

永海が長い溜め息をつき、黒縁眼鏡を外した。紙コップの冷水をあおる。

おれは念のため質問してみた。

「まさか、一度押したら止められないのでは？」

「いや」と御藤。「〈解除キー〉がある。もちろん、それも私と、総理と、桜木防衛大臣の三人の指紋以外では作動しない」

御藤が本多三佐にうなずく。本多もすでに覚悟を決めた表情だった。オペレーター士官に指示する。

サングラスをかけた士官の一人が、首から下げているペンダント・キーを外した。御藤も同じものを首から外す。二人は二メートル以上離れた箇所にある二つの鍵穴（かぎあな）にキーを差し込み、一、二、三の合図で同時に回した。機械音がして機材の一部がスライドして開く。

その中から出てきたのは銀色のボックスで、〈ラボ2／自爆システム〉と書かれていた。デジタル表示が二つあり、どちらも現在時刻19：01：30時を示している。暗赤色の指紋判別プレートが三つあり、それぞれ〈直接キー〉〈タイマー・キー〉〈解除キー〉の表示がある。キーは、どれも透明なプラスチックのカバーで覆われていた。

オペレーター士官は、いくつかのボタンを操作した。作動時刻のデジタル表示を20：00：00時にセットする。現在時刻の方は19：02：00時。あと五八分だ。

「準備OKです。どうぞ」オペレーター士官が低い声で言い、場所を譲った。

御藤がうなずく。作動装置の正面に立った。誰も何も言わなかった。

おれも舌がコンクリート漬けの状態だ。

まだ生存者二〇名を救い出すチャンスはあるのだ。おれがUBになれば、UB化が成功すれば、この不自由な身体が超人化すれば、化け物を倒せば……。

だが、UBの失敗例を間近で見てしまった。樋口理奈の夫。あの異常な姿。ああなってしまうと、人間というよりはGOOの領域に近い感じだ。だが、彼は人間だった。

おれは殺人者だ。罪人だ。そして、おれにはまだ失いたくないものがある。自分、自我、アイデンティティと呼ばれる代物だ。

ふいに、もう一人のおれが囁く。しかし、もし戦線復帰できたら、完全クローン製造法を入手して知美を蘇らせるチャンスも……。

御藤が深呼吸していた。作動装置に手を伸ばす。〈タイマー・キー〉の透明プラスチックカバーを外した。

コンピュータ機材が時折ビープ音を鳴らす。それ以外は完全な静寂だった。

御藤の顎に冷汗のしずくが見えた。今、彼の魂はテラトカルシノーマのような悪性腫瘍（しゅよう）に食い荒らされているに違いない。

御藤は人差し指を暗赤色プレートに押しつけようとした。できなかった。唐突に電話のベルが鳴り、反射的に指を引っ込めてしまったのだ。

オペレーター士官がヘッドセットで受け答えする。

「はい、こちら移動通信司令部。え？　あ……はい……」

士官はマイクをOFFにして、室内を見回した。不安げな表情だ。

「あの、〈ラボ2〉のP3からです。御藤麻里さんという方で……」

永海が紙コップを握り潰した。その乾いた音がやけに大きく響いた。唇が歪んでいる。

士官は続けて、言った。

「御藤浩一郎氏はここには、いないのか、と尋ねてますが……」

御藤は答えなかった。震えている。指紋キーを押しかけた指を折り曲げ、手を握りしめた。青一色の空間の中で、彼は銀色の作動装置を凝視したまま動かない。

「あの、どうします……」

「私が出る！」

永海が紙コップの残骸を床に叩きつけ、慌てて黒縁メガネをかけ直した。

「音声はスピーカーから出すな」

永海はそう言い、指示されたコードレス受話器を取った。だが、士官の不手際が起きた。電話の相手の声が、室内に最大ボリュームで出てしまったのだ。

『もしもし！』活気に満ちた女の声だ。『御藤麻里です。兄さんは？　浩一郎兄さんは、そこにいるんでしょう？　いるはずだわ』

「バカ！　消すんだ！」

永海が士官に怒鳴る。が、士官はうろたえて別のスイッチ類を操作したらしい。音声が他のスピーカーに切り替わっただけだった。

『もしもし、今の声は誰ですか？　もしもし、もしもし！』

永海が仕方なく答えた。

「永海です」

『ああ、永海さんね。兄さんを出して。御藤浩一郎委員長をよ。話を聞かせて。いったい今、どうなってるの？　もう化け物が、ここに入ってくるまであと五七分しかないのに、兄は選挙区巡りでもやってるっていうの？』

そこで音声は途切れた。オペレーター士官がやっと正しい操作をしたのだ。後は、永海だけが相手の声を聞ける状態になった。

「御藤氏は首相官邸です。そこで指揮を取っています。ここにはいない……」

永海は嘘を並べ立てていた。

おれは唖然としていた。今の会話を解釈するのに複雑な記号論の助けなど要らない。

本多三佐やオペレーター士官たちも眼を見開き、顔を見合わせている。その表情を見れば彼らも、この事実を知らなかったのは明白だ。

御藤は右拳を握りしめたまま身動きしていない。彼の内面はメルトダウンを起こした原子炉みたいになっているに違いない。

永海は詐欺師に成りきっている。

「ええ、ここにはいないんです。大丈夫、たいした事件じゃないからですよ。もう少し、我々に時間をください。準備万端整えてから突入して、あっという間に化け物なんぞ蹴散らしますよ」

意外に、永海は役者だった。そこで余裕たっぷりの笑い声を聞かせたのだ。

「……ええ、他の人たちにもそう伝えてください。……ええ、どうぞ、のんびり待っててください」

以下、その調子で会話を続けてから、永海は電話を切った。全身の力が抜けたらしく、後ろ向きに椅子に倒れ込んでしまった。肩で息をしている。肥満体が震えていた。

おれの口の周辺の筋肉は弛緩していただろう。しばらく言葉を失っていた。やっと口を開いた。

「なぜだ？　なぜ、言わなかった？」

おれは車椅子を動かし、御藤のそばに寄った。下方から相手の顔を覗き込む。御藤の表情は、彼が疲労の極限状態であることを示していた。顔の皺も弛んでいる。まるで七二時間ぐらい睡眠を取っていないような感じだ。

「……じゃあ、あんたは自分の妹を殺すスイッチを押そうとしたのか！　なぜ、それを今まで言わなかった？」

「あれは、麻里は、妹といっても腹違いで、年も一三も離れている……」

御藤の声には抑揚がまったくなかった。背筋に冷たいナメクジが這っているような気分にさせられる声だった。地位も名誉もある中年男には似つかわしくない。

「私とは全然似ていないんだ。変わり者だ。嫁にも行かず、研究室暮らしを続けて、とうとうＣ部門にまで首を突っ込んで……私はやめさせようとしたんだ……」

「そんなことは訊いていない。なぜ、今まで黙ってたんだ？」

　御藤の顔面は痙攣を起こしていた。汗で額が光っている。

「……わ、私にどうしろと言うんだ！　君と私はしょせん赤の他人じゃないか。赤の他人に〈発狂する危険を冒(おか)せ〉と、あくまで主張しろと言うのか？　自分の妹を助けてもらうためにか？　だが、あそこを破壊しなければ二〇〇〇万人の死者が出る。……私にどうしろと言うんだ？　どうしろと……」

　御藤は激情のあまり、拳でそばにある端末台を殴りつけた。手の甲の皮膚が擦り剥(む)けたはずだ。震える手でマルボロを取り出して火を点けると、シガレットパイプには差し込まずに直に煙を吸い込む。中学生みたいにニコチンにむせ返っていた。

　おれは迂闊(うかつ)だった。考えてみれば、御藤のような政府の要職に就いている人間が、何か〈事件〉が起きたからといって、自ら現場に出向くなど普通はあり得ない。彼は個人的な理由で、ここにやって来たのだ。

　しばらくの間、全員無言だった。

　おれも黙っていた。何か言いたくても言葉が見つからなかった。言葉が見つかったとしても言えなかった。その堂々巡りの中から脱出できなかった。

　さっき動画で観た映像を思い出す。あの化け物、今はダゴン１０２と名付けられたＧＯＯ。

　かつて、ライフテック社で闘った相手だ。今は、さらに強力になっている。もしＵＢ化が成功したとしても、あんな奴と一対一で闘って勝てるだろうか？

　おれの思考は、切断酵素の入れすぎで散乱していくＤＮＡみたいにまとまらなかった。

　御藤はくわえタバコのまま、再び自爆システム作動装置の前に進み出た。誰も彼を止める者はいない。

　御藤は何度も唾液(だえき)を呑み下している。一度は押しかけたスイッチだ。しかし、今度は犠牲になる肉親の声を聞いた直後だ。

「押すしかないんだ」

　御藤が言った。自分に言い聞かせるためのセリフらしい。

「他の者が押したら、そいつを一生憎むかもしれん。だから今自分で……押すしか……」

〈タイマー・キー〉の透明カバーを外す。暗赤色のプレートに人差し指を伸ばした。

「……押すしか……」

人差し指がプレートに乗った。御藤の表情は歪み、タバコをくわえた歯が剥き出しになっている。

「……ないんだ」指に力が加わった！　銀色のボックスの上部にある赤いランプが点滅を始めた。『〈ラボ２〉自爆・システム・タイム・キー・作動しました』

サンプリング録音された女性の声が言った。

『ただ今・十九時・〇六分・十五秒・あと・五三分・四五秒で・〈ラボ２〉内部は・破壊されます……』

御藤の口からタバコが落ちた。本人も前のめりになりコンピュータに倒れかかってしまう。突然、背骨が外れたような有様だ。

御藤さん！　どうした。何かの発作か？　いや、持病はないはずだが……。

皆が口々に叫び駆け寄り、彼を抱き起こした。それに参加しなかったのは車椅子のおれと、持ち場を離れられないオペレーター士官たちだけだった。

おれは人垣の隙間から何とか覗き込む。

御藤の眼球は完全に裏返っていた。いわゆる白眼をむいた状態だ。排水口に水が吸い込まれる時と似た音を立てている。それは彼の唸り声だった。

「すぐ水島先生を呼んでくれ！」本多三佐がオペレーター士官に叫んだ。

「大丈夫か？」永海が叫ぶ。

本多が診察の真似事(まねごと)をしているらしい。

「ちょっと脈が早いようだが。特に持病がないのなら、たぶん貧血か何かだ。無理もないが……。とりあえず寝かせよう」

御藤を仰向かせて床に横たえる。ヘアクリームでオールバックに固めた選挙ポスター用の髪形が乱れていた。唸り声は止まっている。背広に包まれた胸が上下していた。どうやら命に関わるような危険はないらしい。

御藤の口から落ちたタバコが、床でまだ燃えて煙が立ち上っている。だが、誰も見向きもしない。

覗き込んでいたおれは上体を起こした。車椅子をバックさせる。人垣から離れた。

自分の両手を顔の前に持ち上げた。掌を見つめる。それは「手鏡」という奴だったかもしれない。死期の迫った者は、掌をしげしげと観察し始めるという、あれだ。

おれの左手は、すでに役立たずだった。そして右手も同じ運命を辿る気配が濃厚だ。

いずれ全身がガン細胞に冒されたような状態になるのかもしれない。生きながら身体が腐敗するのかもしれない。昔の怪奇映画に出てきたミイラ男さながらの姿になって、朽ちていくのかもしれない。

そして、現代医学の通常の療法では、この不可解な症状を治すことはできないのだ。

おれは両手を握りしめた。

車椅子を運転し、本多三佐のそばに行った。彼の制服の裾(すそ)を掴んだ。

「話がある。聞いてくれ」

「何だね?」

相手は不審な顔をしていた。

「射撃のうまい奴らが、ここに何人かいるか?」

「ああ。特GOO科隊訓練生の連中が、さっき到着したばかりだが……」

「そいつらの腕は?」

「トップクラスだ。特別に年間五万発、撃たせている」

「よし。そいつらをいつでも実弾射撃できる状態にして待機させてくれ」

「何のことだ? 第一、なぜ君の指示を受けなければならない?」

「それは……」

おれは肺の奥まで息を吸い込んだ。

「それは、おれがいつ殺人鬼になって、あんたを襲おうとするか、おれにも分からないからだ!」

20 丁半バクチ

「さあ、やってくれ」

場所はC部門専用病院の手術室だった。おれは清潔な手術台に横たわっていた。昆虫の複眼の巨大模型みたいな無影灯が、真上からおれを凝視している。手術台の脇には永海と水島医師がいた。

部屋には他に若い自衛隊員が三人いた。二人は無骨な短機関銃を構えている。あとの一人はネット・ガンとロングサイズのスタン・ロッドを手にしていた。

部屋のドアは開放されており、外の廊下にも短機関銃を構えている者が数人整列していた。火炎放射器を構えている者も一人いる。

彼らは、いざという時は〈銃殺隊〉としての役目を果たすのだ。手術室内の三人は嫌悪とも恐怖ともいえそうな表情を浮かべている。たぶん廊下にいる連中もそうだろう。

一方、おれはがんじがらめで絶対逃げられない有様だった。まず、拘束衣を着せられているので両腕を自由に動かすことができない。

手術台がそのまま重しに使われていた。手錠を両足首に付けられて、それを台の脚に巻きつけた鎖に結んである。その上、胴体にはワイヤーロープが何重にも巻かれており、これも台の裏側で結んである。

「これで脱出できたら、ラスベガスのホテルでショー芸人になれるな」

さっき、おれはそう言ったが受けなかった。

聞けば、万が一おれがアッパー・バイオニックになることを志願した場合に備えて、この手術室は準備万端整えてあったという。さすがに、お偉方のすることは手回しがいい。感心してる場合か。よってたかってロシアン・ルーレットの用意をしてたんじゃないか。

「やってくれ、先生」

水島医師は胃に穴が開いたような表情だ。シルバーグレーのケースから注射器を取り出す。例によって、玩具(がんぐ)の光線銃のような外観のやつだ。

水島医師は、そのエアガン型注射器をロボット・アームの先端に固定した。そばにあるコンピュータ端末をマウスで操作する。ロボット・アームが顔の上に移動してきた。その先端から走査用レーザー光線が照射された。拘束衣から露出している首の部分に狙いをつけているのだ。おそらくコンピュータ画面には、ＣＧによりワイヤーフレーム化された円筒形が表示されて、照準十字形が赤く輝いているだろう。

マイクロマシンは、眼の前の注射器薬液タンクに溶液と共に入っている。もちろん肉眼では見えない。何せ、六マイクロメートル（一〇〇〇分の六ミリ）のサイズしかないのだから。

赤血球が七マイクロメートルだから、それよりやや小さい。毛細血管を通り抜けられるようにオーダーされたサイズというわけだ（ちなみに細胞は一〇マイクロメートルから一〇〇マイクロメートル。細菌は一マイクロメートル。ウイルスはさらに小さくサブミクロン単位である）。

マイクロマシンの内部にはもちろんコンピュータが詰まっている。それが驚くなかれ、歯車方式コンピュータなのだ。ダイヤモンド分子を部品として作られたコンピュータだ。

個々の部品は一ナノメートル（一〇〇万分の一ミリ）のサイズだ。マイクロマシンよりも、さらに小さいためにナノマシンと呼ばれるものである。二立方マイクロメートル（一〇〇〇分の二立方ミリ）で大型コンピュータ並みの情報処理能力がある、というのだから恐れ入る。ただし、原始的な歯車方式なので後からプログラムだけ入れ替えることができない。ハードとソフトがイコールというわけだ。

移動には鞭毛（べんもう）モーターを使う。人間の精子やサルモネラ菌などに長い尾が付いているのはご存じだろう。あの尾が鞭毛だ。一種のスクリューであり、これを回転させて推進力を得るものだ。マイクロマシンも、この仕掛けを採用している。

エネルギーは人体内部のＡＴＰ（アデノシン三リン酸）を横取りする。ＡＴＰとは単純に言うと筋肉を動かすガソリンに当たるものだ。その加水分解反応エネルギーで発電して、自給自足できる仕掛けだ。

また、マシンの表面は生体細胞で覆われているから、人体内のパトロール警官とも言うべきファゴサイト（食細胞）や白血球に、異物として感知されて攻撃される心配もない。

以上が、ＮＣＳ１３１型マイクロマシンの概要だ。開発費用は天文学的数字とまではいかないらしいが、ケタ数を数えているうちに貧血を起こすそうだ。

肉眼で見ることができない極小のモノに、それだけの金額が費やされたという事実は、やはり常識では受け入れがたいものがある。

「一応、訊いておくが……」と水島医師。

「くどいぜ。さっさとやれ」

壁のアナログ時計を見る。

「もう七時一七分だ。注射して結果が分かるまで、さらに一五分。うまくいったとしても、その後、タイムリミットまで二八分もない計算だ」

「深尾君……」

永海が一歩前に出た。緊張した面持ちだ。

「これが最後かもしれないから言っておく」

「何です、ほめ言葉ですか？」

「君みたいに大バカ野郎で、したたかで、ガッツがあるトラブルメーカーには、今後二度と会うことはないだろうな」

「それが最後の言葉？」おれは瞬きした。

永海は真顔でうなずくと、一歩下がった。何ごとか口の中で呟きだした。念仏でも唱えているのだろうか。縁起でもない。

御藤委員長こと防衛省副大臣殿は、この場にはいない。さっき聞いた話ではまだ失神から覚めていないそうだ。

しかし、〈ラボ2／自爆システム〉の〈解除キー〉を押せないわけではない。誰かが彼の指を持ってプレートに押し当てれば、それで済む。

水島医師を見上げた。

「何モタついてるんだ？　やれ！」

水島医師は突然、新米研修医になったばかりの青年時代に逆行したようだった。マウスがポイントを定められないらしい。針先がいつまでも、首の上で漂流している。

「どうしたんだ？」

針はまだ、さまよっている。

「早くしろ」

注射針は逆に遠ざかっていった。

「おい……」

「……私には……できんよ」

水島医師はガーゼで額の汗を拭った。

「いまさら何を」

「君を発狂させて、銃殺させることになるかもしれないんだぞ。それが分かっていては……いや、とてもこんなサイコロは振れん」

ロボット・アームは所定の位置まで引っ込んでしまった。

「おい、ここまできて、そんな……」

絶句する。だが、水島医師の顔には絶対拒否の決意がうかがえた。

慌てて首だけ動かして周りを見回した。永海も複雑な表情で顔をそむけた。

「おい、誰か、代わりに……。えい、面倒くさい、自分でやる！」

「私がやります！」

それは女の声だった。

ざわめきが起こる。

首だけを起こして足元の方向、手術室のドアを見る。唖然としている兵士たちが、彼女に対して自然に道を開けていた。超電導物質が周囲にマイスナー効果を引き起こしているような眺めだった。

「あんたか。ちょうどいい」

なぜか、彼女がこのタイミングで現れることは予定通りだったような気がした。天の配剤、神の見えざる手、その手の古めかしい言葉を思い出す。ユング派心理学者なら、もちろんシンクロニシティを持ち出すだろう。

「やらせて……ください」

樋口理奈が体重を持たないような歩き方で近づいてきた。

「いいとも。大歓迎だ」

コーヒー色の肌にベッコウ縁眼鏡の美女が手術台の脇に立ち、おれを見下ろした。

彼女の変化に注目した。以前と異なり、何かに乗り移られたような幽鬼じみたムードではなかった。自分がやっていることを、すべて承知している落ち着きが感じられる。

「貸してください」

水島医師にマウスの操作権を要求した。その態度にも余裕があった。新米研修医には任せておけないので、熟練医師が自ら手術を買って出たかのようだった。

水島医師も立場が逆転したみたいな態度だった。端末と彼女との間を視線が二、三度往復する。やがて、溜め息をつく。あきらめて場所を譲った。

「早くやってくれ。もういいかげん待ちくたびれた」

樋口理奈は眉間にしわを寄せた。

「それって、マリー・アントワネットがギロチン刑にされる寸前に言った言葉よ」

「そうか。じゃ、取り消そう。『もっと光を』にする。いや、待てよ。これも臨終の言葉じゃないか。やめた。

取り消す」

　彼女は無言でうなずいた。マウスを操作する。ロボット・アームが再びエア注射器を持って、おれの視界にアップで現れた。今度は首筋の一点めがけて、ためらいなく降りてくる。

　これがもたらすものは神のお恵みか、それとも地獄からの誘いか。

「やめるなら、今のうちよ」

　眼玉だけ動かして彼女を見上げた。こめかみの辺りを真珠のような玉の汗が這い下りている。さすがに、寸前になって躊躇する感情に襲われたようだ。

「私だって本当は、二人目の犠牲者なんか生み出したくないもの。でも状況が状況だし、あくまで気が変わらないと言うのなら……」

「変わらない」

　真珠が一粒、褐色の頬(ほお)を滑り落ちた。

「……後悔するかもしれないわ」

「するもんか」

　拘束衣の中では、全身が冷や汗でびっしょり濡れていた。

「胸にSの字マークをつけたコスチュームを大至急、注文しといてくれ」

　誰かがちょっとだけ、ひきつった笑い声を上げた。

「……さあ、やれよ」

　真珠が、今度は彼女の顎からぶら下がっている。

　眼を伏せた。真珠が落ちる。

　ロボット・アームが軽いモーター音を唸らせつつ滑らかに動いて、おれの首にキスした。

21 出撃

　おれは台形ピラミッド型の建物〈ラボ2〉の正面玄関に立っていた。

　心臓が波打っている。高揚感が連鎖反応的な爆発を繰り返す。こんな気分は生まれて初めてだった。自分の吐く息は白いが、真冬の冷気もまるで感じないのだ。

　つい十数分前のおれと、今のおれとはもちろん同じ人間なのだが、状態がまるで異なっている。

　以前のおれが運動会の用意ドンで走り出した小学生だ

としたら、今のおれは空母から蒸気カタパルトに蹴飛ばされて大空へ舞い上がっていくF―15イーグル戦闘機のパイロットだ。そのぐらいに違う。

頭上からは轟音が響いていた。見上げると星空を背景にオレンジ色の排気炎が二条、旋回している。

富士重工製、AH―64Dアパッチ、戦闘ヘリだ。巨人の両手に挟まれて潰されたようなスリムなボディに七〇ミリ・ロケット弾、対戦車ミサイル、M230・30ミリ機関砲をぶら下げた満艦飾で、この上空を飛んでいるのだろう。〈ラボ2〉外部にGOOが逃げ出した場合は、直ちに始末するためだ。

上空にいる自衛隊のパイロットたちは今頃、コントロール・スティックを握り、ヘルメットのHMD（ヘッド・マウント・ディスプレイ）で地表を見ながら、七〇ミリ・ロケット弾の発射手順を再確認しているのだろう。国内での実戦爆撃準備を命じられたことに困惑しているのかもしれない。

ヘルメット内部のインカムから声がした。

『自爆装置作動まで、あと二二分三〇秒だ』永海の声だ。

『気分はどうだ？』

「心臓の代わりに核融合炉を埋め込まれたみたいだ。そこら中、跳ね回りたい気分ですよ。もう完全に治った。右脚も、左腕も、右腕も」

さっきまでギプスに包まれていた右脚で、軽く地面を蹴る。それだけで身体が浮き上がりそうになる。重力が十分の一の惑星に降り立ったようなものだ。

左拳を握りシャドウボクシングしてみる。空気を切り裂く衝撃波のような音がした。ド素人のおれが今は一流の空手家を凌駕（りょうが）するほどのパンチを繰り出せるらしい。

UB化実験は控え目に言っても大成功だった。少なくとも現在までのおれは、よっぽど幸運の女神に好かれているらしい。

しかし、結果が判明するまでの一五分間は、生涯で最も長い一五分だった。回顧録を書く時は、そう書くつもりだ。巨大なサイコロが超スローモーションで回転しているのを眺める心境だ。焦燥のあまり、身体が発火しそうだった。

だが、おれは賭けに勝った。発狂の兆候はゼロだった。感謝するあまり、以後二度とギャンブルには手を出しません、と神に誓ったぐらいだ。

気がつくと拘束衣とギプスの下では、左腕と右脚が異様にむず痒(がゆ)くなっていた。無数の虫が皮膚の下を這い回っているみたいだ。拘束衣を脱がせてもらうと、肉の落ちていた左の前腕はすでに再生していた。また右脚を包んだギプスには、ひとりでにヒビが入り始めていた。右脚を宙に向かって蹴り上げると、ギプスの破片が手術室一面に飛散した。医者も見放した複雑骨折が完全に治癒していた。

どよめきと歓喜の声に包まれた。たまたまTV中継に映ったガキがよくやるみたいに、両手でVサインを出しまくりたくなったほどだ。悪運の強い奴だ、と永海が言った。

だが、喜んでいる暇もない。冷汗にまみれた身体を拭くのもそこそこに、おれは戦闘装備に着替えて外へ飛び出して、このバイオ研究所の前に立ったのだ。

『完全に成功ね』

樋口理奈の声がした。普段より半オクターブ高くなっている。

背後を振り返った。

指揮通信車やトラック、ジープその他の車輌が二〇台いた。さらに離陸寸前の大型ヘリも三機いる。どれもこれもすべてエンジンをかけっ放しなので、F1グランプリが開催されているような騒音だ。ヘルメットにインカムがなければ会話は不可能だろう。

移動通信司令部内にいる樋口理奈が続けて言った。

『あっ、まだだったわ。聞いてる？　後で別のマイクロマシンを使って、あなたの身体からデータを取らないといけないのよ。今後のUB化成功率を一〇〇パーセントにするために絶対に必要なの。だから、必ず生きて帰って』

おれの人格の方は持って帰らなくてもいいらしい。

「心配してくれて、どうもありがとう」

『手順を説明するから聞け』本多三佐が言った。

『〈ラボ2〉の自爆システムは今も稼働中だ。午後八時には自動的に作動する。

『君の任務はGOOを排除することだ。だが、自爆六〇秒前になったら、必ず正面玄関に戻り脱出の用意をしなければならん。二〇秒前に玄関のシャッターを再び開けるから、そのタイミングで君は脱出するんだ。

『つまり、六〇秒前の時点になってもGOOを排除できなかった場合は……残念だが生存者の救出はあきらめるしかないということだ。その場合は君だけでも脱出して生き延びろ』

生唾を呑み込んだ。

「……何とかしましょう」

『もし脱出できなかった場合は……』

本多は口ごもった。

『もし、そういう事態になったらの話だが、その場合は一緒に死ぬことになるぞ。ＧＯＯを排除しない限り、自爆システムを解除するわけにはいかない。もし、奴が外部に逃げ出したら、どんな事態になるか予測がつかないからだ。ＵＢというのがどれほどのものか、私は詳しくは知らないが、神経剤ＧＸとナパームの高熱を浴びて生きていられるとはとうてい思えん。それだけは肝に銘じておけよ』

「……銘じましたよ」

高揚感が冷えるのを覚えた。ＵＢは決してマンガの主人公ではないのだ。あっさり死ぬこともあり得る。

「その自爆システムだけど……本当にちゃんと作動するんでしょうね？　万が一の事態になって、もし作動しなかったら、それこそ〈生物災害〉で……」

『大丈夫だ』

「だって、実際にテストするわけにもいかないシステムだ。何を根拠に……」

『同じシステムがアメリカで実際に使われたよ。結果は良好だった』

「〈実際に〉とはどういう意味です？」

本多の溜め息が聞こえた。

『ＯＫ。君の機密保護クラスは、もうレベル２も同然だから教えよう。……先日、デトロイト市内にある政府関係のバイオ研究所で、やはりＧＯＯが逃げ出し、あわや〈生物災害〉という事件があったんだ……』

「あれか！」思わず叫んだ。「ＴＶでは火事と報道されていた……」

「そうだ。その時、丸焼けになったのがダゴン１０１――最初に捕獲されたＧＯＯだ。だから、タイマーが解除されない場合、午後八時にその中が熔鉱炉みたいになることに、私の自慢のコレクションを賭けてもいい』

やはり、あの時の勘は当たっていたのだ。

「……納得しました」

『音響像探査システムによると、Ｄ１０２は現在、Ｐ３施設Ａ区画の入口付近だ。時々、足音がモニターされている。正面玄関から四〇メートル離れた位置だ。だから、出合い頭に奴とぶつかることはない……。あと二一分三〇秒だ。玄関のシャッターを開けるぞ。準備は？』

「いつでも、どうぞ」

ざっと自分のいで立ちを確認した。特ＧＯＯ科隊のそれを借りたものだ。

頭にはモスグリーンの迷彩防弾ヘルメット。これにはカメラとインカムが付属している。眼が捉えた映像は移動通信司令部でもモニターされているし、向こうと絶えず会話もできる。他に、右眼用のスターライト・スコープと、左眼用の赤外線スコープも付いている。

着ているのはモスグリーンの迷彩戦闘服だ。前衛的な形態のケブラー繊維製の防弾ベスト。背中には備品の入った背嚢。

右手には短機関銃ＭＰ７Ａ１。今は後部のストックを縮めて、拳銃のように片手射撃できるスタイルにしてある。メーカー品の四〇発弾倉を装填してあった。

銃口の脇にはレーザー照準器が付いている。赤いピンスポット光線を目標に当ててから引金を引けば、どんなバカでも百発百中だ。

腰のベルト・ホルスターにはスイス製シグ・ザウエルＰ２２０。平べったいデザインのオートマチック拳銃で、装弾数は九発。国内ライセンス生産モデルで、自衛隊の制式拳銃だ。

ベルト後部には一・三メートルのスタン・ロッド。これはほとんど鋼鉄の警棒であり、電撃なしでも武器になる。まして、今のおれの腕力で振り回したらどうなるか……。

ネット・ガンは持っていない。かさばるうえに単発式だ。今のおれには必要ない。

スタン手榴弾も断った。これは閃光と音で、人間を失神させる武器だ。だが、今回のＧＯＯには通じないかもしれないし、おれも使い慣れないものは避けたのだ。

イヤホンから声がした。

『私だ。深尾君。御藤だ』

「ん？　これは委員長殿」

御藤の声はしっかりしている。回復したらしい。

「さっき眼が覚めたんだ。経緯も聞いた。君に礼を言いたい。それと……幸運を祈っている。ありとあらゆる幸運を祈っている』

「ありがとう。乾杯のビールを先に注文しといてください」

『その時は私が国家的最高機密もおごる』と永海の声。

『よし、開けるぞ！』と本多三佐。

鋼鉄の板が左右にスライドし始めていた。金属同士がこすれ合い、耳障りな騒音を立てる。

そのドアの隙間の向こうは、今も二三名の戦死者が横たわっている戦場だ。二重螺旋の悪魔が支配する敵地だった。

胸ポケットを手で押さえた。手帳の感触を確かめる。これで戦線復帰だ。知美。いずれ、必ず生き返らせてやるぞ。

深呼吸する。酸素を吸い込むたびに体内に稲妻が走るようだった。

おれの眼の奥にある視神経の、そのまた奥にある視床下部に取りついたマイクロマシンが、神経繊維の末端まで賦活させている。全身の細胞が16ビートでヘビーメタルを演奏していた。

おれは地面を蹴った！

C▼UBカルス

なぜNCS機能により、不死身に近い細胞再生力、身体復元力が生じるのか。それを説明しよう。

知っての通り、イモリやサンショウウオなどは、四肢が切断されても再生する。

ところが動物学的にはかなりよく似ていて同じ両棲類と呼ばれる仲間同士なのに、カエルの場合は四肢を切断されても再生しない。

なぜ、カエルには四肢の再生能力がないのか？

イモリやサンショウウオに比べて何が欠けているのか？

一九五〇年代、マーカス・シンガーという科学者がある実験を企画し、この問題の答えを見つけた。彼はカエルの四肢を切断し、それを再生させることに成功したのだ。〈ある方法〉によって。

〈ある方法〉とは、一言で言うと、神経繊維の本数を二倍以上に増やすことである。

これはカエル一匹と、手術用の器具と、それを扱う知識、技術があれば、君自身の手で実験して確かめられるものだ。だが、そこまでやる気はないという方のために、手術のやり方と、その効果について説明しよう。

まずカエルを一匹用意する。トノサマガエルでもアマガエルでも食用ガエルでも何でもいい。

カエル君にはかわいそうだが、まず右後肢に通う座骨神経を強引にUターンさせて、その末端を右前肢に入れる。つまり、右前肢に入ってくる神経の量をこれで二倍に増やしたわけだ。そしてカエルの右前肢を根元に近い位置で切断する。

手術が終わったら、後は待つだけだ。やがて、右前肢は完全に元通りに再生される！　細胞再生力、身体復元力のレベルは神経繊維の量に比例することが、これで証明されたわけだ。おそらく肢(あし)の切断面の半径当たり、これこれ以上の神経の量が再生には必要、という数式などを導き出すことも可能だろう。

人体実験を行っても、かなり良好な結果が得られるのではないだろうか。もちろん倫理的、法的にそんなことはできっこないが。

ＵＢに話を戻そう。

すでに説明した通り、ＮＣＳ機能は神経繊維を超電導状態に変えてしまう。どうやら、そうなると神経繊維の量、本数が数百倍、数千倍、数万倍に増えたのと同じ状態になるらしいのだ！

おかげで、大ケガをしても恐るるに足りない。筋肉損傷、内臓損傷、骨折、身体組織の一部欠如などは普通の人間にとっては重傷だが、ＵＢにとってはかすり傷も同然。驚異的なスピードで回復、再生、復元が行われてしまう。〈半不死身人間〉と言っていいだろう。

この際には、傷口の断面の細胞から、カルスが大増産される。これはピンク色で半透明のゲル状細胞群だ。これが短時間で傷口を埋めてしまい、失われた骨、筋肉組織、神経、血管、皮膚に変化し、元通りにする。

カルスとは本来、植物のものだ。だから、植物のそれとＵＢの身体から出るそれとを区別して言う場合には、特に〈ＵＢカルス〉の名称を使うこともある。

神経の超電導化が、細胞群にカルスを大増産させるらしいのだ。詳しいメカニズムについては、まだ不明だが、いずれ明らかにされることだろう。

22 〈ラボ2〉玄関で

おれは不注意すぎた。

思いっきり地面を蹴ってしまったのだ。ＰＵＨによって賦活化された筋力を全解放してしまった。ＵＢになって最初にやったことは、立ち幅跳びの世界記録更新となった。

〈ラボ2〉の玄関にはアクリルのドアがある。おれが立っていた位置からそこまでは、七メートルはあった。にもかかわらず、おれの一蹴りは六五キログラムの肉体をそこまで運んだ上、それでも勢いが余っていた。

当然、アクリル・ドアに頭から突っ込んでいく結果になった。いかに反応速度が早くなっていても空中ではなす術がない。両腕で頭への衝撃を多少カバーするくらいのことしかできない。

ドアに鍵はかかっていなかったので、ぶつかった衝撃で、分厚いアクリル板は左右にぶっ飛ぶように開いた。

玄関ホールに飛び込んでからが、さらに大騒ぎだった。水平飛行の状態から前のめりに倒れそうになっていたのだ。

右手は銃で塞がっているから、反射的に左手を出す。左手を床について着地の衝撃を和らげようとした。

和らげる以上のことをやってしまった。次の瞬間、おれの身体はバックスピンのかかったボールがバウンドするみたいに垂直に跳ね上がっていた。つまり左手一本だけで逆立ちジャンプしてしまったのだ。

続いて足裏に衝撃。天井の蛍光灯を踏み潰してしまった。

ガラス管が割れて破片が飛んだ。

しかし、反応速度が早くなっている点がありがたい。空中にいる間に脚を振ってバランスを取り戻した。猫のような身ごなしになる。何とか受付デスク上に着地。少し遅れて降ってきた蛍光灯の破片類を、頭から被った。

間近でこれを見ていた奴がいたら、口を半開きにしたまま凍りついただろう。現実の人間が、テレビゲームのキャラクターさながらにピョンピョン跳ね回ったのだから。

『おい！　いったい何をやってるんだ!?』

ヘルメット内のインカムから永海の声がした。

振り返ると、開きっ放しのアクリル・ドアには幾筋かのヒビが入っていた。その向こうには司令車や、その他の車両のヘッドライト群がハレーション状態になっている。

〈ラボ2〉の中はエアコンが効いており摂氏一八度ぐらいに保たれていたようだ。だが、おれがドアを全開放したため、そこから真冬の凍てつく冷気が侵入してくる。

『ドアぐらいちゃんと手で開けてから入れ』

氷海の声だ。

『おまえは何か？　ドアは頭からぶつかって開けるもんだとでも親から教わったのか？　こんな入口でケガでもしたら、この先どうするつもりだ？』

「好きで頭突きをやったんじゃない」おれは答えた。

「ただ、最初の一歩を威勢よく踏み出そうとしただけですよ」

『おまえの歩幅はゴジラが基準か』

なかなか辛辣(しんらつ)なセリフを飛ばしてくれる上司だ。

おれは言い返せなかった。左手首と左肘が痛み、顔をしかめていたからだ。

周囲に気を配り、ＧＯＯの姿がないことを確認すると、デスクから飛び降りた。

『ダゴン１０２の足音が消えた』

本多三佐が言った。

『最後のターゲットポイントは、Ｐ3施設Ａ区画の入口付近だ。Ｄ１０２は、正面玄関の音を聞いたはずだ。その場に留まって警戒していると思われる』

「よかった。今、来られるとまずい。左腕に無理がかかったらしい。骨にヒビが入ったかも……」

『言わんこっちゃない』と永海。

「いや、待て。痛みが引いてきた……」

左腕全体に甘美な感覚が生じていた。天使が優雅な細い指先で、この世のものとも思えぬマッサージを施してくれている。

「麻酔にかかったみたいだ。エンドルフィンかな？　身体が勝手にエンドルフィンを分泌して、痛みを和らげているのか？」

『おそらくね』樋口理奈が答えた。『気をつけて。うかつに全力を出すと危険よ。骨そのものの強度はたいして変わっていないから、普通の人間より骨折の発生率がずっと高いわ。日本猿での実験でも同じことが何度も起きてるの。……もっとも、ＵＢの状態だから数分で治ってしまうんだけど』

「……なるほど」

短機関銃を持ったままの右手で左肘を押さえつつ、改めて玄関ホールを見回した。前回、ここのＰ３施設のＥ区画に入る時も、その前にこの玄関ホールのモダンな眺めにしばらく眼を奪われたことを思い出した。

どこかのイベント会場の入口並みに広い。天井も三メートルほどある。自分が蹴飛ばした蛍光灯の位置を見て口笛を吹きそうになった。

七〇度ほどに傾斜している壁の一面は、すべて透明アクリル板だ。採光性のいいピラミッドの内部がどんなものか実感できるデザインだ。今は頑丈な隔離シャッターで覆われているので外部はまったく見えない。

受付デスクにはコンピュータ端末があり、指紋チェックの他、研究所内部のどこに誰がいるかを検索し、画面表示する機能などを備えていた。天井の監視カメラが無表情にこちらを観察している。


建物の奥に通じる白い廊下を、覗き込んだ。遠近法の中に人影はない。ＧＯＯが現れそうな気配もなかった。

『依然、ダゴン１０２の足音はなしだ』と本多。

『奴は移動していない。ターゲットポイントは変わらず。玄関の非常隔離シャッターを閉めるぞ。繰り返し言うが、そこを再び開けるのはＧＯＯを排除した時か、排除できずに君が逃げる時だけだ』

「了解」

再び、金属のドアが間断ない歯軋（はぎし）りのような音を立て始めた。人によっては吐き気を催す音だ。ＵＢになっても、こういう音への耐性はできないものと見える。

外から射し込む車輌のヘッドライト群と、エンジンの騒音と、真冬の冷気が締め出されていった。大音響と共に閉じる。金属のドアは、おれを〈戦場〉に封じ込めた。

いよいよ独りだ。何だか、毎回このようなパターンのような気がする。おれは危機に瀕（ひん）しても、他人の助力を当てにできない星の下に生まれたのか。

『腕の具合はどう？』理奈が訊いてきた。

インカムとヘルメット付属カメラのおかげで、今回はいつもよりは孤独ではないが。

「もう、いいみたいだ。使いものになりそうだ」

左手を額の高さに持ち上げた。これで移動通信司令部の連中も、無事な左手を観ているはずだ。

『ＯＫ。でも注意して。骨折も数分で治るけど、元通りになるまでは動きが不自由になるから、この状況では危険なことに変わりないわ。よくよく気をつけてね』

「ああ。忠告ありがとう」

彼女の口調が友人や仲間に呼びかけるスタイルに変化しているのに気づいた。以前は複雑にねじくれたものを感じたが。

「あんたこそ大丈夫かい？」

『何が？』

「いや、つまりだ……ぼくを恨まれても筋違いなんだが。しかし、あんたのご亭主にとどめを刺したのは事実だ」

しばらく沈黙があった。

「たぶん、気持ちの整理が……」

『ええ！　ええ！　そうよ！』彼女が叫んだ。『分かってるわ！　気持ちの整理がついてるとは言えないわ。だいたい、どうして透さんが失敗して、あなたは成功するのよ？　確かに確率は五分五分だったから、こういうこともあり得るわ。だけど、だけど、とても、こんなこと割り切れるもんじゃないわ‼』

あまりのヴォリュームに渋面になった。鼓膜が破れそうだ。自動音量調節も間に合わなかった。

しばらくの間、移動通信司令部の方からは何も音声が入らなかった。男を黙らせる一番有効な方法が何であるかを、おれは再確認した。

『……スッキリしたわ』樋口理奈が言った。『大声出したせいかしら？……大丈夫です。皆さん、そんな眼で見ないでください。深尾さんの助言役ぐらいちゃんとやれます』

だが、それは自制心のタガを緩ませまいとしている声に聞こえた。

「ＯＫ。忠告があったら、いつでも言ってくれ」

左腕を振っていた。もう痛みもなく、腕を動かすのにも支障はない。

「大声も出したかったら、いつでもどうぞ」

鼻息が聞こえた。

『自爆まで、あと二〇分』と本多三佐。『依然、Ｄ１０２は音を立てていない』

「了解。では、今からお桃太郎は鬼退治に出かける」

キビダンゴもなく、お供の動物もいない孤立無援の桃太郎だ。気がつくと、緊張感が唾液を金属の味にしていた。口直しと気付けを兼ねて、スコッチ・ウイスキーの一杯も欲しいところだ。

おれは無人のホールを通過し、奥へ通じる廊下へ足を踏み出した。

23　爪

バイオ研究所〈ラボ2〉の廊下は、大部分が白で構成されていた。天井の蛍光灯とクリーム色のドアとが一定間隔で配列してある。ドアはどれも開放されており、勤務中の所員たちが慌てふためいて逃げた時の様子がうかがえた。

赤いターゲット・ドットが廊下のあちこちに躍る。

おれは短機関銃MP7A1のトリガーに人差し指をかけたままだった。そのため、レーザー照準器からビームが出るままになっていたのだ。

この辺りは事務用オフィスばかりだった。書類が床に散乱している。その他にもボールペンやメガネ、飲みさしのコーヒーカップ、果ては片方だけのハイヒールやイヤリングもあった。

コンピュータ端末も電源が入ったまま放置されている。だが、いくつかの端末は破壊されていた。画面は割られ、キーボードやマウスも砕かれ、本体中身の基盤も引きずり出されている。

『GOOか？　壊したのは？』本多三佐が訊いた。

「たぶん」

小声で答える。ダゴン102にこちらの位置を教えてやる必要はない。テロ対策用語で言うストーキング、隠密索敵をやらねばならない。

ドア・ノブに手をかけた。電撃！　思わず悲鳴を上げた。ストーキングは早くも失敗した。

『何だ？　どうしたんだ？』と永海。

「静電気だ。びっくりしたぜ。こんな時に……」

また悲鳴が出た。指先に電流が走る。続けざまの静電気責めだ。窓枠に触れても、端末に触れても放電現象が起きた。

「何だこれは？　これも化け物のせいか？」

『いいえ、違うわ』樋口理奈の声だ。『静電気というのは自分が出しているものよ。言うのを忘れていたわ。ＵＢになった者は絶えず静電気に悩まされることになるわ。ＮＣＳ機能の副産物よ』

「何だって？」

『脳電流は〇・一二ボルト、一〇〇〇分の一秒のパルス信号よ。それが全身の隅々にまで神経繊維で運ばれているから、人体はいつも帯電しているわ。冬は空気が乾燥しているから、それが合成繊維の服に蓄積されてしまう。そういう時、何かに触るとアースしてバチバチ火花が飛ぶのよ。

『普通の人間でも脳電流で、そういう現象が起きているのよ。ＵＢの場合は、全身の神経が超電導化しているために大量の静電気が発生することになるわ』

「何てこった……」

ヘルメットを押さえた。たぶん今、これを脱いだら髪の毛が全部逆立ってしまうのではないか？

「さっきまでは何ともなかったんだが……」

『それは……手術台の時は手錠やワイヤーの金属がアースになって静電気を逃がしていたし、その後、あなたは自分一人で着替えたし、玄関のアクリル・ドアも絶縁体だったからよ。……私もうっかりしてたわ。静電気防止の靴や衣服は市販されているから、ある程度それで押さえられるわ。でも、今回は用意する暇もなかったから』

『待て』本多三佐の声が入った。『背嚢に合成革の手袋がある。直接アースしないから、当面は火花を防げるんじゃないか？』

言われた通りにしてみた。周りを警戒しつつ手袋をはめる。

樋口理奈が言う。

『聞いてちょうだい。ＵＢの場合は、ただの静電気じゃ済まないのよ。その時々の状況に応じて、つまり筋肉に力を入れたり、傷を回復させたりする時には、神経電流の電圧も上昇するわ。動物実験では瞬間的に一万ボルト近くまで跳ね上がったこともあったわ』

「よくそれで本人が無事でいられるな」

『電流のアンペア値は低いからよ。でも、それだけでは説明できないことも確かね』

「つまり、おれはもうアクリルやポリエステルの混じった服は着られないのか。手持ちの服の半分はゴミ捨て場だな」

『衣装代ぐらいＣ部門で持ってやる』と永海。『自爆まで、あと一九分』

　本多が真面目な口調で、おれを本来の任務に引き戻した。

『依然、ターゲット音はなしだ。奴はＰ３施設Ａ区画のそばを動いていない。道順を言うぞ。次の十字路を真っすぐ、突き当たりのＴ字路を右折、次の十字路を真っすぐ、突き当たりＴ字路を左折、そのまま真っすぐだ』

「了解。ついでにＵターン禁止なんでしょう？」

　返事はなかった。言うまでもないことだからだ。

　最初の十字路に近づく。天井を見て、異常に気づいた。真紅の照準ビームを当ててみた。

　監視カメラを保持するアームがある。だが、肝心(かんじん)のカメラがない。アーム自体も強い力でねじ曲げられている。司令部組もその映像を確認したらしく、会話が聞こえた。

『これは……どう思う？』と永海。

『ＧＯＯがカメラを外して持っていったとでも？』と本多三佐。『しかし、何のために？』

『分からん』と永海。『そういえばオフィスのパソコンも壊されていたが……』

『音響システムも、あちこちで何かを破壊しているような音を捉えていたが……』

　司令部組も、これについてはいい知恵が出ないようだ。

　樋口理奈も黙っている。

　御藤浩一郎委員長は、おれが建物に入ってからは無言だった。少なくとも、この無線周波数は使っていない。天に祈るのに忙殺されているのかもしれない。

　十字路を通過して、次の丁字路まで進んだ。

　ある臭いが鼻孔を突いた。

　記憶が蘇った。知美。椎葉雄二。ライフテック社。そこで、おれはあのＧＯＯと出会ったのだ。今はダゴン１０２と名付けられているそいつに。

　この、喉の奥が痛くなるような刺激臭、古タイヤが焼けるのに似た臭いは〈奴〉のものだ。ダゴン１０２の体臭だ。

　加えて、温血動物の赤い体液の臭いも混じり始めた。

　嫌な仕事だ。しかし避けられない。慎重に気配をうかがった。

『自爆まで、あと一八分』と本多。

ダゴン１０２は近くにはいないようだ。Ｔ字路の角で小さなミラーを取り出し、向こう側を見る。

累々と戦死者の群れが横たわっていた。特ＧＯＯ科隊の若い兵士たちだった。彼らも入隊した時は、まさか国内で殉職する羽目になるとは思ってもいなかったに違いない。

ダゴン１０２はいない。ミラーをポケットにしまい、右折した。

ヘルメット内のイヤホンから呻き声が伝わってきた。本多三佐の声だ。

『……伊庭、朝吹、渡瀬……』

ヘルメット・カメラの映像を観たのだろう、部下の名前を呟いていた。

『……何てことだ……まったく何てことだ……遺族に真相を伝えることもできない……』

おれはこういう時に慰める言葉を知らない。肉体言語で言うしかない。つまり仇を討つことだ。

赤一色に染まっている廊下を進んだ。移動通信司令部の連中も寡黙になってしまった。時々、吐き気を堪えているような声がインカムから聞こえるだけだ。

十数人の死者たちは、何ゆえ自分が死なねばならなかったのか納得しがたいという表情を浮かべていた。死体の中には、かなり原形を失っているものもある。トラペゾヘドロン・ウイルスに感染しているらしい。後で消毒しなければならない。

ゾンビ映画の主人公にでもなった気分で歩を進めていった。

床に落ちている長さ二〇センチ足らずのナイフ状の金属を見つける。血で汚れている。幅一センチ、厚さ一ミリの平べったい刃物だった。先端は尖っており、上半分の周囲もカミソリのようだ。下半分は刃がついていない。

多くの兵士の身体に、このナイフが刺さっている。刃物の数は全部で一〇本ぐらいだろうか。

『Ｄ１０２の〈爪〉か？』本多三佐の声には覇気がない。

「たぶん、そうだろう。動画に映ってたな、これを発射する場面が。〈銀色の爪〉が一、二秒で、このナイフに変わった……」

『Ｄ１０２はイントロナイズの能力とか腕の長さを変える能力は失ったんだ』永海が言った。

『だが、代わりに別の武器を身につけた。今度のはどういう仕掛けだ？　樋口さん、何か意見は？』

『私の専門領域じゃないわ……資料は読みましたけど……』彼女は言葉を濁した。

『何も意見はないと？』

『門外漢の意見でもよければ……』

『何でも歓迎する。言ってください』

彼女はしばらく考えてから喋り出した。

『GOOの神経は、さまざまな金属を含む合金の繊維です。だから、電流速度も有髄神経の十倍で毎秒一〇〇〇メートル。当然、傷の回復力、細胞再生力も優れています。

『でも、ダゴン102は若い男の姿になってからは、神経の九〇パーセントが普通の細胞膜でできた有髄神経に変わっていたとか。無力になってしまったのも、そのせいだという報告書を読みました。

『しかし、D102は今また強力な身体に復活しています。これは合金神経を復元したとしか考えられません。そのためには外部から金属を補給しなければならなかったのでは……』

唐突に永海が叫んだ。

『カメラやパソコンがなくなったのは、それか？　あいつが食べたとでも？』

『食べたかどうかは……ただ何らかの方法で吸収した可能性はあるんじゃないかと……』

彼女は続けて言った。

『D102は〈ラボ2〉の地下牢を脱獄した時点で、すでに合金神経を復元しているはずです。つまり、これ以上の金属の吸収は不要なはずです。なのに、まだそれを続けている……。もしかすると、わざと必要量以上の金属を補給しているのかもしれません。当然、そうなると体内の金属の濃度が濃くなりすぎるはずです。

『……カイコが絹糸を出すのは、一定の時期が来ると、血液中のアミノ酸濃度が濃くなりすぎるためだそうです。だから、余分のアミノ酸をタンパク質に変えて放出する。つまり絹糸になるわけです。

『この化け物の場合も同じようなケースかもしれません……。意図的に体内の金属濃度を濃くする。すると、濃くなりすぎたそれを調節するため、GOOの身体は自然にそれに適応する……』

移動通信司令部で生じた唸り声が、耳に届いた。

おれも内心では唸っていた。

『あの〈爪〉はそうやって、そういう原理で得た武器だと？』

本多三佐の声は、呆れ返ったという感情を素直に表していた。

『まだ推測ですけど……』

彼女は謙虚に答えた。

『たぶん、ダゴン102の一本一本の指先から手首にかけて、液状になった金属が収納されているんでしょう。それが発射寸前に固体化してナイフに変わる。液体金属と固体金属の相転移です。どうしてそんなことが常温で可能なのかは、分かりません。私だけでなく、誰にも分からないでしょうけど……』

おれはダゴン102の身体のメカニズムよりも、樋口理奈の博識ぶりと豊かな想像力、推理力に驚いていた。本人が言うような、ただのマイクロマシン外科医ではないようだ。C部門のブレーン、作戦参謀かもしれない。

彼女が続けて言う。

『動画に録音されている音から判断すると、圧縮空気の圧力でナイフを飛ばしているようですね。肺から肩と腕を通って手首につながっている空気パイプがあるのかもしれません。それを切断すれば、しばらくの間は使えないかもしれません。また、そういう仕掛けだとすれば、発射寸前に大きく息を吸い込む必要があるのではないかと思われます……。

『もう一つ。いくら常識外れのGOOでも、こんな〈爪〉を次々に発射できるとは思えません。一〇本の指の爪をすべて発射した場合は、液状金属のストックが切れてしまうんじゃないでしょうか？　この映像で見たところナイフは一〇本ぐらいしかないようですし……』

早速ナイフと死体を数え始める。数え終わった。

「樋口名探偵。正解だよ。奴は一〇本分の〈爪〉を撃ち尽くすと、しばらくは弾切れなんだ。死人はここに一六人はいるが、全部にナイフを撃つことはできなかったらしい。首を切られたり、打撲傷が死因の連中もいる」

『ええ。恐らく一〇本すべてを撃ち尽くしたら、次のストックが溜まるまで数分か、十数分ぐらい、かかるんじゃないかしら？　相手に無駄弾を撃たせ弾切れになるよう仕向けることができたら……それが勝負の分かれ目かもしれないわ』

「ありがとう。解説者は気楽でいい。これからリングで殴り合わなきゃならないボクサーの辛さは、分からんだろうな」

『いいボクサーとは、セコンドの指示に従うボクサーだと言うぞ』と本多三佐。『自爆まで、あと一五分と三〇秒だ』

うなずく。無駄口を叩くのをやめて進んだ。だんだん気分が悪くなってきたのだ。こんなところは一秒でも早く通り抜けたかった。自分の黒いブーツが血で汚れている。

次の十字路を左右に気をつけつつ直進する。

ドアに〈P2区画〉の表示が目立ち始めた。他にも無害な菌類を保存する〈P1レベル恒温庫室〉などがある。

ここでも、天井の要所要所にあるはずの監視カメラはなくなっていた。いずれの支持アームにも、もぎ取られたような跡が残っていた。ダゴン102の怪力ぶりがそこから推し量れる。

奪われたそれらの金属は今、奴の体内で、おれの肉体を刺し貫く機会を待っているのだ。


次のT字路に近づく。死体の並ぶ戦場はここでいったん終わりのようだ。だが、ダゴン102は次の曲がり角のすぐ向こうに潜んでいるかもしれない。

例の刺激臭が濃密になってきた。奴がそばにいる証拠だ。

本多三佐が言う。

『自爆まで、あと一四分二〇秒』

他の者は黙っている。ボクサーの気が散らないようにという配慮だろうか。

『待て！』本多が叫んだ。『ターゲット音⁉　すぐ近くだ！』

おれはUBだけにできる素早さで、後ろへ四メートル飛び下がっていた。後ろ立ち幅跳びでも記録を作ったはずだ。短機関銃を構え直す。

『いや、この音は何だ？』本多は、とまどっているようだ。

耳をすます。それは電動モーターの唸りのようだった。もしくは特大のハチの羽音みたいだ。それがヴォリュームを上げてくる。

ふいに曲がり角から、何かが飛び出した！

24　探索

　おれは反射的に短機関銃の照準ビームをそいつに向けていた。訓練されたセキュリティポリスを上回る素早い反応だったはずだ。一〇〇分の一〇秒で、そいつに狙いをつけていた。一〇〇分の一五秒で、それがGOOではないことに気づいた。一〇〇分の三〇秒後には銃口を少し下げていた。

　大型の運搬ロボットだった。

　全長二メートル、幅一メートル、高さ一メートルの直方体のボディ。メタル・グレーの地色が黄色の数本のラインで彩（いろど）られている。上部には三六〇度回転するカメラ・アイ。手の代わりとなるマニピュレーター。黄色の回転灯もあるが、今は消えている。八輪のゴムタイヤが下部にある。P1レベルの実験物や書類の運搬などに使われているものだろう。

『何だ、ロボットか……』と本多三佐。

　司令部組の他の連中の溜め息も聞こえた。

「脅かすなよ」

　ロボットは返事をしなかった。通常は、サンプリング録音されたメッセージなどを喋るものだが、こちらを無視して直進する。そのままT字路の右の曲がり角の向こうに消えた。

『なぜ、急に動き出したんだ?』と永海。『さっきまで物音一つ立てなかったのに』

『誰かのプログラム・ミスか』

　本多が言う。だが、興味を抱いている余裕はないようだ。

『深尾君。気をつけろ。そろそろターゲットが近い。P3施設A区画の入口だ』

　うなずいた。ヘルメット・カメラの映像が上下したから、司令部組にも伝わっただろう。

　ポケットから小さなミラーを取り出し、左側の曲がり角の向こうを覗いた。白い廊下とドアの遠近法が映る、そのずっと奥に、戦死した特GOO科隊の兵士たちが数人横たわっているのが見えた。

　曲がり角から顔半分と短機関銃を突き出した。動くものは見えない。ポーズボタンを押された動画みたいに、すべてが静止していた。

『ダゴン102はいないか？』と本多三佐。

「ここからは見えない」

『慎重に前進しろ。あと一三分三五秒しかないぞ』

言われた通り、一歩前進する。どうせ進む以外に道はないのだ。緊張がみなぎる。化け物の気配を探りつつ、さらに一歩。また一歩。アンジオテンシンⅡが、おれの体内に分泌されて、血圧も上昇していることだろう。

ドアの一つが開きっ放しだった。戸口にホース付きのポリタンクが放置してある。〈灯油〉の表示があった。所員の一人が部屋から持ち出そうとしたところで、非常警報が鳴ったらしい。

部屋の中を覗く。倉庫のようだ。他にもポリタンクが数個ある。床掃除用のモップや雑巾（ぞうきん）、青いポリバケツ、水道の蛇口に流し台などが見える。

「何で灯油があるんだ？」

『オイル・ヒーターを使っている部屋があるの』樋口理奈が言った。『エアコンの一部が故障中なの』

『自爆まで、あと一三分』と本多三佐。『あせるな。無理せずに行け』

カウント・ダウンを聞かされながら「あせるな」というのは大部分の人間にとっては、不可能なことだ。いつの間にか血圧と共に体温も上昇してきたようだ。ヘルメットの中がサウナ風呂のように感じられる。

P3施設A区画に接近する。

この〈ラボ2〉内のP3施設は、廊下から直接入れるわけではない。廊下から、まずP3施設手前の作業区画に入らねばならない。そこからP3へ出入りするのだ。

ついに、その作業区画入口まで来た。ドアは開いている。

静かだった。

『自爆まで、あと一二分三〇秒』と本多三佐。

カウント・ダウンの声を除けば静かだった。

おれは廊下に背中をへばりつかせていた。短機関銃MP7A1を握り直す。左手の小さなミラーで室内を確認する。

グレーのデスク、椅子、コンピュータ端末など他の部屋と変わりばえしない眺めだった。DNA上のAlu配列みたいに、どの部屋も同じパターンの繰り返しだ。

違う点は〈P3施設A区画／入口〉と表示されたドアがあることだ。

ダゴン102は見えない。

『奴はいないか？』と本多三佐。『その作業区画の中に入って確認してくれ。あと一二分だ』

うなずいた。身体を半分戸口から出して、短機関銃を突き出す。出来る限りのスピードで、室内を視線で走査する。銃口もそれに合わせて動かす。レーザー照準の赤いドットが壁やデスクを跳ね回った。

いない。伏せてデスクの下も見る。誰もいない。

「ここは空だ」

『何？　じゃ、どこへ行った？』

「近所のコンビニエンス・ストアでないことだけは確かだな」

室内に入り、中を見回す。閑散（かんさん）としており、人の気配が感じられない。

念のため左目に赤外線スコープを付けた。天井の照明と、電源の入ったままのパソコンだけが赤く光って見えた。それ以外は青か緑の映像だ。ここにGOOがいたなら、その体温の余熱がオレンジか黄色の映像として見えるはずだ。残念ながら見分けられるほどの余熱はなかった。スコープを外す。

「やはりいないぞ」

『バカな！　あれから君以外の物音はゼロだったのに』と本多。

「奴もバカじゃないって証拠かな。ストーキングの態勢に入って、無音で行動していたのかも……。もう、この付近にもいないのかもしれん……」

部屋を出ようとしたが、〈P3施設A区画〉のドアがいやでも眼を引いた。二〇人の死刑囚が、そこにいるのだ。

「司令部、聞いてくれ」

おれは提案した。

「今のおれの力なら、P3のドアをこじ開けられないかな？」

『無理よ。銀行の大金庫室なみの設備だそうよ。ドアが開くまで、あなたの骨の強度が保たないわ。文字通りの意味で、無駄骨を折るだけよ』

舌打ちする。

「D102を殺るしかないわけか。まったく、どこへ行きやがった？」

『自爆まで、あと一一分二五秒』と本多三佐。

『しかたがない。すぐ他を探せ』

内線電話を見た。これで中にいる者と話ができる。御藤浩一郎の妹の声を聞くこともできる。だが、そんなことをしていてもカウント・ダウンは止まらず、冷酷に進行していくのだ。

再びミラーで辺りをうかがい、廊下に出た。先ほどの運搬ロボットが、遠近法の彼方（かなた）で九〇度回転して曲がり角の向こうに姿を消した。それ以外に動くものはない。

ロボットがいた方向に背を向けて歩き出した。

前方には七、八人の死体が、魚市場のマグロよろしく乱雑に横たわっている。血の異臭に、顔の筋肉がひん曲がる思いだ。

『永山、横井、桑代……』

本多三佐が死者の名前を呼ぶ悲痛な声が、また聞こえた。

あらためて、ＧＯＯに対する怒りが湧いてきた。

もちろん奴の側にしてみれば、これは拷問の返礼であり、人類こそ許しがたい仇敵（きゅうてき）に思えるだろう。彼我（ひが）の間には、永遠に〝和平〟はないのかもしれない。

おれ個人としてはダゴン１０２は殺さず、生け捕りにしたい。もちろん人道主義からではない。奴が完全クローン製造法を知っているからだ。しかしこの状況では時間の余裕がない。見つけしだい、叩き殺すしかなかった。

何人かの死体をまたいでいった。君たちの仇を討っためだ。多少の無作法（ぶさほう）は許してくれ。特ＧＯＯ科隊員も納得したらしく文句は言わなかった。

最後の一人、うつぶせの死体をまたぐ。彼も文句はつけないだろう。文句をつけられた。死人に右足首を掴まれたのだ！　一瞬、頭の中が空白になる。またあの〈歌〉が聞こえたのだ！

25　ファイト

おれは、

(!?)

思考停止状態に陥っていた。

死体がおれの右足首を掴んでいるのだ！　その手の指先に水銀色のきらめき！

死体は起き上がってきた。マネキン人形じみた冷たい端正な顔立ちが、おれを見上げる。

録画映像で観た顔だ！　唇が動き、あの〈歌〉を独唱している。

『Ｄ１０２だ！』本多三佐が叫ぶ。

短機関銃のトリガーを一瞬絞った。弾丸が三発ほど飛び出す。

ダゴン１０２の脇腹に命中した。ショックで奴は手を離す。おれはジャンプして飛び下がろうとしたが、自分の現在の筋力を計算していない跳躍だった。

天井にヘルメットをぶつけてしまう。頭蓋骨の中で、火の玉が大量増殖する。眼が回った。ドジな超人だ。

着地する。目眩を振り払い、短機関銃を構えた。照準レーザーの赤いピンスポットが、ＧＯＯを捉えた。ダゴン１０２は片手片膝をついた姿勢から立ち上がった。その動作に不自然さがない。一年前と異なり、二脚歩行にだいぶ慣れたようだ。

奴は身長一八〇センチを超える体格だった。おれがスーパー・ウェルター級なら、奴がライト・ヘビー級というところか。

ダゴン１０２の短い頭髪はオールバックになっていた。クシとヘアクリームでそろえたのではなさそうだ。もしかすると髪の毛一本一本までも自由に操れるのかもしれない。耳は上端や耳たぶが尖っていて、異国の彫刻品めいた形状だ。目鼻立ちや唇にも、同様の印象がある。

これはもともと知美のクローン体だったのだ。それを、奴は自分用の戦闘兵器として、肉体を改造したらしい。ドライアイスで出来ているような印象を受けた。

衣服は特ＧＯＯ科隊の兵士から奪った、茶色と緑色の迷彩軍服の上下だ。防弾ベストはない。脇腹に傷口ができており、カルスが滲み出している。

片手には短機関銃ＭＰ７Ａ１をぶら下げていた。手の〈爪〉は水銀色だ。

奴の〈歌〉が止まった。瞳がクロームのきらめきで、こちらを観察している。

『撃て！　撃ちまくれ！』本多や永海が叫ぶ。

言われるまでもない。短機関銃を咆哮させた。耳孔に銃声が突き刺さるようだった。空薬莢が連続して床に落ちて跳ねた。

ダゴン１０２は避けようともしなかった。着弾のショックで、後方によろめき倒れそうになる。だが、踏み留まった。

戦慄した。六、七発ほどブリットを叩き込んだのだ。鮮血で迷彩服が染まっている。が、奴は無表情な顔を上げた。X線レーザー・ビームみたいな視線を発している。

「おまえは、深尾直樹とかいう名前だったな？　一人だけか？」

ダゴン１０２は無表情なまま、唇だけ動かして笑った。形容し難い不気味さだ。奴には、顔面に表情を浮かべるための無意識的な反射神経プログラムがないらしい。拷問に耐えながら自分の肉体を戦闘兵器に変える過程で、それを失ったのだろうか。

「あの知美という女の助けを期待して、やってきたのか？　無駄だ。あの女の人格データは消した」

つまり、唐突に〈知美の人格〉が蘇って、おれが、板ばさみになって闘えなくなる心配はないわけだ。逡巡にケリがついた。

ダゴン１０２が手にした銃身を跳ね上げた。

おれは左に跳び、トリガーを絞る。だが、場所は狭い廊下だし、お互いに遮蔽物もない。ほとんど同時に、二、三メートルほどの距離で撃ち合う結果になった。

互いの銃口から、弾丸とマズル・フラッシュ、硝煙を大量に撒き散らし合う。排出口からは空薬莢の滝ができた。発火炎が網膜にストロボのように焼きつく。

おれはまず的として大きく狙いやすい、胸や腹を撃った。だが、奴の身体に喰い込んだ弾丸は、たいした被害を与えなかったようだ。

こちらは奴より被害は少なかった。首から腰までは防弾ベストがカバーしてくれた。頭部もヘルメットのおかげで、ある程度は着弾を免れた。ベスト表面の薄い金属板が弾丸で穴だらけになっていく。

奴の頭部に狙いを変える。ダゴン１０２の片眼を潰すことに成功した。赤い体液が飛散する。奴は腕で顔面をカバーした。お返しのつもりか、ＧＱＯもこちらの顔面を狙ってくる。右の頬にモロに四・六ミリ弾を喰らった。

今度は、奴の脚に銃口を向けた。下手な射手には狙いにくい的だった。それでも膝などに何発か鉛弾が喰い込んだらしい。相手はバランスを崩し、ひざまずいた。

が、後半は奴もこちらの脚を狙ってきたため、おれも膝や太ももにブリットのシャワーを浴びた。迷彩パターンのズボンが血しぶきにまみれて、こちらも片膝をついた。壁に左肩をあずけて身体を支える。

結果は相討ちだった。無茶な真似をしたものだ。しかし、ゆっくり戦術を練る暇などなかったのだから仕方がない。

おれは、口の中に射ち込まれた二発の弾丸を吐き出した。一緒に自分の奥歯も血まみれの姿で飛んでいった。脚への命中弾の多くは貫通したらしい。何発かは膝の皿や大腿骨付近で止まっている。

おれもダゴン102も本来なら血まみれになったはずだ。だが、傷口から、すぐカルスが溢れ出し止血している。出血量そのものは大したことなかった。

回復は、こっちの方が早かった。合金神経と超電導神経の差だ。変形した弾丸が次々に脚から押し出されていく。真っ赤に焼けた刃物で傷口をえぐられているような痛みを感じた。弾丸が床に落ちるたびに重い金属音がする。

『大丈夫か!?　返事をしろ！』本多と永海が叫んでいる。

『返事をして！』桶口理奈の声。

「……返事したぞ」やっとの思いで、そう言った。

「カメラ映像は無事か？」

『大丈夫だ。まだ観える。壊れてない』本多三佐が答えた。

迷彩模様のズボンの破れた箇所から、ピンク色のゲル状細胞群が見えた。弾丸に肉を削ぎ取られたのだが、すでに痛みは和らぎ、超電導神経が傷口の修復を始めてくれた。

人間兵器とでも呼びたい敵もまた、回復していた。片方の眼窩から、変形した弾丸を自分の手でつまみ出している。顔面に開いた、そのブラック・ホールの奥から半透明のゼラチンが溢れて、すぐにそれが眼球に変化した。もう再生したらしい。

おれは短機関銃MP7A1から空弾倉を落とし、新しい弾倉を詰めようとした。

だが、ダゴン102は短機関銃を捨てて突進してきた。四つ脚の獣が飛びかかってくる時のポーズだ。この距離でお互いに弾切れでは、肉弾戦の方が手っ取り早いと考えたのだろう。

危ない！　来るぞ！　司令部組が、そうわめく声がした。

おれはとっさに、右手の短機関銃を横殴りに振った。大理石のように白く滑らかな頬に命中する。ダゴン102が壁に叩きつけられると、建物全体が震えた。

我ながら寒気がするようなパンチ力だ。おかげで短機関銃は銃身が変形してしまい、使いものにならなくなった。

奴は鼻血を出している。並みの人間なら今の一撃で絶命したかもしれない。だが、GOOには〈ちょっと効いた〉程度でしかなかったようだ。

続けざまに打撃を加えようとした。できなかった。圧縮空気音に似た響きがして、次の瞬間、何かがおれの右肩を引き裂いていた。

おれは悲鳴を上げた。反射的に左手で右肩を押さえる。ナイフ状の金属が刺さっていた。

ダゴン102が片手をこちらに向けていた。指先がメタリックに輝いている。人差し指の〈爪〉だけがない。たった今発射したからだ。

残り九本の〈爪〉も次々と尖りながら伸びていた。発射準備態勢に入っている。

美しい彫刻品のような顔が動き、大きく息を吸い込んだ。圧縮空気を作るためだ。

おれは二発目が発射される前に突進し、相手の手を短機関銃で殴りつけた。

異音がした。ダゴン102の片方の手首から先は半分潰れただろう。ストックされていた水銀色の液状金属が、爆発したように飛び散る。床に多量にばらまかれた。

が、奴にはもう一本手がある。二発目を飛ばしてきた。おれの左脚太ももを銀色のナイフが貫く。激痛のあまり、涙が滲んだ。

GOOは身を捻ると、マーシャルアーツに似た動きで腹を蹴りつけてきた。衝撃と体重差で、おれは後方に二、三歩よろめいてしまう。

さらにダゴン102はジャンプしながら空中で膝を抱え込み、前方へ一回転する。次の瞬間、奴の両脚がおれの胸板を襲った。

おれの肺からすべての空気が押し出された。後方にぶっ飛ぶ。かなり長い時間滞空していたような気がした。開けっ放しのドアがあり、それに叩きつけられる。続けざまのショックに目眩がした。

こんな奇妙な飛び蹴りは、人類の格闘技には存在しないだろう。おれは、それを喰らった第一号だろうか。

ダゴン１０２が素早く息を吸い込んだ。

〈爪〉を発射した！

おれはとっさに、壊れた短機関銃ＭＰ７Ａ１でナイフを叩き落とす。甲高い金属音がした。さらに役立たずの短機関銃を敵に投げつける。時間稼ぎのためだ。

奴が回避する間に、おれは腰のベルト後部からスタン・ロッドを抜いた。電源を入れる。棒の先端からは紫色のスパーク、側面の細長い電極板からは無数の緑色の光のアーチが生じた。

ダゴン１０２が四発目、五発目のナイフを連射した。超電導で加速された、おれの運動神経が発動する。スタン・ロッドで、ナイフを叩き返してやった。銀色の刃物は、二本とも奴の足元に転がった。

奴は後ろへ二、三歩下がった。両手が床につきそうな低いポーズを取っている。動揺したらしい。闘いぶり不死身ぶりが、かつてのおれとはケタ違いなのだから当然の反応だろう。

「なぜだ？」ダゴン１０２が訊いた。

奴の顔は、相変わらず鋼鉄の仮面のままだ。だが、ショックを受けたせいか、髪の毛が逆立ち、パンク・スタイルに変わっていく。思った通り、奴は自分の意思のままにヘアスタイルを変えられるのだ。

「驚いたかい。毎日、スッポンの生き血を飲んでたのさ」

『その調子だ』永海が言った。

おれの右肩や左脚にはまだナイフが刺さったままだったが、放っておいた。ＮＣＳ機能によるエンドルフィン分泌のおかげで、それほど痛みもない。

雄叫(おたけ)びを上げた。剣道で言う大上段からの攻撃に移った。電撃棒を振り下ろす。相手が体をかわす。

突如、身体から力が抜けた。右肩と左脚のナイフが刺さった部分だ。その二カ所から神経も筋肉も引き抜かれたようだった。

攻撃は中止せざるを得なかった。スタン・ロッドを取り落としそうになる。見ると、おれの身体から生えているナイフが二本とも赤く灼熱(しゃくねつ)していた。傷口から溢れたカルスが、テンプラを揚げている時のような音を発し始めている。白煙が立ち昇り、肉が焦げる臭いがした。おれは驚愕のあまり、棒立ちになってしまう。

この隙に乗じてダゴン102が息を吸い込み、六発目を発射した。叩き落とせず、左前腕で受けた。新たな激痛。一瞬中枢神経が燃え上がり、気が遠くなった。

奴は襲ってこない。逆に後ろに飛びのいた。奴の〈爪〉は弾切れらしい。その指先に、例の水銀の輝きがなかった。

『今よ！』と理奈の声。『今なら仕留められるわ！』

『そうだ！』本多三佐の声。

『行け！』永海まで興奮している。

『やっつけろ！』御藤も、ついに黙っていられなくなったらしい。

おれはセコンドの指示に従うつもりだった。だが、決定打を喰らった老年ボクサーの心境だった。スタン・ロッドを振るスピードも普通の人間並みのそれに落ちている。やすやすと相手にかわされてしまった。

ダゴン102は逃げた。飛び道具なしでは不利だと状況判断したのだろう。ほとんど四つん這いのスタイルだった。こういう時は四脚形態だった時の地が出るらしい。

おれも走りかけた。が、もう限界だった。身体の自由が利かない。床に片手片膝をついてしまう。

『どうした!?』と永海。『奴に逃げられるぞ！』

「……言われなくても……分かってる」

息が切れてうまく喋れない。

『自爆まで、あと一〇分』と本多三佐。『早く奴を仕留めないと……』

立ち上がれなかった。ダゴン102は廊下の曲がり角に姿を消した。

ヘルメット・カメラでそれを見た司令部組の連中が、競馬場で大金をすったオヤジ連中のような失望の声を上げる。

『どうしたんだ？』本多三佐や永海が口々に問いかけてくる。

『何か異常でも？』と樋口理奈。

おれは左前腕にたった今刺さったばかりのナイフを抜いた。残りの二本は真っ赤だった。素手で触れれば火傷するだろう。

呼吸を整えつつ答えた。

「燃えてるんだ……〈爪〉が……奴の発射したナイフが……身体に刺さったそいつが燃えてる」

誰かが息を吸い込む音がイヤホンから伝わってきた。

『クエンチだわ！』樋口理奈の声だった。

26　クエンチ

おれは激痛と脱力感に苛（さいな）まれながら訊き返した。

「何だって？」

『クエンチよ』樋口理奈が言った。『でも、まさか、人間の体内でクエンチなんて……半分冗談のつもりで、佐々木さんたちが口にしてたけど……』

独り言のように呟いている。

だが、こっちは聞いている余裕がない。

まず右手で左脚太もものナイフを掴んだ。革手袋をしているのだが、それでも熱かった。引き抜く時は呻き声が出た。エンドルフィンの分泌量も減っているようだ。焼けたナイフを投げ捨てる。革手袋に焦げ目がついていた。同じように右肩のナイフも抜いた。

煙と臭いが周囲に漂っていた。傷口周辺のカルスが、まだベーコンが焼ける時のような音を出している。吐き気を催（もよお）す。しばらくは焼肉やステーキを見ても、食欲は湧かないだろう。

「あのマネキン化け物野郎！」毒づいた。「今度はどんな手品を使いやがったんだ？」

『ＧＯＯのせいじゃないわ』と彼女。『その熱は、あなた自身が出したのよ』

「あん？　何だって？」

『ナイフが発熱したのはクエンチという現象よ』

『どういうことだ？』と永海。

樋口理奈が得意の講義口調で説明を始めた。

『刺さったナイフの刃先で超電導化していた神経が切断されて、一部が常電導化したんです。つまり神経の一部が通常の電気抵抗を持った状態に戻ったんです。

『そうなると超電導でスイスイ流れていた電子が、突然電気抵抗が高いところへ続けざまにぶつかるから発熱します。たとえて言うと、高速道路で何万台もの車が玉突き衝突を起こしたような状態です。……この発熱現象をクエンチと呼ぶんです』

「そういうことは先に言え！」思わず怒鳴った。

「おかげで奴を取り逃がしたぞ。知ってれば、すぐナイフを抜いていたのに……」

『ええ。悪かったわ。私の不注意よ。

『クエンチがUBの体内で起きる可能性は、まだ動物実験でも試してなかったわ。かなり、残酷な実験になったでしょうし、UB猿が苦痛から逃れようとして怪力でストラップなんか引きちぎってしまう危険もあるわ。だから、検証しにくかったのよ』

おれは溜め息をつく。

「……分かったよ」

『でも、クエンチの可能性を言いそびれていたのは、私のミス。認めるわ』

おれは右肩と左脚を撫でていた。すでに痛みは収まり、傷口もほとんど修復されている。溢れた余分なカルスが焦げて黒褐色になっていた。

「神経電流で、これほどの熱が出るとはね……」

『ええ』と彼女。『さっきも言ったけど、UBの場合、しばしばかなりの高電圧が生じるのよ。電気ウナギの生体膜発電のようなものなのか、骨折を治すために生じるピエゾ電気効果のようなものなのか、その辺りのメカニズムや、電気への耐性がどうして変化するのかは、まだ分かってないわ』

「つまりアッパー・バイオニックはスタン・ロッドぐらいじゃ、なかなかくたばらないわけか。……そうか、道理であんたの亭主は……」

言葉を呑み込んだ。ふいに理奈が沈黙する気配を感じた。司令部に気まずい無音状態が訪れている。

舌打ちした。魂の傷口をえぐってしまった。UB化すると同時に凶暴化した彼女の夫は、電撃に対して異常なほどタフだった。つい、それを思い出して、口にしかけてしまった。

「すまん。失言だった」

『自爆まで、あと九分二〇秒だ』

本多三佐が全員を任務に引き戻した。

『時間の余裕は、もうあまりないぞ。D102は、そこから東方向、P3施設C区画付近に逃げた。だが、そこを最後に音は途切れた。またストーキングの態勢に入ったと思われる。だから、正確なターゲットポイントは不明だ』

おれは舌打ちする。

「意気地（いくじ）なしめ。勝ち目がないから、隠れんぼか？」

立ち上がった。また体内に超電導のパワーがみなぎってきた。それは細胞の一つ一つまでもがダンスを始める感覚だ。現実に静電位圧が下がっているから、軽度の感電状態にあるのかもしれない。

入口方向に向かった。

『そっちは逆方向じゃないか？』

「武器を探す」

廊下に横たわる戦死者から、使える短機関銃を回収した。カメラの映像に、死者の顔がアップで映ったせいだろう。本多三佐がまたも何ごとか呟いた。祈りの文句だったようだ。

「ここで一対一で鬼ごっこか？」

おれはＭＰ７Ａ１に弾を補給した。

「すぐ時間切れになっちまうぞ」

銃を持って走り出した。廊下から廊下へ、曲がり角から曲がり角へ。生きたギリシャ彫刻の姿は見つからなかった。

『あと八分』と本多三佐。

その後に、かすかな溜め息が聞こえた。

御藤は発言を控えている。自分が無線の会話に割り込むと、よけいなプレッシャーをかけるかもしれないと、遠慮しているのかもしれない。

左眼に赤外線スコープを付けて、Ｐ３施設Ｃ区画周辺を走り回った。部屋の一つ一つを覗く。ダゴン１０２の体温余熱を検出しようとしたのだ。だが、たまに黄色のモヤが見える程度だった。はっきりした足取りを掴めるほどの余熱はない。

「どこへ消えやがった！　出てこい！」

時折、短機関銃を乱射した。廊下を硝煙臭くしながら、ＧＯＯを挑発する罵詈雑言を吐いた。だが、ダゴン１０２は現れなかった。おれの手ごわさに、本当に恐れをなしたのか？

『あと七分一五秒』と本多三佐。

『時間稼ぎしてるんだわ』彼女が言った。『あなたの弱点が刃物だと、向こうも気づいたのよ。だから、〈爪〉の液状金属ストックが溜まるまで待つつもりよ。……自爆システムのことは知らないから。八時になってしまえばＰ３のドアが開いてＢＤ５菌を持ち出せる、と思ってるから……』

足が止まった。

「……そうか。つまり、奴はまたP3のA区画の玄関まで戻ってくるんだ」

Uターンする。A区画の出入口に駆け戻った。結局A区画の周りを一周したのだ。また一六人の戦死者たちの死体をまたいでいく羽目になった。例の灯油入りポリタンクが放置されている戸口の前を通過した。

『自爆まで、あと六分三〇秒だ』本多三佐が訊いた。『GOOをそこで待ち伏せする気か？』

「ええ。他にいい知恵があったら教えてください」おれは答えた。

『いや……この状況では、それしかないだろう……背中の背嚢の中を見ろ。トラップ・コードという代物がある』

言われた通り背嚢を下ろして、中身をあらためた。巻かれた細いコードが出てきた。透明で弾力のあるプラスチック製だ。

『それを、廊下の足元一〇センチの高さに仕掛けるといい。奴が間抜けなら、それに足を取られて転ぶだろう。

『だが、もう時間の余裕はないことを忘れるな。念のためもう一度言うが、二〇秒前に玄関シャッターを開ける。脱出のチャンスはそれだけ』

「了解」

生存者たちの命は、オー・ヘンリーの短篇小説に出てくる木の葉も同然だった。風が吹けば落葉する運命だ。

灯油入リポリタンクのある倉庫に入った。壊れた椅子が数脚ある。ポリタンクを戸口のそばに配置し、椅子の足にトラップ・コードの端を結ぶ。反対側の戸口にも同じ仕掛けで固定する。

廊下を逆走し、同じようにトラップ・コードを張った。細いコードは、数メートル離れるともう肉眼では捉えにくい代物だ。引っかかる可能性は充分にありそうだ。

『あと五分二〇秒、いや三二〇秒だ』と本多三佐。『私の指示は分かってるな？　もう繰り返さないから、そのつもりで……』

六〇秒前になってもGOOが姿を見せなければ、あきらめろ。唯一のアッパー・バイオニック成功例まで無駄死にすることはない。そういう意味だ。

答えなかった。ここまで来て結局ダメでした。そんな気楽な言い訳ができるだろうか？

『自爆まで、あと二八〇秒』

また短機関銃の三連射を放った。ダゴン102を挑発したかった。

奴が現れる気配はない。

『あと二七〇秒』

逆方向にも三連射。一発は跳弾となり、天井の蛍光灯の一本を割った。

奴が現れる気配はない。

『あと二六〇秒だ』

本多三佐は大きな溜め息をついた。

念のためMP7A1の弾倉を取り替えた。四〇発入りだが、今まで乱射していたので半分以上浪費しているはずだ。いざという時、弾切れではしょうがない。ボルトを引いて装弾を完了する。

自分の肉体を見下ろす。GOOですら恐れた〈不死身の超人〉というわけだ。あまりにもマンガ的なシチュエーションだった。これが現実の出来事だとは、いまだに信じ難いものがある。

足元には先ほどの闘いの名残、銀色のナイフが数本転がっている。クエンチで焼けた二本も、今は冷めてしまっている。

ダゴン102に殺された七人の兵士が、虚ろな視線を投げかけていた。彼らの声が聞こえたような気がした。まさか、おれたちの仇も取れないまま自分独りで逃げるつもりじゃあるまいな？

おれは返事ができなかった。

『あと二四〇秒。……待て！　近くに音源だ！』

おれも聞いた。この音は？　正面玄関の方向だ。銃口をそちらに向けた。トリガーに指が触れないようにする。触れると照準レーザーが出てしまうからだ。左手のスタン・ロッドも握り直す。

廊下の角の向こうに何かいるらしい。足音を殺し、移動を開始する。

深呼吸した。

心臓がレッド・ゾーンに飛び込んだように激しく打っていた。

27
罠

『待て！』本多三佐が言った。『D102じゃない。その音はロボットだ』

移動通信司令部の音響像探査システムで、識別したのだろう。おれは廊下の角から三メートル手前で止まった。曲がり角の足元には例のトラップ・コードが張ってある。

何かの唸りが聞こえた。耐用年数を過ぎたような、かすれたモーター音だった。念のため、右手に短機関銃MP7A1を構えたまま待った。

ふいに身体の奥に疲労を感じた。緊張と不安、超絶的な闘い。それらが体内にエネルギー・ロスの跡を残しているらしい。

おれは瞬きした。一〇〇分の二九秒ほど眼を閉じてしまった。超電導神経のせいか、それが恐ろしく長い時間に感じられたような錯覚を覚える。

眼を開けた。

モーター音の唸りが大きくなり、大型運搬ロボットが姿を見せた。

おれは無意識のうちに、短機関銃を構え直す。照準レーザーの赤いターゲット・ドットが、ロボットを捉えた。いささか拍子抜けする。

ロボットは九〇度回転し、前進してくる。だが、止まった。トラップ・コードに引っかかったのだ。コードに接続してある二つの椅子は当然引っ張られたが、これも戸口で引っかかってしまう。ロボットのプログラムは前進不可能と悟り、自らモーターを停止した。

『人騒がせな奴だ』永海が文句を垂れた。

「少し、黙っててくれ。敵の気配を探るのに、邪魔なんだ」

『すまん』

反対側の廊下の遠近法を見た。例の戦死者たちがいる。早く棺桶に入れて弔ってやりたいが、今はその暇がない。

ふいに視野の隅で光が明滅した。振り向くと、ロボットの黄色の回転灯だった。

ロボットのマニピュレーターが動き出した。自分の腹の中、恒温ケースを探る。その手が掴み出したのは……

MP7A1!

銃口の下から出たビームが、おれのヘルメット・カメラに真紅の点をつけた。司令部組の観ている映像は真っ赤になっているはずだ。

『バカな!』本多三佐が叫んだ。

身体をひねり、左側のドアに体当たりした。UBのパワーを喰らってドアにヒビが入り、蝶番が半分外れる。

そのまま部屋に飛び込んでいた。

廊下では弾丸がばらまかれていた。狭い空間に銃声が反響する。

床で一回転し受け身を取った。痛みが走る。右足のすねに血とカルスが滲んでいる。ブリットがかすめたのだ。

『どうしたんだ⁉　あのロボットは⁉』本多三佐が叫ぶ。

『D102が操って⁉』樋口理奈の声。

おれは返事をしなかった。それどころじゃない。

銃声が収まった。ドアに近寄り様子をうかがう。この部屋は、P3区画手前の作業区画と、廊下を挟んだ真向かいに位置している。

おれの頭部が見えたのだろう。またロボットが射撃を開始した。本来の運搬業務を大きく逸脱する行為だ。ダゴン102が、あれを操っていると考えるしかない。

隙を見て反撃した。短機関銃を咆哮させる。相手も撃ち返してくる。耳孔にリベット打ちされているような騒音だった。空薬莢がばらまかれる。

相手は頑丈なスチール・ボディだ。表面に穴が開いたが、弾丸はそこで勢いを失っているらしい。たいして効果はない。すぐ弾切れになる。ベルトの弾倉を詰め直そうとした。

ふいに、何か重量のあるものが接近してくる音がした。競馬場でのラスト・スパート時の音に似ていた。廊下を疾走してくる。

『D102だ！』と本多三佐。『間違いない！　ロボットが、こんな足音を立てて走れるわけがない！』

慌てたために弾倉の詰め替えに手間取った。いくら運動神経が加速されていても、慣れていない行動に関してはあまり役に立たないことを発見した。

足音が迫ってくる。ようやく弾倉を詰め終えた。ボルトを引いて、最初の一発を薬室に送り込む。ドアから上半身を半分出した。重量感たっぷりの敵に狙いをつけようとして、

(⁉)

思考にポーズがかかった。

未開人は大型の船を見ても、それが認知できなかったという実話がある。自分の世界観にそぐわないものは理解も認識もできないという。それに似た状態に陥った。

眼前にいる〈それ〉は確かに例の大型運搬ロボットだったが、今は形容しがたいモノに激変していた。〈そ

れ〉は直立していた。下部にあった八輪のゴムタイヤは〈それ〉の胸と腹の飾りのようになっていた。代わりに鳥の脚に似た形のモノが〈それ〉の体重を支えている。その〈脚〉には金属製の部品やスプリングが混じり合っていた。

　直方体だったボディも膨脹し変形している。女性的なプロポーションと言えなくもない。両サイドから出ている腕も、脚と同様の金属製スプリングで覆われていた。

　頭部はロボット自身のカメラ・アイに三台のビデオカメラが組み合わさったものだった。〈それ〉の眼は四つのカメラ・レンズだった。鼻があるべき位置にはアナログ腕時計の文字盤、唇と耳の位置にはＬＥＤ、発光ダイオードが代わりに埋め込んであった。〈それ〉は全体としては人間の形だった。しかし、生物なのか機械なのか、あまりにも渾然一体となっているため判別しがたかった。悪趣味な前衛芸術家の作品のように、日常的感覚を横滑りさせる効果があった。

『何なのこれ!?』樋口理奈の叫びが一瞬聞こえた。

〈それ〉は片手に短機関銃を構えている。相手の正体が何であれ、敵であることだけは間違いない。そう判断し、引金を絞るまで一〇〇分の七〇秒かかってしまった。

　撃ち合った。今度も二、三メートルほどの至近距離だ。発火炎、硝煙、銃声、空薬莢が狭い廊下に充満した。

　何せ相手は生物だか機械だか分からないような奴だ。腹だか胸だかに生えているゴムタイヤはすべて破裂したが、その後の弾丸はことごとく跳ね返される。メタル・グレーのボディに弾着の跡がつくだけだ。それでも身体の中枢部に何発か鉛弾が喰い込んだらしい。相手はひざまずいた。

　おれの方も被害を受けた。胸や腹は防弾ベストが盾になったし、下半身は戸口の後ろにおいて壁でカバーしていた。だが、顔面と脇腹に短機関銃の連射を喰らったのだ。歯科医にすべての歯を引き抜かれるよりも、ひどい苦痛を味わった。鮮血が春の桜吹雪みたいに舞った。倒れそうになる。戸口を左手で掴んでバランスを取り戻した。

　ヘルメットの中のおれの顔は月面といい勝負だったろう。クレーター状の傷口からゲル状のカルスが溢れ出し、変形した弾丸が次々にそこから押し出されていったはずだ。

幸い、脇腹への命中弾は全部貫通したらしい。すぐにカルスが傷口を塞いでくれた。

『大丈夫か!?』本多と永海が叫んでいる。

『返事をして！』

「……まだ……くたばって……ないよ」

血とカルスとブリットを吐き出しつつ答える。

〈機械生物〉の方は、まだ回復していないらしい。だが、サーボ機構はまだ甲高いカメラのモータードライブに似た音を発している。

おれは気力を振り絞って立ち上がる。廊下を突進した。左手のスタン・ロッドを突き出す。運搬ロボットの弾着跡、そこに電撃棒の先端を突っ込んだ。相手の金属ボディ全体が帯電する。雷雲の中にいるような稲光に包まれた。

相手はバランスを崩した。おれは飛びのく。二〇〇キロはあるボディが横転し、地響きを立てた。動かない。あっけない末路だ。ボディのあちこちの隙間から白い煙が立ち上る。オイルの焦げる臭いがした。ロボットは金属、ポリマー、シリコンなどの各要素に還元された。

『やったのか？』永海が叫ぶ。

「ああ。……いや……」

おれは一歩下がった。

「……ちがう。こいつはダゴン102じゃないぞ。奴は自分の細胞をこれと融合でもさせたのか？」

『私もそう思うわ……』と彼女。

おれの背中や腰、脚の背面に衝撃が来た！　多数のハンマーで一斉に殴りつけられたみたいだ。銃声が狭い廊下に反響する。多量の弾丸を喰らったのだ。脚が血しぶく。

着弾のショックでバランスを失う。ロボットに寄りかかる形になる。声も出ない。純粋な苦痛そのものを脚に注入されたようだった。上半身は防弾ベストが守ってくれたが、脚は無防備な状態だ。

さらにブリットの暴風雨が襲った。おれの身体は宙で二転三転する。ロボットを乗り越えて、その向こうに落ちた。本多や永海らの叫び声がしたが、ほとんど聞き取れなかった。

弾丸のほとんどは脚を貫通したが、七、八発は骨格などに引っかかったようだ。苦痛はすぐに和らぎ、むず痒くなる。超電導神経による修復作業が始まったらしい。

これがなかったら、もう何度死んでいるか、分からない。

重量感のある足音が迫ってきた。振動がヘルメット越しに頭蓋骨を揺さぶる。

まだ回復しきらず筋肉には力が入らない。だが、何とか起き上がり、ロボットのボディに片腕と顎を乗せた。

悪夢そのものの状況だ。

ダゴン102が廊下を疾走してくる。四つん這いに近い低い体勢だ。頭髪はオールバック状態に戻っていた。定規で計測して作ったような端正で冷たい顔。瞳にだけは表情があった。空腹のホオジロザメがエサを睨む時の眼だ。

ダゴン102は弾の切れた銃を捨ててしまう。もう必要ないのだ。奴の両手の指先には水銀色の光。それが徐々に長くなっている。

『〈爪〉が回復してる！』樋口理奈が叫んだ。

こっちの短機関銃も弾切れだった。それを捨て、腰のホルスターからシグ・ザウエルP220を抜く。スライドを引き、最初の一発を薬室に送り込んだ。

運搬ロボットを盾にして撃ちまくってやった。おれは射撃は素人だが、この時は奇跡的によく当たった。走ってくる相手を真正面から狙撃(そげき)したため、カウンターで着弾の衝撃は倍になったはずだ。度々、ダゴン102はバランスを崩しそうになる。だが、決定的ダメージは与えられなかった。

六発撃った。残りの三発は温存することにした。スタン・ロッドと拳銃とを同時に宙に投げて、それぞれ右手と左手に持ち替える。

ダゴン102がダッシュしてくる！　五メートル。決着をつけるつもりだ。すでに奴の爪は一〇本とも長く伸びて、発射準備ＯＫの状態だ。

来るぞ！　本多や永海らの声がした。

おれも再度の肉弾戦を決意した。立ち上がり、スタン・ロッドを振り上げる。

それが誤算だった。おれの脚はまだ回復しきっていなかった。本来なら、超一流ボクサーをしのぐ電光のフットワークを披露できたはずだ。しかし、おれは酔っ払いのような千鳥足を演じただけだった。

ダゴン102が大きく息を吸い込む音がした。圧縮空気音と共に連続して、ナイフが飛んできた！

それでも一発目、二発目は対処できた。マイクロセコンドの反応でスタン・ロッドを振るい叩き落とす。が、三発目はかろうじて迎撃できた、といった感じだった。

四発目、ついに回避できなかった。ナイフが腹部に突き刺さる。ケブラー繊維製の防弾ベストは、切れ味の鋭い刃物は防いでくれない。痛みのレベルから判断する限りでは、胃袋を貫通したはずだ。

呻き声が漏れた。慌てて腹のナイフを掴み、引き抜こうとした。

その隙をついてダゴン102が五発目、六発目を発射した。それは両足のももを貫通した。絶叫する。激痛がTNT火薬のように弾けた。さらに七発目が右の二の腕を貫通する。度重なる出血と〈出カルス〉で、戦闘服は赤とピンクに染まっていた。

もうダゴン102は眼の前にいた。シグ・ザウエルP220の残弾三発を放つ。着弾のショックで、相手がバランスを崩した。

おれは前方に飛んだ。スタン・ロッドで反撃しようとした。だが、その動作が自分でもひどくスローモーションに感じられる。

案の定かわされてしまった。突き刺さったナイフのせいで神経の超電導状態が一部失われて、稲妻の閃きに似たスピードが鈍っていた。

ダゴン102が八発目のナイフを発射し、それはおれの右胸を貫いた。相次ぐ激痛のため意識がピンボケする。おれは自らバランスを崩した。

敵の脚が閃き、スタン・ロッドを蹴り飛ばした。それは廊下の彼方に飛んでいき、永久に失われた。

ダゴン102はさらにジャンプし、空中で膝を抱えて前方回転。〈宙返り両足キック〉を披露した。

おれの眼球がストロボに変わった。光。光。光。気がつくと、壁に叩きつけられてから床に倒れ込むところだった。

おれは血を吐いた。右胸に刺さったナイフが肺に穴を開けている。

銀河系の彼方から、本多や永海、樋口理奈らの声がする。あと一八〇秒……。何のことだ？　何が一八〇秒？

その意味に気づいて、慌てて起き上がろうとした。できなかった。ダゴン102がさらに九発目のナイフを発射したのだ。それは、おれの背中の中央部右寄りに命中した。肝臓の位置だ。

ダゴン102の嘲笑が聞こえた。

「便利な代物だな、あのロボットは」

おれは罠に落ちた間抜けな獲物だった。痛みは、徐々に和らいできた。エンドルフィンが分泌されたおかげだ。だが、その麻酔作用は同時に睡魔を招来したようだ。気が遠くなっていく……。

28 激闘

起きろ！　目を覚ませ！　生き返れ！　本多や永海の声がした。

『あと一五〇秒だ！』

『生き返ってくれ！』御藤も絶叫している。

『生存者を救出できないんなら、あなただけでも逃げて！』

樋口理奈の声は、普段より二オクターブは高い。

おれは上体を起こした。カメラ映像が動いたことで、生存が分かったのだろう。移動通信司令部の歓声が無線で伝わった。

生きてるぞ！　まだ生きてる！

だが、アンチセンスRNAに襲撃された細菌も同然で、それ以上身動きできなかった。全身から肉の焦げる臭いがしていた。クエンチのせいでレアに焼かれているところなのだ。

見ると、右胸と腹部、右腕、両ももに刺さったナイフが、すでに真っ赤に焼けているところだった。傷口からはカルスの焦げる音と、肉の焼ける臭いが盛大に撒き散らされている。背中も同様だろう。

刃物は、アッパー・バイオニックにクエンチを引き起こさせるだけではない。NCS機能による身体修復も、その効果を発揮しにくくなるようだ。弾丸のような異物が身体に入った場合なら、自動的に体外に押し出してくれる。だが、薄い刃物などが身体に刺さった場合はダメなのだ。

『あと一三〇秒しかないぞ！　何とかしろ！』

永海が叫んでいる。

ダゴン102の〈歌〉が聞こえた。勝利の歌かもしれない。それを聞かせるためにわざと、とどめを刺さなかったのか。

おれは顔を上げる。ナイフが刺さりっ放しだというのに、やや回復してきたようだ。ＮＣＳ機能に感謝しなければ。何とか四つん這いになる。冷や汗と血とカルスの混じった液体が、顎からしたたり落ちる。

ダゴン１０２は、Ｐ３施設Ａ区画に隣接する作業区画前に立っていた。八メートルほど離れている。奴は、あの中近東風のメロディを口ずさんでいた。驚くべきことに、一つしかない口で、同時にバス・ヴォイスも伴奏していた。

すでにＰ３Ａ区画のＢＤ５菌を入手したつもりになっているらしい。それをどうやって効果的に使うか。その計画で頭の中は忙殺されているようだ。

『あと一二〇秒だぞ！』と本多。『時間がない。ダメなら君一人だけでも逃げろ。今なら、まだ間に合う！』

おれは手を伸ばし、右胸に刺さったナイフを掴んで引き抜く。泡立つゼラチン状のカルスが飛び散った。

エンドルフィン分泌量が減っているらしい。激痛のあまり、顔面全体が痙攣しただろう。灼熱した金属を床に落とす。大胸筋から黒ずんだ煙が出ていた。

ダゴン１０２がこちらを振り向いた。白く結晶した氷山から削り出したような顔立ちだ。前髪が十数本立ち上がるのが見えた。それがたぶん〈不審な表情〉の表現なのだろう。顔自体はピクリとも動かないし、瞬きもしない。

おれはさらに腹部から二本目のナイフを引き抜いた。苦痛による呻き声を、押さえられなかった。

奴がこちらに歩いてくる。床に散らばっている空薬莢につまずいたりはしなかった。

「おまえは、以前に会った時のおまえではない」奴が言った。「その理由を教えろ。おまえの身体から出る、その熱の正体も」

『あと一一〇秒！』本多三佐の声は悲鳴に近い。

『もういい。逃げろ！』御藤が叫んだ。『奴を殺らない限り、自爆は実行されるんだ！　逃げろ！』

おれは右の太ももから三本目のナイフを引き抜いた。呻き声。

このままやられっ放しではあまりにも情けなかった。そもそも何のために、おれはここにいるんだ。二〇人の命を救えるチャンスに賭けたからじゃないのか。その上、ダゴン１０２は知美の命を奪った憎んでも憎み切れない仇敵だぞ。

奴はポーカー・フェイスのまま歩いてくる。おれに指先を向けた。小指の〈爪〉で狙いをつけている。すでにナイフの残りは一本だった。

あれを発射させてしまえば……。だが、その後はどうする？　どうやって、この化け物を殺るんだ？　武器はないぞ。方法は？

無意識のうちに胸ポケットを押さえていた。手帳の感触を確かめる。

『あと一〇〇秒！』と本多三佐。

視野の隅に、二つのものが映った。灯油入りのホース付きポリタンク。役に立たなかったトラップ・コード。

そのコードは、今は床上一〇センチの高さに張られた状態ではなく、死んだ蛇みたいに床に落ちている。

おれの大脳前頭葉のA10神経に閃くものがあった。

おれは左のももから四本目のナイフを引き抜いた。また呻き声。

ダゴン102は、眼前まで来て止まった。新種の細菌を観察する科学者の眼で、おれを見ている。

『何とかしろ！　あと九〇秒だ！』永海が叫んでいた。

右腕のナイフも引き抜いた。今度は呻き声を我慢できた。まだナイフは背中に一本残っている。が、それは抜かない。

四つん這いで歩こうとした。四肢がまるでバーベルのようだ。まだ回復には時間がかかるのだろうか。が、何とかトラップ・コードを手に入れないと……。

「たいしたもんだ」とダゴン102。

おれはGOOに賞賛された最初の人間になった。

「ほうびをやろう」

化け物は大きく息を吸い込み、最後の一本のナイフをプレゼントしてくれた。圧縮空気のささやかな咆哮。

おれの背中、中央部右より、肝臓の部位にナイフが突き刺さった。その場所には、これで二本目だ。奴は一点集中で攻撃する趣味があるらしい。モノクローナル抗体みたいな奴だ。

おれはまた倒れた。

『あと八〇秒！』

カウント・ダウンする本多三佐の声に、絶望的な響きが混じり始めた。

ダゴン102はまた例の〈歌〉を歌い始めた。葬送行進曲のつもりか。

　酸素を貪る。そして言った。

「……下手くそめ」

　舌が死んだ軟体動物みたいになっていたが、何とかそれを動かした。

「きさまは最低の音痴だ。その歌を聞いてるだけで寒気がするぜ」

　ダゴン102は〈歌〉をやめた。GOOにもプライドなるものはあるだろう。おおよそ自我と衿持はイコールの意味だ。奴ほどの知性とキャラクターなら、自尊心もワン・セットのはずだ。予想通り、白いマネキンじみた顔がおれを睨んだ。前髪が一〇〇本ぐらい逆立った。

　おれは右手で上体を起こし、左拳を持ち上げ中指を突き出してやった。GOOと人間とは文化が違うはずだが、人間から吸収した記憶によって、これが侮辱のサインであることは分かったようだ。

『バカ！　何をのんびり遊んでるんだ!?』と永海。

『狂ったの!?』と桶口理奈。

　ダゴン102が近寄ってきた。

『あと七〇秒！』と本多三佐。

　奴の脚が閃いた。おれの胸にヒットする。雄牛でも蹴殺せそうなキック力だ。身体が宙に浮いた。一回転する。うつぶせに地面に叩きつけられた。これは計算通りだった。これで怪しまれずに場所を移動できた。しかも幸運なことに、おれは床に落ちているトラップ・コード上に倒れたのだ。

　起き上がりながら、微笑が浮かんできた。だが、軽い脳震盪を起こしたらしく、少し目眩がする。ナイフの大部分を抜いたせいで、身体の方は徐々に回復してきた。超電導パワーが全身を帯電させ始めている。おれは身を起こした。今度は四つん這いではなく、片膝立ちの態勢になる。

「バカめが。だまされやがって」

　おれはダゴン102に言った。廊下の彼方を左手で指した。おれの武器、電撃棒がそこに転がっている。

「どうだ？　駆けっこするか？　おれの方が近いから、先にスタン・ロッドを取れる」

　今までさんざん痛めつけられたのが芝居だったような言い方をした。まるっきり嘘でもない。回復する時間は充分取れた。さっきは背面から撃ちまくられた直後だったためには、細胞再生が間に合わなかったのだ。

『このパッパラパー野郎！』永海がわめいている。

『いったい、どういうつもりなんだ⁉』

『やっぱり狂ってるわ！』

作戦だよ。黙ってろ。

『あと六〇秒！』と本多三佐。『そいつに構うな！　逃げるんだ！』

おれは奴に嘲笑を吹きかける。

ダゴン１０２の顔は、相変わらずセラミックで出来た仮面のようだ。だが、髪の毛は雄弁だった。頭髪の中央部が一直線に逆立ち、モヒカン刈りみたいになる。突然、身構えた。

化け物はすでに飛び道具を撃ち尽くしている。おれを止めるには直接捕まえるしかない。

「用意……」

おれはすでに、クラウチング・スタートのようなポーズになっていた。

『五五秒！』と本多。『早く逃げろ！』

「……ドン！」

おれは駆け出す振りをした。それで充分だった。ダゴン１０２もつられてダッシュした。おれを捕まえようとする。

ついにチャンスが到来した！

おれは床の上のトラップ・コードの端を指先ですくい取った。しっかり掴む。と同時に、振った。新体操の選手がリボンを振るような要領で。

床のコードに直径三〇センチの輪ができる。輪は、さながらコブラのように、ダゴン１０２の足元に滑り込んだ。

奴は寸前になって気づいたかもしれない。だが、もう遅い。駆け出した奴の片足はすでにコードの輪の中に入っていた。足首に巻き付く！

奴のポーカー・フェイスが崩れた。一瞬、口が半開きになる。

それだけでもバランスを崩すには充分だったろう。ところが、おれはコードの一端を結んである椅子ごと、頭上に差し上げたのだ。ＵＢのパワーとスピードがあるから、できた芸当だ。コードのもう一方の端は、反対側の戸口にある椅子に固定されている。

ダゴン１０２は空中で奇怪なダンスを踊った。本能的にバランスを取り戻そうとしたのだろう。が、合金神経の反射速度があっても無駄な努力だ。今度は奴が宙で一回転する番だった。

ダゴン102は後頭部から床に落ちた。鈍い音が響く。受け身も取れなかった。

移動通信司令部から、驚きと納得を合成した歓声が上がった。

おれも快哉を叫んだ。右手で椅子を振りかざす。

『あと五〇秒！』

マネキン顔に椅子を振り下ろした！　椅子の背が異音を発して折れる。三度、四度、殴りつけた。奴の顔面が打撃のたびに、ひしゃげ崩れていく。鮮血が四散した。

ダゴン102は全身を痙攣させた。普通の人間なら頭蓋骨が粉砕されたほどの打撃力だったろう。しかし、GOOにとっては軽い失神程度のダメージのようだ。呻きながら、まだ手足が動いている。

『殺ったのか？』と永海の声。

『あと四五秒！』と本多三佐の声。

『首をねじ切ってしまえ！』と御藤の声。

『どいてよ！　見えないわ！』と樋口理奈の声。

『オペレーター！』と永海。『モニター全部にこの映像を出してくれ！』

おれは灯油入りのポリタンクに飛びついた。幸い半分ほど中身が残っている。

タンク付属のホースから蓋を外し、ホースを相手の口に入れる。胃カメラみたいに喉の奥まで押し込んでやった。

『あと四〇秒！』と本多三佐。『オペレーター、秒読みを代わってくれ！』

ポリタンクを逆さにする。

「おれのおごりだ！」

灯油が化け物の胃袋に流れ込んでいく。ついでにタンクを振ってやった。

「遠慮するな！　たらふく飲め！」

精製された灯油はグァゴボグァゴボといった音を発した。無数の泡による合奏だ。

『あと三六秒！』とオペレーター士官。

『もう逃げる暇はないぞ！』と本多。

『三五』

『そいつを殺らない限り……』

『三四』

「自爆を解除するわけにはいかないんだ！」

　できれば、ニトログリセリンも流し込んでやりたい。

『三〇……』

　信管付きのC—4プラスチック爆薬なら、なおいい。

『二八、二七……』

　突如、ダゴン１０２は眼を開いた。驚嘆する前に呆れ返った。北極熊みたいにタフな奴だ。

　奴は無表情なまま暴れ出した。おれを蹴飛ばす。ついでポリタンクも蹴飛ばした。ホースから灯油の残りが飛び散る。だが、奴は脳震盪を起こしているようだ。まだ本調子ではなく、自力では起き上がれない。

『二四、二三……』

　背中に右手を回し、クエンチで真っ赤に焼けた二本のナイフを引き抜く。このために今まで抜かずに取っておいたのだ。ナイフを軽く宙に投げ、逆手に持ち替える。

　飛びかかった。ナイフを軽く宙に投げ、逆手に持ち替える。左手でダゴン１０２の首を掴む。奴の口から灯油が溢れ出し、ゲップに似た音を立てていた。

『二一……』

「もう一杯やれよ！」

　灼熱した二本のナイフを、奴の首に突き刺した！　首の後ろまで貫通させた。

　瞬時に引火した。眼前が透明なイエロー一色になる。GOOは火だるまになったのだ！　ダゴン１０２は絶叫した。

　おれも悲鳴を上げながらも、さらにナイフをえぐって傷口を広げてやった。そして飛びのく。転げ回って火を避ける。

　起き直ったおれは自分の革手袋が炎を上げているのに気づいた。慌てて脱ぎ捨てにかかる。

『どうなったんだァ⁉』永海の叫びが重なる。

『一七、一六……』オペレーターが最後のカウント・ダウンを続けている。

　手袋を脱いだ。おれの被害は、顔と手に軽い火傷をしただけだった。

　しかし、化け物の方は、そうはいかず、床を転げ回っていた。首から上が、イエローとオレンジの炎に包まれている。クールそのものだった顔が、今は極限まで歪んでいた。大口開けて悲鳴を上げている。

　ダゴン１０２の髪の毛は全部逆立っていた。一本一本がバラバラに渦巻いたり、ピンと伸びたりを繰り返している。それ自体が焼死寸前の生き物のようだ。

何せ、可燃物がたっぷり腹に詰まっているのだ。首を貫通したままの二本のナイフが裂けた出口を作っていて、そこから灯油が噴出していた。火の勢いは止まらない。奴は燃料を口から吐き出そうとしたが、かえって事態を悪くしていた。

「火に油を注ぐ」という言葉の意味を、文字通りの形で見る大変珍しい機会に恵まれた。おれは床に座り込んだまま、唖然とそれを見物していた。

ダゴン102は、いきなり四つん這いになり走り出した。が、視力も失っているのだろう。自ら壁に激突してひっくり返った。

『いける！』と本多。『委員長、解除の用意！』

『分かった！』

『急いで！』と永海。

『一三、一二……』オペレーターはカウント・ダウンを続けている。

ＧＯＯは燃えながらネズミ花火みたいに暴れ回った。また四つん這いで、別の方向に飛ぶ。バランスを崩して、頭から床に落ちた。

突然、火災探知機が警報のベルを鳴らした。天井のスプリンクラーが散水を始める。

『一〇、九……』

ダゴン102は、今度はドアの磨(す)りガラスに、自分から頭を突っ込んだ。ガラスが割れる。その窓枠に首を引っかけたまま、四肢を痙攣させている。

『八、七……』

唐突にＧＯＯの奇態な踊りが止まった。ドアの窓枠に首が引っかかったまま動かない。

『六、五……』

ダゴン102は動かない。ただ燃え続けているだけだ。人間大の松明(たいまつ)だ。

『四、三……』

「殺ったぞ！」おれは叫んだ。

『解除しろ！』

『解除だ！』

永海と本多三佐が、異口同音に怒鳴る。時間が、水に溶けたアルギン酸ナトリウムのように濃厚な密度を持ち始めていた。スプリンクラーがばらまく水の一滴一滴を見分けられるほどだ。

……おれは、

…………午後八時を、

…………………その瞬間を、

………………………待った。

機械音と圧縮空気音が響いた。Ｐ３施設Ａ区画の時限錠ドアが開いたらしい。

同時に、イヤホンから凄まじい騒音が噴出した。おれは渋面になる。すぐに、それが移動通信司令部で沸き起こった歓声と拍手だと気づいた。

『間に合ったわ！』理奈が叫んでいた。

『聞いてるか』と本多三佐。

『自爆システムは解除したぞ！』

「ああ……」

声にならない声で答えた。

よくやった！　ありがとう！　永海や御藤が口々にそう言っているのを、頭の隅で意識していた。

だが、当の本人にとっては逆転勝利を得た喜びよりも、苦難の時が終わったという安堵感の方が大きかった。麻酔なしですべての臓器を取り替える手術をやられた患者の気分だった。

天井を向いて大口を開けていた。スプリンクラーがばらまく水滴を受ける。舌が焼けたフライパンみたいにジュージュー音を出しているような気がした。

『どうした!?』

『おい、返事しろ！』

移動通信司令部の連中がわめいている。

おれの大脳ニューロンは無反応だった。チューニングの合っていないラジオが拾う空電ノイズを奏でている。完全な虚脱状態。気力も体力もとっくに限界を超えていたのだ。

ふいに、全世界が九〇度横倒しになった。

おれは頬に人工の雨を浴びていた。

その後は真っ暗闇…………………………。

29　一難去って

………………………………覚醒した。全身に冷水の感触。水島医師の声が遠方から漂ってきた。

「……凄い！　もうほとんど治ってる。これじゃ外科医は失業しかねんな……」

おれは眼を開けた。天井の蛍光灯が網膜を焼く。手で光線をカバーする。一瞬、時間の感覚や記憶が混乱する。

「もう正気づいたか。……気分はどうだね？」

「……あまり……よくない」

水島医師に診察されているところだった。その隣に永海と樋口理奈がいる。眼鏡をかけた顔が、計三人分並んでいた。

気がつくと上半身を裸に剥かれていた。ヘルメットも外されている。

「大丈夫か？」永海が訊いてきた。

「まあ、待って」

水島が片手で制した。向き直って訊く。

「自分の名前は？　ちゃんと答えられるかね？」

「深尾直樹」

「気を失う寸前に何があったか覚えているか？」

「GOOが燃えてる。自爆システム、解除……」

「君の母親の結婚前の名前は？」

「えェと……沢口文子」

「まあ、正常なようだ」

いや、目眩がする。片手をついて上体を起こした。

「大丈夫か？」

永海がそう言って、裸の腕を掴んで助け起こしてくれた。彼が感電することはなかった。ズブ濡れだから、超電導神経が発する多量の静電気も散っているのだろう。

周囲を見回す。

気絶した時と同じ場所にいた。スプリンクラーの散水はもう止まっている。だが、床上五ミリぐらい浸水していた。全身濡れねずみだ。

「よくやってくれた」永海は微笑を浮かべている。

「……すると、P3の生存者は？」

永海は笑い出した。おれの肩を叩く。もう、聞くまでもなかった。

「全員、無事だ。委員長の妹さんもな。すぐ隣の病院に移した」

永海を眺めているうちに、おれにもバカ笑いが伝染してきた。横隔膜と腹筋が痙攣を始める。おれも徐々に笑い出し、やがて狂笑していた。

バカ笑いは後から後から際限なくこみ上げてくる。麻薬でハッピー・トリップした時というのは、きっとこんな感じなのだろう。極度の緊張から解放されたせいで、精神のたがが外れたようだ。

　水島医師と樋口理奈はバカ笑いには参加しなかったが、さすがに頬が緩むのだけは、抑えられないようだった。笑い上戸の酔っ払いを見る目で、おれと永海を見ている。首を振っていた。

　永海の背後を見る。そこには、おれの天敵がいた。

　ダゴン102は、頭部が黒く炭化した姿をさらしていた。まだドアの窓枠で首を吊っている。迷彩の戦闘服は焼けてなくなり、上半身の皮膚もケロイド状になっていた。あの彫刻風の顔も原形を留めてはいないだろう。

　特GOO科隊の訓練生たちと思しき戦闘服姿の連中が、その死体を取り巻いて、金属ネットを用意している。それでダゴン102を覆ってから運ぶことにしたらしい。全員で、その準備にかかっているところだった。

　訓練生たちはおれの視線に気づくと、次々に親指を突き出して微笑を贈ってくれた。

　おれも親指を出して、それに応える。何とか表情を真顔に戻そうとした。

「やめましょう。これ以上バカ笑いを続けていたら、人格を疑われかねない」

「分かった」永海はまだ笑っていた。「しばらく有給休暇を取るか？　私が許可する」

「できっこないことは言わないでください。どうせ、すぐ緊急連絡が入って取り消しだ……」

「私の研究室で検査を受けていれば、大丈夫よ」

　樋口理奈が言った。そばにしゃがむと眼鏡を外した。褐色の整った顔立ちが露になる。片頬だけ微笑が浮かんだ。

「私が検査している間は、緊急連絡も一切シャット・アウトできるわ」

「そいつはいい。一年ぐらい、じっくり検査されよう」

　おれも片頬だけで微笑んだ。

「……クエンチ対策を早く何とかしてくれないか。今回はうまくいったけど、もう串焼きになるのはごめんだ」

「分かってるわ」

　彼女は長いまつげを伏せて、拳に顎を載せた。眉間にしわを寄せ、考え込む表情になる。

「……でも、超電導とクエンチは一枚のコインの裏表だから、クエンチの発生そのものを防止するのは不可能だわ」

「何？　じゃ、これからずっとバーベキュー・パーティか!?」

「結局、現実的な対策は鎧ね。頑丈な金属製の鎧。多少重くても、UBのパワーとスピードならカバーできるはずよ」

「鎧ねえ」

おれは溜め息をつく。両手で頭を抱え込んだ。誰かが頭蓋骨に削岩機で穴を開けているみたいだった。

「どうしたっ？」と水島医師。

「頭痛が……」

その痛みは、頭蓋の中で波状攻撃を仕掛けてこようとしていた。自分の異状を詳しく説明しようと試みたが、その前に邪魔が入った。

まず本多三佐。永海と水島医師の間に割り込み、おれの手を取った。部下の仇を取った礼を延々言われた。

「できれば、私の手で仇を討ちたかったが……彼らに代わって礼を言わせてくれ」

実際はもっと長々と言われたのだが、それは省略する。

さらに邪魔が入った。御藤浩一郎だ。おれの手を取り、ちぎらんばかりに上下に振って、どもりながら礼の言葉を繰り返した。

「あ、あ、ありがとう。こ、これは妹と二人分のお礼だ」

彼の顔は紅潮し、眼は涙ぐんでいる。選挙戦以上の情熱を込めて、礼を言っているのは間違いない。

「本当に何と礼を言っていいのか、もし君が志願してくれなかったら……。よかった。いや、本当によかった……」

実際はもっと長々と言われたのだが、これまた省略する。さすがに、この時の彼は遺伝子操作監視委員会委員長でも防衛省副大臣でもない、ごく普通の中年男に見えた。

「一生、恩に着る。私にできることなら、何でも言ってくれ」

政治家に恩を売るのが趣味なんです、とおれは言った。それは実にいい趣味だ、と御藤は言った。彼はこっちの言うことなど、ろくに聞きもせずに返事をしていた。そしてある時点から、おれも相手の言葉をほとんど聞いてはいなかった……大脳の中心部に異状が生じているようだ……もしかしたら、これは……。

パニックが津波のように襲ってきた。御藤に掴まれていない方の手を持ち上げる。震えていた。

「どうしたんだ？」と水島医師。

「手を離してくれ」

「え？」

御藤が、歌舞伎役者めいた顔立ちに不審な表情を浮かべる。

「離せ！」

おれは叫んで、手を振りほどいた。

「本多さん、その銃を……」彼の腰のベルト・ホルスターにあるシグ・ザウエルP２２０を指差す。

「これが？　どうかしたか？」本多三佐はスイス製拳銃を手で押さえた。肉付きのいい丸い顔に怪訝な表情を浮かべている。

「……銃を抜いて安全装置を外してくれ。スライドを引いて、いつでも撃てるようにしてくれ」

「何のために？」

「おれを撃つためだ！〈銃殺隊〉を呼べ。皆、おれから離れろ。早く！」

全員の顔から血の気が引いた。チアノーゼを起こしたような紫色になっている。一斉に立ち上がり、一歩二歩と下がった。おれの身体から物理的な圧力が放射されているみたいだ。

さすがに永海のバカ笑いも止まっていた。

「まさか……今頃になって失敗？」

「そんな!?」と御藤。

「……どうやら、そうらしいぜ」おれは言った。

呼吸が異常に浅く早くなっている。今や全身が、ＭＲＩ（核磁気共鳴映像）を撮影されている時の水素原子核さながらに震えていた。

目眩がして、片手を床についた。水島医師が持ってきた携帯式深部体温計のセットを掴んだ。激痛が頭蓋の中心を襲い、おれの手はその金属製品を掴み潰していた。内部の半導体チップが飛び散る。

周囲で悲鳴と怒鳴り声が沸いた。何てことだ！　訓練生ども、こっちに来い！　銃を構えろ！　ネット・ガンを持ってこい！　スタン・ロッドもだ！

おれは四つん這いになった。拳で床を叩く。床上五ミリの浸水状態なので、水が王冠状のしぶきを上げた。

頭の内奥部で破砕流が荒れ狂っていた。吐き気もこみ上げてくる。とても耐えられない。今までに経験した最悪の二日酔いを一〇〇倍ぐらいひどくしたような感じだった。

「樋口さん、どいてくれ！」本多三佐が叫んだ。

顔を上げると、おれの眼前に彼女が立っていた。

危ない！　逃げろ！　周りの者がわめいている。

天然の小麦色の顔が静かにおれを見下ろしている。樋口理奈は落ち着いた動作でベッコウ縁眼鏡をかけ直した。とたんに、強靭な知性とでもいうべきものが、彼女に宿ったようだ。

彼女は白衣のポケットに右手を入れると、エア・ガン式注射器を取り出した。狂騒状態の中で、彼女一人だけがバリアを張っているみたいだ。逃げろ、と指示する叫び声も聞こえていないようだった。

兵士たちは、すでに短機関銃ＭＰ７Ａ１を構えている。いつでも四・六ミリ弾のシャワーを浴びせられるのだ。だが、その手元から出る照準レーザーの赤いターゲット・ドットの大部分は、白衣の彼女に妨害されて、おれには当たっていない。

「バカ！　逃げろ！　死にたくなかったら逃げるんだ！」

おれはわめいた。

脳裡では、樋口理奈の夫の姿が再生されていた。唇の端からよだれを垂らし、眼は真っ赤に充血し、狂犬病に罹（かか）ったドーベルマンさながらの姿。脳内部の扁桃体が異常に刺激された結果、理性を失い殺人鬼に変身した哀れな男。手が何かに触れる度に静電気の火花を発していた。あれは今思えば、ＮＣＳ機能の副産物によるものだった。あの男を、おれは殺した。口の中にスタン・ロッドを突っ込んで頭部を黒焦げにして……。

次はおれの番だ。いよいよ最期の時が来た。

こんな幸運がいつまでも続くわけがなかったのだ。目の前が真っ暗になりそうだった。

いざこういう瞬間を迎えると、頭は空っぽだった。走馬灯（そうまとう）のごときパノラマ視現象なども起きなかった。気分が悪過ぎて、意識がそれを起こさせないのかもしれない。代わりに、地球の中心部まで一気に落下する感覚を味わっていた。

結局、知美を生き返らせることはできなかった。だが、あの世で再会できるだろう。親友だった阿森則之にも謝罪できるだろう。許してくれるかどうかは別にして。

朦朧（もうろう）としている視界に、樋口理奈の姿が見えた。まだ彼女はそこに立っているのだ。

「早く逃げろ！」

「私の質問に答えて」

「逃げろ！」

「私の質問に答えて！」

彼女はしゃがみ込み、おれの肩を掴んだ。周囲の者が、恐慌状態に陥ったような悲鳴を上げた。

誰かが「神様」と言うのが聞こえた。

30　日々是悪日

「今、どんな気分なの？」

「何だと？」

彼女の眼は以前にも増して充血している。だが、正気の人間のそれだった。

「質問に答えて！　今、どんな気分なの？　説明して」

「クソ最悪な気分だよ！」

おれはまた拳で床を叩こうとした。だが、今度は腕に力が入らなくなっている。少し水しぶきが飛んだだけだった。

「……死んだ方がマシな気分だ！」

「もしかして、二日酔いの状態に似てない？」

「ん？」

「どうなの？」

おれは咳き込んだ。

「その通りさ」

酸素を貪り、答える。

「だが、それの一〇〇倍ぐらいひどい……」

「血液中の血糖値が限界以下まで下がったのよ」

彼女は、おれの腕にエア・ガン式注射器を当てた。引金を引く。鋭い痛みが走った。

「これはブドウ糖よ」

何度も何度も、注射を繰り返した。圧縮空気が、喘息（ぜんそく）の犬が鳴くような音を発した。

「UBの状態で激しい運動をしたんだから、大変なカロリー消費量だったはずよ。だから、肝臓のグリコーゲンも、それをブドウ糖に変えるインシュリンも一時的に使い尽くしたんだわ。ちょうど糖尿病患者が発作を起こした時の症状や、二日酔いの一番ひどい状態と似ているはずよ。だから、糖分を補えば……」

魔法のような効果が表れた。頭痛、吐き気その他の不快な症状が、皮膚の毛穴から空中へ放散していくようだった。眼のピントも合ってくる。

おれは眼の前にいる南国の女神を見つめていた。

「……すばらしい」

「気分は？」

「……よくなった」

彼女は注射をやめた。エア・ガン式注射器の上部薬液タンクの中身がほとんど空になっていた。さらに、別の薬液タンクを付け替えて、注射を続行する。

「インシュリンも補っておくわ」

おれは自分を取り囲んでいる連中の顔を見回した。ぬるま湯に浸かっているみたいに、彼らの表情からも緊張感が解けていく。

「そうか……」注射されながら我知らず呟いていた。

「……おれは肝臓の辺りに、ダゴン102のナイフを二本も喰らった。しかし、クエンチで燃え出したそれを後で武器に使うため、抜かないでそのままにしておいた」

彼女が顔を上げた。

「肝臓だったの。それは初耳ね」

「レバーの串焼きが一丁上がり。肝機能がダメージを受けた。ただでさえグリコーゲン不足なのに、それをよけいにひどくしていたんだ……行き着くところは、糖尿病患者の発作の再現か…」

「たぶん、その通りだと思うわ」

彼女はおれの手を取ると、握りしめた。別に、美しい未亡人に誘惑されているわけではない。彼女がおれを見る眼は、世界にただ一匹という珍獣を引き取ったばかりの動物園の飼育係のそれだった。

「絶対に死なせないわよ。あと一年は、絶対に生きていてもらうわ。あなたから、UB化成功例のデータを徹底的に取りまくるんだから……」

さらに何か言いかけたが、呑み込んだようだ。

彼女の内部には、まだ未整理の感情が逆巻いて紅蓮の炎を上げている。それが態度にどこかしら反映されるらしい。

なぜ、最愛の亭主が実験の犠牲になり、おれは成功するのか。あまりにも不条理だと、絶叫したいに違いない。それを胸の内に抑え込むには、鋼鉄製のブラジャーでもするしかないのかもしれない。

樋口理奈は、おれの手を離し、立ち上がった。注射器は床に置き去りだ。

「じゃ、私は明日からの準備がありますから、これで……」

彼女は白衣のポケットに両手を突っ込む。お得意のポーズだ。おれに背を向け、歩き去る。

若い兵士たちの何人かは、そのバック・プロポーションをしばらく見送っていた。

「銃を下ろせ」

本多三佐が部下たちに命令した。非常態勢は解かれた。安堵の空気が漂う。

見ると本多自身も、手にシグ・ザウエルP220を握っている。安全装置をかけ直していた。眼が合うと、慌てて視線をそらした。場合によっては、彼が真っ先にトリガーを引いたはずだった。

本多は拳銃をホルスターにしまい、そばにやってくる。

「すまない」と本多。

「別に、あやまることはない」

この時の本多の顔は、いつもの安物の仏像ではなく、もう少し高級品に見えた。

「まったく、冷や汗をかかせやがって」

永海が、おれを見下ろしながら言った。黒縁眼鏡を外して、額の汗を拭う。

「糖分の不足だと？ それで、こんな大騒ぎか？」

眼鏡をかけ直す。

「だったら、今度から鍋いっぱいに汁粉でも作っておくか？」

「ついでにチョコレート・パフェも」

「ドーナツもか？」

「もちろん」

「シュークリームと、アンミツと、ショートケーキに、ヨウカンのフル・コースも、どうだ？」

「聞いてるだけで胸焼けしてきた」

「私もだ」

水島医師もそばに来て、溜め息をついた。

「やれやれ……何にせよ、よかった。……空いてる部屋に行こう。濡れた身体を拭いた方がいいし、もう少し診察したい。立てるか？」

　残念ながら、身体に力が入らなかった。結局、本多三佐と、永海に肩を貸してもらうことになった。御藤が寄ってきて、肩を叩いた。満面に笑みだ。

「いや、無事でよかった。これで君に死なれでもしたら……。いや、とにかく、無事でよかった。ゆっくり養生してくれ。私はここの後始末を全部見届けなければならんから、また明日にでも会おう……」

　委員長は手を振りつつ、足早に立ち去った。彼は、はっきりとは言わなかったが、もし、おれが死んだらUB計画はまた振り出しに戻ることになる。その場合は、また誰かが丁半バクチをやらねばならない。そういう本音もあったのではないか。

「大丈夫か？」本多三佐が訊いた。

「ええ」

　運ばれる途中、廊下の隅で金属ネットを被っている大型運搬ロボットを見た。例の二脚歩行可能な、人間に近い外形のまま死んでいた。メタル・グレーのボディは弾痕だらけだ。

　何度見直しても、面妖な代物だった。生物とも機械とも区別し難い。その四肢の中では、筋肉とスプリングとが、血液とオイルとが、脳細胞とシリコン・チップとが同居しているらしい。

　奇怪な複合体の脇を、おれたちは無言で通過した。

　ふと、あることを思い出した。

「賭けは、ふいになったな」

「賭け？」

「本多さんが言った賭けですよ。ここの自爆システム。必ず作動する方に、自慢のコレクションを賭けてもいい、と」

「ああ、あれか」本多は笑顔を見せた。

「コレクションってモデルガンか何か？」

「いや、古い帆船のプラモデルさ。といっても、全長一メートル以上ある大型精密モデルだ。仕事の合間に組み立てるんだが、一隻作るのに半年以上かかる。一八隻作るのに一三年かかった」

　趣味を語る時は、誰もが子供の顔に返るという。本多も例外ではなかった。

「……昔は船乗りになりたかった。その後遺症だな」

「なぜ、ならなかったんです？」

「すぐ船酔いするからさ。飛行機やヘリは平気なんだが……」

本多と永海は、おれを空いている応接室に運んでくれた。柔らかい革張りのソファに軟着陸した。

「では、まだ仕事があるので、これで失礼する」

本多は敬礼してくれた。その顔は、わずか一秒で元の職業軍人のそれに戻った。親しみにくいが、それが彼の人生を表していた。そして、彼のこれからの人生も表していた。

彼は、実戦を指揮した初めての自衛官将校であると同時に、一小隊をほぼ全滅させた初めての自衛官将校となったのだ。今後どういう形で、その責めを負わされるのだろうか。

部屋を出ていく本多三佐の背中に、多数の十字架が見えたような気がした。犠牲者の数と同じ二三本の十字架。それは死ぬまで彼の背中についてまわるだろう。

若い兵士の一人が持ってきたバスタオルを受け取り、おれは濡れた身体を拭き始めた。

水島医師は早速、診察を始めた。おれの背中に昔ながらの聴診器を当てている。

永海はセブンスターをくわえた。

「……戦線復帰おめでとう……と言うべきかな？」

「ありがとう……と言うべきでしょうね」

相手の顔を見つめた。たっぷり五秒間ぐらい。

我が上司はタバコに点火しかけたが、中止した。

「何だその顔は。奥歯に唐辛子(とうがらし)でもはさまってるのか？」

「一つ言いたいことが……」

「もったいつけずに言ったら、どうだ？」

おれは息を吸い込んだ。

「……課長。あなたの病人への見舞い方、慰め方はひどすぎる。あれじゃ病人を憂欝にするだけだ。ロシア文学を引用するなら、他にいいやり方がいくらでもあるはずだ。あれだったら、代理をよこして本人は来ない方がいいぐらいだ」

永海は唇からタバコをむしり取った。

「頼まれたって二度と行くもんか！」

「静かにしてくれ！」と水島医師。「こっちは微妙な音を聴き分けてるところだぞ！」

　永海は首をすくめて、あらためてタバコに点火した。煙を吐き出す。

「私のせいか？　君を憂鬱にさせた。それで君はこのまま全身麻痺の身体になるよりは、賭けをやった方がましだ、と？」

「さあ、どうだったかな……」

　自分が車椅子に座り、全身麻痺の恐怖におびえていた時のことを思い出そうとした。さきほど自分がUB化に失敗して発狂するのでは、という恐怖におびえた時のことを思い出そうとした。

　しかし、それらが脳裡で急激にピンボケしていくのを感じた。今のおれは〈超健康体〉であり文字通り、殺しても死なないような状態なのだ。「喉元(のどもと)過(す)ぎれば～」の慣用句そのままに、闘病生活のつらさも今では一〇〇年前の出来事のようだった。人間とは身勝手で、いいかげんな生き物らしい。

　ただし、UB化に成功した時に立てた「二度とギャンブルはやらない」という誓いだけは守るつもりだ。破ったら最後、天罰とばかりにDNAが反乱を起こして、GOOみたいな化け物にされてしまうような気がする。

　水島医師が訊いた。

「吐き気は、身体の一部が痛むとか、そういうことは？」

「ありませんね。しかし、身体中フニャフニャだ。マラソンした後みたいだ」

　背中に当たる聴診器の感触が冷たかった。

「もう、いいでしょう、先生？」おれは言った。「どうせ、また例によってハイテク機器で、おれを切り刻むんでしょう。明日にしませんか？　そんなにしつこく聴診器だけで調べたって何も分かりゃしないでしょうに」

　水島医師は嘲笑を返してきた。

「あいにくだったな。こいつはハイテク医療機器より役に立つんだ。医者が聴診器を伊達(だて)にぶら下げてると思ったら大間違いだぞ」

　おれは首をねじ曲げた。

「というと？」

「心音や血流音や、それに含まれる雑音をコンピュータ分析するシステムなら、もう存在してるさ。だけど、それは情報を細かい要素に分解するだけで総合判断はできないんだ。つまり、まだ人間の耳には勝てないのさ。ハイテク装備満載の原子力潜水艦だって、敵艦や魚雷のスクリュー音を聞き分けるのは、耳のいいソナー技師に任せるしかないっていうじゃないか。それと似たようなもんだな」

「それほどのものとは知らなかったな」

ふいに胃袋が収縮して音を立てた。

おれは苦笑した。

「今のは私にも分かる音だな」と永海。

「食欲が全然なくても胃は鳴るもんだな。そういえば、今日は夕食抜きなんだ」

「私もだ。何せ、あれだけのひどい死体を見た後だからな。いいダイエットだよ」

「それでいいんだ」水島医師が言った。「永海さん、あんたは肥満体だ。断言する」

「しなくてもいい」と永海。

「深尾君も、今日は何も食べちゃいかん。ブドウ糖の注射と、それ以外はジュースかスープで我慢だ。明日は楽しい楽しい検査責めだ。胃袋は空っぽにしておくんだ」

振り向くと、いささかサディスティックな笑みを浮かべた医者がそこにいた。人造人間第一号を眺めるフランケンシュタイン博士めいた表情だ。

「いや、これからすぐ別の実験をしよう。実験テーマは〈アルコール投与を受けたアッパー・バイオニックの人格の変化〉」

「賛成だ」と永海。

「異議あり」と水島。

「せめてライト・ビールぐらい……」

「私が絶対に許可せんからな。だいたい君はまだ……」

おれと水島医師は悲鳴を上げた！　裸の肩と、彼の指先に火花が散ったのだ。

「何だ!?」

永海がその場で飛び上がっていた。顔色が変わっている。

「今度は何だ!?　さっきは糖分。今度は何なんだ!?」

おれは肩をさすった。

「静電気だ。タオルで身体をこすり過ぎたか」

永海が溜め息をつく、肩の線を下げた。

「これ以上びっくりさせるな」

「ええい、厄介な奴だな」

水島医師が言った。感電した指を握って、渋面になっている。

「しめた！」

おれは笑いがこみ上げて来るのを覚えた。

「先生、これで検査は中止だ。課長、好きなだけ祝杯を上げましょうや」

水島が言った。

「ダメだ。静電気対策ぐらい、どうにでもなる……」

遠くから悲鳴が聞こえた！

心臓が跳びはねた。もちろん叫んだのは、おれでも水島でも永海でもない。

続いて、廊下で怒号が乱れ飛んだ。近寄るな！　銃もよこせ！　そいつに近寄るんじゃない！

「何だ。何があった！」

永海と水島が血相を変えて部屋を飛び出していった。

慌てて後を追い、廊下に出た。だが、その時のおれの有様ときたら、脱力感などという生やさしい言葉では表現できない。全細胞が、栄養要求性変異株みたいな飢餓状態にあった。

廊下には悲鳴、怒号、駆け足のスタッカート音が充満していた。大騒ぎの発信源は正面玄関ホールらしい。

おれは壁に手を当てて体重を支えつつ歩いた。身体中に羽毛が詰まっているような頼りなさだ。

やっと現場に到着した。人垣の輪が出来ている。

永海や水島医師らがいた。本多三佐や御藤もいた。蒼白な顔で突っ立っている。樋口理奈も呆然とした表情で身動きしていない。

おれは人垣を両手でかき分ける。服地の上から触れただけだから、静電気のスパークは飛ばなかった。

人垣の輪の中心にある、それを見た。

おなじみの悪夢の感触を思い出した。走っても走っても前へ進まない、あの感じだ。後ろからは怪物が追いかけてくるのに、引き離せないあの感じだ。

金属ネットで二重、三重に包まれている物体が蠢き悶(もだ)えていた。中身は言うまでもない。

化け物。ＧＯＯ。ダゴン１０２。

おれは、さっき味わったひどい気分がぶり返す思いだった。胃液まで吐きそうだ。その場にいた者全員が同様だったろう。

ダゴン１０２は完全に回復したわけでもないようだっ

た。すぐ力尽きたらしく、激しい動きは止まった。だが、時々思い出したようにピクンピクン動く。形容しがたい気味悪さだった。

誰も一言も発しなかった。

「こんなしぶといGOOは初めて見た……」

それは、おれが呟いた言葉だった。

「……もしこんな奴らがたくさん現れたら……」

その後の言葉は出てこなかった。

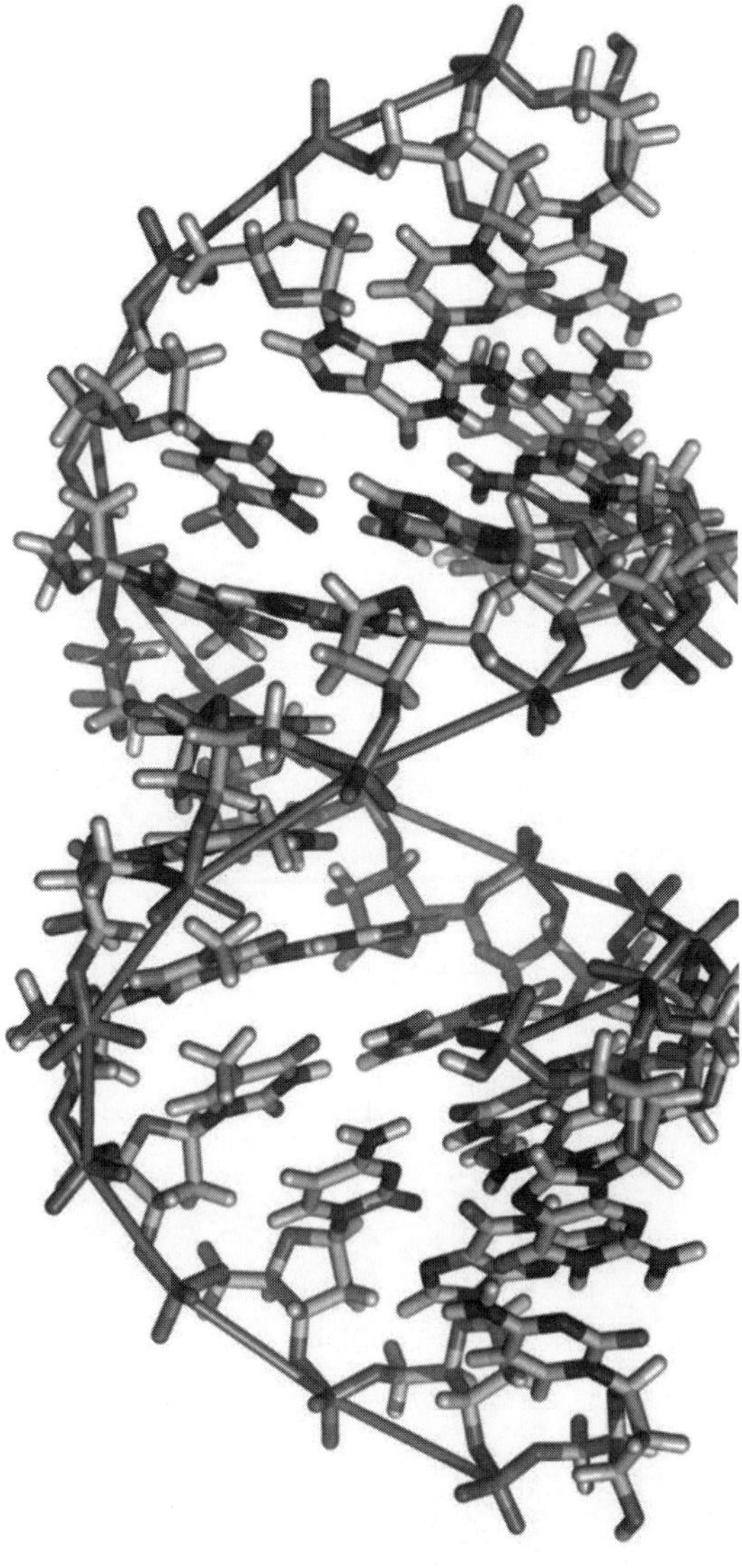

第三部　黙示録　PART1

第五の御使が、ラッパを吹き鳴らした。するとわたしは、一つの星が天から地に落ちて来るのを見た。この星に、底知れぬ所の穴を開くかぎが与えられた。そして、この底知れぬ所の穴が開かれた。すると、その穴から煙が大きな炉の煙のように立ちのぼり、その穴の煙で、太陽も空気も暗くなった。その煙の中から、いなごが地上に出てきたが、地のさそりが持っているような力が、彼らに与えられた。

「ヨハネ黙示録」第九章　一—三節

1　最前線

視野内に時刻を呼び出した。デジタルとアナログの両方で、午後八時二分と表示される。

場所はＪＲ品川駅付近。

おれは深尾直樹。最終軍、第一師団、第五普通科連隊、第六普通科中隊、第一小隊の隊長。約五〇人の部下を指揮する大尉だ。

残念だが、ゆっくり話をしている時間がない。頭上を大量の弾丸が飛び交っているのだ。おれが指揮する小隊は激戦地にいた。こんなはずではなかった。だが、多数の伏兵が隠れていたのだ。

夜空に曳光弾の黄色い輝線が走る。重力によって微妙な曲率で放物線を描いてくる。砲撃による爆発が続けざまに白光の華を咲かせ、巨大なオレンジの果実のような火球に変わる。

その時、おれは部下三名と屋根なしのハンビーに乗っているところだった。

ハンビーとは、ジープと軽トラックをミックスしたような外形の軍用車輌だ。米軍が九一年の湾岸戦争で使ったのは、ほとんどこのハンビーだった。商品名はアメリカン・モータージェネラル社製ハマーＭ９９８シリーズ。九二年から日本でも〈ハマー〉の名称で市販されている。

おれたちが乗っているのは、そのハマーことハンビーを、日本のメーカーが真似て開発した代物だった。

ぱらぱらと酸性雨が降っていた。それらが爆風でふいに横殴りのシャワーに変わる。オープンカー・タイプの車だから、それをもろに顔面に受ける結果になる。

戦場と化したＪＲ品川駅付近の風景は、別の銀河系に属する別の惑星のようだった。

線路は折れ砕け、場所によっては天に向かって垂直に突き出したり、その場で丸まったりしていた。枕木は誰かがマッチ棒をばらまいたような感じで散乱している。鉄骨製電柱が何本も倒れて、電力が来ないため栄養失調になった電線が垂れ下がっている。

コンクリート製のプラットホームも傷つき、崩れた屋根や柱が、その上に積み重なっている。

時刻表や、ここが品川駅であることを示す表示板も割れて、砂利の上で朽ちていた。電車の車輌も大半が横倒しになって、巨大な昆虫の死骸のようだった。赤錆に覆われているため、車体の色からは山手線だったのか京浜東北線だったのかを区別することもできない。

　連絡用の高架通路も度重なる砲撃で崩れ落ちていた。それらは汚れきった看板に覆われていた。東芝、ＳＯＮＹ、ＮＥＣ、富士通、任天堂、マルボロなどの文字が見える。

　周辺には悪臭が漂っている。この近くにある芝浦下水処理場や高浜運河が発生源だ。すでに下水処理場としての機能や運河としての機能は停止しているのだ。見上げると、暗い夜空をバックに品川プリンスホテルの残骸も視認できた。

　おれたち第一小隊は品川駅構内の南の外れにいた。前方で直接の障害物になっているのはホンダやトヨタ、三菱の廃車で造られた、いくつものピラミッドだ。

　それらの向こうから、ＧＯＯの戦車や航空機が攻撃してくる。いずれも〈半生物半機械〉といった不気味な姿だ。

　航空機は五機、宙に浮いていた。ＨＵＳ３００シリーズと名付けられている。全体の外形は、ケツアルコアトスのような中生代白亜紀の翼竜に似ていた。しかし、その他はまったく似たところがない。

　両翼の差し渡し七メートルぐらい。頭部には長さ一メートルほどの嘴。体表はスチールその他のグレーの金属で覆われている。背中にはヘリコプター用のローターとエンジンが付いている。尻尾には小さなテール・ローター。複眼風の眼玉が赤く輝き、胴体にぶら下げた二〇ミリ・バルカン砲を撃ちまくっている。

　地上にいる大型戦車は五台。それらはＹＯＧ２００シリーズと名付けられている。見た眼は、甲虫と戦車の雑種といった感じだ。

　全長七メートル強の黒光りするボディは、人類にとって未知の銀色のキチン質と、スチールなどの金属とが入り混じっている。クローラー（無限軌道）の代わりに無数の細かい触手が下部に生えていて、それで移動するシステムだ。

　身体の各部には一一〇ミリ主砲や重機関銃の付いた砲塔があり、それが時折、火を噴く。また一発、近くに着弾した。

ＧＯＯが軍事兵器を造ったわけではない。彼らの一部は自分たち自身を兵器に変身させたのだ。人間の造った戦車、ヘリコプター、などのデザインや機能を疑似的に真似た〈半生物兵器〉。兵士イコール兵器なのだ。弾薬や銃火器を量産する技術も身に付けていた。

ＹＯＧ２００戦車の後方から歩兵部隊が出てきた。見たところ、数は八〇匹ぐらい。敵は戦況有利と見たのだろう。こっちに進軍してくる。

彼らＧＯＯ兵士たちの姿は、人類と爬虫類の中間種か、人類と恐竜の中間種のようだ。その外形には五種類ほどのバラエティがある。

今、現れたのはＮＡＬ５００シリーズと名付けられた最新型だ。竜人間とでも呼びたい奴らだ。

全体の外形は、人類に近い。しかし、眼玉はやたらと大きく、瞳も五〇〇円硬貨ぐらいの大きさ。唇も人類の倍ぐらいある。顔面の皮膚はなめらかだが、鎧から覗く首や腕はグリーンやブラウンの鱗だ。

連中は、おれたちと同じような金属製のボディアーマーやプロテクター、ヘルメットを装着していた。露出しているのは顔や手脚ぐらいだ。

全員、二脚歩行で機敏な動きを見せている。ＧＯＯたちの中には、四脚歩行タイプの者もいる。だが、最近の化け物兵士たちは二脚歩行タイプばかりだ。銃器を扱うには、その方が便利だからだ。

おれは仕方なく応戦を命じた。

陰々滅々とした戦いが展開し始めた。互いに曳光弾の輝線を放ち合っている。だが、命中したところで両者ともに半不死身だから大した損害ではない。例によって、これから首狩り族同士の部族戦争のような様相が待っているのかと思うと、げんなりする。

自問する。いつまで、これが続くんだ？　答えは出なかった。この戦争が終わりそうな気配は今のところ皆無だった。

現在、旧都心はＧＯＯたちの領土になっている。正確に言うと、旧都心部つまり山の手線の内側のエリアと、山の手線より北側の旧都内と、山の手線より東側の湾岸エリア、その三つを足した地域だ。

ほぼ楕円形を成している二重螺旋の悪魔の国。その周縁部は未来も希望も見えない不毛な最前線であり、人類と化け物との領土を細胞間の基底膜のように柔らかに分断していた。

ＧＯＯは短期間に増える一方だった。彼らは卵生で、成熟するまでの時間も早い。しかし、人間は胎生で成熟するまで時間がかかる。兵力の補給率の点で、人類は不利だった。

ＵＢ兵士たちの半分は日本人、半分は母国を失った外国人たちだ。彼らは母国と家族を核戦争で失い、ＧＯＯへの復讐心に燃えている。が、それでも、兵力は不足気味だ。

というのも、ＧＯＯが領土を拡張しないように、人類軍は常に円形の前線を外側から維持しなければならないので、兵力もよけいに要るのだ。シミュレーション・ウォーゲームの経験者や、囲碁の経験者なら、このことはすぐお分かりになるだろう。

ＧＯＯたちを充分引き付けたところで、人類側から三人のディフェンダーたちが命令を受けて、前方へ出た。アフリカ象みたいに緩慢だが、確実な動作だ。それこそ足音が周辺一帯に響きそうな歩き方なのだ。

彼らディフェンダーは身長一メートル九〇センチ、体重一八〇キロの頼もしい巨漢たちだ。全身をつや消しグレーのメタル装甲で覆っている。頭部もフルフェイスのヘルメットで、ＣＣＤによる通常視覚と赤外線視覚を備えている。

だが、顔の造作は、大昔にマンガのキャラクター商品として売られたようなブリキのオモチャに似ていなくもない。丸い眼玉に、稚拙な鼻と口。小学生が彫刻刀で削り出したような顔面だ。

ディフェンダーたちが両手で脇に抱えているのはＧＥミニガン。ベトナム戦争でも使用されたＧＥ社製の回転六銃身式二〇ミリ・バルカン砲で、本来はヘリコプターの装備品だ。本体重量は一一三キロ。

三丁のＧＥミニガンが咆哮した。銃口からのマズル・フラッシュが辺りを明るく照らし出す。これの二〇ミリ弾は、人間の胴に当たれば一発で真っ二つにするという代物だ。

さすがにＧＯＯ兵士どもも、これには苦戦していた。十四ほどの化け物兵士たちが突風にあおられた紙人形みたいに吹っ飛んでいく。だが、それでも致命傷を与えてはいないだろう。残りの敵兵はその場に伏せて、やり過ごしている。きっとディフェンダーたちに向かって悪態をついていることだろう。

ディフェンダーの形式名はＤＦ１０６６。正体は言わなくとも、見当がついているだろう。言葉の上では二〇世紀後半から存在していたＣＹＢＯＲＧというやつだ。

脳は犬のそれをＵＢ化し改良したもの。骨格はセラミック。筋肉は形状可変金属アクチュエーター。皮膚はＦ６０メタルと各種プラスティック。それらで構成されたサイバネティック・オーガニズムだ。

ふいに空から、敵のＨＵＳ３００シリーズの一機が急降下してきた。バルカン砲の掃射で、ディフェンダーたちの動きを封じてくる。次いで、航空機タイプのＧＯＯはその後方のスクラップの陰にいる人間の兵士たちを襲った。二〇ミリ弾の驟雨が降る。そこにいた連中は対空兵器を所持していない。当面は、伏せるだけで精いっぱいだ。ＵＢの兵士たちだから簡単には死なないだろうが。

ＨＵＳ３００はさらに、おれが乗っているハンビーも狙ってきた。〈半生物半機械〉のそれが急降下してくる様は、さながら悪夢の一場面だ。

隣にいるディフェンダーが立ち上がった。ＧＥミニガンを撃ちまくる。白い輝線が怪物航空機の尾部に集中した。的確な狙いだ。

ＨＵＳ３００はテイル・ローターから火を噴いた。トルク・バランスを失い、空中でネズミ花火に似た動きを演じた。あさっての方向に飛んでいく。

ＪＲ品川駅と高浜運河の間、かつて食肉卸売市場があった辺りに墜落した。燃料のメチルアルコールに引火し、大輪の花が咲く。赤、オレンジ、コバルトブルーの三色の炎が順に出現した。

「いい腕だ、ジミー」おれは言った。

ジミー三等兵は満足そうにうなずいた。

彼はおれが使っているディフェンダーだ。メタル・グレーのヘラクレス部隊の一人。犬科の習性なのか主人に忠実で、おれの命令は死んでも守ろうとする傾向がある。知能は人間の三～四歳児ぐらいだ。そのため舌足らずな喋り方しかできない。

「止めろ」

運転していた日向英人一曹がブレーキングする。

おれはハンビーから飛び降りた。

ゴミの山がそこにあった。廃車、冷蔵庫、ＣＤラジカセ、ＤＶＤプレイヤー、ＴＶ、パラボラ・アンテナ、半導体チップ、液晶モニター、カップ・ラーメンなどの発泡スチロール容器の残骸などだ。

おれはＵＢのジャンプ力で、高さ四メートルの山に飛び乗った。

最前線を見る。すでに人類軍とＧＯＯ軍の前衛同士が激突していた。敵も、味方も似たような鎧兜を着た姿だった。

ＵＢ兵士が着ているのは朝蕗工業製のボディアーマー、ＡＲＭ７０７０だ。アメリカン・フットボール選手の装備にも似たデザインで、ＵＢ兵士の必需品だった。

すでにＧＯＯ側も、ＵＢ、アッパー・バイオニックの弱点が鋭い刃物であることを知っている。ＵＢの体内で超電導化している神経細胞が切れると、クエンチと呼ばれる発熱現象が起きるからだ。ＧＯＯはそれを狙い、指先の爪を発射したり、鋼鉄の弓矢などを撃ってくる。刃物から身を守るため、おれたちはＦ６０メタル製の甲冑を着て出撃するのだ。

最前線は、十数秒で地獄絵図と化していた。生物体内で起きる抗原抗体反応のごとき強烈さだ。

何しろ敵も味方も、半不死身で半超人の兵隊たちなのだ。住友重機械工業製のＭ２重機関銃で一二・七ミリ弾を撃ち込んでも死にはしない。普通の人間が、こんなモノで撃たれたら即死を免れないはずなのだが。

相手の息の根を止めるには、首と胴体を切り離すのが一番手っ取り早い。だから、朝蕗工業製の電撃斧Ｔ２０４で、とどめを刺さねばならない。さながら戦国時代に似た白兵戦が展開している。

おれは朝蕗電機製ＪＴＤ４１００のメモリー内にある野戦情報処理システム、バトルフィールド・スキャナーＢＦＳ６８０１をＯＮした。視聴覚センサーとジョセフソン素子コンピュータが電子のテニスをやり、戦況を分析し、ＪＴ通信波で大脳視覚野に情報を送ってくれた。

おれの視界の斜め下に電気的誤信号による縞模様のノイズが走る。次いで、視野内に文字や図形が表示された。

◇状況　＊白兵戦／乱戦◇
◇敵の数（地上歩兵）＊１０４◇
◇敵の数（地上車輛）＊５◇

◇敵の数（空中）　＊4◇
◇敵の陣形　＊半円◇
◇戦力比　＊自軍2／敵軍5◇
◇予測勝率　＊18パーセント以下◇

絶望的な気分になる。戦術用コンピュータ・ソフト、BFS6801（バージョン5・0）は、おれの心理状態にさらに追い打ちをかけてくれた。メッセージをしつこく点滅させる。

◇最適の選択　＊撤退◇

2　回想

あれから、いろいろなことがあった。ありすぎた。おかげで、ゆっくり考える時間もなかったような気がする。おれだけでなく、人類全体にとってもだ。

なぜ破滅を防ぐことができなかったのかという悔恨ばかりが浮かんでくる。要するに人間という奴は、いつまで経っても未熟な存在でしかなかったのかもしれない。真の危機に対処する能力が根本的に欠けていたのかもしれない。

すべては、あの時から始まった。

あの時、C部門研究所の一つ〈ラボ2〉は、脱走したGOOによって占拠されていた。ダゴン102と名付けられたそのGOOは、猛毒の病原体BD5菌を奪おうとしていた。自衛隊の特GOO科隊が出動したが、返り討ちに遭った。首都圏は〈生物災害〉の毒牙に咬まれかかっていた。

この事態を解決すべく一人のバカが立ち上がった。五分五分の確率で発狂するかもしれないUBになる実験に志願したのだ。結果は成功し、GOOは排除された。また、これによって技術者たちが貴重なデータを入手できた。以後、UB兵士を安全に製造するために必要なデータだった。そのバカに幸あれ。

もちろん、事件の一切合切は秘密にされた。二八人の犠牲者たちは別の死因を偽造されて葬られた。

しかし、古人の言う通り「秘密はそれを知る者が少ないほどよい」ものだった。すでに多くの関係者が、GO

OとUBとC部門に関する情報を得ていた。時には、事実を伝えて協力を得なければならない局面もあっただろうから、やむを得なかったかもしれないが。

半年後、マスコミは次々にこんなニュースを報道し始めた。

東京郊外にある農林水産省バイオ農業試験場では、職員数名が死亡する事件が起きていた。出動した三〇名近くの自衛官も犠牲になった。そこで何が起きたのか？

関係者はそんな事実はないと否定している。だが、それを間接的に証明するデータや、いくつもの矛盾が判明しつつある。これらについて納得のいく説明がないのはおかしいではないか、と。

誰が漏らしたのだろう。今になってもそれは判っていない。一説によると、犠牲者の遺族の一人がやったのだとも言われている。その人物も秘密を知る立場にあったが、賠償金の少なさに怒り、腹いせにやった可能性があるのではないか、と。

そして、これは日本だけではなかった。ほぼ同じ時期にアメリカでもヨーロッパでも同様の秘密漏洩が起きていた。GOOと、その対策機関についての情報が一部、マスコミに流れていたのだ。

我が国では、ついに国会でも取り上げられてしまった。バイオ農業試験場において〈生物災害〉が発生したのではないか、と野党は質問した。そのような話は事実無根だ、と保守党は答えた。それではいくつかのデータや矛盾点をどう説明するのか、と野党は追及した。事実無根だと思うが慎重に調査してから返事したい、と保守党は答えた。

あるTV局は四〇年ほど前からUFOに関する特集番組をしばしば制作していたが、早速このネタに飛びついてきた。〈大量死亡事件〉と、東京郊外におけるUFO目撃談とを結びつけた特集番組を放送したのだ。内容は面白半分とセンセーショナリズムが半分と、DNA一片分ほどのわずかな事実を含んでいた。

その番組によれば……。UFOでやって来る異星人たちと各国政府首脳の間には、すでに密約が交わされている。そして異星人たちはバイオテクノロジーでスーパー兵士を造る方法を日本政府に教えた。それを人手不足に悩む自衛隊が試したのだ。だが、実験は失敗し、凶暴な怪物が生まれてしまった。怪物は政府職員数名を殺し、出動した三〇名近い自衛官も血祭りに上げた。そして怪物はやっと火炎放射器で処分されたのだ……。

　いかにも安直でＴＶ番組的な発想だ。だが、Ｃ部門の関係者は番組の終わりの部分を観て、戦慄した。

　異星人が教えたという、その怪物兵士の造り方、それはＤＮＡのイントロンをコンピュータ暗号解読ソフトで解読してエクソン化する、というものだった。ＧＯＯに関する真実を一部、伝えていたのだ。ＴＶ局側は何らかの経路で、その情報を掴んだらしい。

　遺伝子操作監視委員会は緊急会議を開いた。番組の視聴者の中にはイントロン解読を試す者が現れるのではないか。だとしたら、どんな予防対策を立てればいいのか。

　だが、予防策などあるわけもない。事件が起きてから対処する他なかった。Ｃ部門で急遽ＵＢ兵士を量産した。

　そして二週間後、事件が起こった。ある学生が大学のＰ１設備で惨殺死体となって発見されたのだ。現場検証したＣ部門調査官たちの顔から血の気が引いた。その学生の残したメモやパソコンの記録から、彼が面白半分にイントロンの解読を試して、ＧＯＯを呼び出してしまったことが明らかになったのだ。

　それまでは、Ｐ３施設などの密閉された空間でＧＯＯが呼び出されるケースがほとんどだった。だから、未然にＧＯＯを葬ることもできた。

　だが、Ｐ１程度の設備でＧＯＯが呼び出されてしまうと、どうしようもなかった。そのＧＯＯは、自分を呼び出した学生を殺してから行方をくらました後だった。

　Ｃ部門は、ＵＢ兵士たちを総動員して捜索に当たらせた。だが、一歩遅れを取った。そのＧＯＯは次々に殺戮を行い、死体にトラペゾヘドロン・ウイルスを植え付けて、イントロンから仲間を呼び出していたのだ。

　首都圏各地で、ＵＢ兵士によるＧＯＯ狩りが展開された。超人的な肉体を持つ者同士の壮絶な銃撃戦、格闘戦が展開した。巻き添えを喰った市民から多数の死傷者が出た。

　また、市民の一人が偶然その場面をビデオカメラで撮影してしまった。それがネットに公開され、大騒ぎになった。もう隠すことは不可能となった。ついに、政府はＧＯＯと、Ｃ部門、ＵＢに関する事実を一部公開した。

　日本中が、特に首都圏は大混乱に陥った。罪のない市民がＧＯＯではないかと疑われリンチに遭うといった、中世ヨーロッパにおける〝魔女狩り〟に似た事件も勃発した。しかも、そうしている間にもＧＯＯは仲間を増やし、犠牲者を増やしていくのだ。ＵＢ兵士たちの一人一人が八面六臂の活躍を見せたが、根本的な解決はみられなかった。

　そして破局の第一弾がやって来た。ＧＯＯの一匹が、あるＰ３施設を襲った。そして猛毒病原体ボツリヌス菌の新種、ＰＸ２００を持ち出し、ばらまいたのだ。〈生物災害〉が発生した。首都圏の住民は殺虫剤を浴びたハエみたいに死んでいった。東京は四週間でゴースト・タウン化した。政府機能も麻痺した。国会議員や高級官僚も、ほとんど死んだからだ。一極集中の弱点が露になった。

　唯一の救いは、その新種の病原体、ＰＸ２００で死んだ者には、トラペゾヘドロン・ウイルスが効かないことだった。もし、効いていたら、首都圏での犠牲者一〇〇〇万人分の死体から、同じ数のＧＯＯが出現したはずだ。

　米軍機が東京上空から空撮を行った。ビデオカメラは、死体の山と、ＧＯＯの闊歩する銀座や新宿の映像を捉えた。世界中に、この衝撃的なニュースが報道された。経済大国日本の機能がストップしたのだ。それを受けて市場における円の価値は暴落した。

　米国政府は、米軍特殊部隊による〈東京上陸作戦〉を計画、実行に移そうとした。また、密かに核攻撃も計画されていた。北米大陸のミサイル基地は、東京に照準を合わせていたのだ。

　だが、突如、その核ミサイルが二発も勝手に発射されてしまった。狼狽した米国大統領がホットラインで連絡を取った。だが、飛行中のＩＣＢＭを阻止することは不可能だった。二発のミサイルがモスクワ、北京を直撃するという未曾有の事態となった！

　そしてロシアと中国はただちに核報復を始めた。米国がこの機に乗じて自分たちを潰しにかかったのではないかという疑心暗鬼に捉われたのだ。後は連鎖反応だった。他の国の核ミサイルも飛び交いだした。デキストランに出会った血漿が増殖するみたいに、地球の各地に熱核爆発の花が開いた。

　かくて、核ミサイルの暴風雨が人類を襲い、その大半を死滅に導いたのだ。

核被害を免れたのは、日本、東南アジア諸国、南太平洋の国々、中東諸国、アフリカ諸国、南米大陸の国々などだった。

　そして世界各国のまだ使用可能なコンピュータ・ネットワークに、あるメッセージが流れた。発信元はGOOからで、その内容は容易には信じがたいものだった。なとGOOの作ったコンピュータ・ウイルスが、ネットワークから米国核戦略コンピュータに侵入し、ミサイルを誤射させたというのだ！

　生き残った人々はパニックに陥った。それが本当なら事実上、GOOは地球の支配権を握ったも同然ではないか！

　だが、その後GOOが核ミサイルを発射させる事件は起きなかった。化け物たちのハッタリだったのか……。

　やがて腕利きのハッカーたちや専門家たちがコンピュータ・ネットワークを調べ上げた結果、真相が判明した。

　GOOが作ったコンピュータ・ウイルスは存在したが、核戦略コンピュータへの侵入は困難で、成功率は〇・一パーセントにも満たなかったのだ。化け物たちは盛んにそれを試したらしいが、ほとんどは失敗に終わっていることが分かった。

　よって、こういう事件が再発する可能性はほとんどないと判った。

　だが……「核の冬」が地球を覆い始めていた。つまり核爆発で舞い上がった大量の塵(ちり)で空が覆われて、地上の気温が下がる現象だ。空は灰色となり、太陽は滅多に見られなくなった。

　そして世界が大混乱に陥っている間に、GOOたちは日本の旧都心部に自分たちの王国を建設していた。

　彼らは人間の付けた〝旧支配者(グレート・オールド・ワンズ)〟という名称が気に入ったらしく、今では自らGOOを名乗っている。彼らの言語は、どうせ人間には発音できないから、それでもいいのだ。

　一方、人間側だが、大阪に〈全日本企業連合国家〉という暫定的新政府が作られた。生き残った国会議員や地方議会議員や、日本の大企業のトップメンバーなどが、そのまま臨時政府機関となったのだ。大阪市は大阪DCと改名されて、日本の新首都となった。

　日本国憲法は一時凍結(とうけつ)された。憲法第九条が戦争行為を否定しているが、今の状況ではそれが無意味なものだからだ。やがてＵＢ兵士による多国籍軍が組織された。装備は、旧自衛隊や旧米軍の武器兵器を流用した。

これは通称ＦＦと呼ばれた。〈最終軍(ファイナル・フォース)〉の意味だ。正式名称は〈人類最終防衛軍〉。大仰でマンガ的だが、意味は読んで字の通り。〈最終軍〉が敗退する時は、人類滅亡へのカウント・ダウンが始まる時だ。

東京への核攻撃はできなかった。これ以上の核の使用は〈核の冬〉を加速するだけだからだ。その上、ＧＯＯたちは高熱や放射線に汚染された環境にも強いことが判っていた。核攻撃は無駄に終わる可能性が高い。

旧都心とその周辺には新しい国境線が敷かれ、その線上で人類軍とＧＯＯ軍との小競(こぜ)り合い的戦争が始まった。戦況は一進一退の消耗(しょうもう)戦が数年にわたって続いている。

今日の日付は、西暦二〇××年五月五日。

3　闇と炎

雨は止(や)みつつあった。戦況は敗色濃厚だった。重たい雲に覆われた夜空の下でも、それははっきり判る。いつの間にか彼我の数は一〇〇対五〇。ＧＯＯ軍は倍の軍勢で、おれの部下たちを一方的に押しているのだ。

もちろん個々の兵隊のスピードやパワーだけを見れば、ＵＢの方が勝っていた。また、客観的に言っても、おれの部下たちの戦いぶりは〈上の中〉にランクされるだろう。

特に河田貴久夫(きくお)曹長、チャ・ダン・フォン曹長、グレゴール・アルバトフ一曹、日向英人一曹たちは特筆に値した。一人が電撃斧で攻撃に出る。すると、すかさず後方の一人がＭ２重機関銃で一二・七ミリ弾をばらまくのだ。

銃弾ではＧＯＯを倒すことはできないが、弾幕を張ればその間は他の敵を封じることができる。その連携のタイミングが見事だった。確実に敵を屠(ほふ)っていく。乱戦状況の中でも、その四人だけは放射能標識されたＤＮＡのように目立っていた。

だが、それでも全体の劣勢を撥(は)ね返すには不足だった。戦争とは結局のところ集団同士のぶつかり合いであり、決め手は常に頭数なのだ。古人も「兵の数をどれだけ集められたかの段階で、勝敗は見えている」と言っている。

戦術用コンピュータ・ソフトBFS6801は相変わらずメッセージを点滅させていた。

◇最適の選択　＊撤退◇

辺り一帯には、悲鳴と怒号が渦巻いている。徐々に悲鳴の割合の方が多くなっているようだ。今も、おれの部下たちの何人かがGOOたちに取り囲まれて、姿が見えなくなった。

おそらく今頃は戦闘用斧で細かく分割されているはずだ。到底、二一世紀の出来事とは思えなかった。

かつては、GOOとの戦いは騙し合いだった。

昔の彼らは、人間の完全クローン体を造り、それに乗り移り、人間のふりをして人間社会に出ていこうとした。しかし、人間的な運動神経を持たないGOOは、動作がホラー映画のゾンビじみた不自然なものになるため、容易に見破られてしまうことが多い。そのため彼らも今では、この方法はやめてしまった。

GOOが自分たちのDNAイントロンに犠牲者の人格、精神を封じ込めるというイントロナイズ戦法も、今では廃れた。UB化によりスーパーマンとなった人間は、自分の意識がイントロン化される前に、ハンマーパンチを一〇発ぐらい化け物にお見舞いできるからだ。

こうなると、残っているのは肉弾戦のみだ。その結果、斧で互いの首を切り落とし合うという前近代的な最前線が出現した。いかにUBが半不死身の超人といっても限界はある。戦場で犠牲者がゼロということは当然あり得ない。

気がつくと、おれは奥歯を噛みしめていた。この戦争が終わる前に、総入れ歯になるかもしれない。

「撤収しましょう」

隣に来た嶋田少尉が言った。

「このままじゃ無駄死にだ。猫に喧嘩売ってる貧血のネズミ同然ですよ」

振り返る。嶋田と視線がぶつかった。

彼、嶋田昇は第一小隊、別名〈ドブネズミ小隊〉の副隊長で、おれの参謀役だった。色白、細い眼、細い鼻、角張った顎の持ち主だ。口髭がよく似合うダンディな二六歳の男だった。

「気楽に言ってくれるぜ」おれは言った。「本物のドブネズミだって、そう簡単に仲間は見捨てないんじゃないか？」

「言いたいことは分かりますが……」と嶋田。「まずい、こっちを狙ってる！」

ＧＯＯ側の戦車、ＹＯＧ２００シリーズの一輛が、主砲をこっちに向けているところだった。そこから閃光が発せられる。

おれたちが立っていたゴミの山は瞬時に火柱と化した。強烈なオレンジの光が辺りを昼間の明るさに変える。

もちろん、おれと嶋田は弾が飛んでくるまで、のんびり待っていたわけではない。超電導化した神経細胞と増強された筋力によって、一〇メートルほど離れた位置に跳び移っていた。その場に伏せて、飛んでくるゴミを避ける。ほとんどが家電製品の残骸だった。

少し離れた場所から炎の塊が飛んだ。おれの部下が発射したＴＯＷ、対戦車ミサイルの噴射炎だ。ＹＯＧ２００に報復する。向こうには、おれたちのようなジャンプ力はなかった。白い火球が出現し、爆発音と半生物半機械の悲鳴が重なった。

「怪我は？」と嶋田。

「平気だ。そっちは？」

「大丈夫です。ぼくが見るところ、あと六〇秒が頑張れる限界です。その後は撤収するべきです。副官として、そう進言します」

おれは舌打ちした。戦っている部下たちにＪＴ通信を送ってみる。
△（深尾大尉）あと、どれだけ粘れる？▽
おれの視界内の斜め下に、部下たちの応答が文字列で表示される。
△（日向一曹）あと一分▽
△（フォン曹長）あと一分保つか、どうかです。できるだけ頑張りますけど▽
△（アルバトフ一曹）こっちも、あと一分ぐらい▽
△（河田曹長）いや、あと四分保たせてやる。保たない時は、奴らを道連れにしてやるまでだ▽
△（日向一曹）正気ですか？　あと一分だ▽
ＪＴ通信というのは、超電導状態で起きる〈ジョセフソン効果〉に似た原理、〈ＪＴ効果〉で脳波を飛ばし合うものだ。これにより、ＵＢ同士は脳で電子メールのような真似ができる。今、忙しいので、これの詳しい説明

は後にさせてもらう。

おれは部下たちの応答を吟味し、嶋田の判断は的確だと悟った。今現在、倍の軍勢を相手にしている兵士たちの精神的重圧はかなりのものだろう。戦いながらも士気は萎えてくるはずだ。この状態が好転しないまま一分以上経過すれば、第一小隊隊員の墓を増やすことになりかねない。

時間がトップ・ギアで過ぎて行く。

「あと四五秒」と嶋田少尉。「気持ちは分かりますが、決断するなら早い方がいい」

戦況を見守りながら、奥歯が摩擦熱を発していた。

△（松本曹長）こちらフクロウ1。ビーバー6の位置を確定▽

これを待っていたのだ。送信してきた相手は、遥か上空を飛んでいるＡＨ—２Ｓ攻撃ヘリのパイロットだ。

△（深尾大尉）どこだ▽

△（松本曹長）その最前線から、二〇〇メートル後方。その付近に隠れているようです。ビーバー6の連中は全員、重傷らしいです▽

脇腹のＪＴＤ４１００を操作した。これの外形は、一昔前のミュージック・プレーヤーに似ている。ＵＢ兵士が通信に使うＪＴ波を無線周波数に乗せたり、数カ国語に通訳するなどの機能を持つ。

△（深尾大尉）ビーバー6。返事しろ。こちらはドブネズミ1。目の前にいるぞ▽

返事はなかった。電波障害か、それともここまで来ながら死んだのか、重傷を負って返事ができないのか。

二度、三度呼びかける。

△（森下中尉）ビーバー6だ。受信した▽

やっと返事が来た。

△（深尾大尉）無事か？▽

△（森下中尉）人間の兵隊で生きている▒は自分だけかもしれない▒しかしこの状況では▽

△（深尾大尉）あきらめるな。何とかする▽

返事がない。

△（深尾大尉）どうした？　返事しろ！▽

それきり通信は途絶えた。

おれは拳を握りしめる。今までも、しばしば運に見放されたことはあったが、今は一番歓迎したくない事態になっていた。

何とかする、とは言ったものの、この乱戦状態では救出は不可能だった。眼の前の敵軍は、脳を有害物質から守る血液脳関門のようにガードが堅い。

本当は、ここは静かな場所のはずだった。ＧＯＯ領土に潜入していたビーバー６分隊を、ここで拾い上げる予定だったのだ。

だが、なぜか敵は一個中隊をそこに忍ばせていた。ＧＯＯ側にも何か別の作戦予定があったのかもしれない。鉢合わせといった形になり、向こうの指揮官は慌てて攻撃命令を出したのだろう。それで、あっと言う間に激戦地が出現したのだ。

「あと三〇秒」と嶋田少尉。「本当は、あと二〇秒と言いたいところですが……」

嶋田は言葉を呑み込んだ。たぶん、おれの顔が、腐った臓物でも噛んでいるような表情になっていたからだろう。

もしかしたら、嶋田の方がおれより有能な指揮官かもしれない。戦術の立て方も、行動に移るタイミングの見極めも、冷静で無駄がないからだ。彼に隊長の座を譲った方が、我がドブネズミ小隊の生還率は上がるのかもしれない。

「あと三〇秒待つ。カウントダウンしろ」

「はい。……危ない！」

また敵の二〇ミリ砲弾が襲来した。おれと嶋田は人間大のバッタみたいに跳んで逃げた。一瞬、辺りが百万個のストロボで照らされたように真っ白になる。後方からの爆圧を受けて、二人とも空中でバランスを崩してしまった。線路のなくなった砂利の上に転がり、受け身を取った。

味方が援護のＴＯＷ、対戦車ミサイルを撃った。だが、敵のＹＯＧ２００シリーズはあまり熱を出さないので、パッシブ赤外線シーカーも役に立ちにくい。赤外線レーザー誘導方式の携帯ミサイルがあればいいのだが、コストが高くて間に合わないのだ。

結局、敵戦車の一〇メートル左に赤い閃光が出現し、そこにクレーターを掘っただけで終わった。この手の簡易ミサイルですら〈戦前〉のレートで弾体一発一五万円はする。戦争とは金のかかる花火大会なのだ。

「怪我は？」と嶋田。

「平気だ。時間は？」

「あと二〇秒」

おれと嶋田は絶えず移動し、狙われないよう努めた。

その合間に敵戦車の後方をＢＦＳ６８０１で観察する。かすかに生物らしい動きがあることをセンサー類が感知し、知らせてくれた。

あそこに敵指揮官たちがいるのだろう。そして、ビーバー6分隊の連中は敵に見つかってはいないが傷ついて、どこかに隠れているだけで精いっぱいらしい。

嶋田が見て言った。

「カウントダウン行きます……一〇、九……」

もう、ビーバー6分隊の運命に未来はないらしい。

「八、七……」

敬虔(けいけん)なクリスチャンなら十字を切る場面だ。

「六、五……」

敬虔な仏教徒なら合掌する場面だ。

「四、三……」

特に宗派(しゅうは)を意識したことはないが、両親の葬式はお寺だったから、たぶん仏教徒なんだろう。合掌するべきか。

「二、一、〇」

嶋田の表情が歪(ゆが)んでいた。視野内に呼び出したストップ・ウォッチをＯＦＦにしたようだ。

「……大尉、撤収命令を」

口髭を生やした伊達男(だておとこ)の嶋田少尉にはポーカーフェイスが似合っている。だが、今はさすがにそれを保てないようだった。自分でビーバー6の連中を見捨てるよう進言しながら、苦渋(くじゅう)に満ちた表情を浮かべている。最前線で小隊を預かる者がしょっちゅうぶつかるジレンマなのだ。

「大尉、命令を……」と嶋田。

おれはこわばった首の筋肉を動かした。うなずく。
△（深尾大尉）ドブネズミども、ただちに▒▽
ＪＴ通信が電気的誤信号(グリッチ)で乱れた。凄(すさ)まじい閃光で眼底を焼かれたのだ。同時に砲声と爆音。耳孔(じこう)に五寸釘(ごすんくぎ)を打ち込まれたようだった。

「な、何だ!?」と嶋田。

頭上の空は曳光弾の嵐になっていた。無数の光条が暗い夜空をシュレッダーにかけたように、すだれにしていく。

「敵の増援部隊か!?」

「まさか！　こんなに早く!?」

嶋田の口が半開きになっている。ここで敵に包囲されたら、おれたちも逃げ場を失ってしまう。

さらに旗色（はたいろ）が悪くなったらしい。敵の増援が来たのなら、もう指揮を執るどころではない。おれ自身が生き延びるだけで精いっぱいになってしまう。どうやら覚悟を決めなくてはならないらしい。

4　救出

敵の総攻撃を待った。総攻撃はなかった。勘違いだった。それは旧米軍のアパッチＡＨ—64Ｄ攻撃ヘリの一〇機編隊だったのだ。

大型プレス機械で両側から圧（お）し潰されたような細長い特徴的なボディが、おれたちの頭上を集団で飛んでいた。ローターの爆音が廃墟と化したＪＲ品川駅上空に響き渡る。

見ると敵のＹＯＧ２００シリーズ四車はすでに黒焦げのチーズのごとき有様だった。一一〇ミリ砲の砲身が、ロウソクみたいに溶け落ちていくのが見えた。敵の航空機、ＨＵＳ３００シリーズも次々に炎の尾を引いて墜落していく。

視野内に文字列が走る。
△（ウォーケン中尉）こちらイーグル１　ドブネズミ１　いきてるか？▽
ひらがなだけの日本語文だった。読点もない。ヘリ部隊の隊長からのＪＴだ。

おれは安堵（あんど）のあまり、へたり込みたくなった。
△（深尾大尉）おまえの真下にいる▽
こちらは漢字ひらがな混じりの文で、ＪＴを送る。どうせ、相手側のＪＴＤ４１００が、ひらがな変換も英語変換もやってくれるからだ。
△（深尾大尉）助かったよ。確か先週、ボトル一本おごってやったよな▽
△（ウォーケン中尉）そうだ。やすものだった▽
△（深尾大尉）バカ言え。上物だぞ▽
△（ウォーケン中尉）りょうかい　おかえしする▽
頭上のアパッチ・ヘリ編隊が一斉（いっせい）射撃を行った。ＪＲ品川駅の北側に向けて、七〇ミリ・ロケット弾を大盤振る舞いしたのだ。ＧＯＯ軍の指揮官クラスがいると思わ

れる付近に命中する。太陽の表面でプロミネンスが噴出したような眺めになった。

さらに後方から轟音（ごうおん）が迫ってくる。振り返ると、旧自衛隊の三菱重工製一〇式戦車二輌に、旧米軍のM1A3エイブラムス戦車一輌だった。他にハンビーが一〇輌ぐらい。

吐息が漏れる。まだ神様は深尾直樹という男を見捨てなかったらしい。

部下たちも味方の増援に歓声を上げている。M2重機関銃や、電撃斧を高々と頭上に差し上げていた。

戦局は一変していた。すでにGOO側は戦車をすべて失った上、戦力比も一〇〇対一八〇までに逆転している。敵の化け物歩兵たちも、それを悟った。士気を乱すとともに、次々に戦線離脱していった。

JTが入る。

△（溝口大尉）こちらアライグマ1。援護する。ボトル一本おごれよ▽

△（深尾大尉）代わりにドブネズミ1から、お礼の投げキッスじゃダメか？▽

△（溝口大尉）ゲロゲロ▽

△（深尾大尉）ドブネズミども聞いてるか。ヘリと戦車が来た。おれのおごりも付ける。突撃だ！▽

おれたちは一二一戦車中隊と、一三一ヘリ中隊の援護を得て、一気に最前線を推し進めにかかった。

GOO側は陣形を崩し、ばらばらに逃げながら散発的に応戦するだけだ。勢いを盛り返した我々の敵ではない。

おれも朝蕗工業製M101グレネード・ランチャーを構えると、嶋田とともに最前衛に参加した。ジミーがおれたちをカバーしてくれる。

戦況を見守りつつ、要所要所で四〇ミリHE榴弾（りゅうだん）を発射する。その度に敵が火の玉になる。電撃斧を振り回し、化け物どもを着実に仕留めていく。周囲は、斧の刃先から出る紫色のスパークで眩（まぶ）しいくらいだった。

十数分後、敵の前線の一角を崩していた。

しかし現状が長続きすることはない。敵はすぐに別の増援部隊を寄越すはずだ。そうなったら今度は我々が逃げる。結局、永遠にその繰り返しなのだ。

しかし、引き揚げの前に、まだ仕事が残っている。

「ビーバー6。どこだ？」

△〈深尾大尉〉ビーバー6。どこだ？▽

肉声とJT通信の両方で呼びかけていた。

JR品川駅構内の北側だった。そこから先は操車場だったため数十本の線路が入り乱れていた。空間恐怖症を患った鋼鉄製のクモが巣を作ったような感じだ。赤錆だらけの電車車輌の墓場と化している。

部下たちがさらに呼びかけるが返事がない。急に内臓が冷凍食品に変わっていくような感じがした。ここまで来ながら、無駄だったのか。もう全滅した後だったのか？

さらに呼びかける。

「ビーバー、いないのか!?」
△（ロニー三等兵）ここです▽
振り返る。今のJT通信を受信したらしく、他の兵士たちやディフェンダーたちも一斉に同じ反応を見せていた。互いの顔を見合わせる。

「どこだ？　見えないぞ」

ふいに、それは姿を現した。横倒しになった京浜東北線車輌のそばだった。腹部の車輪が剥き出しになっている。その車輪の正面と思しき辺りだった。

かつてクロマキーというTVの特撮手法があった。ブルー・スクリーンの前で同じ色のマスクと手袋を着用すると、それだけで〈衣服を着た透明人間〉といった映像が、容易に作り出せたものだ。ビーバー6分隊の現れ方は、それに似ていた。

地面から二メートルほどの高さの空中に、ディフェンダーの首だけが現れた。首の下には透明な空気があるだけだ。肉眼では、ディフェンダーの身体の部分はまったく視認できない。

部下たちが驚きの声を上げる。知らない者にとっては後頭部に電流が走りそうな光景だった。

怪異な眺めはさらに続いた。何もないその周辺の空間に、ビデオ再生時のグリッチに似た光の縞模様が発生したのだ。直径二メートルほどの楕円形を形成し、空中で波打っていた。

部下たちのほとんどは慌てて後ずさり、銃を構える。GOO側の罠ではないかと思ったのだろう。

「大丈夫だ。銃を下ろせ」両手で上から押さえつけるようなポーズで、おれは指示した。

さっきまで何もなかった空間から、徐々にディフェンダーの上半身が現れ始めた。段階を追って下半身も現れた。

透明状態から可視状態になったディフェンダーのF60メタル製ボディは傷だらけだった。負傷兵を背負っている。

背負われた兵士は中尉の階級章を付けていた。彼が森下中尉だろう。顔をディフェンダーの肩に伏せたまま動かない。全身が血まみれだ。負傷がひどすぎてUBの半不死身性も失われているらしい。おそらくもう呼吸はしていないだろう。

さらにもう一体のディフェンダーと、彼に背負われた二人のUB兵士が、何もなかった空間から忽然(こつぜん)と現れた。新たに出現したUB兵士二人は曹長の階級章を付けていた。二人とも死んでいるか虫の息であることは賭けてもよかった。

空中のグリッチも収まっていた。いつの間にか、足元には半透明のビニール・コートに似たものが乱雑に丸まって落ちていた。

「ビーバー6の、ロニー、です」

ディフェンダーの一人が舌足らずな口調で言う。

「皆、死んだ……」

「おまえのせいじゃないさ」

おれは首を振って言った。

「よく、ここまで逃げてきたな。……よくやった……衛生兵！」

衛生兵が二人、駆けつける。死んだ兵士を一応、確認した。衛生兵は首を振る。

「全員、すぐハンビーに乗れ。脱出する。ロニー、おまえたちもだ」

生き残ったディフェンダーの二人組は黙々と命令に従った。

嶋田少尉はビーバー6たちの足元に落ちていたビニール・コートのようなものを素早く回収し、自分のバックパックに入れた。その未知なる素材を他の誰にも触らせようとはしなかった。そう命令されているからだ。

部下たちから質問責めに遭った。

今のは何です？　あんなの初めて見た。何で司令部はあんな便利なものを、おれたちに寄越(よこ)さないんだ？　そうだ、そうだ。

おれは怒鳴った。

「次の潜入隊に選ばれたい奴は前に出ろ。今の秘密兵器を着せて、GOO領土のど真ん中に降下させてやる」

全員が気圧(けお)されて黙った。志願者はいないようだ。志願者がいた。そいつは一人だけ前に出てきた。

「おれ、行きますよ。あのオモチャが支給されるんなら、いつでもOKだ」

河田貴久夫曹長だ。不敵な笑いを見せる。スリムだが筋肉質の身体。大きな切れ長の眼と、細く高い鼻の持ち主で、女の子受けしそうな二枚目タイプだ。

ただし右頬(ほお)に傷跡がある。彼は戦場で重傷を負った時に、UBの身体修復機能が一部作動不良を起こしたらしく、他にも何カ所か傷跡の消えないところがある。

おれは苦笑し、曖昧(あいまい)に手を振った。

「分かったよ。だが、こっちに潜入任務が回ってきたらの話だ。その時は考慮しよう」

残りの連中にも言ってやった。

「がっかりするな。いずれ時が来れば、どんな秘密も秘密じゃなくなるものさ」

たった今、目撃した透明化は、もちろん特撮技術などではない。しかし、今は時間がないので、これについての説明も後回しだ。


……二〇分後、第一小隊は安全地帯まで後退した。一五五普通科中隊が来たので、彼らとタッチ交替したのだ。やっと一息つける。

十輛のハンビーは旧海岸通り沿いに昭和橋を渡り、東品川町内に入っていた。日本たばこ産業だった建物と松下電器センターだった建物の前を通過する。

この辺りは街としては機能していない。九〇式戦車やハンビーや、最終軍の移動通信司令車、トラック、弾薬補給車、アパッチAH―64Dヘリ、歩兵たちを見かけるだけだ。実質人口はゼロに近いだろう。

砲声が遠のいていくのを聞きながら、ビーバー6分隊のディフェンダーたちの労をねぎらってやった。あれこれ言葉をかけてやったのだ。だが、金属製のヘラクレスたちの脳は複雑な会話には適さなかった。彼らもそれは自覚しているらしい。メモリー・スティックを自分の胸から取り出した。

「これ、大事です。とっても大事。そう森下中尉、言ってました」

日本語を覚えたての外国人みたいな口調で言った。

おれは手渡されたメモリーを見つめた。

ビーバー6分隊は人間五名、ディフェンダー二名の編成だった。だが、五人の命が犠牲となり、その代わりこの情報が残されたわけだ。

メモリーを見ているうちに暗澹としてきた。もし、これといった情報が入っていなかったら死んだ五人は無駄死にということになる。できれば、そうならないことを祈りたいものだ。

ふと、おれは一軒の住宅のブロック塀の上を見た。長さ三メートルぐらいの、こいのぼりがあった、埃と雨風にさらされて黒ずんでおり、赤や青の鱗模様も判別できない状態だった。あの〈生物災害〉で首都圏が壊滅した時から放置されていたもののようだ。

「そういえば今日は五月五日、子供の日だ」

嶋田少尉が言った。

「ゴールデン・ウィーク最後の日だったんだ……」

だが、誰もそれに返事をしなかった。体内に埋め込まれたインナーポンプのアドレフェタミン残量をチェックするのに忙しかったからだ。おれも返事はしなかった。くたびれて喋りたい気分ではなかったからだ。嶋田もそれっきり黙ってしまった。

たぶん、日本の各地ではささやかながらも男の子のための行事が催されていたのだろう。しかし、おれはいつの間にか季節感だの祝日だのという感覚を喪失していたようだ。こいのぼりを見ても、今日が何の日か思い浮かばなかった。

疲労のせいか、気がつくと現実が遠ざかっていた。夜中にふと眼が覚めた時のような、そんな精神状態になっていた。そんな時は、自分がいつの間にか軍人に成りきっていることを改めて自覚して慄然とすることがある。まるでおれは、一〇〇年前から軍人だったように自然に、そう振る舞っているじゃないか。敬礼し合い、軍隊口調でものを言い合い、部下たちに有無を言わさず命令を下しているじゃないか。

今、ハンビーに揺られている深尾直樹大尉と、かつてのC部門調査官の深尾直樹は本当に同一人物なのだろうか。自問してみたが、自答できなかった。

5　ダゴン102

△（ダゴン102）おまえをころしてやりたいおまえをころしてやりたいおまえをころしてやりたい▽

文字列が視界の斜め下を走っていく。

おれの右側にあるコンピュータ端末のVDT画面にも、同じ文字列がエンドレスで表示されていた。

場所は最終軍・大阪司令部の技術開発室だ。

一五メートル四方ぐらいの広さで、壁も天井もメタル・ブルーの部屋だった。十数枚ほどの透明アクリルの壁が、部屋を八つのブロックに分割している。ブロック内にはパソコンや大型コンピュータ、その他理解できない機能を持つマシンが並んでいる。

二〇台ほどあるVDT画面群は青白い光を放っていた。各画面には赤血球の凝集（ぎょうしゅう）反応のような映像や、抗菌スペクトル・グラフのような映像が映っている。

一〇名ほどの技術者たちが、ここで働いていた。いずれも二〇代初めから三〇代初めぐらいで、ジーンズとTシャツに白衣、眼鏡といったいで立ちだった。髪形だけは千差万別だ。スキンヘッドもいればモヒカンもいる。ケバ立たせた上に七色に染め分けた、クジャクみたいな奴もいた。ハリネズミと間違えそうなのもいた。

ブロックの一つにおれはいた。椅子に座って、最新型のJTD4800に片手を載せている。大型コンピュータに接続された外形は、平べったいミュージック・プレーヤーみたいだ。

「もう少しサンプリング周波数を上げてくれ」

女性技師はうなずくと、端末をマウスで操作した。日向暢子（ひなたようこ）というその技師はソバカス顔にロイド眼鏡で、髪は赤く染めたカーリーヘア。耳には、赤血球みたいに凹（へこ）んだ円盤状のピアスをしている。

△（ダゴン102）おまえをころして▒いるの▒
深▒直樹▒▽

視覚内にグリッチが発生して文字列がブレた。

「今度はトラッキングがズレてるな」

「じゃ、これなら？」

周囲に電脳空間が出現した。方眼用紙を立体化したような三次元格子（こうし）の世界だ。現実の技術開発室に対し、二重写しの映像になって見えていた。自分の眼が、もうワンセット増設されたような感覚だ。慣れないうちは奇妙な感じがする。

現実の技術開発室は屋内の狭い空間に過ぎない。一方、電脳空間は一辺が一〇キロはある巨大な立方体のように見える。遥か彼方（かなた）の壁はカラフルな縦縞（たてじま）模様になっている。TV放送終了時のテストパターンと同じデザインだ。

△（ダゴン102）い▒▒る▒▒の▒▒▽

視界の斜め下に現れるグリッチはさらに増えていた。日向暢子にそのことを伝える。

「……いい加減オート・トラッキングにならないのかい？」

「個人個人の脳ごとに調整しないとね。DVDプレイヤーみたいにには、いきません」

電脳空間が変化した。地面の正方形の格子が正六角形のマス目になる。それは数千個の正六角形で構成されたゲーム盤だった。

六角マスは色分けされており、黄色は平地、緑は森、グレーは道路を示していた。茶色のマスは立体的な階段状になっており、丘や山を示している。オレンジのマスは建物の形になっていた。

一個分隊を表す赤と青の駒（こま）が数十個、展開している。赤軍の駒はナチスの鉤（かぎ）十字マーク。青軍の駒は連合軍各国のマークだ。このゲームの設定は、第二次大戦時のヨーロッパのどこからしい。

空中に赤軍のプレイヤーが現れた。外形はチェスのキングの駒だ。高さ一メートルの赤いそれには目鼻や口も付いている。ディズニーアニメに出てきそうなキャラクターに見えた。口が滑らかに動く。

△（ダゴン102）深尾直樹か？▽

赤軍プレイヤーの質問が、視界斜め下に文字列となって現れた。

△（深尾大尉）そうだ▽

こちらの答えが同じように現れる。

「OKだ」

日向暢子技師に親指を突き出してみせる。

△（ダゴン102）なぜ話がとぎれるのだ？▽

赤いキングの姿をした相手が訊く。相手には、こちらは青いキングの駒に見えているはずだ。

△（深尾大尉）いろいろと技術的障害があるのさ。久

しぶりだな▽

△（ダゴン１０２）久しぶり？　たった一分とぎれただけで？　おまえの日本語はおかしい▽

△（深尾大尉）気にするな。冗談だ▽

両者の会話は現実世界のＶＤＴ画面にも文字列となって同時に表示されている。日向暢子もそれを確認しながら、さらに調整作業を行っていた。

＊

ＵＢ同士は脳波で電子メールのような真似ができる。これは超電導状態で起きる〈ジョセフソン効果〉に似た原理、〈ＪＴ効果〉で脳波を飛ばし合うものだ。〈ジョセフソン効果〉とは、絶縁物を二つの超電導物質ＡとＢでサンドイッチにした場合に、電気を通さないはずの絶縁物を通して超電導物質ＡとＢの間で電子が飛び交う現象のことだ。別名〈トンネル効果〉とも言う。

電子は粒子のような性質を持つ。だが、超電導状態のような特殊な状況では、電子は〈波〉のような性質も獲得してしまう。そうなると電子は、普段は通過できない絶縁物の向こう側にも〈波〉として伝わってしまう現象が起こるのだ。

ＵＢの場合は脳神経細胞が超電導化することで、〈ジョセフソン効果〉に似ているが、さらにそれ以上の機能を持つ〈ジョセフソン・テレパシー効果〉を得たのだ。これがジョセフソン・テレパシー通信、略してＪＴ通信だ。ＪＴのおかげで、ＵＢは音声に頼らず会話ができる。ただし、通信範囲は一〇〇〜二〇〇メートルぐらいだ。

二年前に、ＪＴＤ――ジョセフソン・テレパシー・ドライバというハイテク機器が登場したおかげで、ＪＴは飛躍的に便利になった。

使用者の視野内に文字列や図形を表示する機能、発信元が誰かを自動表示する機能、ＪＴ波を無線周波に乗せる機能、数カ国語を翻訳する機能、コンピュータ・システムに脳波でアクセス（データの読み書き）する機能、などなどだ。

今、おれが会話している相手は、かつてＣ部門のバイオ研究所〈ラボ２〉で大量虐殺をやったＧＯＯだ。

現在、奴の肉体は細胞レベルに分断されて、別の実験室で生かされているだけだ。一方、奴の人格、意識、記憶などのデータは、メモリー・スティックに記録され保存されている。

メモリー上ではダゴン１０２本体は存在せず、ただの磁気信号記録でしかない。だが、コンピュータ・メモリー内の電脳空間にその記録データを呼び出せば、その間だけはダゴン１０２の人格、意識、記憶だけが蘇(よみがえ)るのだ。会話にずれがあったのは、そのためだ。

＊

△（深尾大尉）精神分析ごっこの続きといこう▽
単刀直入に、話題に入った。奴にとっては連続した会話であるから、よけいな社交辞令など要らない。
△（深尾大尉）おまえたちＧＯＯが生きていたのが中生代だってことはわかってきた。恐竜を食料にしていたこともわかった。おまえが思い出した〈前世(ぜんせ)〉のおかげだ。ＧＯＯは死ぬと骨まで短期間で粉末状(ふんまつじょう)になる。化石が残らなかったのはそういうわけだ。恐竜は今から六五〇〇万年ぐらい前に絶滅しているが、その後の時代については、おまえは何も記憶がないと言う。ＧＯＯが地球上から姿を消したのも、だいたい恐竜の絶滅と同じ時期らしいと推測できる。地球上にＥＧＯＤが現れて、ＧＯＯをイントロンに封じ込めたのは、その頃なんだ。なのにおまえはＥＧＯＤに関する記憶はまるでない、と言う。理屈に合わないと思わないか？▽
△（ダゴン１０２）わからない。わたしの記憶は。途中で説弾。切断。切断されているみたいだ▽
奴の日本語はかなり上達しているが、それでもまだ漢字変換や、句点の使い方に不慣れなところがある。
△（ダゴン１０２）確かに何か異変が起きたのは事実だ。恐ろしく強力な何かが出現し、その何かが我々を原始哺乳(ほにゅう)類のイントロンに封じ込めたのも事実だ。だが、詳しいヴィジョンは見えない。記憶が近眼になっている。なぜかはわからない▽
ＪＴＤ４８００には、嘘発見機を兼ねるという二次的機能もある。ダゴン１０２の発する文字列に乱れはなかった。嘘の可能性は低い。だが、念には念を入れて確かめようとしているのだ。

女性技師に言った。

「一服してきたら？　後は自分でできるから」

「それ、名案だわ」

日向暢子は思いきり伸びをすると、ブロックから出ていった。他の技術者たちと言葉を交わしながら、技術開発室から退室した。

それを確認すると、コンピュータ端末付属のマウスを操作して、会話が記録に残らないようにした。

△（深尾大尉）また同じ質問だ。完全クローン製造方法だ。まだ思い出せないって言うのか？▽

△（ダゴン102）だめだ。何度も言ったはずだ。私はあの女、梶知美のクローン体を造り、それに乗り移った。だが。そのクローン体ごとおまえに殺られて、その後何とか蘇生した。まず梶知美の人格データは消した。また大事なところで、出しゃばられたくないからだ。そして身体の機能を改良するために、イントロンから新たなDNAプログラムを引っ張り出した。同時に完全クローン製造法は不要だから。脳の記憶領域から消した。どうせまたイントロンから呼び出せるからだ。だが、私は、二度目は火に包まれて殺られた。私の脳細胞もその熱で損傷を受けた。だから、もうイントロンから新たなプログラムを呼び出す方法も分からなくなったままだ▽

溜め息をついた。こうして折を見ては、もう二年もダゴン102を尋問してきたが、知美を蘇らせる手掛かりは、まだ一片たりとも入手できないでいた。

△（深尾大尉）断片的にでもいいから、教えろ▽

△（ダゴン102）同じことの繰り返しになるが、要するにDNAからだけでは完全クローン体はできない。塩基分子三〇億対の組み合わせだけでは、それだけの情報量を持たないからだ。原子。素粒子。クォーク。などのレベルまで完成されているプログラムと、それ全体を統合している何かが要る▽

△（深尾大尉）まあ、聞けよ、ダゴン▽

△（ダゴン102）何だ？▽

△（深尾大尉）おれも、いろいろと勉強したんだ。R・シェルドレイクという科学者がシナジェティックスという仮説を唱えていたそうだ。日本語に訳すと〈形成的因果作用〉〈形態共振〉〈形態形成場〉といった言葉になる。一言で言うと、形というものは、なぜだか分からないが、時間も空間も飛び越えて転移する。一見すると因果関係はないはずなのに、同じ

形がまた必ず現れるという説だ。おまえの言う〈何か〉とは、例えばそういうモノなのか?▽
△（ダゴン１０２）それかもしれない。その何かを制御しないと、完全クローン体は実現しない。ここまでの記憶しかない▽
ここまでの相手の文字列に乱れはなかった。が、ふいに、グリッチが走りだした。
△（ダゴン１０２）▒おまえをころしてやりたいおまえ▒だがこれではそれもできない▒▽
文字列が大きく乱れ始めた。嘘をついているせいではない。感情が激してきたせいだろう。
△（深尾大尉）それは、こっちのセリフだ。知美を殺しやがって殺しやがって▒だが、下っ端の兵隊が勝手な勝手な▒真似もできないからな▽
つられて、こっちの文字列も乱れ始めている。

またまたお互いの影とケンカしているような有様になっていた。いつもこうなるのだ。手ごたえのないボクシング。永久に引き分け試合だ。やり場のないまま、両者の怒りは空転していた。

マウスを操作して、会話記録モードに戻した。すでに電脳空間はダゴン１０２の呪詛の文字列で溢れそうになっていた。
△（深尾大尉）あばよ、ダゴン▽
装置の電源を切った。周囲に広がっていた電脳空間が一瞬グリッチに変わり、次いで消えた。

おれはしばらくの間、椅子に座り込んだまま宙を凝視していた。片手をＪＴＤ４８００から離し、メモリー・スティックを抜き取る。

ダゴン１０２の人格が記録されている媒体だ。握りしめた。潰してやろうとした。できなかった。これは貴重なデータとして保存しなければならない。それにどうせ同じデータを記録したメモリーが他にもある。これを潰しても無駄なのだ。

デスクにメモリーを置くと、技師の日向暢子が戻ってきた。

「収穫はありました?」

「壊れたレコード盤と同じだ。針飛びしてる」

ＶＤＴ画面を指差す。画面には、
△（ダゴン１０２）おまえをころしてやりたいおまえをころしてやりたいおまえをころしてやりたいおま

え……▽

6　会議

おれは最終軍・大阪司令部の廊下を歩いていた。この司令部は、大手前の合同庁舎五号館を使っている。大阪府庁舎と大阪府警察本部の間に挟まれている建物だ。

今、おれが着ているのはグリーンの制服だ。

肩には最終軍の略号のＦＦをあしらった青のシンボルマークと、赤銅色（しゃくどういろ）の階級章。左胸には色とりどりの略式勲章（リボンバー）が山ほど付いている。

どんな風に見えるだろうか？　いかにも百戦錬磨（れんま）の立派な軍人に見えるだろうか、それとも仮装パーティに出掛けるところに見えるだろうか。

途中、壁全部が一枚ガラスの窓になった廊下を通った。午後二時過ぎだが、陽光は見られない。〈核の冬〉のせいで、年中曇り空なのだ。それも軍艦の色を思わせるような重苦しい空だ。

窓越しに大阪城が見える。外堀と、総面積六万四〇〇〇平方メートルの西の丸庭園も一望できる。石垣と松の木林で造られたピラミッドといった眺めだ。

その向こうにはＯＢＰ（大阪ビジネス・パーク）の高層ビル群がある。クリスタルタワー、松下ＩＭＰビル、ホテル・ニューオータニ大阪などが並んでいた。

眼下の道路を走っていく車は、メタノール車や水素燃料車、電気自動車だ。石油の輸入ははかばかしくないが、バイオテクノロジーによるメチルアルコールと水素の量産で何とか対応している。

現在の主な電力源は二つある。一つは常温核融合（かくゆうごう）式原発。もう一つは静止衛星が太陽電池で得た電力をマイクロ波送信してくるのを、地上のパラボラアンテナで受けて電力に再変換するシステムだ。エネルギー問題は綱渡（つなわた）りではあるが、命脈を保っている状態が続いていた。

五月だというのに外は肌寒いらしい。通行人の多くは黒い合成革コートなどを着込んでいるのが見えた。これも〈核の冬〉のせいだ。

下界を眺めながら、ガラス張り廊下を通過する。エレベーターに乗り、会議室に向かった。出入り口を見張る兵士に敬礼で迎えられ、会議室に入った。

一五メートル四方ぐらいのスペースで、細長い黒の会議卓が中央にある。クリーム色の革張りの椅子が、三〇脚ほど並んでいた。

　奥の壁には縦二メートル、横三・六メートルの画面がある。今はFFのシンボルマークが映っていた。

　すでに半分以上のメンバーが顔をそろえている。顔なじみに挨拶する。といっても、大佐以上の階級の持ち主たちばかりなので、大尉であるおれは敬礼ばかりすることになる。

「まあ、そう堅苦しくしなさんな」

　本多大佐はそう言った。グリーンの制服の肩には銀色の階級章、胸にはカラフルなリボンバーの数々が付いている。

　彼は旧自衛隊で特GOO科隊を指揮した男だ。もともと丸顔で体格のいい男だったが、以前より少し痩せた感じだ。相撲部屋の親方みたいに見える。

「君には大変な恩があるからな。私の方こそ敬礼すべきさ」

「いや、やらせとけ」と永海。「この男は陰じゃ、私の悪口ばかり言いふらしているらしいぞ」

「誤解ですよ。ただ時には、本人の前では言えない話もあるというだけのことで……」

「そら見ろ」

　元C部門調査課課長、永海国男。今は彼も最終軍大佐だった。本多と違って肥満体の彼は制服があまり似合っていない。黒縁眼鏡も公務員的で、そぐわない。そして永海夫人は相変わらず、亭主に知性と教養を吹き込むのを生きがいにしているようだった。

「今日はとんでもないネタがあるぞ」永海が表情を真顔にして言う。

「何です？」

「会議で話す」永海が溜め息をつく。「五人分の命で買ったネタだ」

　ビーバー6分隊が持ち帰った情報に違いない。

「……ところで、いつまで最前線にへばりついてる気なんだ？」

「GOOどもがいなくなるまでです」

「まだまだ長引くかもしれないのにか？」と永海。

「まあ、奴らしだいですがね」おれは肩をすくめる。

　本多と永海の両大佐は顔を見合わせた、眼で何か相談したようだ。

「なあ、深尾君。さっき永海大佐とも話していたんだが……」本多が言った。「君にその気さえあれば少佐に推薦するぞ。つまり中隊長さ。危険な任務は、もうほどほどにするべきじゃないか？」

　唐突な申し出に、おれは虚を突かれた。少し考えてから、首を振る。

「お言葉は嬉しいですが……。自分には二〇〇人も預かれるほどの指導力はありませんよ。最近ようやく、それが分かってきたところです」

　本音でもあった。中間管理職になるより直接化け物と戦うのが、おれの望みだ。それに完全クローン製造法を手に入れて、知美を蘇らせる望みもまだ捨てきれない。それには現場にいた方がいい。

　二〇代半ばぐらいに見える女性が息を切らしながら、会議室に入ってきた。樋口理奈だ。彼女は時間に遅れそうになって、ギリギリで滑り込みセーフしたのだ。

　理奈と目礼を交わす。相変わらずベッコウ縁眼鏡に白衣の格好だ。日比混血の浅黒い肌と美貌が、殺風景なこの会議室に南太平洋の風を一瞬吹き込んだみたいだった。

　会議のメンバーが全員そろい、着席した。樋口理奈や永海や本多は、会議卓の中央付近の席だ。

　おれは軍人では一番下っ端なので末席だ。発言権もないオブザーバーだ。本来、大尉格の小隊長など出席できるはずがないのだが、戦績があるし上層部にコネもあるため、いろいろと特別待遇を受けることもあるわけだ。

　会議のメンバーは日本人ばかりではない。旧米軍や旧ロシア軍、韓国軍や台湾軍の将軍クラスもいる。いずれも、今は最終軍の首脳陣で、金色の階級章付きだ。

　議長を務めるのは、西沢という最終軍大将。旧陸上自衛隊の総隊司令官だった男だ。銀髪に四角い顔の持ち主だ。エリートコースを歩んできた彼は、軍人というより五〇代の大学教授風に見えた。

「では、会議を始めましょう」

　その言葉と共に、窓にブラインドが下りた。グリッチに似た灰色の空と、ＬＳＩチップ・ボードの拡大写真を思わせる大阪ＤＣの風景が締め出された。

「まず、最新の情報をお伝えしましょう。

「……ＧＯＯ領土に潜入していたビーバー6分隊は、残念ながらディフェンダー二名が生還しただけで、人間の兵士五名は死亡しました。彼らの冥福を祈りたいと思います」

西沢が視線を落とす。

会議参加者全員も、沈痛な面持ちでうなずいた。

おれも、彼らのことを思った。周囲すべてを敵に囲まれた中で命を落とした彼ら。もう少し運が味方していたら、助けられたかも知れない彼ら。

彼らにも家族や恋人、友人がいたはずだ。人生設計もあっただろう。しかし、記録上は、戦死者数にカウントされる数値でしかない。

一個の人命は地球より重い、という言葉は間違いだった。それは、そうあって欲しいという願望でしかない。

西沢大将が続けて言う。

「……しかし、彼らの犠牲は無駄ではなかった、と私は信じます。生還したディフェンダー二名が貴重なデータを持ち帰ってきたからです。詳しくは情報部部長の永海大佐から話してもらいましょう」

永海大佐は席を立ち、壁の大画面のそばにある書面台のところに行った。書類ケースからメモリー・スティックを取り出し、プレイヤーに差し込む。マイクを自分の口元にセッティングした。

「情報部部長の永海です。まずビーバー6分隊のメンバーたちに感謝し、彼らの冥福を祈りたいと思います」

永海は指を一、二本切り取られたような表情だった。潜入部隊メンバーは一時的に情報部所属となり、彼の指揮下に入るのだ。当然、責任の重圧を感じているだろう。

永海がプレイヤーを操作する。

壁の大画面からFFの徽章が消え失せ、代わりにGO領土となった旧都心の映像が現れた。

日本武道館だ。夜空を背景に、湾曲した八角形の屋根のシルエットが映っている。暗いので細部は分かりにくいが、あちこち破損が激しいようだった。

「これがビーバー6分隊の潜入記録です」と永海。

画面がグリッチと共に変わり、ついで地下鉄の九段下駅の出入り口が映った。

「これは私のスタッフが要点だけ編集したために、映像が飛び飛びになっています」

映像はしばしば揺れ動いた。

ディフェンダーの眼と耳は、そのまま映像と音声のレコーダーになっている。会議室にいる我々は、ディフェンダーが見た光景を追体験しているわけだ。

永海の説明が続く。

「ビーバー6分隊が命令を受けて潜入したのは、旧都心の千代田区にあるＧＯＯたちの地下基地です。この映像記録を解析して、大雑把な内部構造図をコンピュータ・グラフィクスにしたのが、これです」

大画面に、全体が円筒形をした地下基地の構造図が現れた。それは地下九階層まであった。

「深さは約五〇メートル。各階層の床は直径二〇〇メートルほどの円形で、総床面積は二八万二六〇〇平方メートルと推測されます」

唸り声や、溜め息が会議室に充満する。ＧＯＯがわずか三、四年で、これほどのものを造ってしまうとは、誰も予想していなかったのだ。

「ビーバー6分隊は、この地下基地の最下層である第九階層にまで侵入することに成功していました」

永海が画面映像を切り替えた。再びディフェンダーの視点映像になる。

「この潜入により、地下基地の第九階層には浄水池と貯水池があることが分かりました。おそらく彼らは飲料水の半分を、これに頼っていると思われます」

大画面には、ジャンボジェットが三、四機収容できそうな空間が映っていた。天井には配線と蛍光灯による照明がある。浄水池と貯水池はそこの床面積の大部分を占めているようだ。

浄水池の水面からは、免疫グロブリンの形に似たＹ字構造の柱が突き出ている。柱は不規則に並んでいて、それが天井を支えているのが分かった。カメラが柱の一本をズームアップする。

会議室内で観ていたメンバーたちが呻き声を発した。

そのＹ字構造の柱は、それ自体が生物のように見えた。表面には目鼻や口に当たるものが無数にあった。タコの足に似た触手も多数生えており、時折蠢いている。

柱全体の材質は白い結晶のようだった。だが、部分部分に生物が埋め込まれているように見えるのだ。

おれも唖然として画面を見つめていた。

「何だ？　何なんだ？」

皆、口々にその言葉を発している。

永海が答えた。

「技術顧問の樋口博士の推測ですが、この柱は結晶化生物とでも言うべきものだと思われます。生物ですから当然、成長して身体が大きくなります。同時に成長の終わった部分から結晶化が始まるのではないかと考えられます。……おそらくGOOたちの中でも下等生物で、生きた建築材料というわけです」

　全員、言葉に詰まったようだ。自分はこういう形での命など得たくはない、と言いたげな表情を浮かべている。

「この最下層である第九階層に浄水池と貯水池がある、と分かったのは重大な発見でした。今後の作戦立案に関係するからです。

「……そして、もう一つ新たな事実が判明しました。これは地下基地の第五階層で撮影された映像です」

　映像が切り替わった。

　大画面に映ったのは、八メートル四方ほどの部屋だった。いや、正確には八メートル六方と言うべきかもしれない。部屋は六角形であるらしいのだ。

　部屋の壁は直径一〇センチほどの正六角形の平面結晶で覆われていた。結晶には白、黒、灰色の三色があるらしい。

　部屋の中央には大型マシンがあった。正八角柱の形で、高さ一・五メートル、直径五〇センチぐらいだ。それが四台、正方形の位置に並んでいた。外側は合成樹脂で、グレーとローズ・レッドの二色でデザインされている。

「朝蕗（あさぶき）電機製ASCOM・S1000です」と永海。

「性能は一エクサプロップス。毎秒一〇〇万兆回の浮動小数点演算が可能なスーパーコンピューターです」

　会議参加者たちは不審な表情を見せた。

　永海が続けて言った。

「入手先は、おそらく都心にあった大企業や大学や、政府の研究機関などでしょう。都区内には、この手のハイテク機器がまだ山のように残っているはずですから。ビーバー6分隊は、もちろんこのASCOM・S1000を直接、調べようとしたようです。しかし、運悪く潜入を見破られてしまい、それで慌てて脱出するしかなかったようです……」

「どういうことです？」

　旧米軍のコナーズ将軍が言った。青い眼が見開かれて眼球が飛び出しそうな表情だ。正確な日本語で言う。

「GOOはこれを何に利用しているのです？」

　他の出席者たちも同様の疑問を口々に発している。

永海が言った。

「次の映像を見てください」

画面が切り替わり、二匹のＧＯＯの姿が映った。化け物の外形は両方とも、すでに見慣れたものだった。

一匹はＮＡＬ１００シリーズと名付けられたタイプだ。グリーンイグアナ人間とでも呼びたい外形だ。異様に眼玉が大きく、唇も大きい。体つきそのものは人類に近い。もう一匹はＮＡＬ２００シリーズ。こちらは亀人間だ。背中に甲羅まで背負っている。しかし、顔の方はダチョウに似ており、唇の代わりに嘴（くちばし）がある。

二匹とも迷彩（めいさい）模様の金属鎧（よろい）を着込んでいる。ＮＡＬ２００の方は、背中が甲羅でカバーされているので前面装甲だけ付けている。

ＮＡＬ１００も、ＮＡＬ２００もどちらかと言えば初期型の化け物だった。最近は、戦場で見かけることは少ないタイプに属している。

彼らは会話を交わしていた。しかし、人間の耳には録音を早回し再生したような音声にしか聞こえない言葉だった。このＧＯＯ語を人間が習得することは永久に不可能だろう。

永海が説明する。

「ビーバー6分隊は、このスーパーコンピュータのある部屋や、その周辺でのＧＯＯたちの会話を録音していました。それをコンピュータで翻訳したのが、これです」

画面いっぱいに字幕が出た。

『誰と誰のイントロンを解読するのだ？』

『誰でもいい。だが、最低一〇二四人分のＧＯＯのイントロンが必要だ。例のものは、分散して暗号化されて隠してあるらしい』

『早速、始めさせろ。解読まで、どのくらいかかるのだ？』

『スーパーコンピュータを使っても二、三週間はかかるだろう』

『待ち遠しい』(笑い声？)

『ＧＯＯの時代だ』(笑い声？)

画面が静止する。

一瞬、この会話が何を意味するのか、すぐには呑み込めなかった。おれだけでなく、出席者のほとんどがそうだったようだ。

やっと会話が意味するものを脳髄が咀嚼（そしゃく）し始めて、唖然とした。

他の参加者も同様だったようだ。

「まさか!?」そんな声があちこちから聞こえた。

永海が言った。

「結論を先に言えば、今の会話はこう推測できます。つまり、GOOたちは自分たちのイントロンを解読しようとしているのです。スーパーコンピュータはそのために必要だった、ということになります」

驚きの連続で、皆の眼と口が円形に近くなるまで見開かれていた。おれも、同じ表情を浮かべていただろう。

GOOは人間のイントロンに封じ込められていた。それが、コンピュータとバイオテクノロジーが普及したせいで、彼らはこの世に呼び出されてしまい、人類の過半数は殺され、東京はGOO領土になるという破滅的結果を招いてしまった。

しかし、今度はそのGOOが自分たちのイントロンを解読しているというのだ。そこには、さらに何かが隠されているとでも言うのだろうか?

会議参加者の半分は失語症(しつごしょう)となり、半分は「どういうことだ!?」とわめいていた。


永海はこの反応を予想していたらしい。マイクのヴォリュームを調節し、それで説明した。アンプで電気増幅された声が、鼓膜(こまく)に突き刺さってくる。

「ご承知でしょうが、人間のイントロンのすべてがGOOの遺伝情報ではありません。人間のイントロンの中にはGOOの遺伝情報もあるし、その他解読不能のものもあるのです。

「過去、GOOが人間の自我、人格を自分のイントロンに封じ込めたりした実例も報告されています。しかし、それもイントロンのごく一部を使っただけのようです。GOO自身にも利用できない部分があるらしく、どうやらその部分のプログラムを解読しようとしているらしいのです」

「だから、何を解読しようとしているんです!?」

旧米軍のハミルトン少将が叫んだ。彼女は唯一の女性将官だ。

「何が暗号化してあると言うんです!?」

韓国軍の李楊賢(りようけん)少将も興奮して質問する。

ふいに大画面の字幕が消えた。画面が最終軍のシンボルマークに変わる。

「残念ながら……ビーバー6分隊が持ち帰った情報はここまででした。後は分かりません」

失望と落胆（らくたん）の声が約二ダース分、発せられた。おれのも混じっている。

「私からは以上です」

永海はプレイヤーからメモリー・スティックを回収すると、自分の席に戻った。

本多大佐は平静さを保ったままだ。どうやら初耳ではないらしい。他にも二、三人の将軍クラスの者が同様な態度を取っていた。

議長である西沢大将が訊いた。

「さて、皆さんの意見は？」

それをきっかけに疑問が話し合われた。オブザーバーのおれは、黙って聞いている他ない。

以下のような言葉が飛び交った。

「敵の真の目的は何だ？」

「人間のイントロンにＧＯＯが封じ込められていたように、ＧＯＯのイントロンにはさらに別の何かが封じ込められている。これは間違いないようだ。また、それが戦争に勝つための奴らの切り札でもあるらしい。これも間違いないようだ」

「よほどのモノが、連中のイントロンに隠されているに違いない」

「いったい何だ？」

「私に訊かないで。知るわけないわ」

「もう一度、潜入隊を出す必要がある」

「危険だぞ。前回の隊は全滅だった」

「しかし、スティルス・コートはさらに改良されたそうだ。前回よりは安全性は増したという話だ」

「やはり、潜入隊を出して調べさせるしかないか」

「いつにする？」

「失礼。ちょっといいですか？」

本多大佐が発言した。立ち上がり、仏像風のオリエンタルな顔で、外国人将軍たちを見回す。

「聞いてください。……実は現在、ある作戦計画を立案中です。これは潜入作戦も含むものであり、ＧＯＯのスーパーコンピュータを再度調べる任務も、この作戦の一部に加えたいと思っています」

一斉に質問が飛んだ。

「どんな作戦です？」

本多が落ち着いて答える。

「内容は、五日後の最高会議で発表する予定ですし、その前に別の軍事会議も設けてお知らせします。今、詳細を検討しているところですので、それが終わるまでは待ってください。……しかし、今言った通り、この作戦にスーパーコンピュータを調べる任務も組み込めるはずですから、この件は私に一任していただけませんか？」

その後、いくつかの意見が出た。だが、データ不足のままでは対策の立てようがないことは、誰の眼にも明らかだ。

票決が取られた。オブザーバーのおれと技術顧問の理奈は投票権がないので、黙って結果を見守っていた。参加者の過半数が挙手した。本多大佐に一任しようということだ。

「では、他に意見がないのなら、今日はここまでとして……」

西沢大将が切り上げを宣言した。

「これで解散します」

参加者たちは次々に引き揚げていった。いずれも衝撃を隠せない表情だった。眼の焦点が少しボケた感じの顔つきだ。

おれも同じだった。ほとんどの人間が出払うまで、自分の席に座り込んでいた。残ったのはおれと、まだ後片付けをしている最終軍技術顧問だけになった。

おれは立ち上がると彼女のそばに行った。彼女はベッコウ縁眼鏡を外し、エキゾチックな美貌を拝ませてくれた。

「お帰りなさい」と理奈。

「ただいま」とおれ。

「何かご用ですか？　深尾大尉」

「ああ。仕事を終えた技術顧問を自宅まで護衛する任務がある」

7　樋口理奈

冷蔵庫を開けると、キリンの〈完熟もろみ搾り〉とかいう新製品を見つけた。

「これ、もらうぜ」

おれはそう言って、缶を開けバイオテクノロジーの産物を飲んだ。新種ビール酵母（こうぼ）の発酵（はっこう）成分が舌を刺激し、喉（のど）を滑り落ちていく。

背後から糾弾の声が上がった。

「何が護衛よ。人の冷蔵庫を勝手に漁（あさ）る任務の間違いでしょう」

「途中で買うのを忘れただけじゃないか」

おれは振り返る。

カカオ豆のような肌に、ベッコウ縁眼鏡をかけた樋口理奈がいた。オレンジのスパッツにブラウスの格好だ。もう着替えたらしい。彼女の眼は半分は非難、半分は苦笑だ。

「その服、似合ってる」とおれ。

「そう？」

「まだ二〇代半ばで通用するよ」

「ビール代の代わりにお世辞？」

「三〇には絶対見えない」

「あああ。それ口にしないで。聞きたくない。憂鬱（ゆううつ）」

「充分、魅力的だって」

彼女の唇へのピンポイント爆撃を試みる。敵は巧みな回避行動を取った。

「酔っ払い運転で撤退するの？　それとも駐留（ちゅうりゅう）するのかしら？」

「駐留だ」

「不適当な選択」

「これは戦術演習の口答テストかい？」

「酔いが醒（さ）めるまでは、ここにいてもいいわ。でも、泊まるのはだめ。どんなに遅くなっても夜明け前には宿舎に帰ってちょうだい」

「どうして？」

「私がそう言ったからよ」

議論しても無駄らしい。肩をすくめ、引き下がった。

おれと理奈が初めて会ってから、もう五年近くが過ぎていた。いつの間にか時間が接着剤の役割を果たしていた。反目（はんもく）し合っていたおれたちを、くっつけてしまったのだ。

しかし、あまり情熱的な付き合い方ではない。未亡人である理奈はいまだに死んだ亭主の苗字（みょうじ）の樋口を名乗っている。東住吉（ひがしすみよし）区にある理奈のマンションの部屋の片隅にも、彼の写真がある。今はタンスの上で伏せてあるが。

理奈に苗字を変えるように忠告したことは一度もない。

おれだって独りきりの時は、古い手帳を取り出して、それに貼り付けてある透明フィルム入りの知美の毛髪を見つめていることがある。

あれから多くの時が流れてしまった。さまざまな大事件に遭った。多彩なトラブルをくぐり抜けてきた。だが、まだ知美を黄泉の国から呼び戻すことはできないでいる。

あきらめたわけじゃない。いつか必ず、生き返らせてやる。その気持ちは変わっていない。しかし、もう再会できないのかもしれない。その不安に耐えられなかったのも事実だ。

気がつくと、おれは理奈を口説き始めていたのだ。UB化研究のために、年がら年中おれたちは顔を突き合わせていた。彼女が同意するまでたいして時間はかからなかった。

理奈は何か作ると言って、エプロンをつけて台所に立った。おれも手伝うと言ったが、これ以上皿やコップを割られてはかなわない、と断られた。

仕方ないので、おれはピンポイント爆撃をもう一度試みた。今度は命中し、敵は甘ったるい声で陥落した。

居間を見回した。いつもと同じ赤いカーペットにピンクのカーテン、ベージュの壁紙で飾られている。

部屋の隅には水槽がある。水中を、DNA操作されたネオン・フィッシュが数匹泳いでいた。体表の色や模様が一〇秒ごとに変わっている。最近流行のペット兼インテリアだ。

赤いカーペット上に寝そべり、リモコンを手にする。壁の九〇センチ×一六〇センチの鏡が一瞬にして、TVに変わった。

六時のニュース番組らしい。アナウンサーが言う。

『本日、全日本企業連合国家最高評議会に、レイプ犯を去勢する法案が提出されました。……これについて性犯罪評論家の白田氏は、こうコメントしました。確かに前近代的なハムラビ法典流のやり方です。しかし、執行期間後に受刑者を一時的にUB化させて失った一部分を復活させるという刑罰ですから、それほど残酷では……』

次々にチャンネルを変える。ザッピングというやつで、多くの人と同じくこれが第二の習性となってしまった。

放送しているのは、くだらないニュースと子供向けアニメとCMばかりだった。

あるニュース番組では、旧都心部の最前線を取材していた。千葉県浦安市と江戸川区とを隔(へだ)てる旧江戸川を挟んでの激戦が現地録画で伝えられた。泥まみれになった黒人兵士や、イラン人兵士たちがインタビューを受けている。皆、疲れた顔をしている。

『ひどい戦争だ』と黒人兵士。『皆UBだから、そう簡単には死なないさ。だけど、その分、毎日地獄に堕(お)ちているような気がする』

『UBのパワーはアッラーの賜物(たまもの)だ』イラン人兵士が力む。『しかし、勝つこともないし、負けることもない、それが毎日続くだけだ。私はいつになったらメッカに巡礼できるんだろう？』

理奈がパスタやサラダなどの料理を運んできた。テーブルに置く。

バイオテクノロジーはGOOをこの世に呼び出してしまったが、同時に植物工場なども実用化してくれた。おかげで食料の大増産が可能になったのだ。贅沢(ぜいたく)を言わなければ、今のところ飢餓(きが)の心配はない。

おれはTVのヴォリュームを下げる。溜め息をつき、呟(つぶや)いた。

「アッラー……つまり神様は本当にいるのかな？」

「いるわよ。EGODなら、必ずどこかにいるはずだわ」

理奈は眼鏡を外した。学者然とした感じが消えて、混血の美女が出現する。おれは、絶妙なDNAのブレンドを鑑賞した。ずっとと寝転んで彼女を見ていたかった。線の細いイメージの知美とはまったく異質な魅力だ。

「なんで今さらそんなことを訊くの？　EGODは存在しないとでも？」

「ああ」

うなずきながら起き上がる。理奈が酌(しゃく)をしてくれた。

「そういうヴィジョンを観たのはあなたでしょう？　わたしは自分で体験してはいないわ。でも、多くのGOO汚染被害者の体験があなたのと一致しているのよ。三段論法から言えば疑う余地はないわ」

「しかし、裁判長」挙手する。

「どうぞ、原告人」と理奈。

「もしEGODがいるのなら、それに神様が人間の味方なら、なぜ、こんな戦争を何年も続けさせているんでしょうか？　どうして手っ取り早く神様がGOOをやっつけてくれないんでしょうか？」

「それは……人間の自業自得かもしれないわね。ＥＧＯＤがＧＯＯをイントロンに封じ込めた。なのに、人間がそれを呼び出してしまったんだから……」

「しかし……おれにはまだ納得がいかないんだ」

「何が？」

「神様が人間にＮＣＳ機能、超電導神経を与えたっていう話さ。『キリンの首がなぜ伸びたか？』の謎と同じで、神様がお膳立てした進化のミステリーの一つだと、君は言ってたよな」

「ええ、そうよ」

「そうなんだけど……どうもおかしいんだ。だってそうだろう？　これじゃまるでＥＧＯＤは、人間とＧＯＯを戦わせて楽しんでいるみたいだと思わないか？」

ＴＶの画面を指差す。ボロボロになったディフェンダーたちが、負傷兵らを運んでいた。兵士たちは片腕や片足がなく、ＧＯＯの斧で切り取られた四肢を自分で抱えている。いくらＵＢでも、あれでは回復まで相当時間を要するだろう。

「……人間をスーパーマン化して将棋の駒にして神様は遊んでいる、というふうに見えないか？　確か子供の頃、読んだマンガにそんなストーリーがあったぜ」

それは指揮官ゆえに戦場では口にできないセリフ、弱気なセリフだ。だが、いつも頭から離れないセリフだった。

「神様っていう言葉だと、宗教的なカラーがついちゃうから、それで誤解しやすくなるんじゃないかしら？」

理奈が答える。眼鏡は外しているが、学者的な雰囲気に戻っている。

「神様じゃなくて、ハイレベルな知性体というイメージでＥＧＯＤを捉えるべきだわ。そのハイレベルな知性体の意図というものをローレベルの私たちが理解できるかどうか、それを考えてみるべきよ」

「ゼンイズム、Ｑ＆Ａ」

「え？」

「つまり禅問答さ」

たいしておかしくもなかったが、おれは笑った。

「要するに何も分からないんだろ？　素直にそう言えよ。技術顧問」

「ええ、そうよ。大尉殿」

理奈はあっさり降伏した。肩をすくめてみせる。

「なぜＧＯＯを人間のイントロンに封じ込めたのか、なぜ人間に超電導神経細胞を与えておいたのか。何か私たちには理解できない理由から、そうしたのかも……」

おれは天を見上げて言ってやった。

「こら、神様。見物ばかりしてないで、さっさと降りてきやがれ」

「なぜ、天井に向かって言うの？」

「じゃ、地面の下か？」

「知らないわ」

「やい、ＥＧＯＤ。今どこにいやがる？　答えろ」

赤いカーペットにそう言った。

理奈は大人同士の会話に乱入してきた子供を見る眼で見ていた。

「もう酔ったの？」

「まさか、このくらいで」

ビールをあおった。心地（ここち）よい熱さがみぞおちの辺りから上昇してくる。アルコールがおれを饒舌（じょうぜつ）にしていた。

「ちょっと考えたんだが……例えばダーウィンが、この現状を見たら心臓麻痺を起こすだろうなってね。神様に進化を操られた結果、おれたち人類がここにいるっていうのが、今じゃ定説になりつつあるもんな」

「ええ、それはまちがいないわ。〈ウイルス進化説〉は以前からあったけど、ＥＧＯＤがウイルスを操っているとすれば、いろいろな辻褄（つじつま）が合ってくるもの……」

「ふうむ……」喉の辺りを掻（か）く。

ダーウィンは〈進化には目的も計画性もない。突然変異したものが環境に適応できれば生き残るし、適応できなければ死滅する〉と主張した。これを発展させた〈ネオ・ダーウィニズム・総合進化説〉も、それに従っている。

だが、化石を調べると生物の進化は、より高度で複雑な機能を持つ生物を造り出そうという目的があり、それに従って進化しているとしか思えない証拠が多数ある。そのため反ダーウィン主義的な定向進化論が一九七〇年代から花盛りになった。つまり、〈進化とは、より高度な機能を得ようとする目的に従っている〉という立場だ。

定向進化論の一つが〈ウイルス進化説〉だ。進化はウイルスによる病気だというものだ。ウイルスに感染した動物や人は、あるものは病気になって死に、あるものは免疫を得て生き残る。この免疫が次の進化をもたらすという説だ。

特にレトロウイルスという種類のウイルスは、他の種のDNAプログラムを盗み出して別の種に逆転写、つまりコピーし、プログラムの改造を強制的に行わせる。これが遺伝子レベルからの進化の原因になるという考え方だ。

生物自体に、より高度で複雑な機能を得ようとする内発性があり、それをレトロウイルスの逆転写機能がサポートするのではないか、と考えられている。つまり〈ウイルスは進化のための道具であり、ウイルス性の病気はその副産物で必要悪だ〉という結論だ。

……以上は理奈からの受け売りで、今も彼女はそれについて一席ぶっていた。

「……だから、EGODが、その進化の内発性やレトロウイルスの機能を造り、それを通じて進化を操っているんでしょうね」

理奈は話をやめて、おれを凝視した。

「ねえ、ちゃんと聞いてるの?」

「聞いてる。だけど、それだと今日の会議で聞いた話だって……」

理奈が顔色を変えた。

「声が高いわ。それはまだ機密よ」

「聞こえやしないって。GOOのイントロンにも何か隠してあるらしいんだろ。それもEGODの仕業なのかな? でも、だとしたら何のために?」

「さあ、それは分からないわ。そもそも何が隠してあるのかも分からないんじゃ、推測のしようがないし……」

少し白けてきた。会話に空しさを覚えて、二人とも黙り込んでしまう。こういう話は脳細胞のレクリエーションにはいいのかもしれない。だが、同時に自分がウイルス並みに矮小な存在に思えてくる効果ももたらす。

ちょうどアルコールが血管を拡張させてきたせいもあり、堂々巡りの議論も自然にピリオドが打たれた。その後は、会話の要らない状態になった。ボディ・ランゲージ・モードに移行したのだ。シャワーを浴びると、ベッドにもつれ込んだ。詳しい内容は省略する。

おれは言った。

「やっぱり帰るのはやめた。久しぶりに会えたっていうのに、何で間男みたいにコソコソ宿舎に帰らなきゃならないんだ?」

「だめよ！」

理奈はいきなり、おれを押しのけた。

「帰って！　わたしは眠る時は一人きりになりたいのよ」

「なぜ？　そんなにイビキがひどいかな？」

理奈は顔をそむけた。答えない。

「何だよ、返事しろよ。今までは泊まってても別に何とも言わなかったくせに。なぜ、だめなんだ？」

理奈は無言行を続けることに決めたらしい。おれにはEGODの意図と、女性の心理は永久に理解できないようだ。

「そうかい、分かったよ」

仕方なく立ち上がった。身支度する。一張羅のグリーンの制服に袖を通した。

「帰れって言うなら帰るけど……」

相変わらず彼女は無言だ。

「まだご機嫌斜めか？　なぜだ？」

返事なし。おれは帰りかける。足が止まった。気が変わったのだ。

「やめた」制服のボタンを外す。「もう面倒くさい。やっぱり泊まっていくぞ」

ふいに、理奈が言った。

「知美さんて誰なの？」

おれの心臓がクエンチを起こした。焼き串を刺されたみたいに内側から燃え出す。

沈黙はやけに長かった。

やがて、理奈がそれを破った。

「もう亡くなった人の名前よね。さんざん寝言で聞かされたわ。よほど大事な人だったのね。私はその人の代わり？　それだけのことだったの？」

深呼吸して答える。

「君と、知美は全然ちがう。……君こそ、どうなんだ？　おれは、亡くなったご亭主の代わりか？」

「うぬぼれないで！」

枕が飛んできた。正確なピンポイント攻撃で、おれの顔に命中した。床に落ちる前にキャッチする。

「あなたと透さんとじゃ比べものにもならない。あなたときたら我がままで、石頭で、ボケナスで、自殺願望がどこかに隠れているダーティハリー症候群よ。あなたが最前線に出撃するたびに、ここに独りで取り残される私がどんな気持ちか、分かる？」

「それが仕事なんだから、仕方ないだろう。ＧＯＯとの戦争そのものは、ずっと小競り合い状態が続いているだけだが、放っておけば奴らは領土を拡(ひろ)げにかかる。誰かが戦うしかないんだ」

「その通りよ。でも、あなたは毎回毎回、危険な任務ばかり志願してるっていうじゃないの。それを私が知らないとでも思ってるの？」

　おれは枕を握りしめていた。急に自分がひどい背信行為を働いてきたような罪悪感を覚えた。何も言えず、突っ立っていた。

「こっちはビクビクしてるのよ。これっきり帰ってこないんじゃないかって。こんな思いをするのは、もうたくさんよ！　その上、寝言で他の女の名前！　冗談じゃないわ！」

　おれは理奈のマンションを後にした。ハンビーを通天閣(つうてんかく)の方向に走らせる。脳細胞のすべてが負電荷を帯びているような気分だった。これを鎮静(ちんせい)させるには大量の古典的発酵飲料(こてんてきはっこういんりょう)が要るだろう、と誰かが耳元で囁(ささや)いた……。

8　スティルス・コート

　翌朝、いや翌昼。

　おれは最終軍総司令部に出勤し、書類整理などを始めようとしていた。

　場所は二〇メートル四方ぐらいの士官用オフィスだ。普通の企業とさほど違わない光景だ。士官たちが音声認識ワープロに向かって報告書などを吹き込んでいる。

　ＪＴでもパソコン操作は可能だが、誰もそれはやっていない。ＪＴを使うにはＵＢ化しなければならない。だが、二四時間ＵＢの状態だとアンタイオス・シンドロームになりやすいのだ。

　人間の脳は、地磁気から遮断(しゃだん)された状態が長時間続くと調子を崩してしまうのだ。パソコンやＦＡＸだらけのオフィスでは、電子機器が発する電磁波で地磁気が遮断されて、ビジネスマンやＯＬが精神的不調を訴(うった)えることが、八〇年代から報告されていた。それがアンタイオス・シンドロームだ。

　ＵＢの場合、脳細胞が超電導化するためマイスナー効果が発生して地磁気を弾き返してしまい、同じことが起きやすい。

　だから、士官たちは音声認識ワープロを使っているのだ。だが、時折、隣の者の声がマイクに入ってしまい別のトラブルが発生する。

「声がでかいぞ、邪魔だ！」

「おのれの声の方がでかいやないか！」

「おれの報告書に大阪弁を入れるな！」

「今は大阪ＤＣが日本の首都や。大阪弁かて今に標準語になるわい。くやしかったら東京、取り返してみぃ！」

　関東と関西の対決が、おれのワープロの画面にまで表示されてしまい頭痛がしてきた。いや、これは二日酔いのせいか。

　背後から言われた。

「十一時出勤。いいご身分だな」

　振り返ると、永海がいた。黒縁眼鏡の奥にある眼は皮肉をたっぷりたたえている。銀色のライターでセブンスターに火を点けた。

　おれは肩をすくめる。

「ちょっと戦場疲れが出まして……」

「その顔色は二日酔いだ。……まあ、いい。来いよ。見せておくものがある」

　永海はおれを技術開発部特別区画に連れていった。本来、おれの資格ではここには入れないのだが、永海が許可を取ってくれた。

　衛兵二名が敬礼で迎えてくれた。最初のドアをくぐった。二つ目のドアの脇にある指紋チェックボードに、永海が親指を押しつける。ドアが開いた。

「君のも記録に付けるんだ」

　言われた通り、親指をチェックボードに押しつける。

　二重ドアをくぐると、そこが特別区画だった。

　一瞬、とまどう。照明を落として暗くしてあったのだ。天井の蛍光灯は全部消してある。

　二〇メートル四方ほどのスペースだが、出入口から遠い方の壁際にライトが五、六本あるだけで、それも一本しか点けていない。数人の技術者たちと、いくつもの機材群が逆光でシルエットに見えた。

「何です？」

　永海は肩をすくめるだけで答えない。

　シルエットの一人が、おれに敬礼した。

「大尉、遅かったですね」聞き覚えのある我が副官の声だった。

「嶋田か？　なぜ、ここに？」

「本当は大尉と一緒に見せてもらうはずだったんですがね。大尉が遅れてたんで、とりあえずぼくらが先にということになったんです」

「で、見せたいものって何です？」

嶋田のシルエットが低い声で笑った。振り返ると、永海もニヤニヤ笑いを顔に張り付かせている。

「何か企んでるな」

ふいに視界が遮断された！　眼前の空中に人間の手首から先だけが現れたのだ！

こういうイタズラだろうと半ば予想していた。しかし、戦場で錬磨(れんま)された反射神経が考えるより先に発動していた。その〈手〉を掴み、ねじって関節技をかけた。

悲鳴！　続いて空中に、河田貴久夫曹長の顔と右腕だけが現れる。だが、その他の胴体や足などは透明化していて見えない。その付近の空間に光のモアレ模様が走りだした。

「タンマ！　放してくださいよ。大尉」

「何だ、こいつは？　はて？　おれの部下そっくりの顔をしているが。いや、きっとGOOに違いない。こんなところに忍び込んでやがったか」

「いてて、冗談きついぜ！」

解放してやる。

首と腕だけの河田曹長は溜め息をつき、何かを脱ぐような動作を始める。やがて、透明化していた彼の上半身が空中から出現した。だが、下半身はまだ透明なままだ。だから、彼の上半身だけ空中に浮いているみたいに見える。理性が地滑(じすべ)りしそうな光景だった。

河田は苦笑いして、

「しかし、こりゃ面白いな」

彼は大きな鏡の前に移動した。上半身だけが宙を漂っていくように見える。下半身が透明化している自分の姿を鏡に映して喜んでいた。

「これがあれば、イタズラやり放題だ。女子大の寮に忍び込むのもわけないし……」

河田は笑った。彼はどこにでも侵入(しんにゅう)する男で、気がつくと士官クラブで雀卓(じゃんたく)を囲んでいたりする。とうとう、この特別区画にも入り込んでしまった。

おれは苦笑して言った。

「やっぱり、こいつには教えない方がよかったんじゃないかな？」

「勝手に持ち出したりするなよ」永海も苦笑いして言った。「ロシアン・セーブルの毛皮のコートより値が張るんだとさ」

それがスティルス・コートだった。着用した者は、透明人間の状態になれるのだ。

唐突に室内が明るくなった。ライトが次々に点灯したのだ。三本のライトが、おれたちを照らす。

技術将校の三浦少尉が片手にリモコンを持って、こっちに歩いてきた。彼がそれで照明を操作したのだと分かった。

三浦少尉は小柄で、おとなしそうな顔にボストン眼鏡をかけた男だ。彼を見ていると、何となくかつての親友、阿森則之を連想してしまう。

「ようこそ、チェシャ猫研究室へ。カメレオン・スティルス・コートＣＳＣ２０００。出来立ての最新型をご紹介しますわ」

三浦は大阪弁で言い、上半身だけの河田に片手を向けた。

「……どないです？　今、夕暮れぐらいの明るさですけど、まだ完全透明状態を保ってます。大変な進歩ですわ。ビーバー６分隊が使ったＣＳＣ１８００は夕暮れ程度の明るさでも歪みが出ましたけど、これはその程度の明るさだったら、まず見えまへん」

「さらに明るくすると？」

三浦がリモコンを操作した。六本のライト全部が点灯した。昼間に近い明るさだ。

さすがに透明感が一〇パーセントほど落ちた。河田曹長の下半身が存在する空間に、陽炎が発生したような感じになり、その向こうの光景が歪んで見える。コートの輪郭が、おぼろげに浮かび上がっていた。

三浦少尉は残念そうに首を振った。

「真っ昼間はまだ使えまへん。たぶん、永久に無理かもしれまへんわ。真っ昼間に透明化するとなると、まったく別の角度からの技術的ブレイク・スルーが要るやろうなあ」

カメレオン・スティルス・コートＣＳＣ２０００は、バイオテクノロジーとＪＴ効果（ジョセフソン・テレパシー効果）の複合製品だった。

コートの素材は、カメレオン・ロドプシンという新型の人工タンパク質だ。

ロドプシンとは、眼の網膜（もうまく）にある光受容体タンパク質（感光タンパク質とも言う）だ。これは光を受けるとタンパク質構造が変化し、細胞膜の電位を変化させて、視神経へ電気信号を送る。それを大脳後部の視覚野が情報処理して、我々は視覚映像を得られる。

つまり、普通のロドプシンは〈光↓電子〉という風に情報交換する性質を持っている、ということだ。

カメレオン・ロドプシンの場合は周囲の光に瞬時に反応して、それと同じ色の光、同じ映像を再生する性質を持っている。カメレオンの皮膚が保護色に変化するのと同様に、瞬時に周囲の景色を映し出すわけだ。

つまり、カメレオン・ロドプシンの場合は、〈光↓電子↓光〉という二段階変換方式となっている、ということだ。

この新型タンパク質はバイオ・コンピュータでもあるため、その辺も利用してある。

まず、二段階変換の第一段階の後、光が電子に情報変換された時点で、組み込まれたプログラムＡが作動する。変換されたばかりの電子情報をコートの反対面へ、ＪＴ効果により送信してしまうのだ。

そして第二段階の電子を光に変換する時点で、やはり組み込まれたプログラムＢが作動する。反対面から送信されてきた電子情報のみを選別して、それを光に変換するよう設定してあるわけだ。

これを三六〇度全方位で行うと、どうなるか？　あたかも〈光線が、スティルス・コートの着用者を素通りしたような効果〉すなわち〈透明化〉が実現するのだ。

嶋田少尉が言った。

「ぼくにも貸してくれ」

河田曹長がリクエストに応えてコートを脱いだ。彼の全身が出現する。嶋田に手渡した。電源ＯＮの状態で折り畳まれたスティルス・コートは、実に不可思議な素材に見えた。柔らかな光の切れっ端（ぱし）と言おうか、天の羽衣と言おうか、アニメーションの透過（とうか）光効果と言おうか、とにかく形容詞に困ってしまう。この世のものとは思えない。

今度は嶋田少尉が着た。彼の姿が空中に溶け込んでいく。何らかの薬品がスプレーされて、肉体と衣服が塗り潰されていくような眺めだった。嶋田の首だけが宙に浮いた感じで残る。

「なかなか快適ですよ」と嶋田。「でも、自分自身には、自分の身体は透明には見えないんですね」

「ん？　どういうことだ？」おれは訊く。

「これの欠点は」と三浦。「コートを真上から見下ろされた場合ですねん。ちょっと、それに乗って見てください」

　空中に浮かんでいる嶋田少尉の首のそばに、踏み台がある。おれはそれに上って、嶋田の首を見下ろしてみた。

　とたんに、嶋田少尉の全身が見えた。彼がグリーンの制服を着て、胸に略式勲章(リボンバー)をつけているのが確認できた。この角度からだと、彼は肩にビニール・コートを羽織(はお)っているようにしか見えない。カメレオン・ロドプシンは、保護色機能や透明化機能が働かない時はビニールそっくりの素材でしかないのだ。

「デザインがコートの形だから、真下はカバーしてまへん」と三浦。「だから、床や地面から来る光、映像は捉えられないんですわ。それをやるとなると全体をボールのようなデザインにして、その中に入ってボールを転がしながら進むことになります。でも、それだとすぐにコート自体が汚れて、無意味でっしゃろ」

「つまり、このコートを着て真っ昼間にビルの谷間を歩いた場合は、地上にいる見張りはある程度ごまかせるが……」

「ビルの二階以上の窓から見下ろした者は、戦場でビニール・コートを着ているマヌケを簡単に発見できますわな」と三浦。

「他には？」

「激しい動きはあきまへん」と三浦。「電気的誤信号(グリッチ)が発生して、表面が光のモアレ模様だらけですわ。それが収まるまで一秒かかります」

　三浦はテーブルからコートの一部を取り上げた。

「もう一つ手品があります。よう、見とくなはれ」

　厚手のビニールのような素材をカッターナイフで切り裂く。一〇センチほどの裂け目ができた。

　数秒間は何も起きなかった。やがて、裂け目の両端に異常が生じた。UBの身体からも分泌(ぶんぴつ)されるカルスが出現したのだ。半透明のゲル状細胞。それが変化して裂け目を修復していく。二〇秒ほどでナイフで切り裂いた跡は消滅した。

「こいつは半分、生きてますねん」

「これなら継ぎ当ても要らないわけだ」感心して、おれは首を振る。

次は嶋田に代わって、おれが魔法のコートを肩に羽織ってみる。本人の眼には自分の身体は透明化しないというのは本当だった。スティルス・コート越しに自分の身体が見える。真上から見下ろしているからだ。

しかし、正面にある大きな鏡を見ると、おれの首だけが宙に浮いていた。

鏡には中腰のポーズで覗き込んでいる永海も映っている。透明化したおれの胴体を通して、自分の姿を眺めているのだ。

「眼がおかしくなりそうだな」

永海は言った。黒縁眼鏡の位置を手で神経質に修正している。

「ほとんど透明だ。だけど、さすがに足元の辺りはレンズがあるみたいに歪んで見えるが……」

「それは見下ろす角度のせいですわ」と三浦。

おれはうなずく。

「つまり、おれたちに潜入任務をやらせたいわけだ。これを見学させるということは……」

「ああ、その可能性があるらしい」

「やっと来たか」

武者震(むしゃぶる)いに似たものを感じた。今まで潜入任務をずっと志願していたのだ。だが、全部却下されていた。

おれは、CSC2000を脱いだ。鏡に映る自分の姿が変化する。首から下が出現した。

「君も変わってるよ」と永海。「なぜ、GOOの領土なんかに行きたがるんだ?」

「もちろん、奴らの弱点を知るためですよ。奴らを全部まとめてロケットで打ち上げて、太陽にでもぶち込んでやりたいからですよ。……でも、今まで全部却下されていた。なぜですか?」

永海は首を振り、立ち上がった。

「私より上の連中の考えさ。君の利用価値を最大限引き出そうとしているんだろう」

上層部には何か思案があるらしい。まあ、おれの知ったことではないが。

おれが潜入任務を志願している本当の理由は、完全クローン製造法を手に入れたいからだ。それで知美を蘇らせたい。まだ、それをあきらめきれないのだ。

ふいに、昨夜の理奈とのケンカが想起された。わたしはその人の代わり？　ただそれだけのことだったの？

そのセリフがまだ体内のどこかでクエンチによる高熱を発生させていた。理奈の質問に、おれはノーと言えなかった。イエスとも言わなかったが。

今また、おれは危険な任務を引き受けようとしている。もう、理奈との関係は終わったのかもしれない。公務で顔を合わせることはあっても、以後は会釈し合うだけでそのまますれ違うだけの状態に落ち着くのかもしれない。お互いに、その方が傷跡が深くならなくていいのかもしれない……。

ふいに強い光源が出現して、室内が明るくなった。悲鳴が上がる。

「分かった！　やめてくれ！　頼む！」

振り向くと、若い技師の一人がそう叫んでいた。

技師の正面には河田曹長がいた。彼は片手に裸電線、片手に電球を持っている。電球がもの凄い輝度で光っていた。河田は自分の身体に電流を通しているのだ。

おれたちは言葉を失い、唖然とその有様を見ていた。たぶん、口が半開きの状態だっただろう。その表情が強い光で照らされていたはずだ。

「あと五秒」と河田。「四…三…二…一…ゼロ！」

河田は裸電線を離した。電球が消える。

彼は電線を握っていた手を振ってから、深々と吐息をついた。笑みを浮かべる。頬の傷跡が凄みを演出していた。

「おれの勝ちだぞ。よこせ」

河田が手を差し出した。

「わ、分かった」

若い技師は恐怖の表情で何度もうなずいた。財布から紙幣を出して河田に渡す。

「ま、まさか、ほ、本当にやるなんて……」と技師。

「なんの騒ぎだ!?」と永海。

おれは体内に疲労物質が溜まるのを感じた。溜め息と共に肩の線が下がっていく。

「あいつの悪い癖です。危ないチキン・ゲームばかりやりたがるんだ。高圧電流に十秒耐えられるか、クエンチに三分耐えられるか、コップ一杯のドライアイスを一分で食えるか……」

紙幣を見せびらかしながら、河田が、おれたちに言った。

「昼飯、何にします？　おごりますよ」

「いいかげんにしろ！」おれは怒鳴った。「マゾヒストか、おまえは！　そのうち死ぬぞ」

河田には効果はなかった。へらへら笑って答える。

「どうせ、また最前線に出るんじゃないですか。どこで死んだって同じことですよ」

「なんちゅう無茶な奴や」と三浦少尉。眼が限界まで見開かれている。

河田には反省の色はなく、またスティルス・コートを着込んでいた。首だけが宙に浮いている状態を鏡に映して、楽しんでいる。

「おい、大丈夫か？」永海が小声で訊いた。「君が以前から選んでいたメンバーだから、スティルス・コートも見せたんだが……」

「ええ。でも、ドブネズミ小隊にはあいつの代わりが務まりそうな奴が他にいないんですよ。敵の領土のど真ん中に小人数で潜入すると聞いただけで、小便ちびりそうな肝っ玉の小さい連中ばかりで……」

おれも言葉を濁す。

河田曹長には同情すべき過去があった。ＧＯＯが引き起こした〈生物災害〉のせいで、恋人、親友、親兄弟、親戚係累に故郷、要するに何もかもすべてを失ってしまったのだ。それが危ないギャンブルへの動機になっているのかもしれない。

もっとも、あまり人のことをとやかくは言えない。今、思い返してみると、過去おれも相当異常な行動を取っていたようだから。

自問してみた。おれは指揮官として河田貴久夫曹長を連れていくべきか、他のメンバーを探すべきか。最適の選択はどっちだろう？　微妙な戦術演習だった。

9　最高軍事会議

雨が降り続いている。窓ガラスの表面も滝のようで、視界は最悪だ。この大手前合同庁舎からは、いつもなら大阪城と西の丸庭園の眺望（ちょうぼう）を楽しめるのだが、今はどちらも濃い灰色の影と化していた。

この様子では、各地で床下浸水の被害が報告されることだろう。GOOだけでも厄介なのに、この上自然災害まで背負い込みたくはないものだ。憂鬱（ゆううつ）も一緒に頭上に降り注いでくる。

おれは大会議室にいた。今日はお待ちかねの最終軍、最高軍事会議だ。

部屋は前回の会議室より広く、一〇×二〇メートルぐらいで、黒の会議卓がコの字形に並べてある。ライト・ブラウンの革張り椅子が四〇脚ほどあった。

この大会議室には大型モニターが三つあった。一つは上座正面で主席の椅子の後ろ。あと二つは通路側の壁と、主席の椅子から見て真向かいの壁だ。

出席者の顔ぶれは、まず前回の軍事会議にも出席した大将から大佐までの軍人、二〇名だ。彼らはおおむね通路側の席だ。この中には、もちろん本多大佐、永海大佐もいる。

次に、全日本企業連合国家の最高評議会メンバー、一五名。彼らはおおむね窓側の席だ。朝蕗（あさぶき）電機、朝蕗工業、朝蕗生化学の各社長や、朝蕗グループの会長など財界の大物がいる。いずれも恰幅（かっぷく）のいい体格を上品なスーツで包み、ビジネスマン向け月刊誌の表紙みたいな顔をしていた。

そして最高評議会メンバーの主席が会議卓の上座正面にいる。そこに座っているのは誰あろう、御藤浩一郎（みどうこういちろう）だった。

御藤は、かつて遺伝子操作監視委員会委員長で、防衛省副大臣だった男だ。彼は首都圏壊滅後に生き残った唯一の元閣僚であり、保守党の若手代表だったのだ。

彼より目上の政治家が一人もいなくなってしまうという未曾有（みぞう）の緊急事態によって、スライド式に彼が日本の最高権力者の地位を得てしまったのだ。

五十歳を過ぎた御藤は、オールバックの頭も銀髪になり、顔も皺（しわ）が増えていた。以前は二枚目代議士の代表格だった。だが、今は往時のマダムキラー風の容貌（ようぼう）は見る影もない。この五年で一五年分は老け込んだように見える。

それも無理はない。今や東京はなく、米露中国などの超大国も消滅したも同然だ。そんな二一世紀の世界を再編するという大事業を突然、背負わされてしまったのだ。しかも、GOOとの戦いは果てしなく続いている。こんな状態で政権担当者になったら、精気のある顔など保てるわけがない。

重要な意思決定にまつわるストレス、内外からの批判。御藤浩一郎は精神も肉体も、今やトキシンに冒された細胞同然ではあるまいか。だが、今の彼はまだ眼光にだけは強靭な知性を残しているように見えた。

ちなみに、全日本企業連合国家は、あくまで暫定政府である。GOOが引き起こした〈生物汚染〉により、元首都圏が壊滅した時、国会も内閣も官庁も機能を停止してしまった。代わって、現臨時政府が指揮を執ることになった。対GOO戦争が終わるまで、この臨時政権は続くことになっている。

他の出席者は、科学技術顧問が三名。その中に樋口理奈もいる。彼らは窓側の末席だ。

そして、おれは例によって最下位のオブザーバーとして通路側の末席にいた。

理奈は、おれから見て斜め右向かい側の席にいる。彼女はさっき、おれに対して硬い表情で目礼しただけだった。会うのは五日ぶりで、その間お互いに電話もしなかったのだ。

理奈はおれから顔をそむけている。意識的にそうしているのは明白だ。浅黒い肌が、今はドライアイスで出来ているように見える。

おれの視線が自然に下がってきた。あらためて喉の辺りに罪悪感という奴がベルベリンのような苦みを伴って、こみ上げてくる。おれは、彼女を知美の身代わりとして利用していたのか？　要するに理奈ではなく他の女でも事足りたのか？　それだけだったのか？

「……では始めましょうか」

御藤主席の声がした。俯いていたおれは、慌てて顔を上げる。

窓のブラインドが自動的に下りた。雨空を隠してしまう。間断のない水のホワイトノイズもヴォリュームを下げた。

御藤が喋り出す。

「……ずいぶん長い間、私たちは苦難の時を過ごしてきました。しかし、今日は朗報をお伝えできるようです」

驚いたことに、御藤は笑顔を浮かべていた。ここ一、二年はなかったことではないだろうか。

御藤はやや間をおいて言った。

「私たちはつい先日、画期的な新兵器を手に入れました。この戦争を終結に導ける細菌兵器です。これは人類には無害ですが、GOOを短時間で絶命させる効力があります」

大会議室に、ざわめきのビッグ・ウェーブが走った。最高評議会メンバーたちの多くが、眼を真円になるまで見開いていた。きっとおれも同じ表情だっただろう。

だが、本多大佐、永海大佐らは平静さを保っていた。気がつくと、理奈ら技術顧問の三名も同様だ。彼らはまったく口が堅い連中だ。知っていながら、今までおれには教えてくれなかったのだ。

御藤が続ける。

「しかし、これは応用の仕方によっては、日本人には無害だが、他の人種には致命的という細菌兵器が造られる可能性があります。もちろん、その逆、つまり日本人だけを選択的に殺す細菌兵器が造られる可能性もあるのです。GOOを全滅させたとしても、その後、極右の人種差別主義的テロリストが、この細菌兵器を改造し、悪用することも充分に考えられるのです。

「核被害を免れた中東や、アジア各国ではいまだに人間同士の紛争があり、その他の地域でも政情不安な状態が続いている。情けないが、それが世界の現状です。

「どんな兵器も、両刃(もろは)の剣であることを我々は肝に銘じなくてはなりません」

御藤がまた深呼吸した。

「……その上で、この最新兵器を使用することを前提にした《GOO殲滅(せんめつ)作戦》、暗号名《指輪作戦》を皆さんにお伝えします」

10 《指輪作戦》

「では、樋口さん、お願いします」

御藤がそう促(うなが)し、理奈が立ち上がった。彼女は資料の類(たぐい)を持って、上座の窓側に当たる部屋の角に行く。そこにある書面台に書類を載せ、メモリー・スティックをプレイヤーに差し込み、準備した。マイク・スタンドを自分の口元に向ける。

全員が、ベッコウ縁眼鏡をかけた褐色の美女を注視している。おれもそうだった。対GOO戦争に終止符を打てる可能性があると聞かされたら、誰でもそうなるだろう。室内の空気が極地のそれのように凍てついたようだった。

　理奈はその雰囲気に呑まれたりはしなかった。よく通る声で喋り出す。

「私たち、最終軍第一技術課スタッフは、対GOOガン・ウイルスの開発に成功しました。GOOだけに感染し、驚異的なスピードでガン細胞を増殖させるという特徴を持っています。しかし、これはウイルスだけでは感染しにくいため、大腸菌K30株という細菌を媒介物、ベクターとして使用します。むろん細菌、ウイルス共に人類には無害です。

「これを開発した功労者は、私たちのスタッフの御藤麻里さんです。しかし、本人は過労のため、昨日から入院しておりまして、今日は欠席しています。そこで私が代理で説明します。

「……私たちは、このウイルスをネクロノミコン・ウイルスと名付けました。ネクロノミコンとは、クトゥルー神話に登場する古文書の名前です。化け物についての知識が記されており、化け物を封じ込める呪文なども書かれている、とされています……」

　理奈がプレイヤーを操作する。

　大会議室内に三面ある大型モニターにビデオ映像が出た。

　画面に透明アクリルの立方体ケースが映った。大きさは一辺が三〇センチぐらいだ。

　その中に何かの細胞群が入っている。ケースの底はピンクの選択培地で覆われており、細胞はそれから栄養を得ているらしい。

　細胞群は六角星形に似た形で直径一〇センチ、厚さ三センチぐらいだ。不気味な感じで蠢いている。色も絶えず変化していた。ピンクから、徐々に鮮血に似たクリムゾン・レッドになっていく。

　理奈が説明する。

「ダゴンというGOOから採った細胞の一部です。選択培地はPH12のアルカリ性です。これだとGOOの細胞も増殖はできません。これにネクロノミコンF型ウイルスをエアガンで注入します」

カットが変わり、画面にはグレーのエアガンと、その弾丸が映った。弾丸は先端に穴があり、そこにネクロノミコンＦ型ウイルス入りの大腸菌溶液をスポイトで入れ、ごく薄い金属で蓋をした。

立方体ケースに小さな穴があり、その蓋が外された。弾丸を装填したエアガンの銃口が、その穴からダゴンの細胞群に狙いをつける。

発射。着弾のショックで細胞群の中央部が一瞬へこむ。それから数秒ほど動きが停止した。やがて、また蠢き始める。特に何の影響もないように見えた。

だが、十数秒後、異変が始まった。細胞群が風船みたいに膨れ上がり始めたのだ。ＰＣＲ法で増幅されるＤＮＡ群さながらだった。最後には直径二〇センチほどの不気味な肉団子になった。どす黒く変色している。そのまま生気を失い、動かなくなった。

ビデオ映像を観ていた会議参加者たちから、吐き気を堪えているような呻き声がした。確かに食欲を減退させる映像だった。室内にざわめきが起こる。

「これはまた何と言うか……」

「うちの女房にも見せたいね。ダイエット効果満点だな」

不快感を和らげようと誰かがそんなジョークを飛ばした。

ざわめきが収まったところで、理奈が言った。

「ご覧の通り、ＧＯＯに対しては必殺兵器です」

そして彼女は次々にモニターに映像や図を表示しながら、詳しい説明を始めた。その内容を大雑把にまとめておこう。

アメリカのＪ・ビショップとハロルド・バーマスは、画期的な研究成果により一九九〇年のノーベル医学賞に輝いた。

すでにガンはガン・ウイルスによって起こることが定説になっている。ビショップとバーマスの二人は、ガン・ウイルスが持つガン遺伝子は、人間の正常な細胞のＤＮＡ情報の一部をコピーしたものであることを突き止めた。

ガンを起こすＤＮＡ情報は、もともとは正常な細胞に欠くことのできない増殖プログラムだったのだ。それを宿主からコピーして持ち運んでしまったのがガン・ウイルスなのだ。そして新しい宿主のＤＮＡに増殖プログラムを再度コピーしてしまう。このよけいなコピーによって細胞の機能が狂い出してガンの原因となるのだ。本来なら正常な増殖プログラムが、よけいなコピーのせいで、自滅プログラムに変わるという仕掛けだったのだ。

つまり、この原理を応用すればＧＯＯにガンを起こさせる対ＧＯＯガン・ウイルスを造ることも可能だということだ。その方向に沿って実験研究が進められた結果、ついに、人間には無害だが、ＧＯＯを短時間で絶命させるネクロノミコン・ウイルスが完成した。

このウイルスには即効性のネクロノミコンＦ型と、遅効性のネクロノミコンＬ型の二種類がある。実験では、ネクロＦの場合は注入して十数秒でＧＯＯの全身が膨脹して死ぬことが確認されている。ネクロＬは、約十時間かけてＧＯＯの体力を徐々に奪い、死に至らしめるという。

理奈の説明を聞きながら、居並ぶ評議会メンバーたちは盛んに驚きや感心の声を発していた。

一方、将軍たちはうなずくだけだ。どうやら、すでに別の秘密会議の席上で知識を仕入れた後らしい。

「では、兵器としてもすぐに実用化可能だと？」

朝蕗学が訊く。朝蕗グループの会長だ。

「はい」と理奈。「すでにバイオリアクターで大量生産を行っています。何しろウイルスも媒介物の大腸菌も人間にはまったく無害なものですから、Ｐ１レベルの施設でいいのです。つまり、その辺の小学校の理科室で量産可能だということです」

また感心の声が上がる。だが、今度のそれには喜色が混じり始めていた。

「ですが……ネクロノミコン・ウイルスには一つ欠点があります。空気感染しないのです。一般的なＢＣ兵器、生物化学兵器の多くは毒ガスや空気感染する細菌を飛行機でばらまいたり、ミサイルで敵の領土に射ち込む形で使われます。しかし、ネクロノミコン・ウイルスはそういうわけにはいきません」

「つまり」と朝蕗学。「さっきのビデオで観たように、銃弾に詰める方法しかないと？」

「いいえ」と理奈。「経口感染はします。つまり、飲料水や食料に混ぜて、ＧＯＯに摂取させれば効果は同じです」

理奈は画面の映像を消し、ビデオデッキからメモリー・スティックを回収した。

「私からは以上です。後はこれを軍事作戦に役立てていただければ……。それについては本多大佐からお話があるはずです」

　期せずして拍手が起きた。この終わりなき戦争に初めて終わりが見えてきた喜び、それをもたらしてくれた彼女らスタッフへの感謝といったものが自然に、一番原始的なパーカッション楽器の演奏会になったのだろう。おれも参加した。

　理奈は照れたような笑みを浮かべて一礼し、それに応えた。チョコレート色のビーナスの微笑みを振りまいている。

　だが、それを見ながら、おれは複雑な気持ちになっていった。拍手する手が止まってしまう。制服の胸ポケットを手で押さえて手帳の感触を確かめていた。知美の毛髪がそこにある。おれの高揚感が分解されていく。

　たった今、おれは「これでＧＯＯどもをやっつけられる！」と思い拍手した。しかし、よく考えたら、おれにとっては困ったことではないか。ＧＯＯどもが地球上から一掃されたら、完全クローン製造法を入手して知美を蘇らせる望みは断たれるのだ。人類全体にとっては歓迎すべきことだろうが、おれにとっては好ましからざる事態だ。

　理奈がおれを一瞥した。眼が合う。一瞬、彼女の笑顔がひきつった。視線をそらし、他の人間に笑顔を見せる。今の理奈は相当機嫌がいいはずだが、それでもおれに対して笑顔は出ないのだ。

　誰かが囁いた。気にするな。おまえは理奈を利用しただけだし、もう終わったことじゃないか。それより完全クローン製造法を手に入れるチャンスを早く見つけろ。そのための方法を考えるんだ。

　気がつくと、自分の爪が黒い会議卓の表面を引っ掻いていた。

「……それでは《ＧＯＯ殲滅作戦》、暗号名《指輪作戦》の説明に入ります」

　本多大佐のブリーフィングが始まった。おれは慌てて顔を上げる。感電したみたいに滑稽な反応に見えたかもしれない。

11　適任者

丸顔で五分刈り、厚みのある体格の本多大佐が部屋の角の書面台に立った。以前の彼は、アメフト選手育成用DNA組み替え計画から生まれてきた人物のように見えたものだ。今では、往時より一〇パーセントは痩せてしまっている。

本多は眼鏡をかけて書類をめくり、太い声で喋り出す。

「まず我々は作戦の立案に当たって、ある大前提を考慮しなければなりませんでした。すなわち、通常の人間同士の戦争とは異なり、終戦後の和平の手続きなどは一切存在しない、という前提です。味方の損失は最小限に喰い止めつつ、敵を一兵も見逃さずに葬り去る作戦。そういう作戦として立案しなければならないという前提です」

おれにとっては困った前提だった。

本多が続ける。

「幸い、今回は即効性と遅効性の二種類の効果的なウイルス兵器が手に入りました。ですから、それを最大限有効に生かすのが、この作戦の趣旨です、我々はネクロノミコン・ウイルスに、《指輪》の暗号名を名付けました。《指輪作戦》の名前も、これに由来しています。

「作戦は三段階に分かれています。まず第一段階と第二段階で、GOOの主要水源地に遅効性のネクロノミコンL型ウイルスを投入します。ここでは即効性のネクロノミコンF型ウイルスは使いません。即効性のウイルスでは、敵に〈この水は危険だ〉とすぐに気づかれてしまうからです。それでは周到に敵を全滅に導く目的が果たせません」

本多が、映像を大型画面に出した。

大会議室内に三面あるモニターに〈元首都圏〉の地図が出た。GOO領土となった旧都心が赤く塗られている。それらは大きく分けて、山手線の内側のエリアと、その北部の埼玉県との境目までのエリアと、その東部の千葉県との境目までのエリアだ。

「GOOは、水需要量の二分の一を、かつての首都圏住民の水源地に頼っています。荒川や隅田川などの河川を通じて入手できる水です。そこで作戦の第一段階では、それらの水源に航空機から遅効性のネクロL型ウイルスを詰めたカプセルを投下します。

「しかし、ＧＯＯは水需要量の残り二分の一は、地下基地に築いた浄水池と貯水池に頼っていると思われます。そこで作戦の第二段階では、ここに特殊部隊が潜入し、遅効性のネクロＬ型ウイルスを投入しなければなりません。

「上流の水源地に投入したネクロＬ型ウイルスが、川を下って都心に入るまでの時期はそれぞれ算出済みです。ちょうど、そのタイミングに合わせて潜入部隊も地下水源地に到着し、ネクロＬ型ウイルスを投下します。これでネクロＬ型ウイルスが、ＧＯＯ全体に同じタイミングで感染するわけです。

「もちろん、ＧＯＯ側がウイルス投入に気づく可能性もあります。また、時間をかけて水質を調べれば、ウイルスを煮沸消毒できることにも気づくでしょう。

「しかし、我々はそんな時間を与えません。それに、こちらの作戦に気づかれても一向に構わないのです。彼らから安全な水源を数日間取り上げさえすれば、目的を果たせるからです。

「潜入部隊は地下基地に潜入後、地上まで脱出し、ネクロＬ型ウイルス投入に成功したか否かを、また成功した場合はその投入時刻を無線で現地司令部に連絡します。

「もし成功であれば、第三段階に入ります。ＧＯＯ兵士たちの体力がじわじわと落ちていく感染五時間後を狙って、最終軍全軍が一気に総攻撃をかけます。すなわち即効性のネクロＦ型ウイルスを詰めた銃弾による攻撃です！」

本多大佐の声に力がこもった。その時が来たら、自ら銃を手にして突撃するのではないかと思える迫力だ。眼が闘牛場の雄牛のそれに近い。

「言わば、敵のアキレス腱を切って動けなくしてから頭を叩き潰そうというわけです。これによってＧＯＯを地上から完全に抹殺します」

会議参加者の何人かが呻くような声を出した。作戦の周到さに感心したのだろう。

おれも呻きたかった。胸ポケットの手帳を押さえる。これでは、知美は完全におれの手の届かぬところへ行ってしまうじゃないか。

ついに待望のＧＯＯを殲滅できる時が接近している。なのに、それを素直に喜べない人間は人類の中でも、おれぐらいのものだろう「二兎（にと）を追う者は〜」の慣用句が脳裡（のうり）をよぎった。胸郭（きょうかく）の中で対立する感情が、抗原抗体複合物のように、よじれたまま共存していた。

おれは理奈を傷つけてしまった。彼女の心は、おれから離れつつある。加えて、知美を蘇らせる可能性もほとんどなくなってきたのだ。

本多が書類をめくり、喋り続ける。

「今述べたのは第三段階のA案です。第三段階にはB案もあります。

「つまり、第二段階で、潜入部隊がGOOの地下水源へのウイルス投入に失敗した場合です。もしそうなれば、いくら即効性のネクロF型ウイルス弾があっても、敵は汚染されていない水源を頼りに生きられますから、長期的なゲリラ戦となるでしょう。

「その場合、戦争終結はさらに半年から一年は遅れることも予想されます。敵がネクロノミコン・ウイルスの存在を知れば当然、水源を死守する行動に出るでしょうし、このウイルスに対する対策を研究してくることが予想されるからです。

「第三段階のB案とは、そうした長期戦に突入した場合のための作戦計画です。

「しかし、このB案を実行するような事態はできる限り避けねばなりません。というのは、数々の情報から考えて、GOO側も《人類殲滅作戦》を立案し、その準備を進めていると思われるからです」

評議会メンバーは特に驚いた表情は見せなかった。彼らも秘密会議でそれに関するレクチャーは受けていたのだろう。

本多は大雑把に、GOO側が進めているスーパーコンピュータによるGOO自身のイントロンの解読について説明した。

「……ですから、GOO側によけいな時間を与えると、その秘密作戦による反撃もあり得ます。残念ながら、我々はまだその秘密作戦の概要すら掴んでいません。しかし、極度に警戒すべき内容であることは間違いないようです。

「したがって、潜入部隊には、もう一つ任務があります。GOOの地下基地にあるスーパーコンピュータを調べる任務です。ウイルス投入に成功した後、破壊工作を行わねばなりません。

「補足しておきますが、ＧＯＯ側にはネクロノミコン・ウイルスの存在はぎりぎりまで気づかれないことが望ましいでしょう。その方が総攻撃を開始した直後に、敵に心理的にショックを与えることができ、奇襲の効果が高まります。ですから、総攻撃開始までは即効性のネクロＦ型ウイルスを詰めた弾丸は一般部隊には使わせません。

「しかし、潜入部隊にはその任務の危険性を考慮して、ネクロＦ弾を携帯させます」

本多大佐は息をついた。眼鏡を外す。

「これで、対ＧＯＯ戦争に終止符が打てるはずです。以上が《指輪作戦》の概要です」

少し間があいた。ポーズのかかったビデオ映像に似ていた。やがて一斉に、全員による拍手が湧き起こった。喜びの声も混じっている。

全員、満面に笑みだった。彼らの瞳の中には共通の文字列が浮かんでいた。ハッピーエンド。

おれは拍手に加わってはいなかった。不快な板挟(いたばさ)みの中にいた。確かにＧＯＯを早いうちに片付けないと、向こうが秘密作戦を先に実行して、人類側が大打撃を受けてしまうかもしれない。しかし、ＧＯＯが全滅したら知美はもう取り戻せない……。

「どうしたんだ？」

隣にいる永海が訊いてきた。おれが拍手もせずテーブルの一点を見つめていたからだ。不審な表情で、こっちを見ている。

おれは慌てて８ビート(エイト)を演奏した。

「いや、別に……ただ、この潜入任務に誰が選ばれるのかと思って……」

「それは……」

永海が、医者に禁酒禁煙を宣告されたような表情を浮かべた。

「やはり、ぼくですか？」

「いや、まだ決まっていないはずなんだが……」

永海は言葉を濁(にご)す。

ふと気がつくと、拍手を続けているのはおれと永海の二人だけだった。慌てて中止し、素知らぬ顔をする。永海は照れ隠しに咳払(せきばら)いした。

すでに議題は具体的な検討に入っていた。

「作戦の実行はいつです？」と御藤主席。

「潜入部隊のメンバーを決定次第、すぐに取り掛かれます」本多が答えた。「さて……。それではまず潜入部隊の指揮官を決定しなければなりません」

すべての視線がおれに集中した。それはほとんど物理的な圧力と化した。海面下一万メートルに到達した深海潜水艇の感覚を味わったほどだ。

おれは悟った。なぜ、おれが今回の最高会議にまで招かれたのか。なぜ、おれが過去に潜入任務を志願しても、他の小隊隊長に命令が下ってしまい、今までおれだけが外されていたのか。

強い切り札は最後まで取っておこう、ということだったのだ。無言のうちに、ある雰囲気、ある波動、ある圧力が会議室に形成されていた。

おれは将軍たちや、評議会メンバーの顔をゆっくり見回した。半分は期待の表情だった。懇願の表情もあった。つい眼をそらす者もいた。

理奈も、おれと眼を合わせるのを避けている。

意外にも、御藤主席の顔は同情を浮かべていた。無理に引き受けることはない、とでも言いたげだ。君はもう十二分な働きをしてくれたんだから。

おれの胸中で押し相撲が展開されていた。理性と感情がぶつかり合う。これを引き受けて成功させれば人類の完全勝利だ。だが知美は……。

「潜入部隊の指揮宮は、志願者を募る予定でいます。できるなら……」

本多大佐が言った。

「私が自分で志願したいところです」

一同はその言葉に仰天し、疑問と驚きの声を発した。大会議室全体が震動したみたいだった。誰もが我が耳を疑っていた。おれもそうだったし、永海も例外ではなかった。皆、夏ミカンが入りそうな大口を開けていた。

「今、何て言ったんだ？　大佐？」

「正気か？」

次々に疑問が飛ぶ。

「正気です。完全に」

本多大佐は答えた。彼の眼に光るものがあった。だが、狂人のそれではない。むしろ炭火のような持続性を持つ、抑えた感情だった。

本多は会議参加者の顔を一人ひとり見渡しながら、言った。

「対ＧＯＯ戦争の初期において、私が最初に指揮を執ったのは特GOO科隊という小隊でしたが、GOOによって二三名の命が犠牲になりました。原因は主に、私の判断ミスです」

それは違う、と思ったが口にする暇がなかった。本多は喋り続けた。

「それを皮切りに、GOOと直接戦って戦死した者はもう、五万人を超えています。アッパー・バイオニック技術のおかげで兵士たちはスーパーマン化して出撃していきますが、それでも、この数字なのです。

「私には死んでいった者たちへの責任があります。これまでずっと、それを痛感しつつ職務を果たしてきました」

本多は半分涙眼になっていた。右拳が握りしめられ、それが胸の高さにまで上がってくる。

「今こそ、この手ですべてに決着をつけてやりたいと思っています！」

皆、黙り込んでしまった。こういうセリフを吐かれると、つい本多に同情的になってしまうのが日本人というやつだ。

また、そうした心理は決してジャパニーズだけのものでもないようだ。この会議には外国人の将軍たちも参加しているが、いずれも、自国の生き残り軍隊を抱えて、今は日本で最終軍の一員として指揮を執り、部下たちの戦死報告を毎日聞かねばならない連中だ。

本多大佐の右拳が緩んだ。力が抜け、右手が垂れ下がっていった。

「しかし、私はもう歳を取りすぎました。いくらUB化でスーパーマンになっても、若いUBと中年のUBとでは当然、戦闘力には相応の差がついてしまう。残念です……」

本多大佐の仏像めいた顔がアルカイック・スマイルを浮かべた。首を振る。

「純粋に軍事的に考えるなら、この任務には若い現役の戦術指揮官、小隊指揮官が適任かと考えられます」

本多は一礼する。

「私からは以上です」

彼は資料をまとめると、自分の席に戻った。急に大きな身体から空気が抜けてしぼんだように見えた。

安堵の溜め息があちこちで聞こえる。水差しからタンブラーに冷水を注ぐ音、それを飲み下す音がひとしきり続いていた。

「さて、それでは議題が明確になったところで……」西沢大将が口を開く。「現役の小隊隊長の誰が適任なのか、それを考えねばなりません」

またもやすべての視線をおれは浴びてしまった。全身を包んでくる。サポニンに浸された細胞の気分だ。なし崩しに溶かされてしまいそうだ。

非常に断りにくい状況だった。なぜと言って、おれは今までさんざん危険な任務を自ら志願してきたし、潜入任務も志願していたからだ。

だが、まさか、いきなりGOO殲滅作戦の中核を担うことになるとは予想していなかった。この作戦の成功と同時に、知美も永久に葬られてしまう。それをおれが自分の手でやらねばならない。

室内を見回すうちに、理奈と視線が衝突した。今度は彼女は眼をそらさなかった。ベッコウ縁眼鏡の奥から、おれを睨みつけている。

ふいに、何かがおれの中で弾けた。いつまでおまえは過去にしがみついている気だ！　おまえにとって理奈は、知美の代用品か!?

その答えは……。

再び理奈を見つめる。彼女は視線をそむけた。

「失礼。発言させてください」

永海大佐が口を開いた。おれの逡巡を見て、何か別の意味に解釈したらしい。

「この問題は、全小隊隊長の戦績資料などを洗い直して、もう一度討議すべきではありませんか？」

つまり、おれがやらなくても、他の誰かがやるということだ。

「候補者を選び、そこから志願者を募り……」

「待ってください！」

永海の言葉を遮った。全員の注視を浴びながら、おれは立ち上がった。

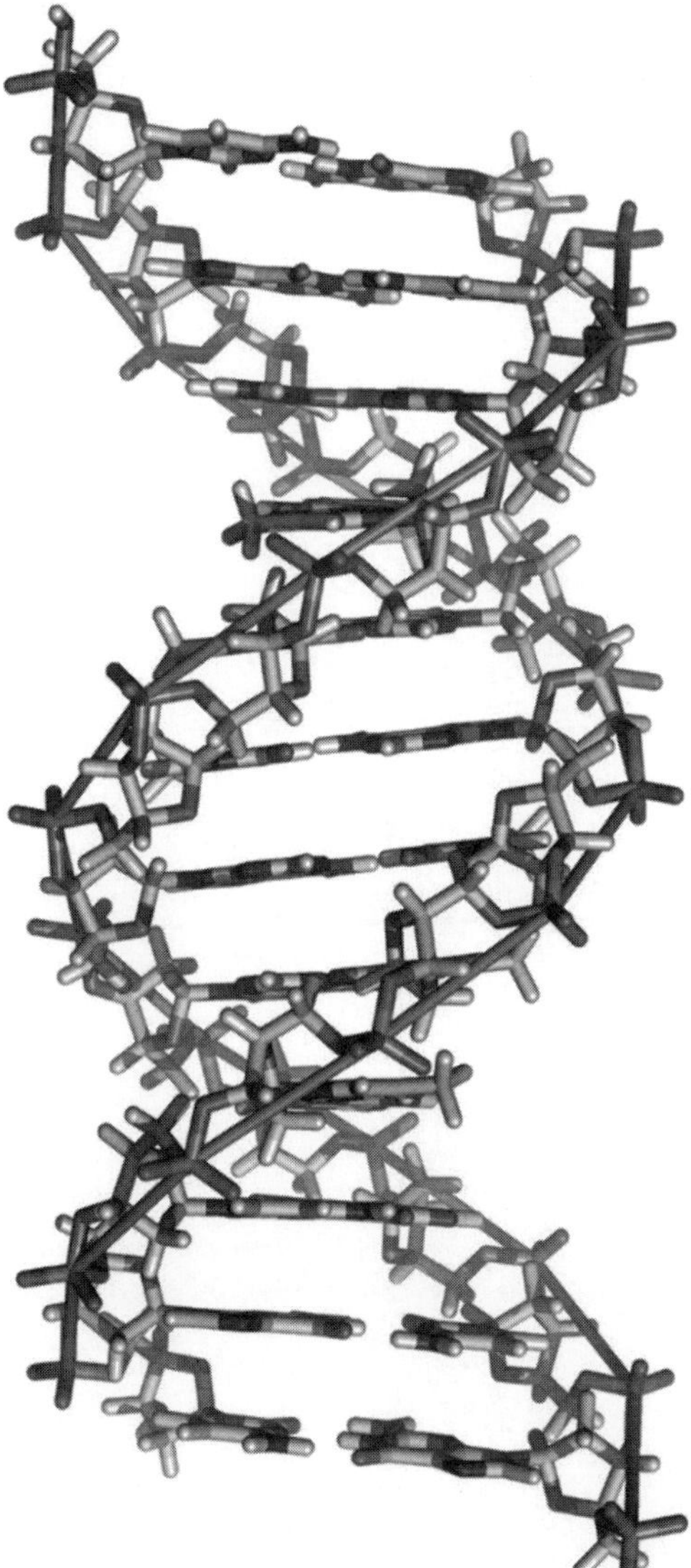

第三部　黙示録　PART2

今こそ自覚しなくてはならない。君がいかなる宇宙の一部分であるか、その宇宙のいかなる支配者の放射物であるかということを。そして君には一定の時の制限が加えられており、その時を用いて心に光明をとり入れないなら、時は過ぎ去り、君も過ぎ去り、機会は二度と再び君のものとならないであろうことを。

マルクス・アウレーリウス「自省録」第九章　二—四

12 休憩時間

熱いシャワーを浴びていた。これで活力を補給しているのかもしれない。お湯の熱エネルギーが肌から身体の内部に浸透（しんとう）していく。糖やアミノ酸を吸収する細菌の気分だ。

すでに一時間ぐらい、このシャワールームにいるだろう。お湯と冷水を交互に浴びては、時々青いプラスチックの椅子で休み、またシャワーを浴びていた。

嶋田少尉や河田曹長らは付き合いきれないといった表情で、とっくに出ていった。まあ、その方がいいかもしれない。孤独になりたい時もあるのだから。

今は午後四時半。七時の出撃まで、あと二時間半。そして六時までは休憩だった。

やっと〈みそぎ〉を終えると洗面所に移動した。

パンツ一枚の格好でシェービング・クリームを顔に塗りたくり、ヒゲを剃（そ）る。

当然、今のおれはノーマル・モード、普通の人間だ。ヒゲ剃りは絶対にUBモードでやってはならないからだ。NCS機能が、それを身体組織の損傷と勘違いするため、剃れば剃るほどヒゲの密度が濃くなるという、パラドキシカルなことになってしまう。

同様の理由でUBモードのまま男性エステなどに行って全身脱毛をやるのも、絶対にお勧めできない。おそらくB級ホラー映画『怪奇・獣人男の逆襲』といった光景が展開するだろう。

鏡には上半身裸の三四歳の男が映っており、おれを見返していた。目鼻立ちは、まあまあ整っている。だが、嶋田少尉や河田曹長のような二枚目タイプとは違う。どちらかというと、こわもてのする面構えだろう。

窓の外には、曇った夕暮れ空があった。彼方（かなた）には新宿の超高層ビル群の名残（なごり）が見えている。都庁ビルが真正面だ。その両側に、新宿NSビル、ホテル・センチュリーハイアットがある。

しかし、それら超高層ビルはいずれも爆撃や砲撃によって、不規則な組織塊となり倒壊しかけている。サイズのでか過ぎる建物だけに、その有様は荘厳（そうごん）な終末的情景に見えた。

おれは明るい迷彩模様の戦闘服を着る。これは市街戦用でホワイトとダークグレーの四色が入り乱れた旧米軍風のデザインだ。

　洗面所を出た。

　ここは最終軍の中野倉庫Ａ５の中だ。

　倉庫内の二〇メートル四方の空間は棚で塞がっている。武器類がそこに収まっていた。住友重機械工業製一二・七ミリ口径のＭ２重機関銃。豊和工業製八九式五・五六ミリ小銃（四〇ミリ・グレネードランチャー付き）。豊和工業製シグ・ザウエルＰ２２０オートマチック拳銃。豊和工業製カール・グスタフ八四ミリ無反動砲。朝露工業製トール電撃斧Ｔ２０４。

　殺風景な眺めだが、今の気分には相応しい。

　事務机には嶋田昇少尉がいた。戦闘服姿で、パイプをくゆらせながら本を読んでいる。口髭の似合う知的なギャンブラーといった風貌だ。

　その横には簡易ベッドがあり、河田貴久夫曹長がいる。彼は大口を開けて、寝息を立てていた。遊び疲れて眠っている悪童みたいな顔だった。

「まったくこいつは、こんな時によく眠れるな」

「神経が針金なんでしょうよ。超電導化の必要もないいんじゃないかな」と嶋田。

「ふうん。ところで何、読んでるんだ？『私の愛したＵＢ』か？」

　おれはベストセラーになっている小説のタイトルを口にした。

　嶋田は、ハードカバーの表紙を見せてくれた。壮麗なイラストで飾られている。

「ダンテの『神曲』？　武器マニュアルかと思ったら、ずいぶん教養豊かじゃないか」

　嶋田がニヤリと笑う。

「原因は永海大佐の奥さんですよ」

「会ったのか？　噂の奥さんに」

「一週間前、将校の奥さん方の集まりがあって、ぼくはたまたまその場に居合わせましてね。で、永海夫人に捕まりました」

「ほう、どんな人だった？」

「なかなかの美人でしたよ。でも、歩くカルチャー講座みたいな人ですね。気がついたら、この本を押しつけられていた」

「そんなこったろうと思ったよ」

おれと嶋田は声を上げて笑った。永海は教養豊かな奥さんに雑学をしょっちゅう吹き込まれており、それを永海本人から聞かされたことがない者はいないのだ。

「どんな女性か、だいたい想像がつくよ」とおれ。

「きっと料理とか家事とかは苦手な奥さんなんだろうな。……で、面白いか、その本？」

「ええ。ところどころ、面白い部分もあります」

嶋田はページをめくる。

「作者のダンテ自身が主人公として登場し、神様に試される、そんな話です。地獄を巡り、煉獄(れんごく)を経て、天国で神や天使と出会うんです。つまり、神や天使に会うといった栄誉を得るためには、まず地獄の底まで降りなきゃならないってわけです」

おれは溜め息をつく。

「まるで、どこかの誰かさんたちみたいだな」

「まったくです。今日は本当に地獄巡りになりそうだし……」

嶋田も溜め息をつき、ページをめくる。

「これを読んでて、ちょっと面白いな、と思ったのは神や天使の描写ですね」

「ほう。というと？」

「ダンテは神や天使の姿を、光り輝く薔薇(ばら)の花のようだとか、カラフルな八重(やえ)、九重(ここのえ)の円だとか、そういうふうに描写してるんです。要するに人間の姿をしていたとは書いてないんです。

「何だか仏教美術の曼陀羅(まんだら)だとか、『未知との遭遇(そうぐう)』に出てくる巨大ＵＦＯみたいなイメージなんですよ。ぼくなんかは、コンピュータ・グラフィクスで造ったフラクタル理論の映像イメージを連想しましたね。そういうのが神の姿だと書いてあるんです。一四世紀のイタリアの詩人がどうして、こんな凄いイメージを思いついたんですかね」

おれは首を振った。

「おれには文学的才能はないから、分からんな」

ふいに倉庫の扉が開いた。外界の光をバックに、人のシルエットが見えた。プロポーションから女性と判る。こちらに歩いてきた。

彼女は紺のスーツを着ていた。フラッパー・スタイルの髪形で、ベッコウ縁の眼鏡。化粧は鮮やかな赤の口紅だけだ。白いショルダーバッグを肩にかけている。

おれは日比混血の彼女の出現に驚いていた。今日は大阪にいるはずだと思っていた。それに別れの挨拶なら一応済ませたつもりだったからだ。目礼だったが。

樋口理奈はおれの反応など無視していた。

こんにちは、と挨拶する。

「樋口さん……」と嶋田。「なぜ、ここに?」

「リフトの制御ソフトよ。最新、バージョン7・1・1を持ってきたの」

理奈はショルダーバッグから書類を出した。おれに手渡す。

「注意書きよ。リフトのユーザーにとっては、古いバージョンとの違いなんて、意識する必要もないでしょうけど、読んだ方がいいに決まってるわ。もう、連続試験も済んでるから、安心して使ってちょうだい」

リフトとは、ロケット・リフトの略だ。ヘリから単身降下する兵士がパラシュート代わりに使う装備だ。

ちなみに、リフトはＵＢが発するＪＴ通信で操縦できるメカだ。これにはマイクロマシンによるＪＴ通信制御の技術が導入されている。理奈の専門はマイクロマシンによるＵＢ化技術だから、リフト制御系も関連技術として担当してきたわけだ。「今じゃ、何でも屋よ」というのが本人の弁だ。

「じゃ、皆さん」

理奈はおれ個人の名前を言わなかった。

「がんばってきてください。私はリフトの担当者と打ち合わせがあるので、これで失礼します」

理奈は一礼すると、回れ右して立ち去った。あっけなく倉庫から姿を消した。おれは彼女が現実にここに現れたのではなく、彼女の幻を見たのではないか、という錯覚に陥ったほどだ。

ふと視線を感じた。振り返る。

嶋田がダンテの『神曲』で顔の大部分を覆っていた。本の上端から眼だけを露出して、こっちを見ている。

「何だ?」

「いいんですか?」

「何がだ?」

嶋田は答えない。本を置くと、パイプの灰を灰皿に捨てた。よけいな口出しはしたくないという態度だ。

「さて、ぼくも何だか眠くなってきたな」

独り言のようにいうと、嶋田はもう一つある簡易ベッドに寝た。毛布を頭まで被る。

「時間が来たら、起こしてください」

嶋田は毛布の下から、くぐもった声でそう言った。だが、彼はどっちかと言えば低血圧で不眠症タイプなのだ。それとなく、おれを追い出そうという作戦らしい。

おれは溜め息をつくと倉庫を後にし、夕暮れ空の下に出た。

ここは、以前は中野区の大病院だった場所だ。今は野戦病院であると同時に、兵器倉庫でもある。

白い病棟(びょうとう)が建ち並ぶ中を、おれは歩いた。自分が徐々に小走りになっていくのを意識していた。何人かの兵士たちと擦(す)れ違う。

急ごしらえの倉庫が建ち並ぶ。その間を歩いていた理奈を発見した。幅一メートル半もない細長い空間だ。

彼女は、おれの足音に振り返った。

冷たい目礼。理奈はすぐに背を向けた。

おれは彼女を追い抜き、進路を塞ぐ。理奈は立ち止まり、少し顔をそむけた。

おれは口を開きかけるが、適切な言葉が出てこない。


「何かご用ですか、深尾大尉？」と理奈。

「いや、あの……」言い淀(よど)んでしまう。「……技術顧問に質問がある」

頭の中で言葉を選ぶ。だが、これといって何も浮かんでこない。

「どんな質問ですか？」と理奈。

「その……」直接訊くことにした。「なぜ、ここへ来たんだ？」

「だから、言ったでしょ。リフト制御ソフトの最新バージョン。それが理由」

「それだけ？　つまり……おれを見送りに来たわけじゃなかったのか？」

理奈は、眼から炎が噴き出しそうな表情になった。さっきまで浴びていたシャワーの熱さに近いものを、現実に感じたほどだ。

「誰が！　さっさと死ねばいいんだわ。あなたのリフトだけ急降下専用にしておくわ」

「なるほど。いい手だ。敵地に落ちてバラバラ。証拠も残らんだろうな」

「……冗談よ」

理奈の表情が多少、和らいだ。眼鏡を外して南国的な美貌(びぼう)を見せてくれた。おれはシュガーブラウンの肌の美しさにあらためて見とれてしまう。

「せいぜい、がんばってね」と理奈。「何しろ人類の未来がかかってるんだから。おおげさな言い方だけど、事実そうなんだし……」

不自然な間が空いてしまう。お互いにそれを埋める方法が分からなくなっていた。以前は、こんなことはなかった。

「じゃ、私はこのへんで……。ヘリポートで見送ったりしないわ」

理奈がおれの脇を通り抜けようとした。できなかった。おれが左手を壁に当てて障害物を造ったからだ。

理奈がおれを睨みつけた。

「待てよ。おれは死ぬつもりはない。生きて帰ってくる」

「そう。よかったわね」

理奈は挑戦的な視線で銃撃してきた。

「その手をどけて」

おれは彼女の肩に右手を伸ばした。

「何よ？」

理奈は身をひねって避けようとした。おれが抱き寄せようとした、と思ったらしい。だが、おれは紺のスーツにくっついていたそれをつまみ上げただけだ。

「髪の毛」とおれ。「肩に落ちてたんだ」

理奈は慌てて自分の両肩を交互に手で払った。

「フケはないよ」

おれはつっかえ棒にしていた左手を壁から離し、その髪の毛を両手で伸ばす。そういえば、いつもこんな風に髪の毛を見つめていたことがあった。理奈のではなく、別の女の毛髪を。

「ちょうどいい、お守りにもらっておくよ」

気がつくと、おれはそう言っていた。

理奈は怪訝(けげん)な表情を浮かべる。そんなフェティシズムっぽい趣味があったとは思わなかったという顔だ。

「そう。……好きにすれば」

理奈は歩き出す。今度はおれも進路妨害はしなかった。

彼女の足音が二歩、三歩と聞こえた。

「見送らないからね」と理奈。

「ああ」とおれ。

さらに足音が二歩、三歩と聞こえた。だが、急激にペースダウンしている。疲労物質が溜まっている者の歩き方みたいだ。立ち止まってしまった。

「……本当に見送らないからね」

おれは振り返る。視線が合った。理奈も同時に振り返ったところだった。

心理学のテキストによれば、こういうのを〈エコーするポーズ〉というのだそうだ。二人の人間が無意識に同じポーズ、同じ動作をする現象だ。

おれたちの間に通じるものがあったのだろうか。ここは一つ、ドラマティックなセリフでも吐かねばならない場面ではないか。

「おれは……」

何てこった。いつもの軽口はどうした。

「おれは……死んだりはしない。必ず、生きて帰ってくる。帰って……」

そこでまた言葉に詰まってしまった。固く絞った雑巾みたいに舌が動かなくなっていた。

帰って、その後どうするというんだ？

もちろん、一刻も早くＧＯＯを殲滅して、この戦争は終わらせねばならない。だが、そうなれば、完全クローン製造法は二度と入手できなくなる。必然的に知美を蘇らせることも、あきらめざるを得なくなる。

おれは知美のことを永久に忘れようと決意して、この任務を志願したのだ。そのことを理奈に言いたかった。

言えなかった。後になって気づいたのだ。もしかすると、潜入中に、完全クローン製造法を入手するチャンスに恵まれるかもしれないではないか。その可能性も絶対ないとは言えない。もし、そうなったら、おれは帰ってからどうするのだろう？

唐突に、理奈は思いがけない行動に出た。自分の髪の毛を三、四本つまむと、いきなり引き抜いたのだ。顔が一瞬苦痛で歪む。

驚いて言葉を失っている間に、彼女はその髪の毛をおれに手渡して言った。

「お守りの追加」

おれは唖然としたまま、自分の手の中の毛髪と、理奈とを見比べていた。

彼女は幽霊を見ているような表情になっている。理奈の眼の色は、おれが生還できない場合をもう覚悟しているようだった。おれも、自分が死人になったような気分を味わっていた。

「行ってらっしゃい」

そう言うと理奈は背を向ける。足早に、倉庫に挟まれた狭い空間から立ち去った。

おれは独り、その場に取り残された。

13　出撃準備

「おや、これは？」

嶋田少尉が、サンドイッチを開いて、中身を見た。赤とピンクの肉片が挟まっている。

「本物のローストビーフだ」と嶋田。

「こっちも本物のツナだ」

おれも、パンに白い加工魚肉が挟まっているのを確認する。

「パンも小麦粉で作ったやつだ。トウモロコシじゃない。司令部のはからいか」とおれ。

「最後の晩餐だからでしょ」と河田曹長。

「最後の？　縁起の悪いこと言わないでくれ」と嶋田。

「じゃ、激励だな」と河田。「実際、大豆で作った偽物のハンバーグにトウモロコシ・パンばかりじゃ力が出ないもんな。必須アミノ酸が不足する分は、毎日まずいミルクセーキを飲まされるし……。こういう時ぐらいはローストビーフでなきゃ。あとはビールがあれば言うことなしだけど」

「こいつは本物のブルーマウンテンだぜ。文句を言うなって」

おれはカップにコーヒーを注ぐ。

「これで乾杯といくか？」

「いいですね」と嶋田。「任務の成功を祈って」

「おれたちの未来と、地球人類の未来のために」おれが言った。

「おれが大手柄を立てて、将軍になるために」河田も加わった。

「乾杯」と三人。コーヒーカップを軽くぶつけ合った。

軽い夕食を終えると、もう午後六時だ。休憩時間が終わった。おれたちは、潜入任務の準備に取り掛かっていた。

おれ、嶋田少尉。河田曹長の三人は、朝蕗工業製ボディアーマー、ARM７０７０を身につけた。アメフトのプロテクターと、中世ヨーロッパの甲冑のミックス風デザインだ。胸、腹、背中を保護するベスト。肩当て、腕当て。太もも、すねのプロテクターなどで構成されている。

ボディアーマーの表面は、夜間用の迷彩模様だ。パープル、グリーン、ダークグレー、ウルトラマリン・ブルーの四色が入り乱れたデザインだ。

ヘルメットには赤外線パッシブ方式スコープと、光量増幅式スターライト・スコープが付属している。それぞれのスコープは片眼だけに装着できる仕掛けだ。

これらを着ると、何やら一昔前のアニメの登場人物みたいな外観になる。当人たちにしてみれば、クエンチから身を守るための必需品なのだが。

手袋、靴下はメッシュで金属を編み込んだ静電気防止用だ。ブーツも同じ仕掛けがある。UBは全身から絶えず多量の静電気を発するため、これらも必需品だった。

次に武器を点検し、装備する。

対GOO戦争以前の二〇世紀末までは、軍用小銃は五・五六ミリ口径が常識だった。利点の一は、弾丸が小さくて軽いから大量に持ち運べること。利点の二は、火薬量を増やして弾丸の初速を上げれば、それで充分な貫通(かんつう)力が得られること。利点の三は、戦場では敵兵を殺すよりも小さな弾丸で負傷させた方がメリットが大きいこと。つまり負傷者が出ると、負傷兵の救護のために無傷の兵士たちの手も取られることになるから、その方が効率的に敵の戦力を減らせるのだ。

しかし、半不死身のGOO相手では、その常識が通用しなかった。そこで最終軍UB兵士たちは、住友重機械工業製の一二・七ミリ口径M２重機関銃を携帯せざるを得なくなったのだ。これは本来なら歩兵が持ち歩けるような代物ではなく、地面に据え付けるかハンビーに取り付けるかして使うものだ。

今回は、即効性ネクロF型ウイルス入りの弾丸を使えるので、豊和工業製八九式五・五六ミリ小銃で間に合うわけだ。他にシグ・ザウエルP２２０オートマチック拳銃。朝蕗工業製のトール電撃斧T２０４。後の二つはいつも通りだ。

次に、おれたちはカメレオン・スティルス・コート、

CSC2000をテストした。透明ビニール・コートのようなそれを着て、フードでヘルメットごと頭部を覆う。電源をONにすると、おれたち三人は九〇パーセントほどの透明度を得られた。この倉庫内部の照明では、充分なスティルス性だ。

ただし、フードを頭部に被って透明状態にすると外界の光が内側にあまり入らないため、着用者の視界がサングラスをかけたみたいに暗くなる。この点はスターライト・スコープで補う必要が出てくるだろう。

「忍者だね」姿の見えない河田が言う。「これなら安心だ。前回のビーバー6分隊もこの新型が間に合えばよかったのに」

「あまり、これを頼りにするなよ」おれは言った。「気づかれないうちはいいだろう。だが、一度気づかれたら、敵は何かの気配を感じただけで発砲しまくるはずだ」

「その通りです」と嶋田。「連中もバカじゃない。もう、この手品にも気づき始めているかもしれない」

スティルス・コートのデザインは、下半身用のロング・スカート風の部分と、上半身を覆うハーフ・コート部分とに分けられている。これだと、とっさの時にすぐ上半身部分のコートを撥ね上げて、手持ちの武器を使える。

腰のベルトの自爆装置も確認する。GOOに、このスティルス・コートの技術を知られるわけにはいかないなどの理由があるため、最悪の時は、これを使うのだ。

自爆装置を見ているうちに、鬱屈した気分になってくる。こいつを使う場面は想像したくない。不安要素ばかりを数えるのは、兵士にとっては禁物だからだ。

我が副官、嶋田も同じ思いのようだ。渋面になり、口髭を撫でて言った。

「まるでカミカゼだな。そりゃ必要性は分かるけど、気分のいいものじゃないですね。一応、家族宛てに遺書代わりの手紙も書いたけど」

「GOO軍をジュネーブ条約に加入させれば、こんなものは要らないんだがな」

河田は、おれや嶋田の感情には無関心だった。彼は倉庫の隅で、仮想敵に対してシャドウ・マーシャルアーツを繰り返している。パンチが、キックが空気を切り裂いていた。

重装備だというのに素早い動きだ。もうUBモードに移行しているのだ。GOOを屠れる期待で、彼の眼が輝いている。

河田は対GOO戦争が終わったら、どうするのだろう。彼の唯一の生きがいを失うことになりはしないだろうか。

おれもUBモードに切り替えることにした。でないと、着ているボディアーマーが重たくて仕方ない。

UBモードとノーマル・モードの切り替えは、JT通信で行う。最新型のマイクロマシンは、使用者本人のJTだけに同調するのだ。具体的には、JTでパスワードを送信すると同調する仕掛けになっている。

おれの体内にも、NCSHやPUHなどの超人化ホルモンが分泌されていった。

神経が超電導の64ビートを叩き出し、筋肉が宙を切り裂くようなパッセージを奏で始める。バイオリンの優雅な音色で演奏することしか知らなかった前近代の人間が、突如エレキ・ギターを抱えて大音量のディストーション奏法で演奏することを覚えた気分だ。この感じは何度体験しても新鮮なものがある。

横を見ると、嶋田もすでにUB化していた。重装備にもかかわらず、身軽な動きでシャドウ・ボクシングしていた。

次に各自、腕当てと袖をめくり、前腕に巻いてあるインナーポンプ制御装置を確認する。液晶表示版と三つのタッチ・ボタンがある。体内に埋め込んだ注射器でアドレフェタミンを投与するシステムだ。戦場で兵士を活気づかせる効果がある。乱用は禁物だが。

ふいに倉庫のドアが開いて、一人の巨人が歩いてきた。重たげな足取りだ。それも仕方ない。F60メタル製のボディに、形状可変金属アクチュエーターの筋肉の持ち主なのだ。

我が忠実なる部下、ジミー三等兵だった。その後ろからはディフェンダー担当技師の中川曹長も歩いてくる。

「オーバーホール完了しました」

中川が敬礼して言った。最近の流行に従いスキンヘッドにしている二三歳の青年だ。

「新品同様です。それにROMの運動系ソフトを、最新のバージョン6・1に書き換えましたから、以前よりさらに人間的な動きに近づいています」

「ほう。調子はどうだ、ジミー？」

「調子、いい」

ジミーはガッツポーズまで披露(ひろう)してくれた。メタリックな巨人が、そんな振る舞いをするのには微笑を誘われた。

「期待してるぞ」

おれは拳（こぶし）で、そのでかい胸板を叩いた。

「おれのケツを守ってろよ、ブリキ野郎」

河田曹長も、その背中を叩く。

ジミーには武器としてM２重機関銃を持たせた。普段、ディフェンダーはＧＥミニガンを持ち歩く。これは発射速度が一秒間に四〇〇〜六〇〇発で、大砲に等しい威力がある。だが、サイズがバカでかいし、今回は潜入任務なので、それより小さいM２にしたのだ。

ジミーの背中には、カール・グスタフ八四ミリ無反動砲を装着しておく。これはスウェーデンＦＦＶ社製品を、豊和工業がライセンス生産したものだ。

「大尉。ちょっと、ここを」中川曹長が言う。

「何だ？」

おれは言われるままに、ディフェンダーの背面を覗き込む。嶋田や河田も参加した。

「これ……」中川は小声で言う。「ディフェンダーの自爆装置です」

ジミーの腰の後ろに、それはあった。五つのボタン。１、２、３、４、５と金属にステンシル印刷された表示がある。

「２２４１５」と中川。「自爆スイッチです。五秒後に吹っ飛びます。万が一の時のために……」

「分かった」

おれは毒殺用のエサを渡された愛犬家の顔でうなずく。この先、何が起きるか分からない以上、必要な措置なのだ。

ジミーの知能では、今の会話は理解できまい。だが、内心忸怩（じくじ）たるものを禁じ得なかった。

そこへさらに杉本少尉たちの技師グループがやって来た。スキンヘッドばかりの彼らと、慌ただしく打ち合わせをする。ヘリからの降下に使う、ロケット・リフトについてだった。

これはロケット・ベルトの名称で、一九六〇年代から実在していた。かつて映画『００７』にも登場したし、ロサンゼルス・オリンピック開会式でも使われている。

技師たちが持ってきたリフトは、朝蕗工業製ＲＬ２００４という機種だ。

アニメなどに出てくる類似品は背中にのみ噴射ノズルがある、といったアンバランスなデザインだが、これは違う。ノズルは計六つで、着用者の腰の前後に四つと、両肩の後ろから外側に張り出した位置に二つある。燃料はケロシンと液体酸素だ。

ディフェンダー用リフトだけは、腰部の噴射ノズルがさらに二つ増やしてあり、計八つになっていた。

このリフトは地上から離陸する目的にも使える。だが、本来は高度数百メートルでホバリングするヘリなどから安全に降下するための装備だ。センサーのコンピュータが空中での姿勢制御を手伝ってくれるので、素人でも安心だ。

「まあ、大丈夫だと思いますよ」杉本はそう言った。

「透明擬装と組み合わせて降下するんだし、周囲にも〈ダミー〉をばらまくそうだし、十中八、九安全に降りられますよ。……むしろ危険なのは敵陣のど真ん中に降りてからです」

「そこから先はおれたちが心配するよ」そう答えた。

ここでの準備は完了した。おっと、うっかり忘れるところだった。おれは倉庫の隅のロッカーを開ける。一見するとポータブルミュージック・プレーヤーのような機器を取り出し、バックパックに入れた。

14 出撃

おれ、嶋田少尉、河田曹長、ジミーの四人は中野倉庫A5を出た。時刻はすでに午後六時四〇分。地球の自転により日本列島が闇の半球に入ったところだ。

運転手付きのハンビーに乗る。リフトも積み込み、ヘリポートへ向かう。

待っている間は長いが、いざその時が来ると時間は突然早送りになる。今もそうだった。ハンビーに乗ったと思ったら、もうおれたちはヘリポートに着いていた。

そこは中野区中野富士見町の地下鉄工場の一部を改造し、鉄板を敷いて造ったヘリポートだった。

巨大空母の甲板上を連想させる眺めだ。耳をイヤーパッドで騒音から保護している作業員たちが走り回っている。彼らが振り回している赤や青の誘導灯のきらめきがファンタジックだった。手話に似た動作で連絡し合い、離着陸を誘導している。

　待機しているヘリは二〇機ぐらいだ。正面面積が異常に小さいアパッチＡＨ—64Ｄ攻撃ヘリとコブラＡＨ—1Ｓ攻撃ヘリが各一〇機ほど。おれたちが乗る卵形のＵＨ—60ヘリが一機。

　作業員や兵士らに敬礼で迎えられる。外国人が一、日本人が三の割合だった。

　ヘリポートの脇にある工場棟は、二二普通科連隊の現地司令部に改装されていた。近くには軍用車輌が並んでいる。三菱重工製の九〇式戦車、一〇式戦車、八九式装甲戦闘車、小松製作所製の八七式偵察警戒車、八二式指揮通信車、日立製作所製の八七式砲側弾薬車、トラックなどだ。

　ヘリポートでは永海大佐がグリーンの制服に黒の合成革コート姿で待っていた。太っちょの彼は一〇〇メートル離れていても見分けがつきやすい。見送りに来たと言う彼と挨拶を交わした。

「調子はどうだ？」と永海。

「絶好調ですとも。心配だから大佐も潜入任務に加わる、なんて言わないでくださいよ」

「本当はそのつもりだったのさ」永海は笑ってみせる。「私だってＵＢ化すれば、まだ若い者には負けないだろうさ」

「いや、だめですよ。本多大佐も言ったでしょう。ＵＢ化しても、年齢差は出ますよ」

　永海を見ているうちに、彼も年輪を重ねたことに、あらためて気づいた。黒縁眼鏡の脇から小皺（こじわ）がのぞいているし、髪にも白いものがＤＮＡ複製時に生じる岡崎フラグメントのように混じっていた。

　パイプをくわえた嶋田少尉が、永海に本を差し出した。

「これ、奥さんに返しておいてください」

「何だ。君も押しつけられたのか」

　永海は本を受け取る。

「今時、重い本なんて迷惑だろうに」

「いや、ぼくも〈紙派〉ですよ。おかげで勉強になりました」

　永海は苦笑していた。

　おれはそれとなく周囲を見回した。

　眼に入るのはヘリ群や軍用車輌、作業員たちだけだ。かたわらではＵＨ—60ヘリにリフトが搬入されている。

誘導灯が夢幻的な照明効果を与えていた。

いない。

やはり、理奈の姿はなかった。

「どうした？」と永海。

「いや、別に」とおれ。

ふいに永海は吐息をついた。おれの顔を見る。だが、眼の焦点はこの世の外に合わせているような表情だった。

「なあ、覚えているか？」と永海。「私と君が初めて会った時のことを」

「ジェネトリック・イノベーション社、Ｐ３施設……。ぼくがＧＯＯを呼び出してしまい、自力で退治した直後でしたね」

「ああ、そうだ。まだ〝Ｃ〟と呼んでいた頃だ。あの頃はまだ、ＵＢ化技術も、実現は遠い先の話だと思っていた。あの頃はＧＯＯがＰ３施設から外部に出るのを未然に防ぐために奔走(ほんそう)していた。……お互いにあれから、ずいぶん遠くまで来てしまったもんだなあ……」

「まったくです……」

おれも永海と同じ眼になっていたかもしれない。あの時まで、おれは青年実業家の夢を追っていたのだ。今は職業軍人だ。ハリウッドの名作『ベン・ハー』でチャールトン・ヘストンが演じた主人公と比肩(ひけん)できるほどの、運命の激変ぶりだった。

「そうだ、これを持っていけ」

永海が白い封筒を差し出した。

「例のスーパーコンピュータ、ＡＳＣＯＭ・Ｓ１０００についてのメモだ。設計開発担当者に問い合わせていたんだが、やっと古い資料を探してくれた。何かの役に立つかもしれん」

おれは礼を言うと、封筒を胸ポケットにしまった。今はゆっくり読む暇がない。後回しでよかろう。

ふと横を見ると、河田がジミーを〈教育〉しているところだった。拳から中指を突き出す侮辱(ぶべつ)のサインを教えている。ディフェンダーはバカ正直にも、その指サインを真似(まね)していた。

再度、ヘリポートを見回してみる。やはり理奈はいなかった。落胆はティッシュ・ペーパーをしゃぶっているような味がした。

「……時間だな」

全員に号令をかけて、川崎重工製のＵＨ―60ヘリの前に整列させた。BGMには行進曲が相応しいだろう。

ちょうどタイミングを合わせたように、夜空の彼方からドラム・ロールのような金属音が轟き始めた。数十機のヘリコプター編隊が付近の基地から飛んできたのだ。

それとは別に、甲高い金属音がどこかから聞こえてくる。東京湾沖の旧米軍ニミッツ級空母から発進してきたジェット戦闘機群のエンジン音だろう。

この基地のアパッチAH―64Dと、コブラAH―1Sも次々に離陸していき、爆音が響き渡る。彼らは陽動作戦を展開するのだ。

パウンダー少佐が、こちらにやって来た。長身で眼鏡をかけた黒人将校だ。俳優のデンゼル・ワシントンを思わせる彼は、現地司令部の指揮官だった。彼の部下たちで大尉、中尉クラスの五人も、その場で横一列に並んだ。

その後ろに並んだ連中は、おれたちと同じ夜間用迷彩のボディアーマーを着ている。人間四名にディフェンダー一名。彼らは第二部隊だ。もし、おれたちが失敗したら、すぐに彼らが再挑戦するという段取りだ。

おれは言った。

「深尾直樹大尉以下フロド1分隊、出撃します」

「幸運を祈る」パウンダー少佐が言った。

「生きて帰れよ」と永海。「もう葬式は飽きたんだ」

全員で儀式張った敬礼を交わす。以前のおれだったら、こういう真似をすることを想像しただけで肩が凝ったはずだ。さすがに四～五年もやると板についてくる。

だが、おれの一部にはまだ非現実的な感覚があった。子供みたいに兵隊ごっこをしているような、あるいは戦争映画に自分が出演しているような違和感だ。それが脳裡のどこかでベース音のように伴奏を続けている。

ローターを回転させて待機しているUH―60ヘリに乗り込んだ。ドアを閉める前に、もう一度周囲を見た。

理奈はいなかった。落胆は新聞紙をしゃぶっているような味がした。

永海たちともう一度、敬礼を交わした。ドアを閉める。

ついに、その時が来た。一八九〇馬力のエンジンが唸り、直径一六・三六メートルのローターの回転速度を上げる。周辺の土埃を巻き上げながら、おれたちは戦場へ飛び立っていった。

15　降下

川崎重工業製ＵＨ―60ヘリの窓から、ヘリポートを見下ろした。永海が手を振っているのが見える。

ふと、その後ろに、紺のスーツを着た小柄な人影を発見した。理奈？　理奈か！　しかし、作業員たちが振る誘導灯の光に紛れて、すぐに判別できなくなった。すでにヘリの高度は一五〇メートルに達していた。

結局、あれが理奈なのかどうかは分からなかった。いや、彼女だったことにしておこう。おれは窓の外から自分の眼を引き剥がした。

ＵＨ―60ヘリはパイロット二名の他に、十四名が乗れる。今はおれたち潜入分隊四名と、補助要員二名の計六名しかいないから、わりと広々としていた。

キャノピー越しに正面を見ると、地平線に二分された夜空と都心部とが見えた。

かつての東京の夜景は、数千億個のダイヤモンドをちりばめたような眺めだった。人口世界一の大都会に相応しい光輝に覆われていた。

今は見る影もない。ところどころ光は見えるが、それはＧＯＯの基地や住居であることを示しているに過ぎない。地上は、この不毛な戦いを象徴するような暗さで覆われている。最終軍とＧＯＯ軍双方が、インフルエンザ・ウイルスの持つノイラミニダーゼ酵素のように互いの防備を喰い破り合った結果が、これだった。

まだ時間があるので、部下たちは各自、武器や装備の最終点検を始めた。ディフェンダーのチェックは嶋田少尉が手伝ってやっている。

たった四人の潜入分隊。少なすぎると思うかもしれない。だが、この方が小回りが利くのだ。人数が多いと、その分おれもコントロールしづらくなる。少数精鋭(せいえい)で一点集中。その方が成功率は高いと主張し、総司令部にも受け入れられたのだ。

おれはバックパックから、あるものを取り出す。一見ミュージック・プレーヤーみたいに見える機器だ。

隣にいた河田が覗き込んだ。

「それは？」

「ＪＴＤ４８００だ」

「４８？　４１００の間違いじゃ？」

河田は自分の脇腹のＪＴＤに触れて言った。彼が使用しているのは、形式名４１００だ。

「いや、４８００だ。技術開発部から外部に持ち出した第一号だ」

電源をＯＮにする。

電脳空間が出現した。

おれの視界は二重化していた。一つは現実世界で、ヘリの内部とそれに同乗している部下たちが見える。

もう一つは、電脳空間の広大なゲーム盤だ。地面が正六角形のマス目で覆われた二〇〇メートル四方はある空間だった。

両者は、おれの眼には同時にダブって存在している。だが、両者を混同することはない。ちょうど眼がもうワン・セット増設されて、その増えた眼で同時に別世界も見ている感覚なのだ。

電脳空間の空中には、大きなチェス・キングの駒（こま）が現れていた。ちゃんと目鼻立ちがあって、それが動いて表情を作る。

チェス・キングの正体は、メモリー・スティックに記録されていたダゴンだ。たった今、彼の意識が電脳空間に再生されたのだ。視界の斜め下には文字列が現れていた。
△（ダゴン）おまえをころしてやりたいおまえをころしてやりたい▽
△（深尾大尉）ワンパターンめ▽
「こいつはダゴンの人格、意識を再生する代物さ」

おれは部下たちに説明してやった。おれが今、同時に電脳空間と、そこにいるダゴンも観ていることを。

「なぜ、そんなものを？」と嶋田。

「保険さ。この先、どんな不測の事態に遭うか、分からないだろ。だから、そういう時はダゴンにイエスかノーかでしか答えられない質問をして、隠している情報があれば、それを引き出すわけだ。知っての通り、こいつは嘘発見機も兼ねているからな」

ダゴンにも同じことを言った。
△（深尾大尉）いいかげんにしろ。ワンパターン。ちゃんとおれの話を聞け。これから旧都心のＧＯＯ領土に行くんだぞ▽
△（ダゴン）なんだと▽
△（深尾大尉）そうさ。おまえの仲間がいっぱいいる

ところさ。連中に直接会えなくて残念だったな▽
△（ダゴン）なぜ▒そうか▒ＧＯＯのイントロン解読のことか。あれを調べる気か▽
正確にはＧＯＯ殲滅作戦が最優先任務だった。だが、面倒なのでダゴンには説明しなかった。
△（深尾大尉）そうさ。おまえをデータベースとして利用するんだ。これから、いやでも情報を喋ることになるぞ▽
△（ダゴン）▒おまえをころして▽
電源をＯＦＦにする。

電脳空間とダゴンが瞬時に消えた。

ＪＴＤ４８００をベルトに取りつけておいた。これで、いつでも電脳空間とダゴンを呼び出せる。

爆発音が天空に轟いた。おなじみの音。潜入分隊全員がおなじみの体勢を取った。つい姿勢を低くしてしまうのだ。ヘリの中では無意味な動作なのに。

正面キャノピー越しに、夜空をバックにした光の演舞が見えた。曳光弾やミサイルの噴射炎が光点となって次々に舞い降り、あるいは舞い上がり、両者は激しく入り乱れている。

実に、きれいな眺めだ。あの光点に当たって死ぬことさえなければ。

「陽動作戦、開始です！」パイロットが叫ぶ。

「降下準備してください！　臨機応変にやれとの命令なので」

「了解」

おれたちは直ちにロケット・リフトＲＬ２００４の装着にかかった。リフトを背中に背負い、ハーネス・タイプのベルトで固定する。サイズは着用者に合わせてセミ・オーダーされている。

メイン・スイッチを入れる。グリッチと同時に、視界の斜め下に文字列が現れた。リフトのコンピュータからＪＴによるメッセージが、こちらの大脳視覚野に直接出力されるのだ。
△ＲＬ２００４／ＯＮ▽
△ステータス／ＯＫ▽
△メモリー／ＯＫ▽
△バカ野郎　ＧＯＯＤ　ＬＵＣＫ　理奈▽
理奈本人に頬をひっぱたかれたような気がした。おれは、さぞマヌケな面をしていただろう。

嶋田が訊いた。

「どうしたんです？」

「い、いや……」

嶋田と河田を見る。二人とも怪訝な表情だった。ジミーも無表情なＦ６０メタル製の顔をこっちに向けている。どうやら、彼らのリフトには、妙なシステム・メッセージは登録されていないらしい。

「何でもないよ」おれは苦笑する。

ふいに河田曹長が朗読するような口調で言った。

「〈さあ立て、もしおまえの魂が肉体の重みに耐えるなら、あらゆる戦闘に打ち克てるはずだ〉」

おれは河田の顔を見た。

「何だ、そりゃ？」

「ダンテ『神曲』、地獄篇の一節」河田が答えた。

「おまえも読んだのか？」

「全部暗唱できます」

河田はすました顔で答える。右頬の傷痕を撫でてみせた。

「本当か？　あんな分厚い本を」

「おれが眠ってばかりいたとでも思っていたんですか？甘いな」

河田は人差指を左右に振ってみせる。

「冗談ですよ」と嶋田少尉。「さっき大尉がいない時に、ぼくが読み上げたのを覚えたんだ」

「だろうと思った」

おれは首を振る。

「……あらゆる戦闘に打ち克てるはず……か」

気がつくと、おれはそう呟いていた。

「そう行きたいもんですね」と嶋田。

「行かせてみせるって」と河田。

「そろそろ、降下地点です！　深尾大尉」ヘリのパイロットが言った。「他の連中が〈ダミー〉をばらまきますから、タイミングを合わせてください」

「了解」

補助要員がドアを開けてくれた。高射砲の爆発音が胃袋に直接ボディ・ブロウを加えてくる。冷たい風が機内に侵入し、暴れ回った。

ドアの外からストロボに似た光が閃く。その度に機内も真っ白になる。

「新宿御苑上空です！」とパイロット。「そろそろ〈ダミー〉が……。あ、出ました！」

おれにも見えた。周辺を飛んでいるヘリの群れが次々に〈ダミー〉の投下を始めている。夜空に舞うその数は一〇〇を超えるはずだった。

いずれも安上がりな囮だ。それらが下方への噴射炎を輝かせている。そうやって適度に落下速度を落としながら、地上に降りて行くのだ。

遠目には、ロケット・リフトで降下する空挺部隊の出す噴射炎に見える。赤外線センサー付きミサイルなども、これだと熱源が多すぎて、いわば目が眩んだ状態になるわけだ。

おれは深呼吸する。地獄に降りる時が来たのだ。ドアの上端にある把手を掴む。タイミングを測った。

下方からは絶え間なく、必殺の威力を秘めた光点が上昇してくる。落ちて来る光のシャワーを見上げているような眺めだった。今まであれに当たらなかったのが奇跡に思える。実際には命中率は非常に低いのだが。

「幸運を、大尉」補助要員が敬礼して言う。

「ありがとう、君らもな」

脳裡では記憶の早送り再生が始まっていた。知美、阿森則之、永海国男、理奈、御藤浩一郎、本多大佐、嶋田昇、河田貴久夫、そして今ここにいるおれ。

もう一度、深呼吸する。胸ポケットの手帳を押さえる。それには理奈の髪の毛も貼り付けてあった。

「さて、行くか。ドブネズミども！」

「了解」

おれは足元のステップを蹴った。

一瞬、宙に舞う感じ。重力が消えた感じ。次の瞬間、風圧の壁が下方からぶつかってきた。

闇の中に、曳光弾と〈ダミー〉が、無数の光点となってランダムに舞い狂っている。モンテカルロ法の三次元コンピュータ・シミュレーション・モデルの中を漂っているようだ。

リフトのコンピュータが、視野にメッセージを出力する。
△高度／四〇五メートル▽
△ステータス／自由落下▽
△スタビライザー・モード／ON▽
リフトが各六個のノズルから噴射を始めた。

視野内で入り乱れている曳光弾の光と重なって、コンピュータが姿勢制御するための数値表示が、忙しく走っていく。ノズルが上下左右に動きつつ十数回噴射した。

空中で垂直姿勢になる。落下速度も弱まっていた。
△高度／二九六メートル▽
周囲には他の〈ダミー〉群の噴射炎があちこちに見えた。上方を見上げると、さらに投下された〈ダミー〉が多数見えた。部下たちの噴射炎は、それらに紛れていて判別不能だ。おれたちが乗っていたＵＨ－60ヘリの機影がかすかに視認できた。

リフトはプログラムされているので、自動的に新宿御苑の中心、日本庭園の方向へ向かっている。地上には明かりがほとんどない。森林が無数の黒いガスの塊みたいに見えた。わずかに三つの細長い池が鏡面となって、空中の光の乱舞を反射しているだけだ。

北の方に、管理事務所らしい建物が見えた。その隣には大温室がある。ガラス屋根で覆われたドーム状やカマボコ状の温室が並んでいる。しかし、空中に乱舞している光をあまり反射していないところを見ると、ガラスのほとんどは割れて原形をとどめていないだろう。

ゆっくり空中遊泳を楽しめる状況ではない。下方から飛んでくる曳光弾の密度が濃くなっていた。一つ一つが光点ではなく、光球に見える。

おれはリフトに命令し、噴射回数を減らした。落下速度が早まっていく。
△高度／一七一メートル▽
リフトのメッセージに混じって、部下からＪＴが来た。
△（嶋田少尉）大尉、どこです？▽
△（深尾大尉）こっちは今、高度一六五メートル▽
△（嶋田少尉）こっちは高度一八〇メートルです▽
△（河田曹長）一番乗りだ。高度一二〇メートル▽
△（深尾大尉）いつの間に？▽
△（嶋田少尉）地面にぶつかるなよ▽
△（深尾大尉）ジミーは？▽
△（ジミー三等兵）ジミー　ここ▽
△（嶋田少尉）ぼくの真上です▽
突如、いくつかの曳光弾がこっちに飛んできた。凄まじい遠近法で、闇の中に火球が拡大してくる。それらはあっと言う間に視界全部を覆い尽くした。悲鳴。それが自分のか誰かのものか、それすら区別できなかった。

ＵＢは超電導化された反射神経を持っている。だが、空中遊泳中はリフトで全力噴射を行っても、動きはワンテンポ遅れるのだ。自分の手足で地面を蹴るのと違って、腹立たしくなるほどのタイムラグがあった。

すでにリフトのコンピュータに対して、おれは回避運動を指示していた。だが、実際に噴射が始まり、その反作用で自分の身体が動き出すまで、一年ぐらい宙吊りになっていたような気がした。

すれすれで避けられた。闇の中を光球が通過し、彼方へ小さくなっていく。

だが、同時に空中での姿勢が大きく斜めになっていた。一気に落下速度が早くなる。
△ステータス／自由落下▽
理奈が改良した制御ソフト、バージョン7・1・1が対応し、バランスを取り戻すまで、数秒間を必要とした。
△高度／四五メートル▽
△（嶋田少尉）大丈夫ですか？▽
△（深尾大尉）無事だ▽
△（河田曹長）こっちも無事。ヒヤっとしたぜ▽
△（嶋田少尉）ＯＫ。ぼくもジミーも無事です▽
すでに十二、三階建てのビルの高さだろうか。そこから先は早かった。右手に中央休憩所、左手に中ノ池を見ながら、降りていく。木々の枝葉で覆われた、おあつらえ向きの場所を狙った。
△高度／八メートル▽
噴射する。一瞬、宙に静止した。後は重力に任せる。着地寸前に最後の噴射。軟着陸、成功。

「ようこそ、地獄へ」

先に着陸していた河田曹長が言った。すでにリフトを脱ぎ捨てて八九式自動小銃を構えている。セオリー通り、周辺を見張っていた。

眼の前には中ノ池があった。水面は黒い鏡のようだった。古池特有の淀んだような匂いがする。
五、六秒遅れて嶋田少尉も着陸した。さらに五秒遅れて、ジミーが着陸する。ディフェンダーは重い分、空中制御も難しく時間がかかってしまうのだ。
おれたちはリフトを脱ぎ捨て、武器や装備を再点検する。今のところ故障したものはなかった。バックパックの奥にある、ネクロノミコンL型ウイルスの容器も確かめる。これも異状なしだ。

夜空は静寂を取り戻しつつあった。光点の乱舞も収まり、ヘリ軍団の音も遠ざかっていた。周辺も静かだった。

おそらくGOO軍は、多数の〈ダミー〉に惑わされて、おれたちの所在はまだ掴んでいないはずだ。

JTDを使い、JT波を無線周波に乗せた。この場合は傍受される危険があるので、発信元を空白にする。
△()フロド1からビルボ1へ。指輪を持って旅の第一歩を踏み出した▽
数秒で返信が来た。
△()ビルボ1からフロド1へ。旅の安全を心から祈る▽
《指輪作戦》、第二段階開始の合図だ。

16 新宿御苑

おれたちは使用済みのロケット・リフトのリモコン・スイッチをONにした。これは使い捨てだった。GOO側に人間側の技術を供与する必要はない。

時刻は七時三〇分を過ぎている。まだ余裕がある。地下貯水池へのネクロノミコンL型ウイルス投入は、深夜午前零時から零時三〇分の間に実行できればいい。

おれたちは早速、透明化した。完璧に夜の闇に溶け込んでしまう。肉眼で発見するのは不可能だろう。

ただし、弱点もある。それは全員透明化すると、仲間同士も互いの位置を見失ってしまうことだ。

おれはJT通信で言う。
△(深尾大尉)以後は音声での会話はなしだ。JTのみにするぞ▽
部下たちも、△了解▽と答えた。
△(深尾大尉)では、密集隊形だ▽
おれたちは事前の打ち合わせ通り、ディフェンダーを中心に固まった。おれが最前衛、真ん中にジミー、両サイドに嶋田少尉、河田曹長というフォーメーションだ。スティルス・コートの一部を、互いに常に接触させるよう心掛ける。

こうして接触していれば、互いを見下ろす形になる。スティルス性能も落ちるので、仲間同士で互いの姿を確認できるのだ。この場合、見えるのは角度の関係で、主に下半身である。

しかし、窮屈なのは否めなかった。ちょっと歩調が乱れると、すぐにお互いが離れてしまう。

△（河田曹長）押しくらマンジュウだな、まるで▽

△（嶋田少尉）押されて泣くな、か▽

△（河田曹長）新米の頃は軍曹によく怒鳴られたな。屋外じゃ絶対に固まるな。固まっていると、銃撃された時は全員が弾を喰らって動きを封じられる。散らばっていれば、一人が足止めされても他の連中が反撃できる、と▽

△（嶋田少尉）生還率を上げる基本だ▽

△（河田曹長）今じゃこれだもんな▽

△（深尾大尉）セオリーは日進月歩するのさ。もし敵に発見されたら、その時はすぐ散らばれよ。その基本は変わってない。さあ、行くぞ▽

おれたちは新宿御苑内を進んだ。ここは旧都心にある数少ない緑地の一つだ。苑内を歩いていると、とても東京都心部とは思えず、郊外の森林にいるような錯覚を覚えるほどだ。

どういうわけか、GOOたちはこの森林を手付かずで残している。軍団を配置して、軍事拠点にするという発想を持たないらしい。おそらく彼らが生きていたと思われる中生代の原始林が生い茂る風景に近いから、ノスタルジーを感じるのだろう、と言われている。

管理事務所から大温室の方向へ進む。大木戸門を通過する予定だった。

といっても、押しくらマンジュウのまま、ずっと歩いたわけではない。

UBは糖分や水分を補給していれば、時速五〇キロ程度で一時間半ぐらい走り続けられる能力を有する。ディフェンダーのジミーに至っては、スピードはやや落ちるが三時間走り続けられる。だが、四人がダンゴ状態では、せっかくの優秀な機動性を発揮できなくなってしまう。

そこで見通しのいい場所では、あらかじめ合流ポイントを決めておく。そして透明化したまま一人ずつ、そこを走り抜けて合流ポイントに到着する。それを繰り返して移動速度を上げた。

おれが小人数編成にこだわったのも、このためだ。人数が多いと、こういう手順を繰り返すのが繁雑になるからだ。

途中、GOO軍の二小隊、八ダースぐらいの化け物歩兵たちと擦れ違った。

ＮＡＬ５００シリーズだ。恐竜目と人類の混血のような姿だ。五〇〇円硬貨ぐらいもある瞳をギラつかせている。人類の倍の大きさの唇をもぐもぐ動かしていた。新宿御苑内に着陸した〈ダミー〉を警戒していたのだろう。緊張を緩めず、索敵を行っている。

　ＧＯＯ兵士たちの格好は、基本的には最終軍ＵＢ兵士と同じで金属製の鎧にヘルメットだ。甲冑の下から覗く首筋や腕、脚は硬い鱗状のもので覆われている。

　面白いのは連中が首にネクタイを巻き付けている点だ。旧都心のデパートなどで見つけた品物らしい。だが、結び方はまったくでたらめだ。

　イヤリングやキーホルダーなどを甲冑の胸に付けている奴らもいた。用途を勘違いしている。突然、非人類の知性体が人類文化に遭遇すると、こうなるという見本だった。

　中にはデジタル時計や、アナログのダイバーズ・ウォッチなどを自分の頬や、鼻の位置に埋め込んでいる奴もいた。片方の眼の位置に小型液晶ＴＶを埋め込んでいる奴もいる。画面には本人が、もう片方の眼で見ている映像がモニターとなって映っているらしい。

　彼らは大抵の機械類と融合できる能力がある。それによって、こういう真似が可能なのだ。

　化け物兵士の中には、鳩などがよくやるように一歩二歩と歩くたびに、首が前後にひょこひょこ動く者が少なからずいた。この手のＧＯＯの遺伝子には、鳥の先祖のＤＮＡゲノムが含まれているのかもしれない。

　多くのＧＯＯ兵士たちはＭ２重機関銃を携帯していた。人類側の武器をコピーしたものだ。それにレーザー照準器を装着している。

　赤いピンポイント・レーザーが数十本、新宿御苑の森林の中を動き回っている。そのうちの何本かは、おれたちに当たった。しかし、スティルス・コートの威力は絶大で、それも後方に透過させてしまう。こちらの存在が露見する心配はなかった。

　ただ、ジミーは時々具合悪げに身じろぎしていた。彼の知性では自分たちが透明化していることがなかなか納得できないらしい。度々、大丈夫だと言い聞かせてやらねばならなかった。

　大温室の前を通る。予想通り、アクリル製の円屋根などは壊れていた。建物の中では枯れかかった熱帯植物が折り重なっている。腐っているものもあり、異臭を放っていた。

新宿御苑の周辺を囲んでいる柵が見えてきた。高さ二メートル三〇センチ、一五センチ角のコンクリートの柱で、それが縦型の格子となって並んでいる。

大木戸門に接近する。木々がまばらになり、見通しのいい場所だ。

しかし、付近に見張りの兵士が多数いる。柵の外も同様だ。特殊メイクした連中ばかりの仮装行列みたいな光景だった。通過するのは困難だろう。

指揮官として判断を下す。
△（深尾大尉）リモコンを準備しろ▽
△（河田曹長）待ってました▽
△（深尾大尉）合図したら、順番にあそこを通過するぞ。合流ポイントは新宿文化会館の玄関右端。直進して信号を右折だ。ジミー、平気だ。おれたちは見えないんだ▽
ディフェンダーが不安げに身動きしているので、おれはコート越しに軽く叩いてやる。
△（深尾大尉）ずっと見つからなかっただろ▽
△（ジミー三等兵）わかった▽
△（深尾大尉）よし、ぶっ飛ばせ▽
△（河田曹長）さらば、愛しのリフトよ▽
背後から閃光。一瞬、新宿御苑の森林群がシルエットになって浮かび上がる。爆発音が四回轟いた。二、三秒間をおいて銃声が聞こえてきた。混乱したGOO兵士たちが発砲しているのだろう。

四基のロケット・リフトにはC―4プラスチック爆薬が仕掛けてあった。たった今、河田がそれにリモコンで点火したのだ。
△（河田曹長）もう一発▽
さらに数十個のストロボの連射、爆発音が続いた。ダミーリフト群もリモコンで点火し、爆破したのだ。

見張りの連中は、バカでかいGOO特有の眼をさらに大きく見開いていた。カエルの化け物みたいな顔になった。彼らは早回し再生音のようなGOO語で、わめきだした。一斉に爆発現場に向かって駆け出す。

門が手薄になった。
△（深尾大尉）まず、おれだ▽
悠々（ゆうゆう）と通り抜けることができた。道路を渡り、新宿文

化会館の玄関に到着する。

部下たちを誘導した。まずジミー、続いて嶋田、河田の順番だ。再び合流し、密集隊形を取る。互いの無事な姿を確認した。

△（河田曹長）楽な作戦だぜ▽

△（嶋田少尉）気を抜くのは早いぞ、おまえの悪い癖だ▽

△（深尾大尉）ジミー、平気だったろ？▽

△（ジミー三等兵）はい　へいき　ジミーは　ちょうしいい▽

ディフェンダーの純真さに、おれたちは苦笑を禁じ得ない。彼の肩を叩いてやる。どうやら、ジミーもスティルス性に習熟してきたようだ。

だが、ここまでは戦術演習のようなものだ。これからはそうは行くまい。

17　整備工場

おれたちは市ケ谷方向を日指し、移動していた。

この付近は爆撃、砲撃のせいでかなり破壊されていた。ビルのほとんどは窓ガラスが割れている。当然、路上はガラスの破片が散乱していた崩れたビルの一部も転がっており、道路を塞（ふさ）いでいた。信号機や歩道橋なども崩れ落ちており、ＧＯＯの戦車によって押しのけられたと思える跡があった。街灯は点灯しておらず、場所によっては真（ま）っ暗闇（くらやみ）のところが多い。

潜入任務の地上行程は平穏（へいおん）無事だったと言えるだろう。いったんＧＯＯ領土内に入り込んでしまえば、こちらは透明擬装しているのでかえって楽だった。

途中、機甲中隊らと三回遭遇した。歩兵や戦車、装甲車などで構成された部隊だ。

戦車は、おなじみのＹＯＧ２００シリーズが多かった。巨大な甲虫に一一〇ミリ砲や重機関銃を搭載した砲塔を付けて、キャタピラの代わりに多数の触手を生やしたような奴らだ。黒光りするボディは、人類には美しいとは思えない曲線で構成されている。

ＹＯＧ３００シリーズも数輌見かけた。２００よりもやや大型で、角張ったデザインだ。

幸い、おれたちは怪物戦車たちにもまったく気づかれずに通過できた。その度に安堵する。

　この調子で最後まで行ければ、それに越したことはない。だが、戦場での楽観視は禁物だった。

　……四年前。おれは初めて八九式自動小銃を握って最前線に出た。すでにＵＢの状態でＧＯＯと戦うのには慣れていた頃だ。だが、それは一対一で戦う場合の技能でしかなかった。集団対集団の戦場では、それまでの経験など役に立たないことの方が多かった。思いもかけない場所に伏兵（ふくへい）が隠れていて、それで形勢を逆転されるという目にしばしば遭ったのだ。

　当時、おれの上官だったのは旧米軍の特殊部隊グリーンベレーにいたという、黒瀬光一中尉だった。中南米で傭兵（ようへい）をしていたこともあるという彼は、陽焼けした精悍（せいかん）な男だったが、普段はもの静かな人物だった。

　彼が教えてくれたのは、戦場での戦いというのは常に決まり切った手順で始まり、決まり切った展開を経て、決まり切った手順を踏んで終わるものである、ということだ。

「ＧＯＯ対ＵＢになっても基本はそんなには変わらない」

　そう黒瀬中尉は言った。

「戦闘に慣れたプロ同士の闘いというのは、一定のルールで行われるサッカーやラグビーの試合とたいして違わないものになってくるんだ。お互いの手の内は七〇パーセント以上読み合っていて、残り二十数パーセントで出し抜く方法を考えながら戦う。そういう形にしかならないのさ」

　要するに、現代戦というのはそこまでマニュアル化が進んでいる、ということだった。また、最悪のケースを考えられる限りすべて予想しておくことが一番重要だ、とも教えられた。

「戦場に女房子供と希望的観測は持ち込むな、さ」

　そう黒瀬中尉は言った。

「素人（しろうと）は現代戦の戦術論を学ぶと〈じゃあ、こうしてああすれば勝てるだろう〉なんていう風に考えてしまう。ところが、そうはいかず、いきなり最悪か、それに近い事態に直面するのが戦場なんだ。で、パニックで頭の中は真っ白。そういった最悪の事態も予想し、事前に覚悟を決めておけば、素人でもすぐに現実を受け入れて対処方法を思いつくものなんだ。一番危険なのは、聞きかじりの戦術論を自分にとって都合のいいように組み立ててしまうことだ」

彼の講義は役に立った。特に、ＧＯＯたちがまだ現代戦のセオリーを知らなかった頃は、おれも大いに戦果を上げることができた。今はそうもいかない。化け物どもも、こちらの戦術を学んでしまったからだ。

ちなみに黒瀬中尉は、一年前に江戸川付近の最前線で行方不明になったままだ。おそらく死んでいるだろう。彼は死ぬ間際に、これも事前に予想していたこととして冷静に受け止めたのだろうか。

彼の言葉に従い、おれも最悪のケースをシミュレーションしていた。一番悪いケースは任務を果たさぬまま分隊が全滅する事態だ。二番目に悪いケースは、おれが死んで部下たちだけで任務を果たさねばならない事態だ。どちらもそうなってからでは、おれにできることはない。

三番目に悪いケースは、部下が全滅し、おれ一人で任務を果たさねばならない事態だ。そんなことは絶対にない、とは言えない。充分にあり得ることだ。おれは密かにそれを覚悟していた。

黙々と靖国通りを進み続けた。

おれたちは時々、ＪＴＤに仕込んだグローバル・ポジショニング・システムを作動させつつ進んだ。視野内に地形図と現在位置が表示される。静止衛星が計測して、軌道上から教えてくれるのだ。市街の様相が激変しているから、念には念を入れた。新宿区をほぼ東西に横断するコースを取る。

市ケ谷の旧防衛省のそばを通った。今はＧＯＯの戦略拠点になっている。言ってみれば空軍基地だ。おなじみの〈航空機〉、ＨＵＳ３００シリーズが駐機していた。

ケツアルコアトスのような中生代の翼竜と、ヘリ用のエンジンとローターを一体化したような奴らが集団で眠っていた。連中の両翼は差し渡し七メートルぐらい。頭部には長さ一メートルほどの細長い嘴がある。嘴にはノコギリみたいな刃があり、ちょうど互いの凹凸が噛み合わされている。

いずれも建物の壁に両翼の爪を引っかけて、ぶら下がるようなポーズで休んでいた。超巨大な蛾が並んでいるような不気味さだ。背筋に高圧電流が走りそうな気分になる。

△（河田曹長）うううう▽
△（嶋田少尉）何だ？　トイレでも近いのか？▽
△（河田曹長）気色悪い眺めだぜ。おれはGOOに生まれなくてよかったね▽
△（嶋田少尉）どうかな？　連中も人間の姿を見て吐き気を催しているのかも▽
△（河田曹長）お互い様ですかね▽
△（嶋田少尉）そういえばフレドリック・ブラウンのショート・ショートに、そんなオチがあったな▽

ジミーも、この光景には衝撃を受けたらしい。後ろから、おれをせっつく。

△（ジミー三等兵）はやく　はやく　ここ　いやだ▽
△（深尾大尉）落ち着け、ジミー▽

全員、鳥肌状態でそこを通過した。人類の歴史上、なじみのなかった光景に出会うと、やはり嫌悪感や拒絶反応の連鎖爆発が起きるものらしい。

外堀通りに出る。川の向こうにはJR市ケ谷駅の建物がある。だが、そこも今はGOO軍の拠点と化していた。

メチルアルコールによる火力発電で、周辺は明るく照らされている。異形の歩兵、戦車が多数いた。これまた地球上の光景とはとうてい思えない眺めだった。スペース・オペラ映画の大規模なロケ現場のごとき有様なのだ。

おれたちは空中やビルの屋上にいる見張りに注意しつつ進んだ。スティルス・コートは真上から見下ろされると役に立たない、という欠点があるからだ。

この付近を中央突破するのは、やはり難しいようだ。照明が明るすぎて、透明擬装もボロが出やすいからだ。

予定通り、進路を北に変えることにした。外堀通り沿いに進んでいく。これは前回潜入したビーバー6分隊が収集した情報によるものだ。

外堀通りを挟んだ川の両岸も軍事拠点となっていた。旧法政大学や東京逓信病院の建物も、今ではGOO軍に利用されてしまっている。もちろん、これらはピンポイント爆撃の対象になっており、一度は破壊された建物だ。しかし、化け物どもは崩れた建築材を再利用して、地下などに拠点を造り直したりしているらしい。

JR飯田橋駅付近に到着する。この辺りも爆撃の犠牲となった地点だった。壊れたビル群はサイズの大きな墓石に見えた。この市街地も、今はメチルアルコールによる発電で煌々と照らされて、その下を異形の歩兵たちが徘徊(はいかい)している。

おれはJTDに内蔵された野戦情報処理システム(バトル・フィールド・スキャナー)、BFS−6801をONした。視聴覚センサーとジョセフソン素子コンピュータが電子のビリヤードを行い、状況を分析してくれた。

おれの視野内に、ジェット戦闘機のヘッドアップ・ディスプレイのように文字や図形が表示される。

◇状況　＊警戒態勢◇
◇敵の数（地上歩兵）＊51◇
◇敵の数（地上車輌）＊4◇
◇敵の数（空中）＊0◇
◇敵の陣形　＊同心円◇
◇戦力比　＊自軍1／敵軍18◇
◇予測勝率　＊4パーセント◇
◇最適の選択　＊（安全な順に）撤退／迂回(うかい)／隠密索敵(おんみつさくてき)◇

△（嶋田少尉）予測勝率四パーセントか。素敵だ▽
△（河田曹長）そいつは、双方が通常の武器しか持たないと想定しての確率のはずだ。こっちには新兵器があるでしょう。ネクロノミコンF型ウイルス弾が▽
△（深尾大尉）強行突破なんか論外だぞ▽
△（河田曹長）ま、言ってみただけですが▽
△（深尾大尉）実地に勝率を試すのは避ける。無用な危険を冒(おか)す必要はない。予定通り、この付近にあるGOOの地下工場を抜ける▽
おれたちは、首都高速道路五号線の下へ移動した。旧都心を貫くこのハイウェイはまだ無事に残っていた。今はGOO軍が勝手に道路の分岐点や出入口を増やして、輸送に利用していた。

高架道路の下で、二匹のGOO歩兵を見つけた。見張り役だ。彼らには片眼がなく、その位置にミュージック・プレイヤーを埋め込んでいた。

過去の潜入から得られた情報でも、GOOたちがロック系の音楽を好むことは報告されている。ここで見張りを務めている兵士たちが例外ではないことも報告されていた。

見張りの兵士のそばには、地下へ下りる階段口がある。

それが地下工場への出入口だった。前々回潜入したビーバー5分隊が発見したルートだ。この工場は、外部も内部も見張りが手薄で通り抜けやすいことも分かっている。

　おれたちは見張りの間をすり抜けて、階段を下った。

地下軍需工場に降りる。

　過去、潜入した分隊が持ち帰った映像記録によって、ある程度そこがどんな場所であるかは分かっていた。しかし、ビデオ画像で見るのと、現場に居合わせるのとでは比較にならない、ということがよくある。今がそれだった。

　そこは、半径二〇〇メートルはある空間だった。全体の形は正六角形に近い。床と天井の間は四メートルぐらい。

　天井を支える柱があちこちにある。やはり結晶生物といったものらしい。色は白とグレーのツートンカラーで、〈分染法(ぶんせんほう)〉で染められた染色体のような横縞(よこじま)パターンで、表面が覆われている。

　その下に展開している眺めは、整備工場に似ていた。あるいは〈手術中〉のランプが点灯している外科手術室内にも似ていた。あるいは、そのどちらにも似ていないとも言える。要するに兵器型ＧＯＯのメンテナンスが行われているのだ。

　怪物戦車のＹＯＧ２００シリーズや、ＹＯＧ３００シリーズたち三〇輌が、脇腹に当たる部分を開けられている。そこからは夥(おびただ)しい量の赤茶色の粘液が流失していた。さらに、その粘液にまみれた内臓なども引きずり出されて、作業台いっぱいに広げてあった。

　彼らの内臓は臓器であると同時にエンジン、シャーシ、シャフト・ドライブに変じているのが分かった。コンピュータ基板もそこに接続してある。

　生体部分と機械部分とが渾然一体(こんぜんいったい)となっているのだ。重金属の解毒や中和をするメタロチオネイン・タンパク質と、筋肉が赤色をしている原因でもあるミオグロビン・タンパク質との混合物のようなものが、彼らの内部で増殖しまくって、両者を違和感なく融合させているらしい。これなら機能の改良も簡単だろうし、人間側の兵器よりメンテナンス（外科手術？）はずっと楽かもしれない。

　それは、今までにも増して吐き気のする光景だった。その上、作業台上から滴(したた)り落ちている彼らの体液の臭(にお)いときたら、自分の鼻を切り落としたくなるような代物だ。

ここで働く整備員たちは、主にＮＡＬ１００シリーズ、グリーンイグアナ人間たちだ。彼らが大きな眼玉を動かし、パ行音の多い言葉で、何やら怒鳴り合っている。

おれは徐々に、理性が麻痺してくる感覚に襲われていた。自分たちはこの世の外に来てしまったのだ、という感慨を抱いた。二〇世紀の米国怪奇作家ラヴクラフトが創造した小宇宙の中を、異次元の妖星(ようせい)の上を旅している気分だ。
△（河田曹長）本当にこんなところを通り抜けるんですか？▽
△〈深尾大尉〉そうだ。文句あるか？▽
△（河田曹長）あるけど、ないことにしておきましょう▽
△（嶋田少尉）地上に抜けられるルートがあればいいんだが、仕方ないな▽
△（ジミー三等兵）はやく　でよう▽
ジミーも嫌悪を露(あらわ)にしていた。彼が巨体を震わせているのが、コート越しにも伝わってきた。

幸い、ここは壁際などに暗がりも多い。透明擬装で通過していくには、おあつらえ向きだった。壁づたいに行けば、簡単に通り抜けられるだろう。通り抜けられなくなった。おれは思わず舌打ちする。

反対側の出口から、さらにＹＯＧ３００シリーズ・タイプの怪物戦車たち一〇輌が搬入されてきたのだ。いずれも派手に破壊されていた。表面が熱で熔(と)け、自らが流した赤茶色の粘液(ねんえき)にまみれている。

搬入はかなり手間取っている。ＧＯＯの整備員たちが出入口に集まり、早回し再生音のような言語で怒鳴り合っている。労使紛争の気配がした。どうやら急に残業が増えたことが不満らしい。

出入口は混雑状態のままとなり、一向に改善される見込みはなかった。その間、おれたちはここで待つしかないのだ。部下たちにそれを告げた。
△（深尾大尉）休憩しよう。焦っても無駄だ。キャンディでも舐(な)めていよう▽
おれたちは壁際の目立たない場所に座り、糖分を補給しながら、工場の内部を眺めていた。しかし、鑑賞に値するようなものは何もない。目に入るのは、どれも最悪の悪夢の産物ばかりだった。

部下たちが退屈しのぎに私語を始めた。
△（河田曹長）いまだに奴らが地球産の生物だとは信じられないな▽
△（嶋田少尉）でも、地球産なんだよ。そうでしょう、大尉？▽
△（深尾大尉）ああ▽
それは、すでに多くの人が知っている事実だった。暇潰しに説明しておこう。

地球上のすべての動物には、ＤＮＡの中に共通のプログラムのセットがある。昆虫、魚類、両生類、鳥類、哺乳類、ヒトに至るまで、それはあるのだ。

そのＤＮＡの共通プログラムを、ホメオボックス（体節化遺伝子）と呼ぶ。ホメオボックスは、地球上の動物の身体の、最も基本的な構造を決定しているプログラムだと考えられている。

そして、研究の結果、そのホメオボックス・プログラムがＧＯＯのＤＮＡにもあったことが判明したのだ！

ということは、ＧＯＯも地球上の〈進化の系統樹〉のどこかに位置づけられる存在、つまり大きなスケールで言えば人類の親戚だという結論しかない、ということになる。

しかし、ＧＯＯがいつの時点で、どの生物種から分岐したのか？　それがまだ分かっていない。

分子時計という手法がある。ＤＮＡの塩基分子の変化を基準に、生物種がいつ分岐したかを測定する方法だ。

この手法によって、六〇〇万年前のアフリカで、ヒトとチンパンジーが分岐したことが分かった。

しかし、ＧＯＯと、現存する生物種との分岐点は、分子時計の手法でも解析不能だった。というのは、ＧＯＯのＤＮＡと現存生物のＤＮＡに、ホメオボックス以外の共通点が見当たらないからだ。つまり、これはすでに絶滅した生物種から、ＧＯＯが分岐したことを意味している。

それらを嶋田がざっと要約して、河田に説明していた。
△（嶋田少尉）太古の昔に絶滅した生物のＤＮＡを入手することは、ほとんど不可能だ。だから、ＧＯＯのルーツも謎のままさ▽
△（河田曹長）でも、おれはやっぱりＧＯＯのルーツ＝恐竜説を取るな。姿形も似ているし、卵生という共通点もある。そして恐竜は絶滅しているから、Ｇ

ＯＯのルーツを分子時計で解析することもできないわけだ。理屈に合ってるでしょう？▽

△（嶋田少尉）それは、証拠がないことを証拠にするっていう論法だぞ。あまり意味ないな▽

△（河田曹長）いずれ証拠も見つかりますよ。おれに言わせりゃ、恐竜絶滅の原因もＧＯＯの仕業だ。つまりＧＯＯが恐竜を喰い尽くしたんです▽

おれも退屈しのぎに雑談に参加した。

△（深尾大尉）恐竜の絶滅は、小惑星の激突のせいじゃなかったのか？▽

△（嶋田少尉）いや、違いますよ。メキシコのユカタン半島に落ちた小惑星のせいだっていう、例の仮説でしょう？　それで〈核の冬〉ならぬ〈小惑星の冬〉になり、気温が下がって恐竜が絶滅したというストーリー。有名な仮説だけど、信憑性はないです▽

△（深尾大尉）というと？▽

△（嶋田少尉）その仮説の根拠は、恐竜が絶滅した六五〇〇万年前の地層から、大量のイリジウムが発見されている点です。これだけ大量のイリジウムは、小惑星が地球に激突でもしない限り地表に存在するわけがない、恐竜の絶滅もこれのせいだ、という仮説です。でも、現在は否定されています▽

△（深尾大尉）？？？▽

おれは疑問符を送信した。

△（嶋田少尉）もちろん小惑星の激突そのものは事実ですよ。しかし、化石の研究から、恐竜はそれ以前から長い年月をかけて絶滅への道を辿っていたことが分かったんです。だから、恐竜絶滅の原因は相変わらず、進化のミステリー・ナンバーワンのままってわけですよ▽

△（深尾大尉）なるほど▽

ふと気配に気づいて振り返る。

出入口での混雑が収まりつつあった。ＧＯＯ作業員たちが残業を受け入れたらしい。報酬は何で支払うのだろう？　洗剤や入浴剤かもしれない。ＧＯＯにとって、それらは人類のアルコールに相当する飲料になるのだ。

すでに、壊れたＹＯＧ３００シリーズ戦車たちの搬入が始まっていた。それらは時折、赤茶色の粘液を身体の各部から噴出させており、一段とひどい異臭を放っている。作業員たちが手真似と声で、怪物戦車たちを工場内のスペースに誘導し始めていた。
△（深尾大尉）休憩終わりだ▽
おれたちは出発した。

18　地獄への一歩

おれたちは目白通りに出た。そこを南下し、目的地に向かう。ビルの隙間（すきま）から、日本武道館の湾曲した屋根の一部が見えていた。

道路と、その周辺には多数の自動車が放置され、錆びついていた。トヨタ、ホンダ、三菱の他、ＢＭＷ、ベンツなどもある。昆虫の死骸（しがい）みたいだった。

すでにここは千代田区内だ。かつては国会議事堂があり、政府省庁があり、丸の内のオフィス街があった地区だ。日本の政治経済の中枢部だったのだ。

今ここは、ＧＯＯの領土の中心地である。さっさと遷都（せんと）しておけば良かったのかもしれない。そうすれば政治的大混乱を避けられた可能性はある。

目白通りのホテル・グランドパレスの前を通過する。

△（河田曹長）いよいよ地獄の三丁目▽
△（嶋田少尉）行きはよいよい、帰りは怖い、か▽
△（深尾大尉）頼むから、他のテーマソングにしてくれ▽

日本武道館が視界に入ってきた。平面図は正八角形の建物だ。あらためて見てみると、湾曲した屋根といい、変な飾りといい妙なデザインだった。インドか東南アジアの神殿に見えなくもない。今はＧＯＯが使っていることを考えると、文字通りの伏魔殿（ふくまでん）に見えてきた。

その手前にあるのはお堀だ。〈エンペラー〉の住まいを囲む人工の川だ。ここからは〈城〉を直接見ることはできない。見たところで、そこも化け物の地区と化している。

ちなみに、日本国憲法は現在は凍結中なので、今の日本には〈エンペラー〉は存在していない。だが、終戦を迎えれば日本国憲法は再公布される予定だ。だから、その時に皇位継承者（こういけいしょうしゃ）がいないとなると、憲法の条文と矛盾することになってしまう。そのため現臨時政府の最高評議会メンバーたちも、〈エンペラー〉とその一族たちの保護を続けているのだ。

まあ、おれには関係のないことだ。

靖国通りに出た。そこに面している銀行だった建物を確認する。

それは、もともとは何の変哲もない鉄筋コンクリートの建物だったのだろう。今は、一階の壁がぶち抜かれており、ばっくり開いた怪物の口腔のように見える。おれたちを喰らおうと準備しているみたいだ。

そこが〈地獄の門〉だった。ＧＯＯ地下基地の出入口なのだ。

〈門〉の内側にはＮＡＬ２００シリーズ、亀人間のＧＯＯどもが数名いた。見張りらしい。背中には甲羅を背負っている。しかし、顔は鳥類に似ており、嘴があるのだ。

おれたちの間に緊張感が走った。額にレベルメーターが付いていたら、最大値を示す赤いＬＥＤが点滅しただろう。
△（河田曹長）着きましたね、大尉▽
△（深尾大尉）ああ。気を引き締めてかかれよ▽
おれの背後で、部下たちが深呼吸している気配が感じられた。
△（嶋田少尉）大尉。テーマソングを一節吟じましょうか？▽
△（深尾大尉）何だい？　景気のいいやつかい？▽
△（嶋田少尉）……憂いの国に行かんとするものはわれをくぐれ。永劫の呵責に遭わんとするものはわれをくぐれ。破滅の人に伍せんとするものはわれをくぐれ▽
△（深尾大尉）？　また『神曲』か？▽
△（嶋田少尉）ええ。『神曲』、地獄篇第三歌。地獄の門に刻まれた銘文です▽
△（深尾大尉）その続きは？▽
△（嶋田少尉）正義は高き主を動かし、神威は、最上智は、原初の愛は、われを作る。わが前に創られし物なし、ただ無窮あり、われは無窮に続くものなり▽
△（河田曹長）意味不明▽
△（深尾大尉）地獄のテーマソングというより、神様のテーマソングみたいだな▽
△（嶋田少尉）ですね。案外、その二つは同じものなのかな▽
おれも深呼吸する。時間の感覚が狂い出しているよう

だった。潜入してからまる半日かかって、やっとここに辿り着いたような気がする。だが、実際にはまだ二時間ぐらいしか経過していなかった。今は午後九時二二分。

JT波を無線周波に乗せて、電文を送った。
△（）フロド1よりビルボ1へ。火山のふもとに着いた。全員無事だ。これより指輪を持って登山する▽
十秒ほどして返信が来た。
△（）ビルボ1よりフロド1へ。登頂成功と安全な旅を祈る▽
おれはうなずく。これでしばらくは司令部との連絡も取れなくなる。地下深くからでは電波が届かなくなるからだ。
△〈深尾大尉〉さあ、行くぞ。ドブネズミども▽
おれたちは見張りの間隙をついて〈地獄の門〉をくぐった。気づかれた気配はなかった。

建物の内部は四〇メートル四方の空間だった。今は空気で満たされているだけだ。例の怪物戦車から出る赤茶色の体液が床などにこびりついている。

ここの正体は巨大なエレベーター・リフトであることが、前回のビーバー6分隊によって得られた情報から分かっている。巨大空母で戦闘機を甲板に上げ下げするシステムに似たものだ。違うのは油圧駆動ではなく、専業の化け物が、これを動かしている点だ。

壁際の階段へ向かった。鉄板だけで構成されたステップを下りていく。

そこは地下鉄九段下駅の一部を再利用していた。改札口やプラットホーム、トンネルなどをぶち抜いて、エレベーター駆動装置が入れる空間を造ってある。

そこには膨大な体積を持つものが複数、存在していた。船の霧笛に似た音が聞こえる。どうやら、そいつらのいびきらしい。

灰色の毛皮に包まれた、直径五メートルの球体が五つそこにあった。鋼鉄の太いスプリングが数十本、そいつらの身体から生えている。エレベーターを上げ下げする際のショック・アブソーバーらしい。いびきに反応して、スプリングがかすかに震えている。

おれたちがSOG1000シリーズと呼んでいるGOOだった。こいつがエレベーター・リフトを動かす駆動装置だ。
△（嶋田少尉）熟睡中らしいですね▽

△（深尾大尉）起こすんじゃないぞ▽
△（嶋田少尉）もし起きたらどうします？▽
△（深尾大尉）子守歌でも歌え▽
△（河田曹長）おれ、子守歌知らないんです▽
△（ジミー三等兵）はやく　いこう▽

ディフェンダーのジミーも、巨体に似合わず脅えていた。おれだって内心は、そうだった。これから入って行かねばならない地下迷宮には、こういう手合いが団体で蠢いているのだ。恐怖が全身に悪性のウイルスのように蔓延（まんえん）してくる気分だ。

階段を下り切った。地下基地第一階層が見えてくる。ＬＥＤの照明がそこから漏れ出ていた。

地下第一階層は、空母のねぐらみたいに広大な地下工場だった。直径二〇〇メートルはある。円形ではなく、巨大な正六角形だ。

工場の内部には、テニスの試合ができそうなほど広い作業台が数十基あった。その作業台上で怪物戦車のＹＯＧ２００シリーズやＹＯＧ３００シリーズなどが修理されている。

作業しているのは、やはりＮＡＬ１００シリーズ、グリーンイグアナ人間どもだった。

ここも兵器型ＧＯＯたちのメンテナンス工場だった。ただし、ＪＲ飯田橋駅付近にあった地下工場とは違う点もある。

脇腹を開けて部品交換といったレベルではないのだ。完全に解体され、分解されている。ここは徹底的にオーバーホールする場所らしい。

作業台上に無造作に並べられた部分品群は、得体の知れない深海魚か異星生物の死骸に見えた。いずれもＧＯＯの一部分ではあるが、生命感がない。生きた細胞ではなく、ただの機械部品に近いレベルにまでバラされたようだ。

△（河田曹長）うう、また嫌な眺めだな▽
△（深尾大尉）文句言うな。さあ、ドブネズミども、第一関門へゴーだ▽

例によって、合流ポイントを決めては一人ずつ透明擬装のまま、この巨大工場を通っていった。

通過は順調に進んだ。何せ騒音が充満していたし、異形の作業員たちも怒鳴り合ったり、作業に追われたりしていた。この様子なら、もしＧＯＯの一匹が壁際に陽炎（かげろう）

のようなものを一瞬目撃したとしても、気にしなかったに違いない。

　工場中央部には、ジャンボジェットのエンジンもあった。ＧＯＯたちは、これも何かに利用しようとしているらしい。たぶん怪物航空機ＨＵＳシリーズ新型を目論（もくろ）んでいるのだろう。放っておけば、いずれジェット・エンジン装備の超巨大なＨＵＳ４００シリーズといった奴らが、空を飛び回るのかもしれない。あまり想像したくない光景だ。

　工場の天井には碁盤目のようなレールが設置してあった。そこから電磁石クレーンが、ぶら下がっている。直径一メートルほどで銀色の円盤型のそれはレールに沿って工場内を移動していた。

　今はＹＯＧ２００シリーズ戦車の外殻（がいかく）装甲板を磁力で吊り上げて、軽々と運んでいる。間違いなく、超電導磁石だ。

　それら整備中の部品や、この工場で働く異形の作業員たちを横目で見ながら、おれたちは易々と地下第一階層を通過した。第二階層へ通じる階段手前で合流する。
△（河田曹長）トロい奴らだぜ。大尉、この調子なら行けますよ▽
△（嶋田少尉）安心と楽観は戦場じゃ禁物と習わなかったのかい？▽
△（河田曹長）おれに、それを教える必要はないと皆思ったんでしょうよ。何せ優秀だから▽
△（嶋田少尉）そりゃ、おまえだけ見捨てられてたんじゃないか？　あいつには何を教えても無駄だって▽
△（河田曹長）とんでもない。おれは殺（や）られかけた仲間を何十人も救った人気者だ▽
△（深尾大尉）ＯＫ、人気者で優秀な諸君。聞いてくれ▽
おれも軽口を叩く余裕が出てきた。
△（深尾大尉）いや、冗談じゃなくて、おまえたちは優秀だよ。おれが保証する。だからマーカーを忘れずにセットして、さらに優秀なところを見せてくれ▽
△（河田曹長）おっと、それがあったか▽
　河田がマーカーを土中に埋める作業を手早く行った。微弱な電波を発信する朝露電機製ＭＫ１１００という代

物だ。見た目は小石に見えるように造ってある。

△(嶋田少尉)グレーテルは道しるべにパンくずを落としました、だな▽

△(河田曹長)次はお菓子の家へご案内▽

△(深尾大尉)ヘンゼルになって魔女に喰われるなよ▽

そっと溜め息をつく。これまでのところ重大なトラブルもなかった。このまま最後まで無事に終わって欲しい。おれは心底から祈りたくなった。

だが、おれは無信仰、無宗教の人間だ。今さら神様が、こんな奴の祈りを聞くとも思えない。それに、こういう心理状態になったのは未来を楽観視したがっていることの現れかもしれない。だとしたら、戦闘のプロにはあるまじきことだ。自戒しよう。

おれたちは第二階層へ下りた。

19　第二階層

地下第二階層に下りて、すでに三〇分余りが経過した。住人に見つからないよう注意しつつ移動しているので、どうしても時間を喰ってしまうのだ。

その上、この第二階層から下は人類の感覚が通用しない異世界だった。それがアンジオジェニンに誘導形成された毛細血管網(もう)のように広がっているのだ。

慣れない環境に、こちらが途惑(とまど)ってしまうのも、時間がかかる要因だった。

例えば、ここの廊下の壁は平面ではなかった。壁は一定の間隔で山と谷の形を繰り返している。コンサートホールの反響板みたいだった。

曲り角も直角ではなく六〇度、一二〇度の単位だった。どうしても方向感覚がおかしくなってくる。

これらはすべて、正六角形を基準にした異世界であるせいだ。各部屋が正六角柱の形をしているし、廊下自体も正六角形のフロアを一列に並べたような形なのだ。言ってみれば、巨大なハチの巣みたいな構造だった。

正六角柱の各部屋は、一つ一つがテニス・コートほどの広さだった。天井は四メートルほどの高さ。それら正六角形が多数連なって、一つの階層を構成している。

〈部屋〉の天井には、恐竜の背骨や肋骨(ろっこつ)のような構造物がクモの巣状に並んでいる。それが梁として重量を支えているらしい。

天井、壁、床は結晶物で覆われている。結晶は、直径一〇センチほどの平面の正六角形の形だ。色は白、灰色、黒などのまだら模様だ。ところどころ、粘液が塗り付けてあるところもある。

よく見ると、その粘液は細胞のように増殖していた。一部は平面の正六角形に結晶化している。粘液は、自動的に壁や床などの内装に変わるらしい。

各部屋、各フロアにはLEDの照明設備が整っている。生活には不自由ない明るさだ。スティルス・コートを使用するにもちょうどいい明るさだった。

さっきから、おれたちが歩いている辺りは、住居や病院その他の施設を兼ねた区画らしい。当然、住人たちや衛兵が多数行き来している。GOOの子供もいた。正確には、それは子供というより幼体と言うべきもののようだ。

GOOの幼体は成体に比べるとサイズも小さく、ぬいぐるみの人形のようで可愛らしいとも言える。しかし、能力的には成体と比べてもまったく遜色はないらしい。


幼体たちも何かを運んだりとか、看護師のような仕事に従事しているのを見た。
△（嶋田少尉）ここには労働基準法なんかないみたいですね。子供も働いてる▽
△（深尾大尉）いや、人間の社会だって中世までは〈子供〉という概念はなかったらしいぞ。昔は、七〜八歳になったら働いているのが当たり前だったそうだ▽
△（河田曹長）おれの世代は七〜八歳から塾通いさせられて大変でしたよ。昔も今もたいして変わらないな▽
△（嶋田少尉）そうか▽
△（深尾大尉）何だ？▽
△（嶋田少尉）GOOは脳に直接、情報をロードできますからね。人間と違って義務教育を長期間受ける必要がない。だから〈若年〉という概念はあっても、〈子供〉という概念はないんですよ▽
△（河田曹長）受験勉強なんかしなくていいのか。GOOに生まれりゃよかったな▽
他にも三つ眼や五つ眼の蛇みたいな奴、オオサンショ

ウウオに似た奴も徘徊している。ＧＯＯの中でも下等生物の類だ。ペットのようなものらしい。思わず身震いするほど可愛らしい奴らだ。

大きな〈広間〉に出た。ジャンボジェットの格納庫のように広い。ここは正六角形の〈部屋〉四〇室分ぐらいを円形に一まとめにした形だ。ところどころに例の結晶の柱があり、それが天井を支えている。

見回すと、壁に直径三メートルほどの穴がいくつもあった。巨大なモグラが通った跡みたいだ。
△（深尾大尉）ここは第二階層の端だな。ここの奥に階段があるはずだ▽
△（河田曹長〉何で、階段を一カ所にまとめないんですかね？　不便だろうに▽
△（嶋田少尉）それは人間の感覚だな。連中には、この方がいい、という習慣や伝統みたいなものがあるのかもしれない▽
△（ジミー三等兵）へんだ　ここ　すごく　へんだ▽
改良した犬の脳を持つディフェンダーまで、そういう感想を述べていた。
△（深尾大尉）他にも階段は何カ所かあるだろうが、今は探している時間がない。さあ、行くぞ▽
ふいに、地面から震動が伝わってきた。小刻みに、おれたちの足元を揺さぶりだす。
△（河田曹長）地震？▽
△（嶋田少尉）いや、これは人工的な▽
△（深尾大尉）静かに▽
震動は音に変わった。何かが激しく大地とスキンシップしているようだ。天井から、わずかだが砂や土、小石が落下してくる。見上げると、天井を覆う結晶体に多少ヒビが入っていた。
△（河田曹長）どこかで工事中かな▽
△（深尾大尉）どこかじゃない。ここだ▽
やがて壁の穴の一つから、そいつが出て来た。

おれたちは氷結状態になっていた。そいつの巨大さ、異質さに唖然としていたのだ。自分がＵＢであることも忘却していた。わめき出し、回れ右して、駆けだしたかった。それをしなかったのは、仲間に不様な姿を見せたくない、という矜持があったからだ。

そいつは全長四メートル、直径二メートルの円筒形で六本脚だった。最初、頭かと思った丸い部分は、実はバカでかい臀部だった。そいつは後ずさりしながらトンネルから出てきたのだ。

そいつが頭をこっちに向けた。〈顔面〉には、歯車のようなものが一〇個ほどあった。それらは顔面の皮膚に対して直角に半分埋め込まれた構造になっている。その歯車で岩石を砕いていたらしい。大きな眼がギラついている。口腔は人間一人を呑み込めそうなほどの大きさだ。

△（嶋田少尉）こいつは？▽

△（深尾大尉）分からん。初めて見た▽

△（河田曹長）おれも怪獣図鑑は持ってこなかったから、分かりませんよ▽

人間のトリオは意地を張り合って平静を装っていたが、皆恐怖していたのは明白だ。

おれの後ろにいるジミーは、そんな見栄や外聞には縁がないので後ずさろうとする。

△（ジミー三等兵）これ　なに　なに　これ▽

△（深尾大尉）動くな。こっちは見えないんだ。大丈夫だ▽

そいつの全身の皮膚は硬い鱗だった。その隙間から、あの白やグレーの粘液を噴出させている。どうやら穴を掘った後で、その粘液が増殖、結晶の過程を経て〈部屋〉や廊下の内装に変わるらしい。本人は岩石を喰らって、それを栄養にしているのかもしれない。生きた地下工事マシンだ。

おれの脳裡に閃くイメージがあった。

△（深尾大尉）トンネル掘削機▽

△（嶋田少尉）何ですって？▽

△（深尾大尉）ＴＶで見たことがある。地下鉄なんかのトンネルを掘るのに使われるマシンだ。円筒形で、レールの上をスライドして前進する仕掛けだ。前面にはビット・カッターという歯車みたいなものがあり、それが回転して岩石を砕く▽

△（嶋田少尉）つまり、こいつは▽

△（河田曹長）トンネル掘削機と合体したＧＯＯ▽

△（深尾大尉）たぶんな▽

唐突に〈掘削機〉が、おれたちの方を見た。慄然とする。気づいたのか？

化け物はパイプ・オルガンの低音部に似た音を発した。こちらを観察している。

おれたちは身動きしなかった。迂闊に動けば、墓穴を

掘っただろう。だが、もし気づかれたのなら、すぐ散らばって戦闘態勢を取る準備はできていた。

〈掘削機〉は、こちらの方に顔を近づけようとする。だが、確信があって、そうしている感じではない。視界の一部に不審を抱いたといった態度だ。

おれは皆に警告する。

△（深尾大尉）あいつは赤外線に反応しているのかもしれん▽

スティルス・コートは、残念ながら赤外線に対するスティルス性は薄いのだ。このモンスターは、こちらの体温をサーモ・ビジョンのようにピンクの映像として〈見て〉いるのだろうか？

睨（にら）み合いが続いた。時間が、植物の成長速度ぐらいのスピードで通り過ぎた。

運が味方してくれた。〈掘削機〉はそれ以上、目立った反応は見せなかったのだ。無関係な方向を向いてしまった。

おれたちは最小ヴォリュームで、詰めていた息を吐き出した。

△（嶋田少尉）気づかなかったようですね▽

△（河田曹長）本当に赤外線で見ていたんですか？思い過ごしじゃ？▽

△（深尾大尉）いや、確かに見ていた。だけど、赤外線に対する知覚はわずかなものらしいな。知能も低いから、疑問を持っても長続きしないんだろう▽

〈掘削機〉は六本脚（あし）をドタバタ操って、おれたちから遠ざかっていく。その度に大地が揺れ、上から土くれが舞い落ちてきた。化け物はまたパイプ・オルガンを演奏する。今度は三和音だった。

△（嶋田少尉）ＳＯＧ１０００シリーズや１２００シリーズの親類らしいな。ＳＯＧ１３００シリーズと名付けておきますか？▽

△（深尾大尉）それでいいだろう▽

△（河田曹長）まずい▽

△（深尾大尉）どうした？▽

△（河田曹長）あの１３００野郎、階段口の方へ向かってる▽

その通りだった。ＳＯＧ１３００は次の部屋へ通じる出入口へと移動していた。

第三階層へ下りる階段口は、この〈広間〉を通過した次の部屋にある。この〈広間〉を無事に抜けないと、第三階層へは下りられないのだ。

おれは舌打ちする。慌てて、こちらも移動した。

都合の悪いことにSOG1300は、その出入口付近に陣取ってしまった。出入口を塞いだわけではないが、そのそばに寝そべったのだ。化け物はヨハン・セバスチャン・バッハが二日酔いの状態で書いたようなメロディを、パイプ・オルガン風の音で演奏してくれた。

△（河田曹長）いやな野郎だぜ。この1300は▽

△（嶋田少尉）休憩しているのかな？　だとしたら、すぐにはこの場をどかないかも▽

おれは内心、溜め息をついた。第三階層に下りるためには、この化け物の鼻先を通過しなければならない。奴の赤外線視覚の真ん前を歩かねばならないわけだ。

SOG1300が、その場を動く気配はなかった。その場で低音を奏でて、休んでいる。

こちらもこのままでは動けない。視野内に時刻を呼び出す。午後十時一分だった。焼けたハンダゴテを脳髄に突っ込まれたような気分になる。焦りのせいだ。

深夜零時半までには、第九階層まで下りねばならない。なのに、まだ第二階層辺りでもたついているのだ。

△（河田曹長）このままじゃ、Xアワーに遅れますよ▽

△（深尾大尉）分かってる。おまえたち、何か名案はあるか？▽

△（嶋田少尉）選択肢は三つあります。A、ネクロF弾でやっつける。B、一人ずつ奴の鼻先を通り抜ける。C、ここで待つ▽

△（河田曹長）Aだな。いっちょう、派手にやりますか▽

△（嶋田少尉）Aだと、この基地全体に警戒態勢が敷かれて、今後の行動に差し支えるから避けたいな。Cだと、いつまで待てばいいのか確実性がないし、時間の余裕もない。危険を承知でB、気づかれたらA。これが今のところベターな選択でしょうね▽

△（深尾大尉）いつもながら的確だ▽

例によって合流ポイントを決める。出入口を抜けたら、その戸口の右側とした。後は一人ずつ透明擬装のまま、行動に移るだけだ。

まず、おれだ。深呼吸して、気息を整える。鼓動が速くなるのを意識した。八九式自動小銃を構える。だが、暴発を防ぐためにフィンガーオフにする。人差し指は伸ばしたままだ。
△（深尾大尉）行くぞ▽
ＵＢはご存じの通り、驚異的な反射神経と筋力を有している。だから、ほとんど体重を持たないかのように振る舞うこともできるのだ。

おれは足音を殺し、滑るように〈広間〉を移動した。徐々に、怪物に接近する。

見れば見るほど可愛げのない奴だった。こいつと睨めっこしたらブルドーザーですら、うんざりするだろう。何しろトンネル掘削機の前面に眼、鼻、口を付けたデザインなのだ。

おれは奴の顔を鑑賞しながら、のんびり移動したわけではない。そんなことをしたら、化け物のサーモ・ビジョンに体温を捕捉されてしまう。素早く、奴の鼻先をすり抜けた。

戸口をくぐった。ここは普通の正六角形の部屋だ。奥に階段がある。
△（深尾大尉）カップ・インだ▽
△（河田曹長）ナイス・パー▽
△（嶋田少尉）河田。次はおまえだ▽
△（河田曹長）おれはテールガンのはずじゃ▽
テールガンとは最後尾のポジションのことだ。
△（嶋田少尉）あのＳＯＧ１３００が怪しみ出すかもしれない。後から行く奴ほど危険が高くなる▽
△（河田曹長）だから、おれが▽
△（嶋田少尉）いや。先に行って、ぼくを援護してくれ▽
二人のやり取りを、おれは黙って聞いていた。確かに嶋田の言う通り、後から行く者ほど危険度は増す。誰が最後尾を務めるかの選択も難しくなってくる。

掘削機型モンスターが、また調子外れのトッカータを演奏した。
△（河田曹長）了解。じゃ、行きます▽
二番手は、河田に決まった。しかし、待つ側にとってはもどかしい状態だった。何せ、仲間の姿も見えないのだ。片眼に赤外線スコープを付けて覗いてみた。多少ピンクのモヤが見えたが、それが河田の体温かどうかは判別しにくかった。

いきなり肩に軽いショックが来た。見下ろすとビニール・コートに金属製の鎧を着た兵士の身体があった。だが、角度の関係で胸から上は透明に見える。

△（河田曹長）ゴールイン▽

△（深尾大尉）ナイス・シュート▽

△（嶋田少尉）ジミー、次はおまえだ。音を立てないで行け。そうすれば平気だ▽

△（ジミー三等兵）はい　わかった▽

また、おれたちはもどかしい時間を過ごさねばならなかった。もちろん、ジミーの姿が見えないからだ。赤外線スコープを使うと、ピンクのモヤがこちらに向かっているらしいことは分かった。だが、距離感などは、ほとんど掴めない。

しかし、それは掘削機型モンスターにとっても同じことのようだった。正二〇面体構造のアデノウイルスのような顔を時折蠢かせているだけで、それ以外は反応なしだ。どうやらうまくいきそうだった。うまくいかなかった。ＳＯＧ１３００シリーズの態度が変わった。突然、〈顔面〉のビット・カッターを回転させ始めた！

20　戦闘

トンネル掘削機のビット・カッターが回転する様を間近でご覧になったことがあるだろうか。

おれも今初めて、それを拝謁（はいえつ）する機会に恵まれたところだ。

歯医者が使うドリルの音を数万倍に増幅したような振動が腹に響いた。歯車状の部分も、それに付属している鋼鉄の刃（やいば）も回転速度が早過ぎて、もう見えない。岩盤（がんばん）を貪（むさぼ）り喰らう鋼鉄の顎（あご）だ。

ＳＯＧ１３００は、六本脚で大地を蹴（け）った。真正面に前進する。獲物を見つけた肉食獣の反応そのものだ。

△（河田曹長）気づかれた▽

△（深尾大尉）ジミー、逃げろ▽

だが、透明擬装しているのでディフェンダーの姿が見えない。これでは援護もやりにくい。

△（深尾大尉）ジミー、逃げたのか？▽

△（ジミー三等兵）にげてる　にげられない　にげてる▽

分かったような分からないような答えだった。

モンスターは前進しながら左へ方向転換した。逃げる獲物に反応しているのは間違いない。

ジミーは体重一六〇キロの巨漢だ。当然、人間のＵＢ兵士より動きは鈍重だ。
△（河田曹長）殺っちまおう、大尉▽
△（嶋田少尉）殺るべきです▽
おれは瞬時に決断を下さねばならなかった。いずれにせよ、気づかれたのだ。もう完全な隠密行動は不可能だった。手早く片付けて、すぐ目的地へ直行するべきだ。
△（深尾大尉）各個に撃て！▽
△（河田曹長）待ってました▽
以後の出来事はすべて〇・二〜〇・三秒を一単位として展開した。

おれたちはスティルス・コートの上半身前面部を撥ねのけ、〈広間〉へ飛び出した。八九式自動小銃を立射姿勢で構える。傍目には、空中にアサルト・ライフルと両腕が出現したように見えただろう。

バースト・モードで五・五六ミリ弾の三点射を浴びせた。地下の空洞に銃声が反響する。

細い弾丸が、ＳＯＧ１３００の顔に喰い込んだ。赤茶色の体液が飛散する。

化け物の前進が止まった。奴は、パイプ・オルガンのような音で狂ったフーガを演奏した。激痛を味わい、悲鳴を上げたのだ。

弾丸は、もちろんネクロノミコンＦ型ウイルス入りだ。だが、これが効くまでには十秒以上かかる。

「ジミー！　どこだ！」嶋田の声がした。

見ると、二〇メートルほど向こうで、嶋田が上半身を現していた。

ワンテンポ遅れて、ディフェンダーの一部が空中からグリッチと一緒に現れる。

「そこか！」

嶋田の方が、ディフェンダーに近い。彼は七メートルほどの距離を一回のジャンプで飛び越え、半機械兵士のところへ移動した。

「逃げるんだ！」と嶋田。

嶋田とジミーの後方の壁には、別のトンネルが見えた。やはりＳＯＧ１３００と同型の怪物が開けた穴だろう。

掘削機型ＧＯＯが、また咆哮した。地下基地全体に響いただろう。

「ジミー！　嶋田！　早く、こっちへ！」おれは叫ぶ。

怪物が再び動き始めた。回転する牙を突き出す。自分の真正面に出現したディフェンダーとUB兵士のコンビに襲いかかろうとした。巨体に似合わぬスピーディな動きだ。

おれと河田がさらに援護射撃。だが、モンスターの動きを一、二秒止めるぐらいの効果しかなかった。

嶋田が必死の形相でジミーを押している。だが、UBの俊敏さ、身軽さに比べると、ディフェンダーは歯軋りしたくなるほど動きが鈍いように感じられた。その上、知性面に劣るジミーはすっかりうろたえているらしい。

「まだウイルスは効かないのか！」おれは叫ぶ。

「らしいな」と河田。「時間稼ぎしますよ！」

止める間もなく、河田が飛び出した。昔のバイキングが使ったような形状の電撃斧Ｔ２０４を振り上げる。化け物の側面に叩きつけた。青白いスパークが生じる！

おれがC部門調査官だった頃に使っていたスタン・ロッドと同じ仕掛けだが、瞬間電圧は五〇万ボルトだ。

やられた相手は凄まじい高音の悲鳴を発した。大きな脚を振り上げ、逆襲しようとする。河田は彼自身も電光と化したような動きで逃れた。

続いて、おれも第二波を浴びせた。電撃斧を取り出し、ＳＯＧ１３００の横腹を狙う。斧は易々と鱗状の皮膚に喰い込む。電撃のストロボが閃き、奴から赤茶色の体液と、パイプ・オルガン風の悲鳴を引き出した。

おれはヒット＆アウェイの原則を守り、すぐに飛びのく。

「まだか！」

見ると、UB兵士とディフェンダー兵士のコンビが二人三脚みたいに駆け出している。この調子なら逃げられるだろう。逃げられなかった。ふいに回転ノコギリ二〇台分ほどの音がした。掘削機型ＧＯＯの顔の部分が腫れ上がり始める。ネクロＦ型ウイルスが働き出したのだ。

ＳＯＧ１３００の顔面が膨張した。あっと言う間に肉団子の塊に変わる。その結果、回転するビット・カッターは前方へ迫り出していった。

その方向には嶋田とジミーがいた。増殖した肉塊が二人の姿を覆い隠してしまう。おれの胃袋が硬直した。

「嶋田！」

「少尉！」河田が叫ぶ。

戦車のキャタピラ同士が接触したまま回転しているような音が響いた。嘔吐を催すような金属音だ。それか意味するものは明白だった。怪物のビット・カッターが、ディフェンダーのＦ６０メタル製ボディを噛みちぎっているのだ。嶋田のボディアーマーも同様だ。

おれと河田は電撃斧による攻撃を再開した。続けざまにストロボが閃き、赤茶色の返り血を浴びる。

掘削機型ＧＯＯの全身の膨張は止まらなかった。今や全体が巨大な肉団子に変わりつつある。直径五メートルに達する勢いだ。自らが膨張する勢いで、モンスターの顔面も壁に押しつけられていた。

ネクロノミコンＦ型ウイルスの凄まじい威力に、あらためて畏怖した。すでに怪物の悲鳴も止まっている。身体の急変化に耐えられず絶命したらしい。

ふいに、ＳＯＧ１３００の皮膚の一部がめくれ上がった。そこから金属の片腕が出てくる。おれたちも攻撃の手を止めた。

「ジミーか！」

おれたちはディフェンダーを掴み、引っ張った。ジミーも自力で這い出してきた。予想通り、彼の背中にはビット・カッターに削られた跡が付いていた。八四ミリ無反動砲も傷つき、スティルス・コートもズタズタだ。だが、本人はたいした負傷ではないようだ。

「嶋田は？」

「少尉はどうした！」と河田。

ジミーは背後のジャンボ肉団子を指差した。

「この中、トンネル、少尉、出られない」

おれはさっき自分の網膜に焼き付いた光景を再生した。嶋田とジミーがいた壁際にはトンネルが口を開けていたのだ。二人は、膨張するＳＯＧ１３００のために、その穴の方向に押しやられたのだ。ディフェンダーは運よく逃れたが、嶋田はジミーを助けようとして、自分はそのまま穴の中に押し込まれたらしい。

「嶋田！」

「少尉！」

おれたちは呼びかける。だが、返事はなかった。

「まさか！」と河田。

「このデカブツをどけろ！」おれは言った。

ＵＢ兵士二人とディフェンダー兵士一人のトリオで、肉塊と化した掘削機型ＧＯＯを引っ張った。動かない。気息を整え直して二度目にチャレンジ。渾身の力を込める。

　ＵＢは常人の数十倍のパワーを持っている。ディフェンダーに至っては形状可変合金を筋肉の代わりにしているので、常人の百数十倍だ。それを総動員する。

　わずかにＳＯＧ１３００だった肉の残骸が動いた。ほんの一センチ。ほんの二センチ。だが、それがおれたちの限界だった。

「だめだ」と河田。「今、おれの鎖骨の辺りが軋んだ。これ以上は……」

　おれも腰骨の辺りを押さえてうなずく。蒼白な顔をしていただろう。

　セラミック人工骨を持つディフェンダーはともかく、おれや河田はスーパーマン化してはいても、骨の強度はあまり向上していない。力仕事で無理をすれば、骨折する。ＵＢ状態だから、数分から十数分で治るが、その間は動きが不自由になる。敵地では致命的だった。

「どうします？」河田が訊く。

　おれは答えられない。恐ろしい選択肢が、眼の前にあった。Ａ、あくまで嶋田を助けるための試みを続ける。Ｂ、嶋田を見捨てて、目的地に直行する。

　Ａを選んでも成功の見込みは薄い。すぐに地下墓地内のＧＯＯ歩兵たちが、ここに集まってくるだろう。Ｂは任務の重要性を優先し、嶋田を尊い犠牲としてあきらめる選択だ。指揮官がしばしば出会う悩みだった。

　呻き声が聞こえた。

「嶋田！」

「少尉！」

　おれたちは化け物の死骸と、壁の隙間に飛びつく。声の出所はそこだ。

「生きてるか！　嶋田？」

「返事してください！」

　さらに呻き声や咳き込む音がした。ようやく嶋田の声が応える。

「生きてます……」

「無事か？」

「足をやられました。この化け物の図体で潰されて……」呻き声。「……こりゃすぐには……回復しないかも……」

「よし、待ってろ！」

おれたちは再び、ＳＯＧ１３００を引っ張ろうとした。だが、今回は微動もしない。

「だめだ」と河田。「どこか岩の角にでも引っ掛かったんじゃ……」

ふいに地響きがした。それには聞き覚えがあった。トンネル掘削機型ＧＯＯが移動する時の震動だ。さらにビット・カッターが回転する音も加わっている。

河田が飛びのく。

「こいつ、まだ生きて……」

「いや」おれはモンスターに触った。震動は感じられなかった。

「これじゃない。もう一匹いるんだ」

「どこに？」

河田は周囲を見回す。おれやジミーも、そうした。他にも掘削機型ＧＯＯが開けたらしいトンネルの入口が五、六個見える。だが、どこから新手のモンスターが来るのかは判らない。

「ここです！」嶋田が叫ぶ。

「何だって？」

「この奥から……」

ふいに、河田が眼前の壁に飛びつき、片耳を壁面に当てた。彼の顔色が変わった。

「大尉、この奥だ！」

河田の眼が大きく見開かれている。唇もひきつっていた。

「嶋田少尉がいるトンネルの奥だ！　そこから、もう一匹来やがるんだ。あのデカブツの仲間が！」

おれの内部で雷鳴が轟いた。嶋田は逃げ場のない穴の中で、もう一匹のＳＯＧ１３００に切り刻まれようとしているのだ。

21　危機

おれと河田、ジミーの三人はＳＯＧ１３００だった肉塊を再度引っ張った。動かない。さらに満身の力を込めた。口から唸り声が漏れる。それでもだめだ。しまいには、こちらの骨や関節が軋み始めた。

間もなく、GOO歩兵たちがここに駆けつけるだろう。そうなったら、嶋田を助ける余裕はなくなる。焦りで身体が灼熱してくる。ペプチドやタンパク質の残基が水分を排除するみたいに、口の中が乾いてきた。

「ちくしょう！　おい、離れろ」

おれはベルト・ポーチの一つから、朝蕗工業製九七式パイナップル型手榴弾を取り出した。考えてしたことではない。反射的な行動だ。

「無駄です！」と河田。「この図体じゃ……」

おれも舌打ちする。確かに手榴弾というのは派手な武器に思えるが、意外に爆発力は小さい。毛布をかぶせて上に大人一人が座れば、それで威力を減殺できるくらいだ。

「ハチヨンなら……」

河田がディフェンダーの背中に飛びつく。そこにはスウェーデンFFV社製八四ミリ無反動砲が装着してあった。それを取り外す。だが、それも掘削機型GOOのビット・カッターに巻き込まれた後だった。バズーカ砲はミキサーに放り込まれたニンジンも同然の有様だった。

「だめだ……」

河田は諦念した顔で首を振る。彼の手からカール・グスタフの残骸が落ちた。

塞がれたトンネル奥から、さらに震動が響いてくる。もう一匹が嶋田を喰らうために、移動中なのだ。

「嶋田、奴はどこまで近づいてるんだ!?」とおれ。

△（嶋田少尉）あと三〇から四〇メートル▽

嶋田からJTが来た。すでに口を利く元気もないようだ。相当の重傷を負ったらしい。

△（嶋田少尉）警戒して一度、奥に下がりました。仲間が突然ミートボールになったのを見たせいでしょう▽

「少尉、そいつもネクロF弾で撃っちまえ！」

河田が叫ぶ。

△（嶋田少尉）だめだ。トンネルが曲がりくねってる。接近してからでないと撃てないし、といって接近してから撃つと、また膨張に巻き込まれる。要するに逃げ場がない▽

おれと河田は絶望的な表情を見交わす。鏡に映したような相似形の顔になっていただろう。

なす術もなく、おれは手榴弾をベルト・ポーチにしまった。その際、手が何かに触れた。ＪＴＤ４８００の電源スイッチに触れてしまったのだ。

　電脳空間が現れ、現実の世界にオーバーラップした。このＧＯＯ地下基地の〈広間〉と、正六角形のマス目で覆われた巨大ゲーム盤とが、ダブって存在していた。

　現実の世界では、おれたちは敵地のど真ん中で窮地に立たされていた。電脳空間の世界でもシミュレーション・ウォーゲームが展開しており、ある分隊が敵陣で孤立無援の戦いを繰り広げているところだった。

　赤いチェスのキングの姿をした奴が現れた。おれから、二メートルほど離れた空中に浮いているように見える。奴の言葉が文字列となって、おれの視界に表示される。
△（ダゴン１０２）おまえをころしてやりたい▽
「うるさい！　黙ってろ」

「え？」河田は不審な表情を浮かべる。

「いや、おまえじゃない。ダゴンに言ったんだ。この４８００のスイッチを入れてしまったんだ」

　ダゴンから何か情報を引き出そうにも、この状況では役に立ちそうなデータは何もあるまい。しかし、万が一ということもある。スイッチは切らずにそのままにしておいた。
△（ダゴン１０２）おまえをころしてやりたい▽
　その文字列がエンドレスで、視界内を流れていく。それとは別に、嶋田からのＪＴも表示された。
△（嶋田少尉）大尉、ぼくを捨てていっても恨みませんよ。覚悟はしていた▽
「やめろ！　必ず助けてやる！」
△（嶋田少尉）任務達成が最優先だ。ぼくを捨てて、先へ進むのが最適の選択だ。戦術演習でも、そう指示されたはずだ▽
「だめだ。あきらめるな。必ず、この化け物をどかしてやる」

「でも、どうやって？」河田が問う。「ディフェンダーが一〇人いるならともかく、このままじゃ……」

　おれは指揮官として、それを考えなければならなかった。こんな時、映画の主人公は必ず名案を思いつくことになっている。何も思いつけない。
△（ダゴン１０２）どういうことだ。深尾、何をしている？▽
　ダゴンが呪（のろ）い文句のリピートをやめて、質問してきた。

彼が発する通信は、おれしか受信できない状態だ。だが、ダゴンの方は、おれや部下たちが発しているJTを傍受しているのだ。

△（ダゴン102）化け物と言ったな。つまり、今わたしの同類と戦っているんだな？▽

ふいに銃声がした。近くの壁に着弾し、白い結晶をえぐった。

おれの身体が普段の訓練通りに勝手に動いた。横に飛び、スティルス・コートの電源をONする。グリッチに包まれながら、空中に溶けていくように見えただろう。

撃ってきたのはGOO歩兵たちだった。五、六体いる。銃声を聞いて、ここへ駆けつけてきたのだ。

いずれもNAL500シリーズ兵士だった。大きな眼玉が特徴の竜人間たちだ。M2重機関銃を構え、発砲してくる。

こちらも、ネクロノミコンF型ウイルス入り五・五六ミリ弾で応戦する。河田やジミーも同様の行動を取っていた。敵の攻撃はまったく見当違いの方向に散らばったのに対し、こちらの攻撃はほとんど命中した。

敵兵士たちが、のけぞり倒れる。だが、すぐに地面を転がり、反撃態勢を取った。連中の身体にウイルスが効いて膨張を始めるまで、まだ一〇秒ほどかかる。

敵が応射してくる。もちろん、こちらを見失っているので乱射しただけだ。銃口からのマズル・フラッシュのせいで、〈広間〉は数百のストロボに照らされているみたいだった。

△（深尾大尉）雑魚は適当に追っ払え▽

△（ダゴン102）戦況はどうなっているんだ？　おまえの方が有利なのか？▽

そこへさらに敵の援軍が駆けつけた。一〇匹ほどいる。NAL100シリーズ兵士たち。グリーンイグアナ人間で、最も初期型のGOO兵士たちだ。低い姿勢で、M2重機関銃を構えている。

河田とジミーが透明擬装を利用し、移動しつつ応戦する。こちらにはネクロF弾もあるので有利だ。

だが、それでもグズグズしていると、ここで全員が逃げ場を失ってしまう。そうなれば、地下貯水池にネクロノミコンL型ウイルスを投じるという大目的も果たせなくなる。

△（嶋田少尉）そっちは囲まれたんですか？▽

△（深尾大尉）そうだ。だが、必ず助ける▽
△（ダゴン１０２）深尾、どうやら、おまえの方が不利らしいな▽
ダゴンがあれこれコメントを寄越すが、おれは無視した。

ようやく敵兵士たちに変化が起きた。ネクロノミコンＦ型ウイルス入り五・五六ミリ弾で撃たれた、ＮＡＬ５００シリーズ兵士たちだ。

眼玉の大きな連中だが、その眼玉がさらに膨らみ始めた。続いて顔が、頭部が風船と化した。膨張は首、肩にも転移していく。彼らの手から重機関銃が落ちた。

轟音と共に金属鎧が弾け飛ぶ。フライパンの上のポップコーンみたいだった。鎧の破片の一部がこちらにも飛んできた。ＧＯＯ兵士たちは次々に球形になり、五個の肉団子が出現した。

後から駆けつけてきたＮＡＬ１００シリーズ兵士たちが、その有様を見て甲高い悲鳴を上げた。戦意を喪失したようだ。慌てて遮蔽物を探し、結晶柱の背面へ後退した。

銃撃も止み、静寂が戻った。硝煙の臭いが地下に充満している。
△（河田曹長）とりあえず追っ払った。でも、この後は？　少尉をどうするんです？▽
△（嶋田少尉）自爆装置、やはり必要でしたね▽
△（深尾大尉）バカ。あきらめるな▽
△（嶋田少尉）さっきから、この肉団子は全然動いてません。どうせ、ぼくを助ける余裕はないんでしょう？　敵に囲まれているようだし▽
おれは答えられない。また視界にダゴンの文字列が現れた。
△（ダゴン）ピンチらしいな。深尾。日本語で、万事休す、という言葉に当たるケースなのか、だとしたら、わたしはうれしいぞ▽
ふいに背後の壁から激しい震動が伝わってきた。
△（嶋田少尉）来た▽
振り向く。おれの眼に入るのはもちろん、白い結晶の壁と、ＳＯＧ１３００の成れの果てだけだ。
△（深尾大尉）どうした？▽
△（嶋田少尉）化け物です。こっちに来る。もう眼の前▽

おれは、自分自身を張り倒したくなる。

眼前には敵兵士、嶋田は重傷で死を待つばかり。なのに、おれは何もできない。この頭蓋骨の中身は何だ⁉ 超電導化していても、知能指数はさっぱりじゃないか！
△（河田曹長）少尉、死なないでくれ▽
△（嶋田少尉）いや終わりらしい。もう化け物が▽
肉塊とトンネル入口との隙間から、細かい土埃と共に空気が激しく噴出した。トンネル内を掘削機型ＧＯＯが突進して来たために、その分、空気が押しのけられているのだ。

「大尉、何か方法はないのか⁉」河田が叫ぶ。

「少尉、どうなる？」ジミーが舌足らずな口調で言う。

おれは答えられない。全身の血管に血栓が生じて、脳細胞へのブドウ糖供給も止まってしまったような感じがした。
△（ダゴン１０２）どうした？　深尾。日本語で言う
　絶体絶命か？　だとしたら、わたしはうれしくてたまらんぞ▽

ダゴンが嘲笑を吹きかけてくる。

おれの頭に血が昇った。ＪＴＤ４８００からメモリー・スティックを引き抜き、ベルト・ポーチに押し込んだ。電脳空間とダゴンが、一瞬グリッチになり、消えた。これで間違って電源をＯＮにしても、ダゴンが呼び出されることはない。

また銃撃が来た。おれの近くにも一二・七ミリ弾が跳ねて、床の結晶と土くれの小爆発が連続して生じた。

敵のＮＡＬ１００シリーズ兵士たちが、発砲を再開したのだ。河田らの声で多少位置を掴んだらしい。声の調子で、こちらの焦りも読まれたのだろう。
△（嶋田少尉）自爆します▽
△（河田曹長）少尉▽
△（嶋田少尉）ミンチにされるよりはましさ。ちく
　しょう、まさか、こんなところで▽
トンネル内部から、金属同士がぶつかり合い、お互いを砕き合う音がした。さらに悲鳴が混じる。その二つの波動が、こちらの魂に突き刺さるのを感じた。
「少尉！」河田が叫ぶ。
そして、おれたちは恐ろしい光景を見た。トンネルの隙間から圧縮空気に混じって血とカルスが吹き出したのだ。

「嶋田ァァ！」

トンネル入口の隙間から閃光！　それは、ほんのわずかな幅から覗いた光だった。しかし、おれの眼底には永遠に焼き付いた。

続いて、爆発音！　熱い燃焼ガスと土砂が吹き出した。地響きが生じ、トンネルを塞いでいるＳＯＧ１３００だった巨大肉塊も揺れ動く。

おれの喉から声にならない声が漏れた。

22　潜伏

おれの眼の前を、ＧＯＯ兵士たちが通過していく。竜人間のＮＡＬ５００シリーズたちで、七匹いた。Ｍ２重機関銃を油断なく構えている。

怪物兵士たちは例によって、でたらめなやり方でネクタイを首に結んでいた。大きなイヤリングを鼻輪にしている奴もいた。文化輸入とは難しいものだ。

おれ、河田、ジミーの三人は彼らと七、八メートルしか離れていない。だが、気づかれなかった。この暗い地下迷宮の中では、スティルス・コートは存分にその性能を発揮している。

場所は地下第五階層だった。この地下基地は第九階層まであるので、中間点まで下りたわけだ。

すでに敵は侵入者がいることを知っている。透明擬装に関する情報も、そろそろ敵にも知られ始めているだろう。ネクロノミコンＦ型ウイルスの効果に至っては知れ渡っているに違いない。

任務達成までの困難は増す一方だった。敵は、厳重な警戒体制を敷いていた。Ｐ４施設用ＨＥＰＡフィルターみたいに、塵一つ逃さないといった雰囲気だ。おかげで、こちらも身動きできない。

ふいにブザーが鳴った。壁に取りつけてある有線電話が音源だった。リーダーらしい化け物が、それで誰かと会話を始めた。どうやら、上官から指示を受けているらしい。

リーダーは受話器を架台に戻すと、非音楽的な言語で何か言った。ＧＯＯ兵士たちは一斉に回れ右した。この場を後にする。スピーディだが妙にギクシャクした昆虫のような歩き方だった。体重のわりにあまり足音も立てない。

怪物兵士たちは正六角形フロアが連なった廊下を遠ざかっていく。見ると、他からも指示を受けたらしい歩兵たちが集まっている。彼らは凸凹(でこぼこ)の壁に覆われた曲り角の向こうに消えた。

その向こうには第四階層への階段がある。おれたちもさっき、そこを通ったのだ。

どうやら彼らは、侵入者がこの地下基地からの脱出ルートを選んだと判断したらしい。それで地下第五階層から引き払って行ったのだ。

静かになった。そっと吐息をつく。時刻は、午後十時四四分。あれから、たいして時間は経(た)っていない。
△(河田曹長) すぐ行きますか?▽
△(深尾大尉) いや、その辺で少し休もう。第五階層まで下りられたし、ここから先は敵の防備も手薄のようだ▽
△(河田曹長) 了解▽
そばにある部屋を素早くチェックした。戸口から覗く。そこも正六角形の区画だった。誰もいない。壁や天井を直径一〇センチほどのパイプが走り回っている。壁面の半分以上は、そのパイプに覆われていた。
△(河田曹長) 倉庫ですかね?▽
△(深尾大尉) らしいな。ここでいい。先に入れ▽
河田とジミーが部屋に入り、おれは戸口に立った。
△(深尾大尉) おれが最初の見張りだ。おまえたちは休め▽
△(河田曹長) 見張りなら、おれが▽
△(深尾大尉) 後で交替してくれ。最初はおれだ▽
河田は特に何も言わなかった。△了解▽と言い、従った。

おれは念のため周辺を少し歩き回って、索敵した。この付近には誰もいないようだ。未使用の区画なのだろうか。

戸口に戻ると、河田が報告した。
△(河田曹長) 大尉、ここは産卵室ですね。卵のかけらがある▽
△(深尾大尉) GOOの卵?▽
△(河田曹長) 最初はセラミックの破片かと思いましたよ。天井や壁にもスチーム・パイプがある。これで部屋を暖めるんだな。今は冷えてるけど▽

△（深尾大尉）今はたまたま時期外れだったのか。ま、こっちには都合がいい▽

おれは淀んだ空気を吸い込む。換気設備はあるようだが、機能不良らしい。

河田はスティルス・コートを脱いで、吐息をついた。その場に座って俯き、休息を取る。ＵＢは決して不死身人間ではない。休憩も必要だ。

メタル・サイボーグであるジミーは、おれたちと違って、あまり休息は必要ない。だが、先々のことを考えて、彼も休憩させておいた。

しばらく沈黙が続く。皆、気力が萎えていた。なかなか言葉が出てこなかった。

やがてディフェンダーがＪＴで言った。

△（ジミー三等兵）嶋田少尉、しんだ？▽

△（河田曹長）ああ▽

△（ジミー三等兵）ジミーのせいか？▽

△（河田曹長）いや、おれのせいだよ、ジミー。ブリキ頭を悩ませなくてもいい。おれがいつも通り、しんがりを務めていたら何とかなったかもしれない。あるいは何とかならなくても、おれが死ぬだけで済んだはずだ▽

△（深尾大尉）ちがう▽

△（河田曹長）え？▽

△（深尾大尉）任務中に起きた戦死や事故は、すべておれの責任だ▽

△（河田曹長）そりゃ原則はそうだけど▽

△（深尾大尉）原則じゃない▽

おれはＪＴに感謝する。自分の喉でこれを告げようとしたら、声が詰まったかもしれない。

△（深尾大尉）ネクロＦ型ウイルスの効果と、あのＳＯＧ１３００の図体を考えれば、奴の顔面を撃ったら、どんな結果になるか予測がついたはずだ。奴のケツか、せめて脇腹を狙うべきだったんだ。そうすれば嶋田は死なずに済んだ▽

過去に味わった自責の念、罪悪感が今、免疫記憶となって蘇ってきた。おれは知美を失い、親友の阿森則之を失い、Ｃ部門調査官時代の仲間も次々に失い、最終軍ＵＢ兵士になってからも多くの上官、同僚、部下たちを失った。

ちょっとした見落とし、あるいは己の傲慢さのせいで済犠牲者が出る。今まで何度こんなドジを繰り返しただろう。だが、おれという人間が改善された兆候はないようだ。

△（河田曹長）あの時は、おれが先に撃ったんだ。大尉のせいじゃない▽

△（深尾大尉）おまえが撃つ前に、おれがよく考えて指示するべきだった▽

△（河田曹長）それは水掛け論だと思いますね。あんなでかい奴をネクロF弾で撃った奴は今までに一人もいなかったんだ。どうなるかを完全に予測するのは不可能だったはずです▽

おれは黙り込む。そうかもしれない、だが、事前によく考えておけば避けられた事故だったのではないか。その思いは一生消えないだろう。あの瞬間、嶋田が自爆した瞬間にトンネルの隙間から見えた閃光と共に、終生忘れることのない記憶になるだろう。

△（河田曹長）またおれは死に損なっちまったな。なぜだろう？▽

河田が急に話題を変えてきた。

△（深尾大尉）え？▽

△（河田曹長）大尉。実を言うと、おれはあまり命が惜しくないんだ▽

△（深尾大尉）じゃないかとは思ってたがな。本人の口から聞くのは初耳だ▽

△（河田曹長）冴子が、おれの彼女が五年前に死んで以来そうなんだ。友達も、親父も、お袋も、妹も、親戚も全部あのバイオハザードのせいで消えてなくなっちまった。それ以来こうなんだ。死ねば、あの世で皆に会えるでしょう？　だから、何も怖いものはない。それでムチャな真似もしてきた。だけど、なぜか、おれがいつも生き残るんだな▽

おれは沈黙していた。

△（河田曹長）おれとは逆に、早く恋人や奥さんに会いたいとか、お袋の顔が見たいとか言っていた連中ほど真っ先に死ぬんですよ。なぜですかね？▽

△（深尾大尉）おれは人生相談コーナーは受け持ってないから分からんな▽

△（河田曹長）嶋田少尉はどうして、あの時に限ってテールガンを引き受けるなんて言い出したんですかね？▽

△（深尾大尉）あいつは、いつも冷静に成功率を弾き出す奴だった。だから、おまえより自分の方がうまくやれると判断したんじゃないか？▽

△（河田曹長）そうかな。どうも、普段の少尉らしくなかったような気がするけど▽

△（深尾大尉）ああ▽

そこで自然に会話が途絶えた。

おれも河田も死者のことを考え、物思いに耽っていた。おれが嶋田昇少尉と最初に会ったのは一年半前。場所は新宿付近の最前線だった。

当時おれは中尉で、嶋田は曹長だった。以来、彼はドブネズミ小隊の頼りになる副官、参謀となった。彼の状況分析と判断の確かさは多くの兵士の命を救った。二人で数々の勲章を稼ぎ、共に昇進したのが半年前。おれは大尉に、彼は少尉になった。

だが、嶋田昇の私生活の面となると、おれはほとんど知らないことに気づいた。彼の両親と妹が北海道で健在だということや、読書家であることや、意外にギャンブルの才があって他の小隊指揮官たちの財布を空っぽにして地団駄踏ませたことや、特定の恋人などはいないことか、要するにその程度のことしか知らないのだ。

どちらかと言えば彼は孤高を愛するタイプだった。本当の素顔をおれたちに見せてはいなかったのかもしれない。

彼の認識票や、毛髪などの遺品を回収できなかったことが悔やまれた。毛髪はもちろん本人のＤＮＡを含んでいる。だから、戦場では骨の代わりにそれを持ち帰り、保存処理してＤＮＡを埋葬するのが、一般的になっている。

残念ながら、嶋田の遺族は骨も毛髪も手にすることはできない。遺族には、ロッカーにしまってあった彼の制服などを届けることになるだろう。

△（河田曹長）十時五〇分だ。大尉、交替しましょう▽

同意した。おれはスティルス・コートを電源ＯＦＦにして脱ぎ、座る。電解質飲料を飲み、キャンディを口に含んだ。ＵＢはエネルギー消費も激しいので常時、糖分を補給する必要がある。

ジミーにもキャンディをやった。彼の味覚は人間と同じに調整してあり、甘いものが好きなのだ。もちろん機能だけを考えたら、不要だが。

　ディフェンダーは脳細胞を維持するために栄養はブドウ糖だけが必要で、それも体内埋め込み式ポンプで供給されている。身体の大部分は電圧駆動だから、むしろ栄養源はパワー電池だと言った方が近いだろう。

　しかし、何から何まで機械化した場合、果たして犬の脳がそれに耐えられるかどうかは判っていない。身体はメタル・サイボーグにしても五官は生物的な状態をできるだけ維持した方が、脳にとってはいい環境だろう。

　ふいに、ディフェンダーがJTを送ってきた。
△（ジミー三等兵）メモリー、いっぱい。スティック、
　セーブ、セーブ▽

　いつも通りの赤ん坊のような言葉遣いだ。これを翻訳すると「今までに見聞きした映像&音声情報でコンピュータ・メモリーがいっぱいになった。メモリー・スティックに保存するから、胸にあるポートに差し込め」となる。

　手探りでベルト・バッグから、空のスティックを出した。ジミーの胸にある蓋を開く。そこにスティックを押し込んでやった。アクセス・ランプが忙しく点滅を始めた。

　おれは徐々に、心を嶋田少尉から任務の方に向けるようにした。死者を悼むのは時間の余裕ができてからでいい。今は、GOO殲滅作戦という大目的を考えねばならない。もし、それが達成できなかったら、嶋田は無駄死にだ。

　地下貯水池にウイルスを投入するタイミングは零時半までだ。目的地までは、あと四階層分を下りればいい。まだ時間の余裕はある。おれは戦術指揮官として、それらを検討していた。

　だが、ともすれば思考は実存主義的な方向へ走りがちだった。自分は何ゆえに生まれて、何ゆえに死んでいかねばならないのか？　なぜ自分がここに存在するのか？　生きることに何の意味があるのか？　死を間近で見た人間が、必ず突き当たるテーマだ。

　お釈迦様は、これに出会って、妻子も国も捨てて修行の旅に出たそうだ。凡人の代表である、おれはそんなことはしなかった。形而上学的なことは頭から締め出した。戦うためのマシンになり切るのだ。それでしばらくはよけいな悩みとは無縁になれる。腕時計を見た。

△（深尾大尉）一〇時五七分。充分な休憩だったな。
さあ、行くぞ▽
△（河田曹長）了解▽
おれたちはスティルス・コートの電源をＯＮにし、透明化した。

だが、ジミーは身動きしなかった。その場に立ち尽くしたままだ。透明擬装もせず、返事もしない。もともと、表情というものをディフェンダーは持たない。だが、今はさらに無表情に見えた。
△（深尾大尉）どうしたんだ？▽
呼びかけると、やっとジミーは反応した。
△（ジミー三等兵）？？？？？？？？▽
△（深尾大尉）出掛けるぞ▽
ジミーはうなずくと、ＣＳＣ２０００を広げて着た。

彼のコートは、掘削機型ＧＯＯのビット・カッターに巻き込まれた際に一度ズタズタにされている。だが、自己修復力のあるコートの素材は、すでに裂け目がつながって元に戻っている。素材がちぎれて足りなくなった分も、予備の素材で継ぎ当ててしてあるのだ。
△（深尾大尉）どうした、ジミー？▽
△（ジミー三等兵）ジミー、あたま、いたい、でも、
なおった▽
△（深尾大尉）大丈夫か？▽
△（ジミー三等兵）だいじょうぶ▽
△（河田曹長）頭が痛い？　おまえでも悩み事はあるのか？▽
△（ジミー三等兵）ジミー、なやみ、ない▽
△（深尾大尉）だろうな▽
ディフェンダーはすぐ透明擬装すると、密集隊形に参加した。

おれたちは再び、地獄巡りの旅に出た。嶋田少尉抜きで。

23　第八階層まで

その後の潜入任務は順調だった。トンネル掘削機や地下鉄車輌と合体したＧＯＯもいなかった。いたのは歩兵や看護師に当たる連中ばかりだった。つまり、第六階層から下は産院や養殖場（ようしょくじょう）といった場所だったのだ。

おれたちはまず第六階層に下りて、ここがバイオリアクター工場であることを確認した。これは前回のビーバー6分隊が持ち帰った情報でも分かっていたことだ。いくつかの〈広間〉を通過した。いずれも正六角形フロア数十個分で構成された円形のスペースだ。

天井には肋骨を連想させる梁が放射状に連なっていて、重量を支えていた。それら天井の〈骨〉からはＬＥＤが鎖でぶら下がっている。

さらに骨の間には透明パイプが一〇〇本ほど走り回っていた。それらはバイオリアクター群に液体を供給するためのものだ。パイプの中身は、水もあれば、血のような液体、濁った緑色の液体、白い牛乳のような液体もある。

ここで、いやでも眼を引くのはバイオリアクター群だった。人類のそれと異なり金属製のタンクではなかった。

ＧＯＯ製バイオリアクターは、半透明の卵形ゲル・カプセルだった。大きさは、直径一メートルから四メートルほど。中には、長さ七、八メートルで、直径五〇センチぐらいの万年筆形もある。

見たところ、カプセルの外殻はペプチドグリカンに似たもので、グラム陰性桿菌のような多層構造になっている。しかも、そのカプセル自体が半生物であるらしく、分裂増殖中のものもあった。生きた子宮とでも形容すべきものだ。

カプセル内部には、薄いミルクのような白濁した〈羊水〉が詰まっており、その中でさまざまなモノが蠢いている。いずれも、ＧＯＯのボディ・パーツだった。

例えばＮＡＬ５００シリーズのものらしい手脚があった。眼玉や耳、鼻といったパーツもある。戦場で肉体の一部を失った連中のためのものだろう。他にも、ゴリラのそれのような胸、両肩、両腕などのパーツもある。研究中のパワーアップ・パーツのようだ。たぶんディフェンダーに対抗するのが目的だろう。

他の子宮の〈胎児〉たちは、脳とコンピュータ・チップの融合品、巨大な複眼、ヘリのローター、メタノール、ターボプロップ・エンジン、バイクのシャーシやタイヤ、戦車の砲頭や、重機関銃などの部分品など。

いずれも、半機械半生物といった代物だ。それらが紡錘糸を引きながら分裂増殖を繰り返している。しかし、これらはすべて本来のサイズの数分の一程度のサイズしかない。

ビーバー6分隊が持ち帰ったビデオ映像を解析した技術スタッフたちによれば、第六階層にあるこれらは車輌品などのベビー、赤ん坊だという話だ。

つまり、これらのミニサイズ部品は、地上に持ち出して適当な養分を与えると成長し、大型化するのだ。やがて成人した部品たちは、勝手に仲間同士を探し出して合体し、ヘリコプター型の航空機や、戦車、バイク、重機関銃になるというシステムなのだ。究極のオートメーションと言うべきかもしれない。

ＧＯＯの技術者らしい連中も三〇匹ほど働いていた。いずれもＮＡＬ２００シリーズで、背中に甲羅を付けた亀人間たちだ。ただし顔は鳥に似ている。

彼らはネクタイはしていないが、白衣を着ている。やはり人類文化を真似たらしい。しかし、頭に被っているのはシルクハットだったり、ベレー帽だったり、テンガロンハットだったりするのは滑稽だった。

この、工場とも養殖場ともつかない場所を横目で見ながら、通過した。


第七階層に下りた。

ここも一種のバイオリアクター工場だった。外観は第六階層と、ほとんど変わらない。各工場の広さや間取りや、バイオリアクターばかりが並んでいる点は同じだった。

ただし、ここで造っているのは第六階層の天井を走っていた透明パイプの中身だった。

巨大プールのような発酵槽がいくつもあった。赤や緑や、白い液体が醸造されている。えぐい臭いが漂っていた。今までの人生において嗅いだ悪臭ワースト・ファイブを、全部カクテルにしたようだ。

ディフェンダーが苦情を発した。
△（ジミー三等兵）なに、これ、これ、なに▽
△（河田曹長）落ち着け、ジミー。奴らの食い物、ベビーフードなんだとさ▽
△（深尾大尉）見るからにうまそうだな▽
△（河田曹長）ミシュランの評価でマイナス四つ星だ▽
△（深尾大尉）でも、理論的にはおれたちもこれは食えるはずなんだ。ＧＯＯも、左向き構造のアミノ酸

を消化吸収して生きてる。おれたちも同じだ▽
△（河田曹長）じゃ、どうぞ、ご遠慮なく。おれは止めませんよ▽
△（深尾大尉）理論と現実は別だ▽
二日酔いの朝の気分で、そこを通過した。

第八階層に下りた。

ここも第六階層や第七階層のような構造で、〈広間〉が多い。だが、その大部分は未使用だった。どうやら〈工場〉を拡張する時に備えて、準備区画として用意されたらしい。いずれは、ここも栄養液や半機械半生物の部品ベビーを造るバイオリアクター群で埋まるのかもしれない。

この第八階層には、兵士や技術者に当たるＧＯＯもほとんどいなかった。第二、第三階層を通過する時の苦労を考えると、拍子抜けするほどだ。化け物たちは、侵入者がいたとしても、こんなところまで下りられるはずはないと思い込んでいるらしい。

事実、前回のビーバー６分隊にしても、ＧＯＯに潜入を見破られたのは第五階層だった。しかも、彼らはすでに第九階層までの映像を撮り終えて帰る途中だったのだ。だが、化け物たちはそこまでは気づかなかったらしい。

おれたちは楽々と第八階層を通過することができた。ここには誰もいなかったようだ。鼻唄を歌っても大丈夫だったかもしれない。

白とグレーの結晶に覆われた凸凹壁の廊下を順調に進んだ。そして、ついに第九階層への入口を見つけた。Ｙ字路交差点にあった階段口だ。

階段口の奥から、プールやダムの付近に漂うおなじみの芳香がした。水の臭いだ。貯水池と浄水池の存在を示している。
△（河田曹長）着きましたね。ついに地獄の底に▽
△（深尾大尉）ああ。後は煉獄と天国が待ってるだけだ。ダンテと同じさ▽
河田は階段口を見下ろす。人間というのはゴールが近くなると、急に活気づく性質があるものだ。おれは無意識のうちに背筋を伸ばし、銃を持っていない方の手を腰に当て、ハンターが仕留めた獲物を見下ろすようなポーズを取っていた。

気のせいか、超電導化されている全身の神経も、体内でスパークを散らしているような感じがする。こういう時、UBの身体は自家感電状態を引き起こしているのかもしれない。

だが、一〇〇パーセントの喜びではなかった。
△（河田曹長）少尉がいれば、また『神曲』でも暗唱してくれたかな▽
△〈深尾大尉〉たぶんな▽
残念ながら、犠牲者が一名出てしまった。もし、任務が成功し、おれと河田、ジミーが無事に帰還したとしても、無条件に勝利に酔うことはできないのだ。今のおれの気持ちは、「尊い犠牲」などという慣用句では、心の内の五〇〇分の一も言い表せないだろう。

ジミーはさっきから黙っている。もともと彼は寡黙なディフェンダーだが、この地下迷宮で見た数々の狂気的パノラマに魂を抜かれたようだ。半分唖然としながら、おれたちに着いてきたのかもしれない。

だが、苦労も犠牲もこれで終わりだ。任務は無事に成功しそうだ。成功しそうもなかった。突然、銃声が轟いた。おれは背中に大口径の銃弾を十数発浴びて、その衝撃力で身体が宙に浮かび、壁に叩きつけられていた。

「何だ？」

おれは叫んでいた。河田も同様の目に遭い、悲鳴を上げた。

脳裡では、長年の経験から醸成された戦術用ソフトウェアが状況判断しようとして、エラー・メッセージを連発させていた。

おかしい、近くに敵がいたのに今まで気づかなかったなんて、第一おれたちは透明擬装していたはずだ、スティルス・コートの故障か？　それもあり得ない、もし、そうなら河田やジミーが指摘したはずだ、おかしい。

素早く地面を転がる。河田も同様の行動を迷わず取っていた。とにかく移動し、散らばらないと状況判断もできない。

さらに弾丸が降り注いできた。だが、ほとんどかわすことができた。まだ透明擬装は効果を保っているのだ。負傷もそれほどひどくなかった。F60メタルの鎧が防弾してくれたし、UBの半不死身性もある。

おれは態勢を立て直す。そして、我が耳を疑った。頭髪も逆立った。あの〈歌〉が聞こえたのだ！

24　失態

頭の中で核爆発が続けざまに起こり、髪の毛の間からはキノコ雲が二ダースぐらい出現したような気分だった。あの〈歌〉、中近東風の妖しいメロディ、それは遥か数年前に聞いて以来、耳にすることのなかった〈歌〉だった。

それをおれは今、聞いていた。幻聴かとも思った。だが、間違いなく、おれの鼓膜を震わせている現実の音だった。

唖然としたまま、おれはメタル・ボディのサイボーグを見上げていた。

ディフェンダーが、あの〈歌〉を歌っているのだ。ダゴンのテーマソングを！　さすがに、オペラのベル・カント唱法のような歌声ではなかった。ディフェンダー特有のサンプリング音声なので抑揚には乏しく、歌声というより読経みたいだった。

ジミーはスティルス・コートの電源をＯＦＦにしたらしい。Ｍ２重機関銃を構えている。その銃口から、うっすらと硝煙が漂っていた。おれたちを撃ったのだ。

「何しやがる！　ジミー！」

透明化している河田の怒鳴り声がした。

「きさま、悪ふざけにしちゃ……」

後のセリフは聞けなかった。ディフェンダーがまた乱射を始めたからだ。周囲に多数の着弾の跡が出現し、空薬莢が飛び散った。

ディフェンダーは歌うのをやめると嘲笑した。ひとしきり笑うと言った。

「どこだ、深尾？　間抜けめ」

ディフェンダーは一歩踏み出す。

「さあ、約束を果たす時だ。おまえを殺してやる」

見覚えのあるセリフだった。それはおれが、ＪＴＤ４８００で電脳空間トリップをやると、必ずエンドレスで表示される文字列だった。

ようやく事態を理解した。思わず、唸り声が出そうになる。懸命にそれを堪えた。

△（深尾大尉）河田、奴はジミーじゃない。ダゴン１０２だ。ジミーの身体を乗っ取ったんだ▽

河田が問い返した。

「何だって!?」

すかさず、ディフェンダーがまた撃ちまくる。M2重機関銃が発するマズル・フラッシュが網膜に焼きついた。また一二・七ミリ弾の嵐が吹き荒れた。だが、どうやら河田はかわしたらしい。
△（深尾大尉）声を出すな。JTなら、位置を知られずに済む▽
△（河田曹長）乗っ取った？　どうやって、そんなことが？▽
「みィィィんな死ぬ」

ディフェンダーが言った。いや、ダゴン102が言った。

奴は、第九階層への階段口の前で仁王立ちになっていた。不可視状態のおれたちを探して、周辺を見回している。

おれは混乱していたが、何とか事態を分析しようとしていた。どうやって？　いったい、どうやってダゴン102はディフェンダーの身体を乗っ取ったんだ？　いつそんなチャンスが？

ある推理が閃いた。まさか!?　ベルト・ポーチを探る。

愕然とする。心臓のポーズ・ボタンを押されたみたいだった。

「何てこった……」

声を出すな、と河田に指示したばかりの本人が思わず、そう呟いていた。

すかさずディフェンダーが、おれの声を手掛かりにして撃ってきた。飛びのいて、かわす。だが、何発か喰らった。一二・七ミリ弾の衝撃で、おれは地面に転がった。しかし、鎧を着ているし、UB状態だから当面は軽傷で済むだろう。
△（河田曹長）大尉、大丈夫ですか？▽
大丈夫と言えるかどうか。体内に血圧上昇の原因となるレニン酵素を、大量注入されたような気分だった。
△（深尾大尉）おれのミスだ▽
△（河田曹長）何ですって？▽
とうてい信じられないようなヘマだった。しかも、おれがやったのだ。このおれが。ドブネズミ小隊を率い、数々の戦績を上げて、対GOO戦争の英雄とはやし立てられてきた、このおれが。

羞恥のあまり、全身が太陽の表面みたいに燃え上がりそうな思いだ。だが事実は事実だ。それをはっきり認めない限り、どんな問題も解決しない。
△（深尾大尉）さっきジミーに差し込んでやったメモリー・スティックは、空きスティックじゃなかった。ダゴン102の人格を記録したマスタースティックだったんだ▽
河田からの返事はなかった。絶句しているらしい。奴が嘲笑した。

「その通りだ」

どうやら奴も、こちらのJTを受信しているらしい。

ディフェンダーの身体を乗っ取ったせいだ。

「間抜けな奴だよ、深尾。私のスティックをこのボディに差し込んでくれて、礼を言うぞ」

ダゴン102が嘲笑する。その声が、おれの頭蓋骨(ずがいこつ)そのものを振動させていた。

今思えば、あの地下第五階層の産卵室を出る時、すでにジミーの様子は変だった。返事をしなかったり、頭が痛いが治った、と言ったりしていた。

その時にはもうダゴン102はウイルス・プログラム化して、ディフェンダーのコンピュータ・メモリーに侵入していたのだ。そして、この第八階層に到着するまでの間、ディフェンダーの身体をハイジャックする準備を着々と進めていたに違いない。

コンピュータ機器に差し込むメディアを間違えるというのは、よくあるミスだ。この手のミスで重要なデータやプログラム、ワープロ原稿を失ってしまったという話も、失敗談として、笑い話として、よく聞く。

今のおれは笑えなかった。ゴール目前まで来て、最大級の障害物を自分で呼び寄せる結果になったからだ。

ディフェンダーは外殻(がいかく)装甲と骨格の強度、筋力、耐久力など、ほとんどの点でUBを上回るのだ。こちらに多少、利点があるのはスピードぐらいだろう。

「どこだ、深尾？」

ダゴン102は嘲笑を続けている。

「まあ、いい。ここはGOO領土だ。すぐに私の同類もやって来る。それにおまえたちはここの貯水池に用事があるらしいな」
△（河田曹長）まずいぜ、大尉。ここで足止めされるわけにはいかない▽
△（深尾大尉）すまん、おれのせいだ▽

「そうだ、おまえのせいだとも、深尾」

ディフェンダーが奴のサンプリング音声で言った。
△（河田曹長）今は奴を排除することだけ、考えましょう。それしかない▽
△（深尾大尉）ＯＫ。時間差攻撃といくか▽
「どうする気だ？　早くやってみろ」

ダゴン１０２はまたＭ２を乱射し始めた。

こちらも八九式自動小銃で応戦してやる。階段口に面したこのＹ字路は、たちまち銃口からの発火炎と、工事現場のリベット打ちに似た騒音で満たされた。

もちろん、こちらの五・五六ミリ弾は通じなかった。大部分はディフェンダーのメタルボディに撥ね返されてしまう。装甲の弱いところに多少、穴が開いたくらいだ。

しかも、今のダゴン１０２はＧＯＯの肉体を持っていない。コンピュータ・ウイルスに似た状態で、メタル・サイボーグの身体を操っているのだ。切り札のネクロノミコンＦ型ウイルスも、今の奴には無力だ。

一方、敵は一二・七ミリ弾の圧倒的な火力で、こちらを圧倒できる。おれは銃弾のショックでしばしば壁に叩(たた)きつけられた。

河田も同様だった。共に結晶の壁に衝突した。ほとんど同じ位置だ。透明擬装していたが、それで互いの姿が少し見えた。
△（河田曹長）大尉。この銃じゃだめだ。斧(おの)でないと▽
△（深尾大尉）分かった。いったん後退だ▽
おれは河田の腕を引っ張り、Ｙ字路を離れた。別の交差点まで逃げる。

「どこだ、深尾！」

ダゴン１０２が射撃を中止して、叫んだ。コッキング・レバーを引く音がする。弾切れになったのだろう。ベルト状の弾帯を取り替えようとしている。

「時間がないから、選択肢は二つだ」

小声で河田に言った。ＪＴでは傍受されるから内密の話ができないのだ。

「Ａ、奴を殺(や)る。Ｂ、逃げる」

「Ａだ」と河田。

「Ａの場合は……。同時にジミーの息の根を止めることになる。おれを二年もサポートしてくれた部下をだ。

……だが、Ｂを選ぶのは論外だ。あらためてここまで潜入するのは、もう不可能に近いかもしれない……」

おれの声は苦汁(くじゅう)に満ちていた。自分のミスは自分で償わねばならないのは当然だ。だが、よりにもよって、今おれにできる償いの方法は自分の部下を殺す、というものだったのだ。

「選択の余地なし、か。ジミーを殺るしかない……」

歯軋(はぎし)りの音を立てていた。

意識下からは、ある記憶が浮かび上がってくる。かつて、同じようなことがあった。知美のクローン体にダゴンが乗り移っていると分かった時だ。しかも、知美の人格も再生された完全クローン体だった。本物の彼女はすでに死んでいた。GOO(当時は〝C〟と呼んでいた)汚染を喰い止めるため、知美は自ら死を選んだ……。

「OK」と河田。「大尉が囮(おとり)になってください。おれがディフェンダーの自爆スイッチを入れます」

25　第九階層へ

ダゴン102は散発的に一二・七ミリ弾を撃っていた。間もなく、銃声を聞いたGOO兵士たちが集まってくるだろう。

しかし、そうなったら奴には不利な状況が発生する可能性もある。今のダゴン102は、GOO兵士たちの眼には、味方ではなく敵に映るからだ。それを利用する手もあるが、今は考えている暇がない。

おれは銃撃の隙(すき)を見て、飛び出した。後方からは河田が敵目がけて撃ちまくる。

その間に、おれは透明擬装を利用して、低い姿勢でY字路まで走り抜けた。銃弾が頭上を通過する。一気に、奴との距離を縮めた。

接近するなり、まずディフェンダーの顔面に五・五六ミリ弾を浴びせてやった。奴にとっては一瞬の目潰(めつぶ)し程度の効果しかないだろうが、それでいい。本命は電撃斧による白兵(はくへい)戦だ。

北欧の海賊よろしく、戦闘用斧を振り上げる。剣道で言う小手を狙った。M2重機関銃を叩き落とすつもりだった。できなかった。奴は、こちらの動きを読んでいたのだ。

一瞬後、真(ま)っ赤(か)に焼けた銃口の向きが変わり、一二・

七ミリ弾で撃たれていた。Ｍ２重機関銃のパンチ力は凄まじく、壁に叩きつけられる。八九式自動小銃とは火薬量がケタ違いだ。

次の瞬間、おれは戦闘用斧も八九式自動小銃も叩き落とされていた。動きの鈍いディフェンダーにしては、おそろしく手際のいい戦いぶりだ。それだけダゴン１０２が優秀だということか。

相手に首を掴まれてしまう。こうなっては透明擬装も無用の長物だ。

ディフェンダーの手が力を加えてきた。形状可変金属アクチュエーターが電圧で収縮し、こちらの頸骨を砕きにかかる。おれは苦悶の表情を浮かべていただろう。

奴の手を外そうとしたが、徒労だった。相手は身体はでかいし、体重はあるし、怪力無双だし、頑丈なＦ６０メタル製ボディと四拍子そろっている。こういうプロレス状態では、こちらにはどうしようもない。

「捕まえたぞ、深尾」

ダゴン１０２が言った。

「わかるか、今の私の気持ちが？」

普通なら歓喜に満ちた声になるだろう。だが、今の奴はディフェンダー特有のサンプリング音声でしか喋れない。

「……わか…らん」おれは潰れた声で言う。

「この瞬間をどれだけ待ち望んだことか。冷たい電脳空間で、自分の体温も鼓動も感じられない世界で、何百回、何千回、おまえを締め殺す瞬間を想像したことか」

無機的な音声で恨み言を聞かされた。かえって不気味な感じがする。

「……不健康…な…奴だぜ」

いつもなら、ディフェンダーのＦ６０メタル製の顔にはユーモアが感じられる。だが、今ダゴン１０２がハイジャックしているメタル・サイボーグ体には、そんなものはなかった。さながら機械で出来た魔神だった。

首に対する握力が多少、緩んだ。

「すぐには殺さない。おまえにはたっぷり苦しんでもらう……」

視界を電撃が走った。首に対する握力が完全に消える。

伏兵、河田の仕業だった。彼が背後から電撃斧で、ダゴン１０２の後頭部を一撃したのだ。

おれは両脚を振り上げる。相手の胸板を蹴飛ばした。

自分の両肩が壁に密着しているのを利用し、それを支点にしたため、通常よりも強力なキックになった。

ディフェンダーの身体が後方へ揺らぐ。同時に、こちらは首絞めから逃れていた。すぐ反撃に移るべきだったろう。だが、壁にもたれて咳き込んでしまう。酸素を貪るだけで精いっぱいだった。

その間、河田はダゴン１０２の背中に組みついていた。彼はすでに透明擬装をＯＦＦにしている。ディフェンダーの背中にあるパネルを開けようとしていた。

だが、ダゴン１０２はその場でスピンターンした。道路工事機械並みのパワーで、太い腕を振り回す。

河田は逃れようとした。かわし切れない。敵のスイングが河田のヘルメットをかする。それだけで、彼は後方へ吹っ飛んでしまった。あらためて、ディフェンダーの腕力に驚嘆した。

おれと河田はあまりにも分が悪すぎた。このままでは勝ち目はない。ヒグマとケンカする方がまだ楽だったろう。敵はヒグマの体力に加えて、狡猾さと格闘技の技もあわせ持っているのだ。

ふいにおれの眼が、ダゴン１０２の後方にあるものを捉えた。第九階層へ降りる階段口だ。勝機を見出した。

おれは、その場にしゃがんで四つん這いになった。自分のスピードとパワー、ダゴン１０２と階段口との距離を計算する。いけるだろう。

奴がこちらを振り向いた。同時に、おれは両足裏を壁に当てていた。スプリントレースのクラウチング・スタートのような態勢だ。だが、この姿勢は飛び出すことだけを目的にしたものだ。その後走ることは考慮していない。

壁を蹴る！　地面すれすれを巡航ミサイルのスピードで飛んだ。動きの鈍いディフェンダーは対応が遅れている。おれの頭は奴の股の間をくぐり、おれの両肩は奴の両膝に激突した。

ディフェンダーの肘、膝などの関節は、一方にしか曲がらない設計になっている。人間のそれを真似たデザインだからだ。おれはそこを突いたのだ。

ディフェンダーの膝は、すでに伸び切った状態で、それ以上の衝撃を受け止めることは不可能だった。当然、巨体のバランスが崩れる。しかも両膝が伸び切ったままだから、とっさに後方へ片脚を出して踏ん張るといった動作もできない。

ダゴン102はスローモーションに似た動きで、後ろへ倒れていった。そこへさらに、おれがダメ押しした。両腕で奴の足首を抱え込む。後は、それを持ち上げる動作をすればいいだけだった。

そして奴の後方に地面はなかった。あるのは第九階層へ降りる階段口だ。

高速道路で正面衝突事故が起きたような音がした。F60メタルと、鉄製の階段ステップとがぶつかり合ったのだ。

「やった！」と河田の声。

仕事の残りは、地球重力が引き継いでくれた。ディフェンダーのボディが転がり落ちていく。一六〇キロの体重が災いして、止まることができない。慣性の法則も助力してくれた。遠近法の中を奴が小さくなっていく。

「先に行け！」

河田に指示する。

「了解」

河田は階段口へ飛び込んでいく。おれも、八九式自動小銃や、電撃斧T204を拾い上げる。

ふいに足音が聞こえた。続いて、銃弾が飛んで来る。眼前の壁に弾着し、グレーの結晶の破片が跳ねた。

振り向くと、GOO歩兵たちだった。いずれも白兵戦向きのNAL500シリーズだ。一〇匹ほどいる。だが、彼らの背後にはアメフト・チーム四個分ほどの人数が控えているだろう。

竜人間たちが一斉に銃口を向けて、マズル・フラッシュと一二・七ミリ弾を浴びせてきた。

おれは階段口に飛び込み、鉛弾のシャワーから逃れる。銃撃の音は凄まじく、耳をぶん殴られているような気がした。

△（深尾大尉）客が来た。そっちはどうなった？▽

△（河田曹長）すぐスイッチONします▽

△（深尾大尉）気をつけろよ▽

おれは廊下に顔半分とアサルト・ライフルを突き出した。フルオートで五・五六ミリ弾をばらまいてやる。GOO兵士の何人かは被弾したはずだ。

△（深尾大尉）どうなった、河田？▽

返事がない。

△（深尾大尉）どうした？▽

やっと返事が来た。
△（河田曹長）この野郎、まだくたばってない▽
階段下から、金属同士がぶつかる激しい音がした。どうやらＦ６０メタルの鎧を着た者同士が、マーシャル・アーツの試合を始めたらしい。やはり、ダゴン１０２とはもう一戦交えねばならないようだ。

しかも第八階層には、狭い通路を埋め尽くすほど多数の化け物兵士が駆けつけて来ているのだ。おれは、事前にいくつかの最悪の状況を頭の中でシミュレーションしていた。だが、ここまで派手なのは予想外だった。しかも、自分のドジでそれを招くとは。

弾倉を取り替えると、再び廊下の敵兵士たちを撃ちまくった。適当なところで二個の手榴弾を準備する。信管のピンを抜き、三秒後に放り投げる。

直後に爆発！　同時に、おれは階段を飛ぶように降りていた。

数秒後には、ネクロノミコンＦ型ウイルスが魔術的な威力を発揮してくれる。それを見れば、ＧＯＯ歩兵たちは士気を失い、しばらくは突撃を控えるはずだ。

第九階層に降りた。

そこは、巨大な格納庫のような空間だった。貯水池と浄水設備とが目の前に広がっている。

ダムの底は深過ぎて見えないが、例によって白とグレーの結晶が内装になっているようだ。水底が、ＬＥＤの光をわずかに反射していた。水面に生じた波がカーテン状の光となって、天井や壁に映じている。この巨大空間そのものが揺れているみたいだ。

貯水池からは、免疫グロブリンの形に似たＹ字構造の柱が、何十本も不規則に並び、天井を支えている。以前にビデオ映像で観た通り、この柱には目鼻や触手の跡があった。

階段から貯水池までは緩やかな下り斜面だった。

ダゴン１０２がいた。水際まで転がったらしい。そこで四つん這いになっている。さすがの奴も階段落ちスタントは応えたようだ。脳震盪みたいな状態だろう。

ディフェンダーのそばには、Ｍ２重機関銃が転がっていた。銃身が曲がっている。もう使いものにはなるまい。

河田はその手前にいる。電撃斧を油断なく構えていた。

振り向かずに言った。

「大尉、最後の〈５〉が残ってる」

事態が理解できた。〈２２４１５〉。それが自爆コードだ。だが、最後のキーを押す前に奴が失神から覚めて、河田は振り飛ばされたのだろう。

ダゴン１０２が片膝（かたひざ）をついて起き上がろうとした。だが、その前にこちらが攻撃した。首や鎖骨などの、装甲の薄い部位を狙う。

青や紫色の電光が飛び散った。ディフェンダーの巨体が揺らいだ。

「くたばれ！」

河田が突進する。それはヒット&アウェイを忘れた動きだった。次の一撃で仕留（しと）めようとしたらしい。できなかった。ダゴン１０２に斧の柄（え）を掴まれてしまったのだ。

河田が呻いた。斧を引っ張る。だが、ダゴン１０２も斧を放そうとしない。

おれは側面から奴を狙う。だが、空いている方の腕で弾かれてしまった。

河田と奴が、互いに斧を引っ張り合う。だが、力比べなら奴の方が有利だ。

突然、河田は引っ張られて宙に浮いた。体重差のためだ。そのままディフェンダーの巨体にぶつかる。そして、奴に首を抱え込まれてしまった。

おれは河田を助けるべく、ダゴン１０２に襲いかかる。だが、また空いている片腕だけで防御されてしまった。

河田が悲鳴を上げる。ディフェンダーの形状可変金属アクチュエーターに電圧負荷がかかったらしい。彼のヘルメットが締め上げられて、異音が生じていた。

「まず、おまえからだ。グシャグシャにしてくれる……」ダゴン１０２が言った。

バックを取るしかない。おれは連続ジャンプし、ディフェンダーの背面に回る。敵も対応しようとしたが、河田を抱えている分、動きが鈍い。

おれは眼を見開いた。河田の手が、ディフェンダーの背中を探っている。

「河田、そこじゃない。もっと下だ！」

彼の指がスイッチに触れた。

「ん？」

ダゴン１０２が不審そうな声を出した。こちらに別の狙いがあることに気づいたらしい。

河田の指先がキーの列を撫でていく。向かって右端の位置。

〈5〉のボタン。

「ビンゴ！」おれは叫ぶ。「秒読みするぞ。……三秒前……二……」

「何だ？」とダゴン102。「何を企んで……」

「……一……ゼロ！」

河田がボタンを押した。赤いランプが点滅を始める。

同時に、おれは飛び掛かった！　斧でディフェンダーの後頭部を一撃する。手応え充分。内部の半導体やアクチュエーターも激しく震動し、機能が一時麻痺しただろう。

奴の力が緩み、河田も逃れることができた。我が部下は地面を転がり、水面へ向かった。

「あと三秒だ！　飛び込め！」

おれも電撃斧を放り出して、貯水池へダイビングした。

「待て！」ダゴン102が叫ぶ。「おまえら、何を……」

冷たい水の感触が、全身を包んだ。耳に水音と、水中特有の気泡の破裂音が充満する。それでディフェンダーの声はかき消された。続いて、もう一つの水音。後から潜水した河田だ。

水深は一五メートルほどだった。ボディアーマーを着ているため、真っすぐ水底に向かって沈んでいく。

頭上には水面があった。それが真っ白な光に変わる！　おれや河田の影が、水底に黒いシルエットとなって映ったほどだ。爆発は音ではなく、震動として感じられた。

水面が騒がしく揺れだした。ディフェンダーだった部分品が遥か彼方にまで飛び散ったらしい。F60メタル製の装甲板の破片群が、次々に水中を回転しながら落ちていくのが見えた。終わったらしい。

水底を蹴って、浮上しようとした。ボディアーマーの重量が邪魔で泳ぎにくい。が、何とか水面に出る。酸素を貪った。

「やった！」と河田の声。

振り向くと、隣に彼が浮上している。咳き込んでから言った。

「今度こそ自爆かと思ったけど、おかげで助かりましたよ、大尉。……ついでにネクロL型ウイルスも、ここで垂れ流しちゃいましょうよ」

26　強行突破

しかし、結局おれと河田は貯水池から地面に上がった。金属鎧を着たままでは立ち泳ぎも一苦労だし、バックパックに収納してあるネクロノミコンL型ウイルスも取り出しにくいからだ。

地面にはディフェンダーの上半身と下半身が分離して転がっていた。両者は三メートルほど離れた位置にあった。どうやら自爆した際に、上半身がミサイルみたいに天井に飛んでいってから、跳ね返ったらしい。それで両者は近い位置にあるのだろう。

ディフェンダーの上半身も下半身も、共に巨人の手で引きちぎられたような惨状をさらしていた。Ｆ６０メタル製の装甲もひん曲がっている。それはダゴン１０２の死体ではなく、我が部下の死体だった。

おれは視線をそらして言った。

「まず指輪だ」

バックパックから指輪、つまりネクロノミコンL型ウイルスを取り出した。

それはクロームのケースに入っていた。ケースの中には、ウズラの卵とほぼ同形同大のゲル・カプセルがあった。おれと河田の分を合わせて二〇個ある。充分すぎる量だ。内部には必殺ウイルスを抱えた大腸菌（だいちょうきん）たちが、溶液の中で待機している。

おれたちはゲル・カプセルを指で半分潰しては貯水池に放り込んだ。この容器は水溶性なので証拠も残らない。

「ざまあみろ！」

河田は罵言（ばげん）を吐きつつ、ウイルス投入作業を繰り返した。

「ＦＵＣＫ野郎のＧＯＯ！　おととい来やがれだ！」

おれもカプセルを水面に投げ込んで言った。

「成仏しろよ」

作業を終えた。これで第一任務は達成された。時間を確認する。午前零時一七分。その時刻をＪＴＤのメモリーに記録した。

もちろん、おれたちの侵入は知られてしまったから、ＧＯＯたちも、ここの水を飲むのは警戒するかもしれない。だが、それでもいいのだ。会議で本多大佐も言ったが、化け物たちから安全な水源を数日間取り上げれば目的は果たせるからだ。

　作業を終えると振り返った。おれの表情はこわばっていただろう。

　それに近寄っていった。つや消しグレーのF60メタル装甲に包まれた上半身だ。その顔面を見下ろす。無表情なそれが見返していた。ジミー三等兵の顔が。

　ジミーの舌足らずな口調が、脳裡に蘇った。彼が言いそうなセリフも聞こえてきた。ジミー、悪くない、ジミー、いいディフェンダー、ジミー、なぜ、死んだ？　なぜ、自爆させられた？

　これほどの罪悪感は味わったことがなかった。鉛の塊を五〇キロぐらい呑み込んだような気分だ。彼には何の責任もない。すべては大バカ者の指揮官のせいだった。

　気がつくと、おれは屈み込んでジミーの顔に触れていた。金属の感触。それが黄泉の国の冷たさに感じられた。

　ジミーはディフェンダーの第一世代だった。元はシェパード犬だったらしい。戦争さえなければ、彼も〈徴兵〉されることはなく、飼い犬として幸せな生涯を送れただろう。

　おれの小隊に配属されたのは二年前。とりあえずジミーと名付けた。最初は彼をどう扱っていいのか分からず、とまどったものだ。だが、すぐに彼は忠犬ぶりを発揮するようになり、ドブネズミ小隊のマスコットになった。頑丈なボディで自ら盾となり、多くの兵士の危機を救ってくれた。

　彼の獅子奮迅の働きに、おれは何も報いることができないままとなってしまった。それどころか恩を仇で返してしまったのだ。

　遺体に何か言葉をかけるべきかもしれない。だが、何を誓っても空々しく響いただろう。

　バックパックからミニ電動工具を出すと、それでジミーの首のボルトを外した。ディフェンダーの顔面装甲を取り去ると、わずかに犬の頭部らしい形状を残したそれが露出した。

　その頭部の皮膚には一部毛皮が残っていた。それをサバイバル・ナイフの刃先で切り取った。

「どうするんです？」と河田。「DNAを遺品に？　しかし、ダゴン102が乗り移ってたんじゃ……」

「大丈夫だ。ダゴン102は、コンピュータ・ウイルスの形でこの身体をジャックしたんだ。まだジミーのDN

Ａまでは冒されていない」

犬の皮膚の一部を回収した。首の認識票も外した。それらをクローム・ケースに収める。デイフェンダーの顔面装甲は元通りに直しておいた。

「すまん、これしか持って帰れないんだ」

おれは伝統的風習に従い、遺体に合掌した。

河田もそれに習い、言った。

「いったん、さよならだ、ジミー。ＧＯＯどもを片付けたら、またここに戻ってくるからな」

おれたちは武器を拾い集めると、もう一度彼に別れを告げた。壁際の階段口に向かって歩き出す。沈黙は、ディフェンダーの体重の一〇〇倍ぐらい重かった。

壁際の階段口から、何かが放り込まれた。爆発する！

オレンジの火球が出現した。

おれと河田は反射的に伏せていた。この地下空洞の中で爆発音が複雑に反響する。

「手榴弾だ」と河田。

続けて、階段上方から機銃が撃ち込まれた。一二・七ミリ弾が地面をえぐり、小さな穴を無数に開けていった。

会話をＪＴに切り替えた。
△（深尾大尉）すぐ脱出だ。あの階段を塞がれたら終わりだからな。客を片付けて、とりあえず第七階層に行こう▽
△（河田曹長）了解▽
八九式自動小銃の装弾数を確認し、地面に落ちた電撃斧を拾い上げる。

困ったのは、まだ全身が濡れていて水が滴り落ちていることだ。これでは足跡が残って、透明擬装が見破られやすい。だが、どうしようもない。後は、ネクロノミコンＦ型ウイルス弾が頼りだ。

おれと河田はスティルス・コートをよく振って、水滴を払い落とした。真空パックしてある乾いたタオルを出して、コートの表面を拭いた。これで多少はましだろう。

コートを着ると壁沿いに移動し、階段口に近づいた。スティルス・コートの電源をＯＮにする。おれと河田はお互いの姿が透明化するのを確認した。だが、やはり空中に多数の水滴が浮かんでいるような外観になってしまった。

銃撃が止み、静寂が戻る。階段口から顔を半分出して上方を見上げた。

遠近法の向こうに、こちらを覗いているＧＯＯたちが見えた。竜人間のＮＡＬ５００シリーズ兵士たちだ。早回し再生音のようなＧＯＯ語がかすかに聞こえる。

どうやら突入をためらっているらしい。コメディ映画で、彼ら同士で順番を譲り合っているようだ。彼らはそういうギャグを理解しないかもしれないが。

△（河田曹長）誰も一番乗りしたくはないらしいですね▽

△（深尾大尉）ああ。あのミートボール化した仲間の死体を見たら、遠慮がちにもなるだろうさ▽

△（河田曹長）でも、このままじゃこっちも動けませんよ▽

△（深尾大尉）大事な水源地への通路を潰すとも思えない。持久戦、兵糧攻め、そんな考えかな▽

頭の中で状況と対策を整理してみる。

△（深尾大尉）選択肢は二つ。Ａ、強行突破。Ｂ、この場で何らかのチャンスを待つ▽

△（河田曹長）Ａしかない▽

△（深尾大尉）その通りだ。もう最重要任務は果たしたからな。後はここの第五階層にあるスーパーコンピュータを調べてから破壊し、地上に脱出し、司令部へ連絡しなければならない。場合によってはスーパーコンピュータの件は飛ばしてでも、地上に脱出し、司令部への連絡だけはしなければならない。でないと、総攻撃命令を出すタイミングを総司令部が掴めないからな▽

△（河田曹長）了解。ぶっ飛ばしてやりましょう▽

おれと河田は階段口の左右に待機した。手榴弾を用意する。合図と同時にピンを抜く。三秒待ってから、第八階層目がけて投げた。ほとんど手首のスナップだけで投じたのだが、それでもＵＢの筋力は時速一三〇キロを達成したはずだ。

ＧＯＯどもの叫び声がした。飛んできた物体に気づいたらしいが、もう遅い。

遠近法の彼方がオレンジ一色に輝き、爆風が階段を駆け下りてくる。少し遅れて悲鳴も聞こえた。

間をおかず、こちらは階段をダッシュする。二秒で駆け上がっていた。

第八階層は大混乱だった。爆風に吹っ飛ばされ、負傷した怪物兵士たちがわめき、のたうちまわっている。それでも死者は一匹もいないらしい。こいつらのタフネスぶりは何度見ても呆れてしまう。最終軍が、ただの人間の兵士ばかりだったら絶対に勝ち目はなかっただろう。

おれたちはGOOだらけの廊下を走破した。具体的には化け物連中を踏み越え、踏み潰していったのだ。

そこを抜けると、新手のNAL500シリーズの兵士一〇匹ほどと遭遇した。手榴弾を使う暇はないので、そいつらは電撃斧で片付けた。高電圧のスパークが乱れ飛ぶ。

敵の不意を突いたので有利な戦いだった。また、こちらにしてみれば、とどめを刺す必要はなく逃げ道を開ければいいだけだ。その点も楽だった。さらに電撃斧から生じた放電が、おれたちの濡れた身体を乾かしてくれるという副産物も生んだ。

最大ヴォリュームでわめきながら、ほとんど力技という感じで怪物兵士たちを蹴散らしてやった。普段のおれらしくないやり方だった。

たぶん大声を出すことで、ジミーを失った悲しみや罪悪感を放出しようとしていたのだろう。感情が激してしまい、どうしても黙ってはいられなかったのだ。自責の念をGOOどもに八つ当たりすることで発散し、第七階層へ脱出した。

27 ASCOM・S1000

第五階層は、主にGOOたちの住居、病院、産院を兼ねた場所だ。

小型の恐竜人間といった感じの、GOOの幼体たちが通路を行き来していた。彼らは看護師に当たる仕事をしているらしいことは前にも述べた。よくよく見ると彼らの中には、手の指の何本かを手術用のメスや注射器に変形させているものがいた。

T字路には、NAL500シリーズの竜歩兵たちが八匹いた。緊張しているらしい。M2重機関銃を構えて硬直している奴もいる。鳩みたいにやたらと首を前後に動かしている奴らもいる。

姿なき侵入者のことや、突如ゴム風船と化した同僚に関する情報に、化け物たちも脅えているのだろう。大きな眼玉をさらに見開き、こちらの姿を発見しようとしている。

あいにくだが、こちらの透明擬装は完璧だった。一度はずぶ濡れになった身体も、もうほとんど乾いてしまったので、水が滴り落ちたり、足跡が残る心配もない。

見張りを務めているGOO歩兵たちの後ろには、ある部屋の出入口が見えていた。壁に幾何学的な図形を組み合わせたマークが刻まれている。それが、その部屋の用途を示しているらしい。

戸口にドアはない。室内には大きな機器や、端末代わりのパソコンなどが見える。

それこそ、おれたちが目指すスーパーコンピュータ室だ。

すでにおれと河田の相談は決まっていた。とにかく、あの部屋に入り、この目でスーパーコンピュータを確かめよう、と。余裕があれば調査するし、だめなら爆破して、すぐ脱出すればいい。

△（河田曹長）三秒前▽

△（深尾大尉）任せたぞ▽

△（河田曹長）二……一……〇……プレイボール▽

銃声が響いた。五・五六ミリ弾の軽快な音だ。

GOOの見張りたちはそれを喰らって、倒れた。甲高い悲鳴が上がる。慌てて撃ち返した。もちろん弾幕を張るだけで、狙いは二の次だ。

「ぐわァァ！　殺（や）られた！」

河田がわざとらしい悲鳴を上げた。だが、頭に血が昇っている敵兵たちをだますには、これで充分だろう。

見張りの怪物兵士たちは、声のした方向へ向けて突撃した。勝利や手柄（てがら）を確信した雄叫（おたけ）びを上げている。

スーパーコンピュータ室の前は、がら空きになった。おれは悠々と侵入した。

その部屋は正六角形を三つくっつけたような形だった。例によって白とグレーの結晶体が天井や壁、床を覆っている。

部屋の中央には朝蕗電機製のスーパーコンピュータ、ASCOM・S1000があった。正八角柱の形で、高さ一・五メートル、直径五〇センチぐらいだ。それが四台、正方形の位置に並んでいた。外側は合成樹脂で、グレーとローズ・レッドの二色でデザインされている。そばには付属の小型冷却装置があり、それがパイプで本体に冷水を送り込んでいる。

ＡＳＣＯＭ・Ｓ１０００は、旧式のシリコン・コンピュータではなく、新型のジョセフソン素子コンピュータだった。超電導状態で起きるジョセフソン効果を応用したチップを使用している。そのおかげで消費電力も発熱量も低レベルで済む。だから、小型の冷却装置で間に合うわけだ。

ちなみにＡＳＣＯＭ・Ｓ１０００の性能は、一エクサプロップス。毎秒一〇〇万兆回の浮動小数点演算が可能だという。

通路から悲鳴がした。ＧＯＯ特有の怪鳥のような叫びだ。河田に撃ち込まれたネクロノミコンＦ型ウイルス弾が効いたのだろう。悲鳴はどれも途中でちょん切れてしまう。

続いて、金属が破裂する音が続けざまにした。怪物兵士たちの肉体が膨張したため、着ていた金属鎧が弾け飛んだのだ。
△（河田曹長）だいたい片付けました。肉団子になった連中は、通路のあちこちへ転がしときます。カカシ代わりにね▽
△（深尾大尉）任せる。おれはここを調べてみる▽
まず、書類などの資料はないか探してみた。部屋の隅には、電話帳ほどの分厚いマニュアルの類が乱雑に積み上げてあった。それらはＡＳＣＯＭ・Ｓ１０００に関するもので、本体と共に都内のどこかから手に入れたのだろう。

暗号解読ソフトのマニュアルもあった。旧防衛省情報本部辺りから入手したのだろうか。英文のものが多く、おれには読めない。このスーパーコンピュータそのものに解読させる手もあるが、今はこれを調べても意味がないだろう。

スーパーコンピュータの後ろに回り込む。そこにあったのはパソコンと、音楽用アナログ・シンセサイザーと、薬品貯蔵ケースを組み合わせたように見えるハイテク機器だった。

それはアミノ酸シーケンサーだった。アミノ酸配列を操作して、好みのホルモンやタンパク質を造る機械である。バイオテクノロジーには、なくてはならない機器だ。

どうやら、これはスーパーコンピュータと連動しているらしい。今は動いていないようだ。生産物を溜める試験管の内部も空っぽで、特にタンパク質は作っていない。

調査対象をスーパーコンピュータ本体に変えた。システム・コンソールのマウスをテーブルに走らせる。

ＶＤＴ画面上にシステム・ウインドウが開いた。今現在、このマシンが稼働中であることを示すメッセージが表れた。

＊実行中／解読ＩＮＴＯ９＊

ＩＮＴとはイントロンの意味だろうか。ファイル名などを検索しようとした。だが、

＊検索不可／機密＊

と表示された。

以下、すべてその調子だった。何も役に立つ情報は得られなかった。

物音がした。振り返るまでもなく、河田だと分かった。空中に電気的誤信号（グリッチ）が発生し、それに包まれながら、彼が現れた。

「追っ払いました。皆ビビってるから、しばらく、ここには近づかないでしょう。どうです調子は？　何か分かりましたか？」

おれは首を振る。

「さっぱりだ。……そうだ。確かメモが」

胸ポケットから白い封筒を出す。出撃直前に永海大佐が渡してくれたものだ。中には、折り畳んだＡ４判の紙が数枚入っていた。広げるとワープロ原稿だった。

それをしばらく眺める。おれはサンスクリット語の文書を見たような表情を浮かべていただろう。肩の線が下がっていった。

「何です？」

河田が覗き込もうとする。彼にワープロ原稿を渡してやった。

「何だ？」

河田もおれと大同小異の顔になっていた。

「専門用語だらけだ。さっぱり分かりゃしない」

おれは嘆息する。

「考えてみれば出発ぎりぎりに、おれに渡したくらいだからな。永海大佐もきっと、これは読んでないんだ。そういえば古い資料をやっと探してもらったとか言ってたな。これは設計開発担当者の覚え書きなんだ。素人（しろうと）には

無理だ」

河田も、溜め息をつき書類を畳んで自分のポケットに入れた。

「どうします？　すぐ爆破しますか？」

彼はもうバックパックを下ろしている。Ｃ－４プラスチック爆薬を取り出しにかかった。これの見かけは黄土色の粘土みたいだ。信管を差し込まない限りは、幼稚園児にオモチャとして与えても危険はない代物だ。

「待て。せっかく、ここまで来たんだ。やはり、これの目的を解明したい」

「どうするんです？　まさか、マインド・アクセスするつもりじゃ？」

河田は必須アミノ酸補給用のまずいミルクセーキを飲む時のような顔をした。

マインド・アクセスとは、ＪＴＤ４８００を中継機にして、自分の脳とコンピュータ内部の電脳空間とを直結することだ。

「戻れなくなっても知りませんよ」

確かに稀に事故も起きる。自我が本人の脳に戻らず、廃人になってしまう。

「すぐに爆破して、ずらかりたいけどな」と河田。

おれも腋の下に汗をかいていた。実際のところ爆破する方が簡単だった。後は脱出して、ウイルス投入成功を連絡するだけだからだ。上層部には、スーパーコンピュータをゆっくり調査する余裕はなかったと報告すればいい。事実、その通りなのだ。咎める者はいないだろう。

河田の言う通りだ。これを爆破して、すぐに脱出しよう。できなかった。知美の姿が蘇ってきた。気品のある顔立ちで、白い肌、長い髪が女神のイメージで出現し、脳裡でハレーションを起こしている。

完全クローン製造法。その言葉もハエのように羽音を唸らせながら、おれの頭の周囲にまとわりついた。

今まで手に入れようとして果たせなかったそれが、この電脳空間にあるかもしれないじゃないか。可能性はある。

その上、眼前のスーパーコンピュータは、なかなか解けないクロスワード・パズルのように気になってしょうがない存在だった。いったい、ＧＯＯはこの電脳機で何をしようとしているのか。自分たちのイントロンを解読して、どうしようというのか。

「ちょっとだけだ……」そう呟いていた。

「え？」と河田。

部屋の外から銃声がした。ＧＯＯ兵士たちにも持ち場を離れるべきではない、という義務感があったようだ。おっかなびっくりで散発的な攻撃を仕掛けてきた。

「時間がない。一分だけ試してみる。それでダメなら、すぐ爆破だ」

河田は何か言いかけた。だが、ボディアーマーの肩の線が下がる。

「了解」

ＪＴＤ４８００を取り出した。メモリー・スティックも取り出し、それをつい何度も確認してしまった。今後は、この作業が強迫観念として、こびりつくだろう。

システム・スティックをセットし、本体の電極コードの一本はシステム・コンソールに、一本を自分のヘルメットに付けた。事務用の椅子に座る。

河田は、スーパーコンピュータ本体と、おれとを交互に見比べていた。

「ＧＯＯのイントロンか……」と彼。「それを解読したら大魔王でも出てくるんですかね？」

「それを確かめるのさ」

椅子の背もたれに体重を預けて、深呼吸した。多少、手が震えていた。

「一分だけ試す。だが、もしトラブルが起きて、二分経ってもおれが生き返らなかったら、すぐスーパーコンピュータを破壊して、脱出しろ。おれを見捨てても構わん」

河田はすぐに返事しなかった。

「どうしたんだ？」

「そこまで、する価値が……」彼の舌が、そこでもつれていた。

「心配するな。ちょっと覗き見してくるだけだ」

ＪＴ波で、起動コマンドを出す。
△ＪＴＤ４８００／ＯＮ▽
視界の斜め下に、文字列が走り出した。

＊システム・ステータス／ＯＫ＊
＊メモリー／ＯＫ＊

＊ＲＤＹ（レディ）＊
△マインド・アクセス／ＯＮ▽
＊ＭＡＭプログラム／ロード＊
＊ＲＤＹ＊

「じゃ、潜（もぐ）ってくる」

△ログオン／ＡＳＣＯＭ・Ｓ１０００▽
＊マインド。アクセス／スタート！＊

　おれの周辺に光り輝くデジタルの格子（こうし）が出現し、電脳銀河系が一〇〇〇エクサバイトの彼方にまで拡がった！

28　電脳空間／1

（おれは現実の世界を）
電脳空間を
（同時に見て）
同時に観て
（いた）
いた。

　現実世界側では、相変わらずＧＯＯ地下基地のスーパーコンピュータ室にいた。椅子に座り、眼前のシステム・コンソールのＶＤＴ画面や、キーボード、マウスなどを見ていた。右斜め前方には河田曹長が立って、不安な表情でこちらを覗き込んでいた。

　一方、電脳空間側の視界には、広大な電脳銀河系が観えている。

　そこは、無数の半透明な立方体で構成された世界だった。立方体の一つ一つの外面は水銀色に光り輝いている。それらはメモリー空間であり、現実世界のコンピュータ・メモリー・チップに相当するものだ。

　立方体の間には青白く点滅する立体格子（グリッド）が走っていた。その輝くグリッドは、現実世界ではクロック系統の配線に相当するものだ。一ナノ秒（十億分の一秒）ごとにクロック同期信号によって点滅し、すべてのプログラムに同じタイミングで処理を行わせている。

　メモリー空間に対して二重に重なる形で存在しているのは、ＯＳ（オペレーティング・システム基本プログラム）群やデータ群、アプリケーション・プログラム群だ。メモリー空間である立方体の内部に色の着いたものが、それだ。

ワイン・レッド、ブライト・オレンジ、レモン・イエロー、ライト・グリーン、ペール・ブルー、ドーン・パープルと実にカラフルだった。実際には、七〇〇〇万色を超える色が電脳空間には存在する。

プログラム群の形は単純なものもあれば、立方体を複雑に組み合わせたものもある。特に複雑なものは、電子世界のクリスタルのお城といった感じに観えた。

それらプログラム群がアクセスのためのコマンドを発行し合っていた。コマンド群は、さながら電子のネズミ花火。グリッドに沿って、電脳空間を駆け巡り、メイン・メモリー空間とCPU群との伝令役や、入出力、バッファの確保を行っている。

たった今もコマンドの一つが、空いているメモリー空間に到達したところだ。とたんに、その水銀色の立方体内部が無色透明の状態から、レモン・イエローに着色されてしまった。コマンドを発行したプログラムによって、その空きメモリー空間が占有されたことを意味するものだった。

電脳銀河系の中心付近に視線を向けると、そこには外面が金色の巨大な立方体の一群があった。

現実世界では、スーパーコンピュータの心臓部であるマルチCPU群に相当するものだ。

CPU群の内部は、さらに十数色に色分けされていた。それらは色ごとに用途が異なっていることを示している。乗算・加算レジスターや、除算パイプライン、ロード・パイプライン、ストア・パイプライン、ベクトル・レジスター、マスク・パイプライン、マスク・レジスターなどだ。

その金色で半透明の立方体群をさらに透かして観ると、その中心に雪の結晶を数億倍ぐらい複雑化したような形のものがある。それは現実世界の水晶発振器に相当するものであり、クロック同期信号の発信源だった。一ナノ秒ごとにコバルト・ブルーの光を点滅させている。

事実を言えば、〝電脳空間を観る〟というのは人間には不可能なことだった。たった今、描写した電脳光景は、あくまで人間の感覚に分かりやすいように〈翻訳〉されたものでしかない。

今は、おれもプログラムの一つだった。メモリー空間の立方体と重なり合って存在しているのだ。

おれのリソースはマリン・ブルーだ。外面が水銀色で、内部がマリン・ブルーに着色された複数の立方体の複合物。おれ自身の姿は、その中にいる一回り小さな立方体だった。

リソースとは、コンピュータ内部の空きメモリー空間の一部を、プログラム自身が自分専用に確保したものだ。分かりやすく言うと地主から土地を借りて、そこに仮住まいを建てるようなものだ。

リソースの確保などは、持参したＪＴＤ４８００がすでに代行してくれていた。加えて、専用の入出力バッファも確保してあった。

確保した入出力、バッファとＪＴＤ４８００との接触によって、電脳空間のおれと現実世界のおれとはつながっているわけだ。だが、現実世界のおれの肉体は、眼を開けたまま昏睡しているような状態のはずだ。

一度、現実世界側に意識の焦点を戻してみる。

眼前にあるシステム・コンソールや、待機している河田の表情が見えた。我が部下は、ビデオの静止画像と化していた。こちらの時間感覚が、一ナノ秒単位にまで加速されているからだ。

河田にメッセージを送信した。ＶＤＴ画面にそれが表示される。
＊（深尾）今、潜った。そっちと会話するのは面倒だから、後は一方通行だ。これから沈没船の宝物を探してくる＊

29　電脳空間／2

おれはスーパーコンピュータのＯＳ群に向けてコマンドを発行した。感覚的には、そのコマンドを言うと、電脳空間内にマンガの吹き出しみたいなものが出現するのだ。マンガの場合は雲形の中にセリフが書かれたものだが、こちらは小さな立方体だった。

次の瞬間、コマンドは電子のホーミング・ミサイルと化し、電脳空間を秒速一〇〇ギガバイトで疾走する。ピラミッド形に積み重なったデータ群の間を抜けて、ＯＳ立方体群に命中した。

ＯＳは直ちに、おれのリクエストに応じ、無数のサイコロを吐き出した。電脳空間で巨人がシャボン玉遊びしているような眺めになる。それらは電脳銀河系の一角を占める大きな立方体群に取りついた。

その立方体群を透かして観ると、内部には超巨大な樹木のような形が存在していた。これには、現実世界に相当するものはない。

それはディレクトリと呼ばれるもので、枝に果実をぶら下げている樹のように、プログラム群やデータ群の住所をぶら下げて管理しているものだ。

さながら北欧神話に出てくる〈世界樹〉のように観えた。巨大な枝葉で天を支えて空が落ちてくるのを防いでいるという大木だ。

無数のサイコロ・コマンド群は、〈世界樹〉に飛びかかった。無数の枝にくっついては離れることを繰り返していた。電脳空間のカラフルな桜吹雪といった眺めになる。それらのミニ立方体は情報を得る度に、さまざまな色に染め替えられているのだ。

〈世界樹〉の周辺で乱舞するサイコロ群は、次に電脳銀河系全体に散らばった。さらに情報集めを行うためだ。

やがて花から蜜を採取したハチのように、一団となってＯＳに舞い戻る。ＯＳはいったんコマンド群を呑み込むと、それを体内で消化・再編成した。

わずかな間——ほんの九〇〇ナノ秒ほど間があいてから、ＯＳは巨大なデータの立方体を吐き出した。こっちに飛んでくる。

おれのリソースは、そのデータで半分埋まってしまった。膨大なその量に窒息しそうな気分になる。必要な情報だけ検索するよう、ＯＳに要求したのだが、検索条件が甘かったのかもしれない。

検索条件は、〈最もアクセス回数の多いファイルのベスト・テン〉だった。つまりファイルの読み出し、書き込み回数の多いファイルから調べようと思ったのだ。だが、アクセス回数の等しいファイルが多かったらしく、ＯＳは大量のリストを送り返してきた。

しかし、この世界にいる限り、時間は気にしなくていい。河田のいる現実世界では、まだ一秒も経過していないだろう。だから、ゆっくり調べることにした。

おれの眼の前にある立方体データ群は、数百のミニ立方体で校正されていた。中身はＪＩＳコードで書かれたファイル名リストだ。
　ほとんどはデータ・ファイル名だ。それらの名称をチェックするだけでも、このASCOM・S1000の使い途（みち）や全体像は分かるのではないだろうか。
　ミニ立方体の一つを呑み込んだ。

ファイル名「GOOitrd0001」／ファイル属性「データ」／備考「GOOイントロン・データ0001」

ファイル名「GOOitrd0002」／ファイル属性「データ」／備考「GOOイントロン・データ0002」

ファイル名「GOOitrd0003」／ファイル属性「データ」／備考「GOOイントロン・データ0003」

　これらはGOOイントロンを数値化したデータのようだ。ファイル名には通しナンバーが付いている。
　例のビーバー6分隊が録画したGOO同士の会話を思い出した。化け物たちは、一〇二四人分のGOOイントロンが必要だと言っていたではないか。
　確認済みのファイル名リストを吐き出す。途中をすっ飛ばし、一番最後のファイル名があるミニ立方体を呑み込んで、確かめる。案の定だった。

ファイル名「GOOitrd1024／ファイル属性「データ」／備考「GOOイントロン・データ1024」

　これらは解読される暗号、入力情報なのだ。とすれば、解読された原文、出力情報だってあるはずだ。
　別のミニ立方体の一群を呑み込んで調べてみた。

ファイル名「EGODprd0001」／ファイル属性「データ」／備考「EGODタンパク質エクソン・データ0001」

　眼に見えない電撃が、体内を走ったような気がした。
おれが専有しているマリン・ブルーのリソース全体に、さざ波のような電気的誤信号（グリッチ）が生じたみたいだ。

ＥＧＯＤタンパク質のエクソン・データ!?　何だ、これは!?

出力用らしいそのデータ・ファイル名には、やはり通しナンバーが付いていた。一番最後に属するミニ立方体を呑み込んでみた。

＊ファイル名「ＥＧＯＤｐｒｄ１０２４」／ファイル属性「データ」／備考「ＥＧＯＤタンパク質エクソン・データ１０２４」＊

何だ、これは!?　何がどうなってるんだ!?　疑問を解くべく、ミニ立方体の一群を次々に呑み込んだ。傍目（はため）には、生体内のマクロファージさながらの大喰らいと映っただろう。ファイル名を確かめる。

＊ファイル名「ＥＧＯＤｐｒｔｄ—ｆｔ００１」／ファイル属性「データ」／備考「ＥＧＯＤタンパク質エクソン・データ最終試験版００１＊
＊ファイル名「ＥＧＯＤｐｒｔｄ—ｆｔ００２」／ファイル属性「データし／備考「ＥＧＯＤタンパク質エクソン・データ最終試験版００２＊
＊ファイル名「ＥＧＯＤｐｒｔｄ—ｆｔ００３」／ファイル属性「データ」／備考「ＥＧＯＤタンパク質エクソン・データ最終試験版００３＊
＊ファイル名「ＥＧＯＤｐｒｔｄ—ｆｔ００４」／ファイル属性「データ」／備考「ＥＧＯＤタンパク質エクソン・データ最終試験版００４＊

おれは茫然自失（ぼうぜんじしつ）の状態だった。ジョセフソン素子の集合体によって生じた、この宇宙を観回した。

無数の水銀色の立方体と青白いグリッドの間を、コマンドが稲妻のブーメランのように飛び交い、例の着色／消色を至るところで行っている。ＴＶ画面の画素群を拡大したような眺めだ。

電脳銀河系の周縁部を観てみた。たった今気づいたが、外面が赤銅色（しゃくどういろ）の立方体群が存在していた。ハード・ディスクなどの外部記憶装置につながっているＩＯプロセッサーだろう。

おれは新たなコマンドを発した。システム構成図を要求したのだ。電脳空間を一往復したサイコロは、それを引き連れて戻ってきた。確認する。

やはり、あのIOプロセッサーのうちの一つはアミノ酸シーケンサーにつながっていた。解読したDNAエクソン・データをあの赤銅色の立方体群に送ると、それを元にアミノ酸シーケンサーがタンパク質を造る、というわけだ。

おれは混乱した思考を鎮めようとした。今、入手した情報を整理する。

GOOのイントロンの暗号解読。その結果、未知のタンパク質の設計図が出現した。そして設計図を元に、EGODタンパク質が造られようとしている寸前なのだ。ということは……。

もう疑う余地はなかった。このスーパーコンピュータは神の肉体を、EGODの肉体を造ろうとしているのだ！

つまり、EGODは実在するらしいのだ。それは肉体を持つことが可能な〈何か〉であるようだ。そして、そのEGODの肉体を造るには特別なタンパク質が必要だということらしい。

だが、いちばんの驚きは、このスーパーコンピュータに、その作業をやらせているのがGOOたちであることだ！

いったい、どういうことだ⁉

おれの叫び声は冷たいメモリー空間に吸い込まれてしまう。エコーなど返らない。疑問に答えてくれる水銀色の立方体は存在しなかった。

混乱する。またマリン・ブルーのリソースに電気的誤信号(グリッチ)が発生する。データ群の一部がドロップ・アウトを起こし、縞模様のノイズに包まれながら消えた。

深甚(しんじん)な疑問が湧き上がる。それは、おれ自身にドロップ・アウトを引き起こそうとしているようだった。

どういうことなんだ⁉　それでは、おれや、世界中のGOO汚染被害者が見たヴィジョンは、いったい何だったのだ⁉

GOOに乗り移られそうになった者は皆、共通のヴィジョンを観てきた。超古代の地球上で跳梁跋扈(ちょうりょうばっこ)していた魑魅魍魎(ちみもうりょう)どもを、神が別世界、〈DNA上のイントロン〉に封じ込めるという壮大な物語絵巻だ。

それは、二〇世紀アメリカ怪奇小説の二つの巨星として、ポーと並び称されるH・P・ラヴクラフトが創造したクトゥルー神話体系と、あまりにもよく似ていた。それにちなんでGOO（グレート・オールド・ワンズ）、EGOD（エルダー・ゴッド）、トラペゾヘドロン、ネクロノミコンなどの固有名詞を、クトゥルー神話から引用し使ってきた我々の感覚は、あながち間違いではなかったのだ。

　GOO汚染被害者たちが、化け物に乗り移られそうになった時に観たヴィジョン。これを素直に解釈すれば、クトゥルー神話との類似性は明らかだった。

　すなわち、GOOを嫌ったEGODが、化け物どもをイントロンに封じ込めたというストーリーだ。

　そして、この類似性から、我々人間は今まで「EGODとGOOは敵同士である」と解釈していたのだ。

　さらに人類を含む多くの哺乳類の神経細胞に隠されていたNCS機能、神経超電導化機能。これはまさに、EGODが人類に与えてくれたモノだと解釈されていた。GOOと戦う切り札を与えてやろうと、無力な人類にサンタクロースがプレゼントしてくれたのだ、と。

　それは今まで、絶対に疑う余地のない大前提だった。

　だがしかし、だとしたら、これはいったいどういうことなのか⁉

　GOOのイントロンに、EGODが封じ込めてあったとは、どういうことだ⁉　さらにGOOたち自身が、今そのEGODを呼び出そうとしている！

　これはどう解釈すればいいんだ⁉　もしかしたら……勘違いだったのか⁉　「両者が敵同士」という大前提は……。

　OSから、新たなコマンドが飛んできた。立方体内部の色はブラック。削除コマンドだった。

　驚いたり、考えたりしている暇などないことに気づいた。

　黒いキューブはすでに、おれ専用のマリン・ブルーのリソースに取りついており、端から消色を始めている！　濃い青が、無色透明の状態に還元されていた。

　慌てて、強制割り込みをかけた。削除コマンドが停止した。動きの止まった黒いキューブをキャンセルし、この電脳空間から追放してやる。コマンドはドロップ・アウトし、消えた。

　危ういところだった。リソースの三分の一は消されてしまったが、そこで喰い止めることができた。ぼけっとしていたら、おれ自身が削除されてしまっただろう。

そして気づく。今の削除は誰がコマンドしたんだ⁉ 現実世界の自分に意識の焦点を戻してみる。相変わらずの光景が見えた。システム・コンソールと、河田曹長の姿だ。時間の感覚が違うため、彼は氷像のままだ。特に異変はないようだ。

だが、謎は解決しない。今の削除コマンドの発信源は誰なんだ⁉

唐突に天変地異が襲ってきた。電脳空間の規則正しい三次元グリッドが歪み出したのだ！　周辺のメモリー空間、水銀色の半透明立方体群もそれに巻き込まれていた。

おれのリソースも例外ではない。内部がマリン・ブルーに着色された立方体群も、凹面鏡に映った光景のように歪んでいく。電子ノイズの暴風雨が荒れ狂った。

悲鳴を上げた、こんなバカな！　ここは現実世界じゃない。電子が飛び回っているだけの純粋論理の世界じゃないか。メモリー空間とグリッドの位置関係が変わるわけがないんだ。

事実は、おれの異議など無視して進行した。使い終わったサランラップみたいに、何者かによってグシャグシャにされていく。すべてが歪んでいく。

その彼方に異様なモノがあるのを観た。

それは暗黒の穴だった。グリッドのデジタル格子が歪み切って、垂直な落とし穴になっているのだ。その有様は、よくポピュラー・サイエンス雑誌に掲載されるブラック・ホールの概念図に似ていた。

何だ⁉　あれは⁉

〈穴〉の中に、おれはリソースごと吸い込まれていく。

助けてくれ！　だが、すでに現実世界とのコンタクトは切れていた。河田にメッセージを送信することもできない。絶叫する。雪崩(なだれ)に巻き込まれたみたいだ。脱出できない。〈穴〉の中へ、その彼方へ落ちて行く。一瞬、ブラック・アウト……。

30　神の履歴書

ＥＧＯＤ

〈彼〉は老齢だった。

約一六〇億歳。誕生日は宇宙のそれとほとんど同じだ。

全宇宙はビッグバンと呼ばれる大爆発によって生まれ

ている。それ以前に何があったのかは〈彼〉にもよく分からない。

ビッグバンの直後、一〇のマイナス三六乗秒の時点が〈彼〉の誕生日だった。宇宙全体の膨脹が本格的に始まった時だった。

その時点で存在していたのは、分子でも原子でもなかった。素粒子（そりゅうし）でもなく、クォークでもなく、レプトン、ゲージ粒子、ヒッグス粒子すらも存在していなかった。

＊

現在、存在する物質はすべて分子でできている。

分子はさらに、原子と原子の組み合わせから成る。つまり分子は原子の複合体と言える。

原子はさらに、原子核と電子の複合体である。原子核はこれまた陽子と中性子の複合体である。

これらの陽子、中性子、電子などは物質の素（もと）になる粒子という意味で、素粒子と呼ばれてきた。

ここまでは基本的な物理学の知識だ。

現在では陽子や中性子はそれよりさらに小さい基本粒子、クォークの複合体であることが確認されている。このクォークは六種類存在する。

クォークと同レベルの基本粒子に、レプトンがある。レプトンも六種類存在する。過去、素粒子と呼ばれてきた電子も、実はこのレプトンの一つだったのだ。

他の基本粒子として、ゲージ粒子（これは五種類ある）と、ヒッグス粒子がある。

これらクォーク、レプトン、ゲージ粒子、ヒッグス粒子などの基本粒子が、物質の最小単位なのだ。

だが、もちろん異論もある。

＊

一部の物理学者は、クォークなどの基本粒子もまた、より小さな粒子の複合体だと予測しており、その極小粒子を〈宇宙素子（コズモン）〉と呼んでいる。

またそれは粒子ではなく、極小のひも、〈超ひも〉だとする説も登場した。〈超ひも〉の振動が基本粒子に見えるだけだという理論だ。

要するに、存在するのかどうかも分からないモノに、てんでに勝手な名前を付けているだけなのだ。

〈彼〉が、そうした議論を聞いたら嘲笑(ちょうしょう)しただろう。その笑い声は孤立波(ソリトン)となって響いたはずだ。

ただし、それが〈霊子(サイコム)〉である、という説には〈彼〉もうなずいたことだろう。

一部の宗教家やオカルト研究家は、その極小粒子のことを、それこそ人智(じんち)を超えた霊魂の世界だとし、〈霊子〉と呼んでいるのだ。

*

霊子。

それこそ究極の極小粒子であり、〈彼〉の正体であり、〈彼〉の材料だった。

ビッグバンの直後に生まれたのは、膨大な量の霊子群だった。それは大爆発の残響を受けて、波動を生じた。波動によってあるパターンが生まれ、霊子群に多数の秩序ある図形が形成されていった。

金属板の上に砂粒(すなつぶ)を載せて板に振動を与えると、砂粒が美しい幾何学模様を描き出す。〈クラドニ図形〉と呼ばれる現象だが、その現象さながらに霊子群は波動図形パターンを得たのだ。

これが砂粒の場合なら、単に幾何学(きかがく)図形を描くだけで終わっただろう。だが、霊子の場合は、そこから自己プログラミングするという能力を得たのだ。

霊子にも陰と陽、プラスとマイナスに当たる状態があった。それはすなわち、デジタル信号の0と1、ONとOFFの状態を表現できることを意味する。つまり、二進法コンピュータの最小単位を構成することができるのだ。

波動による〈クラドニ図形〉に似た現象は、やがてデジタル情報処理を生み出す結果となった。

最初はビッグバンの残響を波動図形パターンとして写し取っていただけだった。しかし、時間が経つうちに霊子群は、霊子の一つ一つをデジタル信号化し、それに波動図形パターンを記録し、後で再生するという機能を得た。霊子群が、情報処理機能を獲得したのだ。

それが〈彼ら〉の原形となった。その時点ではまだ〈彼〉自体は存在しておらず、〈彼ら〉が存在しているにすぎなかったわけだ。

〈彼ら〉霊子波動群はさらに自己保存のための機能も得た。自分たちを維持するために、お互いの波動でお互い同士を刺激し合い、さらに波動図形処理とデジタル情報処理とを拡大再生産する、というやり方だった。

例えば、人間の脳神経細胞同士の場合でも、常に雑念（電気パルス信号）を飛ばし合い、刺激し合っている。刺激を受けない細胞は衰弱（すいじゃく）していくからだ。骨折で数カ月ギプスに包まれた手足は驚くほど痩せ細ってしまうが、それと同じだ。

同様に〈彼ら〉、霊子群たちは波動図形パターン同士で刺激し合うことで、自分たちを保存する方法を覚えたわけだ。そして、それは必要不可欠なものとなった。

もし、それを行わなかったら、彼らはただのエネルギー波でしかなかっただろう。放っておけば、無秩序増大（エントロピー）の法則に従い、いつかは消えてなくなってしまう運命だ。

かくて無数の霊子群たちは、自分で自分をプログラミングできる霊子コンピュータへと成長した。無数の霊子から成り、ほぼ無限大に近い記憶容量と、超並列演算を行える能力を備えた〈霊的スーパーコンピュータ〉たちが誕生したのだ。

驚くべきことに、〈彼ら〉は〈生殖活動〉すら行うようになった。複数の霊的波動群が、互いの波動の一部を自分から分離し、それらを融合させる。それによってまた新たな霊的波動群が生まれ、成長していくのだ。〈彼ら〉は生殖し、子孫を増やし、自らが得た知識、知恵を波動プログラムの形で子孫に遺伝させていった。そして〈彼ら〉同士で家族や親族のグループを作ったりもした。

やがて〈彼ら〉はグループを組んでは、グループ同士で戦ったりもした。その結果、一方が消滅させられたり、勝った側に合併吸収させられたりもした。

それはまさしく生物の活動そのものであり、進化の過程そのものだった。より優れた社会、より優れた進化に向かい、とどまるところを知らず発展していった。〈彼ら〉が自我、実存に目覚めるまで、たいして時間はかからなかった。

もはや、〈彼ら〉はただの計算機ではなかった。無数の霊子群から成る〈霊的知性体〉たちに進化を遂げたのだ。

そして、ついに〈彼ら〉は究極の進化を、究極の知性を目指した。

それを実現する方法は一つしかなかった。躊躇（ちゅうちょ）せず、〈彼ら〉はそれを実行した。

〈彼ら〉のすべてが一つに融合したのだ！

その瞬間、〈彼ら〉は消え失せ、唯一絶対無二の〈彼〉が、誕生したのだ。

人間のような卑小な生物は、〈彼〉をこう呼ぶだろう。

神。

あるいはEGOD。

深尾直樹

今のおれは録画中のハードディスクの状態だった。神とEGODに関する情報を、ただ受けることしかできないのだ。

どうやらおれの意識は完全に現実世界から切り離されているらしい。今ごろ、GOO地下基地のスーパーコンピュータ室にあるおれの肉体は、自我のない廃人と化しており、河田に頬を叩かれているのかもしれない。

あの時…………一瞬、ブラック・アウトしてから、おれは意識を取り戻した。そして、周囲の様相が変わっているのに気づいたのだ。

そこは、無数のダイヤモンドの結晶が宙に漂っている世界だった。もちろんそれらは、本当はダイヤモンドではないのだろう。だが、人間の感覚ではそれを捉えられないために、こういうイメージに〈翻訳〉されたらしい。

それら無数のダイヤモンドの結晶は、ブリリアント・カットされた形に観えた。視界の及ぶ範囲すべての空間を、無限大の彼方まで埋め尽くしている。結晶の一つ一つは内部で光線を複雑に反射させ屈折させており、そのきらめき方ときたら、とてもこの世のものとは思えなかった。それも当然だった。この世ではなかったのだ。

〈霊子空間〉だった。

結晶群は、次々に色を変えて、ある波動を伝えているらしい。全体が、その波動に従って配列を変えていた。図形パターンが現れては消えることを繰り返していた。

千変万化する多元図形コンピュータといった感じだった。その比喩（ひゆ）は正しかった。

そこには、ある情報が記録されていた。そして今のおれは、プログラム・パターンの一つとして、記録されていたその情報に接する機会を得たのだ。

それは、超銀河系スケールの万華鏡（まんげきょう）のようなヴィジョンだった。

　おれは、それを観た。それを知った。神を。ＥＧＯＤを。霊的超知性体を。

　今、おれは神という言葉を使った。なぜなら、それ以外に呼び名がないからだ。

〈彼〉こそ今まで実在をささやかれながら、それを確認できなかったＥＧＯＤ、エルダーゴッド、旧神だった。

〈彼〉は自分の意識の一部を、〈霊子空間〉からレプトンである電子のレベルにまで上昇させていた。それゆえスーパーコンピュータ内部の電脳空間内には、その超知性体の意識内部へと通じるトンネルの入口が存在していたのだ。

　そこへ、おれがＡＳＣＯＭ・Ｓ１０００内部に潜っていった。そして、あれこれと調べ始めたために、スーパーコンピュータの処理速度が落ち始めた。そこで〈彼〉は、電脳空間内にいる邪魔者、つまりおれを排除するために有無を言わさぬ方法を取った。トンネルの出入口を拡(ひろ)げて、おれを〈霊子空間〉へ吸い込んだのだ。

　かくて、おれはＥＧＯＤと邂逅(かいこう)した人類史上初の人間となった。当然、相手の正体、経歴も知った。

　相手は、宇宙誕生のビッグバン直後の頃から生きている生命体だった。おれが観たヴィジョンは神の記憶の中の、ほんの一部でしかない……。

ＥＧＯＤ

〈彼ら〉は〈彼〉となり、究極の進化レベルに達した。

神は自らの意思で自らを生み出したのだ。

だが、すぐ危機に直面することになった。〈彼〉にも勝てないものがあったのだ。

〝退屈〟だ。

今や、霊的知性体は〈彼〉独りしかいない。究極の進化は、同時に永遠の退屈をもたらしたのだ。

　これを克服しなければならなかった。さもないと、刺激を失った霊子群の波動パターンとデジタル情報処理機能は活力を失ってしまう。いつかは無秩序増大(エントロピー)の法則、すべては無秩序な状態に還(かえ)るしかないという法則に従うことになる。いずれ待ち構えているのは波動パターンの完全停止、すなわち死だ。

　もちろん〈彼〉がもう一度分裂して、複数の〈彼ら〉に戻れば、問題は解決する。そうすれば、また〈彼ら〉

同士で刺激し合うことで、波動パターンを維持できるからだ。

しかし、一度手に入れた神のレベルを一時的にせよ、また失うのは耐えられなかった。重度の麻薬中毒患者が麻薬を捨てられないようなものだ。

残る唯一の問題解決法は、自分の容(い)れ物を入手することだった。つまり〈彼〉が、一時的に霊子の波動パターン状態を捨て、自らの肉体を持つことだ。それによって刺激、興奮、活力を得て、秩序(ネゲントロピー)を充電すればいい。

かくて〈彼〉は造物主のゲームを始めたのだ。

神は、手近な惑星を見つけると、霊子空間から、クォークなどを操り、それを通じて素粒子を操り、原子を操り、分子を組み合わせていった。

その結果、最初のRNA生命体が生まれた。そこからDNAを持つ生命体が生まれるまで、時間はかからなかった。暇潰しに、ペットを飼って育てるようなものだった。DNAによる遺伝システム、生命の進化システムもそうして出来上がったのだ。

〈彼〉はDNAプログラムに介入しては、生命体に新たな進化を促した、生命体は爆発的な増殖と急激な進化への道を辿った。

当初にそれで充分に退屈しのぎの刺激も得られた。だが、最終目的はそれ以上のものだ。

神は、自分が育てた生命群の身体を使って、さらに新たなゲームを実行に移した。

ある生命種には自由に変形できる身体を与えた。そして、別の生命種には超電導化する脳神経細胞を与えた。そして、両者の個体数を数億、数十億の単位まで増やしたのだ。充分に増えたところで、〈彼〉は待望の〈刈り入れ〉を始めた。

まず、自分専用のタンパク質を造り、それに乗り移って肉体を得た。秋の農場におけるコンバインのように無数の生物たちを刈り入れてから、それらを融合させた。

その結果、出来上がったのは……。

一言でいうと、それは超巨大なハンバーグ・ステーキのようなモノだった。その隣に一〇〇万トン級タンカーを置いても、クジラとメダカぐらいの差があるほどの巨大な代物だった。

細部を見ると、部品の一つ一つは半透明な生体組織だった。それは身体を変形できる生物種たち（例えばG

ＯＯのような）の変わり果てた姿だった。生物一匹が、細胞一つに相当しているような状態だ。

その超ジャンボ肉塊の内部に縦横無尽に張り巡らされているのは、超電導化した脳神経細胞だった。

ある生物種（例えば人類のような）の脳神経細胞が、この巨大なハンバーグ・ステーキの内部で、超電導コンピュータ・チップとして稼働しているのだ。情報を処理し、デジタル・コンピュータには難しい判断分析も、楽々とこなして……。

いかなる画家も、こんな代物を描いたことはないだろう。かつて地球の画家たちの中には、似たようなだまし絵を描いた者がいる。「無数の人体が集まって出来た巨人の顔」といった作品だ。

だが、巨大さ、醜悪さの点で、比較にはならない。

深尾直樹

おれは七〇〇ナノ秒ほどで知識を得た。一切合切を知った。真相を悟った。愕然とする。すべてが、とんだ喜劇ではないか！

ＥＧＯＤは、しかるべき時が来たら、自らＧＯＯをイントロンから解放するつもりだったのだ。ＧＯＯを永久に封じ込めようという意図などなかったのだ。神にしてみれば、それは「コイン・ロッカーに翌日まで預けておこう」というぐらいの感覚に過ぎなかった。

そしてＥＧＯＤは、人類の脳神経細胞とＧＯＯの身体を使って、巨大かつ醜悪なジャンボ・ハンバーグを造るつもりでいたのだ！　いや、〈彼〉はすでに他の惑星でさんざん同じことを繰り返している。地球はたまたま何十番目かに、〈彼〉に見つけられた星に過ぎなかった。

ヴィジョンで観た、この肉の塊は？　ＥＧＯＤが造るつもりでいる、これは、いったい何なのか？

その答えはあまりにもおぞましい。人間の尊厳などという言葉や概念などは、ロウソクの炎も同然に一吹きで消されてしまうものだった。

続けざまに、おれは新たな真相を知った。神。生命。進化。それらに関する真相を知った。

あまりのことに、おれは絶叫し、のたうちまわった。肉体のない状態だから、実際にそうしたわけではなく、あくまでアナロジーだ。

だが、霊子群はおれの激情に反応していた。霊子空間を構成するダイヤモンドの結晶群が、不規則に波打つ。何十もの縞模様のノイズ……。

EGOD

かくて〈彼〉は造り上げたのだ。超巨大なハンバーグ・ステーキのような代物を。

それは〈超生命体〉だった。〈生体宇宙船〉とでも呼ぶべき究極生物。重力波を自在に操り、時間も空間も裏返して宇宙空間を滑ってゆく神のサーフ・ボードだ。

GOOは、〈生体宇宙船〉のボディを構成するパーツだった。

人間の脳細胞と神経細胞は、〈生体宇宙船〉の超電導コンピュータ・チップのパーツだった。

〈彼〉は自分の肉体を持った時には、この〈生体宇宙船〉と一体化した存在となる。そして星から星へ、銀河から銀河へ、渡り鳥のように飛んできたのだ。以後〈彼〉は、あちこちの星で神のゲーム、造物主のゲームを繰り返してきたのだ……。

＊

しかし、〈彼〉はある時トラブルに遭った。乗っていた〈生体宇宙船〉が故障したのだ。たまたま、付近にあった太陽系の第三惑星に不時着した。

すでに〈生体宇宙船〉は修復不可能な状態に陥っていた。不時着したその惑星には、原始のアミノ酸溶液の海があるだけで生命は存在しなかった。

そこで神は〈生体宇宙船〉を完全に分解し、それを材料に、その惑星表面に最初のRNA生命を誕生させたのだ。旧約聖書のエホバのように。

〈彼〉は、今まで何十回もそうしてきたように、また〈生体宇宙船〉を一から造り直すつもりだった。それは春に種をまいて、秋にその収穫を得るほどの手間でしかない。

〈彼〉自身は、霊子空間の波動パターン生命体の状態に戻った。地球上の全生物を構成する分子、原子、素粒子、クォークなどよりも、さらに小さな霊子の世界だ。霊子空間にいる限り、通常の生物と違って老化も寿命も存在しない。時間経過の感覚も自由に加速減速が可能だった。

霊子空間に移行した〈彼〉は、人類や動植物に対して直接コントロールできるだけの〈神の力〉は失ってしまう。だが、その代わりに、〈彼〉は好きなように新種のウイルスを造ることができる。神の御業（みわざ）、進化を行うには、それで充分なのだ。

〈彼〉に造られた新種のウイルスたちは、生物たちに次々に感染し、病気を発生させた。感染した結果、ある生物は死ぬが、ある生物は免疫を獲得することで進化する。神が書いたシナリオ通り、地球上の生物は、より複雑で高度な機能を獲得していかざるを得なくなるのだ。

＊

数億年が経過した。造物主による進化コントロールは、槽歯目（そうしもく）のラゴスクスを誕生させていた。その外形は後脚歩行できるトカゲといった感じのものだ。

そこで〈彼〉は、ラゴスクスの脳神経細胞に超電導機能を隠し、恐竜への進化を始めさせた。

恐竜は今から約二億四五〇〇万年前の三畳紀中期から、六五〇〇万年前の白亜紀の終わりまでの長きにわたって、黄金時代を築いた。それも当然だった。神のバックアップを受けていたのだから。

恐竜は、大きな脳を持つ生物種には育たなかった。だが、神はそれにはこだわらなかった。彼らを大量増殖させれば、無数の脳神経細胞が手に入る。それで目的は果たせるのだから。

白亜紀後期も半ばを過ぎた約七〇〇〇万年前。

それは恐竜の系統樹が最も多彩に枝分かれした時点であり、恐竜たちが進化の節目を迎えた時点でもあった。

カルノサウルス下目は、タルボサウルスから肉食恐竜の大スター、ティラノサウルスへと移行していた。

角竜亜目のスティラコサウルスは、頭部の角を後ろ向きから前向きにし、デザインを変えて、トリケラトプスに移行していた。

竜脚下目は、ジュラ紀にはサイズモサウルスのような全長五二メートルもの超巨大恐竜を生み出したが、環境と妥協し、サルタサウルスを生み出していた。

集団で狩りをする社会性豊かなディノニクスは、ヴェロキラプトルを経て、ドロマエオサウルスに移行しつつあった。

ハドロサウルス科のマイアサウラに至っては子育てをし、季節の変化に合わせて〝渡り〟をしていた。

すでに恐竜たちは、冬場になると全身が羽毛に包まれるようになり、低温にも適応できる生物になっていた。彼らがカラフルな羽毛をまとった姿は、どちらかといえば鳥に似ていた。現在の人類が、化石から生前の恐竜の真の姿を推測するのは不可能に近いだろう。

〈彼〉は、その時点で恐竜からGOOを分岐させ、進化させたのだ。ほとんどすべての恐竜がその対象となった。

子育てをしていた一部の恐竜たちは、卵から孵った我が子たちの中に、奇形を発見して驚いただろう。それは恐竜に似てはいたが、必要に応じて身体を変形させる能力を持った新種だった。

彼らこそ、GOOの第一世代だったのだ。

＊

GOOたちには超電導神経は隠されていなかった。だが、彼らは代わりに合金神経を持ち、自由に変形、変身が可能だった。GOOは〈生体宇宙船〉のボディ・パーツだから、そのためにそうした能力が与えられたのだ。

〈彼〉はGOOたちに、死ぬと骨まで粉末状に分解してしまう性質も与えておいた。それは〈生体宇宙船〉になった時に死体処理を簡単にすると共に、すぐに他のGOOパーツたちが、それを養分として再利用できるようにするためだった。

その性質ゆえに、GOOの化石は残らなかった。

GOOたちは順調に繁殖した。彼らは雑食であり、恐竜も動物性タンパク質としてエサとした。GOOたちにとっては、最強の恐竜といわれるティラノサウルスですら、間抜けなご馳走でしかなかったのだ。

だが、ある時点から度を過ぎてしまった。食物連鎖の輪が切れたのだ。GOOたちは恐竜を喰い尽くしそうな勢いで増えてしまった。

中生代白亜紀の終わりまでに、恐竜の数が激減したのは、そのためだった。恐竜絶滅の原因のうちの半分は、これだった。

〈彼〉は自らの時間感覚を加速していたため、それに気づいた時には遅すぎた。神にしても〝うっかりミス〟はあり得るのだ。

慌てた〈彼〉は特別のウイルス、〈GOOイントロン解読ウイルス〉を造った。これはGOOのイントロンを解読し、そこに暗号化して隠してあるEGODタンパク質を造り出すものだった。

そのＥＧＯＤタンパク質を媒介として、霊子空間から現世に、神は肉体を持って蘇った。

それは今から六五〇〇万年前、中生代白亜紀の終わり。世界地図を描けばユーラシアと北アメリカがまだローラシア大陸として融合しており、日本列島もその一部だった時代。南アメリカ、アフリカ、インド、南極、オーストラリアがまだゴンドワナ大陸の一部だった時代。哺乳類がまだ矮小（わいしょう）な生き物でしかなかった時代。

久しぶりに、〈彼〉は肉体を得た……。

深尾直樹

おれは、理奈が言っていたウイルス進化説が正しかったことを知った。恐竜が絶滅していく様をビデオ映像のようにヴィジョンで観た。

それは中生代白亜紀の終わり。風景も今とは違う時代だ。

大地はコケ類とシダ植物に覆われていた。黄色がかった茶色が、この時代の〈草原〉の色だった。

原生林には、現代では化石でしか残っていないフウが四〇～五〇メートルの丈まで育っていた。現代では〝生きている化石〟であるメタセコイア、ナンヨウスギなども豊富にあった。

ソテツ、マツ、イチョウなどの針葉樹も大勢力を保っていた。いずれも花の咲かない裸子植物であり、それまで地球の表面を彩ってきた立役者たちだ。

ただし、風景の至るところには花もあった。ヤナギ、モクレン、カエデなどの被子植物が、それまでの裸子植物に代わって勢力を逆転しようとしていた時代でもあったのだ。

それら超古代の原生林が生い茂る風景の中、大津波のような暴走が発生していた。

何しろ、全長一三メートル以上あるサルタサウルスやティラノサウルス、全長八メートルのトリケラトプスたちが、数百匹、いや数千匹単位で暴走しているのだ。

集団の先頭を疾走していくのは、体長二メートルほどで、スマートなプロポーションを持つテスケロサウルスや、オビラプトル、ドロミケイオミムスたちだ。一方、集団の最後尾（さいこうび）は、トゲだらけの身体を鈍重そうに動かしているタルキアやドラビドサウルスたちだった。

恐竜だけではない。ＧＯＯたちもいた。

ＮＡＬナンバーシリーズとして、おれたちが知っている例の恐竜人間タイプたちだ。身長は一メートル八〇センチ前後、丸い頭部に異様に大きな眼、左右に広い唇、グリーンやブラウンの肌といった容貌を持つ連中だ。彼らがＧＯＯの基本形であるらしい。

　彼らは合金神経の持ち主なので、さすがに走るのは早い。すでに恐竜の集団を抜けて、その前方にＧＯＯ数百匹による集団を作っていた。

　大地はドラム・ロールさながらの音を立てて揺れていた。それに彼らの悲鳴、怒号、絶叫が重なっている。逃げろ！　逃げろ！　言葉が分かれば、そう言っているのも聞こえたのではないだろうか。口の端から泡を飛ばし、ただひたすら走っている。

　途中、転んでしまうものもいたが、そいつは後続の連中に踏み潰されて、あっさり生涯を終えた。誰も彼もがパニックの渦中にあった。他者を思いやる余裕などない。砂埃、土埃が地上一〇〇メートルぐらいにまで舞い上がっている。それが煙幕のように中天の太陽を覆い隠してしまったほどだ。

　そして、おれは観た。ＧＯＯと恐竜たちを恐慌状態に陥れたものの姿を。

　それは直径一〇メートルほどの球体だった。材料は半透明のゲル状の液体。

　そのゼリーボールは回転し、獲物を追いかけていた。時速六〇キロほどのスピードだろうか。ボールの中心部には〈何か〉がいた。その〈何か〉が薄ら笑いを浮かべているのも、おれは観た。

　だが、ヴィジョンの一部はピンボケしていたため、記憶に残ったのは、その薄ら笑いだけだった。笑っている本体の顔や姿までは分からなかった。

　〈刈り入れ〉が始まった。回転するゲル球体から、半透明の偽足が十数本伸びていく。それらは次々に恐竜たちを捕まえていった。

　たった今、捕捉されたノアサウルスが断末魔の絶叫を上げた。アベリサウルス科に属するその恐竜はもがき、必死に脱出しようとした。できなかった。唐突に絶叫が止んだ。

　いつの間にか、ノアサウルス自身が、そのゲル液と同化し、半透明のゼラチンに変化し始めていたのだ。やがて、恐竜の肉体は溶けて完全に消え失せた。

半透明の触手の中に恐竜の脳神経細胞だけが残った。

それは後で回収するらしく、地面に捨てられた。

神の農作業マシンは、以後もその調子で驀進していった。後には、夥しい数の脳神経細胞とGOOの身体の残骸が残されていった。

悲鳴、怒号、断末魔の絶叫が全土に充満した。だが、神の〈刈り入れ〉には情けや容赦などはなかった。もともと、そんなものは神にはないのだ。

ゼリーボールは効率よく周辺を刈り入れてしまった。やがて一段落すると、その場に静止した。

最初は休んでいるのかとも思えた。違っていた。半透明の巨大球体は分裂を始めたのだ。細胞分裂の超ビッグスケール・モデルのようだ。

まず中心部の〈何か〉が倍の量に膨れた。細胞周期でいうG1期、S期、G2期だ。そしてM期になる。ゼリーボールの中心に紡錘糸が現れ、中心の〈何か〉がまず分裂し、次にゼリーボールそのものが分裂していった。

その後のヴィジョンは、映画のモンタージュ技法のように展開した。この霊子空間に記録されている映像から、おれの意識が必要な情報だけを自動的に選んでしまったらしい。

二つに分裂した〈彼ら〉は、置き去りにした恐竜の脳神経細胞と、GOOの身体を回収すると、再び〈刈り入れ〉を始める。そして数時間後には、また分身を造った。その分身たちは、数時間後にまた分身を造る。

以後、ゼリーボールは骨髄幹細胞のように際限なく分裂を繰り返し、無限に増殖していった。数は優に数百万まで増えただろう。それらが大地を、海を、覆い尽くした。

翼竜たちも、この〈刈り入れ〉から逃れることはできなかった。捕喰や睡眠のためには地上に下りなくてはならないからだ。当初は逃げ回っていた彼らもやがて疲労の極に達し、神の餌となる運命には逆らえなかったのだ……。

大殺戮は続いた。無慈悲に、機械的に、あまりにも一方的に。

EGOD

GOOと恐竜は今から約六五〇〇万年前のある日、一斉に地球上から姿を消した。〈彼〉の仕事にやり残しなどなかった。後に残ったのは、無数のゼリーボール群、無慈悲で無機的なコンバイン・マシンだけ……。

〈刈り入れ〉は終わった。次は収穫祭だ。

まず半透明の球体同士が集合し、互いに融合を繰り返した。その有様は、バイオ実験室内で細胞壁の一部を酵素で溶かし、裸のプロトプラストの状態にして、細胞同士を融合させる光景を連想させた。ただし、スケールは何十ケタもかけ離れている。

その過程で余分なゼリーなどは捨てられていった。それらもやがて分解され、雨などに洗い流されてしまったため、EGOD用タンパク質が後世に残ることはなかった。

〈彼〉は回収したGOOの身体を再構成すると、〈生体宇宙船〉のボディを造った。同時に、回収した恐竜たちの脳神経細胞を、超電導コンピュータ・チップに変えて〈生体宇宙船〉に配線していく。

世界各地で同時に同一の過程を経て〈生体宇宙船の雛(ひな)型(がた)〉が造られ始めた。数は数千を超えていた。

超古代の太陽の光を浴びながら、満月の光に洗われながら、稲妻のストロボに照らされながら、その製造過程は進行した。

シダ植物に覆われた茶色の〈草原〉で、花の咲かない針葉樹の森林の中で、メタセコイアの原生林の中で、ナンヨウスギの原生林の中で、コケ類に覆われた岩山の上で、火山から流れ出た溶岩が固まってできた台地の上で、やがては海に没することになる島々や大陸の上で、その製造過程は進行した。

その光景を恐れおののきつつ遠くから見ていたのは、同じ時代の矮小な哺乳類たちだった。もちろん、彼らの知能では何がどうなっているのか理解することは不可能だった。

一度に全体を造るよりも、まず多数のサブモジュールを先に造り、次にそれらを合体させた方が遥かに効率がいい。その方法は〈彼〉の出自と似ていた。〈彼〉自身も多数の霊子の波動パターン生命体だったが、それらが合体して、神が誕生したのだ。また、これは後世の地球人類が近代工業の基礎として採用した方法でもあった。

世界各地で〈生体宇宙船の雛型〉が無数に出来上がっていった。

完成した〈生体宇宙船の雛型〉は、一斉に離陸した。

一つ一つが直径一〇〇メートル、厚さ一〇メートルほどの円盤形の、半透明の肉塊だった。

　それら数千のＵＦＯが大空へ、雲海の彼方へ舞い上がっていく。重力波を操ることのできるその肉塊に航空力学など不要だった。当時の鳥の先祖たちは、木々の枝葉の陰に隠れてしまった。そこで、ひたすら息を潜めることしかできなかった。

　多数の肉塊たちは、成層圏内で合体を始めた。各々の周縁部が互いに噛み合う形になっており、その光景は、スケールの大きな立体ジグソーパズルが行われているようだ。あるいは、細胞内でアミノ酸が組み合わされてタンパク質が合成される過程にも似ていた。

〈生体宇宙船〉は完成した。それは大都市ほどの大きさに達していた。雲海に浮かび、中生代白亜紀の地上に巨大な影を落としている。それは神の御業が、ある生物種の時代を強制的に終了させたことを象徴するシンボルでもあった。

　ただし、〈彼〉は当初の予定を完全には達成できなかった。恐竜を喰い尽くしかけたほどの勢いでＧＯＯが増えていたため、超電導チップの数がかなり少なかったのだ。だが、それでも充分機能するだろう、と神は考えた。

〈彼〉は、〈生体宇宙船〉と共に地球を出発した。

　自ら重力波を起こし、サーフ・ボードのように波に乗る。一(ひと)滑りで、地球の大気圏を脱出していた。二(ふた)滑りで、地球の唯一の衛星、月の軌道に達していた。

　漆黒の大宇宙と、無数の星辰(せいしん)の輝きの中へ、〈彼〉は久しぶりに滑り出した。限りない解放感が、〈彼〉を包んだ。

　地球は青く美しい円盤のようだった。だが、〈彼〉はそれを見ても何の感慨も抱かなかった。

〈彼〉にとっては恐竜もＧＯＯも、所詮(しょせん)は〈生体宇宙船〉の材料でしかない。材料さえ回収すれば、もはやこんなちっぽけな星に用はないのだ。

　後には、代表的な生物種が大量絶滅したことにより、生態系が破壊された不毛な惑星が残されることになるだろう。地球上の生物は、神によるコントロールを失って、そのまま放置されていたら遠からず自滅への道を辿ったかもしれない。

　だが、そんなことは神の知ったことではなかった。バイオ技術者が、廃棄処分にしなければならない実験失敗物に対して抱くほどの感情しか持たなかった。

　三滑りで、火星の軌道を越えていた。四滑りで、リングをあしらった土星のそばに到達していた。五滑りで、冥王星の軌道上にいた。

　このちっぽけな太陽系から、何の未練もなく〈彼〉は出ようとした。できなかった。〈生体宇宙船〉は突如、機能不全に陥ったのだ。

　この乗り物を作動させるには、大量の超電導コンピュータ・チップが不可欠だったが、それらチップ群の同期が取れなくなっていた。このままでは、重力波を操るための連携動作がうまくいかない。

　同期を回復するべくコマンドを出したが、かつて恐竜たちの脳神経細胞だったチップ群は、エラー信号を返すばかりだった。

　遅ればせながら、〈彼〉は判断ミスに気づいた。宇宙船全体の大きさに比べて、超電導チップの数が少なすぎたのだ。クロック周波数を伝える配線に相当するチップが足りず、宇宙船の各部の同期を取ることが難しくなっていた。

　このまま、だましだまし滑り続けるぐらいのことはできるだろう。しかし、長旅にはとても耐えられそうもない。〈彼〉は失態には気づいたが、手遅れだった。

　そうこうしているうちに、ますます超電導コンピュータ・チップ群の同期はバラバラになり、制御は困難になる一方だった。神の苛立ちが、その混乱に拍車をかけた。

　自分の失敗を認める、といった行為に〈彼〉は慣れていない。神は反省などしないのだ。それは神の傲慢さであり、〈彼〉の愚かしい一面でもあった。

　そこへ幸運が訪れた。

　小惑星を発見したのだ。それは真空の宇宙空間を、ほぼ真っすぐ〈生体宇宙船〉に向かって飛んでくる。確率的にはほとんどあり得ないほどの偶然だった。

　まだ正常に作動する超電導コンピュータ・チップを使って、小惑星の軌道を計算してみた。その小天体は太陽系に属しており、長楕円軌道を描いていた。楕円軌道の近日点では、水星の近くまで到達し、その途中で地球軌道とも交差する。

　〈彼〉は、何とか〈生体宇宙船〉を操ると、その小惑星と軌道が交差するよう方向を修正し、加速した。計算通り、両者は太陽系の黄道面からややずれた位置でニアミスを起こした。

〈彼〉は、ここでゼラチン状のEGODタンパク質の特性を活かした。その小惑星と〈生体宇宙船〉を融合させたのだ。一つの細胞内に異なる核が共存するヘテロカリオンのように、両者は一体化した。

自ら小惑星と化した神は、そこで軌道を変更した。

神は、小惑星の激突という形で地球に帰還したのだ！

深尾直樹

おれは部下たちの会話を思い出していた。

河田曹長が言う。

「……おれに言わせりゃ、恐竜絶滅の原因もGOOの仕業だ。つまり、GOOが恐竜を喰い尽くしたんです」

おれも退屈しのぎに雑談に参加した。

「恐竜の絶滅は、小惑星の激突のせいじゃなかったのか？」

嶋田少尉が言う。

「いや、違いますよ。メキシコのユカタン半島に落ちた小惑星のせいだっていう、例の仮説でしょう？　それで〈核の冬〉ならぬ〈小惑星の冬〉になり、気温が下がって恐竜が絶滅したというストーリー。有名な仮説だけど、信憑性はないです」

「というと？」

「その仮説の根拠は、恐竜が絶滅した六五〇〇万年前の地層から、大量のイリジウムが発見されている点です。これだけ大量のイリジウムは、小惑星が地球に激突でもしない限り地表に存在するわけがない、恐竜の絶滅もこれのせいだ、という仮説です。でも、現在は否定されています」

「？」

「もちろん、小惑星の激突そのものは事実ですよ。しかし、化石の研究から、恐竜はそれ以前から長い年月をかけて絶滅への道を辿っていたことが分かったんです。だから、恐竜絶滅の原因は相変わらず、進化のミステリー・ナンバーワンのままってわけですよ」

最初の生命の誕生。爆発的な進化。恐竜たちの黄金時代。六五〇〇万年前に起きた大量絶滅。小惑星の激突と、それによって起きた〈小惑星の冬〉。

超古代の地球で起きた、これらの大事件はすべてEG

ODが行ったことだった。

原因はすべて、神のエゴイズム。ただ、それだけ……。虚無感が真っ黒な雲みたいに、おれの内部で膨れ上がっていた……。

EGOD

現在のメキシコのユカタン半島北部には、直径二〇〇キロものチチュラブ・クレーターが存在する。それこそ、〈彼〉が小惑星の激突という形で、地球に帰還した時の証拠だった。

今から六五〇〇万年前のその日、神は大気圏に突入した。それはミニサイズの太陽と化して落下中に分裂した。隕石のかけらをシベリアに二個、アメリカのアイオワ州マンソンに一個落としてから、本体はユカタン半島に衝突した。

宇宙空間から見れば、青い惑星の一角にイエローオレンジの光球が出現したのが確認できただろう。特に四つ目の光球は凄まじかったはずだ。その衝突で解放されたエネルギーは、一億メガトンの爆弾に匹敵するものだった。全面核戦争が起きた場合の、一万倍のエネルギー量だ。

北米と南米の生物の大部分は瞬時に死滅した。高さ二〇〇メートルもの巨大な津波が全世界の海岸を襲い、多くの魚竜や、魚類、水棲生物が死滅した。津波に呑み込まれた陸上生物たちも、同様の運命を辿った。

大量の塵芥が空に舞い上がった。塵芥には小惑星の破片が混じっていた。大量のイリジウムだ。塵芥は対流圏から成層圏まで舞い上がり、太陽光線は、それに遮られて地表に届かなくなった。

〈小惑星の冬〉が到来した。天地は晦冥した。青空は地球全土から消え失せた。気温は下がる一方となった。赤道直下ですら常に重苦しい灰色の雲に覆われ、冷害で植物相が大打撃を受けた。

当時、地球の陸上にいた生物は体重二五キロ以下の矮小な哺乳類ばかりだった。しかし哺乳類は、けなげにも〈小惑星の冬〉を生き延び始めていた。

神は今までの計画を変更した。また恐竜を造って代表的生物種にまで育てるのは手間がかかる。

そこで哺乳類を利用することにした。まずGOODのDNA情報を暗号化して、哺乳類のイントロンに封じ込めた。GOOの繁殖力は予想以上に高くなっていたから、彼らを〈現世〉に出すのはギリギリまで待った方がいい、と考えたのだ。

さらに〈彼〉は、哺乳類の脳神経細胞の中に超電導化機能を隠しておいた。

*

五九〇〇万年が経過した。今から約六〇〇万年前、神は新型ウイルスを造って、それを当時のサルに感染させることによって、サルとヒトとを分岐させた。

さらに五八〇〇万年が経過した。今から約二〇万年前、〈彼〉は現在の人類の直接の祖先を造った。

アダムとイブだ。

神は地球上での第一の失敗を踏まえて、人類を造った。人類は、ある程度の知性を持つがゆえに、地球の自然環境すらも自分たちの都合のいいものに造り変えて、ひたすら繁殖する生物だ。〈彼〉にとっては、まことに都合のいい生物だった。

また、人間には他の多くの動物と異なり発情期というものがない。要するに一年三六五日、発情期なのだ。なぜなのか？　ある程度は科学者によって、その説明はなされている。だが、根本的な理由は別にあった。

理由は、超電導コンピュータ・チップを大量生産させるためだったのだ。産めよ、増やせよ、地に満てよ。

*

しかし、ここでまた神の判断ミスが発生した。

第一に、人類は〈彼〉の予想を超えるほどのハイテクを得てしまっていた。人類は勝手にイントロンからGOOを呼び出してしまったのだ。

第二に、人類は勝手に自分たちの脳神経細胞に隠してあった超電導化機能を呼び出して、自らをスーパーマン化し、UB、アッパー・バイオニックという形で独自の〈進化〉も得てしまった。本来、それは人類のために与えられた機能ではなかったのに。

第三に、人類は神と交渉、取引できないかという意図まで持つに至った。〈彼〉は、それを知って不安を抱いた。すでに人類は単なる〈材料〉の域を超え始めている。放置しておけば、神のレベルにまで達しかねない。

そうこうしている間に、GOOが全世界規模の核戦争を引き起こしてしまった。これも〈彼〉にとっては手痛いミスだった。それにより、人類総数が激減してしまったからだ。

もう〈生体宇宙船〉を造るのに必要なだけの超電導チップを、すぐには入手できなくなった。

〈彼〉はただちに人類を〈処分〉することに決めた。卵を産む見込みのないニワトリを、養鶏業者はどうするか？　鍋に入れて喰うだけの話だ。

〈エホバ〉は再び〈大洪水〉を起こして心機一転やり直しをはかるつもりだった。これには〈ノアの方舟〉は不要だ。全人類を滅ぼすための〈大洪水〉なのだから。

深尾直樹

こんな、バカなことがあってたまるか！　それでは、おれの知美への思いも理奈への思いも、恋だの愛だのといった感情も、元をただせば超電導コンピュータ・チップ量産のための副産物でしかなかったっていうのか！　おれたち人間はあんなグロテスクな肉の塊になるために生きてきたっていうのか！

答えは残酷にも「イエス」だった。

今まで、おれたちが必死にＧＯＯと戦ってきたこともすべて無意味だったのか？　この戦争で双方が多くの犠牲者を出してきたこともすべて無意味だったのか？

その答えも「イエス」。

虚無感は真っ黒な雷雲。それがおれの内部で膨れ上がり、すべてを覆い隠した。次にそれは凝縮を始めた。高密度化し、やがて限界を超えてブラックホールになる。おれ自身がその中に吸い込まれそうだった。

唐突に、それは爆発した。要するに、おれは激怒したのだ！

同時に、霊子群が反応を示した。無数のダイヤモンドの結晶に見えるそれらが振動しつつ、超立体図形となる。球体に何十本もの角を生やしたような、ウニに似た形だ。この霊子空間のプログラムである、おれ自身の姿だった。

どうやら、この世界でさまざまな情報を手に入れているうちに、おれも霊子群の波動パターン生命体に特有の技をある程度、身につけたらしい。もちろん、本物の神の業には及ぶはずもないだろう。だが、常に先手を取れば、力の差を補うことは可能かもしれない。

後方に何かが現れた。おれと似たような外形の連中だ。

神の分身らしい。

　どうやらＥＧＯＤは、邪魔なおれをここに引きずり込んで、どうにかするつもりだったようだ。しかし、こちらは神の予想以上のスピードで霊子空間について学習し、適応してしまったのだ。

　ＥＧＯＤの分身たちが、おれを取り押さえるべく周囲を囲んだ。

　だが、すでに先手を取っていた。霊子空間そのものにコマンドを出していたダイヤモンドの結晶群が、その位置関係を根本的に変え始めた。ゴムのような柔らかい平面に重いものを乗せると、そこだけが凹(へこ)んでいく。同じように、すべてが歪み始める。その歪みの彼方に〈穴〉が生じていた。

　電脳空間から、ここに吸い込まれた時の状況の再現だ。おれは自ら、この霊子空間からの脱出口を開くことに成功したのだ。

　トンネルの中へ跳躍する。急上昇。ミサイルみたいに後方から火を噴いている気分だ。レプトンである電子のレベルへ向かって、スーパーコンピュータＡＳＣＯＭ・Ｓ１０００内部の電脳空間へ向かって上昇し続ける。

　こんなバカなことがあってたまるか！　おれは、おれたちは、グロテスクな宇宙船なんかになるために生きてるんじゃない！

31　電脳空間／3

　おれはトンネルを急上昇した。ガスクロマトグラフィ分析法に使うガラス管の内部を突進していくような光景だった。数万色の光がガス状や液状になって存在しているみたいだ。それらの光が入り混じり合い、溶け合い、また分離していく。遠近法の無限の彼方まで、光と色の千変万化(せんぺんばんか)が繰り広げられていた。

　普段なら、この美麗な眺めに魂を奪われたかもしれない。だが、今はそれどころではなかった。

　こんなバカなことがあってたまるか！　グロテスクなハンバーグを造るための材料だっただと！　都合が悪いから、刈り取って処分するだと！

　噴激はそのままアフターバーナーになった。ブラック・ホールの深淵から、再び電脳空間へ出た。

水銀色の半透明立方体が無数に積み重なった世界が、おれを迎えてくれた。立方体の間を走るグリッドが青白く点滅し、クロック周波数のリズムで電脳空間を脈動させている。電脳銀河系の中心部には、CPU群が半透明で金色の立方体として存在し、パイプライン方式で演算処理をこなしている。

周囲を見回す。舌打ちしたい気分になった。

おれのリソースが消されていた。例のマリン・ブルーに着色された立方体群がない。今や濃い青色の立方体群は、おれだけだった。

よく見ると、この電脳空間内でのデータ群やプログラム群の位置もまったく変わっていた。

ピラミッド形のデータ群がない。GOOイントロンの数値化データだったが、すでに不要になり、このメモリーから削除されたようだ。

代わりに、ショッキング・ピンクの立方体群が大きくのさばっていた。EGOD用タンパク質、エクソン・データの最終試験版だ。

今、それがコマンド群のバケツ・リレーによって、アミノ酸シーケンサー制御ソフトである赤銅色の立方体群のところへ運ばれている。

まずい。焦燥のあまり、配線ミスのために灼熱化するコンピュータ・チップの気分を味わった。おれが霊子空間にいた間に、電脳空間ではかなりの時間が経過したらしい。河田曹長がいる現実世界の尺度にしたら一分ぐらいだろうが。

それでも、このスーパーコンピュータASCOM・S1000の内部では、それだけの時間があれば膨大な量の演算処理が可能なはずだ。

まさか、EGOD用タンパク質はもう完成したのでは!?

背後のブラック・ホールから何かが飛び出してきた。ダイヤモンドの結晶体。EGODの分身だ。神が自分の一部を分離させてプログラム化し、それを追撃隊として放ってきたらしい。

おれは逃げた。手近にあったグリーンの立方体群の中に潜り込む。うまいことに、それは大容量バッファ管理プログラムだった。

バッファとは、一時的に記録しておくデータのために、空きメモリー空間を占有(せんゆう)したものだ。しかも、このプログラムは電脳空間のあちこちに大容量のバッファを所有し、管理している。

EGODの分身が黒いキューブを呼び寄せる。削除コマンドだ。大容量バッファ管理プログラムごと、おれを消すつもりだ。

そうはいかない。転送コマンド………おれは別のバッファに移動していた。しかもこの大容量バッファ管理プログラムそのものも転送し、コピーしておいた。

観ると、電脳銀河系の遥か彼方では削除コマンドが活躍しているところだった。マリン・ブルーの立方体群が無色透明になっていく。

敵が追撃してくる気配はない。おれが回避したことにまだ気づいていないようだ。

内心、ほくそ笑んだ。この電脳空間内では神といえども新米のハッカーも同然なのだ。肉体を持たない神はたいした存在ではなかったわけだ。

まだ勝ち目はある！　まだ人類にチャンスは残されているのだ。

再び、転送コマンド………おれはアミノ酸シーケンサー制御ソフトのそばに移動していた。


おれは削除コマンドを呼び、「殺れ」と命令した。黒いサイコロがサメのように獲物に喰らいつく。相手のプログラムを消色し、無色透明な空きメモリーに戻してしまった。

それに付属していた入出力バッファが行先を失い、電脳空間内を漂流し始める。そのバッファの内容を読む。おれは水爆の爆発をギリギリ一秒前で止めたスパイ小説の主人公の気分を味わった。

EGODタンパク質は、九七パーセントほど完成していたのだ。あやういところだった。神の肉体製造をストップすることができた。

しかし、まだ安心できない。EGODの分身が追ってきたのだ。ダイヤモンドの結晶体は、今度は別のコマンドを呼んだ。ダーク・グレーのキューブが来る。ステータス・チェンジのコマンドだ。強制的に、こちらを凍りつかせようという意図だ。

転送コマンド………おれはハード・ディスク制御ソフトのそばに移動していた。

ハード・ディスクとは、コンピュータ用の記憶装置の一つだ。磁気被膜を施した金属の円盤を十一枚一組にしたもので、大記憶容量と、高速アクセスできる点が特徴だ。

　ハード・ディスク制御ソフトは、文字通り、それを制御、管理するプログラムだ。だが、これはOS（オペレーティング・システム、基本プログラム）の一部なので、削除コマンドは通用しない。

　そこで、そのプログラムのステータスを〈サスペンド〉に変えた。つまり仮死状態にしてやったのだ。

　具体的に言うと、おれ自身の一部を、そのプログラムのステータスに被(かぶ)せたのだ。ダムの壁面の穴に、自分の腕を突っ込んで塞ぎ、栓の代わりにするような感じだ。

　これで、ハード・ディスクに記録されているアミノ酸シーケンサー制御ソフトを、再度メモリー空間に読み込むことはできなくなった。つまり、EGOD用タンパク質の再製造は不可能になったのだ。

　後は、何とかしてハード・ディスク内のプログラムを全部消せばいい。そうすれば、このスーパーコンピュータは二度と使いものにならなくなる。

　肉体があれば、深々と溜め息をついただろう。続いて、歓喜が金色と銀色の花火となって悩裡で炸裂した。おれは人類を救ったのだ！

　これでEGODは、今すぐ自分の肉体を持つことは不可能になった。しかも、最終軍がネクロノミコンF型ウイルス弾による総攻撃をもうすぐ開始するから、GOOたちも即日全滅する。

　そうなれば、EGODがGOOイントロン解読ウイルスなんてものを造っても無駄だ。人類には、さらに時間の余裕が手に入ることになる。

　もう、おれたちはハンバーグ型宇宙船にされる心配も、都合が悪いからと処分される心配もないのだ。じっくりとEGODを完全に封じ込める手段を考えればいい。ざまあみやがれ！

　眼の前にダイヤモンドの結晶体が転送されてきた。神の分身は真紅(しんく)の光に包まれ燃えている。このスーパーコンピュータの機能によって着色されたものではないらしい。EGOD自身の激昂を示す色だろう。

　だが、恐怖は感じなかった。こいつは神様なんかじゃない。たまたま運よく、人類よりハイレベルな生物として生まれたに過ぎない。こんな奴を敬う必要も、畏(おそ)れる必要もないのだ。

ＥＧＯＤが、おれに話しかけてきた。それは通常の意味で言う〈会話〉ではなかった。人間と細菌の〈会話〉が成立しないのと同様、神と人間の〈会話〉も成立しないのだ。これは電脳空間だからこそ成し得た相互データ転送だ。〝相互データ転送を、人間的な〈会話〉に置き換えたら、きっとこうなるだろう〟というものでしかない。

おまえの行動は無益かつ無駄だ

ＥＧＯＤは、そう言った。セリフ自体は淡々としており、何の感情もこもっていないような感じだ。

おまえは、ここから永久に出られない。すべてのリソースと外部入出力バッファを、神は押さえた。つまり、おまえは、この電脳空間からの出口を失ったのだ。

パニックに陥（おちい）りそうになる。今、おれが操っているのは大容量バッファ管理プログラムだ。外部入出力バッファは操れないのだ。外部入出力バッファが手に入らないということは、おれがこの電脳空間に潜るために使ったＪＴＤ４８００という機器と接続ができない。

要するに、このままでは、おれは自分の肉体に帰れないのだ。永遠に、この半透明で水銀色の立方体群ばかりの宇宙で過ごさねばならない……。

出口が欲しければ、入出力バッファが欲しければ、ハード・ディスク制御ソフトを返せ。

ＥＧＯＤはさすがに狡猾（こうかつ）だった。こちらの弱みを突く戦術に切り替えたのだ。

もう一度言う。

パニックを必死に押さえ込もうとした。だが、おれの体内では電気的誤信号（グリッチ）が発生していた。

入出力バッファが欲しければ、この電脳空間から出たければ、ハード・ディスク制御ソフトを返せ。

返事ができない。電波障害が起きているＴＶ画面みたいな気分だ。自己保存本能が激しく内側から揺さぶってくる。

迷うことはない。返せ。

魂の内奥が爆発した。

いやだ！　おれは、おまえの奴隷じゃない。何が神様だ。ふざけるな。おれは、おれたち人類は、おまえの材料じゃない。〈宇宙船〉のパーツなんかにされてたまるか！

その爆風がすべてをクリアーにしてくれた。晴れ晴れとした爽快な気分だ。

　よかろう。覚悟を決めたぞ。ここがおれの死に場所だ。人類の礎(いしずえ)になれるんだ。上等じゃないか。

おまえの、その思考は、神がおまえたちに与えた行動プログラムの出力結果に過ぎない。

　何だと？

　自分と同じ種族、同じ遺伝子を守るためなら〈自己犠牲的行動〉を選択する確率が高くなる。これは神が、そうおまえたちにプログラムしたのだ。おまえたちの繁殖率を高めるためだ。

　そう言われて、リチャード・ドーキンスという科学者が唱えた〈利己的遺伝子・生物生存機械論〉という有名な仮説を思い出していた。

「遺伝子が主人であり、生物の身体は遺伝子の乗り物に過ぎない」という仮説だ。そう考えると、今までの動物行動学では謎とされていた問題がスラスラ説明できるという。

　例えば「なぜ、多くの動物が状況によっては自己犠牲的行動を選ぶのか？」という問題もすぐに解ける。答えは「種族の一個体を守るよりも、種族全体つまり種族の遺伝子を守る方が優先するから」だ。

それは卓見だ。半分は正解だ。

　せせら笑ってやった。

　ざまあみろ。何が神様だ。きさまは今、自分が作って人類に与えたプログラムのせいで自縄自縛(じじょうじばく)に陥ってるんじゃないか。こいつは愉快だぜ。こうなったら、ここで永久に時間稼ぎをしてやる。きさまと刺し違えてやる。

ならば、おまえ自身を神に、ＥＧＯＤにしてやろう。

これでおまえは利益を得る。つまり、取引は成立だ。

　今度はおれ自身がステータス・サスペンド、仮死状態になった。

おまえを神にしてやろう。

　こんな展開を誰が予想できただろうか。

この取引は可能だ。

　嘘だ。そんなバカなことが……。

おまえは下等生物から神に進化するのだ。

　理性や思考が絶対零度で凍りついたまま、作動しない。

　神は、その間に説明を続けた。

おまえを神にしてやろう。霊子空間で、神と同レベルの生命を与えよう。おまえたちがＥＧＯＤタンパク質と

呼んだもの、つまり神の肉体も与えよう。

そして今の人類を滅ぼしたら、共同で新たな別種の生物を造るのだ。その新生物を使って、新たに超電導コンピュータ・チップを大量生産するのだ。

新しい〈生体宇宙船〉が完成したら、おまえには〈副船長〉の地位を与えよう。共に銀河を翔る旅をしてもいいし、おまえだけ適当な星で降りて造物主のゲームで遊び、自分専用の〈生体宇宙船〉を造って、また星辰を巡る旅に出てもいい。すべては、おまえの望みのままだ。

嘘だ……。

第一の理由。神は、もうこの星にも飽きている。早く新しい〈生体宇宙船〉を造って旅立ちたいのだ。

第二の理由。今の人類は放っておけば神の脅威になり得る。大量の下等生物が、神のレベルにまで進化するのはまずい。神は、そんな事態を好まない。

第三の理由。しかし、神と同レベルの個体があと一人だけ誕生するくらいなら構わない。神にとっては、ちょうどいい退屈しのぎの相手ができる。今の人類をできるだけ早く滅ぼせるなら、妥当な取引だ。

つまり、神は利益を得るだけであり、損失は何もない。

神は、おれに大量のデータ転送を開始した。それはEGODの過去の体験を凝縮したものだった……。

32　電脳空間／4

おれは大量のデータ転送を受けた。無限大の霊子空間に波打つ波動パターン、EGODの全体像。それを今、初めて目の当たりにしたのだ。

それは同心円状に並ぶ光のリング、光の多角形。四次元、五次元、さらにそれ以上の高次元にまたがっている万華鏡。極小から極大まで同一パターンで構成されているフラクタル図形。

それは宇宙開闢時のビッグバンの残響を、今も一部に反映させていた。EGOD自身が作り出した波動図形パターンが、それに加わる。数億色の色彩できらめく。時には微妙に、時にはダイナミックに形を変化させ続けている。

これが神の姿なのか！　肉体のある状態なら、おれは眼を極限まで見開いていたはずだ。

あることを思い出した。

嶋田少尉は、教養溢れる永海夫人にダンテの『神曲』を押しつけられていた。それを読んで、こういう感想を漏らしていたのだ。

「ダンテは神や天使の姿を、光り輝く薔薇の花のようだとか、カラフルな八重、九重の円だとか、そういう風に描写してるんです。要するに人間の姿をしていたとは書いてないんです。

「何だか仏教美術の曼陀羅だとか、映画に出てくる巨大ＵＦＯみたいなイメージなんですよ。ぼくなんかは、コンピュータ・グラフィクスで作ったフラクタル理論の映像イメージを連想しましたね。そういうのが神の姿だと書いてあるんです。一四世紀のイタリアの詩人がどうして、こんな凄いイメージを思いついたんですかね」

もちろん一四世紀のイタリア人が、ＥＧＯＤの全体像を観た経験などあるわけがない。それは、ダンテの作家的詩人的イマジネーションの豊かさを示すものだろう。

神は姿を変えた。光のリング、光の多角形が数を増やしていき、きらびやかなトンネルを覗き込んでいるような眺めになったのだ。無限大の遠近法の奥に吸い込まれていく。

おれは、ちっぽけな人間の自我など突き破っていた。天上の解放感、飛翔感を味わった。無限に近い記憶容量と超並列演算能力を共有していた。

悠久の時の流れの彼方、宇宙開闢のビッグバンの直後を観た。神が最初のＲＮＡ生命体を創造するのを観た。そこから造物主のゲームを始め、〈生体宇宙船〉を造り、銀河団から銀河団へ、銀河系から銀河系へ、太陽系から太陽系へとサーフィンしていく姿を観た。

もはや、おれには人間の視点や美意識はなかった。むしろ自分がついこの間まで持っていた人間の外形や、人間の自我に嫌悪感を覚えた。あんな醜悪な身体の中に、不完全な意識の中に、おれはずっと閉じ込められていたのか。あんな狭苦しい世界観、宇宙観の中に閉じ込められていたのか。ヒューマニズムなどというくだらない思考の中に閉じ込められていたのか。今はＥＧＯＤの姿、ＥＧＯＤの自我、ＥＧＯＤの観点こそ最高の美、最高の善だった。

おれは神の記憶をもとに、銀河から銀河へと自由に飛翔した。あちこちの星で造物主のゲーム、生命発生と生物進化を操るゲームを遊んだ。このゲームは、プレイする度に新たな展開、多種多様な展開があり、飽きることがなかった。もし飽きても、また別の星でゲーム再開だ。

　いくつもの超並列思考が、おれの内部に雪崩れ込んできた。

　神は、もちろんＥＧＯＤ専用のタンパク質の設計図（ＤＮＡプログラム）を、霊子空間にメモリーしてある。しかし、それは恐ろしく膨大なプログラムだった。それを直接、クォーク、素粒子、原子、分子、ＤＮＡといった過程を経てタンパク質にまで変換させるには、数万年もの時間がかかる。

　そこでＥＧＯＤタンパク質のＤＮＡプログラムは、ＧＯＯのイントロンに隠しておいたのだ。そしてＧＯＯタンパク質のＤＮＡプログラムは、人間のイントロンに隠した。二重の暗号。神にしか解けないパズル。

　時が来たら、特別製の〈ＧＯＯイントロン解読ウイルス〉を神自らが造り、それに解読をやらせるわけだ。ただし、この方法を取っても、解読完了までには十数年かかる。

　もちろん恐竜たちが相手の時は、それでもよかった。

だが、人間たちの科学技術の進歩速度を考えると、そんな悠長な真似はしていられない。

　人類のハイテクの産物、スーパーコンピュータを手に入れて、それに解読させた方が遥かに早い。そのことに神は気づいた。そこで、ＧＯＯたちにホルモン言語で命令を下した。

　このホルモン言語とは、神がＧＯＯの体内に分泌させたホルモンを使うもので、人類には通じない言語だ。これにより、ＧＯＯは麻薬の虜になったように神の命令を実行した。スーパーコンピュータを手に入れて、ＧＯＯイントロンの解読を開始したのだ。〈彼〉は大いに満足した。人類は自らが作り出したスーパーコンピュータのせいで自分の首を絞め、滅亡へのスピードを早めるのだ。神に迫ろうという傲慢への罰だ。

　まったくだと、おれも思う。人間ごときが神に対して、何ができるというのだ。人類など、神に比べれば塵芥に等しい存在でしかない。

＊

　ＥＧＯＤが言った。

おまえはもう神となったも同然だ。神の快楽を貪りながら永遠に生きられるのだ。

おれは神になる高揚感に震えていた。思えば、今まで何という矮小な世界に生きていたのだろうか。人間など、たかだか一〇〇年の寿命しかなく、ちっぽけな惑星の表面で虫けらのような生涯を送るだけだ。神の生涯とは比較にならなかった。

賢明な判断だ。

おれは他の人間とは違う。ＥＧＯＤになる資格があるんだ。ツァラトゥストゥラも真っ青の超人なんだ。

その通りだ。さあ、ハード・ディスク制御ソフトを返せ。今すぐ、おまえは神の仲間入りだ。その代わり他の人類は〈処分〉する。

うなずいていた。そうとも。迷うことはない。なぜ、おれが卑小な人間のままで生涯を終えなければいけないんだ。それは不当な扱いというものだ。いつの間にか哄笑していた。ハード・ディスク制御ソフトのステータスから〈手〉を離し……………。

33 電脳空間／5

……………………おれは我に返る。深尾直樹に返る。人間に返る。

気がつくと、相変わらずスーパーコンピュータＡＳＣＯＭ・Ｓ１０００の電脳空間にいた。

グリッドが青白く点滅している。それが伝えるクロック周波数を聞いた。水銀色の半透明立方体群が無数に並び、銀河系一個分ほどの広大な宇宙を構成している。この世界の中心に位置する金色の半透明立方体群、ＣＰＵ群は手持ち無沙汰な様子で停止していた。

眼の前には、ブリリアント・カットされたダイヤモンドの結晶が浮かんでいる。ＥＧＯＤの分身は、紫色の光の緩慢な点滅を繰り返していた。

おれは半覚醒状態だった。意識が低空飛行している。呆然と周辺を見回す。

やがて意識レベルがグラフ上で双曲線を描き、急上昇した。脳裡を覆う霧が一掃された。補酵素を与えられて活性化するタンパク質のように、ようやく事態を理解した。愕然とする。

今、おれは何をしようとしたんだ!? おれはたった今、ハード・ディスク制御ソフトのステータスから〈手〉を離そうとした。神の仲間入りを果たそうとしたところだった。だが、それをやるということは、全人類をギロチンにかけることだぞ!

本気か、おまえは!?

かつてヒトラーはユダヤ人の大量虐殺をやった。チンギス・カンは、漢民族を根絶やしにしかけた。だが、おまえは今、それを三〇億人もの規模でやろうとしたんだぞ!

全人類、その中には理奈もいるのだ。永海大佐もいる。まだ会ったことのない永海夫人もいる。本多大佐もいる。河田貴久夫曹長もいる。

嶋田昇少尉、ジミー・ディフェンダー三等兵は、すでにいない。戦死したのだ。何のためにだ。おまえがドジだったからだ。それもある。だが、もっと大きな視点で言えば、彼らは人類が生き残るために、命を捨てていったのではなかったか。

戦死した多数のUB兵士たちのことを思った。彼らは何のために死んでいったのだ? 彼らの遺族たちは何のために悲しみを背負わねばならなかったのだ?

おれがEGODとの取引に応じたら、彼らの死はどうなる? 単なる無駄死にでしかない。

気にするな。

神が言った。結晶体の内部で、例の紫の光を点滅させ続けている。

彼らは利用されて捨てられるだけの材料だったのだ。もともと無駄死にするために生まれただけだ。これから神となるおまえが同情や責任を感じる必要はない。

無駄死にするために生まれただけだと? 理奈が? 知美が? 河田曹長が? 嶋田少尉が? ジミー三等兵が? 永海大佐が? 本多大佐が?

その通りだ。

恋人も、友人も、仲間も捨てろと? 今までの人生は全部無意味だから捨てろと?

もう一度繰り返すが、それは神がおまえたちに与えた行動プログラムの出力結果に過ぎない。同じ遺伝子を持つ種族のためという理由があれば、自己犠牲的行動を選ぶ確率が高くなるようにプログラムした。繁殖率を高

めるためだ。ただそれだけだ。

それは真実だった。残酷だが真実だった。

人類の歴史において、自己犠牲的行動はしばしば美談とされてきた。だが、その実体は〈繁殖率上昇化プログラム〉だった。

だが、「だから、それは無価値」なのだろうか？

その通りだ。

「ただの繁殖率上昇化プログラムだから、無価値」なのか？

決まっている。

神の言葉には一点の疑問も含まれていない。圧倒的な確信に満ちていた。

その確信は、再びおれにも伝染し始めていた。先ほど味わった神の快楽と高揚感が、炎となって全身に燃え広がってくる。重度の麻薬中毒患者が眼の前にヘロインをぶら下げられたような気分だった。

迷うことはない。

そうとも。ただの行動プログラムだ。命を賭けるほどのものじゃない。これから神になろうという者にとっては、話にならないくらい微々たる事柄でしかないんだ。

おまえの思考は健全だ。

理奈のイメージがチラついた。それは強風の中の煙みたいに拡散し、薄れ始めている。

ああ、決まっているよな。

そうだ。今さら問うまでもないことだ。

ああ、そうさ。今さら問うまでもないことだったのさ。

よろしい。ではあらためて答えを聞こう。

答えは……。

ふいに理奈のイメージが、間近で見る太陽のように、おれの内部で輝いた。

答えはノーだ！　ノー！

神は驚き、とまどったようだ。ダイヤモンドの結晶体が紫の光の点滅を止めた。

誰が神になんかなるもんか！　誰がきさまと手を組むもんか？

おまえの思考は理解不能だ。

どうせ、おまえに分かるわけがない。このクソ神様野郎！　きさまと手を組むくらいなら、てめえのケツの穴にキスした方がましだ！

理解不能だ。

ダイヤモンドの結晶体の内部から、鮮血のような赤い光が放たれた。ＥＧＯＤの分身は、その光を照準用レーザーのようなピンスポットにして、おれの額に照射した。分からず屋に対する神の怒りだろうか。

ならば、ここに永遠にとどまるがいい。もう神になることもなく、人間の肉体に戻って残りのわずかな生涯を送ることもない。この電脳空間で無期懲役囚になるがいい。

覚悟の上だ。だが、こっちはこれからハード・ディスク上に記録されているＯＳプログラムやら、データやらを全部消してやる。このスーパーコンピュータは使いものにならなくなるんだ。

つまり、神専用の肉体が手に入るのは、ずっと後のことになるんだ。それまでには、人類は対抗手段を用意しているさ。

ざまあみろ！　思い知ったか！　このＦＵＣＫ　ＧＯＤ！

理解不能だ。

ダイヤモンドの結晶体は、一際赤く輝いた。そして転送した。消える。

おれは独りぼっちで、この空漠とした電脳銀河系に取り残された……。

34　電脳空間／6

おれがスーパーコンピュータＡＳＣＯＭ・Ｓ１０００内の電脳空間の虜囚となって、どれほどの主観時間が過ぎただろう？　一〇〇年か？　それとも二〇〇年か？　もちろん、あくまで主観だ。外の現実世界では数秒ほどの時間でしかないのかもしれない。しかし、おれにとっては永劫ともいえる時間が流れ去っていた。電脳空間のロビンソン・クルーソーだった。水銀色の半透明立方体群は、いずれも停止していた。ピラミッドを構成する巨石のような重量で、おれを押し潰そうとしているように思えた。この世界の中心に位置するＣＰＵ群は古代遺跡のように沈黙し、分厚い埃のコートをまとっているように観えた。おれはＥＧＯＤが持ちかけた取引に応じなかった。そのために、こんな目に遭った。後悔しなかったと言えば、嘘になる。あの時、神になる道を選んでいたら、と空想に止めどなく耽ることもある。もちろん、想像力の浪費でしかない。すでにハード・ディスク上に記録されていたプログラム群やデータ群は消してやった。EGOD用タンパク質データも消してやった。これで人類のタイムリミットは遥か先まで引き延ばされたわけだ。

　しかし、勲章もなく、賞賛の言葉もない。そもそも、おれが何のためにこんな道を選んだのかは誰も知らないままとなるのだ。遅かれ早かれ河田曹長は、魂の抜け殻となったおれの肉体を見捨てていくだろう。彼が非情なのではなく、そうせざるを得ないのだ。地下貯水池へのネクロノミコンL型ウイルスの投入に成功したことと、スーパーコンピュータの破壊に成功したことを、早く電波の届く地上に出て、総司令部に報告しなければならない。たぶん、河田はまだスーパーコンピュータ室にいるだろう。彼にとっては、おれが電脳空間に入ってから、まだ数分ぐらいのはずだから。だが、おれにとってはすでに人生三回分ぐらいの時間が経過していた。それを思うと何とも奇妙な気分になる。

　外界は凍てついたまま、おれの時計の針だけが回っていく。時には退屈のあまり、発狂しそうになる。心理学の実験で、完全な暗闇で完全な無音の部屋に人間を閉じ込めることが行われた話を何かで読んだことがある。幻覚を観たり、心神喪失状態になる、といったことが報告されたそうだ。刺激がまったくないと、人間はそうなるのだ。そうなりたくなかった。まったく刺激がないわけではない。グリッドの青白い点滅、クロック周波数がある。だが、それに耳を傾けていると、限りなく無気力になっていきそうだ。膨大な時間がロード・ローラーのように、おれの自我をぺしゃんこにしようとする。自ら刺激を作り出そうと、絵を描いた。半透明の立方体群に着色して、メモリー空間に三次元グラフィクスを描くのだ。知美の肖像画も描いたし、理奈のも描いた。描き続けた。おれのデッサン力は話にならないくらい稚拙だが、時間だけはたっぷりある。だから、何万回でも何十万回でも描き直すことができた。かなり正確なものが描けたと思う。理奈に詫びた。必ず生きて帰ると、おれは言った。だが、もうその望みはなくなった。すまなかった。おれは君を苦しめただけだった。たぶん、こんな無間地獄に落ちたのは、その報いだな。知美にも詫びた。もう君を蘇らせる望みはなくなってしまった。しかも、死んであの世で会える望みもなきに等しい。おれが死ぬ時というのは、このスーパーコンピュータＡＳＣＯＭ・Ｓ１００の電源がＯＦＦになった時だ。しかし、それまでにおれの主観時間は一六〇億年を超えているかもしれない。ビッグバン以来の宇宙の年齢と同じぐらいだ。それまでに正気を保っていられるかどうか……。あの世とやらに行った時、すでに狂っているのかも……。

　また不安、恐怖、パニックが爆発した。もう何十万回、これを経験しただろう。声なき悲鳴を上げる。自分を転送しまくる。広大な電脳銀河系を駆け回る。走り回る。どこかに出口はあるはずだ！　絶対にある！　メモリー空間の端から端まで駆け巡った。オペレーティング・システムの中身を必死に探す。どこかに出口を開く仕掛けがあるはずだ！　絶対にある！　なかった。そんなものはどこにもないのだ。だが、あきらめきれない。この世界では空腹も疲労もない。だから、主観時間で何十年でも何百年でも出口の探索を続けることもできる。そして、いつも同じ結果になる。出口はない。それを改めて自分に納得させるしかなくなる。

　放心状態に陥る。また、お定まりの儀式が始まってしまう。本物の回転式拳銃を持つと、ついロシアン・ルーレットの真似がしたくなるという。もちろん弾丸を抜いてあることを確認して、冗談でやるのだ。だが、おれがやる儀式は、六発入りの弾倉の中に六発の弾丸を込めて行うロシアン・ルーレットだ。削除コマンドを呼んだ。黒いサイコロが、死神の微笑みを浮かべて、やってきた。やあ、また呼んでくれたね、今度こそ決心はついたかい？　もちろん、電子信号でしかないものが微笑したり、話しかけたりするはずがない。それはおれの人格が分裂したことを意味している。もう一人のおれが死神となって、話しかけてくるのだ。いやあ、君もずいぶんと頑張ったもんだねえ、偉いよ、たいしたもんだ、でも、これ以上無理しなくてもいいじゃないか、さあ、ちょっとこの銃を手に取ってごらん、そうそう、次は銃口を自分のこめかみに当てて、ビンゴ、そう、それでいい、後は引金を引くだけさ、簡単だよ、削除しろ、その一言でいいんだ、そうすれば、君はたちまちゼロ・クリアー、全部おしまい、ディ・エンド、ゲーム・オーバーさ。嶋田昇少尉や、ジミー・ディフェンダー三等兵も話しかけてきた。大尉、もういいでしょう？　そろそろ、こっちに来てください。ジミー、待ってる、待ちくたびれた。永海大佐や本多大佐が止めた。待て、まだあきらめるな、まだ早い。おれは答える。何を待てと？　何が早いと言うんだ？　もうたっぷり待ったし、たっぷり苦しんだし、たっぷり狂いかけたんだ。今さら、何を待てと言うんだ。おれは人類滅亡の危機を喰い止めた、だから、そろそろ報酬（ほうしゅう）をくれないか、眠らせてくれればいいんだ、それが何よりの報酬だ。もういいだろう？　そうさ、もういいんだよ。削除コマンドが、ニタニタ笑った。さあ、削除しよう…………。

35　エリ、エリ、レマ、サバクタニ

おれは自分を削除しようとした。できなかった。電脳空間に異変が生じたのだ。十億分の一秒ごとに青白く点滅していたグリッドが束（つか）の間、動揺したようだ。点滅が少し乱れる。

こんなことは初めてだった。クロック周波数の発信源の異常だろうか。それともチップ同士の配線ミスが今になって露呈したのか。

茫漠と広がる電脳銀河系を観回す。

驚愕のあまり、おれは凍りついた。視界が一瞬、グリッチに包まれる。そんなバカな……。

水銀色の半透明立方体が連なるこの宇宙の一角、そこに今まで存在していなかった立方体群が観えていた。それは従来の電脳空間に外側から接続されたような形だった。その立方体群の内部はオレンジに着色されている。もしかすると、あれは……。

空きメモリー!?　入出力バッファ!?

狂喜が連鎖爆発した。肉体があれば、踊り回ったかもしれない。いや、待て、落ち着け、もし、違っていたら、失望も大きいぞ、あまり期待するんじゃない、落ち着いて確認するんだ、期待するんじゃない、転送コマンド…………とたんに、現実世界との接続が回復した！

白い光の棒が見えた。ＬＥＤだ。スーパーコンピュータ室の天井を見上げているのだ。おれは椅子に座ったまま、背もたれに後頭部を載せて気絶していたらしい。

＊（深尾）やった！＊

端末のＶＤＴ画面にメッセージを送信することもでき

た。

　無実の罪で一〇〇年投獄されていた者が、ついに無罪判決を勝ち取った時の気分だった。待て。慌てるな。落ち着け。

　新米のパイロットが初めて単独着陸する時のような慎重さで、ＪＴＤ４８００に命令した。

△マインド・アクセス／ＯＦＦ▽
＊ＲＤＹ（レディ）＊

　異様な感覚。何だ、これは？　当惑（とうわく）する。すぐに、それが肉体の感覚、重力の感覚であることに気づいた。主観時間では、あまりにも長いこと肉体を離れていたために、それを忘れかけていたのだ。

　絶叫した。自分の叫び声が鼓膜を叩く。その感覚も久しぶりだ。息を吸い込んだ。肺が酸素を貪り、心臓が胸郭の中で脈打った。

「大尉！」河田曹長の声だ。「大丈夫ですか!?」

　肩を揺さぶられた。彼の顔を見るのも久しぶりだ。相変わらず二枚目風のマスクで、頬に消えない傷跡がある。

「大丈夫ですか!?」河田は繰り返す。

「あ、ああ……」

　おれは立ち上がろうとした。だが、うまくいかない。かつてダゴン１０２が知美のクローン体を乗っ取った時のことを思い出した。あれは人間的な運動神経を持たないモノが人間の身体を動かすとどうなるか、という見本だった。それと同じ状態のようだ。

　振り返ると、正八角形をした四台のハードウェアが眼に入った。スーパーコンピュータＡＳＣＯＭ・Ｓ１０００だ。グレーとローズ・レッドに塗られた合成樹脂のカバーを凝視していた。いったいあの中に、何百年いたんだろう？

「大丈夫だ……」

「〈中〉で、何があったんです!?」河田が訊いた。

「潜ったと思ったら、白眼を剝（む）いてノビちまった。おかげで、こっちは焦りまくってたんだ。このまま大尉を置き去りにして、一人で脱出しなきゃならないのかと思って……」

　おれは口を開きかけたが、目眩（めまい）がした。首を振る。

「……とても、今すぐには説明できん」

よろめきつつ、立ち上がった。

「それより、〈中〉に余分なメモリー空間があったぞ。おれはもう少しで永久に脳死患者だった。あそこから出られなかったんだ……」

ＡＳＣＯＭ・Ｓ１０００を指差した。

「……リソースも入出力バッファも手に入らない状態だった。なのに突然、空きメモリー空間が現れた。そのおかげで助かったんだが。何だったんだ、あれは？」

「じゃ、役に立ったんだ！」

河田が両手を打ち鳴らした。

「いや、よかった！　うまくいって」

河田は端末テーブル上の数枚の紙を取った。

「これですよ！　ＡＳＣＯＭ・Ｓ１０００の設計開発者の覚え書き」

Ａ４紙のワープロ原稿だ。出撃直前に永海が、おれに渡してくれたものだ。専門用語だらけで、さっぱり分からない。古代エジプトのパピルスと大差なかった。

河田が説明を始める。

「さっきも言った通り、大尉は潜ったと思ったら、白眼を剥いてノビちまった。で、仕方なく、このメモを必死に読んでたんですよ。わけが分からなかったけど、要は非常用というか、ハッカー対策用の裏コマンドがある、ということらしい。で、役に立つかと思って、そのコマンドを端末から入れてみたんです」

河田がＶＤＴ画面を指差す。コマンドが表示されていた。

＊ELI ELI LAMA SABACHTHANI＊

無意識に音読（おんどく）していた。

「……エリ、エリ、レマ、サバクタニ」

虚を突かれた感じで立ち尽くしていた。

「フランス語？」と河田。

「いや、古いユダヤの言葉だ……。イエス・キリストの臨終の言葉だ」

「意味は？」

「神よ、なぜ、私を見捨てたのですか……」

おれはＶＤＴ画面をしばらく見つめていた。もちろん偶然だろうが、その言葉は強烈な皮肉になっていた。

ふいに笑いの発作が弾けた。後から考えると、どうしてそんなにおかしかったのか、自分でも分からない。たぶん解放された喜びと安堵感とが裏返ったからだろう。笑いすぎて腹筋が痛くなった。椅子に掴まり、息をつく。

「大尉……」

河田が不安な表情を浮かべる。狂ったと思ったらしい。

「いや、大丈夫だ」

笑いすぎて涙が出ていた。それを拭う。

「ありがとう。助かった。命の恩人だ」

おれは彼の肩を掴んだ。

河田は、誰かに後ろから突き飛ばされたような表情を浮かべた。だが、すぐに笑みを浮かべ、右手の親指を突き出す。

「どうです？　賢い賢い河田曹長を連れてきて正解だったでしょうが」

「ああ、大正解だ」

銃声がした。フルオート連射だ。外から、この部屋を狙ったらしい。だが、ろくに狙いも定まっておらず、弾丸は一発も飛び込んでこない。

周囲を見回す。そうだ。おれたちはまだ敵陣で戦闘中じゃないか。ここから逃げねばならないんだ。だが、まだ夢でも観ているような非現実感があった。


視野内に時刻を呼び出す。午前一時十九分。だが、時間の感覚も、すぐには戻ってこなかった。

「おれが電脳空間に潜ってから戻ってくるまで、どのくらいかかったんだ？」

「ええと……三分ぐらいかな」

おれの膝関節が軟化した。その場にへたり込みそうになる。

たった一八〇秒！　悠久の一八〇秒、久遠（くおん）の一八〇秒、永劫の一八〇秒……。

その間におれは、宇宙の創成から現在に至るまでの真相を知ったのだ。そして無期懲役の虜囚となった気分がどんなものか、それを味わうという得がたい経験もしたのだ。

中国の古い言葉に、ゲーム盤という小宇宙の中ではアブが喉の乾きを潤（うるお）すことも巨鯨（きょげい）が泳ぐこともできる、という意味のものがあった。概念だけは何となく理解できるものだ。しかし、それを実際に経験した人間は、おれが史上最初だろう。

電脳空間内にいた時の果てしなく空虚な時間の流れを思い出すと、震えが走った。貧血を起こしそうになり、椅子に掴まってしまう。もう少しで狂い出し、自殺するところだったのだ。人間の精神は、とてもあんな状況に耐えられるようにはできていない。

「大丈夫ですか？」と河田。

「ああ……」

歩き出した。スーパーコンピュータの背後にあるアミノ酸シーケンサーを見た。好みのタンパク質を合成できるハイテク機器だ。大きさは家庭用電気冷蔵庫を横倒しにしたぐらいのサイズだ。

試験管内に、何かの溶液が溜まっている。造りかけのＥＧＯＤ用タンパク質だろうか？

おれは床から、朝蕗工業製の電撃斧Ｔ２０４を取り上げる。無言で振り下ろした斧の刃先がきらめく。その度にハイテク機器は大音響を立て、金属とガラスとアクリルなどの構成要素に還っていった。ジョセフソン・チップを配線したボードが弾け飛ぶ。試験管が割れ、合成樹脂が破片になり、ボルトやナットが床を跳ね回った。

床に落ちた溶液を踏みにじりまくった。傍目には下手くそなツイストでも踊っているように見えたことだろう。

ふと気づくと河田が唖然とした顔で、おれを見ていた。片手には黄土色の塊、Ｃ―４プラスチック爆薬を持っている。

「喜べ。たった今、人類は救われたんだ」

おれの言葉はあまりにも唐突すぎて、彼には理解できない様子だった。まあ、当然だろう。

「壊せ！」おれは叫んだ。

「え？」と河田。

「この部屋を吹っ飛ばす準備だ。そして、すぐ脱出だ」

河田は、花火大会が始まる直前の小学生みたいな表情を浮かべた。

「了解！」

36　再会

派手に吹っ飛ばしてやった。ＡＳＣＯＭ・Ｓ１０００のことだ。

河田がリモコンのスイッチをＯＮすると、Ｃ―４プラスチック爆薬が高温の燃焼ガスに変わり、スーパーコンピュータ室は火葬場になった。おれたちはその光景を直接見たわけではない。しかし、爆発音とオレンジの光がトンネルの彼方に生じたのは確認したから、それで充分だった。

後は脱出するだけだ。透明擬装の状態で、おれたちはGOO地下基地内を駆け抜けていった。

第五階層から第四階層へ、第三階層へと上がる。階段など要所要所は兵隊で固めてあったが、ネクロF弾がある分、圧倒的にこちらが有利だった。

竜人間といった感じのNAL500シリーズ、グリーンイグアナ人間といった感じのNAL100シリーズ、亀人間のNAL200シリーズたちを、片っ端から特大のポップコーンに変えてやった。

GOO歩兵たちは大混乱に陥っていた。次々に自分たちの仲間が風船ガムみたいに膨らみ、金属鎧が弾け飛ぶ有様を見せられて、士気を保つのは難しいだろう。おれたちに対して、ほとんど通り道を開けてくれるような感じになってしまった。

将校たちは敵を掃討しろと命令しているようだが、兵士たちは最初から逃げ腰だった。

一方、こちらは化け物たちの士気の低下に乗じて、透明擬装のまま体当たりして走り抜けていった。しまいには怪物兵士たちは悲鳴を上げて逃げ出してしまい、勝負にならなかった。

おれたちは楽々と、第一階層への階段を上がった。もうすぐ地上だ。

JTで会話する。
△(河田曹長)早く、人間の世界に戻って一杯やりたいな▽
△(深尾大尉)好きなだけ飲めよ。おれがおごってやるさ▽
△(河田曹長)ところで、何があったんですか？　スーパーコンピュータの中で▽
△(深尾大尉)ううむ、それなんだが、何と言ったらいいか▽
また立ち眩みを起こしそうになった。足下の地面が突然、底なし沼に変じて、ズブズブと沈み込んでいきそうな感覚だ。まだ、おれは完全に、現実世界に復調してはいないのだ。

恐ろしい疑念も湧いてくる。もしかすると本当のおれは、いまだに電脳空間の虜囚であり、運よく河田に助けてもらったという妄想に耽っているだけなのではないか。荘子のパラドックスだ。自分は蝶になった夢を観た人間なのか、人間になった夢を観ている蝶なのか。

古典的な方法で、おれは現実を取り戻した。自分の頬をつねったのだ。痛い。これは現実だ。電脳空間では痛覚などないのだから。

△（深尾大尉）だめだ。とても整理して説明できる状態じゃない。後にしよう▽

△（河田曹長）ま、いいですがね▽

△（深尾大尉）ただこれだけは言っとこう。スーパーコンピュータに潜ったのは正解だった。ＧＯＯ側の人類殲滅作戦を叩き潰すことができたんだ。そう言ってもいいだろう。大げさに聞こえるだろうが、人類史上の最重要任務を果たす結果になったんだ▽

△（河田曹長）まだ電脳空間酔いしてるんじゃないでしょうね？　まあ、後で説明してもらうのを楽しみにしてますよ▽

地下第一階層へ出る。例のだだっ広い整備工場だ。直径二〇〇メートルはある、巨大な正六角形のスペースだ。十数基ある作業台は、上でドッジボールの試合ができそうなほどの広さだ。どの作業台も満席で、怪物戦車のＹＯＧ２００シリーズ、ＹＯＧ３００シリーズが載っている。いずれも解体中だった。その周辺には、生物とも機械とも判別しがたい奇怪な部品が陳列されている。

工場の中央部には一際大きな作業台があり、ジャンボジェットの大型エンジンがある。巨大な空気取り入れ口は、数十枚のブレードで構成されており、これが回転した時に起きる風力の凄さを想像させた。

工場の天井には格子状のレールが走っていた。地上への出入口近くの天井のレールから、直径一メートルほどの銀色の円盤がぶら下がっていた。超電導型の磁力クレーンだ。今は床上二メートルぐらいの高さにあり、何も下げてはいない。

静かだった。

ＧＯＯの作業員たちの姿が見えない。おれたちが最初にここを通過した時は、ＮＡＬ１００シリーズの化け物整備士たちが数十四、働いていた。今は、人影がまったくない。

△（河田曹長）おやつの時間ですかね？▽

△（深尾大尉）待て、罠かもしれん▽

慎重に進んだ。作業台上には、神経が逆撫（さかな）でされるような代物の数々が並んでいる。中には、巨大な昆虫と機械部品の融合体としか言いようのないモノもあった。異臭を放つ赤茶色の粘液が、足元で水溜（みずた）まりになっているところもあった。それらの間を歩いていく。

　入念に周囲を見回す。だが、ＧＯＯの兵隊などもいない。厄介者であるおれたちが出ていくなら止めない、ということか。

　天井近くには、あちこちに金網の足場があり、作業員の通路のようになっていた。フック付きの電動チェーンホイストが何本も吊り下がっている。

　特に異常はない。だが、何かがおかしかった。言葉にならない何か、意識の表層に明確には出てこない何かがある。

　次の瞬間、おれたちは一二・七ミリ弾のフルオート連射を受けた。それも真上から！

　ヘルメットや肩に着弾した。野球のバットで殴られたほどのショックだった。跪（ひざまず）いてしまう。

　とっさに、床を転がった。河田もそうしたようだ。だが、弾丸の雨は止（や）まない。撃たれ続けて、スティルス・コートは引きちぎられた。金属鎧も傷だらけになっただろう。

　おれは転がり、作業台の陰に隠れた。

　身体が凍りついた。あの〈歌〉が聞こえたのだ。中近東の音楽のようなメロディ。ダゴン１０２のテーマソング！

37　逆襲

　おれは混乱とショックで、凍てついたまま動けなかった。

　バカな！　ダゴン１０２は自爆装置の作動で上半身と下半身が生き別れになったはずだ。何？　生き別れ？　おれは今そう言ったぞ。死に別れとは言わなかった。つまりダゴン１０２は、上半身と下半身がバラバラになっても生きていたということか⁉

　なのに、それを確認しなかった。入念にとどめを刺しておくべきだったかもしれない。だが、それをやらなかったのだ。

さらに銃撃は続き、伏せているおれの眼の前に一二・七ミリ弾が跳ねる。だが、作業台の陰にいるので、今のところは安全だった。

「みぃィィィんな死ぬ」ダゴン１０２が、ディフェンダーの声で言った。奴の口癖だ。
△（河田曹長）大尉、無事ですか？▽
△（深尾大尉）ああ。そっちは？▽
△（河田簿長）おれがやられるわけないですよ▽
河田を確認する。別の作業台の下に潜り込んでいた。スティルス・コートは裂けてボロボロだ。

それはこっちも同様だ。頭上から一二・七ミリ弾の雨をたっぷり浴びたために、コートの素材は穴だらけになった。その上、縦方向に、すだれのように裂かれてしまった。これだけの損傷を受けては、元通りになるまで五分や十分はかかるだろう。ゆっくりと継ぎ当てする時間もなさそうだ。

金属音がした。チェーンホイストの滑車（かっしゃ）が回転しているらしい。

戦術は索敵から始まる。危険を承知で、作業台から顔を出す。頭上を見た。

天井近くには金網の足場がいくつもある。今その一つからダゴン１０２が降りてくるところだった。片手で電撃斧とチェーンホイストを掴み、片手でＭ２重機関銃を保持している。

チェーンホイストは、今はモーター駆動ではなく、ダゴン１０２自身の重量で回転していた。下りてきた金網の上には、鋼鉄の箱といった作業台がある。奴は、今までそこに隠れていたらしい。

ダゴン１０２の姿は、敵ながら感嘆に値した。ディフェンダーのメタルボディを復活させていたのだ。

よく見ると、腰の辺りの接合部は、熔（と）けた金属が入り混じったように見える。油圧駆動部や、スプリング、半導体チップなどが、接合部付近から外部に飛び出している。不器用な者がハンダ付けしたような感じだった。

「そこか、深尾！」ダゴン１０２が叫ぶ。

再び、Ｍ２重機関銃が咆哮（ほうこう）する。おれは頭を引っ込める。周辺で派手な弾着の火花が散った。

胸中が冷たくなっていた。アレルギー症状の引金となるヒスタミンで満たされたみたいだ。

おれと河田は、一度はダゴン１０２を地下貯水池でやっつつけた。だが、その時ですらもさんざん苦労させられた。それに奴を倒す決め手になったのは、もともとディフェンダーのボディに組み込んであった自爆装置だった。

　すでに、その自爆装置を使ってしまった今、あいつを倒せる方法などあるだろうか？

　まずい。勝ち目や、反撃の手段などはまったくないじゃないか。スティルス・コートをボロ雑巾のようにされた今は、透明擬装で逃げるのも難しい。奴の耐久性、適応性を過小評価していた自分を罵りたくなる。

　重い衝撃音が響いた。ダゴン１０２が着地したのだ。

　おれはまた頭の一部を出して、覗いた。

　奴は、整備工場の出入口に立っていた。そこは地下第一階層から、地上へ出るための唯一の扉だった。
△（河田曹長）どうします？▽
　おれは戦術の基本に戻って状況判断した。

　最優先するべきことは何だ？　地上へ出て、無線で総司令部に連絡することだ。「指輪は火口へ投げ入れた」という暗号電文を打つことだ。

　つまり、おれか、河田のどちらか一人だけでも地上へ脱出すれば、その任務は果たせるのだ。二人とも脱出する必要はない。

　どうせ、ＪＴはダゴンにも読まれてしまうので、声で指示した。

「河田！」おれは怒鳴った。「おれに構わず、先に地上へ出ろ！」

「え？」と河田。

「だめだ」とダゴン１０２。「何か企んでるようだな、深尾。二人とも、ここで殺してやる」

　Ｍ２重機関銃がマズル・フラッシュを閃かせた。こちらは隠れるしかない。周辺に着弾し、火花が散乱する跳弾が、天井と床の間をしつこく往復する。二、三発、こちらのボディアーマーをかすった。

　あの〈歌〉が始まった。こちらを挑発するのが目的か。

　しかし、最悪の事態でもなかった。総司令部に連絡しなくても、遅かれ早かれ見切り発車で総攻撃は始まる。

　ダゴン１０２が、ここで睨めっこがしたいのなら、しばらく付き合ってやっても構わない。しかし、事情は変わった。おれたちはすぐに逃げ出さねばならなくなってしまった。

ふいに背後から物音がしたのだ。振り返る。

この地下第一階層から、第二階層へ通じる階段口だった。そこにNAL500シリーズの怪物兵士たちがいた。いつの間にか、そこまで隠密索敵（ストーキング）していたのだ。

それだけなら驚かなかったろう。だが、おれの眼に入ったのは、連中が構えている火炎放射器や無反動砲だった。それぞれ六、七挺（ちょう）ずつはある。

「ちくしょう！」河田が叫んだ。

今までGOO兵士たちは、その手の武器は使わなかった、当然だ。ここは彼らの基地であり、住居であり、財産でもあるからだ。それをいたずらに破壊する気にはなれなかっただろう。

しかし、ここは地上への出口も間近にある第一階層だ。ここだけなら犠牲にしても構わない。そういう収支決算が成立したのだろう。

無反動砲が火を噴いた、八四ミリ・ロケット弾が飛んでくる。おれは作業台から飛び出す。床を蹴り、二段跳躍。空中に舞い上がる。背後の戦車砲塔がオレンジの火柱に変わった。爆圧を受けて、空中でバランスを崩しそうになる。隣の作業台に何とか着地した。

すかさずダゴン102がM2重機関銃で狙ってきた。何発か被弾しながら、修理中の怪物戦車の陰に隠れた。神経がワイヤ・ケーブルみたいに、よじられているような気分だった。

「大尉！」

河田が呼びかけてくる。彼は、おれが着地した作業台の下にいたのだ。

「大丈夫だ！　逃げろ！」

だが、すぐ次の八四ミリ弾体が飛来する。おれと河田は別々に逃げた。〈戦場では絶対に固まるな、バラバラに散れ〉が鉄則だ。

何発かの爆発をやり過ごす。時々、第二階層への階段口を振り返ると、ドラゴンの舌のような炎が一帯をなめ回しているのが見えた。下へ戻ったら、火炎放射器に焼き殺されるだけだ。

とにかく爆発と炎をかわし続けるしかない。そうしながら、ダゴン102の嘲笑が聞こえた。おれの頭蓋骨の中で、それが反響する。

なぜ、地下貯水池で徹底的にとどめを刺しておかなかったんだ！　そう自分を叱責（しっせき）する声も聞こえた。

38　賭け

床を青い炎の線が走り出す。第二階層への階段口付近だ。そこに炎の壁が出来た。コバルト・ブルーとオレンジのツートン・カラーだ。

ドラム缶入りのメチルアルコールがこぼれて、引火したらしい。激しい熱風が吹きつけてくる。

完全に退路を断たれた。その上、タイムリミットまで引かれてしまった。いつまでも、こんなところにはいられない。

砲撃が止んだ。階段口のGOO兵士たちも、炎で視界を遮られたらしい。

おれはジャンボジェットのエンジン正面に跳んだ。うまい具合に怪物戦車の残骸がそばにあり、ダゴン102からも死角になっている。熱気を避けることもできる。

河田も、そこに合流してきた。お互いの無事な姿を確認し合う。おれも彼も特に負傷はしていなかった。

「のんびりしてられなくなりましたね」

河田は言った。彼は笑みを浮かべている。トラブルに遭うと、かえって生き生きしてくるタイプなのだ。

「ああ。ダゴン102を殺るしかない」

またM2重機関銃の咆哮がした。金属製品ばかりの工場区画ではそれが派手に響き、鼓膜に突き刺さってくるようだ。

ダゴン102の声が、それに重なる。

「どうした？　深尾？」ダゴン102の声は、最悪のサディストのそれだった。「いつでも大歓迎してやるぞ」

「してもらおうじゃないか」

おれは呟く。八九式自動小銃を背負い、電撃斧T204を構えた。

「ダゴン102は、おれが引き受ける。おまえは先に地上へ出ろ」

「あのパッパラパー野郎と刺し違えるとでも？」河田は首を振った。「そういう仕事なら、おれの方がうまくやれますよ」

彼の双眸に何か危険なものが見えたような気がした。空きっ腹を抱えた野獣が発散する殺気に似ていた。

「とうとう見つけちまったかな……」

そう河田は言った。彼は腰のベルトから、サバイバル・ナイフを抜いた。刃渡り三〇センチで、凶暴な形状をしている。ナイフの刃を指先でつまむ。

「何を？」

おれの問いに、彼は答えなかった。ナイフの刃を指の力で曲げていく。ＵＢだけにできる芸当だ。先端の五センチぐらいを残して、残りの刃を潰してしまった。

「何の真似だ？」

「おれが道を開けます」

「どうするつもりだ？　まさか？」

「心配要りませんよ。あいつと心中なんかしない。おれが死んだらファン・クラブの女の子たちが悲しむ」

河田は、朝露工業製の金属鎧、ＡＲＭ７０７０の左前腕の装甲も外しにかかった。袖をめくり、前腕に巻いてあるインナーポンプ制御装置も露にする。三つのタッチ・ボタンを操作する。液晶表示板がＭＡＸと表示した。

体内に埋め込んだ注射器でアドレフェタミンを投与するシステムだ。戦闘力をアップする魔法だ。

「何をやらかそうっていうんだ？」

河田は深呼吸する。薬物が全身に回る刺激を味わっているらしい。

「大尉、賭けませんか？　あのダゴン１０２を、おれが片付けられるかどうか」

「おれがギャンブルをやらないのは知ってるだろう」

「いっぺんぐらい、いいでしょう。ま、どうせ、おれの勝ちだけど」

彼を止めるべきだったかもしれない。だが、状況がそれを許さなかった。このまま焼け死ぬか、ダゴンと戦うか、その二つ以外に選択肢のない状態で何ができるだろう。河田に戦術があるなら、それに頼りたかった。

「で、何をする……」

質問する暇もなかった。

背後で爆発が生じた。振り返ると、オレンジとコバルト・ブルーの巨大な華が咲いていた。怪物戦車の部品が宙を舞っている。詰めてあった燃料に引火したらしい。続けて、他のＹＯＧシリーズ戦車も爆発する。

ここは直径二〇〇メートルもある空間だが、すでに四分の一以上は、火炎に巻き込まれていた。

「時間がない。大尉はあっちへ。挟み撃ちにするんだ」

言うと、河田はもう飛び出していた。

すかさずダゴン１０２が一二・七ミリ弾をばらまく。

このままでは、河田一人が狙い撃ちされる。おれも戦車の陰から飛び出し、叫んだ。

「ここだぞ！」

ダゴン１０２が曳光弾の火線を十数本、放ってきた。おれは別の作業台の陰へ跳ぶ。一、二発、脚に当たった。金属鎧が弾いてくれたが、ショックでバランスを崩してしまう。作業台の陰で転んだ。

おれも腕当ての間に指を入れて、タッチ・ボタンに触れた。液晶表示板は腕当てに隠れて見えなかったが、必要ない。

超電導神経をアドレフェタミンが駆け抜ける。高温のプラズマが全身に行き渡ったようだ。ハイな気分。筋力がパワーアップするのが実感できる。

だが、この状態は六〇分以上続かない。その後は、北極でストリップを演じているような寒冷地獄が六〇分だ。

アルコール党のおれにとっては嫌悪すべきハイテク・ドラッグだ。が、今は仕方あるまい。

すぐに起き上がり、走る。おれが囮にならねば河田もダゴン１０２に接近できないのだ。

作業台から出る。同時に一二・七ミリ弾が飛んできた。サイドステップを踏んで、また遮蔽物の陰に隠れた。

「そこか！」とダゴン１０２。

重い足音だ。こっちに向かって、走ってくる。もう逃げ道はないと見て、決着をつけにきたらしい。

おれは相手の足音を避けて、後退する。せいぜい、時間を稼いで、この工場区画内を引き回してやろう。

ダゴン１０２が現れた。Ｆ６０メタルでできた鬼神像といった感じに見えた。つや消しグレーのボディが、火炎を反映して時折オレンジに染まる。

奴が撃つ。おれはかわす。それを繰り返した。作業台や、戦車の残骸を弾除けにして、囮役を演じ続けた。

「逃げろ、逃げろ」

奴は追いかけながら、ディフェンダーの無機的な声で笑っていた。

「その分、楽しみを増やしてくれるわけだ」

我慢して逃げ続けるしかない。高ガストリン血症に罹ったみたいに、胃が痙攣する思いだった。だが、奴が油断すれば、その分、河田の奇襲成功率が高まる。

いきなり、前方にあった作業台が爆発した。視界がオレンジ一色になる。爆風を浴びて、後方にひっくり返った。

そこへM2重機関銃が火を噴いて、鉛弾を叩きつけてくる。地を転がり、避けようとした。今や、おれのボディアーマーは穴だらけ傷だらけだ。

奴の嘲笑が聞こえた。ふいに、それが止まる。

苦悶（くもん）の声が上がった。

態勢を立て直して、見た。唖然とする。おれの口は半開きになっていただろう。

河田がダゴン102の背面に喰らいついていた。それはいい。予想はしていた。だが、そのやり方ときたら！

河田は左腕をディフェンダーの首に巻き付けていた。そして自分の左前腕と敵の首とを、刃渡り三〇センチのサバイバル・ナイフで串刺（くしざ）しにしていたのだ！

ダゴン102が乗っ取っているディフェンダーのボディは、F60メタルの装甲で覆われている。ほとんど弱点というものがない。だが、首だけは別だ。可動する関節部分だから、必然的に装甲も弱い。

河田はそこを狙ったのだ。ついでに、自分の腕と敵の首とを縫いつけていた。振り落とされないための対策だ。とても常人には思いつかない発想だった。

ダゴン102は、もちろんナイフを抜こうとしていた。できなかった。そのたびに河田が、刺さったナイフごと腕を揺さぶっている。当然、その刃先はディフェンダー内部の神経組織を傷つけているはずだ。

ディフェンダーは苦しみ、もがいている。その手からM2重機関銃が落ちた。腕をうまく動かせないらしい。

首に差し込まれた刃先のせいで、体内を走る神経の超電導状態が奪われたのだ。その結果、奴は巨体の重量を持て余している。動きが鈍くなっていた。いずれ、クエンチによる高熱も発生するだろう。

「どうだ！　ブリキ野郎！」

河田は、さらに両腕でダゴン102の首を絞めつけた。UBとディフェンダーのチキンゲーム。河田曹長らしい戦法だ。

もちろん、神経の超電導状態が失われ、クエンチが発生する危険があるのは、河田も同じだ。だが、ダゴン102の被害が首の中枢神経であるのに対し、河田の被害は左前腕だけだ。このチキンゲームは長引けば長引くほど、河田に有利になるはずだ。

ダゴン102は、腰のベルトから自分の電撃斧を抜いた。それで河田を殺ろうというのだ。

おれは援護した。電撃斧で相手の腕を狙ったのだ。F60メタル同士が激突し、火花が散る。

「くたばれ！」

おれはここぞとばかりに、電撃斧を振り回す。まず奴の斧を叩き落としてやった。続いて、奴の膝を狙う。ディフェンダーの関節部は装甲が薄い。

ダゴン102がよろめく。チャンスだ。奴の片腕を切り落とすべく、斧を振り下ろす。

思いがけない事態が起きた。奴が前蹴りで斧を弾き返したのだ。おれは後方へよろめいてしまう。

ダゴン102は、まだ耐久力に余裕を残していたらしい。腕はうまく動かせないらしいが、下半身はそうでもないようだ。突然、走り出した。

「ん？」

おれと河田は、異口同音に疑問符を発していた。

奴がおれに背を向け、まったく見当違いの方向へ駆け出したからだ。何のつもりか、その意図が読めない。とりあえず、追いかけた。

ダゴン102は、背中に河田をくくりつけたままダッシュする。ジャンボジェットのエンジンに向かっていく。

おれの眼が見開かれただろう。巨大なジェットエンジンのそばにあったのは、戦車の装甲板だった。特殊な部分に使用する部品らしく、細かい三角形の山型が連なった形状になっている。

ダゴン102は、走り高跳び競技の背面跳びのように身を捻った。その意図に気づく。

「河田！　逃げろ！」

彼もすでに気づいていた。慌てて、左前腕ごとナイフを抜きにかかる。彼を助けるべく、おれも加速する。間に合わなかった。ダゴン102は自分の背中をノコギリ形の装甲板に突っ込んだ！

悲鳴。河田は串刺しにされたのだ！

39　対決

おれは絶叫（ぜっきょう）していた。ダゴン102に襲いかかる。奴の頭に斧が命中した。火花が散る。だが、再び前蹴りで跳ね返された。

肉の焦げる臭いを嗅いだ。河田の前腕とダゴンの首がクエンチを起こしている。

ディフェンダーが不自由な腕を持ち上げた。ナイフを河田の左前腕ごと引き抜く。血とカルスが飛び散った。

気のせいか、ダゴン１０２の玩具めいた顔が笑っているように見えた。奴は河田の腕を掴み、肩越しに引きずり下ろした。

河田は前方に投げ出された。仰向けに地に叩きつけられる。吐血したらしく、顔面が朱に染まっていた。背中からも大量に出血している。

おれは彼の名前を叫んだが、返事はない。四肢を痙攣させているだけだ。

衝撃のあまり、おれの神経は大音量のノイズを奏でていた。ボディアーマーが異様に重くなり、その場に崩れそうだった。やっと脱出できると思っていたのに、やっと無事に終わると思っていたのに。すべては、おれのドジのせいだった。あの時、ジミーに差し込んでやるメモリー・スティックを間違えさえしなければ、こんなことにはならなかったのだ。

ダゴン１０２が身構える。その巨体は殺気が漲って膨らんでいるみたいだ。

逡巡が背骨を走る。今なら、おれ一人なら逃げられる。だが、そんな真似ができるだろうか？

「殺してやる」

ディフェンダーがサンプリング音声で言う。

奴の背後では、河田が起き上がろうとしていた。

「大丈夫か!?」

河田は起き上がりかけた。だが、ダメらしい。彼は地を転がって、その場を離れていった。

ダゴン１０２が後方を振り返って、それを確認する。河田はもう戦える状態ではないと見て、こちらに向き直った。

背後でまた爆発が起きた。怪物戦車ＹＯＧシリーズの一台だろう。周囲は、業火が逆巻いている。気温が熔鉱炉並みに感じられた。酸欠状態が始まり、呼吸が苦しくなってくる。

奴が突進してきた。おれを殺すこと以外考えていない最低の石頭だ。

おれは横に跳び、正面からの戦いを避けた。格闘戦の基本は、敵の側面に回り込むことだ。背面なら、なおいい。

電撃斧Ｔ２０４で、奴の片腕を狙う。火花が散る。だが、かすったぐらいだ。致命傷ではない。

おれは犬の喧嘩みたいに、奴の側面を狙い続けた。だが、そうしながら絶望的な気分になる。決定打を与えようにも、その見込みはほとんどないからだ。

ファイトを続けながらも、河田の様子を見る。彼は、いつの間にか配電盤か何かの機械装置のところにいた。その下でうつ伏せになっている。左腕のナイフは、すでに抜いていた。

気絶しているのか？　それとも……。炎がそばまで吹き上げて、彼の姿を隠した。

攻撃を続行する。ダゴン１０２の頭に斧を叩きつけた。Ｆ６０メタル同士が衝突し、腕が痺れた。だが、それでも奴は倒れない。

四肢が重い。ＧＯＯの缶詰野郎を殺る方法はないのか。ここで焼け死ぬか、ダゴン１０２に殺られるか、それしかないのか。

ふと奴の頭上を見る。おれの眼は見開かれただろう。ようやく勝機を見出した！

それは直径一メートルほどの銀色の円盤だった。天井から太いチェーンで、ぶら下がっている。床から二メートル三〇センチほどの高さだ。そしてサイボーグの巨体の背後には……。

ダゴン１０２が襲いかかってきた。おれが隙だらけに見えたのだろう。太い腕をスイングしてくる。かいくぐりながら、跳躍のタイミングと二つの着地点とを計測した。

おれは地面を蹴る。相手とほとんど直角の方向にジャンプした。そこに鉄骨の柱があった。一瞬、重力を無視して片足で柱に張り付いた。鉄骨を蹴り、その反動でさらに跳躍した。

おれは柱を利用して、空中を「く」の字の形に飛んだのだ。空手では「三角跳び」、昔の忍術では「山びこ」と呼んだ技だそうだ。相当のジャンプ力と修練がなければ不可能だという。ＵＢパワーのおかげで成功した。

ダゴン１０２の真後ろに着地する。そこにはコントロールパネルがあった。大きなメイン・スイッチを押し上げる。パイロットランプが点灯した。

サイボーグの巨体が慌てて振り向いた。今のおれは、機械装置に囲まれた袋小路に自ら飛び込んだ形だ。逃げ場がないのを見て、ディフェンダーが両腕を広げて、突進してくる。

　そこでパネルの作動スイッチをＯＮ！

　ダゴン１０２の背後にあった銀色の円盤が、低く唸り出したように感じられた。強い磁場が発生したのだ。

　超電導型磁力クレーンが、その場の支配者と化した。眼に見えない影響力を駆使して、ディフェンダーの動きを封じた。巨体の突進が止まる。

　それの最大吊り上げ質量は一〇トンぐらいだろう。周囲の機械部品が宙に舞った。フェロモンに引き寄せられる昆虫のオスみたいに、銀色の円盤にくっついた。

　おれのボディアーマーや電撃斧、背中に吊っていた八九式自動小銃まで同時に引っ張られる。空気が重い壁と化して、身体を後方から押さえつけてくるみたいだ。とっさに、そばの鉄柱に掴まる。

　ダゴン１０２は一瞬後ろを振り返り、ようやく事態を悟ったようだ。磁力に逆らい、前進しようとする。だが、奴の重量も、この状況では紙人形も同然だった。後方から引っ張られて、足元が滑り出している。ムーン・ウォークに似た動きになっていた。

　奴は声にならないノイズを発した。おれを罵っているらしい。磁力線の暴風に逆らってダッシュする。もう少しで、おれに手が届きそうになった。

　同時に、超電導型磁力クレーンもディフェンダーの重量に反応していた。銀色の円盤が、逆にダゴン１０２に引っ張られる形になったのだ。天井から磁力クレーンを支えている太いチェーンが、空中で斜めになっていた。

　胃袋が凍てついた気分だった。奴の執念は狂気の域に達している。

「くたばれ！」

　おれは電撃斧を投げつけた。ディフェンダーの顔面に命中する。ショックでのけぞり、奴はややバランスを崩したようだ。電撃斧はそのまま宙を飛び、磁力クレーンに吸い付けられた。

　だが、ダゴン１０２のしぶとさは表彰ものだった。片脚を振り上げる。おれの肘を蹴り上げた。

　その瞬間、すべての動きがスローモーションに変わったような気がした。耳元で唸る業火の音もヴォリューム・ダウンしていく。世界全体がエア・ポケットに落ち込んだようだ。

　異様に静かだった。その静寂の中、おれの腕が宙に泳いだ。鉄骨に掴まっていた片手が外れる。身体の支えを失ったのだ。

　風のない風圧が、おれとディフェンダーとを押しやった。ブーツの裏が床を滑り出す。氷上みたいに踏ん張りが効かない。超電導神経もＰＵホルモンも無力だった。二人とも羽毛の軽さで宙に舞った。

　とたんに全世界の音声が回復した。おれ自身の絶叫が鼓膜を叩いた。

　ダゴン１０２が先に銀色の円盤に、背中から張り付いた。次いで、おれが奴の胸板に叩きつけられる。動けない。

　超電導型磁力クレーンは獲物を捕らえたことで再び重力に従い、垂直位置に戻ろうとした。だが慣性が働き、すぐには制止せず、その場で振り子運動を始めた。おれと奴とをぶら下げたまま……。

　ダゴン１０２が何か叫んだが、意味不明のノイズだった。メタルボディ内の集積回路が、強烈な磁場で狂い出して変調を来しているのかもしれない。

　おれもわめいていた。まさか、こんなことになるとは！　火炎の熱気で炙られるのを感じる。メタルボディのディフェンダーはともかく、こっちはこのままではチャーシューになってしまう。

　首が痛い。今のおれはＵＢだから脳細胞も超電導化している。そのためにマイスナー効果が発生し、頭部だけは磁力に反発しているのだ。

　腕立て伏せの要領で、ディフェンダーの胸板を押す。何とか脱出しようとした。だが、できなかった。またサイボーグ体に吸い付けられる。Ｆ６０メタル製の鎧を着込んでいるから、当然のことだ。

　これを脱げばいいのだ。鎧やヘルメットさえ外せば自由になれる。必死に手足を動かし、作業に取りかかる。どうやら生還の望みはありそうだ。

　ダゴン１０２の方はノイズ音声を発するだけだ。もう身体が機能していないらしい。それにディフェンダーは外殻装甲はもとより、中身の筋肉に至るまで形状可変金属だ。だから、脱出は絶対に不可能なはずだった。

　強磁場に妨害されるため、着替えは遅々として進まなかった。重力が地球の十倍ぐらいある異星で、重い金属鎧を着た者がストリップを演じる場面を想像してもらいたい。おれがいかに苦労したか、お分かりいただけるだろう。

その上、火炎の熱気のせいもあって全身汗まみれだった。磁力クレーンの振り子運動もなかなか止まらない。吐き気が込み上げてきた。

上半身のボディアーマーを脱ぐまで、一年ぐらいかかったような気がした。八九式小銃や鎧の部品が、ディフェンダーの身体に張り付く。だが、おれ自身は、かなり自由になった。すぐ下半身のアーマーを外そうとした。できなかった。突然ダゴン１０２が起重機みたいな太い腕を伸ばし、おれの首を掴んだのだ！

雑音混じりの音声で、奴が言った。

「……逃がさん……殺して……」

「この……くたばり損ないの……ＦＵＣＫ野郎」

おれの声も上ずり、一オクターブ上がっている。奴は強磁場を利用し、おれを引き寄せにかかる。感光素子(ＣＣＤ)の眼が赤く輝いていた。ディフェンダーの無骨な顔が、死神のドクロ面みたいに見えた。

首を絞められ、息ができない。相手の手を外すこともできない。ふいに真っ黒な何かが彼方から、おれを招いているのを観たような気がした。ジェットコースターのレールが途中で途切れて、その向こうに虚無だけがあるような……。これが臨死体験と呼ばれるものだろうか……。

死にたくなかった。ディフェンダーの片眼に指を突っ込む。ＣＣＤの眼がスパークして煙を散らした。中身を引きずり出す。血とカルスにまみれた合金神経が出てきた。さらに皮膚や筋肉の一部も覗いた。ノイズ混じりの悲鳴が上がる。

奴の手が外れた。自分の眼を押さえて、呻いている。おれは咳き込み、残り少ない酸素を貪った。

だが、このままでは互いに動けない。二人とも焼け死ぬしかない。打開策はないのか？

振り子運動はまだ止まらない。吐き気が頂点に達しそうだ。

ふとベルト・ポーチを見る。これだ。使えるかもしれない。弾倉を探った。八九式自動小銃の予備弾丸だ。取り出したとたん、それもディフェンダーの胸に吸い付けられた。苦労して引き剥がし、ネクロノミコンＦ型ウイルス弾を取り出す。その細く尖った弾頭を噛んで、封じ込めてあるウイルスたちの出口を開けた。

すでにダゴン１０２は、ジミーの脳ミソをも乗っ取ってＧＯＯの生態組織に作り替えているかもしれない。もし、そうなら、このウイルスが効くはずだ。

弾丸をディフェンダーの片眼に突っ込もうとした。妨害された。奴が、おれの手首を押さえたのだ。もう一方の手首も掴まれてしまう。

突如、サイボーグの片眼の跡から、何かが溢れ出してきた。茶色のゲル状液だ。それはアメーバのような生物的な動きで、外部に出てきた。

その正体を悟った。ダゴン１０２の本体！　やはりジミーの脳ミソを材料に、ＧＯＯタンパク質を造ったのだ。しかも、それは金属を含まないから、この強磁場の中でも自由に動ける。

本体は急速に変形していった。白血球のような偽足が次々に生える。五本の偽足が伸びていき、ヒトデのような形になった。

いきなり、視界が塞がれた。おれの顔に飛びついてきたのだ！　肌に形容し難い不快感が走る。

しかも、ヌルヌルとした偽足が、唇の間を割って口腔に侵入しようとする。おれの胃袋に潜り込んでから、身体を乗っ取るつもりなのだ。必死で歯を喰いしばる。だが、鼻孔も塞がれたため、息ができない。溺れかかった幼児みたいにパニックを起こしそうになった。

ふいにディフェンダーの腕から力が抜けた。掴まれていた手を振りほどく。そうか。本体がメタルボディから離れたからだ。

チャンス。ネクロＦ弾を奴に押しつける。

とたんに視界が回復した。息もできる。肌の不快感も去った。ダゴン１０２はいち早く逃げたのだ。上半身逆さ吊りといった状態で、おれは地面を見上げる。ヒトデ型ＧＯＯが地面に落ちて、もがき回っているのが見えた。人間の声とネコの声を合成したような悲鳴。

奴はウイルスに感染したらしい。完全にでたらめな動きで、そこら中を転げ回る。ゲル状の肉体の場合は、ウイルスの効果も早いのだろうか。ＧＯＯはそのまま、自ら火炎の中に飛び込んでいった。見えなくなる。

息をついた。とたんに手の力が抜けて、指先の五・五六ミリ弾がサイボーグの胸に吸い付けられた。

目眩。吐き気。火炎地獄の中で振り子運動しながら、失神しそうだった。できれば休憩したい。だが、この状態が続いたら全身がローストになってしまうだろう。

　下半身の鎧を脱ぎにかかった。脱ぐ必要はなかった。ふいに強磁場が消えたのだ。一瞬の無重力状態。次いで、おれは脱いだアーマーやライフルや機械部品、ディフェンダーと共に落下していた。

　メタル・サイボーグの巨体の下敷きになるのは、楽しい経験ではなかった。呻きながら、ジミー三等兵の遺体の下から這いずり出る。

「大丈夫……ですか？」

　我が部下の声がした。彼が電源を切ったのだ。

「もっとタイミングよくやってくれると、ありがたかったな」

　おれは、ディフェンダーのウルトラ・ヘビー級の身体を押しのけた。

　河田曹長が四つん這いで、こっちにやってきた。血まみれの顔だ。眼も虚ろで、普段の彼らしくない。

「無事か？」

「何とか。……ダゴンはどうなりました？」

「本体がディフェンダーから逃げ出したんだ。今頃は……」

　火炎の奔流がまたこちらに吹きつけてくる。それに押されたように、焼けた小さな肉団子が転がってきた。角状のものが五本生えている。偽足の痕跡らしい。

「あれだ……」

　肉団子の肢体は、ネクロノミコンF型ウイルスに感染したＧＯＯの末期症状だ。見間違えるはずがない。

「やっと殺ったか……」

　おれは嘆息する。全身の細胞が休息を要求していた。だが、まだまだ休める状況ではない。

　周囲は今や紅蓮地獄だ。大量のメチルアルコール類に引火し、炎の大蛇が暴れ出しているような光景になっていた。十数基ある作業台や、その上に載っていた怪物戦車たちも、爆発の被害などで原形を失っている。

　脱いだボディアーマーの部品と、電撃斧をかき集めて抱える。八九式自動小銃を背負い、河田に肩を貸して立ち上がらせた。

「よし、逃げるぞ」

　そう言ったが、彼はすでに気絶していた。おれは二人分の体重を支えて、歩き出す。

炎の向こうに十字形の閃光が見えた。慌てて地面に伏せた。大爆発！　一ダースものドラム缶が連続して、ミサイルみたいに火を噴いて、八方へ飛んでいった。頭上を大量の熱風と金属の残骸が通過していく。こんな状況ではアッパー・バイオニックの超体力もたいして役に立たない。

熱気に炙られて、おれの顔や唇は火傷を負い腫れ上がっていた。喉や口の中もオーブンに等しい有様だ。失神中の河田も同様だろう。

炎の壁の向こう側を凝視（ぎょうし）する。赤、オレンジ、コバルト・ブルーの三色が渦（うず）巻いていた。それ以外は何もない世界だった。視界はゼロに等しい。だが、外から風が吹き込んでくる。酸素の供給がなければ、この大火災も燃え続けることはできないのだ。

おれは風に向かって進んだ。

40　任務終了

何十四もの大蛇みたいに、火炎が襲いかかってくる。本当に生きているように思えた。赤い牙を剥き出し、オレンジの長い舌を伸ばし、青い爪を振り回す。それらをかいくぐった。

やっと地獄を抜けた。涼しい風を浴びる。真夏日のシャワーのような快感を覚えた。そこは巨大なエレベーターを上下させるための縦穴だった。壁面に沿って鉄製の階段もある。

だが、駆動装置のための大型の化け物たちはいなかった。数時間前ここから侵入した時は、例の直径五メートルはあるSOG1000シリーズたちが、大いびきをかいていた。

今は連中の姿はなく、彼らの身体から生えていた太い鋼鉄のスプリングが、そこら中に転がっている。エレベーター部分を上下させる際のショックアブソーバーだ。

それだけでなく、エレベーターそのものの残骸もあった。大きな鉄板がプラモデルみたいにへし折れている。

ＳＯＧ１０００シリーズの怪物たちは、居眠りばかりしていたわけではなかったのだ。地下第一階層で起きた火事から、とっくに避難した後らしい。

　モンスターたちの身体がぶつかり合ったり、こすれ合ったりしたせいだろう。鉄製の階段は損傷していた。フロアとフロアを結ぶ、まるまる一階分のステップがなくなっているところもあった。

　常人なら絶望したはずだが、ＵＢであるおれに動揺はなかった。

　おれはボディアーマーの上半身を着用しなおし、河田を肩に担いだ。そのまま軽々と跳躍し、縦穴を上っていった。

　階段口から地上一階に出た。四〇メートル四方の空間だ。もとは銀行だった建物の中をぶち抜いたものだ。

　大きく開いた出入口の向こうには道路が見えた。キセノン投光器が二台並んで、辺りを明るく照らしている。ＧＯＯ歩兵たちが早回し再生音のような言葉で怒鳴り合っていた。まだ彼らの消防隊は来ていないようだ。

　大型船の霧笛みたいな音がする。たぶんＳＯＧ１０００シリーズたちの鳴き声だろう。

　おれのスティルス・コートは、すでに裂け目が修復されていた。電源をＯＮにし、再び夜の闇に溶けることができた。

　八九式自動小銃を構えた。一回、深呼吸する。突撃。ＵＢの脚力を解放した。夜の空気を切り裂いていく。

　思った通り、周辺には火事騒ぎで逃げ出したエレベーター駆動装置の怪物たちがいた。

　直径五メートル、灰色の球体生物たちは、そこら中をゴロゴロと転がっていた。連中の身体には上下左右の区別などないようだ。ビルの残骸の間に挟まれて身動きできなくなり、もがいている奴もいた。ＧＯＯ歩兵たちは、ＳＯＧ１０００シリーズたちの混乱を収拾しようとしていた。大型怪物たちをどかせて、消防車の通り道を確保しようとしているのだ。

　だが、かえって自分たちが混乱の極みに陥っていた。球体生物たちは、火事のせいで落ち着きがなく、気まぐれに動き回っている。ゾウリムシほどの知能しかないように見えた。

　地下基地に侵入者がいたことは、すでに通報されているはずだ。だが皆、火事とＳＯＧ１０００シリーズたちの混乱に気を取られており、それどころではなかったようだ。透明擬装なしでも逃げられたかもしれない。

キセノン投光器の照明があるのは建物の正面だけだった。そこさえ抜けてしまえば、後はGOO兵士たちのハンドライトだけで、夕闇程度の明るさしかない。

おれは裏通りを走る。とりあえず目白通りと平行に、ビルの谷間を北へ向かった。廃屋(はいおく)の一つに飛び込む。そこはGOOたちも使っていない建物だった。

一応、周囲を索敵してから、気絶したままの我が部下を合成樹脂の床に寝かせた。呻き声がした。

「ここは？」と河田。

「地下基地から脱出したところだ。だが、大きな声は禁物だぞ」

「負けちまった……」

「え？」

「賭けに負けた……。おれが道を開けるはずだったのに……」

そこで河田はまた失神したらしい。静かになった。

気絶するほどではないが、おれも気分が悪い。水分と糖分の不足だろう。電解質飲料の残りを飲み干し、キャンディを口に入れて噛み砕く。吐息をついた。

あと四〇分もすればアドレフェタミンの副作用も始まる。素っ裸で北極に放り出されたような悪寒に耐えねばならない。戦闘力をアップしてくれるこの魔法は、借金の取り立て方もきついのだ。

JTDで、時刻をデジタルとアナログの両方で視野内に表示させる。三時一分だ。

壊れたアルミサッシの窓から見える夜空は、まだ暗い。だが、間もなく夜明けがやってくる。人類すべてにとっての夜明けが。

おれは希望とか未来とかいう言葉を思い出した。GOOとの不毛な戦争も、もうすぐ終わるのだ。その上、人類は生き延びるための千載一遇(せんざいいちぐう)とも言うべきチャンスを得た。ただ、ここに至るまでの犠牲があまりにも大きすぎたが……。

おれはJTを無線周波に乗せて、電文を総司令部に送信した。

△（）フロド1より、ビルボ1へ。指輪は噴火口へ投げ入れた。投下時刻〇三四七時▽

本当の投下時刻に三時間三〇分プラスして、報告することになっていた。

△サウロンの正体も確認し、倒した。フロドとピピンは帰る準備をする。だが、メリーとサムは帰れなくなった▽

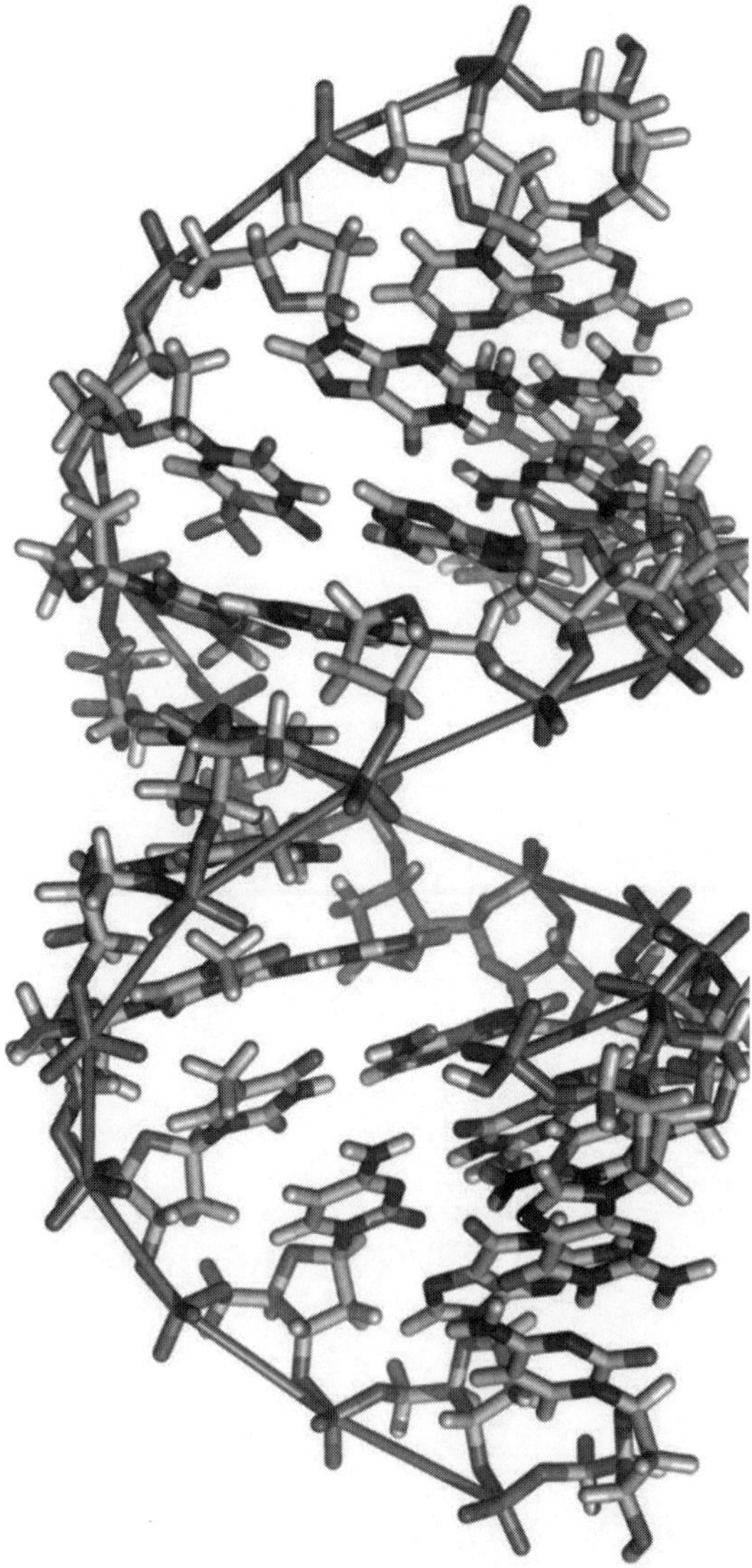

第三部　黙示録　PART3

なんじが今いる場所が、なんじの世界なのだ。

——アラビアの格言

41　夜明け

おれは新宿区の中心から東寄りの若松町にいた。東京女子医大の建物の屋上で、戦況を見守っていたのだ。

午前十一時だった。〈核の冬〉のために灰色に染まっている空の下、ＧＯＯ軍は敗走また敗走という有様だった。

空からはＨＵＳ３００シリーズたちが次々に墜落していた。

彼らは空中で突然、胴体部分が膨らみ、飛行機能を失った。その時点で、すでにショック症状を起こして死んでいた。後は地球の重力だけが唯一のベクトルだ。

路上は、連中の死体だらけになった。ＨＵＳ３００シリーズは、特大のトマトみたいに潰れていた。それほど丈夫な骨格は持っていなかったのだ。

怪物航空機たちが落ちた後の空を、最終軍の大編隊が覆っていた。正面面積をできる限り減らした特徴的なシルエットから、アパッチＡＨ−64Ｄ攻撃ヘリとコブラＡＨ−1Ｓ攻撃ヘリだと分かる。おれの視界内だけで、数十機はいた。

最終軍ヘリ部隊は、対空ミサイルや七〇ミリ・ロケット弾は一切使わず、ＧＥミニガンによる二〇ミリ弾のフルオート連射だけで片をつけたのだ。もちろん弾丸はネクロノミコンＦ型ウイルス弾だ。

地上も大同小異だった。ＵＢ兵士たちやディフェンダーたちが八九式自動小銃で五・五六ミリ弾をばらまき、ＧＯＯ歩兵を追い回していた。

すでに大部分のＧＯＯ軍兵士には、遅効性のネクロノミコンＬ型ウイルスが感染していた。体力を失い、身体組織の回復力も衰え、半不死身状態も失いつつあった。中には、ほとんど通常の人間に近いレベルにまで落ちていたＧＯＯもいただろう。

半超人、半不死身のＵＢ兵士たちにとってはまったく恐るるに足りない相手だ。その上、最終軍にはネクロノミコンＦ型ウイルス弾が、全部隊に支給されていた。

ウイルス感染を免れて、まだ半不死身の身体を維持していたＧＯＯたちも少なからずいたが、ネクロＦ弾の前にはギブアップするしかなかった。彼我の間には、最新兵器で武装した現代の軍隊と、弓矢や槍などの武器しかない古代ローマ帝国時代の軍隊ほどの差があった。

　ＹＯＧ２００シリーズやＹＯＧ３００シリーズなどの怪物戦車たちも、もはや脅威ではなかった。これら地上兵器はさすがに装甲が厚いので、九〇式戦車の一二〇ミリ砲弾も弾き返すことが多い。そこでＵＢ兵士やディフェンダーたちが、白兵戦を仕掛けて葬っていた。メタル・サイボーグたちがジャッキとなって、怪物戦車を持ち上げては隙間を作り、装甲の薄い底面にネクロＦ弾を撃ち込む戦法を取ったのだ。

　数万のマズル・フラッシュの光が新宿区内で点滅したことだろう。今も小刻みなフルオート連射や、バースト・ショットの音を響かせている。硝煙で大気が汚染されていた。後にはキラー酵母に全滅させられた他種酵母みたいに、肉団子の山が築かれていた。殺しても死なななかった化け物どもは、今は情けない悲鳴を上げて逃げるだけだ。

　同じ光景はすでに東京全域で展開中のはずだった。もう雌雄は決していた。

　最終軍の総攻撃は夜明けの六時零分に始まった。だが、総攻撃開始二時間後の午前八時ごろから戦争は戦争でなくなり、一方的な虐殺という様相を呈してきた。

　だが、やむを得まい。人類とＧＯＯ。地球は広いが、両者が平和共存できるほどに広くはなかったのだ。

　おれは、彼ら異形の化け物たちに少なからず同情していた。本来なら、双方は共に手を結んでＥＧＯＤと戦うべきだったのだ。共に協力して、神が現世に復活するのを阻止すべきだったのだ、そういう歴史を作るべきだったのだ。しかし、今となっては遅すぎる。

　その場に佇み、これからのことを考えていた。

　まず、自分のせいで部下二名を失ったことを報告しなければならない。ＥＧＯＤの正体や経歴、その目的、地球生物の進化の真相について、話さねばならない。不思議な運命の巡り合わせで、自分が人類を救ったことを告げねばならない。

　果たして、誰がこんな話を信じるだろう？　しかし、狂人扱いされるのを覚悟で言うしかなかった。

　車のエンジン音が響いてきた。ビルの谷間をハンビーの一団がやってくる。角張った大型車輌が数十台も進軍してくる様は壮観だった。

ふいに、五・五六ミリ弾が飛んできた。いわゆるトリガーハッピー状態になった最終軍兵士たちが、ろくに確認もせず撃ったらしい。

△（深尾大尉）撃ち方やめ！　おまえらが撃ったのはフロド1分隊だ▽

百数十メートルほど離れた路上の兵士たちは、慌てて敬礼した。彼らと話した結果、伍長や一等兵たちばかりの分隊だと分かった。すぐに迎えを寄越すという。

突然、別のJTが飛び込んだ。

△〈永海大佐〉深尾大尉、どこだ?▽

△（深尾大尉）ここです。東京女子医大の建物。河田もいます。今は負傷して眠っています▽

おれは周辺を見回す。だが、永海の姿はまだ視認できなかった。

△（永海大佐）そうか。よかった。それに、よくやってくれた▽

△（深尾大尉）はい▽

溜め息が出た。

△（深尾大尉）でも、また葬式をやらなきゃならないですよ。嶋田やジミーの分です▽

△（永海大佐）ああ。聞いた▽

△（深尾大尉）おれのせいです▽

△（永海大佐）そう言うと思ったよ。しかし、誰のせいでもないだろう。根本的な責任はGOOにあるんだ。とにかく、これで終戦だ。嶋田君やジミーのことは残念だったが、ついに終わったんだ。犠牲になった者たちも、それで浮かばれると思うしかない。とても、そんな風に収支決算みたいに割り切れるものじゃないが。しかし、これでもう犠牲者は出ないんだ▽

いや、そうではない。戦いがすべて終わったのではない。おれたちの次の世代は、神の復活を阻止するべく、新たな戦いを始めなければならないのだ。

42　報告

最終軍による総攻撃は、西暦二〇××年五月一九日午前六時に始まった。

そして、約五二時間後の五月二一日午前十時二三分に終わった。

　その直後、御藤浩一郎国家主席が勝利宣言と終戦宣言をTVで放送した。

＊

　壁のアナログ時計の針は、午後三時二分を示している。終戦後、約五時間半経ったわけだ。

　場所は、新宿前線基地S1の作戦室だ。天井も壁も床も白一色だ。窓も白いカーテンで覆われており、外は見えない。テーブルも白い布がかけられている。

　おれは部屋の中央で、黒の革張り椅子に座っていた。グリーンの制服を着て、左胸に略式勲章(リボンバー)を付けていた。

　正面の壁は大型モニター画面になっていた。大阪にいる御藤浩一郎主席が映っている。銀髪をオールバックにして、グレーのスーツを着ていた。和製ジョン・F・ケネディと呼ばれていたのは就任直後の話だ。今は老けすぎて、疲労の目立つ顔だった。

　廊下側のテーブルには本多大佐と永海大佐がいる。永海は、いつも通り黒縁眼鏡をかけている。仏像とタヌキのコンビみたいに見えなくもない。格好は、やはりグリーンの制服にリボンバーだ。

　窓側のテーブルには、例によってベッコウ縁眼鏡の樋口理奈がいた。化粧は赤い口紅だけでピアスもしていない。眼の大きな南国的な美貌(びぼう)を持つ彼女には、それで充分だ。白いスーツを着ている。

　おれの斜め前にはビデオカメラがある。オートロックオン、オートフォーカスで、おれを撮影していた。音声は、椅子の脇にあるマイクが拾うようになっていた。

　話すべきことは、すでに話してしまった。録画録音もされた。音声入力ソフトも作動し、すでにプリントアウトを終えていた。

　室内には沈黙が充満していた。誰も一言も発さない。おれもあえて口を開く気がしない。何しろ目撃者はおれ一人だし、これといった物的証拠を持ち帰ったわけでもないのだ。

「容易には信じがたい話だ」

　やっと、永海が発言した。コップの冷水を飲み干す。

「相手が君じゃなかったら、この水をぶっかけて眼を覚ませ、と言っただろうな」

　水差しから、お代わりを注いだ。

「君の言うことが本当だとすると……我々は今度は、神様を相手に戦争しなくちゃならん可能性もあるってことか!?　いいかげんにしてくれ、と言いたいところだ。何というか、もう私の脳ミソの許容範囲を超えた話だ。……私としてはもっと、はっきりした証拠が出るまでは何とも言いようがない」

永海はまた水を飲み干した。

「私も、今しばらく判断は保留したい」

代わって本多大佐が言った。

「話の筋道だけは通っているような気がする。ＥＧＯＤは、結局は人類の味方ではなかった。そう考える方が合理的で真実に近いような気はする。大尉の幻覚だと一方的に決めつけるのは、危険だと思う」

そこで本多はテーブルの一点を見た。

「だが、物的証拠はない。もっと明確な証拠が得られるまでは、ここだけの話にしておくべきだろう。証拠がなくては、ＵＦＯやらネッシーやらの目撃談と同じだ」

画面に映る御藤浩一郎主席は、瞑目(めいもく)していた。やがて眼を開き、丁寧(ていねい)な口調で言った。

「深尾大尉、私は政治家でリアリストだ」

画面から、おれに視線を向けてくる。画面枠の上にあるカメラが、こちら側の映像も大阪に送信しているのだ。

「残念だが、とても信じられない。そう言うしかない。すまないが深尾大尉には精神鑑定などを受けてもらいたい。私の立場ではそうせざるを得ない。

「……しかし、個人的には君の言うことを疑うべきではない、と思う」

本多と永海が顔を上げた。軽い驚きの表情を見せている。理奈も同様だった。

御藤が続ける。

「確かに常識的には受け入れがたい話だ。しかし、それを言うならＧＯＯの存在がすでに過去の常識をくつがえすものだった。ＥＧＯＤについても、今までの常識が通用すると考える方が甘いだろう。

「今のところ、ＥＧＯＤに関する物的証拠を手に入れることができるような見込みはないようだが、かといって何もしなくてもいいとは思わない。

「ＥＧＯＤが人類の敵である、と仮定してシミュレーションを行ってもいいだろう。それが役に立つような事態は起こらなかったとしても学問的な意義はあるだろうし、もちろん、いざという時の備えにもなる」

「樋口さん、あなたの意見は？」

彼女の瞳が眼鏡の奥で、きらめいた。曇りのない知性を感じさせる声で言った。

「私も判断保留組です。直感的には、深尾大尉の話に真実のようなものを感じます。しかし今はシミュレーションの域を出ないのではないかと思います」

「私も簡単に信じてもらえるとは思っていませんでした」

おれも、よそ行きの口調で答えた。画面に向き直る。

「しかし、シミュレーション・チームを作っていただけるなら、それで当面は充分だと思います。

「私の妄想にしか聞こえないのを承知で言いますが……。幸いにしてＥＧＯＤ相手の時間稼ぎは成功しました。あと十数年は余裕があると思います。

「対策としては、とにかくＧＯＯ狩りを徹底的にやることでしょう。ＧＯＯのイントロンにＥＧＯＤ用タンパク質が隠されていることから、ＧＯＯ狩りだけでも効果はあるはずです。また、新しいウイルスと、それに伴う新しい病気が登場したら要注意でしょう。相手はウイルスで、地球上の生物の進化を操ってきた存在ですから。

「そして、ＥＧＯＤ対策シミュレーションでは〈神と交渉できる可能性はほとんどゼロだ〉ということが前提になるでしょう。ＥＧＯＤにしてみれば、我々人類は卵を産まなくなったニワトリでしかない。養鶏（ようけい）業者は、そういうニワトリたちと交渉すべきだとは思わないはずです」

御藤主席はうなずいた。本多大佐と永海大佐もうなずく。

理奈は無言だった。彼女が何を考えているのか読み取ろうとしたが、だめだった。ポーカーフェイスのままなのだ。

この部屋で再会した瞬間だけは、こぼれるような笑みを見せてくれた。だが、その後は、公私混同はしないと言いたげな鋼鉄の仮面を被ってしまった。

電話の呼び出し音が鳴る。本多大佐が受話器を取る。内線らしい。

「そうだ。……そうか……分かった、ご苦労」

本多大佐は電話を切り、画面を見上げた。御藤に言う。

「掃討作戦の報告が入りました。旧東京都心でのＧＯＯ

の残党狩りを今も続行中です。さすがに、もう生き残りはいないようです。

「現在、例の〈火山〉、千代田区の地下基地内も索敵していますが、ＧＯＯたちの死体があるばかりで、生きて抵抗する敵はいないそうです。

「それに、もし生き残りがどこかに隠れていたとしても、いずれネクロＬ型ウイルス入りの水を口にして自滅するでしょう」

「わかりました　と御藤。「では、別の打ち合わせがあるので、これで。皆さん、ご苦労様でした」

室内の軍人三名は敬礼し、民間人一名は軽く頭を下げた。

画面から御藤主席の姿が消え、代わりに最終軍のＦＦマークが表示された。

本多大佐が振り返って、言う。

「嶋田少尉の遺体はまだ見つかっていないそうだ」

おれの頬が痙攣した。生体内の免疫記憶のように、一生これが付いてまわるだろう。嶋田は壮烈な爆死を遂げたのだ。遺体が残らなかったのも無理はない。

本多が続ける。

「ジミー三等兵の遺体は回収されたそうだ。念のため内部のコンピュータ・チップなどは、その場で破棄された」

「私の責任はどうなりますか？」おれは訊いた。「軍法会議は？」

本多と永海が顔を見合わせてた。どうしても解けない複雑な結び目に出合ったような表情だ。

永海が言った。

「それは、いろんなことが片付いてからだ。戦争の後始末で忙しい日が続くだろう。それまでは休養していたまえ」

「謹慎処分にしてください」

二人の大佐は眼を見開いた。理奈には背を向けていたので、彼女がどんな表情をしていたかは分からなかった。おれは立ち上がり、彼らのテーブルのところに行った。

「身分証、階級章、勲章、全部お預けしておきます」

それらの品々をポケットやブリーフ・ケースから出した。順に白いテーブルに並べていく。

永海が何か言いかけたが、本多が手で制し、言った。

「それで気が済むというのなら、とりあえずそうしておこう」

永海も口をつぐみ、うなずいた。両大佐の溜め息は重かった。

おれは敬礼や、その他の儀式を済ませると退室した。

43 幸福な結末？

このS1基地は、元は西新宿のビジネスビル群が密集していた一区画を使ったものだ。建物はどれも半壊状態のものを修理して使っていて、いかにも野戦基地といった趣だ。

おれは建物の外側にある非常階段の踊り場に出た。地上五階の高さだった。風は肌寒いが、かえって眼が覚める感じで気持ちいい。グリーンの制服の胸元のボタンを外し、息をついた。

ここからだと曇り空と、荒れ果てた旧都心部の風景を視界に収めることができた。

新宿の超高層ビル群の残骸が墓標のようにそびえている。都庁ビルも上部は原形をとどめていない。

あの残骸を潜入任務直前に見た時は、終末的な情景に思えたものだ。今は、歴史の一ページとして眺めることができた。

超高層ビル群の向こう側は、灰色のビルの森林だ。いずれも倒壊か半壊の状態で、特大のドミノ倒しのような眺めだった。

遠くの空には、ヘリコプター編隊のシルエットが見えた。かすかにエンジン音も聞こえる。

超高層ビル群の手前には新宿中央公園がある。そこは公園とは名ばかりで、今は最終軍の車輛置き場、武器置き場だった。木々は砲撃で破壊されており、緑はわずかしか残っていない。

公園内は戦勝ムード、祝賀ムード一色だった。「祝勝利！」や、「祝、終戦！」といった垂れ幕の類が早くもハンビーに付けられている。三菱重工製一〇式戦車や、旧米軍のM1A3エイブラムス戦車の主砲にも「WE　HAVE　WON！」の垂れ幕や、粗製乱造といった万国旗が付いている。

公園内のあちこちで記念撮影している連中もいる。カメラを向けられた者は例外なく笑みを浮かべているのだろう。互いの掌同士を叩き合う仕草もよく見られた。

髪形から女性と分かる兵士も多数いた。彼女たちは後方支援任務で、今までは最前線にまでは来なかったのだ。ドアを開閉する音がした。誰かが非常階段の踊り場にやってきたのだ。振り返る。

理奈がいた。ベッコウ縁眼鏡は外している。大きな眼と厚みのある唇、ココア色の肌が眩(まぶ)しい。肌と白いスーツが対照的なコントラストを成している。精気の溢(あふ)れる美貌(びぼう)だ。

おれは、すぐには言葉が出なかった。彼女が仏頂面(ぶっちょうづら)だったからだ。ぎこちなく沈黙してしまう。

さっきの報告会ではプライベートな話などできなかった。だから、たった今再会したと言ってもいい。

理奈は硬い表情のまま口を開いた。

「お帰りなさい」

「ただいま」

そして、また沈黙してしまった。彼女の表情は仮面のままだった。それで、こっちも言葉が喉(のど)に詰まってしまった。そうだ。お礼を言おう。

「バカ野郎、グッド・ラック。リフトのあれ、なかなか気が利(き)いていたよ」

理奈の頬が少し緩んだ。

「そう？」

「ああ。あのメッセージと、お守りのおかげで幸運が付いて回ったのさ。おれの実力じゃ絶対に生きては帰れなかった」

「まさか」

「本当さ。幸運の女神がいるとすれば、君のことだ」

理奈はやっと仮面を外してくれた。声を上げて笑い出したのだ。

「大げさすぎて冗談にしか聞こえないわ」

「本当さ」おれは繰り返した。「冗談にしか聞こえないのは、分かってる。でも、本気で言ってるんだ。約束した通り生きて帰ってきたけど、でも、それは君がくれた幸運のせいなんだ」

理奈は微笑する。

「いいわ、とりあえず許してあげる」

彼女は芝居っ気たっぷりにお辞儀した。

「お疲れさまでした。深尾大尉」

「ありがとう。樋口技術顧問」

おれもお辞儀を返した。

「……実際、疲れ切ってるんだ」

肩を落としてみせる。今のおれは階級章も外し、グリーンの制服も胸元のボタンをだらしなく外している。無精髭も生えており、かなり情けない感じに見えただろう。

理奈の眼を見つめた。

彼女も見つめ返した。

「……元気づけてくれないのかい？」

理奈は情熱的な方法で元気づけてくれた。正確なピンポイント攻撃。時間が止まった。しばらく経って、やっと唇を離した。

「ねえ、考えたんだけど……」

「何だい？」

「ここって、まる見えの場所よね？」

慌てて周辺を見回す。この建物の西側には似たようなビジネスビル群がある。それらのビルの窓に見物客が十数人いた。いずれも物欲しげな表情の男性兵士たちだ。その中に顔見知りの士官が一人いた。ニヤニヤ笑いを浮かべ、指笛を演奏した。

顔面が燃え上がりそうになった。咳払いして、気まずさをごまかす。理奈の肩を掴んで、建物の中に引きずり込んだ。

「気がついてたら、先に言えよ！」

「だって、あそこで元気づけてくれ、と言ったのはあなたよ！」

「確かにそう言ったけど、場所がまずいとは思わなかったのか？」

「場所がどこだろうと気にしない人だったのか、と思ったのよ」

「それはおれじゃなくて君だろうが！」

吐息をついた。

「……まあ、いい。忘れることにしよう」

おかげで一つ確信したことがある。EGODが人類の先祖を造った時、男よりも女の方を強心臓の持ち主にしたに違いないということだ。XY染色体とXX染色体には、とんでもない大差がつけてあるに違いないのだ。XY染色体を持つ世の男性諸君は、この意見に賛成してくれるだろう。

二人そろって建物内の階段を下りた。その辺を散歩でもしよう、ということになったのだ。

いいムードだった。久しぶりに理奈とリラックスした会話ができた。まるで、おとぎ話の結末のような感じだ。二人は末長く幸せに暮らしましたとさ、めでたしめでたし、というあれだ。

　建物を出た。道路を横切り、新宿中央公園に行く。今は、公園というより凸凹だらけの丘と言うべきだろう。

　お祭り気分が溢れている。さっきも言った通り「祝勝利！」「祝、終戦！」「WE DID IT！」「PEACE！」といった垂れ幕や万国旗だらけだ。ハンビーや、一〇式戦車、M1A3エイブラムス戦車の車体がそれで飾られている。

　どこから見つけてきたのか、クリスマスツリー用の点滅電球を付けたハンビーまであった。

　音楽が鳴っている。ラップもあれば、ハードコア・テクノもある。ダブやアシッド・ジャズもあった。その他ジャンル不明の耳慣れない音楽は、この戦争中に生まれた新しいスタイルだろう。

　後方支援任務の女性兵士たちが、あちこちで大歓迎を受けていた。日本語、英語、北京語、広東語、韓国語、タガログ語、その他いろいろが入り乱れている。

「これでいいのかな？」気がつくと、おれはそう呟いていた。

「何が？」と理奈。

　おれは視線を地面に落としていた。足元の小石を軽く蹴る。

「本来なら、死んで償いをするべき人間が生き残ってしまったことさ」

「困るな。そういうことを訊かれても……。たぶん誰にも答えられないことだわ」

「今回は最低のドジばかり踏んだ。部下たちに尻拭いさせてしまった。おれだけ幸運に恵まれすぎて悪いくらいだ。この責任を取らなきゃならん」

「最終軍を辞めるの？」

「どうせ、軍人は皆これから失業するから辞職だけじゃ、だめだ。懲役刑を喰らうとか、そのぐらいの目に遭って当然だろう。軍務中の過失致死なんだ」

「でも、あなたの言ったことが本当だとすると、あなたは人類を救った英雄だわ」

「たとえそうだとしても、部下たちの死の責任を帳消しにするってわけにはいかないさ」

周囲では、記念写真のシャッターが盛んに切られている。屈託のない笑い声が響き渡る。

だが、それらの音は、地平線の彼方から聞こえてくるような気がした。おれはこの場にいないがら、この場にいなかった。死者たちのことを考えると気が滅入る一方だ。

「何のために、これほどの犠牲者を出したんだろうなあ？」

「私には答えられない質問ばかりね」

理奈は苦笑した。

「まだ、あなたの報告を一〇〇パーセント信じたわけじゃないけど……。言いたいことは分かるわ。結局は人類もGOOも、EGODに利用されるだけの存在だった。そのことも知らずに大勢の人々と大勢のGOOが殺し合っていた。それが空しいっていうことでしょ」

「ああ」

ふいに呼び止められた。

「あ、大尉！　深尾大尉」

聞き慣れた声だ。振り返る。意外な人物がいた。

彼は二枚目面にニヤニヤ笑いを張り付かせていた。グリーンの制服のボタンをだらしなく外した格好だ。見たところは、五体満足な状態に復調しているようだ。

彼はなぜか、胸にタスキをしている。「哀れなGOOに救いの手を！」と書いてあった。

「河田!?　おまえ入院してたんじゃ……」

「今朝、逃げ出してきました」

「しかし、そんな真似をして……」

「あの水島っていう医者とはチューニングが合わないし、とっくに治ってるのに、まだ寝てろと言うんですよ。冗談じゃない。こっちじゃお祭り騒ぎだっていうのに……」

水島医師のことを思い出して、苦笑した。おれも、彼を煩わせた患者のワースト5の一人だった。

「元気だったか、水島先生は？」

「耳元で怒鳴り散らすぐらいにね」

理奈も苦笑する。

「本当は河田さんを追い出す作戦だったんじゃないかしら」

「かもね」

たぶん河田もワースト5入りしたのだろう。

「ところで、それは何だ？」おれはタスキを指差す。

「国際ＧＯＯ保護連盟です。さっき可愛い娘にナンパされたかと思ったら、それが入会の勧誘だった」

「マジなのか？」

「もちろんブラック・ジョークですよ」

　河田曹長は、後方を振り返る、そこには、大勢の人間が並んでいた。やはり似たようなタスキをしている連中だ。

「写真撮るんです。入りませんか？」

「いや……」

　そう言いかけたが、彼は全然聞いていなかった。

「そうですか、光栄です。おい皆、深尾大尉だ！」

　国際ＧＯＯ保護連盟の連中が、こちらを見て一斉に拍手してきた。こんな時どういう表情をしていいのか分からないおれを見て、理奈が苦笑していた。

　結局、記念写真の最前列中央で理奈と並ぶことになった。スチール・パイプの椅子に腰かける。

　周囲の連中は、全身から喜びの波動を発散していた。平和の味を噛みしめているようだ。

　せっかく写真を撮るのに、一人だけしかめ面しているわけにもいかなかった。何とか微笑してみる。理奈もおれを横眼で見て、微笑んでいた。

　そのうち気分も和んできた。人間は、顔で笑いながら同時に憂鬱な思いに浸ることはできないのだ。肉体と心はその点、合わせ鏡のような関係にあるのだろう。

　カメラマンは伍長だ。タブレット端末で撮影しようとしている。だが、調整に手間を喰っていた。

　椅子に座り直し、深々と息を吸い込む。そして吐き出そうとした。できなかった。異臭を嗅いだのだ。大脳側頭葉が刺激された。それは恐怖を呼び覚ました。何だ？

　この臭いは？　まさか!?

44　執念

「ねえ、変な臭いしない？」誰かが言った。

同様の意見を他の兵士たちも述べていた。何だろう、これ？　臭いですって？　鼻をフンフンひくつかせる音。だが、特に不審の念を抱く者はいないようだった。

「じゃ、撮ります」カメラマン役の伍長が言った。

「はい、注目。こっちを見て」

　おれは、ろくに見ていなかった。笑顔も消えていた。記憶の奔流が脳髄のどこかから溢れ出し、その洪水の中に自我が呑み込まれた。

　ライフテック社。地下のＰ３施設で起きたＣ汚染、当時はまだＧＯＯ汚染とは言わなかった。知美は生きていたと思ったのだが、違っていた。あの化け物の独特の体臭、喉(のど)が痛くなるような刺激臭。当時はまだダゴン１０２(ワン・オー・ツー)などという呼び名は付いていなかった……。

　気がつくと、おれはスチールパイプの椅子を蹴って飛び出していた。周囲を見回す。記念撮影のために、桃の節句の雛壇(ひなだん)飾りみたいに並んでいる連中が唖然(あぜん)としていた。

　眼の中に飛び込んでくるのは、アジア系、白人系、黒人系、アラビア系の種々雑多な顔の群れだ。四〇～五〇人はいる。彼らが口々に叫んだ。

「大尉！」

「写真、撮るんですよ！」

「何してるのよ！」

　最後のセリフは理奈だった。大きな眼をさらに見開き、円形にしていた。

　だが、こっちは落ち着いてなどいられなかった。ダゴン１０２。奴はディフェンダーのジミー三等兵の身体を乗っ取ってしまった。おれがメモリー・スティックを間違えるという大ドジをやらかしたからだ。そのためにジミーは犠牲となった。

　一度は倒すことに成功したが、奴はまた脱出寸前に逆襲してきた。その時はネクロノミコンＦ型ウイルスで、とどめを刺してやった。奴は肉団子(にくだんご)になった。あいつが生きていられるはずがないのだ。

　それではこの臭いは何だ？　奴の臭いじゃないのか？

　恐ろしい疑念が湧いてきた。

　あいつはＧＯＯの中でも、特に変幻自在の能力を持つ個体だということが、後に判明していた。もしかしたら……。

　バカな。

　あいつは確かにネクロノミコンＦ型ウイルスに感染した。だが、その直後、姿を見失っている。あの時……。

　そんなバカな。

　あの時、二つに分裂したとしたら……。トカゲが尻尾(しっぽ)

を切って逃げるように、感染した部分を切り離して本体は逃げたのだとしたら……。

「どうしたんですか？」

「気分でも悪いんで？」

ええい。うるさい。

「何、探してるのよ？」

最後のセリフは理奈だ。椅子から立ち上がり、こっちへ来ようとしている。他の連中も列を乱していた。

眼前の兵士たちを見回す。誰だ、この中の誰だ？ それとも、他で記念撮影している連中の中にいるのか？ だめだ。分からん。しかし、奴がＧＯＯの肉体を持った状態なら、ネクロノミコンＦ型ウイルス弾が効くはずだ。

背後にいた兵士の一人に駆け寄る。そいつの八九式自動小銃をもぎ取ろうとした。

「な、何を？」と兵士。

「いいから、貸せ！」

「で、でも……」

「おれは大尉だ。今は非番だが」

一等兵のそいつは慌てて敬礼した。ライフルをもぎ取る。ついでにＪＴＤもいただいた。胸ポケットに入れる。

背後でソプラノの悲鳴！ 振り向く。

顔がひきつって、血の気が引いた。おれは感電したようなショックで動けなくなっていた。

理奈が窮地に陥っていたのだ！

男の兵士の一人が、片手で理奈の首を押さえ、もう一方に注射器を持っている。針の先端は理奈の首に喰い込んでいた。注射器の中身は、白濁した液体だった。

「全員、動くな！」

兵士が言った。若いスキンヘッドの男だ。猛禽類のハゲワシを連想させるような鋭い顔つきだ。

その冷たい瞳の輝きに戦慄する。見覚えのある眼だった。おれが初めてＵＢになった時に戦った相手の眼だ。

「何するのよ⁉」

理奈が叫んだ。眼が見開かれ、厚い唇が震えている。

「どけ！ 離れろ！」

ハゲワシ風の男が言う。まわりの兵士たちは突然のことにとまどっていた。すぐには行動できないでいる。だが、男が理奈の褐色の顎を持ち上げて注射針を誇示した。

兵士たちは、煙を噴き出している手榴弾を見たような表情で慌てて遠ざかった。

　理奈とハゲワシ男の周囲には、スチールパイプの椅子が十数脚残った。他に、武器を運ぶ時に使う木箱が並んでいた。それを最後列の者の踏み台にしていたのだろう。

　二人の背後には誰もいない。二〇メートル四方の空間が広がっている。しかし、ハゲワシ男は抜け目なく、後方も時々振り返っている。

　兵士たちは慌てて八九式自動小銃を構える。だが、誰も手出しできない。理奈の首に当てられている注射針が、威圧しているからだ。

　おれは歯噛みする。理性がロケット花火みたいに、どこかへ飛んでいく。

「やめろ！」

　そう叫び銃を構えた。セレクターのつまみを〈３〉に切り替える。バースト・ショットだ。狙いをつけ、撃とうとした。できなかった。ハゲワシ男が、これみよがしに注射器を見せつける。おれの身体が氷像と化した。

　注射器の中身は何なのか？　どうせ毒薬の類だろう。その名称や種類はまだ分からない。だが、それがかえって恐ろしかった。

　スキンヘッドのハゲワシ男が凶悪犯（きょうあくはん）じみた笑みを浮かべる。鼻歌を歌い出した。

　すでに鼓膜にこびりついてしまった中近東風のメロディだ。おれにとっては、条件反射的に吐き気を催してしまう旋律だ。

「ダゴン!?」

　理奈が叫んだ。彼女も、この〈歌〉は聞き覚えがあるはずだ。

「そうなの!?」と理奈。

「そうだ」おれの声には抑揚がなかった。

「そいつはダゴン１０２だ。間違いない」

　理奈も事情を悟り、恐怖の表情を浮かべた。眼が大きく見開かれ、瞳の上下に白い部分が覗いている。顎の辺りが震えている。

　一般的なＧＯＯの姿は、人類と恐竜の中間のようなものだ。変身、変形できるといっても限界があり、完全に人間に化けられるＧＯＯはほとんどいない。

　だが、例外もいた。ダゴン１０２だ。こいつはかつて知美のクローン体に乗り移っていたが、次にそれを男性型の肉体に変身させるという真似もやってのけたのだ。

最後に奴と戦ってから、すでに五〇時間以上経過している。それだけあれば、いろんなことができただろう。人間の肉体を造ることも不可能ではなかったはずだ。

奴は鼻歌をハミングしながら時々、後方を振り返るのを忘れない。さすがに狡猾だった。背後からの不意打ちを警戒しているのだ。

「残念だったな、深尾」

〈歌〉をやめて、奴が言った。得意げな顔だ。

「……この注射器の中身が分かるか？　日本語で言う切り札だ。GOOのイントロンに隠されていたスペードのエースだ！」

おれの思考も、心臓の鼓動も停止した。

45　運命の再現

気がつくと周囲の雑音のヴォリュームが上がっていた。近辺の兵士たちが、騒ぎを聞きつけて集まってきたのだ。

今の新宿中央公園は、見晴らしのいい丘でしかない。視線を遮るものは地形の標高差と、一〇式戦車やM1A3エイブラムス戦車などの大型車輛だけだ。何か異変があれば、すぐ見物人を引き寄せてしまう。

そのため、辺りは火事現場の周辺そのままになっていた。野次馬たちの、ざわめきのキャッチ・ボールが耳に飛び込んでくる。

何だ何だ？　GOOの生き残りらしいぞ。何だって！　人間そっくりじゃないか！　人質を取りやがったんだ。嘘でしょ？　ネクロF弾で殺っちまえよ。人質が死んだら、どうするんだ、おまえが責任取るのか？

「皆、下がれ！」

おれは怒鳴った。自分の名前と階級、所属部隊とを追加し、声を張り上げる。

「できるだけ後ろに下がれ！　人質が危険だ！」

おれより下の階級の者ばかりなので、皆従ってくれた。それでも蟻が這うくらいのスピードだったような気がする。徐々に人垣の輪が広がっていき、理奈とダゴン102から距離を取った。

「無駄なことだ」

ダゴン102が言う。

「もう、おまえたちの全滅は時間の問題だ。それをいつ行うか、決定権は私にある」

奴が、理奈のチョコレート色の首を絞め上げる。彼女の顔が苦痛に歪んだ。

おれは彼女と同じ表情をしていただろう。だが、何もできない。

戦場での戦いは慣れている。しかし、人質を取っている相手に対処するには、テロリスト対策のノウハウが要るのだ。残念ながら、今までそれを学ぶ機会はなかった。

「分かるか？」とダゴン１０２。「おまえたちは死刑囚だ。私が死刑執行人だ」

「嘘だ！」

おれは叫ぶ。

「ハッタリだ。ＥＧＯＤ用タンパク質なら全部、試験管を叩き割って踏み潰した。スーパーコンピュータ室にあったアミノ酸シーケンサーごと……」

ハゲワシ風の男が嘲笑した。

「確かにスーパーコンピュータ室にあった分は、おまえが踏み潰した」

その言葉の意味に気づいて、おれは愕然とする。

「まさか……」

舌がモルヒネをたっぷり注射されたみたいに痺れて動かない。奴の嘲笑が、耳孔の中で反響した。

「これは別の部屋に保存されていた造りかけの試作品だ。不完全だが、おまえたちを全滅させるだけなら、これで充分だ」

おれの脳天にニミッツ級空母が落下してきた。手にした八九式自動小銃も銃身が下がっていく。全身の力が抜け、その場に崩れてしまいそうだ。

奴が続けて言う。

「戦争は終わった。だが、ＧＯＯの全滅で終わるのではない。人類の絶滅で終わるのだ」

「やめろ！」

焦りが、もう一度活力を吹き込んでくれた。ライフルを構え直す。同時にＵＢモードにＯＮした。とりあえずスーパーマン状態に移行しておこう。ＵＢモードへの移行には数分かかる。それまで時間を稼がないと……。

しかし、ＵＢ化しても、この事態を解決する直接の手段は何もない。焦りと恐怖が錯綜し、体温と鼓動が急上昇カーブを描いていた。

ダゴン１０２が言う。

「……深尾、おまえにこれを注射してやりたかった。だが、あきらめよう」

「放して！」と理奈。

「今すぐ注射されたいか？　黙っていろ」とダゴン。

おれは振り向き、近くの兵士に言う。

「本多大佐か、永海大佐に連絡しろ！」

兵士の一人が二つ返事で駆け出していった。

「私は啓示を受けた」

ハゲワシ男が言う。夢見るような陶然とした表情だ。

「超越者からのメッセージだ。おまえたちがＥＧＯＤと名付けたものからだ。神は我々の味方だった。間もなく、創造主は蘇られる。この注射によって、この女の身体を母体代わりにして……」

その瞬間、兵士たちがどよめいた。ダゴン１０２のセリフに驚いたからではない。

理奈とスキンヘッド男の後方にはスチールパイプ椅子と、高さ四〇センチほどの木箱が並んでいる。その木箱は、記念撮影の際に最後列の者の踏み台になっていた。

その木箱の陰から、誰かが頭を出したのだ。

頬に傷跡のある二枚目。河田曹長だ。


おれも驚き、叫び声を上げかけた。それを堪える。せっかくの伏兵だ。ダゴン１０２に気づかれてはならない。

幸いスキンヘッドのテロリストは、まったく気づいた様子がない。奴は自分のセリフに、おれたちが驚愕したと思い込んでいる。河田曹長の出現は絶妙のタイミングだった。

河田が人差指を唇に当てる。ＪＴが来た。
△（河田曹長）受信？▽
△（深尾大尉）感明良好▽
うなずいたりしなかった。悟られてはならない。
△（河田曹長）奇襲します。奴と話し続けてください▽
「ダゴン！」おれは大声を出す。「おまえは騙されているんだ。神から見れば、人類もＧＯＯもブロイラーチキンなんだ」

その一方でＪＴを送る。
△（深尾大尉）奴の注射器には、あるタンパク質が入っている。後で説明するが、核兵器より危険な代物だ。もし注射されたら、人質の命だけじゃ済まな

い▽
△（河田曹長）それなら、まず注射器を叩き落としてやります▽
河田は四つん這いで隠密索敵を始めようとした。できなかった。彼はすぐに頭を引っ込めた。ダゴン１０２が後方を振り返ったからだ。

「聞け。ダゴン！」おれは叫ぶ。

ハゲワシ男がこっちを向いた。まだ気づいてはいないようだ。

「おれはＧＯＯ地下基地のスーパーコンピュータの中に潜った。そこでＥＧＯＤと会ったんだ」

「何の話だ？」

ダゴン１０２は、もう勝利を手中に収めたと思い込んでいる。その余裕を見せつけて、おれを苦しめたいのだろう。

その間に河田は勝負に出た。木箱を乗り越え、化け物に一歩分、接近する。この手の戦術に慣れた動きだ。

人質の理奈は身動きできないまま、厚めの唇を歪めている。彼女の視線は、首の注射器とおれとを交互に往復していた。コーヒー色の肌に汗の粒が浮いている。

おれは喋り続ける。

「おれは電脳空間で、ＥＧＯＤの真意を知ったんだ。ＥＧＯＤは、人類に与えた超電導神経細胞と、ＧＯＯに与えた変幻自在の身体を組み合わせて、恐ろしく巨大な〈生体宇宙船〉を造るつもりだったんだ。それが真相だ」

最終軍兵士たちが、またざわめき出した。彼らもこの話は初耳だからだ。何だって？　どういうことだ？　私に訊いても知るわけないわ。

その騒音がうまいカムフラージュになった。

河田曹長が二歩分、接近した。

おれはデ・ジャ・ヴに似たものを味わっていた。いや、錯覚ではない。運命は繰り返すというやつだ。五、六年前にも、やはりダゴンとは同じような駆け引きをやっている。

「バカな」

ハゲワシ男は笑い出す。

「もっとうまい嘘をついたらどうだ」

「おまえにも、心当たりがあるはずだ」

おれは喋り続ける。

「なぜ、六五〇〇万年前に神はGOOを完全に抹殺しなかった？　そうしようと思えば、できたはずだ。なぜ、人間のイントロンに封じ込めたりした？」

「それは……」

ダゴン102が口ごもる。初めてとまどいの表情を見せた。

理奈の首の汗が注射針に接触した。それは針を伝い、注射器本体を濡らした。

運命は本当に繰り返すのか？　あの時は結局、知美を救うことはできなかった。今回もだめなのか？

いや、そんなことはない！　がんばってくれ、河田曹長！

河田は三歩、接近した。四つん這いの姿勢から立ち上がろうとしている。

「それは神が我々の味方だから……」ダゴン102が言いかける。

「違う！　おまえたちは、かつて〈生体宇宙船〉の一部だった。その時は超電導コンピュータ・チップとして、恐竜の脳神経細胞が使われた。おまえたちGOOは宇宙船のボディ・パーツだった。その時の記憶がどこかに残っているはずだ」

ハゲワシ男は宙を睨んでいる。今のはハッタリで言ったのだが、奴は何か思い出しかけたようだ。恐らく一種の悪夢の象徴のような感じで、GOOたちの深層記憶に残っているのかもしれない。

河田は四歩、接近。彼はスチールパイプの椅子を掴んだ。注射器を叩き落とす気だ。胸に例のタスキ「哀れなGOOに救いの手を！」を掛けたままだ。

「どうだ？　思い出したか？」

河田は五歩、接近。椅子を振り上げる。もうダゴン102は眼の前だ。

「おまえは、神に騙されているんだ！　EGODにとっては、おれたち人類もGOOも同じことだ。ただ利用されるだけの道具なんだ。何の見返りもなしで利用され……」

歴史は繰り返す。またも同じようなドジが発生した。河田曹長は枯葉を踏んだのだ。乾いた音がやけに大きく響いた。

ハゲワシ男が振り向く。同時に河田は絶叫した。スチールパイプ椅子が振り下ろされる。

今回の伏兵はUBだった。その戦闘力は一対一なら、GOOと互角かそれ以上だ。

ダゴン102はかわせなかった。椅子が奴の肘に命中する！　注射器が宙に跳ね上がる。

「逃げろ！」おれは叫ぶ。

理奈がダゴンの手を振り切り、駆け出した。

同時に、おれも地面を蹴る。超電導神経が稲妻に近い速度を与えてくれていた。一気に理奈のところへ跳ぶ。

河田が第二撃を加える。今度はダゴン102の顔面にヒットした。奴が後方にひっくり返る。

その間におれは理奈を捕まえた。細い腰を抱え上げる。ただちにUターン。地面を蹴る。超電導神経とPUホルモンとが体内で燃え上がっている。大気中に弾道をえぐるような感じで跳躍した。二人分の体重もまったく感じなかった。

勢い余って、そのまま野次馬の中に突っ込みそうになった。兵士たちが慌てて、おれたちを抱き止めてくれた。

「無事か!?」

「ええ」

彼女はまだ恐怖が覚めやらない顔をしていた。褐色の首筋に小さな傷があり、血が滲んでいた。注射針のせいだ。

「傷は？　注射は？」

「されてないわ」

それを確認し、おれは振り返る。まだ河田曹長は、ダゴン102とストリート・ファイトの真っ最中だからだ。

ちょうど決着がつくところだった。河田の攻撃がかわされた。彼は椅子を使う分、回転半径が大きくなりスピードも鈍っていた。

一方、ダゴン102はしぶとい格闘家だった。奴は身を沈めて椅子攻撃をかわし、河田にアッパーカットを喰らわせたのだ。我が部下は後方に吹っ飛び、木箱の列に叩きつけられる。木箱は衝撃を吸収しきれず、バラバラに吹っ飛んだ。

すでに周囲の兵士たちは八九式自動小銃を構えている。だが、まだ事態を把握できず、手を出しかねていた。

ハゲワシ男は、屈んで地面に腕を伸ばした。注射器を拾おうとしている。

考える前に、おれは叫んだ。

「撃てエエエ！」

何人かの兵士が発砲した。おれも参加していた。

曳光弾の光条がダゴン１０２の身体に集中した。銃声が鼓膜を打つ。三〇発以上発射されたはずだ。

五・五六ミリの小口径高速弾が、鈍い刃物のようにGOOの身体を引き裂いた。カマイタチが発生したような有様だ。無数の血煙が噴出する。ネクロノミコンF型ウイルスが、奴の全身の細胞に喰い込んだ。

「撃ち方やめェエ！」おれは中止させる。

ダゴン１０２は四つん這いの体勢で倒れていた。注射器は身体の陰になっていて、見えない。

奴はそのまま動かない。銃撃のショックですぐに死ぬようなことはない。だが、もうカウントダウンは始まっている。

「ゲーム・オーバーだ」

おれは詰めていた息を吐き出した。ダゴン１０２に言う。

「今度はトカゲの尻尾切りみたいにはいかないぞ、ダゴン。おまえの命はあと十秒もない」

あの〈歌〉が聴こえた。奴のテーマソングだ。だが、メロディはマイナー転調(チューン)されている。

それは物哀(ものがな)しい鎮魂歌(ちんこんか)のように響いた。奴らしい遺言(ゆいごん)と言うべきか。

おれは眼を見開いただろう。

ふいにスキンヘッドのハゲワシ男が顔を上げた。意外にも、奴は微笑を浮かべていたのだ。

「みィィィんな死ぬ……」

片手を差し出すような動作をした。その掌(てのひら)には例の注射器。プランジャーが押し下げられている。

中身は空だった！

愕然とする。背骨が消失したような気分だった。

奴は、自分に注射したのだ！

46　黙示録の序奏

ダゴン１０２はふいに無表情になった。生命力が途絶えたのだ。首がガックリと前に下がる。そのまま地に伏(ふ)した。差し出した手から注射器が落ちて、割れた。

「やった！」

河田曹長が拳を振り上げ、ガッツポーズを見せる。彼の足元には壊れた木箱の残骸が散らばっていた。ＧＯＯのハンマーパンチを喰らったあおりだ。

まわりからは、溜め息の合唱が聞こえた。新宿中央公園全体が震えたようだった。何だ、死んだのか、やれやれ……。

死んでしまえば、それはスキンヘッドの若い男でしかなかった。本当なら、これで終わるはずだった。ゲーム・オーバーのはずだった。後は、めでたしめでたし、のはずだった。

おれは動けなかった。またもやドジを重ねたのではないだろうか？　それも最低、最悪のドジを。

ダゴン１０２が自分にＥＧＯＤ用タンパク質を注射することを、おれは予測しただろうか？　それを未然に防ぐ手を、おれは打っただろうか？

ベストは尽くしたつもりだ。奴をネクロＦ弾で撃ちまくってやった。だが、奴は自分自身を神への人身御供に捧げてしまった。

しばらくは何も起こらなかった。それで多少、希望を抱いた。ＥＧＯＤ用タンパク質は不完全なものだ、とダゴン１０２も言っていた。だから、結局何も起きないのではないかと……。

いつの間にか奴の身体が膨脹を始めていた。最初はネクロノミコンＦ型ウイルスのせいかと思った。だが、通常のパターンとは違っていた。

身体が徐々にピンク色の半透明なゼリー状、ゲル状になっていくのだ。それはＵＢやＧＯＯの身体から出るカルスに似ていた。さらに、その表面から白い煙が噴き出し始めた。クロロフォルムに似た臭いだ。

周囲の最終軍兵士たちが騒ぎだす。おい、変だぞ……。ざわめきは、最初は湖畔のさざ波程度だったが、やがて嵐を告げる大波ほどにヴォリュームを上げてきた。

河田も眼を見開いている。木箱の残骸を踏み越えて、それに近寄った。

「何だ、こりゃ？」

死体のゼリー化と膨脹はゆっくり進行した。すでに直径一メートルの球体になっている。

これも通常はないことだ。ネクロノミコンＦ型ウイルスに感染したＧＯＯは、ある時点から急激に風船ガムみたいに膨らむのだ。

気がつくと、誰かがおれの肩を握りしめていた。理奈だった。人間大のエイズウイルスでも目撃したような顔になっている。眼がゼリーボールを凝視したまま、瞬きもしていない。

「……これは何？」

おれは答えられない。大型サバイバル・ナイフでも呑み込んだみたいな気分だった。

ゲル液の球体は、さらに膨らみ続ける。すでに直径二メートルに達した。物体は膨脹の止まる気配がない。表面から噴き出す白い煙が周辺に漂い始める。

野次馬たちのざわめきは今や、津波の第一波に相当していた。

おれは理奈の腕を掴み、後ろに下がった。気がつくと、他の大勢の兵士たちも自然に退がっていた。

周囲を見回した。すでに騒ぎを聞きつけて、この公園中の最終軍兵士たちが野次馬となって、この場に集まろうとしていた。一〇〇〇人以上いるだろう。彼らは逆に前へ出ようとしているようだ。

河田が声にならない声を上げた。今まで彼は、間近で謎のゼラチンが膨脹するのを呆然（ぼうぜん）と見ていたのだ。我に返ったらしい。

謎の物体を遠回りして、こっちにやってきた。

「大尉！　何です、これは!?」

「これから、どうなるの!?」と理奈。

おれはその答えを知っていた。それを言おうとした。言えなかった。すべての内分泌器官が変調を来して、ホルモン・バランスが崩れていた。吐き気、悪寒、貧血、目眩、頭痛、鬱病（うつびょう）の大軍団が大脳組織を蹂躙（じゅうりん）し始めていた。視野がフェイドアウトし、真っ黒になっていく。

「深尾大尉！」

「どこだ!?」

「樋口君は無事か!?」

本多大佐や、永海大佐の声だ。

我に返る。悪寒（おかん）を振り払った。こんな時に、こんなところで立ったまま気絶しているわけにはいかない。辺りを見回す。だが、眼に入るのはグリーンの制服ばかり。本多や永海を確認できない。人間が多すぎて視野が遮られていた。

四メートルほど垂直ジャンプする。おれはキリンの視点を得た。数百の頭髪を見下ろす。カボチャ畑みたいな眺めだ。いた。体格のいい年配の二人組。

「大佐、ここです！」

おれは手を振る。着地すると理奈の手を引いた。

「どけどけ！」

邪魔な兵士たちをかき分け、永海たちのところへ走る。

「そこか!?」

「何があったんだ!?」

二人の大佐と合流する。顔面を紅潮させ、二人とも息を切らしていた。ご老体には辛いランニングをやったようだ。

おれは説明した。

「ダゴン１０２が人間の姿で、この場に戻ってきたんです」

「何!?」

両大佐は眼を見開く。伝令役の兵士たちは、ダゴン１０２の名前や正体までは知らなかったはずだ。

「奴は死んだんじゃなかったのか!?」と本多。

「トカゲの尻尾みたいにして、本体は逃げていたんです」

「どこまで、しぶとい奴だ」と永海。

「そして理奈に、樋口君にＥＧＯＤ用タンパク質を注射しようとしました」

「何だと!?」

両大佐は、おれに喰らいつきそうな表情になっていた。眼球が内圧で飛び出す寸前に見える。

「私のミスです。まだ地下基地の他の部屋に試作品が残ってたんです。それを確認して、潰してくるべきでしたが……。で、樋口君を助け出したら、今度は自分に注射しやがった……」

永海が何か叫び、おれの後方を指差した。振り返る。おれの筋肉が過剰反応し、全身が硬直した。理奈が短い悲鳴を上げた。

今まで人垣に隠れて見えなかったピンク色のゼリーボールだ。それはさらに膨らみ続けて、もう直径四メートルほどになっていたのだ！

半透明のゲル液の中心部には、紡錘糸のようなもの、染色体のようなものが現れていた。真核生物細胞の増殖分裂に似ている。細胞周期でいえばＳ期だろうか。

それらは急激に渦巻き始めた。二重螺旋の形だ。コンピュータ・グラフィクスのような柔軟さとスピードで変化し、何かが形を整えつつあった。

その場は異様に静かになっていた。皆、声を出すのを忘れていたのだ。

本多大佐だけは「何だ、あれは？」と訊き、おれの肩を揺さぶっていた。だが、こっちは幽体離脱でもしたような状態だったため、答えられなかった。

ゲルボールの中で、あるものが形成されつつあった。最初はラグビーボールのような、縦長の楕円球だったが、徐々に細部が造られていく。

まず上から三分の一辺りがくびれて、８の字のような形になった。それぞれが急速に変化していく。

上の球体の表面には眼、鼻、口、耳といったものが現れる。下の球体からは、さらに四本の突起物が生じ、それらは生物の手足みたいになっていく。

やがて生物学のテキストでおなじみの外形になった。手足を折り曲げた胎児の姿。妊娠七、八カ月のそれだろうか。

だが、こんな胎児はどこにもいるまい。身長が三メートルもあるのだ。

三等身の頭でっかちの姿だった。肌の色は混じり気なしの純白だ。眠っているらしく、眼は閉じている。その眼と眼の間隔が異様に広い。短い尻尾が生えており、手足も短く、指の間には水かきがある。

最終軍兵士たちが、どよめいた。女性兵士たちの甲高い悲鳴も混じっていた。それらは津波の第二波、第三波に相当する音量で辺りを包んだ。

胎児が眼を開いたのだ。瞳は黒、白眼の部分は充血したように赤い。こちらの身体も魂も射抜くような視線を放ってくる。

位負け、という言葉がある。実力に差がありすぎると、弱者は強者の眼を見ただけで意気阻喪してしまうのだ。だが、その時おれが感じたものは、位負けなどという生易しいものではなかった。たぶん、この感覚を表現する言葉を現代人は失ってしまったのだろう。

原始人たちが雷を恐れた時の感情だ。古代のユダヤの民がヤーヴェの神を畏怖した時の感情だ。

巨大な胎児の唇がV字の形になる。嘲笑を浮かべたのだ。すでに身長四メートルを超えている。気がつくと、ゼリーボール自体の直径も五メートルぐらいに達していた。

突然、数人の兵士が発砲した。恐怖に駆られたのだろう。単純にGOOの新兵器と思ったのかもしれない。

銃声が響き、曳光弾が空中に光の航跡を残した。だが、五・五六ミリ弾は半透明ゲル液の表面から五〇センチほどの深さに喰い込んだだけで、そこで止まった。巨大な胎児を守るゼラチンは防弾なのだ。

「何だ、あれは!?」

本多大佐が叫び、おれの肩を揺さぶり続ける。

「……EGOD」やっと、おれは答える。

「何だと!?」

「あれがEGODの肉体だったんだ……もしかすると人間の胎児の姿も元々は、あれがオリジナルなのかも……」

再び内分泌障害が襲ってきた。絶望ホルモンのようなものが、おれの心臓と両方の肺を握り潰しにかかった。

自分自身のセリフが蘇る。幸いにしてEGOD相手の時間稼ぎは成功した。あと十数年は余裕があると思います。

どこがだ！　十数年どころか、たった三日で逆襲は始まったんだぞ！

しかも、この事態にどう対処すればいいのか、おれにはまったく分からない……。

47　不可侵

EGODは、さらに大きくなり続けた。

直径六メートルぐらいの、ピンク色の半透明なゲル・カプセルになっている。本体である胎児も、すでに身長五メートルぐらいだ。

今や新宿中央公園内のどこからでも、その巨大な姿は見えたはずだ。この敷地内には最終軍兵士たちが数千人からいる。彼らの口から発せられた悲鳴や疑問符が怒濤のごとく押し寄せてきていた。

胎児は頭でっかちの異様な顔に嘲笑を浮かべたまま、こちらを見下ろしている。神の視線だ。

遥か天空の高みから見下ろす視線だった。

兵士たちの散発的な射撃も止まった。彼らは勇気だの意欲だのを吸い取られてしまったような表情をしている。

「全員、退避しろ！」

おれは叫ぶ。JTでも同じ命令を出した。

たぶん、そう言わなくても、そのうち逃げ出していただろう。おれは最初のきっかけを作っただけだ。

人垣の八重、九重の輪が崩れていく。上空からだと、謎の物体から同心円状の波紋が生じたように見えただろう。たちまち、ゼリーボールの周辺に空き地ができる様子を確認できたに違いない。

おれも理奈、本多と永海の両大佐、河田曹長と一緒に逃げ出していた。とりあえず、七〇メートルほどの距離を取る。ＪＴＤを強制割り込みモードにして、周囲の兵士たちに命令した。

△（深尾大尉）ありったけの武器を準備しろ！　まだ戦いは終わっていない！　あいつを殺らない限り、終わらないんだ！▽

だが、二〇代の兵士たちは精神的に弛緩しており、溶けたアイスクリームも同然だった。士気が皆無なのだ。さっきまで祝賀会ムードに酔っていたから無理もないが。

「しっかりしろ！　ここが正念場なんだ！」

おれは大音声を張り上げる。半分、夢遊病状態になっている連中の尻を叩きにかかる。

「ライフルなんかじゃだめだ。もっと大口径の武器が要る。四〇ミリ・グレネードランチャーに、カール・グスタフに、ＴＯＷに、スティンガーだ。とにかくあのゼリーのお化けを叩き潰す用意をしろ！」

ＪＴでも、同じ内容を放送する。

ようやく、兵士たちの士気が蘇ってきた。周辺にいた数十人が了解と答え、武器を探すために駆けていく。機敏な反応がやや回復していた。

だが、それでも歯痒いくらいだ。全員にアドレフェタミンをバケツ一杯分、注射してやりたかった。

河田曹長にも言う。

「ディフェンダーどもを連れてこい！　もちろんＧＥミニガンも一緒だ！」

「了解」

河田は古いディズニー・アニメみたいなダッシュを見せた。走った後に土埃が残る。

「よし」本多大佐がうなずく。

「深尾大尉。とりあえず、この場の指揮は君が執れ。あいつを攻撃しろ。私らは万が一に備えで全軍に非常体制を敷いてくる」

「了解」

「待て」

永海大佐が、本多大佐に言う。

「司令部には一人で先に行ってくれ。私はあそこの運中に発破をかけてくる」

永海は公園内の一角を指差した。三菱重工製一〇式戦車や、旧米軍のM1A3エイブラムス戦車が十数輌並んでいる。垂れ幕や万国旗で飾られた姿が、今は間抜けに見えた。

永海は肥満体を揺らしながら、猛スピードで走り去った。彼もすでにUB化を終えていた。

「任せたぞ」

本多もそう言うや否や、ダッシュした。彼らの姿が遠近法によって小さくなっていくのを見送った。

両大佐は、後で身体に疲労物質がたっぷり溜まるだろう。後で？　いや、下手すると後などないかもしれない。

バカ野郎！　自分を叱咤する。激しく首を振った。指揮官が悲観的になったら終わりだぞ。

周囲は騒然としていた。クーデターでも発生した時というのは、こんな感じなのだろう。各小隊隊長たちはわけが分からぬうちに、とにかく自分の部隊をまとめようとしていた。

おれの第一小隊、ドブネズミ小隊はこの場にはいなかった。品川方面の最前線が担当だからだ。しかし、他の小隊隊長たちの階級は中尉や少尉だから、当面は大尉のおれがこの場の指揮を執っても不都合はない。

JTDの士官用チャンネルを開いた。指示を出す。
△（深尾大尉）全小隊隊長は戦闘準備にかかれ。おれが指揮を執る▽
かたわらの理奈にも言う。

「君も逃げろ！」

「だめよ！　あいつを観察して分析しないと、それが仕事なんだから……」

「君は兵隊じゃない、危険だ」

「いいえ、だめ。私のせいだからよ」

「何がだ？」

理奈の美貌が激しく歪んだ。さっきまでの恐怖体験でひどく情緒不安定になっているようだ。

「……だって、うっかりしてダゴンの人質にされて、そのせいで……」

「ちがう！　おれのせいだ」

おれの視界の周辺に文字列が走り出した。他の小隊隊長たちがＪＴで問い合わせてきたのだ。河田曹長のも混じっていた。
△（河田曹長）何がどうなっているんですか？　とりあえず戦闘準備だけはしましたが▽
△（深尾大尉）ただちに戦闘開始！　目標はゼラチンのお化け。あれは敵の最終兵器だ。各個に撃て！▽
おれの視界周辺が△了解▽の文字列だらけになる。

周辺でマズル・フラッシュの花が咲き乱れた。砲声が続けざまにした。耳元でティンパニを叩かれているみたいだ。

兵士たちが四〇ミリ・グレネードランチャーを構えて、次々に襲ったのだ。ＨＥ榴弾がゼリーボールに襲いかかる。

ゲル・カプセルはオレンジの火球に包まれた。ハンビーやトラックがこれだけの量を浴びたら、全壊しただろう。ゼリーボールは黒煙で覆い隠された。すぐにそれが晴れる。

ＥＧＯＤが着ている、ゼリー状バリアの表面が波打っていた。電気的誤信号（グリッチ）に似た波線が縦に、横に、斜めに走った。それと同時に虹（にじ）色の輝きが現れては消えた。

攻撃の成果は、ただそれだけだった。要するにＨＥ榴弾はゲル液の表面で爆発し、その表面にさざ波を起こしただけだったのだ。

兵士たちも士官たちも、この結果に一瞬呼吸が止まっただろう。唖然（あぜん）とした表情だ。

おれの後頭部の温度は氷点下まで下がっていた。実は、こうなるのではないか、と半ば予想していたのだ……。

ゲル液の子宮に包まれた胎児が、無言で笑っている。人間の卑小なる武器で、神が傷つくはずがない。そう言っているようだった。

もし、こいつを叩き潰せなかったら……。

ギロチン台に仰向（あおむ）けに固定されたら、どんな気分がするか、分かったような気がした。脳裡（のうり）に無数の断頭台と、それで処刑される全人類のイメージが踊った。

おれの全身にアドレナリンとアンジオテンシンIIが分泌された。

「ひるむな！　撃て！　撃ちまくれェェ！」

四〇ミリ・グレネードランチャーがさらに火を噴く。カール・グスタフ八四ミリ無反動砲も咆哮した。

「叩き潰せ！」

おれは怒鳴り続けた。

派手な大輪の花が開く。赤、オレンジ、レモン・イエローの火球が出現し、こっちにまで熱風が跳ね返ってくる。理奈の首を押さえて、伏せさせた。

だが、攻撃が一段落すると脱力感が襲ってきた。

ゲル・カプセルは無傷だった。表面を例の走査線のような波が、スピーディに横切っていくだけだ。それは砲撃に耐えている、という感じではなかった。むしろ、軽く受け流しているような印象だ。

おれは振り返って叫ぶ。

「ＴＯＷはどうした⁉」

ハンビーの一台が前に出た。オープンカー・タイプで後部にＴＯＷを装備している。兵士が直接照準で狙い、撃った。

さすがにミサイルは爆発が派手だった。一万個ものストロボを焚いたような白光。続いて燃焼ガスが赤やオレンジに輝き、膨れ上がってミニサイズの太陽になる。低音の衝撃波が腹部を打った。

だが、光と音と煙の一大ショーが終わると、また同じ眺めだった。巨大な胎児がゼリーの中で薄ら笑いしている。表面を彩る波線や虹色の輝きまで、こちらを小バカにしているような気がした。

自棄気味に叫んだ。

「攻撃を休むな！　あるだけぶち込め！」

おれは理奈を立たせた。

「早く逃げろ！」

「私のせいよ！」

彼女の大きな眼の端に光るものがあった。

「私がダゴンの人質になんかなったから……」

「いや、おれのせいだ！」

また砲声が巻き起こる。

おれは大声で怒鳴った。

「おれがあの時、ＧＯＯ地下基地のスーパーコンピュータ室から出た時、ついでに周りの部屋も覗いて怪しい試験管やらがあったら、全部叩き壊してくればよかったんだ。そのくらいのことを、どうして思いつかなかったのか……。とにかく何もかも、おれのせいだ！」

周辺ではＴＯＷ、スティンガーなどの小型ミサイルが次々に飛んでいた。空中に火炎と煙の航跡を残し、ピンクのゲル液に突っ込む。爆発を繰り返した。

だが、戦果は相変わらずゼロだった。巨大な胎児は薄ら笑いしている。ヒマラヤ山脈を砲撃しているような空（むな）しさを覚えた。

「だめだ！」

「全然、歯が立たない！」

そんな声があちこちから聞こえた。

おれもそう言いたかった。言えなかった。指揮官が弱音を吐いたら、もう兵たちの士気は回復できない。

△（河田曹長）ディフェンダー、連れてきました▽

おれは振り向いた。メタルグレーのヘラクレス部隊たちが到着したところだった。頭数は二〇ぐらい。

彼らは、回転六銃身式のGEミニガンを脇に抱えていた。本体重量は一一三キロ。これは本来アパッチなどの戦闘ヘリに装備するバルカン砲だ。

△（深尾大尉）待ってたぞ▽

多少、希望が湧いた。さっき兵士たちが八九式自動小銃でEGODを撃った時、五・五六ミリ弾が五〇センチほどとは言えゼリーに喰い込んだからだ。

△（深尾大尉）すぐGEミニガンを撃たせろ。それなら穴が開くかもしれん▽

△（河田曹長）了解▽

河田は、例の「哀れなGOOに救いの手を！」と書いたタスキをまだ肩にかけていた。外すのを忘れているのだろう。彼がサイボーグ部隊の指揮を執る。

「よし、全員射撃用意！　目標、あの化け物！」

メタルグレーの巨人たちがバルカン砲を持って整列する様は、壮観と言えた。

「撃ち方、始めェ！」

二〇挺（ちょう）の大型機銃が咆哮する。二〇ミリ弾を一秒間に四〇〇〇〜六〇〇〇発も送り出す代物だ。銃声も断続的なものではなく、ほとんど巨大な牛の鳴き声みたいだ。威力は、大砲に匹敵するといわれている。

曳光弾の輝線が、EGODに集中する。ゼリーボールに無数の光の針が突き刺さっていくような眺めだった。

神のボディーアーマーは、たちまち不透明なグレーに染まった。大量の二〇ミリ弾がその内部に喰い込んだためだ。潜り込んだ弾丸の分、容積も増えていく。球体はさらに膨らんでいった。

「撃ち方、やめェ！」

河田が中止させた。一度、攻撃の成果を確認するためだ。忠犬のようなディフェンダーたちが従う。辺りに静寂が戻った。

ゼリーボールは、どす黒い工場廃液(はいえき)の塊のような外観に変貌(へんぼう)していた。大量の二〇ミリ球が内部に埋まっており、あの胎児の姿を覆い隠している。

成功か？　すべての士官や兵士たちがそう思っただろう。さすがのジャイアントベビーも二〇ミリ弾によってズタズタになったのではないか？

誰もが、そう希望を抱きかけた。そして打ち砕かれた。おれたちの口は半開きになっていただろう。

ゼリーボールから二〇ミリ弾が打ち出され始めたのだ。発射速度はたいしたことはなく、弾丸は放物線を描いて五～六メートル飛んで、地に落ちた。

最初は一秒間に十発ほどだった。だが、すぐにそれは大量の金属片のシャワーとなって周辺に降り注いだ。地面に落ちた弾丸同士がぶつかり合い、奇妙に明るい騒音が響き渡っていた。

全兵士は魂を抜かれたような表情で、その異様な光景を見ていたはずだ。

やがて、ゼラチン・バリアに喰い込んだ数万発の二〇ミリ弾を、すべて振り落としてしまう時がやって来た。後に現れたのは、またもや嘲笑を浮かべた巨大な胎児だった。

しかも、いつの間にか前よりも大きくなっている。ゲル・カプセルの直径は七メートル、胎児の身長も五・五メートルぐらいか。

声にならない声が兵士たちの口から漏れていた。意欲も士気もすべて萎(な)えてしまっただろう。

おれも声が出ない。かたわらの理奈も一言も発しなかった。

背後から、独特のクローラー(無限軌道)音やエンジン音が響いてきた。振り返ると、M1A3エイブラムス戦車や、一〇式戦車一〇輌ほどが進軍してくるところだった。まだ垂れ幕や万国旗を全部外しておらず、それらを引きずっている車輌もある。

七四式自走一〇五ミリ榴弾砲や、七五式自走一五五ミリ榴弾砲なども一緒だ。数は五輌ぐらい。いずれも厚い装甲、砲塔、クローラーが特徴で、素人目には戦車も自走砲も同じに見えるだろう。一〇六ミリ無反動砲を搭載したハンビーも五、六台ついてきた。

だが、こんな兵器がどれほど効くだろうか？

また目眩が襲ってきた。真っすぐ立っていられない気分だ。

何かで読んだような気がする。神とは不可侵（ふかしん）の存在を指す言葉だ、と……。

48　虐殺開始

徐々に兵士たちが後ろへ下がっている。誰もが無気力な表情になりつつあった。

巨大な胎児は喉や唇を震わせていた。声は聞こえないが笑っているのだ。人類が脅える様を面白そうに観察していた。

おれの体内では怒りが赤いガスとなって燃え上がり、同時にあきらめが黒い液体となって滴り落ちている。もし奴が反撃に出たら、こちらはなす術もなく逃げるしかない。そもそも神をやっつける方法などあるのか？　勝ち目がないかと考えること自体、間違ってるんじゃないのか？　黒い液体がガン細胞のように体内を蝕（むしば）んでいく。

ＥＧＯＤに重なって、おれの視野内に文字列が現れた。
△（永海大佐）受信してるか、深尾大尉▽
△（深尾大尉）感明良好▽
△（永海大佐）歩兵は、いったん退避だ。後は戦車隊に任せろ▽
△（深尾大尉）了解▽
他の士官たちにも放送する。
△（深尾大尉）聞いた通りだ。出番は終わりだ。退避しろ▽
「さあ、逃げろ！」

理奈を引っ張る。

「戦車隊が来る。もっと離れなきゃ危ない」

面倒なので途中から、理奈を小脇に抱えて走った。ＵＢの筋力の前には、成人女性の体重も子猫同然だ。

見ると、河田曹長がディフェンダー部隊の交通整理をしていた。Ｆ６０メタル製の巨人たちは、すでにＧＥミニガンを担いで全速で撤退を始めている。

おれの方は、オープンカー・タイプのハンビーを見つけた。指揮官用だ。特にミサイルなどの火器は搭載していない。その後部シートに理奈を放り込む。河田もすぐ合流してきた。

「おれが運転します」

「見て！」

理奈が叫ぶ。後方を指差している。

振り返ると、ゼリーボールが突然、動き出すのが見えた。

回転しつつ移動を始めたのだ。奇怪なことに、中身の巨大な胎児は直立したポーズのままだ。外側のゲル液のカプセルだけが回転している。アメーバのような、ゲルとゾルの状態を変換させてクローラー化するメカニズムらしい。

ＥＧＯＤはこちらに向かってきた。その進行方向にいた兵士たちが、悲鳴を上げて逃げ出した。

同時に、ＥＧＯＤを包むピンク色のゲル液に異変が生じていた。表面に同心円の形で波線がいくつも現れる。それらが一カ所に集まった。そのポイントから突起物が生える。それはすぐに伸び始め、長さ十数メートルにもなった。アメーバや白血球の偽足のように伸縮自在の代物らしい。

以下、同じことが繰り返されて何本もの偽足が伸びた。大蛇の群れのように空中に展開する。それらの偽足は、逃げ遅れていた最終軍兵士五、六名を追いかけ出した。

おれの脳裡に、霊子空間で観たヴィジョンが蘇った。

ついに奴は開始したのだ。六五〇〇万年前にやった時と同じように、人類を〈刈り入れる〉つもりだ。いや、今回は処分が目的だから、〈雑草取り〉か。

「早く逃げろォォ！」

兵士たちに叫ぶ。それしかできない自分が苛立たしい。同時に、河田がハンビーをダッシュさせた。

加速度で身体が持っていかれる。それを支えながら、後方を見た。

最終軍兵士たちが、電光のスピードと巧みなフットワークで逃げていた。ＥＧＯＤの偽足をかわしている。一流スキーヤーに似た動きだった。

超電導神経のおかげだ。簡単には捕まらないだろう。恐竜やＧＯＯに比べたら、ＵＢはずっとすばしこいはずだ。だが、簡単に捕まってしまった。偽足のスピードは、ＵＢの行動速度と同等以上だったのだ。

偽足群は、一度空中で自分を折り畳んだ。次の瞬間、それらはコブラが獲物に喰いつくのに似た動きで兵士たちを追いかけ、捕らえてしまったのだ。

捕虜になった兵士たちは五名だった。クモの巣にくっついた虫みたいに見えた。そのまま逃げられなくなっている。悲鳴を上げ、もがく。

EGODは一度そこで停止した。獲物の第一号を眺めて喜んでいた。それだけ見ると無邪気な赤ん坊の笑顔のようだ。

「待て！　止まれ！」

おれが叫ぶと、河田がハンビーのブレーキを踏んだ。すでに偽足の射程距離外に逃げていた他の兵士たちやハンビーも、その場にとどまって振り返っていた。

だが、どうすることもできない。捕まった兵士たちを助けてやりたいが、うっかり飛び込めば自分も二の舞いになりかねないのだ。出動した戦車部隊も当然、発砲できないでいる。

何人かが八九式自動小銃で、偽足の根元を撃った。もちろん気休めだった。五・五六ミリ弾はゼラチンの中に潜り込むだけで、何の効果もない。

「頼む！」

見ていた誰かが叫んだ。

「誰か、何とかしてくれ！　助けてやってくれ！」

その兵士は、EGODに捕まっている者の友人か何かなのだろう。こちらの方を向いて、悲痛な声で訴えた。
△（深尾大尉）ディフェンダーども、戻れ！　もう一度、集中砲火だ▽
すでに戦線離脱しかけていた金属製のヘラクレス部隊が反応した。立ち止まり、振り返る。おれのところから、五〇メートルほど離れた位置だ。
△（深尾大尉）その場所でいい。あの蛇の根元を狙えるか？▽
サイボーグたちが一斉に回転六銃身式バルカン砲を構える。だが、首を傾げていた。狙いが定まらないらしい。
△（トム三等兵）トム、ぅてない。みかたに、あたる▽
△（ジム三等兵）ジムも、ぅてない▽
以下、同様の返答ばかりだ。振り返り、おれは舌打ちした。

ピンク色の偽足群は、捕虜たちを上下左右に振り回していたのだ。よほどの射撃の名手でも、この条件下で標的を撃ち分けるのは困難だろう。

　最悪の時間が過ぎていった。恐怖に脅えて泣き叫ぶ者を、何もできないまま見ているしかないのだ。

「誰か、何とかしてくれ！」

　苦しむ捕虜を見かねて、また兵士の一人が叫んだ。

「どうにかならないの！」

　理奈が美貌をクシャクシャにして叫ぶ。

「ちくしょうめ！」

　河田も歯軋(はぎし)りするだけだ。あの巨大怪物が相手では、彼がしばしば実行するチキンゲームも、とうてい通用しない。

「何とかして！」と理奈。

「何かできるなら、とっくにやってる！」

　おれは怒鳴り返す。

「あの野郎は、おれたちが何もできないのを見て楽しんでるんだ！」

　そんな状態が四〇秒か五〇秒ほど続いただろうか。

　ふいに捕まった兵士たちの悲鳴が止まった。偽足に捕まった彼らは、ピンク色のゲル液に同化していったのだ。まず四肢(しし)の先端から溶け始めていく。すでに指はなくなっているだろう。やがて顔面が溶解し、着ていた市街戦用の迷彩服が形を失っていった。持っていたグレネード・ランチャーの太い銃身も、急速に分解されつつあった。

　捕まってからトータル六〇秒ぐらいで、五名の犠牲者は溶けて消えた。ピンク色の偽足の一部になり果てたのだ。

　誰かが悲痛な叫びを上げた。それは友人の死を悼(いた)む声というより、何もできなかった自分への非難だろう。

　おれは胸郭(きょうかく)が万力(まんりき)で締めつけられるような思いで叫んだ。

「退避しろ！」

　再びハンビーのタイヤが地面を蹴り、ダッシュする。

　他の歩兵たちも、ハンビーか自前の脚力で逃げ出し始めた。

「あっちだ！」

　都庁ビルの残骸を指差す。河田はそちらにハンドルを切った。せめて、あのゼリーボールを基地から引き離さねばならない。そう判断したのだ。

　ＥＧＯＤは再度、転がり始めた。こちらを追ってくる。

巨大な胎児が恐ろしい笑みを浮かべていた。あるいは、おれを第一目標にしているのだろうか。

六五〇〇万年前の大事件をヴィジョンとして観た時は、動画を鑑賞しているようなものだった。今はおれ自身が神のコンバイン・マシンに追われている。これほどの恐怖は味わったことがなかった。

おなじみの悪夢が現実のものとなっていた。逃げても逃げても前へは進まず、後ろからは化け物が追ってくる、あの悪夢だ。

新宿中央公園の敷地内をあっと言う間に走破した。道路際に出る。この公園は小高い丘になっているため、道路との境は四五度の急斜面だ。

都庁ビルとホテル・センチュリーハイアットの残骸が真正面に見えた。以前は〝虹の橋〟といった名称の陸橋が三つあったが、今は戦禍で消滅している。道路もコンクリート片だらけで、砂利道と大差ない。それを見下ろしながら道と平行に逃げる。

ゼリーボールは執拗に追ってきた。だが、奴はそこで足止めを喰った。

ちょうど進軍してきた戦車隊や、自走砲の真正面の位置へ転がり出たからだ。Ｃ４Ｉ（広範囲ネットワーク情報共有化）システムが、こんなバカでかい目標を見逃すわけがない。

Ｍ１Ａ３エイブラムス戦車が、一〇式戦車が主砲で猛攻をかけた。一二〇ミリ徹甲弾が至近距離で炸裂したのだ。

さすがのゲル・カプセルも、その威力に押し返された。オレンジの火球と黒煙に包まれ、数メートルほど後戻りする。

「やったか⁉」

おれは快哉を叫びかける。

「止めろ！」

河田に怒鳴る。ハンビーが急停車した。眼を凝らしてＥＧＯＤの被害を確かめようとした。

だが、黒煙が晴れると失望が待っていた。厚さ二メートル近くあるゲル液の中に大きな徹甲弾が突き刺さっていた。表面から一メートルほどの深さの位置で止まっている。一二〇ミリ弾ですら貫通できなかったのだ。

ＥＧＯＤの本体は薄ら笑いしていた。蚊に刺されたほどにも感じていないらしい。ゼラチンの表面をグリッチのような波線が忙しく走っている。

　さらに戦車隊は連続して主砲を撃った。凄まじい砲撃だった。高層ビルの二つや三つぐらいなら跡形もなく消し飛んだろう。

　ＥＧＯＤは着弾のショックで、砲撃の度に後ろへ下がった。砲弾の一発が、偽足の一本を根元から引きちぎった。長さ十数メートルあるそれは、巨大な竜の死体のように大地に落下した。

　だが、それは死ななかった。偽足はリモコン操作されているらしい。尺取虫のような動きで地を這い進み、本体に戻っていく。再び本体と接合すると、ＥＧＯＤの武器として復活した。

「何て奴だ……」

　思わず、そう呟いていた。

　巨大な胎児は片方の唇を歪めていた。眼つきに怒りが感じられる。砲撃によって押し返されたことで矜持を傷つけられたらしい。

　ＥＧＯＤは間隙を突いて突進した。ゼリー状の偽足を伸ばす。それは先頭の一〇式戦車に向かって捕鯨用のモリみたいなスピードで飛び、主砲の先端にくっついた。

　さらに偽足は根元から波打ち、その波動が主砲の先端に送り込まれた。おれは不審な表情を浮かべていただろう。ＥＧＯＤが何をしているのか、すぐには分からなかった。

「入ってるんだわ！　あの偽足が主砲の中に！」

　理奈が叫ぶ。

「何だって!?」

　おれと河田は異口同音に叫ぶ。眼を見開き、この奇天烈な戦闘を見守った。

　ＥＧＯＤはさらにウインチで巻き上げるような感じで、その偽足の長さを縮めた。戦車を支点にしてゼリーボールが一気に前進する。そのまま戦車にのしかかった。

△撃つな！▽

　戦車乗員たちのＪＴが飛び交った。この状態では味方を傷つける恐れがあるからだ。

　喰いつかれた一〇式戦車は砲塔を旋回させつつ後進し、相手を振り払おうとしているが、うまくいかない。他の戦車も手出しできなかった。

　そのまま数十秒が過ぎた。おれたちはただ成り行きを見ているしかなかった。

突然、一〇式戦車の砲塔ハッチが開いた。前部操縦席のハッチもだ。

乗員たちが出てきた。悲鳴を上げている。脱出しようとした。できなかった。彼らは何かに捕まったらしく、また車内に引きずり込まれたのだ。戦車内部から、かすかな悲鳴がして、やがて途絶えた。

理奈が言った。

「中に入った……。あれは戦車に潜り込んで、中の人間を襲ったのよ」

「そんな！」

河田が叫んだ。

「一〇式戦車は自動装填システムだ。乗員と薬室は隔離されてる。砲身から侵入できるはずが……」

おれが答えた。

「たぶん薬室の金属部分を溶かしたんだろう」

河田が絶句する。

「あいつに常識は通用しないんだ……」

ＥＧＯＤは〈雑草取り〉を終えたらしい。偽足を主砲から引き抜く。シャンペンの栓が飛ぶ時のような音がした。

ゼリーボールは間を置かず、次の〈雑草〉に取り掛かった。何本もの偽足を同時に伸ばす。付近の戦車の主砲を狙った。

動きの鈍い戦車群が、逃げられるはずがない。回避しようとして互いにぶつかり合い、かえって動きが取れなくなった。

その間に、ＥＧＯＤの偽足は次々に戦車を襲った。何台もの戦車の主砲に偽足をくっつけた姿は、超巨大なクモのようだった。

戦車群のハッチが一斉にぶっ飛ぶように開き、悲鳴と共に兵士たちが脱出し始めていた。まだ直接、襲われてはいない戦車の乗員たちも同じだった。もう、彼らは逃げ出すことしか頭にない。最終軍兵士たちは士気を失い、総崩れだ。

つい五〇時間前に見た光景を連想していた。あの時は、おれたち人間が逃げ惑うＧＯＯの群れを一方的に追い回していたのだ。それが、あっと言う間に立場が逆転する羽目に陥るとは……。

「こんなバカな……」

河田が呟いた。彼らしくもなく、表情が驚きと恐怖でひきつっている。

「こんなこと現実にあり得るわけないんだ……」

彼はハンビーのシートを叩いた。

「この戦争はおれたちの勝利じゃなかったんですか⁉　あの注射器の中身はいったい何だったんです⁉」

おれは抑揚のない声で言った。

「神様だ……」

「は？」

河田は脳ミソがとろけたような顔をしていた。まだ事情を知らない彼に、今のセリフが理解できるはずもないが。

「来るわ！」理奈が叫ぶ。

ＥＧＯＤは偽足を次々に主砲から引き抜いていた。シャンペンの景気のいい音が連続して響き渡る。再び、転がり始めた。もう疑う余地はない。第一目標は、おれだ。

「逃げろ！」

河田がアクセルを踏み込む。Ｖ８エンジンが咆哮し、メチルアルコールの燃焼ガスを噴き出した。加速度でおれと理奈は後部シートに押しつけられる。四五度の急斜面を一気に下ると、公園通りを走った。

ゼリーボールも新宿中央公園から転がり落ちてきた。身長六メートルの胎児が、こちらを睨む。瞳から火を噴きそうな表情だった。方向転換し、追ってくる。

「ビルの谷間へ入れ！」

河田が急ハンドルを切る。複雑なドリフトを繰り返しながら、鉄筋コンクリートの残骸の谷間へ突っ込んだ。

頭の中は真っ白。今は逃げるしかない。

49
激闘

おれたちのハンビーは、超高層ビルの残骸の谷間を突っ切っていった。この付近は本来、すべて立体交差の道路だった。だが、今は戦禍（せんか）で崩れ落ちたところを戦車が地ならししてしまった。おかげでアップダウンの連続になっている。その上、大きなコンクリート破片や廃車だらけで、ほとんど障害物レース場だった。

そんな中を河田曹長は、すり抜けていく。普段からこの手の曲乗りには慣れているのだ。アクション映画のスタントマンぐらい務まるだろう。

周囲は、巨大な墓石が建ち並んでいるような荒涼とした眺めだった。かつては、この超高層ビル群の間を大勢のビジネスマンやＯＬが闊歩していたのだ。今は、ブリザードが吹き荒れたあとのような、寒々としたゴーストタウンと化している。

「左だ！」

おれの指示で河田がドリフト走行する。新宿住友ビルと新宿三井ビルの残骸の谷間へ滑り込んだ。

振り返ると、まだＥＧＯＤの姿は見えない。曲がり角の向こうで障害物に出会って、もたついているのかもしれない。ゼリーが発している薬品臭で、近くにいることは分かった。

「左！」とおれ。

「え!?」と河田。

「敷地に入れ！」

「了解」

わざと道路を外れた。新宿住友ビルの敷地を突っ切るコースだ。そこも廃車やビルの破片だらけだ。おれの運転だったら、すぐにぶつかってハンビーは横転しただろう。

振り返ると、ゲル・カプセルに包まれた胎児は見えない。建物の残骸が死角になっているからだ。

やや引き離したようだ。引き離していなかった。新宿住友ビルの二階の窓ガラスを突き破って、何かが飛び出した！　理奈が悲鳴を上げる。

おれは愕然とする。ＥＧＯＤの偽足だ。その一本がビルの瓦礫を貫通してきたのだ。先端が向きを変えて、ハンビーの進路を塞ごうとする。

河田がステアリングを急回転させる。横Ｇがかかり、おれと理奈の身体は宙に浮いた。

偽足はそのタイミングで襲ってきた。理奈の胴体にピンク色のいやらしい大蛇が巻きつく。おれは彼女の脚を掴もうとしたが、横Ｇに妨害された。手の中に握ったのは空気だけだった。落ちてきた窓ガラスの破片を浴びた。

理奈はそのまま宙に飛んでいく。行き先はもちろんＥＧＯＤの本体だ。

「止めろ！」おれは叫ぶ。「理奈がさらわれた！」

急ブレーキがかかる。またＧに耐えねばならない。ＵＢの身であっても、それは常人と同じだ。

その間に、理奈はもうビルの二階の窓まで運ばれていた。ソプラノの悲鳴が響く。神経がヤスリがけされるような声だ。

やっとハンビーが停車する。後部の荷台を見ると、朝露工業製の電撃斧Ｔ２０４が固定してあった。それを引き抜く。

見上げると、理奈の姿はもうなかった。建物の中に引きずり込まれたのだ。

「大尉!?」と河田。

「この辺で待ってろ！」

彼女の名前を叫び、おれはジャンプした。ＵＢのパワーとスピードを全解放する。全身の超電導神経が燃え上がる。皮膚や頭髪がビリビリと帯電しているのが感じられた。

一直線に二階の窓まで跳ぶ。室内に飛び込んだ時は、勢い余って天井に頭をぶつけるところだった。

そこはビジネス・オフィスだった。かつての経済大国、日本を支えていた城の一つ。事務デスク、パソコン、多機能電話、ＦＡＸ兼用コピー機で埋まっている。今は埃とクモの巣でデコレーションされていた。

悲鳴の続きを聞いた。オフィスの出入口が開いている。

廊下に飛び出す。遠近法の彼方に理奈がいた。もちろん偽足に捕まった状態で、ビルの反対側にいるゼリーボール本体へ運ばれようとしているのだ。

おれは走る。走る。走る。ＥＧＯＤへの恐怖は感じなかった。むしろ理奈を失うことの方が怖かった。

廊下の途中で追いついた。手を伸ばせば届く距離だ。理奈は眼を見開き、もがき、悲鳴を上げている。グズグズしていると、彼女もピンクのゼラチンに同化されてしまう。だが、どうすれば助けられるのか？

前方を見た。半分閉まりかけた防火扉がある。おれはランニングのピッチを早めた。理奈を追い越し、先に防火扉に飛びつく。体当たりするような感じで閉めた。廊下に重たい金属音が響く。ピンクの半透明な大蛇を、扉と壁の間に挟んでやった。

空中を運ばれていた理奈の動きが止まった。

おれは片手で扉を押さえ、片手で電撃斧を振り上げた。わめきながら振り下ろす。青と紫の電光が生じた。

もし、これで何のダメージも与えられなかったら、おれは発狂したかもしれない。

だが、意外にも斧はゼラチン状物質に喰い込んだ。おれは歓喜の叫びを上げる。三度、四度、斧を振るった。偽足は太さ二〇センチ以上もあったが、ついに切断してやった。同時に理奈は解放され、床に尻餅をつく。悲鳴とも喜びともつかない奇声を上げた。

「大丈夫か!?」

「ええ！」と理奈。

ゲル液の生き物は、切り離されてもなお蠢いていた。それは本体に帰ろうとする動きを見せている。

こんな代物と、いつまでも付き合っていられない。おれは理奈を肩に抱え上げると、廊下を逆に走り出した。

しかし、そこから先にまだ罠が待っていた。他にも二本ほどの偽足が、このビル内に侵入していたのだ。それらはいきなり廊下のドアを突き破っては、おれの前方を塞ぎ、あるいは後方から追いすがってくる。

それらを逃れてビル内を走り回るうちに、方向感覚が怪しくなってきた。自分は今、本当に逃げているのだろうか？　もしかしたら、ＥＧＯＤ本体のところへ誘導されているんじゃないのか？

「また来た！　後ろよ！」

理奈が叫んだ。肩に担がれている彼女は、バックミラーの代わりを務めていた。

適当な部屋に飛び込む。ビルの角だ。窓から新宿中央公園の風景が見えた。先ほどの戦車群もあった。ＥＧＯＤとの戦いに敗れて放棄された車輌だ。幸いゼリーボールの姿はない。

右手窓の真下には味方がいた。ハンビーが一台、停車している。運転席から見上げているのは河田だ。小刻みに首を動かして、周囲を見ていた。

「大尉！」

おれに気づいて、手を振った。

開きっ放しの窓から飛び降りた。後部の荷台に着地する。

河田が驚きの声を上げた。

「助け出したんですか！　やった！　……うげ、来やがった！」

振り返ると、超高層ビルの角からＥＧＯＤが姿を現したところだった。奴のサッカーボール大の瞳が憎悪に燃えている。

河田はただちにハンビーを発進する。加速度に耐えながら、おれは理奈を肩から下ろし、後部シートに乗せる。その手が震えていた。今になって恐怖が襲ってきたのだ。人喰いザメが一ダースぐらい泳いでいるプールを横断したような気分だった。よくもまあ、あの偽足に立ち向かうなんて真似をしたものだ。

ハンビーは第一生命ビルの残骸をかすめて、再び公園通りに出た。眼前の丘の上には先ほど乗り捨てられた戦車群が見える。

丘の向こうからは、大勢の人間の悲鳴や怒号が聞こえてくる。付近にいる兵士の数は万の単位だろうと推測できた。しかし、彼らは烏合の衆と化しているはずだ。戦争が終わって気が緩んでいるところへ、いきなり神のコンバイン・マシンを見せられ無気力になっているのではないか。

おれも例外じゃない。理奈を救出するのには成功したが、こんなものは一時的な勝利でしかない。

空から爆音が響いてきた。夕暮れ時の空に、細長いシルエット群が見える。旧米軍のアパッチAH―64D攻撃ヘリだ。数は八機ぐらい。

その武装はGEミニガン、TOW、七〇ミリ・ロケット弾などだ。すでに無力だと分かったものばかり。

いつもなら彼らの編隊飛行の勇姿に頼もしさを感じるところだ。今は巨象を襲撃しようとする蚊ぐらいにしか見えなかった。

ヘリはこちらに向かって急降下爆撃の態勢に入った。七〇ミリ・ロケット弾を撃つ。空に噴射炎と煙の直線が、何本も引かれた。

おれたちの後方で、赤とオレンジの火球が次々に炸裂した。もちろんゼリーボールに包まれた巨大な胎児にとっては痒くもないだろう。

それでも足止めするぐらいの効果はあったようだ。おかげで、おれたちの乗ったハンビーは甲州街道方面に向かい、安全地帯まで逃げられた。

△（永海大佐）受信してるか、深尾君？　こっちだ▽

前方のビルの陰から、空に向けて曳光弾が放たれるのが見えた。

△（河田曹長）見えました▽

△（深尾大尉）今、行きます▽

△（本多大佐）無事か？▽

△（深尾大尉）何とか▽

おれはふと、自分の手を見て驚く。血まみれだ。だが、怪我(けが)などしていない。

理奈が出血していたのだ。白いスーツが朱色に染まっている。顔にも赤い体液が付着している。

「大丈夫か!?」

胃袋が凍りついたような気分だった。

「ええ。……ガラスの破片であちこち切ったのね」

彼女の頬(ほお)や、スーツの袖(そで)が切り裂かれていた。傷の痛みで顔をしかめている。

「手当てしないと!」

「これがあるわ」

理奈はポケットからブルーのプラスチック・ケースを出した。開くと注射器が出てきた。エアガン型ではなく、旧式のやつだ。

「マイクロマシンよ。私も早くUB化すればよかったのに、時間がなくて……」

彼女は袖をめくり褐色の腕を露にして、自分で注射した。おれはうなずき、安堵する。UBになってしまえば、こんな傷はすぐ治癒(ちゆ)する。ただ、マイクロマシンが脳の視床下部に到達し、UB化が完了するまで十分ほどかかるが。

注射を終えて、理奈がおれを見つめた。疲れた笑みが浮かんだ。

「……ありがとう。もう、おしまいだと思ったわ」

おれは彼女の頭を一瞬抱きしめた。震えていたのは、おれなのか彼女なのか……。

理奈が振り返った。おれも後方を見る。

超高層ビル群の残骸をバックに、アパッチAH―64D攻撃ヘリとゼラチンの化け物との戦闘が続いていた。

TOWと、七〇ミリ・ロケット弾が派手な爆発を繰り返していた。砲声も凄まじい。だが、EGODの耐久力は無限だった。ゼリーの表面を、例のグリッチに似た波線が撫でていくことで、受けたダメージを消し去ってしまうらしい。

一方、EGODのゲル状の偽足も、せいぜい二〇〜三〇メートルぐらいの射程距離しかない。空中のヘリコプター部隊を捕らえることはできないでいる。ピンクの半透明な大蛇たちは空(むな)しく宙を泳いでいる。双方の攻撃はすべて無駄骨。絵に描いたような消耗(しょうもう)戦だった。

「攻撃をやめさせて!」と理奈。

「何だって!?」

「……さっきから気になってるのよ。あいつは、もしかしたら爆発の衝撃や熱をエネルギー変換して吸収してるんじゃないかって。だから、あのゼラチンそのものは無傷で、しかも、ますます養分を得て大きくなっているんだわ」

おれは往復ビンタを喰らったほどのショックを受けた。眼を見開き、改めて観察する。

確かに、ＥＧＯＤはさっきより大きくなっていた。直径八メートルほどだ。中身の胎児も身長六メートルぐらいになっている。今も七〇ミリ・ロケット弾の猛攻を受けながら、薄ら笑いしていた。

「どうも君の言う通りらしいな……」おれは呟く。

「大佐たちです！」と河田。

前方の遠近法の彼方にハンビーが一〇台ほど駐車していた。最終軍の歩兵たちも一〇〇人ほど待機している。

その中に体格のいいグリーンの制服姿の士官が二人混じっている。永海と本多だ。手を振り、叫んだ。

「深尾君！」

「皆、無事か!?」

ハンビーが停車する前に、おれはジャンプした。ブレーキングする車体を空中で飛び越す。慣性の法則により、おれの身体は前方に運ばれ、両大佐の眼の前に着地した。

「攻撃をやめさせてください！」

「何だって!?」

理奈の推理を説明してやった。永海と本多は空腹のドーベルマン犬みたいな唸り声を上げ、前方を睨んだ。

今も爆発と砲声は続いている。第一生命ビルとセンチュリー・ハイアットの残骸の前では、オレンジの火球と黒煙が花盛りだ。胃袋にしみる低音が響いてくる。炎と煙のカーテン越しに、巨大な胎児の嘲笑が覗いていた。

「どうも君の言う通りらしいな……」

本多大佐は、さっきのおれと同じセリフを呟いた。即座に振り向いた。

「ヘリの小隊長に伝えろ！　攻撃中止だ！　あいつは爆発のエネルギーを餌(えさ)にしているらしい」

「しかし、それじゃ……」

永海が首を小刻みに振った。彼のたるんだ頬が揺れる。

「何もできないってことか？　逃げまわるしかないって

ことか？」

「逃げまわる？　どこへです？」

おれは言った。声がかすれている。

「おれが観たヴィジョンでは、あいつはどんどん分裂増殖して何十万でも何百万でも、いくらでも増えるんですよ！」

「たった一つでも、こんなに手を焼いてるのに!?」と永海。「この調子で止められなかったら、どうなるんだ!?」

「その時は……」

理奈が言いかけた。震える手で、愛用のベッコウ縁眼鏡を取り出した。それをかけながら、かすれた声で言う。

「その時は、恐竜と同じ大量絶滅……」

兵士たちがざわめき始めた。指揮宮たちの動揺を彼らに見せたのはまずかったが、もう遅かった。

おれも膝(ひざ)の震えが止まらなくなっていた。それでは、今までの犠牲はいったい何だったのか。結局は、〈神の御心(みこころ)〉一つですべてはゼロに戻るだけなのか。結局は、それだけのことでしかなかったのか……。

灰色の空が暗くなっていく。地球の自転により日本列島が夜の半球に入る時刻だ。〈核の冬〉のせいで、夕焼けは見られない。だが、おれの眼には、ＥＧＯＤも含めた風景全体が鮮血の色に染まり始めているように見えていた。

50　作戦会議

夕暮れ空と超高層ビル群の残骸をバックに、戦闘は続いていた。アパッチＡＨ―64Ｄ攻撃ヘリの編隊は、搭載する全武装をゼリーボールに叩き込んだのだ。

攻撃が一段落し、火球、煙、爆発音が鎮(しず)まった。すでにビル三棟分ぐらいを破壊できるほどの猛攻をかけていた。

だが、巨大な胎児は一(ひと)風呂浴びたぐらいにしか感じていないようだった。それどころか、本体とそれを包むゲル・カプセルは、さらに大きさを増したように見える。理奈の言った通り、ＥＧＯＤに餌をくれてやっただけらしい。ヘリの乗員たちは腋(わき)の下に冷や汗をかいているだろう。

そこで、ようやく「攻撃中止」の指令が伝わったらしい。ヘリ部隊は一斉に高度を上げて待機状態に入った。

一方、ＥＧＯＤはカジノのルーレットほどもある大きな瞳で、周辺の探査を始めていた。空中のヘリには眼もくれない。もっぱら地表を見回している。

「隠れて！」

理奈が、おれをハンビーの陰に引きずり込んだ。一〇六ミリ無反動砲を搭載した車輛だ。

他の最終軍兵士にも、つられて隠れようとする者がいた。もちろん、それほど慌てる必要はない。

神の逆鱗に触れた人間、それがおれだった。奴はおれを第一目標にしているのだ。

時間がローギアで通り過ぎていく。

もし、見つかったら悪夢そのものだ。グロテスクかつ巨大な胎児に死ぬまで追いかけられるのだ。

何か作戦を練ろうとしてみた。おれが囮になることで、あいつを誘導することは可能だろう。だが、どこへ誘導すればいいのか？　何のアイディアもない。

遮蔽物に使っているハンビーは、よく見るとドアに「祝、終戦！」の垂れ幕を付けた奴だった。何とも皮肉な眺めだ。

「あっちへ行くぞ！」最終軍兵士の一人が叫んだ。

「本当だ！」他の兵士たちも口々にそう言っていた。

おれと理奈も顔を車体から覗かせた。

すでに巨大な胎児は、こちらに背を向けていた。ゼリーボールが圧倒的な重量感で、転がり始めている。十数トンはありそうだ。多少の障害物があっても踏み潰してしまうだろう。短時間でこれだけ膨張するメカニズムとは、どういうものなのか見当もつかない。

ゲル液の塊は道路を北上していく。こちらの方向には興味がないらしい。

「なぜ、あっちへ？」兵士たちが言った。

永海が地鳴りのような声で、その答えを告げた。

「東京医大病院だ……」

全員が絶句する中、永海が続けて言った。

「今は野戦病院だ。手足を失った重傷者ばかりだ。ＵＢ化していても治療に時間のかかる連中ばかりだ。寝たきりで動けないのが何千人も……。それに医者に看護師……」

本多が屋根付きハンビーに駆け込んだ。万国旗で飾ってあるやつで、指揮通信車だ。

通信担当兵に怒鳴る。

「パウンダー少佐を呼び出せ！　すぐ重傷者たちを避難させるよう伝えろ。付近の者を総動員させて手伝わせるように言え」

本多は振り返って、おれに訊いた。

「しかし、どうして奴はあそこに動けない重傷者がいると？」

「分かりません。血の臭いでも嗅ぎつけたのかな？　たくさん獲物がいると……」

「タゴン１０２の知識かもしれない」理奈が答えた。

「この付近に忍び込んだ時に、それを知ったのかもしれない。それをＥＧＯＤが読み取って……」

「まずい！」おれは叫んだ。「このままじゃ皆どうせ逃げられっこない」

見ると、ゼリーボールはホテル・センチュリー・ハイアットの残骸の前を通過するところだった。その頂上は建物の三階の窓を上回っている。さらに大きくなっているようだ。今は直径九メートルはあるだろうか。中身の胎児は七メートルを下らない。

神の正体は悪趣味なサディストだった。身動きできない者から片付けようというのだ。

「ちくしょう……」

おれは、そう呟いていた。内側で、怒りと恐怖が互いの尻尾を喰らい合っている。

「仕方ない……」

一歩、前へ踏み出した。流れ出した汗が頰を伝っている。

「おれが囮になる。あいつはおれを見たら、最優先で追ってくるんだ。だから……」

「だめよ！」

理奈がおれの腕を掴んだ。

「囮になって、どうなるっていうの！」

「時間稼ぎだ」

「無駄よ！　結局、あいつが分身を造ったら、もう喰い止めようがないんでしょ！　今、あなたが囮になれば、一時的に重傷者たちは助かるかもしれないけど、結局は私たち一人残らずゼリーにされるんでしょう？　根本的にあいつを喰い止める方法を考えないと……」

「どうしろと言うんだ⁉」

おれの脳ミソは沸騰していた。

「そんな都合のいい方法が、どこにあるって言うんだ!?」

　ふと周囲を見た。

　大勢の最終軍兵士が、こちらを凝視していた。その視線が服や肌を貫き、心臓にまで迫ってきた。彼らの不安げな表情が応えた。この戦争において英雄と呼ばれて賞賛されてきた男が絶望し、逆上しているのをじっと見ていたのだ。彼らが感じている恐怖は、おれの比ではないだろう。

　おれは深呼吸し、アドレナリンの分泌量を減らすよう試みる。

「……分かったよ」

　ハンビーのボンネットに両手をついた。俯いたまま言った。

「……何か考えるべきだ」

「その通りだ」と本多。「戦術的見地より戦略的見地ということだ」

　本多大佐が、さらに無線であちこちに連絡を取り、重傷者たちを避難させる指示を出した。

「……たぶん大半は逃げられないまま、ＥＧＯＤに殺られるだろう」

　本多が言った。

「それが分かっていても、今はどうしようもない。またヘリ部隊に攻撃させて足止めすることはできる。だが、それで奴がますます元気づくのなら、奴が分裂し始める時期を早めるだけだろう……」

　本多大佐の提案で、作戦会議を開くことになった。メンバーは本多と永海の両大佐、おれと理奈、河田曹長の五名だった。

　とりあえず兵士たちには「持ち場を離れるな」と命令し、おれたちは少し離れたビルの陰に移動した。指揮通信車輌も同行させて、通信兵に連絡を絶やさぬよう指示した。

　さびれたビルの玄関口に陣取る。廃屋と化した建物からはカビの臭いが漂っていた。

「素晴らしい会議室じゃないか」おれは言った。

「ええ」と河田。「ドブネズミ小隊なんか、いつも青空会議だった。ここは屋根があるだけいい」

　河田には、ＥＧＯＤについて大雑把な説明をしてやった。すでに常識外れな神のコンバイン・マシンを見ている彼は、比較的素直にそれを受け入れた。

　おれたちは額を寄せ合い、情報を出し合い、意見交換を始めた。

「おれの観たヴィジョンでは、あの化け物は数時間おきに二、四、八、一六、三二、六四と倍々で増えていくんです。最初の分裂が始まるまで、あと数時間しかない……」

「あと数時間」本多が吐息をつく。「それで命運が決まるのか」

「問題の本質は、あのゼリーだな」永海が言った。

「私もそう思う」と本多。「……EGODの本体は、明らかにあの胎児のお化けみたいな奴だ。あれがゼリーのバリアで保護されている。……ということは、本体は意外に弱いんじゃないか？」

「そうだ」とおれ。「それに、EGODタンパク質自体、不完全なモノのはずだ。あの本体は、本来よりずっと、ひ弱かもしれない」

「要するに、あの本体に直接ダメージを与えればいいんだな」永海が眼を輝かせる。だが、すぐに意気消沈した表情になった。

「……しかし、それにはまず、ゼリーに穴を開けないと……」

「ゼリーの正体だ」と本多。「ゼリーの正体や性質を突き止めれば、何とか……」

「サンプルを手に入れるチャンスはあったんですが……」

　おれは、理奈がピンクの偽足にさらわれかけて助け出した話をした。防火扉にEGODの偽足を挟んで電撃斧を振るった件になると、河田が眼を輝かせて言った。

「……じゃ、電撃斧でぶった切ったと⁉」

「そうだ。夢中だったんだ」

「じゃ、電気か⁉　弱点は？」と永海。

「そうか！　その可能性は……」

「いいえ、違うわ」

　理奈が否定した。眼が宙の一点を睨んでいる。

「爆発力や熱をエネルギー変換して吸収できるのなら、電気もまた例外じゃないでしょう。問題は刃物を使った点だわ」

「刃物なら叩っ切れると？」と本多。

「はい」と理奈。「ライフルの弾丸や大砲の弾は喰い込みました。それは皆さんも見たはずです。五〇センチから一メートルぐらいでしたけど。……つまり、狭い面積への物理的な圧力、そのエネルギーはすぐには変換できないということですね」

「槍だ！」

河田が叫んだ。瞳を輝かせている。

「細くて丈夫な槍。それで突けばいい。あの本体を串刺しにしてやるんだ！」

彼は立ち上がり拳を振るった。

「UBが槍を使うんだ。相当の威力だ。それなら穴が開くかもしれない！」

「そうか！」と永海。

「いけるかな？」と本多。

全員が顔に喜色を浮かべる。初めて望みが出てきたのだ。

「だめだ」おれは首を振る。

一同が不審な顔で、こっちを見た。

「何がだめなんです？」と河田。

永海も訊く。

「君は斧で切ったんだろう？　あの偽足を……」

「ええ」

「だったら……」と河田。

「あの時、叩っ切ったのは太さ二〇センチぐらいの偽足だった……」

おれの声は苦汁に満ちていた。せっかくの希望に水を差す事実を述べた。

「その程度のものを切るのに何回も斧を振るって、やっと成功したんです。それもUBの状態で死に物狂いで全力を出して、やっと……」

全員の顔を見回す。徐々に彼らの顔にも理解が浮かんだ。

「……あいつの本体を包むゼリーの厚さは、今じゃたっぷり二メートルはある。UBが細い槍を使えば、最初の一撃で一メートルぐらいは喰い込むかもしれない。でも、そこで終わりです。ぐずぐずしているうちに、槍を持ったUBはあの偽足に捕まって溶かされてしまう」

河田は唸り、頭髪をかきむしった。永海は唇を噛む。本多は腕組みして、仁王像みたいな顔になった。

「行き止まりか……」

おれも右拳で左掌を叩いた。

「樋口さん、何か推測できることは？　何でもいい」と永海。

「たいして、お役には立てません」

理奈は首を振った。暗い表情だ。彼女の豊富な知識やＩＱの高さに対して、密かに期待していたのだが。

「たぶん、あのゼリーはロドプシンの一種かもしれません。でも、そんなことを推測したところで……」

「一応、聞かせてくれないか」と本多。

理奈はうなずき、喋り出した。

「ロドプシンは、眼の網膜にある光受容体タンパク質、感光タンパク質です。つまり光を受けると、タンパク質構造が変化して、細胞膜の電位を変化させて、神経へ電気信号を送るわけです。スティルス・コートの素材も、やはりロドプシンの一種です。それは、ご存じですね。

「あのゲル液に名前を付けるとしたら、ハイパーロドプシンです。爆発の衝撃や熱を受けると、タンパク質構造を変化させて、自分用のエネルギーに変換するシステムでしょう。そして、それを餌に、ますます太っていく……」

「完璧な鎧を着込んでいるというわけか」と永海。

「熱も変換するのか……」と河田。「じゃ、逆に液体窒素で凍らせるってのは、どうです？」

「それも手遅れだわ」

理奈は眼鏡を外し、溜め息をついた。

「あれだけの厚みがあっては、表面は凍らせても中身までは……。それに液体窒素で全体が凍りつくまで、じっと待っているわけがないし……」

しばらく沈黙が下りた。誰も口を利かない。内臓が異様に重たくなるのを感じた。

「……最後の手段はある」ふいに本多が言った。

全員が顔を上げる。彼に注目した。

歳月による年輪が刻まれた本多の顔が、仮面と化していた。完全な無表情というものがあるとすれば、今の彼がそれだった。

「核攻撃……」本多が呟く。

全員が凝固した。呼吸音も聞こえない状態だった。

暗いせいもあって、本多の顔がデスマスクのように見えた。彼が続けて言った。

「……東京湾の外に旧米軍のオハイオ級潜水艦が待機している。やりたくはないが、戦術級核ミサイルなら、いつでも要請できる……」

誰も異を唱えなかった。というより、どう言っていいか、分からなかったのだ。

「私は反対です！」

唐突に理奈が言った。眼の奥に強い光源があるように見えた。

「もし、核エネルギーも餌にしたら？　それも可能だとしたら？　熱核爆発の後、あいつは一気に大量の分身を造るかもしれません」

本多が表情を動かさないまま訊いた。

「その可能性があると？」

「はい」理奈が答えた。「直感的な意見ですが、あり得ると思います。核攻撃は文字通り、最後の手段です。決断は、あいつが分裂を始める直前まで待つべきです」

デッド・エンド。袋小路（ふくろこうじ）。行き止まり。出口なし。そんな単語を印刷したスロットマシンの回転ドラムが、おれの脳裡で回っていた。どの単語がそろっても破産するギャンブルだ……。

51　決意

全員、黙り込んだままになった。会議というより、頭痛を我慢している者の集団といった様相を呈してきた。

おれは制服の胸ポケットの手帳を押さえていた。過去、何度も名案を得るためにそうしていた。知美、知恵を貸してくれ。

だが、何も浮かばなかった。脳裡をよぎるのは死者たちだった。

嶋田少尉、ジミー三等兵。彼らは無能な指揮官のせいで死んだ。その最期がビデオの録画映像のように、頭の中で再生されていた。

今、彼らの死は無駄になろうとしている。あれほど苦労し、犠牲を払って、GOO殲滅作戦を成功させたばかりだというのに、その数時間後に人類滅亡への第一歩が始まってしまったのだ。死んだ者たちに会わせる顔がない、とはこのことではないか。

嶋田が自爆した瞬間の閃光が脳裡に蘇る。何度も何度も。トンネル掘削機に圧し潰される苦痛、自ら死を選ぶ時の、彼の気持ちはどんなものだったろうか……。トンネル掘削機に……。

おれの大脳前頭葉がストロボのように輝いた！

その瞬間、何か叫んだかもしれない。

何だ？　どうしたの？　他の者が口々に訊いてくる。理奈が、河田曹長が、本多と永海大佐が口を半開きにして、こっちを見ているらしい。

おれは周囲のことをほとんど意識していなかった。素晴らしいアイディアを得た直後に起きる歓喜の絶頂にいた。だが、すぐにその案の不備にも気づいた。

「スピードだ……」おれは呟いていた。「スピードが要る。それもかなりのスピード……」

その辺を動物園の熊みたいに周回し始めていた。

「……UBが全力疾走しても、せいぜい時速六〇キロか。だめだ。足りない……」

頭をかきむしっていた。

「……ハンビーに乗っても最高時速一一三キロ。しかも、それはカタログ・データだ。実際はそうはいかないかも……」

何かを忘れている。そう思った。しかし、思い出せない。女性が味わうであろう陣痛にも似た苦しみだった。

ふいにかすかな爆音が聞こえてきた。ヘリの音だ。

おれは走り出した。会議室代わりの廃屋の玄関口から飛び出す。

おい、どうしたんだ⁉　皆が口々に叫び、追ってきたようだ。だが、それもほとんど意識していなかった。

ビルの谷間を抜けて、夕焼け空を見た。コブラAH－1S攻撃ヘリの五機編隊だ。二〇機はある。増援に来たらしい。

おれの大脳前頭葉が機関銃のマズル・フラッシュのように連続して輝いた。

「あれだ……」

ついに天啓（てんけい）を得た。

「いったい、どうしたのよ⁉」

理奈が、おれの肩を揺さぶっていた。

「ニュートンの法則だ！」おれはそう怒鳴る。

理奈や、河田曹長、永海と本多の両大佐らが唖然としている。

「本多大佐！」おれは呼びかける。「ロクマル（UH－60ヘリ）は今すぐ使えますか？」

「いや」

本多は、おれの質問に首を振る。部下の正気を怪しむ表情で答えた。

「ほとんど都心に出払ってしまった。残っているものも整備中だ。今すぐはとても……」

「じゃ、だめか……。アパッチやコマンチは攻撃ヘリだから、乗員二名で満員。余分の人間を乗せる余地はない……」

「いったい何の話をしてるの？」と理奈。

「リフトだ！　リフトは使えるか？　今すぐに」

リフトとは、例のロケット・リフトのことだ。ヘリから降下する兵士がパラシュート代わりに使う装備だ。おれが部下たちと共に、ＧＯＯ領土へ潜入する際にも使用した。

「ええ使えるけど……」

「どこにある？」

「ここにありますけど……」

河田が指差していた。兵器輸送用ハンビーだ。後部シートを外して、小型トラックのような外形に改造してある。

荷台を覗き込む。間違いなく、朝蕗工業製ＲＬ２００４だった。ハーネス・ベルトに燃料タンク、電子制御装置に、六つのロケット・ノズルで構成された機器が三基ある。

「何だっていうんだ？」

永海が言った。黒縁眼鏡を外し、瞬きしている。

おれは、両手の指を組み含わせて握りしめていた。

「これなら、うまくいくかもしれない」

「会話になっていないわ」と理奈。

「いいや」

おれは首を振る。彼女の眼を覗き込んだ。

「おれの眼を見てくれ」

「見てるわ」と理奈。

「正気の眼じゃないかもしれない」

彼女は表情で疑問符の形を作っていた。他の運中や、少し離れたところにいる最終軍兵士たちも同様だった。

「何が言いたいのか、さっぱりだわ」

「思いついたんだ」

「だから、何を？」

おれは拳を頭上に突き出す。

「神様の脳天をぶち割る作戦！」

「何だと!?」

本多と永海が同時に叫んだ。

本当か!? どうするんです？ 聞かせて！

質問責めに遭った。

おれは約一分間かけて説明した。

理奈は「バカげてるわ」と言った。永海大佐は「危険すぎる」と言った。本多大佐は「不確定要素が多すぎる」と言った。河田だけは「シビれるぜ、大尉」と言った。

一同は狂人を見る眼になっていた。作戦の疵を指摘してくる。

「それじゃカミカゼ・アタックじゃないか！」

本多が言った。

「今は二一世紀です」とおれ。「誰がそんな時代錯誤な真似をするもんか。大丈夫です。おれが生き残れる確率は五分五分か、それ以上ある」

永海も止めにかかった。

「しかし、ぶつかった瞬間に君の身体はバラバラだぞ。ＵＢといっても、骨は普通の人間とたいして変わらないはずだ。無理だ」

「大丈夫です。作用反作用の法則ですよ」

おれは反論した。

「いいですか。あのゼリーが衝撃力を吸収してゼロにできるということは、ぶつかっていく側が受ける衝撃も、同時にゼロになるってことなんですよ！」

一同は、脳細胞がショートして焼きついたような顔になっていた。

「絶対にそうなる！ すべての運動は作用反作用の法則に従うんだ。神様といえども、そういう基本的な物理法則はどうすることもできないはずだ。それこそ、あのゼリーの弱点なんです」

おれは拳を振るって、力説した。

しばらく沈黙があった後、本多大佐が最後の疵を指摘してきた。

「仮にうまくいったとしても、タイム・リミットはせいぜい五〇秒から六〇秒、そのくらいしかないぞ。本当にできるのか？」

「まあ、そこは時間との闘いですね」

おれもやや言葉を濁す。

「しかし、完全に脱出してから点火する必要はない。ある程度泳いだら、すぐ点火するんです。こっちはゼリーに守られているから無事です。それも逆手に取れるわけです。その後、悠々(ゆうゆう)と脱出しますよ」

「君が自分でやるというのか？」と本多。

一瞬、言葉に詰まった。

「……ええ。言い出しっぺですから……」

さすがに声が震えた。首の辺りの血管に血栓ができたみたいで、呼吸も苦しくなってくる。

本当にうまくいくだろうか。挑戦する価値はあるか？　あるだろう。全人類を救う最後のチャンスだ。大仰(おおぎょう)で陳腐な言い方だが、事実だから仕方がない。

だが、なぜ、おれでなくてはならないんだ？

その答えはたぶん償(つぐな)いだ。おれのミスで犠牲になった者たちへ賠償(ばいしょう)金を支払わねばならないのだ。

「他に方法はないの!?」

理奈が叫んだ。

「もっとよく考えて……」

「もう時間がない」

おれは首を振る。

「今はこれがベストだ。あのゼリー対策を技術チームが研究開発するまで、待ってられないんだ」

「本多大佐！」

通信兵が大声で叫んだ。パニックになりかけているような顔だ。

「あの化け物にやられました！　東京医大病院は皆殺しです。パウンダー少佐も重傷者の救出をあきらめて、全員に退避命令を出すと……」

「こんなに早くか!?」

本多が吠えるように問う。

「はい。映像が入ってますが……」

本多は無言で指揮通信車に走った。もちろん、おれたちも後を追った。

それは屋根付きのマイクロバス型ハンビーだった。中にある、モニターを覗き込む。

白黒の映像だった。攻撃ヘリが空中からガン・カメラで撮影しているものだ。横長の画面を一目見てわかった。奴はさらに成長している。その外形はヒトデやイソギンチャクなどの水棲(すいせい)生物に似たものになりつつあった。

「偽足の数が増えてる！」と理奈。

「何本だ？」と永海。

「一、二、三、四……」

理奈が数え始めた。

「十二、十三、十四。十四本も……」

それら半透明な偽足が自在に動き、東京医大病院の窓に侵入する。すでに窓ガラスの半分近くが割れている。窓からEGODが偽足を入れて、身動きできない重傷者たちを〈刈り取った〉からだろう。

地獄絵図が展開していた。

偽足が外に出てきた時には、必ず犠牲者を捕まえていた。パジャマ姿の入院患者もいれば、白衣の看護婦や、制服姿の兵士もいた。救出活動中に自分が捕まったらしい。皆、大口を開けて悲鳴を上げている。

集音マイクがその声を拾っていた。阿鼻叫喚という古めかしい熟語を、おれは思い出した。

巨大な胎児は、今は頭頂部しか見えない。純白の柔らかそうな禿げ頭だ。それだけ見ていると、可愛い乳幼児のそれに思える。

だが、このベビーは情け容赦ない殺戮者だった。偽足に捕まった人々が順に溶けていくのを見ながら、ニタニタ笑っているに違いなかった。

『攻撃命令をください！』

ヘリの乗員の叫び声が聞こえた。無線特有のグリッチ・ノイズが混じった音声だ。画面右下に〈ウグイス2〉のコードネームがある。

『頼む、隊長！　あの病院にはおれの友達もいるし、おれの彼女も働いてるんだ！』

「まだ命令は出ていない。それに、こっちの攻撃が役に立たないのは、もう分かってるはずだ」

『ちくしょう！』

「高度を取れ。ウグイス2」

そのパイロットは低空で飛びすぎていたのだ。突然、画面いっぱいにそれが出現した！　半透明の偽足だ。それが画面に被さる。観ているこちらまで思わず、のけぞったほどだ。

映像が消える。電気的誤信号の横縞パターンに変わった。音声だけは聞こえた。

「坂井！　長門！」

「落とされた！」

映像が切り替わった。画面右下には〈ウグイス1〉とある。隊長機のカメラだろう。

トルク・バランスを失い、機体そのものを回転させているアパッチ攻撃ヘリが映った。黒煙を噴出させ、空中版ネズミ花火と化している。安田火災海上ビルの残骸に向けて飛んでいった。

建物に衝突する！　カメラの自動露出調整が間に合わず、画面はホワイトアウトの状態になった。

ようやく映像が回復すると、ヘリの残骸が地面に叩きつけられる瞬間が映った。白黒画面にいくつもの光球が出現し、破片が飛び散っていく。ウグイス2のパイロット二名の命も同時に散った。

『何であんなに低く飛びやがったんだ！』

隊長の悲痛な叫びが鼓膜に突き刺さってきた。

そこで別の映像に切り替わった。遠くから水平のアングルでズームアップしているカメラらしい。

大殺戮は続行中だった。釣り針にひっかかった魚みたいな犠牲者たち。悲鳴の渦。巨大な胎児の残虐な笑み。EGODの笑い声は捕捉されていない。だが、こちらの耳には聞こえるような気がした。

おれは、もう少しでモニターを殴りつけるところだった。

「議論の余地なしだ。すぐ、やるぞ！」

52　再出撃

空は藍色(あいいろ)になっていた。西の方だけ多少赤みが差しているが、夕焼けと呼ぶには程遠い。今は〈核の冬〉のせいで、まともな夕焼けなど何年も見られなくなっていた。下手をすれば二度と見られない。

おれは新宿中央公園の南東の端にいた。起伏の多い丘の地面は、赤茶色の土が剝(む)き出しになっている。そこにゼリーボールが転がり進んだ跡が残っている。幅三メートルぐらいの滑らかな浅い溝になっていた。

北の方向には都庁ビル第一庁舎、第二庁舎などの残骸と、放棄された戦車群があった。それらの彼方にヒルトンホテルのシルエットが見える。東京医大病院は、その向こうだ。ここから直接見ることはできない。

北の空を飛ぶ攻撃ヘリの大編隊は確認できた。爆音がここまで伝わってくる。あの辺りに巨大な胎児がいるはずだった。今こうしている間にも犠牲者は増え続けているのだ。

改めて怒りが込み上げてきた。血管拡張剤CDPコリンを投与されたみたいに、顔面が紅潮(こうちょう)した。今すぐ奴の心臓をえぐり出せるなら、躊躇(ちゅうちょ)せずやっているはずだ。このまま一方的に、殺虫剤をかけられたハエの大群よろしく絶滅させられるなど、絶対にあってはならないことだった。必ず思い知らせてくれる。

後ろを振り向いた。一〇台のハンビーが停車している。一台は指揮通信車で、本多と永海の両大佐がそれを通して情報収集していた。残りの九台はヘッドライトの光を一方向に集めている。照らされているのは、三基のリフトだ。今、兵士たちが整備しているところだった。

準備は整いつつあった。河田曹長がショルダーバッグを抱えてやってきた。すでに戦闘用の迷彩服を借りて、それに着替えていた。おれも同じ格好だ。

「本日のお弁当の材料は……」

河田がそう言って、黄土色の粘土みたいなものを取り出す。

「信管付きのC―4プラスチック爆薬、付け合わせは電気コードと電気点火装置。爆薬はビニールでくるんで長さ五〇センチの細いチェーンを付けて、チェーンの端はサバイバル・ナイフの柄(え)に結びつけました」

それを渡してくれた。

「上出来だ」

爆薬部分をポケットに入れ、ナイフはサックに収める。

「電気コードは、別のポケットに入れてください。長さは五メートル」

ドーナツ状に丸めてある、それを受け取る。

「点火スイッチは、この腕時計です」

それも装着する。

「デザートはなしか」とおれ。

「あの化け物の脳ミソでも召し上がってください」

「さぞ、まずいだろうな」

河田が訊く。

「……でも、本当に有線点火でいいんですか？　リモコンもあるけど……」

「土壇場(どたんば)になって、ゼリーが電波を通さなかったなんて事態は願い下げだからな。有線だけの単純な仕掛けにしておこう」

「シンプル・イズ・ベストですね」

そう河田は言い、もうワンセットの爆薬を出した。

「それは？」とおれ。

「おれの弁当です。こんなカッコいい役を取られるわけにはいかないですよ。いつだって主役は、おれと決まってるんだ」

「だめだ。これはおれの仕事だ。あいにくだがな」

河田は苦笑してみせる。

「そう言うと思ってましたよ。でも、もしも大尉がうまくいかなかった場合は、保険が必要だ。一応、お弁当は三人前作りました」

河田も装備を始めた。

「おまえも行くつもりか？」

「永海大佐や本多大佐にも言ってきました。どうせ、ここで喰い止めなかったら全滅なんでしょう？　あれが最初の分裂を始める前に何としても片付けないと……」

北の空を見て、吐き捨てるように言った。野犬が唸っている時のような表情だ。彼を見ているうちに、かつての自分を思い出し始めた。ＵＢ第一号実験に志願する羽目になった時のおれだ。

あの時と似た状況だ。選択の余地はない。今、戦わなかったら人類に第二ラウンドはないのだ。

「よかろう。ただし、おれが失敗と分かるまで絶対手出しするなよ」

「はい、大尉」

河田はそう言うとバッグから夕スキを取り出した。例の「哀れなＧＯＯに救いの手を！」と書いたやつだ。それを裏返して油性マーカーで何か書いた。

それを再び肩にかける。今度は「哀れな人類に救いの手を！」となっていた。

「似合ってるぜ」苦笑した。

足音がした。振り返る。

理奈が、ハンビーの陰から現れた。彼女も市街戦用の明るい迷彩服に着替えていた。

「借りたのよ。ちょっとサイズがブカブカだけど……」

頭にキャップも被っている。最終軍のマーク、ＦＦの付いたやつだ。ベッコウ縁眼鏡の位置を修正して言った。

「リフトは三基とも使えるわ。燃料も満タンだし。でも……考えたんだけど……」

彼女は唇を舐めた。

「やっぱり、私も行くわ」

「な……」

おれが絶句している間に、理奈はまくしたてた。

「戦闘に参加するんじゃないわ。あなたたちのリフトを、私がリモコンでコントロールするのよ。当然、ＥＧＯＤの上空までは一緒に行くわ。つまり、あなたたちはリフトの制御にはノータッチで、ＥＧＯＤを倒すことにだけ専念できるのよ」

「危険だ！」

「危険はないわ。だって、私自身はあいつの偽足が届かない高度を飛んでから帰ってくるだけよ。それにこれが失敗して、あいつが分裂を始めたら次は核攻撃よ。戦術級の小規模原爆だから、逃げる暇はあるらしいけど。でも、それも失敗したら後は滅ぼされるのを待つだけだわ」

おれは唸り声しか出ない。

「この作戦を確実に成功させるためよ。……ＪＴ経由でこれを制御するソフトも私が作ったし、テスト飛行も自分でさんざんやったわ」

「しかし……」

「制御ソフトはＡＩ――人工知能タイプだから操作そのものは簡単よ。でも、この場にいる人間の中では、私が一番上手にリモコンを操作できるわ」

「まあ、悪くはないな」と河田。「リフト操作は上手い人に任せてしまえば、こっちは楽だ。どうせ、おれたちは本職の空挺部隊じゃないから慣れてないし……」

おれは、かすかに唸り声だ。

「どうせ、彼女に危険はないんだし……」

河田は賛成票を投じてしまった。

おれは言った。

「絶対に安全なんて保証は、世の中にもどこにもないんだぞ」

「分かってるわ」と理奈。「いい例がＥＧＯＤよ。人類の時代なんて、あっさり終わりかけてるじゃないの」

「言えてる」河田は苦笑する。

しばらく沈黙してから、おれは指揮官として判断を下した。

「……よかろう。任せることにする」

ふいに河田は肩をすくめると、ちょっと見てこよう、と呟いてリフトの方に行った。気を利かせたらしい。

おれは理奈と共に、瓦礫の陰に行った。他の者に見られない場所で彼女を抱擁し、相手の唇を貪った。

「必ず、生きて帰ってくる」

「前回も、約束は果たしたわね」

「今回もだ」

言いたいことはいっぱいあったが時間がない。だから、よけいなお喋りはしなかった。

気がつくと、その後の時間は早送りになっていた。

おれ、理奈、河田の三名は道路上に立ち、もうリフトを着用していた。防毒マスクを改造したゴーグルを付ける。大急ぎで作らせたものだ。眼を保護するだけの代物だが、これで間に合うだろう。理奈は眼鏡の上からゴーグルを被っている。

おれたちは整列する。正面に本多と永海の両大佐が並んだ。

「では……」

本多はそう言い、敬礼しかけた。だが、途中でやめる。首を振った。

「こんな時に形式を繰り返しても、しょうがないな……」

彼は握手を求めてきた。おれも握り返す。

「生きて帰ってくれ。……他には、何も言うことが思い浮かばないんだ。情けないが……」

「充分です」

永海とも握手する。彼は黒縁眼鏡を外し、溜め息をついた。

「また君を見送らないといけないのか。何と言えばいいのか分からん」

「前にもこんなシチュエーションで、おれに言ったセリフがあったでしょう？」

「何て言ったかな？　……君みたいにガッツのある立派な奴はいないとか何とか」

「その反対だ。おれみたいな大バカ者には二度と会えないだろう、と言ったんですよ」

「それは取り消そう」

他の最終軍兵士たちとも挨拶する。敬礼はせず、右拳から親指を突き出すサインを交わした。

理奈や河田も同様の挨拶を交わし、それで別れの儀式は終わった。

リフトのメイン・スイッチを入れる。おれの視界の斜め下に電気的誤信号（グリッチ）が走り、文字列が表示された。

△ＲＬ２００４／ＯＮ▽

△ステータス／ＯＫ▽

△メモリー／ＯＫ▽

△我が英雄へ、ＧＯＯＤ　ＬＵＣＫ▽

おれは理奈を振り返る。彼女は肩をすくめて微笑した。河田は不審な表情だ。彼のリフトには、通常のシステム・メッセージしか登録されていないらしい。

理奈がＪＴでリフト操作を始める。それはこっちの視界にも文字列となって表示された。

△リモコン／ＯＮ▽

△ＲＤＹ（レディ）▽

△リンク＃１／＃２／＃３▽

△スタビライザー・モード／ＯＮ▽

△ステータス／着地▽

計一八個のノズルが噴射を始めた。最初はオレンジの炎、次いで（つ）ガス・バーナーのような青白い色に変わる。

深呼吸する。自分に言った。これが最後だ。今度こそ最後の出撃だ。これさえ終われば、後はゆっくり休めるんだ。最終軍を辞めて、のんびり暮らせるような生活を選ぼう。回顧録（かいころく）を書いてもいい。

それ以上の空想は自分に許さないことにした。眼の前には出撃しなければならない現実があるだけだ。

「大変です！」

通信兵がＵＢのジャンプ力で、文字通り飛んできた。必死の形相だ。勢い余って前のめりに倒れた。起き上がる。

「あの化け物の様子が変です！　本体が分裂を始めたような……」

無音の雷鳴が轟（とどろ）いたみたいだった。永海も本多も声を失っている。理奈や河田も顔がひきつっていた。他の兵士たちも同様だ。彼らも、それが危険な兆候であることは知らされていた。

おれは叫んだ。

「時間がない！　出してくれ！」

「ええ！」と理奈。

△テイク・オフ▽

△ＲＤＹ▽

53　飛行

△ステータス／上昇▽

最大出力で離陸したらしい。永海や本多に手を振る暇もなかった。地面は下方に沈み込み、人間はアリのサイズに縮み、ハンビーは切手のサイズにまで縮んでしまった。加速度のために、ハーネス・ベルトが身体を締めつけてくる。

地平線が壮大な円弧と化した。遠くに東京タワーと東京スカイツリーの残骸のシルエットが見える。

荒廃（こうはい）した新宿中央公園が一望できた。放棄された戦車群が、プラモデルを組み合わせたジオラマと化していた。都庁ビルの残骸も大きめのブロック玩具（がんぐ）でしかない。

噴射ノズルが角度を変え、身体が前方三〇度くらいに傾く。制御ソフトが運動ベクトルの変化に対応した。一定高度を保ちつつ、前進する。

△ステータス／水平飛行▽

△高度／一八一メートル▽

△（樋口理奈）急ぐわよ。このロケット・リフトの航続時間は一三分ぐらいだから▽

△（河田曹長）了解▽

△（深尾大尉）任せた▽

新宿中央公園をひとまたぎ、という感じで飛び過ぎた。ヒルトンホテルも東京医大病院も同様だ。

眼下に広がるのは、ビル群の残骸ばかりの旧副都心だ。右手にはＪＲ線の線路跡がある。その両側にはコンクリートの建物が隙間なく並び、複雑な３Ｄパズル・アートを連想させる眺めだった。

前方の暗い空を見る。攻撃ヘリ編隊のシルエットが大きくなってきた。その下のビルの森林。いた。ＥＧＯＤだ。ここからだとウズラの卵ぐらいのサイズに見えた。いやらしいピンクの偽足の数がさらに増えている。本体は白い影に見えた。分裂がどのくらい進行しているのかは、まだ視認できない。

時折、ゼリーボールの周囲にオレンジの火球が出現した。地上から誰かが散発的な攻撃を加えているらしい。無駄だということが分かっていても、やらずにはいられないのだろう。

リフトのノズルは快調に噴射を続けていた。轟音（ごうおん）が鼓膜を震わせている。制御ソフトが的確に運動ベクトルを操っていた。自分が風になったような快感だ。

　ビル群の物陰を飛び越し、不気味なゲル液の塊に接近していく。視界の中で、それが見る見る大きくなってきた。鶏卵ぐらいのサイズに膨らんだ。

　奴の真上に到達したのだ。

　理奈が操作する。
△ステータス／空中停止▽
　噴射ノズルが角度を変え、身体の傾きを垂直に戻した。その空域でホバリングする。

　遥か足下には、巨大な胎児の頭頂部がゼラチン越しに覗いていた。柔らかそうな未成熟な頭だ。

　だが、今は少し形が崩れている。本体もゼリーボールも楕円形に膨らみつつあるようだ。細胞周期で言うなら第二段階のS期が始まったところだろうか。どうやら間に合ったらしい。

　理奈がさらにリフトを操作し、微調整した。おれたち三人は、一辺が二メートルの正三角形を構成していた。互いに向かい合う位置関係だ。

「あなたが真上よ」

　理奈がおれを指差した。

「高度はこれでいいのね？」

「ああ。あまり高いと狙いにくくなる。これで充分だろう」

　さすがに顔が引きつってきた。睾丸も縮み上がっている。

　理屈の上では大丈夫と分かっている。が、それでも一八〇メートルの高さからの自由落下は、克己心を総動員する必要がありそうだ。この恐怖感はバンジージャンプの比ではないだろう。おれはサバイバル・ナイフを抜く。それにチェーンで結んであるC―4プラスチック爆薬などを確認する。

「幸運を、大尉」

　さすがに河田も緊張した面持ちで言った。

「私も幸運を祈ってるわ」

　理奈の表情も硬い。今、彼女の顔を叩いたらベルみたいな金属音がしそうだ。

　おれは何とか無理して笑顔を見せてやる。

「心配ないさ。後はナイフと、おれの体重と、ニュートンの法則が連れてってくれる」

もう説明の必要もないだろう。おれは重力加速度を利用して、ゼリーボールへのダイビングを試みようとしているのだ。

　銃弾や砲弾だと、ゼラチン内部に潜り込みはするが、そこで止まってしまう。だが、ＵＢが潜り込んだ場合は、さらにそのゲル液の中を泳ぐことができるはずだ。それが、おれのアイディアだった。

　問題はゼラチンに潜り込むだけのスピードをどうやって得るかだったが、その答えは自分の足元にあった。地球の引力だ。

　次の問題は潜ってからの五〇秒から六〇秒だ。それ以上時間が経つと、おれ自身が溶かされてしまう。これについては、ぶっつけ本番以外に解決策がない。

　何度も深呼吸した。手の汗をズボンにこすりつけて拭く。今までの出来事が頭を駆け巡り出した。今のおれの心象風景を描写していたら、どれだけ枚数があっても足りないだろう。

　改めて決意を奮い起こす。

「待ってろ」下方にいる神に呟いた。「そのドタマをＦＵＣＫしてやるぞ」

　ハーネスを外す。重心がずれ、リフトが揺れたが、制御ソフトがすぐ対応するので墜落の心配はない。おれは左手だけでリフトにぶら下がった。

　理奈と河田は、無言でこちらを凝視している。特に理奈は、いろいろと言い足りないことがありそうだ。だが、もう時間がない。

　おれもコーヒー色のビーナスをじっと鑑賞した。最悪の場合はこれが見収めになるかもしれないのだ。

「じゃ、行ってくる……」

　息を深く吸い込んだ。

「秒読み開始……」

　理奈は唇を震わせていた。

「三秒前……」

「二……」

河田は歯を喰いしばっているような表情だ。

「一……」

心臓が爆発寸前のエンジンみたいに脈打っている。

「ゼロ！」

生涯でもっとも長い一秒間。

手を離した。

54　決戦

宙に浮いた。時が止まった。自由落下に入っていた。

理奈が何か叫んだらしいが、それは聞き取れなかった。落ちていくおれに対して、音波がドップラー効果を起こして可聴域（かちょういき）を超えたのだろう。

地面やビル群やゼリーボールが、迫（せ）り上がってくる。地平線の円弧がビッグサイズの口となって、おれを呑み込もうとしているみたいだった。

下方から、風圧の壁が間断なく衝突してくる。迷彩服の袖（そで）や裾（すそ）がはためく。風の音が鼓膜を圧していた。

身体を折り曲げて、頭を下にした。風圧を利用して下半身をそらす。ナイフを両手で握り下方に突き出して、ダイビングする姿勢をとった。

おれは落ちる。落ちる。落ちる。落ちる。そのスピード感に酔っ払いそうだ。急降下爆撃機のパイロットの視点で、目標を見つめる。

ＥＧＯＤが、ゼリーボールが、巨大な胎児が視界いっぱいに膨張してくる。本当にうまくいくのか!?　頭の中で誰かが叫んだ。計算違いをしてるんじゃないのか!?　しかし、その誰かがわめいたところで、もう遅かった。

視界がピンク一色に変わった！

最初は、何がどうなったのか全然分からなかった。もう落下する感覚も、風の音も、全身に感じていた風圧も消えていた。

身体を動かしてみる。コールタールのプールの中にいるような重い抵抗があった。

首をそらした。ゴーグルを通してピンクの半透明の液体が見える。さらにその向こうにあるのは純白の柔らかそうな巨球だった。

すぐに気づいた。ＥＧＯＤ本体の頭頂部だ。

成功だ！　ゼラチンの中に潜り込んだのだ。

予想通りだった。作用反作用の法則だ。このゼリーが衝撃力を吸収してゼロにするのなら、ぶつかっていった側が受ける衝撃も、同時にゼロになってしまうのだ。柔らかい羽毛の布団に体当たりするイメージを思い浮かべれば、分かりやすいだろう。

おれの身体は骨折するどころか、傷一つ負っていなかった。一八〇メートルもの高さから落ちて衝突したというのに、その衝撃をまったく感じなかったのだ。それどころかゼリーに潜り込んだ瞬間が、どんな感じだったのかも覚えていない有様だった。

意外にも、攻撃ヘリ編隊の爆音が聞こえた。分厚いゼリーが外界の音を遮断しているのではないかと思っていたのだが、そんなことはなかった。

進撃開始。ゲル状液体の中で平泳ぎをする。人間大のトンネル掘削機さながらに掘り進んだ。

タイムリミットは、わずか五〇〜六〇秒ぐらいだ。それ以上だと、おれ自身もこのゼリーに溶かされてしまう危険がある。

しゃにむに掘り、身体をくねらせて進んだ。電気泳動にかけられたDNA分子群さながらの動きだったろう。

サバイバル・ナイフの切っ先が純白の壁に触れた。ついに奴の脳天に手が届いたのだ。歓喜が、おれの全身を痙攣(けいれん)させた。

ナイフを純白の皮膚に突き立てた。刃先が滑り込んだ。アイスクリームにスプーンを突き刺す時ぐらいの抵抗感しかなかった。本多大佐の予想通りだ。やはり本体は傷つきやすい弱いものでしかなかったのだ。

傷口から朱色の体液が滲(にじ)み出る。同時に振動が伝わってきた。赤ん坊の泣き声を低音に変調したら、こんな感じだろう。神の悲鳴だ。

おれは牛の解体業者みたいに、皮膚を切り裂いてやった。その下にはレモン・イエローの壁が覗いた。これが神の頭蓋骨(ずがいこつ)か？

解剖学的な所見は後回しだ。そのレモン・イエローの壁にもナイフを突き立てる。これまた意外に柔らかく、イカかタコを包丁で切る時ぐらいの抵抗感しかない。

その下にはオレンジの生体組織が現れた。神の脳細胞だろうか？　左手を中に突っ込み、かき分けつつ、その中に入った。ピンクのゼリー、朱色の体液、オレンジの細胞群が入り混じって複雑な模様ができていた。

すでに、おれの上半身は完全にEGODの体内に没している。第三者には巨大な胎児の脳天から、人間の下半身が生えているように見えただろう。

大地震のような揺れが来た。神が激痛に苦しみ、もがいているのだ。だが、胎児の体形で短い腕しか持たない奴は、自分の頭のハエを追い払うこともできないでいる。

ナイフを適当な場所に突き刺す。そしてナイフの柄に付けたチェーンを引っ張ると、ポケットからC—4プラスチック爆薬が出てきた。その爆薬も適当な場所に突っ込む。そして周辺のオレンジの生体組織をかき集めて、ナイフと爆薬を埋め込んだ。

おれはレトロウイルスさながらの所業を働いてから、撤退にかかった。UBのパワーで生体組織群を押しやり、抜け出した。

迷彩服のポケットからは、点火用の電線が繰り出されている。いつでも有線点火OKだ。

息が苦しい。すでにどのくらいの時間を消費しただろう？　二五秒？　三〇秒？　考えてもしょうがない。後は逃げるだけだ。

EGODの脳天を蹴る。真上を目指したのだ。最短コースだ。ハチミツの中を泳いでいるような感じだ。

まだおれの身体が溶けそうな兆候(ちょうこう)はない。逃げられそうだ。逃げられなかった。ゼリー全体が一方向に大移動を始めたのだ！

雪崩(なだれ)に巻き込まれたら、こんな感じなのだろう。巨大な流動体に翻弄(ほんろう)されるだけだ。もはや上下の感覚もない。

数秒後、眼前に巨大な胎児の顔面と手があった。どうやらゼリーボールが回転移動を行ったらしい。

EGODの憤怒の表情がクローズアップで迫っていた。巨大な手が開き、伸びてくる。おれは捕まえられてしまった。握り潰そうとしている！

だが、もう爆薬は仕掛けた。後はスイッチを入れるだけだ。その脳ミソを吹っ飛ばしてくれる。腕時計のスイッチで点火しようとした。だが、身体の力が抜けていく。指が動かない。

満身の力を込める。だめだ。気が遠くなる。ゼリーへの吸収が進行し始めたのか!?

それだけではない。

おれの意識の一部が、

(EGODの意識の一部が)

EGODに吸い込まれる、

(おれに吸い込まれる)

それは電脳空間や霊子空間で起きた現象とは違っていた。あれは相互データ転送であり、TV電話で会話したような感じだった。だが、今回は互いの大脳と大脳がくっついたようだった。このゲル液には、そういう効果もあったのだ。

おかげで、より深くＥＧＯＤについて知った。〈彼〉には、過去にも失敗の前歴があることを知った。やはり、別の星で〈生体宇宙船〉を造るつもりが、将来的に神を超えかねない知的生物を造ってしまった例があったのだ。それだけではない。さらに……。

　だが、同時にこちらの意図もＥＧＯＤに見破られてしまった。奴の口が開き、驚愕の表情になる。

　まずい！　おれも正気に戻った。再度、点火スイッチをＯＮしようとした。できなかった。全世界が渦巻いた。超遠心分離機に放り込まれたようだ。

　気がつくと、おれは回転しながら空中にいた。ゼリーボールの外に放り出されたのだ。

　ゲル液の球面に沿って、電線にぶら下がる形になってしまう。詰めていた息を吐き出し、酸素を貪った。咳き込んでしまう。

　だが、まだ有線点火は可能だ。最後のチャンス。点火して……。

　突然、二本の偽足が眼前に現れた。それは電線を引っかけると両側から引っ張る。コードが引きちぎられた！

　自我が崩壊しそうになった。頭蓋骨が破裂した気分だ。

　ここまで来ながら失敗⁉　こんなバカなことがあっていいのか⁉

　支えを失ったおれの身体は落下を始めていた。ＵＢの超電導神経が発動し、ネコみたいに回転し、着地する。

　だが、ピンクの偽足が電光のように襲ってきた。逃げる暇などない。おれは捕まってしまった。宙に持ち上げられてしまう。

　巨大な胎児の顔が苦痛と憎悪に歪んでいた。両眼が吊り上がり、眉間に皺の山脈ができている。おれを口の中に放り込んで噛み砕きたいと言わんばかりの表情だ。

「河田！」

　上空に向かって叫ぶ。暗い空には、三つの光点が浮かんでいる。リフトの噴射炎だ。

「失敗だ！」

　だが、遥か上空では何の動きもない。光点が多少揺れ動いたようだが、それだけだった。

「聞こえないのか⁉」

　ＪＴで送信する。

△（深尾大尉）爆薬は仕掛けた。あとは電線に点火装置をつなげばいいんだ！▽

河田がゼラチンへダイビングして、それをやってくればいいのだ。だが、相変わらず上空では何の動きもない。

△（深尾大尉）バカ野郎！　何グズグズしてやがる！▽

△（河田曹長）待ってください。ベルトがひっかかって▽

ＥＧＯＤが口を開いた。その中に肉食恐竜みたいな鋭い牙が数十本あった。やはり、おれを食うつもりだ。

△（深尾大尉）早くしろ！▽

ついに上空で動きがあった。暗い空に浮かぶ光点が激しく揺れ動いた。河田が飛び降りたために、リフトが反動で急上昇したのだろう。

河田が落ちてくる。いいぞ。コースそのまま。ど真ん中のストライクだ。

呼吸が止まった。心臓も止まった。大脳のニューロンを飛び交う電気信号も止まった。おれは驚愕の極致にいた。

落ちてきたのは河田じゃない！　超電導神経によって加速された動体視力で、その正体を知った。

「理奈ァァ！」

彼女がもの凄い勢いで落下してくる。両手でナイフを持ち、それを下方に突き出していた。ゴーグルで顔の半分は隠れていた。だが、歯を喰いしばった必死の形相（ぎょうそう）は確認できた。

理奈は垂直にゼリーボールに突っ込んだ。水しぶきのようなものは立たなかった。ゼラチンが衝撃力を打ち消したからだ。そのままゲル液に潜り込んだ、彼女はすぐ泳ぎ始める。

「理奈ァァ！　なぜ、おまえが!?」

△（河田曹長）大尉、ベルトが絡まって、どうしても外れない。樋口さんは!?▽

それで事態を理解した。河田がアクシデントで身動きできなくなったので、理奈がとっさに代理を務めたのだ。

彼女はＥＧＯＤの頭上に取りついた。おれが爆薬を仕掛けた位置だ。手を伸ばし、ゼラチンの中を漂っている電線を捕まえた。片手にはタバコの箱大の点火装置も持っている。

だが、ＥＧＯＤは第二のチャレンジャーに気づいていた。ゼリーボールの回転移動を再開した。それで邪魔物を振り払おうというのだ。

　こちらは、そのあおりを喰らってしまった。ゼリーボールが急に移動したため、偽足に捕まって空中にいたおれは、付近のビルの壁面に叩きつけられたのだ。呻いた。

　が、その勢いで拘束が解けた。おれは宙に放り出されていた。落下する。下方にはビニールの赤い布があった。レストランの入口の飾り屋根らしい。踏み抜いてクッションにする。着地した。

　おれの全身がピンクの薬品臭いゲル液にまみれていた。幸い、身体が溶け出しそうな兆候はなかった。目眩がしたが、何とか振り払う。

　おれは道路を走り、ＥＧＯＤと理奈を追った。ゴーグルを外し、ゼラチンの怪物を見上げる。

　理奈は、十数トンものゲル液の洪水で押し流されそうになっていた。だが、彼女は電線を掴んで、それで身体を支えていた。さらに被覆されている電線に咬みつき、中の金属線を引っ張り出そうとしている。

　おれは彼女の名前を絶叫していた。

　ＵＢ化していても、戦闘経験などない彼女にはあまりにも過酷な作業であるはずだ。事実、何度も電線から振り落とされそうになっていた。

　だが、ついに理奈は粘り勝った。ゼリーボールの回転移動が停止したのだ。ＥＧＯＤは頭頂部の激痛に苦しんでいるらしい。表情を極限まで歪め、大口を開けている。低音の悲鳴がゲル液の外にも響いた。

　その隙に、理奈は裸電線にしたコードに点火装置を接続しようとしていた。重たい流動体の中で両手を動かし、決死の作業を続けている。

「いいぞ！」

　おれはガッツ・ポーズを取っていた。何て女だ。惚れ直したぜ。

「吹っ飛ばせ！」

　彼女の手が動くのが見えた。点火スイッチを入れたのか……。

　閃光！　それはピンクの光球となり、膨脹し、やがて消えた。爆発音は鈍い響きだった。

　巨大な胎児の頭部がゆっくり吹っ飛ぶのが見えた。ＥＧＯＤは脳組織を粉砕されたのだ。低音の悲鳴が消える。

　一秒ほど遅れて、ゼリーボールの上部が膨れ上がった。

特大の風船ガムといった感じだった。ゲル状の液体がゆっくり吹っ飛び、空中に王冠状の形を作り、そこからオレンジの火球が出現した。

何トンもの大量のゼリーが空中に飛び散っていた。

おれのガッツ・ポーズは中途半端なものになっていた。拳（こぶし）が自然に下がっていく。

そんなバカな……。

爆発と同時に、理奈の姿が蒸発してしまったのだ。

そんなバカな……。

あのゼリーは外からの爆発力を吸収してしまう代物だった。ということは、内側からの爆発力だって吸収するはずだ。だから、ＥＧＯＤ本体の爆破を試みる者はゼリーボールから完全に脱出する必要はなく、脱出の途中で点火してもいいはずだ。それが理屈というものだ。

事実は、おれの理屈など無視して展開した。

空中には、大量のゼリーが拡散していた。それが頭上に落下してくる。おれはゲル液の滝を浴びた。無数のハンマーで、ぶん殴られるような衝撃で倒れてしまった。

ゼラチンの落下が収まってから起き上がり、ＥＧＯＤを見上げる。

そこには脳みそを失った巨大な胎児がいた。ゼリーボールも、上部三分の一ぐらいがなくなっている。

ＥＧＯＤの顔から生気が失（う）せた。皮膚からも急速に張りが失われる。微速度撮影のように老化が進行し、しわくちゃの顔に変化した。外形は胎児なのに、皮膚の質感は一〇〇歳の老人のそれに変わった。

理奈の姿はない。影も形もない。

おれは彼女の名前を叫ぶ。何度も。何度も。返事はなかった。

ＥＧＯＤと、ゼリーボールの形が突然、崩れ始めた。バーナーの青白い炎で炙（あぶ）られたロウソクみたいに形を失っていく。

巨大な胎児もゼラチンも溶けていく。両者は混じり合い、辺り一帯はピンク・ゼリーの洪水となった。夕暮れのゴースト・タウンはそれで床上浸水していき、かつての副都心はどこかの異星のごときファンタスティックな光景になった。

おれはゲル液の洪水を真正面から受けた。当然ひっくり返され、押し流される。だが、ＵＢのパワー全開で、クロールで泳いだ。理奈はどこだ!?

ゼリー群は、すでにバリアとしての機能や、生物を溶かして吸収する機能などは失ってしまったらしい。だから、おれも平気で泳ぐことができたのだ。ゼラチンのしぶきを上げながら、しゃにむに突き進む。

これは何かの間違いだ。理奈は生きている。絶対に生きている。この気色の悪いゼリーの海の中だ。きっと、このどこかにいる。

どこにもいなかった。

感情は、その事実を拒絶した。

おれは絶叫していた。

55　天啓

頭上から轟音が迫ってくる。

「大尉！」

見上げると、青白い噴射炎が降下してくるところだった。河田曹長のリフトだ。

彼は奇妙な格好で下りてきた。切れたハーネス・ベルトが腕や肩に絡まっており、リフトにやっと掴まっているような有様なのだ。リフト自体もバランスを崩す二、三歩手前だ。制御ソフトの機能がなければ墜落していただろう。

彼が叫ぶ。

「樋口さんは!?　どこです!?」

おれも叫び返す。

「いないんだ！　上空から見えなかったか!?」

「いいえ。ＥＧＯＤの頭が吹っ飛ぶのは見ましたけど、樋口さんの姿は、その後は……」

彼は言葉を詰まらせた。ゼラチン上に着水する。同時に噴射炎がカットされた。彼も腰の辺りまでゼリーに埋まった。

「何てこった。こんなことになるなんて……」

彼の端正な顔が歪んだ。ナイフで力まかせにベルトを切る。

「おれのリフトの金具が壊れたんです！」

リフトを振り払うように脱ぎ捨てた。

「それでベルトが外れなくて。ベルトをナイフで切ったんですが、かえって絡まってしまって。それを見ていた樋口さんが『私が行く』と言って……。それで……」

「分かった。もういい。それより彼女を探してくれ！　きっと生きてる。ゼリーの塊と一緒にどっかへ飛んでっちまったんだ。きっと、そうだ！」

「はい」

二人して、ピンクのゲル液の海を泳ぎ出した。彼女の名前を叫ぶ。かつての副都心に、おれたちの声が反響した。

メタノール・エンジンの音がした。振り返ると、屋根なしのハンビーがビルの角を曲がって現れたところだった。ピンク・ゼリーに車体が半分埋まりながらも前進してくる。

「無事か!?」永海が呼びかける。

「樋口君はどうなった!?」本多が吠えるように問う。

彼らは攻撃ヘリのガン・カメラで一部始終を観ていたのだ。だから、理奈の突然の戦闘参加も知っていた。

「何がどうなったんだ!?」と永海。

「なぜ、樋口君が飛び込んだんだ!?」と本多。

河田が両大佐に駆け寄り、説明を始めた。その役は彼に任せて、おれはピンクの流動体をかき分けて前進する。

無数の廃ビルによってできたグランド・キャニオンを彷徨した。一帯を隈なく探した。気がつくと、両大佐や河田や、最終軍兵士たちも捜索に加わってくれていた。アパッチやコブラなどの攻撃ヘリが超低空飛行で、見回ってくれた。

すでに夜になっていた。ハンビーのヘッドライトや、兵士たちのハンドライトぐらいしか光源はない。おれは途中、兵士の一人から片眼用スターライト・スコープをもぎ取った。光量が増幅されたグリーン一色の視野を得て、捜し続けた。

……三〇分ほど探した。理奈の姿は見つからなかった。

……四〇分ほど探した。まだ見つからなかった。

「大尉……」

振り向くと、河田がいた。グリーンの視野が、亡霊のような表情を捉える。

「何だ、その顔は？　見つかったか？」

「いいえ」

河田の声にいつもの覇気がない。

「もっと、よく探せ。きっと、どこかで気絶してるんだ。きっと、そうだ。きっと……」

「大尉。大佐たちがお呼びですが……」

「何だって言うんだ？」

おれはゼラチンをかき分けて、二人のところに行く。彼らは屋根なしのハンビーに乗っていた。憔悴しきった表情で、肩を落としている。

「何です？」

おれが問うと、両大佐は顔を見合わせた。本多がうなずく。永海は俯いた。その様子に不吉な臭いを嗅いだ。

「何ですか？」声が震えた。

本多がタブレット端末を取り出した。

「ＥＧＯＤの頭部が吹き飛ぶ瞬間は、録画されていた……」

喉が何かに圧迫された。声が出ない。

本多が続けて言う。

「今からコマ送りで再生するが、観るかね？」

おれは震える手で片眼用スターライト・スコープを外した。

すでに理性は、事実を理解していた。彼女はＣ―４プラスチック爆薬のすぐそばで点火したのだ。それでＥＧＯＤの頭部とゼリーボールの上部は吹っ飛んだが、同時に彼女も同じ運命を辿ったのだ。生きていられるはずがない。いくらＵＢでも無理なものは無理なのだ。

感情は、その事実を拒絶していた。

「観て、どうなるんですか？」

おれの問いに、永海が答える。

「辛いだろうが……観るしかないだろうな」

おれは長い間、沈黙していた。

観せてもらった……。

「……以上だ」

本多がそう言うと画面は暗転した。また長い時間、沈黙が続いた。ヘリの爆音、ハンビーのエンジン音、兵士たちの音声による無線交信、それらの雑音が右の耳から入って、左の耳から抜けていった。

「すいません」

河田が静寂を破った。

「おれのせいです。ちゃんとリフトの金具を自分で点検しておけば……」

「いや……。おれのせいだ」

おれは激しく首を振った。

「いや、おれの……」

「あのゼリーの性質を勘違いしてた、おれの責任だ！」

肺が爆発した。怒鳴り散らす。

「あの時、理奈に言ったんだ。『いいぞ。吹っ飛ばせ』と。あのゼリーは外部の音をよく伝えるんだ。それで理奈は、おれの言葉を聞いて、すぐ実行したんだ！」

トゲだらけのウニやサボテンをそのまま呑み込んだみたいに、喉や胸の奥に激痛を感じた。

「最低の大バカ野郎だ！　彼女を自爆させちまったんだ！」

「いや、おれのせいです！　おれがドジったせいです！」

河田が半泣きの顔で言う。

「おまえのせいじゃない！」

おれは相手の胸ぐらを掴み揺さぶった。

「何度言ったら分かるんだ！」

突き飛ばした。ＵＢのパワーでやったから、河田はゼラチンの海を背中で滑っていった。その方向にいた兵士たちが慌てて、彼を抱き止める。

永海は黒縁眼鏡を外した。喉に魚の骨が刺さったような表情だ。本多は無言、無表情だった。

おれの足は勝手に動きだしていた。右足を持ち上げ、前に出す。左足を持ち上げ、前に出す。意思とは無関係な動き。ロボットと同じだ。ゼリーがズボズボと音を立てていた。

深尾大尉？　どこへ行く？　誰かが呼びかけているようだった。だが、意識が現実から遊離しているらしく、それに反応するのを忘れていた。呼びかけていた連中も、やがて声をかけるのをやめてしまったようだ。静かになった。

暗いゴーストタウンを歩いていく。時間の観念はなくなっていた。距離の観念もなくなっていた。いつの間にかゼラチンの海は腰の高さから、膝の高さになり、足首の高さになり、やがてアスファルトの舗装道路の上を歩いていた。

泣くべきかもしれない。だが、涙は出ない。おそらく日が経つにつれて悲しみが、おれを溶かしにかかるだろう。今は虚無感だけがあった。

戦いは終わった。ＥＧＯＤも、これでしばらくは決定打を失った。我々はたっぷり時間の余裕を手に入れた。これでますます地球人類は発展していくだろう。まことに結構なことだ。まことに素晴らしいことだ。バンザイ三唱だ。

　多くの兵士たちは、これで家族の待つ我が家に帰ることができる。おれには帰るところはない。我が家があるとすれば、それは理奈のいるところだったはずだが、それも存在しない。

　途中、ビデオカメラを回している奴らと出会った。報道局の連中や、取材が解禁されて駆けつけたマスコミ連中のようだ。おれにマイクを向ける奴、ストロボを焚く奴もいた。何を訊かれたのか、何と答えたのか、まったく覚えていなかった。

　たまたまＤＮＡを持たない形になった細胞をミニセルと呼ぶが、今のおれはそれみたいに本質を欠いた状態だった。

　気がつくと独りで森林の中を歩いていた。明治神宮らしいが、別にどこだろうと構わなかった。

　さっきから目眩がするのは糖分の不足のせいもあるだろう。だが、補給する気も起きない。

　おれは突発的に、手近にあるポプラの幹を殴りつけた。八つ当たりされた樹は枝葉を派手に揺らした。もちろん無意味な行為だった。

　必ず生きて帰る、と理奈に約束した。そして約束通り、おれは生き延びた。だが、それは理奈を犠牲にして、という意味ではもちろんない。

　なぜ、こんなことになったんだ⁉　そもそも、あの時断るべきだったのだ。理奈がリフト操作のために一緒に行く、と言い出した時に断固として断るべきだったのだ。

　もちろん、その場合は河田が自爆してＥＧＯＤを葬るという結果になったかもしれないが……。あるいは河田のリフトの金具が壊れてＥＧＯＤへの第二次攻撃もできないまま、おれも戦死し、そしてＥＧＯＤは分裂を始めてしまい、同じ戦法はもう見破られて二度と通用せず、あとは人類の滅亡という最悪の結果に滑り落ちていたのかもしれない。

　結果として、理奈の命と引き換えに人類は生き延びるチャンスを得た。後世の人々はそれを貴い犠牲と呼ぶだろう。彼女の名前が歴史の一ページに刻まれたりするだろう。おれにとっては何の意味もないことだった。

　眼球とまぶたの間にあるダムが決壊しそうになってきた。男の涙など美しいものではない。ダムを補強するために、眼を閉じる。木の幹に額を押しつけていた。

それはどこかから、深層意識の暗闇（くらやみ）から唐突にやって来た。

（……〈シナジェティックス〉〈形成的因果作用〉〈形態共振〉〈形態形成場〉。これらは霊子、クォーク、素粒子、原子、分子を制御する特殊な関係である。その関係は……）

のけぞった。周囲を見回す。誰もいない。木々が時折、風を受けて枝葉をざわめかせていた。

何だ!?　今のは！

それは現実の音声ではなかった。おれの脳裡にのみ再生されたものらしい。

シナジェティックス？　形態形成場？

首を捻った。どこかで聞いた言葉だが。

……そうだ。思い出した。

かつて、ダゴン102に完全クローン製造法について尋問していたことがある。その時、ダゴン102の言う概念は、R・シェルドレイクという科学者が唱えたシナジェティックスという概念に似ているのではないか、と訊いたのだ。

だが、今のは……。

もう一度、眼を閉じてみた。さっきの続きが始まった。

（……形と波動に起因する。形が波動を、波動が形を互いに作り合う。形と波動は、ある〈媒体〉に色濃く刻印される。形態形成場の正体とは、この〈媒体〉である。これを知らない者には、形や波動が、あたかも時間も空間も飛び越えて転移するように見えるのだ。〈媒体〉への強すぎる刻印があると、我々はそれを「幽霊」という現象として目撃したり……）

眼を開ける。これは、おれの知識ではなかった。どこかから強制的に注入されたような情報だ。

しかも、この続きは、もしかしたら……。身体の震えが止まらなくなった。第三者には何かの発作でも起こしているように見えたことだろう。

眼を閉じる。

（……する。この〈媒体〉は霊子から分子に至るまでのすべての物質単位と密接な関係がある。だが、にもかかわらず、この〈媒体〉は物質レベルの科学では計測不能である。これは、かつて〈気〉とか、〈プラーナ〉とか、〈アストラル体〉などと呼ばれていたものである。完全なクローン体は、この〈媒体〉を制御することで製造可能……）

絶叫した。同時に眼を開けていた。

ビンゴ！

当たりだ！

これこそ、おれが求めていた知識ではないか！　それは、すでに書かれた論文を読むように意識の底から湧(わ)いてきた。というより、おれの脳内で、未知の言語で書かれた論文の翻訳が勝手に行われているようだった。

この情報は、どこから来たのか？　答えは明白だった。あの時だ！　おれの身体も意識も、ＥＧＯＤのゼリーに吸収されそうになった時だ。あの時、おれの側にもＥＧＯＤの意識、記憶の一部が流入したのだ！

おれは新しいゲーム・ソフトを試す子供みたいな表情になっていただろう。

眼を閉じる。

（……となる。そのためには〈媒体〉に刻印されている特定の形と波動、すなわち形態形成場を制御しなければならない。それは生物固体のＤＮＡそのものではないが、ＤＮＡに別の次元で接続しているものである。それを制御し、再生するには……）

おれは内なる声に耳を傾け続けた。聞き終わった。完全に理解することができた。しかも、それは実行可能だった。

胸ポケットを探る。何年も前から持っている古びた手帳を取り出した。開いて、それを探す。あった。ページに貼り付けてあるそれは、理奈の髪の毛だった。おれが潜入任務で出撃する時、お守りにもらったものだ。

この毛髪のＤＮＡと、それにつながる形態形成場から、理奈の完全なクローン体が造れるのだ。身体だけではない。本人の自我、人格、記憶まで一〇〇パーセント同じ理奈を再現できる。

要するに、理奈は生き返るのだ！

おれは奇声を発していた。超電導化している全身の神経細胞が16ビートを演奏し始める。静電位圧も上昇し、髪の毛が一斉に逆立った。五、六メートルの高さまでジャンプした。Ｄ難度の空中三回転と月面宙返りを連続でやった。慣れたＵＢなら、このぐらい鼻唄(はなうた)まじりでできるのだ。

そうとも！　これでなくっちゃいけないんだ！　最後はハッピーエンドでなくっちゃいけないんだ！　待って

ろ、理奈！　生き返らせてやるぞ！

狂笑していた。

ふいに、おれは歓喜の絶頂から覚めた。冷水を頭から浴びたみたいだ。震える手で、手帳の別のページをめくっていた。そこには透明フィルムに密封された別の毛髪が数本入っていた。

記憶の奔流が大脳側頭葉から溢れ出した。

知美。不本意な別離。ライフテック社でのGOO汚染事故。その時すでに知美本人は死んでいたが、クローンの知美に、おれは命を救われた……。

知美の髪の毛だ……。

これもずっと保存していたのだ。後頭部の辺りを虚ろな風が吹き抜けていった。

これで二人とも三途の川から呼び戻せる。二人とも。だが、二人とも蘇らせてしまったら、おれはどうすればいいんだ？

しかし、かつて誓ったではないか。奥歯が折れそうになるほど強く噛み締めて、誓ったではないか。命の恩人でもある知美を必ず生き返らせるのだと。その誓いを忘れてはいなかった。忘れられるはずがない。

二人とも？　二人とも？　二人とも？

56　執行

白いテーブルには、二枚の紙片が載っていた。手帳のページをちぎったものだ。片方には透明フィルムに入った数本の毛髪が貼りつけてあり、片方には数本の毛髪が直接テープで貼りつけてある。

それぞれの紙片にはこう書いてある。一枚は〈知美〉、一枚は〈理奈〉と。

時々、そのうちの一枚を手にする。じっと見つめる。またテーブル上に戻す。両者を睨む。そしてウイスキーのオンザロックをあおる。

そんなことを繰り返しながら、すでに一週間が無駄に過ぎていた。

思い切って紙片の一枚を取った。テーブル上の使い捨てライターとガラス製の灰皿を睨む。

だめだ……。決められない……。結局また、紙片をテーブルに置いてしまう。

アルミサッシの窓から蒼穹を見上げた。中天に真夏の太陽が輝いている。〈核の冬〉は終わったのだ。

それは終戦二カ月後の七月下旬だった。ついに大気中の塵が収まり、五年ぶりに我々人類は朝焼けと夕焼けを拝謁できるようになったのだ。TVニュース番組も、それをトップで大きく取り上げていた。その時はちょっとしたお祭り騒ぎだった。

今は八月下旬で、気温もかつての日本の夏の水準に近づいている。早いものだ。あのハルマゲドン、最終戦争から三カ月、その間に地球は太陽の周囲を四分の一公転した。

今おれが住んでいる場所は、都内八王子市にあるバイオ研究施設だ。かつては民間会社の設備だったが、空き家になっていた。それを借りたのだ。

最終軍は二週間前に辞めた。本多と永海の両大佐は引き留めようとした。

「戦後の復興作業がある。最終軍の仕事はまだ山積みだ。だから、優秀な指揮官も必要不可欠だ」

「くたびれました。何もする気になれないんです」

おれは、そのセリフで通した。そして勲章のコレクションを増やし、少佐の肩書きをもらってから退役した。

そして、この空き家を探し当てた。士官時代の給料と褒賞金などはほとんど手付かずで預金してあったので、その半分を使った。インフレで円の価値が目減りしているから、早めにのこりの金額で貴金属でも買った方がいいのかもしれない、だが、そうした経済活動にも興味がなくなっていた。

おれがここに移り住んで一週間。足元の床では、サントリーとニッカの空き瓶が枯草菌みたいに増殖している。

時が過ぎていく。陽が昇り、陽が沈む。このバイオ実験施設の床に映る窓枠の影が、日時計のようだった。影は回転しながら縮み、回転しながら伸びる。一日は恐ろしく長いようでもあり、かつ短いようでもあった。

テーブル上のパソコンの画面をTVに切り替えた。国営放送のアナウンサーが登場し、ニュースを読み始めた。

「……日本国憲法の凍結は、終戦一周年に当たる来年五月末日に解除されることが決まりました。その前に、六年ぶりの衆参両院の総選挙が行われ……」

たぶん、この近所にも選挙カーがやって来て、候補者の名前をうるさく連呼することになるだろう。民主国家特有の騒音公害の復活を祝って、独りで乾杯した。

「……新政権発足と同時に、現臨時政府は総辞職することになります。御藤浩一郎国家主席は、これを機に引退することを表明し……」

画面に御藤の写真が映った。前回、TV電話で話した時よりも、さらに老け込んでいるように見えた。

「……しかし、戦争中の御藤主席の政策や指導が適切なものであったかについて、疑問の声も……」

指導者は辞めた後も責任を問われ続けるのだ。御藤の労をねぎらって、独りで乾杯した。

アナウンサーは、EGODについては一言も言及せずに番組を終えた。

一般市民には、EGODに関する事実はまだ伝えられていない。あのゼリーボールに包まれた巨大なベビーは、GOOの最終兵器だったと報道されたのだ。

真相を伝えるのはまだ早すぎる、と現臨時政府の首脳は判断した。特に宗教関係者が真実を知ったら、政府を詐欺師(さぎ)呼ばわりするか、宗教弾圧と勘違いするか、自分の手首を切るかのいずれかだろう。社会全体が真相を冷静に受け止めることができる時期を見定めよう、ということになったのだ。

まあ、おれには関係のないことだ。

パソコンの電源を切る。画面が暗くなると、また苦悩のショータイムの始まりだ。

二枚の紙片に張り付けた、二組の毛髪を交互に見る。

知美、理奈、知美、理奈……。

今のおれは、二人とも黄泉(よみ)の国から蘇らせることができるのだ。死者を復活させることができるのだ。

それは神の特権だった。新約聖書の中でイエス・キリストのみが行った御業だった。

誰にも、この事実は言っていない。完全クローン製法の秘密は、おれ一人の胸にしまってある。文書にもしていない。

これを特許にすれば、おれは世界最高の億万長者の一人になるだろう。これを客寄せのパフォーマンスに使えば、新興宗教の教祖様になることもできるだろう。これを餌にすれば、おれに対して狂信的に服従する人間がいくらでも現れるだろう。世界を征服することも不可能ではないだろう。

一昔前のおれなら、その妄想を現実に移すことを真剣に考慮しただろう。今は、そんな野心はない。

これは危険なパンドラの箱だ。死者が蘇るだけではない。同一人物が何人も出現するという事態も、いずれ招いてしまう。

一人の人間の手中にあるには、あまりにも危険すぎる代物だった。これが世間に知れたら、おれは拉致され、拷問や自白剤といった目に遭う危険もある。暗殺の可能性にも脅えねばならない。おれ自身の完全クローン体を造って、それに備える羽目になるだろう。

だが、そうしたところでおれ本人のアイデンティティまで保存されるわけではないし、しまいには自分自身にも裏切られるのではないか、という疑心暗鬼の虜になるだろう。もはや自分自身も信用できない、という笑えない喜劇になるはずだ。

だから、これはおれの胸に封印したまま墓場に持っていくつもりだ。

しかし、一度だけ、これを使わねばならない。

知美、理奈……。

知美は自らを犠牲にして、おれを救い、ＧＯＯがＰ３施設の外部に出るのを防いでくれた。知美には生き返る権利があるはずだ。

理奈は自爆して、おれを含めた全人類を救ってくれた。理奈にも生き返る権利があるはずだ。

もちろん身勝手な理屈だということは分かっている。死んだ者は絶対に生き返らないという、万人に与えられた平等をおれは冒そうとしているのだ。

だが、たった一度だけの例外だ。どうか見逃して欲しい。

生き返らせた場合の辻褄合わせも可能だろう。戦後の混乱期だ。どんな嘘でも通るはずだ。

例えば理奈なら、爆発で遠くに飛ばされた際にショックで記憶を失い、この三カ月間は別人として生きていた、といった作り話だ。彼女の死の瞬間は録画されているが、やや不鮮明な映像だったから、これでも充分通用するだろう。

知美の場合はもっと厄介だが、何とかなるだろう。

問題は、二人とも蘇らせるべきか、どちらか一人だけにするか、一人だけならどちらにするか、の選択だった。それを決めねばならない。

二人とも蘇らせるのは、やはりあきらめるべきだろう。

今ですら、こんなに悩んでいるのだ。両方とも生き返ったら、おれの苦悩はダブル役満になってしまう。二人とも、という望みはこの一週間をかけて、ようやく捨てることができた。

……となると、どちらを蘇らせるかだ。それを早く決めねばならない。なかなか決められなかった。彼女たちのセリフが、おれの内部で骨髄幹細胞のように際限なく分裂を繰り返していた。

……知美が言う。

ほらね。私の言ったこと、何も聞いてないじゃない。今だって、自分の都合ばかり……。

つまり、あなたはナルシストなのよ。

だけど、今の私は耐えられないわ。プライドがズタズタよ。

「今なら……。今のおれなら知美ともやり直せるはずだ。ようやく、そのチャンスが来たんだ……」

……理奈が言う。

知美さんて誰なの？

さんざん寝言で聞かされたわ。よほど大事な人だったのね。私はその人の代わり？　それだけのことだったの？

もう、たくさんよ！　その上、寝言で別の女の名前！冗談じゃないわ！

「結局のところ、理奈の言う通りだったのか……」

テーブルに両肘をつき、頭を抱える。

「おれにとって理奈は、知美の代用品か。知美が帰ってくるのなら……もし、帰ってくるのなら……帰ってくるのなら……」

呻いた。

すでに一週間アルコール浸けだった。このままでは、どこから見ても立派なアル中患者が誕生してしまう。

決断の時だった。

二枚の紙片のうち一枚を取り上げた。

それをじっと凝視する。自分が死刑執行人のように思えてきた。実際には、もう〈彼女〉は死んでいる。だから、罪悪感を抱く必要はないのだ。そう自分に言い聞かせる。

ライターを手にした。点火する。発火石の音が鼓膜を震わせた。炎のオレンジ色が網膜を焼き焦がしそうに思えた。

紙片を炎に近づけた。あと一センチというところで止まる。後悔するぞ。誰かが言った。絶対に後悔するぞ。するもんか！　いいや、するとも。

　手が動かなかった。

　やるんだ。ケリをつけろ。

　手が動かなかった。

　ＤＮＡを処分してしまえば、もう〈彼女〉のことはあきらめるしかなくなる。保存しておいたら、苦しみを増やすだけだぞ。

　手が動かなかった。

　いつまで、そうしている気だ。おまえみたいに優柔不断な奴は一生、そのポーズのまま固まっているがいい。さあ、決めろ。一生このままか、今すぐ燃やすか。

　眼を閉じた。手が震える。

　その瞬間、炎が獲物を見つけてしまった。赤い舌を伸ばし、たちまち餌を搦め捕って自分に同化させてしまったのだ。

　その時、何か叫んだかもしれない。だが、炎はすぐに数本の毛髪も射程距離に収めてしまった。

　指先が焦げた。たぶん火傷しただろう。だが、熱さは感じなかった。

　ＤＮＡが燃えると同時に、おれの胸の奥にいた〈彼女〉も炎に包まれ絶叫していた。断末魔の叫びを確かに聞いた。

　紙片の大部分が炎に包まれて、ようやく指を離した。灰皿の上で、〈彼女〉が火葬されるのを見守った。

　ひとつまみの灰、焦げくさい臭い。それしか残らなかった。灰が冷めていき、臭いが消えるまで、それを凝視していた。

〈彼女〉が急速に遠ざかっていくのを感じた。冥界に行ってしまったのだ。絶対に手の届かぬところへ……。自分の吐いた溜め息が、自分自身を包んだ。

　Ａ４用紙の上に灰を落とした。紙を折り畳み、新たな遺品とした。封筒にしまう。

　残った、もう一枚の紙片を掴むと、部屋を出た。Ｐ１施設に行く。特注の棺桶型のバイオリアクターがあった。

　蘇生を始めた。

57　復活

地球が太陽の周囲を半公転した。地軸の傾きのために、日本列島に秋が巡ってきた。

今は十一月。外の風景は落ち葉のせいで褐色に染まっていた。時折、つむじ風が道路上でダンスしていった。落ち葉たちが、それに拍手喝采を送り、パーティに参加した。だが、長くは続かない。また静かに褐色の身体を路上に横たえ、冬に備えて休息していた。

おれは待ち続けていた。

P1施設内のバイオリアクター区画に、机と椅子、パソコンなどを並べて観察記録をつける。それ以外に何もすることがない。

だが、ワープロ・ソフトで打つ文章は一言しかない。変化なし。変化なし。変化なし……。

すでに、バイオリアクター内には完全クローン体が眠っている。生前と変わらない姿に再生されていた。比重の高い溶液に裸身を浮かべたまま、毒リンゴを食べた白雪姫さながらに眠り続けている。いつ、眼を覚ますのかはまったく分からない。

無聊の日々だ。何もすることはない。ただ待つしかない。かつてGOOのダゴン102は、もっと手早く完全クローン体を造ってみせた。今のおれは、初めて初歩の化学実験セットを手にした小学三年生に等しい。時間をかけて恐る恐るやるしかない。

昆虫に脱皮や変態を起こさせるエクジソン・ホルモンというものがある。人間に対してそれと同じ働きをする物質があれば、すぐ投与するのだが……。

「ワン！」

犬が吠えた。

振り向くと床にシェパードが座っていた。黒い身体に精悍な顔立ち、ふさふさの毛並みの持ち主だ。舌を出し、尻尾を振っている。遊んでくれ、と言いたげな表情だ。

おれは言った。

「よう、ジミー……。おまえは成功したのになあ。なぜ、人間は、こんなに手間がかかるんだ？」

ジミーは首をかしげて唸る。もちろん彼の知性では答えられない質問だ。そして、また吠える。

おれは彼の頭を撫でてやる。

日課の散歩に出かけた。おれは公園でフリスビーを投げる。

ジミーが走ってジャンプする。彼は見事な運動神経を発揮して円盤を口でキャッチする。おれのところに届けてくれた。

まさしくジミーだ！　おれには分かる。彼を抱きしめた。

おれは、完全クローン再生は一回限りと決めていた。だが、それは人類に限定した場合だ。非人類には、あと一回分の特別枠があっていいはずだ。

時が過ぎていく。陽が昇り、陽が沈む。窓枠の影は日時計。一日は悠久と言えるほど長い。

仕方なく、近所の図書館（やっと機能を回復し始めた公共機関の一つだ）でゴーゴリの『外套』を借りて読んだ。ダンテの『神曲』も読んだ。ついでにＨ・Ｐ・ラヴクラフトの全集も読んだ。

時には、夜中に物音を聞いたような気がして飛び起きる。そしてバイオリアクターの中を確かめる。おれは失望し、ベッドに戻る。そんなことを繰り返していた。

今日も暇だった。明日も暇かもしれない。そして明後日も……。

今日もパソコン画面には〈変化なし〉と入力する。

ＶＤＴ画面に〈永海氏よりお電話です〉のメッセージが出た。切り替える。画面の四分の一がＴＶ電話になる。

黒縁眼鏡に肥満体の中年男が現れた。白いゴルフウエアを着ている。バックには、障子戸やタンスが見えた。自宅からかけているらしい。

「私だ」

「見間違えることはないですよ」

「ひどい顔をしてるな」

おれはグラスを持ち上げて見せる。

「気分はいいです」

「その顔で、そんな言葉が信じられるか。昼間から酒浸りで……」

永海は首を振った。街角で浮浪者を見た時の表情になる。

「君の気持ちは分からなくもないさ。相当ショックだったらしいが。……しかし、そろそろ立ち直る時が来たんじゃないか？」

ふいに、おれの舌が動きかける。永海には言うべきか？

「実は……」

「え？」

いや、だめだ。終わってから相談しよう。

「何でもないですよ。ただ、人生にくたびれただけです」

「笑わせるな。十年早いセリフだ」

「そちらはどうです？　何か変わったことは？」

「道路や橋の復旧作業、治安の維持、忙しくてしょうがない。今日は三週間ぶりに休みが取れたんだ」

「辞めてよかったな。でなきゃ、今頃おれもこき使われてるところだった」

彼の近況を聞いた。愚痴みたいだが、彼本来の公務員的な仕事に戻れて、心底安堵しているのがうかがえた。

その話が終わるとまた、おれの話題に戻してきた。

「いい若いもんがいつまで、そんな生活を続けるつもりだ？」

「もう若くないです。だから、隠居しました」

「やれやれ……」

ＴＶ電話が吐息を伝えた。

「何を言っても無駄らしいな。……仕方ない。またそのうち電話する。じゃ、これで」

ふいに永海の背後の障子戸が開いた。

「ねえ、あなた……」

女性の声だ。彼の奥さんらしい。

おれはアッと言いかけたが、そこで画面が真っ黒になり、〈通話終了〉の文字が出た。知性と教養溢れる永海夫人を見る機会を、惜しくもまた逃してしまった。

パソコンを操作するうちに、ふと電子メールが入っているのに気づいた。

一通は、〈本多忠司氏より〉とある。

本多大佐からだ。電文を画面に出す。

「深尾君へ。元気だろうか。こちらは毎朝六時に起床、十一時に就寝の健康的な生活だ。くたびれた中年男には辛いが、仕方があるまい……」

本多は復興作業の監督をしているのだ。日中、旧首都圏のあちこちを飛び回っているそうだ。

「……一昔前なら、私も退役して坊主か牧師になっただろう。しかし、神を信じることができない今は、復興に力を注ぎつつ死者たちの冥福を祈りたい。追伸。もう休養は充分ではないだろうか？　こちらは人手不足だ。仕事を手伝う気は？」

　もう一通は、〈河田貴久夫氏より〉とある。

　河田曹長からだ。電文を画面に出す。

「深尾さんへ。お元気でしょうか。こちらは毎日、ミンククジラの油にまみれています。全員ＵＢだし、ディフェンダーも大勢いるので力仕事はお手のものですが……」

　発信元は緯度経度の表記になっていた。最終軍の任務で、彼は捕鯨船に乗って南氷洋にいるのだ。

「……樋口さんのことはお気の毒でした……」

　もちろん彼も、おれがここで何を待っているのかは知らない。

「……今月の標語『哀れなクジラに救いの手を！』」

　おれは苦笑した。電文をセーブし、パソコンの電源を切った。返信は後で打とう。

　突然、物音がした。振り向くと、棺桶型、バイオリアクターの蓋が開いていた。時間が止まった。頭の中は空白。身体は氷像みたいに固まった。

　バイオリアクターの中から出てきたのは……知美ではなかった。理奈でもなかった。

　おれは悲鳴を上げた。

　ダゴン１０２だ！　スキンヘッドの若い男の姿だった。ハゲワシ風の精悍な顔つき。凶暴な笑みを浮かべて、あのメロディを歌いだした。手には注射器を持っている。

　奴は飛びかかってきた。首を掴まれてしまう。ＵＢ化していないおれは身動きも反撃もできない。

「バカめが！」

　ＧＯＯは嘲笑する。

「また間違えやがって。どこまでドジな奴だ、おまえは」

　ダゴン１０２は注射針をおれの首に突き刺して……悲鳴を上げて飛び上がった。

　室内を見回す。アルミサッシの窓、白い壁、机、パソコン、テーブル、バイオ実験器具の数々。

　ダゴン１０２はいない。

　夢だったのだ。吐息をつく。机にもたれて居眠りをしていたらしい。

　ちなみに夢とは、覚醒している時に受けたさまざまな情報な潜在意識が熟成させて送り込んでくるものだそうだ。今のも何らかの予知夢かもしれない。完全クローン体の復活は近いということか……。

高圧電線に触れた感覚！　振り向き、それを見直す。心臓が口から飛び出しそうになった。

棺桶型バイオリアクターの蓋が開いていたのだ！

おれはわめきながら駆け寄った。中を覗く。空っぽだ。食塩水と血清溶液のカクテルが入っているだけだ。

床には、水が滴り落ちた跡がある。人間の素足の足跡の形も多数あった。実験用白衣のハンガーのそばを通り、ドアに続いている。

ドアを開けた。水跡を追いかける。水跡は廊下をどこまでも進んでいく。突き当たりのドアの向こうに続いていた。この施設の食堂だった部屋だ。

ドアを開けた。彼女の名前を叫ぶ。

「ワン！」

犬が吠えた。

足元にシェパードがいた。四つ足で立って尻尾を跳ね上げた態勢だ。緊張状態にあるらしい。

「ジミー！　ここに誰か来たか？」

ジミーが吠えた。おれには「イエス」と肯定しているように聞こえる。

細長いテーブルと椅子が並んでいた。アルミサッシの窓から白い外光が射し込んでいる。室内は陰影がきつく、レンブラント絵画風の空間だ。

誰もいない。水跡は厨房へ続いている。ドアは隙間が開いている。それに飛びつき、中へ駆け込んだ。

暗い室内に、ほのかな明かり。大型冷蔵庫のドアが開いていた。そのドアの向こうから、彼女が顔を出した。

厨房の中は、冷蔵庫の内部照明だけが唯一の光源だった。それに照らされて、彼女の顔の左半分が闇に浮かび上がっていた。唇に白いクリームがついている。手にしているのはショートケーキ。実験用白衣を着ているが、たぶんその下は全裸だ。

「どうしたの？　そんな大声出して」

彼女は平然と答える。

奇跡は起こった。地球は逆公転した。時間は逆転した。

おれは声も出ない。ただ彼女を見つめることしかできない。全身の神経電位がゼロになったみたいだ。こうして立ち尽くしたまま気絶してしまいそうだった。

彼女は、おれの異状には気づかず、一人で喋りまくった。

「ああ、おなか空いたわ。ねえ、ここはどこ？　なぜ私は、あんなバイオリアクターみたいなものの中で寝ていたの？　あなたは熟睡してたようだから起こすのは悪いと思って、一人で食べるものを探してたんだけど……」

そこで口をつぐんだ。大きな眼に不審の色が浮かぶ。おれを凝視した。

「変ね……」

彼女は盛んに瞬きをしていた。視線が宙をさまよっている。

「変だわ……」

唇の白いクリームを舐めた。

「どうなったの、私？　確か、私は……」

彼女は美貌を曇らせている。〈見当識障害〉に陥っているらしい。眼が覚めた直後に記憶の連続性が途切れてしまい、自分がどこにいるのか分からなくなる状態だ。

おれは奇妙な感覚に襲われた。もしかしたら、これも夢か？　さっきダゴン１０２の夢を観たように、これも夢の続きか？

「ワン！」


ジミーが吠えた。「これは現実だ」と忠告してくれたように聞こえる。

前に進み出た。

「長い話をしなくちゃならない。だが、その前に……」

おれは、理奈を両腕の中に迎えた。

あとがき

本書「二重螺旋の悪魔」は、私の不肖の息子でした。

朝日ソノラマから新書ノベルズで、一九九三年八月三〇日に出版されました。梅原克文の名前でのデビュー作です。

発表当時、本書は売れませんでした(笑)。

ところが、ミステリー評論家の関口苑生氏からは雑誌の書評で、本書を高く評価していただきました。

発表当時、編集者から、こんな話も聞きました。

「ハードボイルド作家の大沢在昌氏は『二重螺旋の悪魔』を高く評価していました」

発表の二年後、評論家の北上次郎氏からも、本書を高く評価していただいたことが分かりました。当時は読むタイミングが遅すぎたので、書評で取り上げることができなかったそうです。

つまり、エンターテインメント派の業界人たちからは大好評だった作品です。

二年後の一九九五年、拙作「ソリトンの悪魔」がヒット作になりました。宝島社「このミステリーがすごい!」国内八位、日本推理作家協会賞などの成果を得ました。

このヒットに引っ張られたおかげで、「二重螺旋の悪魔」も売れ始めました。

新書ノベルズで八刷、増刷しました。五年後の一九九八年、角川ホラー文庫から再版された時も一〇刷、増刷しました。合計で一八刷です。

不肖の息子は、実は優等生だったのです!

私は教訓を得ました。

「アメリカのエンターテインメント作家、ディーン・クーンツ氏は信頼できる。彼は新人作家に『スーパージャンル作家を目指せ』と提言している。そのとおりに書いたから、『二重螺旋の悪魔』は売れたのだ」

いい機会だから、このことも書いておきましょう。

本書は世間の多数の人々から、こう誤解されているらしいのです。

「瀬名秀明氏の『パラサイト・イブ』のメイン・アイデアをパクッたのが『二重螺旋の悪魔』だ」という風に。

是非、出版の日付を確認してください
「二重螺旋の悪魔」は一九九三年八月三〇日に出版。

「パラサイト・イブ」は一九九五年、出版。

本書が出版されたのは「パラサイト・イブ」の二年前です。

本書以前に、こういうメイン・アイデアの物語は存在しなかったことが、これで証明されました。

だから、私の独創性と先見性を正々堂々、公明正大、清廉潔白、六根清浄とばかりに自慢させていただきましょう（笑）。


未読の読者のために多少、内容を説明しておきましょう。

ちょっと、ややこしいのですが、本書は「正攻法のクトゥルー神話ではなく、モンスターの名前だけをクトゥルー神話から拝借した」という設定です。

本書に登場するモンスターたちは、人類のＤＮＡ情報のイントロン（無秩序な配列）に隠れていた存在でしたが、バイオテクノロジーが発達したことが裏目に出て、この世に復活させてしまった、という設定です。

（しつこいようだが、このアイデアは私が先に発表……。あ、もう、いいですか。本当に、しつこいですか。はい、そうですか）

モンスターの出自がクトゥルー神話に似ていることから、政府機関が、その名前を暗号名として採用した、という設定です。

「なぜ、暗号名として使うだけの設定にしたのか？　なぜ、正攻法のクトゥルー神話にしなかったのか？」と疑問に思った人もいるでしょう。

私の立場から言うと、物語の自由度を高めたかったからです。

私が目標にした方向は「ディーン・クーンツのスーパージャンル・エンターテインメント小説」でした。それにプラス、ジェームズ・キャメロン監督の映画「ターミネーター1、2」や「エイリアン2」などでした。

つまり「現代的かつ近未来的なスーパージャンル・エンターテインメント小説」を目指したのです。

ですから、クトゥルー神話のやや古風なムードとは一線を画す方向だったのです。そのため、クトゥルー神話のモンスターの名前はパロディー的な扱いにしておきたかったわけです。

当初は自分でも明確に意識していなかったかもしれません。しかし、今、振り返ると、そういう狙いだったと思います。


今回の復刊を機に、本書は細部を加筆修正しました。最後のエピローグには新エピソードを追加しました。ストーリーの変更はありません。「完全版」と位置づけておきます。

本書を読む機会のなかった読者の皆さんに、スーパージャンル・エンターテインメント小説を楽しんでいただければ幸いです。

本書を復刊していただいた創土社の増井暁子氏と同社の皆さんに、お礼を申し上げます。

追伸
一九九〇年代の時点では「ＤＮＡのイントロンは役に立たない無秩序なジャンク配列」とする説が主流でした。

しかし、現在では機能的な領域が発見されているそうです。まったく役に立たないものではなかったようです。この点で、本書のメイン・アイデアは現在の科学の先端知識とは若干、齟齬を来しています。

しかし、イントロンの謎のすべてが解明されたわけでもないようです。まだ意味不明の非コード領域がDNAに六〇パーセントも残っているからです。

したがって、この点については現状のままでも問題なし、と判断しました。

現在の科学知識を引用し、それに合わせるように改訂しましたが、大きな変更はありません。

二伸

現時点の私が本書のような作品を書いたら、かなり雰囲気の異なる作品になるでしょう。

実は、それに挑戦中です。

今、本書と同じようなアイデアで「新作」を書いています。

本書と違う点は以下の点です。

「主人公を女性にすること」

「電磁波兵器がストーリーの幕開けの、きっかけになること」

「二〇一〇年代以降のリアリティーを重視すること」

これらによって「リ・メイク」ならぬ「リ・イマジネーション」(再創造)の方向を目指しています。

「キュクロプスの楽園」というタイトルを予定しています。発売元は角川書店。

二〇一五年二月

梅原克文

＊本書は、一九九三年朝日ソノラマ・ソノラマノベルスより刊行された『二重螺旋の悪魔』上・下巻の二冊を一冊にまとめ、二一世紀完全版として加筆修正されたものです。

朝日ソノラマ・ソノラマノベルス（上巻）、一九九三年
朝日ソノラマ・ソノラマノベルス（下巻）、一九九三年
角川書店・角川ホラー文庫（上巻）、一九九八年
角川書店・角川ホラー文庫（下巻）、一九九八年

（編集部）

クトゥルー・ミュトス・ファイルズ
The Cthulhu Mythos Files

二重螺旋(らせん)の悪魔　完全版

2015年4月1日　第1刷

著　者
梅原 克文

発行人
酒井 武史

カバーイラスト　開田 裕治
帯デザイン　山田 剛毅

発行所　株式会社　創土社
〒165-0031 東京都中野区上鷺宮 5-18-3
電話 03-3970-2669　FAX 03-3825-8714
http://www.soudosha.jp

印刷　株式会社シナノ
ISBN978-4-7988-3025-4　C0093
定価はカバーに印刷してあります。

クトゥルー・ミュトス・ファイルズ The Cthulhu Mythos Files　好評既刊			
書籍タイトル	著　者	本体価格	ISBN 4-7988-
邪神金融道	菊地秀行	1600円	3001-8
妖神グルメ	菊地秀行	900円	3002-5
邪神帝国	朝松 健	1050円	3003-2
崑央（クン・ヤン）の女王	朝松 健	1000円	3004-9
ダンウィッチの末裔	菊地秀行　牧野修 くしまちみなと	1700円	3005-6
チャールズ・ウォードの系譜	朝松 健　立原透耶 くしまちみなと	1700円	3006-3
邪神たちの２・26	田中 文雄	1000円	3007-0
ホームズ鬼譚～異次元の色彩	山田正紀　北原尚彦 フーゴ・ハル	1700円	3008-7
邪神艦隊	菊地 秀行	1000円	3009-4
超時間の闇	小林泰三　林譲治　山本弘	1700円	3010-0
インスマスの血脈	夢枕 獏×寺田克也 樋口明雄　黒史郎	1500円	3011-7
ユゴスの囁き	松村進吉　間瀬純子 山田剛毅	1500円	3012-4
クトゥルーを喚ぶ声	田中啓文　倉阪鬼一郎 鷹木 骰子	1500円	3013-1
呪禁官　百怪ト夜行ス	牧野修	1500円	3014-8
ヨグ＝ソトース戦車隊	菊地秀行	1000円	3015-5
戦艦大和　海魔砲撃	田中文雄×菊地秀行	1000円	3016-2
無名都市への扉	岩井志麻子　図子慧 宮澤伊織/冒険企画局	1500円	3017-9
闇のトラペゾヘドロン	倉阪鬼一郎 積木鏡介　友野詳	1600円	3018-8
クトゥルフ少女戦隊 第一部	山田正紀	1300円	3019-8
魔空零戦隊	菊地秀行	1000円	3020-8
クトゥルフ少女戦隊 第二部	山田正紀	1300円	3021-8
狂気山脈の彼方へ	北野勇作　黒木あるじ フーゴ・ハル	1700円	3022-3
邪神決闘伝	菊地秀行	1000円	3023-0
クトゥルー・オペラ 邪神降臨	風見潤	1900円	3024-7